Erik de Gruijter
Die letzte Woche

Erik de Gruijter

Die letzte Woche

Endzeitthriller

ONCKEN VERLAG WUPPERTAL UND KASSEL

Die niederländische Originalausgabe erschien
unter dem Titel DE LAATSTE WEEK
bei Uitgeverij Novapress, Apeldorn
© Erik de Gruijter

Deutsch von Martina Merckel-Braun

© 2003 der deutschen Ausgabe:
Oncken Verlag Wuppertal und Kassel
Umschlag: Dietmar Reichert, Dormagen
Satz: QuadroMedienService, Bergisch Gladbach-Bensberg
Druck und Bindung: Bercker, Graph. Betrieb, Kevelaer
ISBN 3-7893-1833-7
Bestell-Nr. 111 833

1

Nach der Ampel zog sich der Verkehr ein bisschen auseinander. Er trat aufs Gas und lenkte den Wagen auf die linke Spur; die Lücke war groß genug, dass er den grünen Renault mit dem roten Lockenkopf am Steuer bequem überholen konnte. Weich zog der Volkswagen vorbei.

Unvermittelt stach ihm ein grelles Licht in die Augen. War es die Reflexion des Sonnenlichtes auf dem glänzenden Lack?

Im selben Moment schwenkte der Renault plötzlich nach links. Gertjan stieg voll auf die Bremse und riss das Steuer herum. Der Renault drehte sich jedoch im selben Winkel mit und prallte gegen den rechten Scheinwerfer, der klirrend zersprang. Gertjan rutschte mit seinem Wagen quer über die Straße und schob den kleinen Renault dabei vor sich her. Auf der Gegenfahrbahn schlitterte ein Auto laut hupend halb über den Bürgersteig. Noch einmal splitterndes Glas und knirschender Stahl, dann blieb er stehen. Der Motor stotterte noch einmal und ging dann aus.

Was war geschehen? Das Herz schlug ihm bis zum Hals und seine Hände zitterten. Um sich her hörte er Hupen und quietschende Bremsen. Aus den Augenwinkeln sah er von links etwas Großes auf sich zukommen. Er machte sich steif, kniff die Augen zu und hielt den Atem an. Aber der erwartete Aufprall blieb aus. Einen Meter vor seiner Autotür stand ein weißer Lieferwagen. Gertjan blieb einen Augenblick still sitzen und atmete mit einem Stoßseufzer aus. Das Bremsenquietschen hatte aufgehört.

Mit schwankenden Knien stieg er aus dem Auto und blickte dabei aus den Augenwinkeln zu dem weißen Bus hinüber. Er stand wirklich still. Er lief um sein Auto herum, um festzustellen, welchen Schaden der rote Lockenkopf angerichtet hatte. Vor ihm und hinter ihm hatten lauter Autos angehalten, und von überall her kamen Leute angerannt. Jemand anders war vor ihm bei dem grünen Renault und machte die Fahrertür auf. Gertjan beugte sich vor und sah hinein. Das Auto war leer.

Rom. Im Dachzimmer der Villa hielt die Klimaanlage die Temperatur angenehm kühl. Kalt würden andere sagen, aber die kamen nie hierher. Die hellgrünen Jalousien vor den Fenstern filterten das Licht, so dass die Einrichtungsgegenstände von einer leichten Dämmerung verschleiert waren. In den spärlichen Lichtstrahlen, die an den Rändern der Jalousien vorbeihuschten, tanzten Staubkörnchen. Es gab ohnehin nicht viel zu sehen. Zwei Stühle mit geraden Lehnen zu beiden Seiten eines stabilen Schreibtisches und einen bequemen Ledersessel in der Ecke. Auf dem Schreibtisch standen die üblichen Utensilien: ein Monitor, ein Faxgerät und ein Telefon; außerdem lagen einige Papiere darauf verstreut.

Am hinteren Rand des Schreibtisches befand sich eine Art Armaturenbrett. Auf einem Beistelltischchen neben dem Ledersessel stand eine Karaffe mit zwei Gläsern. Leer.

»Es ist so weit.« Der Mann auf dem Ledersessel öffnete langsam die Augen und blickte in die Richtung, aus der die Stimme gekommen war. Die Stimme war hoch gewesen und hatte heiser geklungen. In der dunkelsten Ecke des Raumes erhob sich ein Mann vom Fußboden. Seine Hände baumelten seitlich an seinem Körper hinunter. Träge schüttelte er sie aus, als ob sie nass wären und er das Wasser von ihnen abschüttelte. Er machte ein paar Schritte nach vorn, ein bisschen unsicher und steif, und sah den Mann auf dem Ledersessel an. Ein schwaches Lächeln lag auf seinen schmalen Lippen. Sein strähniges schwarzes Haar hing zu beiden Seiten seines Gesichtes herab bis auf die schmalen Schultern. Seine Gesichtszüge waren halb slavisch, halb mediterran. Obwohl seine Haltung und sogar sein zerknitterter Anzug müde wirkten, strahlten seine kohlschwarzen Augen eine enorme Energie aus. Sein Lächeln wurde breit, als sein Blick dem des Mannes auf dem Ledersessel begegnete, und aufs Neue schüttelte er seine Hände aus, diesmal etwas energischer.

Der Blick des Mannes auf dem Ledersessel verriet keinerlei Gemütsbewegung. Auch er hatte das Geräusch gehört, oder eigentlich eher gespürt. Aber nichts verriet die heftige Erregung, die in ihm tobte. Er wirkte älter als der magere Mann; sein kräftiges schwarzes Haar war an den Schläfen ergraut, aber sein Gesicht war nahezu faltenlos. Auch er stand auf. Seine Gestalt war imposant. Der dunkle Fischgrätenanzug von italienischem Schnitt war maßgeschneidert. Seine Augen waren erstaunlich hell. Man hätte ihn als gut aussehend bezeichnen können, aber durch seine kühle Miene wirkte er unnahbar. Sein Dreitagebart kontrastierte mit seinem übrigen Erscheinungsbild. Seine Gesichtszüge ließen sich keiner bestimmten Rasse zuordnen – so, als hätten sich in ihm die Völker vermischt.

Er wandte sich von dem anderen Mann ab und ging auf den Schreibtisch zu. Er drückte einen der Knöpfe auf dem Armaturenbrett. Die Jalousien vor den Fenstern schnurrten nach oben und der Raum wurde vom Licht der Mittagssonne überflutet. Die Pupillen in den stählernen Augen des Mannes verengten sich, als er im vollen Licht vorm Fenster stand. Mit einer weit ausholenden Armbewegung riss er das Fenster auf und sah nach oben in den blauen Himmel.

»Und jetzt ich!«

Er brauchte nicht auf das plötzlich aufbrandende Gehupe und Geschrei in der Stadt zu hören, um zu wissen, was geschehen war. Er wusste es schon.

Der magere Mann ging zum Schreibtisch und schaltete den Computer an. Dann drückte er auf einen Knopf auf dem Armaturenbrett. Eine Frauenstimme meldete sich.

»Lass Suraja die Mails abschicken. Es ist so weit.«
»Jawohl.«
»Und dann schick Chiran zu uns, wir haben Hunger.«
Innerhalb der nächsten Minuten wurden in die ganze Welt über Faxgeräte, Fernschreiber und Internet verschiedene Nachrichten verschickt. Wie ein Schneeball, der sich zu einer Lawine auswuchs, rollten sie über den ganzen Erdball.

Gertjan beugte sich weiter nach vorn.
»Wieso leer?«, dachte er laut. »Wo ist sie geblieben?«
»Alles in Ordnung mit Ihnen?« Der Mann neben ihm sah ihn forschend an.
»Die zieht einfach nach links herüber und drängt mich ab, als ich gerade am Überholen bin. Ich weiß nicht, wo sie ist. Wo ist sie denn hin, diese Verrückte?«
»Wen meinen Sie denn?«
»Na, die Fahrerin von diesem Auto. Ich war am Überholen, alles in bester Ordnung, massig Platz, und da schießt sie plötzlich links rüber und versperrt mir den Weg. Sie sehen ja, was passiert ist.«
Der Mann nahm ein Täschchen aus dem Handschuhfach des Autos und holte den Führerschein heraus. Als er ihn aufschlug, erstarrte er.
»Nein ...«
Gertjan sah den Mann an. Sein Gesicht war kalkweiß geworden und aus seinen Augen sprach die nackte Angst. Er wich Gertjans Blick aus. »Sie ist weggelaufen, ich hab sie gesehen. Da, in diese Richtung!« Er machte eine vage Armbewegung. Inzwischen hatte sich eine kleine Menschenmenge um die Autos versammelt; die Leute gestikulierten und riefen durcheinander. Der Mann, der die Fahrertür geöffnet hatte, verschwand in der Menge. Der Führerschein lag auf dem Boden.

»Soll ich eben anrufen?«, fragte ein Mann mit einer dicken Brille und hielt ihm ein Handy hin. Im Hintergrund wurde heftig gehupt.

»Wieso weggelaufen, das geht doch gar nicht!«

»Besetzt«, stellte die Brille fest und starrte überrascht auf sein Telefon. Gertjan nahm es und wählte die 112.

Besetzt.

»Besetzt? Wie viele Leitungen haben die denn?«

Noch einmal. Jetzt hörte er das Klingelzeichen. Zweimal, dreimal, viermal. »Was machen die denn da alle?«

»Notrufzentrale, was kann ich für Sie tun?«

»Ja, hallo, hier Van der Woude. Ich hatte gerade einen Zusammenstoß auf der ... wie heißt das hier ...«

»Schoterweg«, riefen ein paar Leute. Der Mann mit der Brille war auch dabei.

»Auf dem Schoterweg«, wiederholte Gertjan.

»Ääh ... gibt es Verletzte?«, unterbrach die Telefonistin. Wie unsicher sich das anhörte für jemanden, der täglich solche Gespräche entgegennehmen musste.

»Also, nein, ich glaube nicht, sie ist weg ...«

»Moment bitte ...«

Im Hintergrund hörte man gedämpfte Stimmen. Offenbar hatte sie eine Hand halb über die Muschel gelegt. Gertjan schnappte noch etwas von ›Instruktionen‹ und ›Gespräch abbrechen‹ auf. Was war das für ein komisches Benehmen?

»Hallo?«

Aha, jetzt war jemand anders am Apparat.

»Ja?«

»Wir haben im Moment noch andere Meldungen mit höherer Dringlichkeit. Wir können Sie jetzt leider nicht weiterverbinden, und da es keine Verletzten gibt, schlagen wir vor, dass Sie sich mit dem Betroffenen irgendwie einigen und die Fahrbahn räumen.«

»Warten Sie doch mal, ich habe doch gerade gesagt, dass die Frau verschwunden ...«

»Tuut-tuut-tuut ...«

Verwundert starrte Gertjan das Handy an.

»Wurde die Verbindung unterbrochen?«, fragte der Mann mit der Brille.

Gertjan gab das Telefon zurück und sank nach hinten gegen den grünen Renault. Der erste Schreck hatte sich zunächst in Verwunderung und nun in Ärger verwandelt. Das war ja eine schöne Bescherung.

»He Kumpel, willst du den ganzen Tag hier stehen bleiben?« Ein tätowierter kahl geschorener Amsterdamer stand vor ihm und zog eine Augenbraue hoch.

»Dann helfen Sie mir mal schieben«, schlug Gertjan vor.

»Bravo, Kumpel. Hopp, Leute, Ärmel aufkrempeln und zupacken!« Der Amsterdamer turnte um den Renault herum und legte seine großen Hände auf die Motorhaube. Als die Sache in Bewegung zu kommen schien, kamen noch andere Leute hergelaufen. Mit vereinten Kräften schoben sie den Renault an dem metallicblauen Volkswagen entlang. Auf dem VW bildeten sich hässliche grüne Lackspuren. Der Außenspiegel brach ab und fiel in Scherben auf die Straße.

»Geht das nicht ein bisschen vorsichtiger?«, fragte Gertjan noch, aber als der kahle Riese ihn mit seinem schlechten Gebiss angrinste, ging Gertjan zurück um die Autos herum. Es kam ja sowieso nicht mehr darauf an.

»Wo wollen Sie ihn hin haben?«, grinste der Riese, aber er wartete nicht auf eine Antwort. Die Brille zeigte hilfsbereit auf den Bürgersteig.

Gertjan ließ den Motor an. Vorsichtig ein bisschen Gas geben. Das klang ja noch ganz gut. Erster Gang, Rückwärtsgang.

»Hallo, Sie ...!«

Freundlich lachend steckte der Mann mit der Brille ein Kärtchen durch das zerbrochene Fenster.

»Ich hab noch die Autonummer für Sie aufgeschrieben.«
Total vergessen bei dem ganzen Theater.
»Danke.«
Gertjan nahm das Kärtchen entgegen. Auf der Vorderseite der Visitenkarte stand: Huib Bruil, Schadens-Gutachter.

Langsam setzte sich der Verkehr auf dem Schoterweg wieder in Bewegung. Ein schneller Blick auf seine Armbanduhr zeigte ihm, dass er mindestens eine halbe Stunde verloren hatte.

Er fuhr ein Stück geradeaus und bog dann links ab in die Zaanenstraat. Zu seinem Ärger geriet er dort erneut in einen Verkehrsstau. Das konnte doch nicht wahr sein! Evelien würde bestimmt unruhig werden. Und seinen Plan, sich vor dem Abendessen noch ein bisschen in den Garten zu setzen und in der Sonne ein Bierchen zu trinken, konnte er auch vergessen.

Aus vielen Autos waren die Leute schon ausgestiegen und liefen jetzt auf der Straße herum. Gertjan stieg auch aus und lief mit nach vorn. Radfahrer schlängelten sich durch die Menge. Quer über der Straße standen drei Autos, die aufeinander geprallt waren, zwei davon frontal. Ein älterer Mann saß auf dem Boden und presste sich ein rotes durchweichtes Taschentuch an die Stirn. Er saß an einen Reifen seines Mercedes gelehnt. In dem letzten Wagen hing eine Frau leichenblass schräg im Sicherheitsgurt. Ihre Ente, mit der sie auf den Mercedes aufgefahren war, war beinahe zur Unkenntlichkeit verformt. Die Umstehenden redeten, riefen und gestikulierten wild durcheinander.

»Was ist hier passiert?«, fragte Gertjan eine Frau aus der Menge. Sie sah ihn von der Seite an.

»Genau weiß ich es auch nicht. Jemand ist von der Gegenfahrbahn abgekommen und hat ihn gerammt.« Mit einem

Kopfnicken deutete sie auf den älteren Mann am Boden. »Und die Frau ist ihm dann hintendrauf gefahren. Das ist vielleicht was ...« Sie schüttelte den Kopf.

»Und wo ist jetzt der Fahrer von dem anderem Auto?«

»Weg, glaube ich. Die Leute sagen, er ist abgehauen.«

Gertjan sah sich das kleine Auto an. Von der Kühlerhaube bis zur Mitte des Fahrgastraumes war es vollkommen zusammengequetscht. Die Windschutzscheibe war zersplittert. Das Lenkrad war in den Fahrersitz gedrückt. Da konnte kein Mensch lebendig herausgekommen sein – geschweige denn weggelaufen!

»Ist der Krankenwagen schon unterwegs?«

»Sie haben vor einer Viertelstunde angerufen, aber es kommt niemand ...«

Gertjan spürte einen Stoß im Rücken. Entrüstet drehte er sich um und blickte in das Gesicht des kahlköpfigen Amsterdamers.

»He Kumpel!« Das schlechte Gebiss wurde wieder großzügig demonstriert.

»Hast du's schon wieder fertig gebracht, oder hat's jetzt jemand anders erwischt?«

Dem Kerl schien das richtig Spaß zu machen! Voller Abscheu sah Gertjan dem Mann nach, der sich schon wieder weiter nach vorn schob.

»Los, packt an, Leute, wir können wieder schieben!«, rief er munter. »Wenn wir auf die Polizei warten, stehen wir morgen noch hier!«

2

Nagheela spielte mit dem eingeflochtenen bunten Bändchen in ihrem kastanienbraunen Haar, während sie hoch oben über dem ausgedehnten Gebäudekomplex in den Bergen saß. Eigentlich war es Zeit zum Meditieren, aber darin war sie nicht so gut. Jedenfalls lag es ihr nicht so, sich lange auf diesen einen Namen zu konzentrieren. Ihre Gedanken ließen sich nicht an ein einziges Wort binden. Oft zog sie sich dann stattdessen auf ihren Lieblingsplatz zurück und genoss die Ruhe, so wie jetzt.

Als sie sich ein bisschen bewegte, schoss zu ihren Füßen eine Eidechse unter einem großen Stein hervor. Nagheelas Blick glitt den felsigen Abhang hinunter und ruhte dann auf dem Hauptgebäude, das ein paar Meter unter ihr lag. Es war leuchtend weiß und stach deutlich ab von dem bunten Teppich aus Pflanzen und blühenden Sträuchern, von dem es umgeben war – einer farbigen Oase in der rauen Schweizer Hochgebirgslandschaft. Vom Hauptgebäude aus führten diverse Pfade und Treppen zu den verschiedenen Nebengebäuden mit ihren sorgfältig angelegten und gepflegten Gärten. Auf den Balkons, den Flachdächern und den Rasenflächen waren die anderen Tekna-Gen als weiße Pünktchen zu erkennen. An der Bergwand verstreut waren überall kleine Gruppen oder einzelne Personen am Meditieren, oder sie genossen ebenso wie Nagheela die Ruhe und die warme Mittagssonne.

Sie waren hier nicht so streng. Angeblich gab es andere Zentren, wo die Vorschriften strenger gehandhabt wurden, aber das wusste Nagheela nur vom Hörensagen. Außerdem passte das auch gar nicht zur Lebensweise der Tekna-Gen – also stimmte es wahrscheinlich gar nicht.

Ihr Blick wanderte über die Alpengipfel, die sich deutlich gegen den Sommerhimmel abzeichneten. Es war ein herrlich klarer Tag. Die weißen Schneeflächen und Gletscher bildeten einen wunderbaren Kontrast zu dem tiefblauen Himmel. Besonders jetzt, da die Sonne hoch stand. Noch anderthalb Stunden, dann würde die Sonne hinter dem steilen Westhang verschwinden, auf dem sie saß. Dann wurde es hier oben auch schnell kalt.

Gerade hatten sie in dem großen Hauptgebäude gegessen. Dafür nahmen sie sich immer viel Zeit, denn durch die gemeinsamen Mahlzeiten wurde das Gemeinschaftsgefühl gepflegt.

Nachmittags trafen sie sich normalerweise zum Studium, in kleinen Gruppen von höchstens dreißig Teilnehmern. Diese Studiengruppen zogen sich dann in die Nebengebäude zurück, wo auch die Schlafsäle lagen. Die Zusammensetzung der Gruppen änderte sich immer wieder, so dass sich innerhalb der Gemeinschaft keine Cliquen bilden konnten. Das würde zu Spaltung führen, hatte Rashkalin gesagt. Gegen acht Uhr abends gab es dann in den Gruppen ein kaltes Abendessen.

Dieser Nachmittag war anders. Die letzten paar Nachmittage waren schon anders gewesen. Statt zu studieren zogen die Leiter sich in einen Saal im Hauptgebäude zurück; die übrigen Mitglieder der Gemeinschaft konnten in der Zeit meditieren. Nagheela hatte das Gefühl, dass irgendwas los war, aber sie wusste nicht, was. Dieses Gefühl hatten die anderen übrigens auch. Aber in der Zeit, die sie hier verbracht hatte, hatte sie gelernt, den Leitern zu vertrauen. Sie stellte keine unnötigen Fragen mehr.

Wie lange lebte sie eigentlich schon hier? Nagheela rechnete zurück. Sie war jetzt einundzwanzig; mit siebzehn war sie von zu Hause weggegangen. Ein Jahr lang war sie in Europa herumgezogen, bis sie Rasheen begegnet war. Also war sie jetzt drei Jahre hier.

Schon drei Jahre! Eigentlich lebte sie überhaupt erst seit drei Jahren, fand sie. Nicht, dass sie es so schlecht gehabt hätte bei ihren Eltern. Und mit ihrer Schwester hatte sie sich auch prima verstanden – aber es war so sterbenslangweilig gewesen. So brav! Zum Beispiel dieser Nachmittag mit Guido. Wie alt war sie damals? Fünfzehn, dachte sie. Und Guido vielleicht vierundzwanzig. Es war sehr schön gewesen, und so vollkommen natürlich. Die Sonne hatte an diesem Tag geschienen und im Garten war es passiert. Sie hatten gegenseitig ihre Körper erkundet und Guido hatte ihr gesagt, dass sie schön sei. Das hatte sie auch gebraucht damals. Sie war zu dick gewesen, mit Pickeln und viel zu dickem, kurzem Haar. Aber Guido hatte sie behandelt wie eine Erwachsene und hatte ihr liebe Worte gesagt, sie gestreichelt und geküsst. Der Rest kam dann von selbst. Nein, dann kam ihr Vater. Er kam früher zurück als erwartet, und er hatte eine schreckliche Szene gemacht. Er ließ sie spüren, was für ein minderwertiges Geschöpf sie war, dieses Geschöpf, das sie selbst so verabscheute. Ihre Mutter hatte ihr nicht geholfen und ihre Schwester hatte gelacht. Guido war nie wiedergekommen. Ihr Vater war übrigens gar nicht ihr richtiger Vater. Der war bei einem Feuer umgekommen, als sie zwei Jahre alt gewesen war. Sie und ihre Mutter waren gerade noch rechtzeitig aus dem Haus gekommen. Warum mischte sich dieser Mann denn überhaupt ein – das ging ihn doch gar nichts an!

Von diesem Moment an hatte ihr Entschluss festgestanden. Sie würde weggehen. Aber es hatte noch zwei Jahre gedauert, bis sie den Mut dazu fand. Mit all dem Geld in der Tasche, das sie sich zusammengespart hatte, hatte sie die Tür hinter sich zugezogen. Sie würde schon zurechtkommen. Sie war durch Europa getrampt und als ihr Geld alle war, fand sie da und dort mal einen Job. Und doch hatte sie dieses Leben nicht befriedigt. Oft hatte sie Sehnsucht nach zu Hause, aber dahin konnte sie natürlich nicht zurück. Um zu überleben, musste sie ab und zu mit Männern mitgehen. Dass etwas, das schön sein sollte, so beschmutzt werden konnte! Und dann war sie Rasheen begegnet. Rasheen – wie hatte der ihr geholfen! Rasheen war einer der Ernter der Tekna-Gen. Das waren die Leute, die schon lange zu der Organisation gehörten und durch die Welt reisten, um die jungen Leute abzuholen, die der Geist auserwählt hatte. Und sie war auserwählt!

Er hatte sie in dieses Zentrum gebracht und der Geist hatte Recht gehabt. Das war ihr Platz, hier wurde sie ausgebildet für ihre Lebensaufgabe. Auch sie durfte ein Glied der weltweiten Bewegung sein, die die Welt einigen würde. Die die Neue Welt schaffen würde, in der Geist und Materie durch die Kraft des Geistes in Einklang gebracht werden würden.

Nagheelas Augen glitten über das Hauptgebäude. Von dem Platz, an dem sie saß, konnte sie gerade noch die Dachterrasse über dem Speisesaal sehen. Die Terrasse war so angelegt wie ein Amphitheater, so dass man von beinah jedem Platz aus einen guten Blick auf das Podium hatte. Von diesem Podium aus wurde jeden Tag das Mittagessen mit einem Dankwort an den Geist beendet. Dann wurde das Lied der Erde gesungen, dirigiert von Rashkalin selbst.

Nagheelas Gedanken wanderten zurück zu dem Tag, an dem sie im Zentrum angekommen war. Sie war überwältigt gewesen von seiner Größe. Schon die Reise hierher war ein Erlebnis gewesen – allein schon deshalb, weil Rasheen bei ihr war.

Rasheen, aufgewachsen in Amsterdam, war ein Äthiopier. Ein ganz schwarzer. Seine ehrlichen schwarzen Augen und der kleine Diamant in seinem Schneidezahn hatten sie gerührt. Er hatte ihre abgestorbenen Gefühle wieder zum Leben erweckt. Seine Begeisterung bezüglich der Neuen Welt war ansteckend gewesen. Und obwohl sie damals ziemlich schlimm aussah, hatte er sie nicht wie ein Stück Dreck behandelt. Er hatte sich um sie gekümmert und sie getröstet. Als sie wieder stark genug gewesen war, um zu reisen, waren sie in die Schweiz gefahren. Erst mit dem Zug, dann mit dem Bus. Das letzte Stück hatten sie zu Fuß gehen müssen. Damals hatte das noch ein paar Tage gedauert. Mit der Kondition, die sie jetzt hatte, würde sie das leicht in anderthalb Tagen schaffen.

Der erste Anblick des Komplexes war überwältigend gewesen. Durch das, was Rasheen ihr erzählt hatte, hatte sie einiges erwartet, aber das hier übertraf alle ihre Vorstellungen. Mitten in dem unwegsamen Hochgebirge lag ein sehr moderner, luxuriös eingerichteter Gebäudekomplex. Sie konnte baden in einem prächtig eingerichteten Badezimmer mit Whirlpool und elektronisch gesteuerten Wasserhähnen, die das Badewasser automatisch auf der gewünschten Temperatur hielten. Die erwärmten Spiegel beschlugen nicht und ihre leicht bronzene Farbe ließen sie schöner wirken, als sie war.

Es war ihr aufgefallen, dass alle hier wirklich gut aussahen. Die jungen Leute hier gehörten verschiedenen Rassen an, aber die Mädchen waren alle schlank und hatten überwiegend langes Haar und die Jungen waren athletisch gebaut. Auch ihre Gesichter waren makellos und ebenmäßig. Mit ihrer schäbigen Kleidung und ihren groben Gesichtszügen fiel sie vollkommen aus dem Rahmen. Dick war sie nicht mehr, aber von einer wohl proportionierten Figur konnte keine Rede sein. Wie sollte sie sich unter diesen Menschen jemals zu Hause fühlen?

Die ersten Tage nach ihrer Ankunft dienten vor allem ihrer weiteren Erholung. Sie bekam gut zu essen und schlief viel. Am dritten Tag wurde sie Rashkalin vorgestellt. Rasheen brachte sie zu seinem Gemach im Hauptgebäude. Ebenso wie die übrigen Räume im Hauptgebäude hatte auch Rashkalins Gemach keine Tür.

»Wir haben keine Geheimnisse voreinander«, erklärte Rashkalin, »daher verschließen wir unsere Zimmer nicht.«

Rashkalin war ein großer Mann mit halblangem, silbergrauem Haar und einem Vollbart in verschiedenen Grauschattierungen. Er hatte ein gebräuntes Gesicht und freundliche braune Augen. Sein Teint wirkte seltsam jugendlich – ein eigenartiger Kontrast zu seinem grauen Haar. Sie konnte sein Alter nicht schätzen.

Er war so wie Rasheen ihn beschrieben und wie sie ihn sich vorgestellt hatte – ein Vater der Gemeinschaft. Er sprach englisch mit einem Akzent, den sie keiner bestimmten Nationalität zuordnen konnte.

Seine Kleidung war aus einem Stoff gemacht, der ihr unbekannt war. Er wirkte weich und fiel in weiten Falten um seinen Körper. Die Farbe war hellrosa.

»Setz dich.«

Rashkalin deutete mit einem Kopfnicken auf ein Kissen am Boden und nahm selbst auf dem gegenüberliegenden Kissen Platz.

In dem Zimmer gab es außer dem Stuhl, der hinter dem Teakholz-Schreibtisch stand, keine weiteren Stühle.

»Ich sitze gern auf dem Boden, aber wenn ich etwas zu schreiben habe oder an meinem PC arbeiten muss, ist so ein Kissen ziemlich unpraktisch«, lächelte er. Sie lächelte zurück. Sie hatte noch nichts gesagt; aus irgendeinem Grund wirkte das hier unpassend, trotz der ungezwungenen Atmosphäre, die Rashkalin umgab.

Rashkalin nickte zu Rasheen hinüber, der zwei Tassen duftenden Kräutertee vom Schreibtisch nahm und neben sie auf den Boden stellte. Dann verließ er das Zimmer.

Einige Zeit lang saßen sie sich schweigend gegenüber und tranken die heiße Flüssigkeit. Es störte sie nicht, dass Rashkalin sie unverwandt anstarrte; unbefangen erwiderte sie seinen Blick. Die dunkelbraunen Augen übten eine eigenartige Wirkung auf sie aus. Sie fühlte sich leicht werden und wurde von einem überwältigenden Glücksgefühl ergriffen. Es begann als seltsames Kribbeln in ihrem Unterleib, das dann in ihre Magengegend übersprudelte und schließlich ihren ganzen Körper mit einem brausenden Gefühl erfüllte, das sie nie zuvor erlebt hatte und das sich mit nichts anderem vergleichen ließ. Wie in einer Vision sah sie in den Augen des Mannes vor ihr einen anderen Mann erscheinen – nein, zwei andere Männer. Im Vordergrund eine imposante Gestalt mit einem fremdartigen Gesicht, schwarzem Haar und ungewöhnlich hellen Augen. Sie konnte seine Gesichtszüge nicht gut erkennen – wie der Mann aussah, spürte sie mehr, als dass sie es tatsächlich sah. Schräg hinter ihm stand ein magerer Mann mit strähnigem schwarzen Haar, der, ebenso wie der erste, eine enorme Energie ausstrahlte. Dann verblasste das Bild und das Wirbeln und Brausen kam langsam wieder zur Ruhe.

Sie hatte nicht die leiseste Ahnung, wie lange sie da so gesessen hatten.

»Wie heißt du?«, unterbrach Rashkalin das Schweigen nach einiger Zeit. Sie öffnete den Mund, um zu antworten, aber Rashkalin legte sacht seinen Finger auf ihre Lippen. Sie schwieg.

»Du sollst Nagheela heißen«, sagte Rashkalin.

Sie schlug die Augen nieder.

»Nagheela ...« Flüsternd ließ sie sich den Klang auf der Zunge zergehen.

»Nagheela«, bestätigte Rashkalin.

»Nagheela Duinhoven! Das klingt ein bisschen anders als Nineke Duinhoven«, lachte sie und blickte Rashkalin aufgeweckt an. Ein Schatten glitt über die freundlichen Augen.

»Kein Nachname, Nagheela«, sagte Rashkalin. »Nachnamen bringen Spaltung. Damit wollen sich die Menschen in der heutigen Welt voneinander unterscheiden. Du gehörst nicht mehr zu ihnen, du bist eine Tekna-Gen, ein Kind der Erde.«

Der Schatten verschwand wieder.

»In dieser Gemeinschaft bereiten wir uns auf die Neue Welt vor. Irgendwo auf dieser Erde lebt jetzt schon ein Mann, der der Neuen Welt vorstehen wird. Er wird vollkommene Harmonie schaffen und unser aller Herzen mit tiefem Glück erfüllen – viel tiefer als das, was du eben erfahren hast.«

Hatte Rashkalin dieses Gefühl in ihr hervorgerufen? Wusste er, was sie eben gesehen hatte?

»Hast du ihn eben gesehen?«

Er wusste es also nicht, aber er vermutete es anscheinend.

»Ja. Es waren zwei. Einer mit hellen Augen und einer, der hinter ihm stand. Wer waren die beiden?«

»Wir kennen die Vision«, antwortete Rashkalin. »Auf diese Weise bestätigt der Geist uns, dass wir seine Kinder sind. Auch du bist auserwählt. Du wirst eine Jäterin werden, Nagheela.«

»Eine Jäterin?«

»Du wirst hier noch viel lernen, Nagheela, alles zu seiner Zeit.«

Es war eine Erinnerung, der sich Nagheela oft hingab. Bewusst und unbewusst kam sie an die Oberfläche, wenn sie sich während der Meditationsstunden zurückzog. Das überwältigende Glücksgefühl hatte sie in diesem Maße so gut wie nie mehr erlebt, ebenso wenig wie die Vision, aber das intensive Gefühl, dass sie hier hingehörte, und die tiefe, vertrauensvolle Ruhe waren seitdem nie mehr von ihr gewichen.

Sie blickte sich um und prüfte den Stand der Sonne oberhalb der Bergwand. Überall um sie herum erklang das musikalische Zirpen der Grillen. Völlige Ruhe umgab sie.

Plötzlich vernahm sie ein anderes Geräusch. Die Grillen schwiegen einen Moment. Aus dem Tal, nein, von der Bergwand herab, überall um sie herum erscholl der Ton eines Hornes. Es war ein anderes als das Horn, durch das sie zu ihren Zusammenkünften gerufen wurden. Es war tiefer, voller. Und es war noch ein anderer Klang dabei, der an eine Stimme erinnerte, einen lauten Ruf. Gleichzeitig schoss ein Glänzen durch die Luft, ein Blitz von Licht und Farbe, wie Sonnenlicht, das plötzlich durch den Dunstnebel eines Wasserfalls scheint und eine Explosion von Farben verursacht. Die Explosion füllte den ganzen Himmel und dann war es vorbei. Die Grillen zirpten wieder. Nagheela blickte sich verwundert um. Der Laut klang nicht nach, es gab kein Echo und das war seltsam hier in den Alpen. Es schien, als sei nichts geschehen. Sie war verwirrt. Hatte sie sich das alles nur eingebildet? Das Ganze hatte nur einen Sekundenbruchteil lang gedauert. Auch der Laut war zeitlich nicht messbar gewesen. Er war wie eine Erinnerung, dimensionslos, kürzer als ein Augenblick. Nein, sie hatte es sich eingebildet. Seltsam. Sie zuckte mit den Schultern. Die Eidechse saß wieder auf dem Stein zu ihren Füßen und sah sie mir ihren kleinen goldenen Augen an, bereit davonzuschießen, wenn es nötig war. Alles war normal. Sie strich das bunte Bändchen, das inzwischen ganz zerknittert war, wieder glatt und schüttelte ihr langes braunes Haar mit einer selbstbewussten Kopfbewegung in den Nacken. Sie genoss das federleichte Streicheln, das sie spürte, als es auf ihren Rücken fiel.

Wie hatte sie sie verändert, seit sie hier angekommen war! Nachdem sie an jenem Tag von Rashkalin weggegangen war, hatte Rasheen sie in die medizinische Abteilung gebracht.

»Unsere Gemeinschaft hier ist nicht repräsentativ für die heutige Welt«, hatte Rashkalin gesagt. »Die tiefe Verbundenheit, in der wir miteinander leben, ist ein Vorbote der Neuen Welt. Krankheiten wird es dort nicht mehr geben. Wir haben hier die modernsten medizinischen Technologien, mit denen wir vor allem präventiv arbeiten.«

An jenem Nachmittag wurde sie von einem der Ärzte durch die Krankenhausabteilung geführt. Die nüchterne Einrichtung und die modernen Apparaturen erinnerten zwar an ein herkömmliches Krankenhaus, es gab jedoch keine Krankenzimmer und Betten.

»Unsere Heilungsmethoden sind darauf ausgerichtet, das geistige und das stoffliche Sein eines Menschen miteinander in Einklang zu bringen«, erklärte der Arzt. »Wir benutzen Standardtechniken der westlichen Behandlungsmethoden für materielle Probleme wie Verletzungen oder Abweichungen. Wir können hier die schwierigsten Operationen selbst durchführen und sind völlig unabhängig von der Außenwelt.«

»Wie meinen Sie das, Abweichungen?«, fragte sie. Unter Verletzungen konnte sie sich etwas vorstellen, aber Abweichungen, das kam ihr doch seltsam vor.

»Sag ruhig Yuri zu mir«, sagte der Arzt. »Wir haben es hier nicht so mit der Siezerei.«

»Okay, Yuri, was für Abweichungen denn?«

»Alles Mögliche«, lächelte Yuri, »zum Beispiel ein krummes Bein, oder eins, das zu kurz ist. Aber auch kosmetische Abweichungen. Du kennst ja bestimmt diese Redensart ›wahre Schönheit kommt von innen‹. Das ist eine Ausrede der heutigen Welt, um Abweichungen zu tolerieren. Wir bringen das Äußere in Einklang mit dem Inneren, oder anders gesagt, den Körper mit dem Geist. Wenn dein Geist sich im Einklang befindet mit dem Geist der Neuen Welt, warum nicht auch dein Körper? Wir arbeiten hier an beidem, am Geist und am Körper.«

»Klingt logisch«, fand sie, »aber wie geht das dann?«

»Komm mal mit.«

Er führte sie zu einer großen, aufrecht stehenden Glasröhre.

»Das ist ein Scanner«, erklärte Yuri. »Mit diesem Apparat können wir ein dreidimensionales Computerbild deines ganzen Körpers machen, sowohl vom Knochenbau als auch von der Muskelmasse und vom Fettgewebe. Indem wir dieses Bild mit dem Idealbild vergleichen, können wir uns zielgerichtet an die

Arbeit machen. Wir arbeiten ein ausgeklügeltes Trainingsprogramm für dich aus, und dann machen wir ein paar kleinere chirurgische Eingriffe, besonders am Gesicht.«

»Du meinst, ihr wollt mich schöner machen?«

»Genau.«

Jetzt begriff sie auf einmal, warum all die anderen in dem Zentrum so schön waren. Es war alles gar nicht echt!

»Passiert das mit jedem, der hierher kommt?«

»Es gibt kaum jemanden, der nicht irgendwas verändern möchte. Ich will dich nicht beleidigen, Nagheela, aber du kannst auch ein paar Korrekturen gebrauchen, glaub mir.«

Er berührte sanft ihre Nase. »Die kann ein bisschen kleiner und gerader werden.« Dann strich er über ihre Wangenknochen. »Und hier müsstest du etwas voller sein.«

»Na ja, also …«

»Sollen wir dich morgen mal in den Scanner stecken?«

Am nächsten Tag machte Ashraim, ein blonder Junge mit norwegischem Akzent, mit Nagheela die Scanner-Aufnahmen. Nagheela stand aufrecht in der Röhre, während ein halbkreisförmiges Gebilde mit leisem Summen von ihrem Kopf zu den Füßen hinabglitt und wieder zurück. Es dauerte nur ein paar Minuten.

»Das ist alles«, sagte Ashraim hinter seinem Monitor. »Du kannst dich wieder anziehen und dann mal gucken kommen.«

Auf dem Bildschirm sah sie ein fotografisch exaktes Bild von sich selbst. »Guck«, sagte Ashraim, »ich kann jetzt zum Beispiel auf dein Gesicht zoomen.« Mit der Maus klickte er auf ein Icon neben dem Rahmen um ihr Gesicht; noch einmal ein Klick und der Ausschnitt wurde auf Bildschirmgröße vergrößert.

»Du kannst dich selbst von allen Seiten betrachten.« Wieder ein Klick auf ein Icon und das Bild begann sich langsam zu drehen. »Das ist auch eine feine Sache.«

Ashraim klickte wieder auf Verkleinern; auf dem Monitor war wieder ihr ganzer Körper zu sehen. Mit der Maus huschte Ashraim durch die erforderlichen Icons und Menüs. Nacheinander wurde die Haut entfernt und die Muskelmasse dargestellt, bis schließlich das Skelett übrig blieb. Nagheela schaute mit offenem Mund zu.

Inzwischen hatte Yuri sich dazugesetzt.

»Guck, Nagheela«, sagte er, »der Knochenbau ist mehr oder weniger unveränderlich, daran machen wir normalerweise nichts. Vergleich ihn mal mit dem Idealbild.«

Ashraim projezierte ein zweites Skelett auf den Bildschirm und brachte es auf die gleiche Größe.

»Im Vergleich zum Idealbild sind deine Beine ein kleines bisschen zu lang«, erklärte Yuri, »aber wegen der zwei Zentimeter machen wir uns nicht verrückt. Der Rest ist durchaus akzeptabel. Zeig jetzt mal die Muskelmasse.«

Die Muskeln waren wieder zu sehen und gleichzeitig erschien daneben das Idealbild.

»Da lässt noch das eine und andere zu wünschen übrig.«

»Also, warte mal ...«, protestierte Nagheela.

»Einen Moment noch, Nagheela«, unterbrach Yuri sie. »Wir machen nichts, womit du nicht vollkommen einverstanden bist. Ich will dir eben noch ein paar Dinge zeigen, dann sprechen wir darüber.«

Das klang ziemlich beruhigend.

Ashraims Finger glitten über die Tastatur, und ihr eigener Körper wurde in Grautönen dargestellt, ebenso wie das Idealbild. In Rot wurde gezeigt, wo zu viel, und in Grün, wo zu wenig war.

»Ist eigentlich ganz okay«, sagte Yuri, »du bist nur drei Pfund zu leicht, aber du hast zu wenig Muskelmasse und etwas zu viel Fett. Das kannst du mit Training ziemlich schnell in Ordnung bringen, da brauche ich nichts zu tun. Du bekommst gleich ein gezieltes Trainingsprogramm mit für Azalna. Azalna ist unsere Physiotherapeutin, sie wird dich betreuen. Ich würde nur die untersten Rippen ein bisschen kürzen, damit die Taille besser herauskommt.

Er zog die Tastatur von Ashraim zu sich herüber und schnitt auf dem Monitor ein Stück von den untersten Rippen ab. Das Bild ihres Körpers passte sich den neuen Konturen an.

»Ja, so ist es besser ...«

Aus dem Drucker kamen ein paar Bilder mit den tatsächlichen und den idealen Körperkonturen und einigen Beschreibungen.

»Die kannst du gleich zu Azalna mitnehmen.«

Geistesabwesend nahm Nagheela die Blätter entgegen. Das ging ihr alles viel zu schnell. Auf der einen Seite fand sie es großartig, aber auf der anderen Seite fragte sie sich, wozu das eigentlich alles nötig war. Das mit den Rippen war ihr überhaupt nicht recht.

»Oh, davon merkst du gar nichts«, beruhigte Yuri sie. »Vor allem die Rippen sind hier Routinearbeit. Nach einer Stunde bist du wieder die Alte.«

»Nach einer Stunde?« Das schien ihr doch ziemlich übertrieben.

»Ja, wirklich. Die Operation dauert ungefähr eine halbe Stunde, aber bis du richtig unter Hypnose bist und nachher wieder wach wirst, ist etwa eine Stunde vergangen. Aber das ist mehr Rashkalins Gebiet. Harmonie zwischen Körper und Geist, weißt du noch? Ich kümmere mich um den Körper und Rashkalin um den Geist.«

Nagheela dachte zurück an die Begegnung, die sie am Vortag mit Rashkalin gehabt hatte, und an ihr Erlebnis mit der Vision. Ob er das wirklich konnte?

»Mach dir keine Sorgen, Mädchen, du bist nicht die Erste«, sagte Ashraim. »Ich hatte krumme Beine und war fünf Zentimeter zu klein.« Er blinzelte Nagheela zu.

25

»Ist schon okay«, lenkte sie ein.

»Und jetzt dein Gesicht«, fuhr Yuri fort.

Ashraim zoomte auf ihr Gesicht. Das Vergleichsbild war weg.

»Hier bestimmst du zum größten Teil selbst, was du willst«, sagte Yuri. »Es ist dein Gesicht. Sag einfach, was du gern anders hättest.«

»Ich find's eigentlich ziemlich in Ordnung«, sagte Nagheela, aber eigentlich hoffte sie doch, dass die anderen ihr widersprachen. Langsam wandelte sich ihr anfänglicher Widerstand in Neugier.

Ashraim teilte den Bildschirm in eine linke und eine rechte Hälfte. Auf beiden Seiten war ihr Gesicht zu sehen.

»Jetzt machen wir erst mal die Nase ein bisschen kleiner«, gab Yuri an.

Ashraim klickte auf den Rahmen, der um die Nase lag, und dann auf ein paar Icons. Nach und nach veränderten sich Form und Größe der Nase.

»Das ist bloß ein Muster, Nagheela, gleich bist du selbst an der Reihe. Es geht nur darum, dass wir erstmal eine Vorstellung haben.«

Nagheela sah gebannt zu, wie Yuri und Ashraim sie langsam von einem unansehnlichen, nichtssagenden Mädchen in eine Schönheit verwandelten, die ohne weiteres als Topmodel durchgegangen wäre.

Ihre Augen wurden größer und mandelförmiger, ihre Wangenknochen wurden höher, ihr Kinn straffer und ihre Lippen voller.

»Dein Gesicht hat sehr schöne Potenziale ...«

Yuri lehnte sich zufrieden zurück.

»Guck – dein Schädel ist eine feste Größe, so dass wir an der Form deiner Stirn oder der Höhe deiner Nase nichts verändern können. Aber innerhalb bestimmter Grenzen können wir mit den weichen Teilen einiges machen.«

»Und das kriegt ihr wirklich hin?« Nagheela klopfte das Herz bis zum Hals. Ein ganz neues, eigenartiges Gefühl durchströmte ihren Körper. »Also, meinetwegen könnt ihr loslegen!« Yuri und Ashraim lachten.

»Geht das wirklich?« Sie betrachtete noch einmal die linke Bildschirmhälfte mit ihrem alten und dann die rechte Bildschirmhälfte mit ihrem neuen Gesicht. Mit ihren Fingern strich sie an ihrer Nase, ihren Wangenknochen und ihren Wangen entlang.

»Jetzt kannst du selbst noch ein bisschen mit Ashraim rumspielen«, sagte Yuri. »In einer Stunde bin ich zurück, dann machen wir einen Termin aus.« Er stand auf und verließ den Raum. In der Tür drehte er sich noch mal um. »Bleib aber auf dem Teppich, okay?«, grinste er.

Nach einer halben Stunde waren Ashraim und Nagheela so weit. Viel hatten sie nicht verändert; schließlich kamen sie doch in etwa auf Yuris ersten Entwurf zurück.

»Ja, der Mann hat wirklich einen Blick dafür«, bemerkte Ashraim. »Die meisten landen doch immer bei dem, was er daraus gemacht hat.«

»Und kriegt er das in Wirklichkeit auch genau so hin?«

Nagheela konnte es immer noch nicht richtig glauben. Sie hatte gesehen, wie schon ganz geringfügige Veränderungen sich auf die Ausstrahlung ihres ganzen Gesichtes auswirkten.

»Ja, sicher. Ich zeig dir mal, was er mit mir gemacht hat. Eben noch diese Datei speichern.«

»Okay.«

Ashraim zauberte wieder mit der Tastatur herum und gleich darauf erschien das Bild eines dicken Jungen auf dem Monitor.

»Das ist bestimmt der falsche«, dachte Nagheela noch, aber im nächsten Augenblick erschien auf der rechten Hälfte des Bildschirms Ashraims Gesicht.

27

»Warst du das?« Nagheela schlug die Hand vor den Mund. Ashraim lachte zufrieden.

»Ist schon einige Zeit her, dass ich den dicken Kopf im Spiegel angucken musste. Ich bin vor ungefähr zwei Jahren unters Messer gekommen. Du siehst, wie ähnlich mein Gesicht dem Entwurf geworden ist.«

Nagheela war sprachlos. Sie blickte von dem linken Bild zum rechten und dann zu dem anziehenden blonden Jungen hinüber, der neben ihr saß. Zwischen dem linken Foto und dem Ashraim von heute bestand keinerlei Ähnlichkeit mehr.

»Vor zwei Jahren, sagst du? Du bist ja kaum älter geworden seitdem!«

»Stimmt«, antwortete Ashraim. »Ich weiß nicht genau, wie das kommt. Wir verändern uns hier alle nur sehr langsam. Ich glaube, dass ...«

In diesem Moment kam Yuri wieder herein und unterbrach Ashraim mit der fröhlichen Bemerkung: »Das ist zu rigoros, Nagheela, da lass ich lieber die Finger davon!«

Er zog seinen Stuhl wieder heran und nahm dann verkehrt herum darauf Platz, die Arme entspannt auf der Rückenlehne gekreuzt.

»Zeig mal!«

Es fiel Nagheela auf, dass Yuri ebenfalls noch jung wirkte. Jemand, der doch wahrscheinlich ziemlich viel Berufserfahrung hatte – und die musste man haben, wenn man so gut war – konnte unmöglich so jung sein, wie Yuri aussah.

Ashraim hatte Nagheela inzwischen wieder auf dem Bildschirm. Yuri nickte zustimmend.

»Ich find's in Ordnung«, sagte er.

»Ich auch«, sagte Nagheela.

»Ich auch«, fand Ashraim.

»Also ...?«

Yuri sah sie fragend an. »Ja?«

Nagheela nickte heftig. »Ja!«

»Gut, dann bespreche ich es mit Rashkalin. Wir machen so schnell wie möglich alles fertig und dann können wir loslegen.«

Yuri stand auf.

»Wann ist es denn so weit?«, wollte Nagheela wissen.

»Das liegt ein bisschen an Rashkalin«, erklärte Yuri. »Aber wenn wir Glück haben, klappt es diese Woche noch. Rashkalin macht die Hypnose und die Erholungsphase; da muss er sich immer gut drauf vorbereiten.«

»Gehst du das jetzt mit ihm besprechen?«

»Ich sag dir heute Abend noch Bescheid, ja?«

Yuri ging aus dem Zimmer, aber als er draußen war, drehte er sich noch mal um und streckte den Kopf herein. »Ach so, Nagheela, was machen wir mit den Rippen?«

»Ich geb dir freie Hand«, rief Nagheela zurück. Sie hatte jetzt rückhaltloses Vertrauen. Yuri lachte und blinzelte Ashraim zu.

»Bis heute Abend!« Er winkte ihnen zu und verschwand.

Die nächsten Tage schienen Nagheela endlos lang. Auf Anweisung von Azalna, der Physiotherapeutin, hatte sie mit ihrem maßgeschneiderten Trainingsprogramm begonnen. Regelmäßig trainierte sie in einem der Fitnessräume im Hauptgebäude. Azalna hatte die Computerausdrucke betrachtet und zustimmend genickt. In drei bis vier Monaten, schätzte sie, würde Nagheela eine vollkommene Figur haben.

Innerhalb von einer Woche hatte die Operation stattgefunden. Sie war stocksteif vor Aufregung gewesen, aber als Rashkalin hereinkam, durchflutete eine Welle von Ruhe und Entspannung den Raum. Dieser Mann hatte einfach eine besondere Ausstrahlung. Viel hatte er nicht gesagt, aber das war auch nicht nötig gewesen. Mit seinen sanften Augen sagte er mehr, als Worte je ausdrücken konnten. Sie hatte ihm gegenübergesessen und aufs Neue das Gefühl verspürt, das sie bei ihrer ersten Begegnung ergriffen hatte, wenn auch diesmal deutlich schwächer. Danach wurden ihre Augen schwer, und ihr schwand das Bewusstsein. Das Nächste, woran sie sich erinnern konnte, war, dass sie in einem anderen Raum aus einem seltsamen Schlaf erwachte. Traumfetzen schwebten wie Schatten durch sie hindurch. Es war, als ob sie aus einer anderen Welt zurückkehrte. Auch jetzt passierte es ihr noch oft, dass sie auf diese Art wach wurde. Sie konnte sich nie genau daran erinnern, was sie geträumt hatte, noch nicht einmal daran, ob es angenehm gewesen war oder nicht. Es machte ihr nichts aus.

»Nagheela?« Das war Rasheens Stimme. Er saß neben ihr auf dem Bettrand.

Yuri, Ashraim und Rasheen waren bei ihr, als sie aufwachte. Yuri sah auf die Uhr.

»Anderthalb Stunden!«, rief er enthusiastisch. »Was hab ich dir gesagt?«

»Eine Stunde«, sagte Ashrain. »Das sagst du doch immer.«

In den darauf folgenden Tagen kam Rashkalin regelmäßig vorbei. Er strich mit den Händen an ihrem Gesicht und ihrem Brustkasten entlang, ohne sie zu berühren.

»Unsere Heilkraft ist noch begrenzt«, erklärte er. »Es wird eine Zeit kommen, und zwar schon bald, wo wir Heiler haben, die eine unmittelbare, vollkommene Heilung bewirken können. Die Kraft ist hier stärker als in der Außenwelt, aber auch wir leiden unter einer negativen Kraft, die sich noch auf der Erde befindet. Die Erde bereitet sich auf eine große Reinigung vor. Wenn sie stattgefunden hat, kann die Kraft des Geistes sich unbeschränkt entfalten. Ich brauche jetzt noch einige Tage für deine Wiederherstellung.«

Nach etwa einer Woche wurde der Verband entfernt.

»Mir kommt die Ehre zu, dir zum ersten Mal dein neues Selbst vorzustellen«, sagte Rasheen. Er führte sie zu einem Vorhang, der bis zum Boden reichte, und schob diesen dann mit einer theatralischen Geste beiseite. Was sie erwartet hatte, wusste sie nicht mehr – vielleicht ein geschwollenes Gesicht, blaue Flecken, Narben oder was auch immer, aber in dem großen Spiegel vor ihr stand ein bildschönes Mädchen, das sie völlig entgeistert anstarrte. Keine blauen Flecken, keine Narben, nichts von alledem.

Rasheen stand hinter ihr und nahm ihre Hand.

»Schön, nicht?«, flüsterte er, hob ihre Hand hoch und strich damit über ihre Wangen.

»Wie ist das möglich? So schnell?«

»Na ja, es gibt eben Heiler und Heiler«, erklärte Rasheen. »Heutzutage gibt es auf diesem Gebiet ziemlich viele Pfuscher: Magnetiseure, Gebetsheiler und alles Mögliche. Manche sind gut, andere Betrüger. Der Geist bestätigt Rashkalin, dass er ein echter Heiler ist – einfach dadurch, dass es funktioniert.«

Rashkalin kam auf sie zu.

»Nagheela.«

Sie wandte sich ihm zu und sah ihn an.

Rashkalin holte ein langes Silberkettchen aus der Tasche. An dem Kettchen hing ein kleiner Stein mit einer Inschrift. Er hielt ihn vor ihr Gesicht. »Nagheela« stand darauf.

»Du bekommst von mir einen Stein mit deinem neuen Namen. Den sollst du immer bei dir tragen, als Zeichen deiner neuen Geburt. Du bist jetzt ein neuer Mensch, Nagheela, eine neue Schöpfung in der Neuen Welt. Heute bist du geboren worden als ein Kind der Erde, eine Tekna-Gen. Du bist deine eigene Schöpferin gewesen, wir haben nur ausgeführt, was du entworfen hast. Und der Geist hat dich angenommen, indem er deinen Körper wiederhergestellt hat. Das ist für uns ein Zeichen dafür, dass er dich angenommen hat – du bist eine Auserwählte! Willkommen, Nagheela!«

Nagheela senkte den Kopf, als Rashkalin ihr das Kettchen mit dem Stein um den Hals hängte.

»Heute Abend werden wir dich feierlich in die Gemeinschaft aufnehmen.«

Er legte einen Finger unter ihr Kinn, hob ihr Gesicht an und küsste sie auf die Stirn. Seine leichte Berührung ließ sie erschauern.

Dann verließ Rashkalin den Raum.

Der langgezogene Ton des Horns schreckte sie aus ihren Erinnerungen auf. Die hohe Bergwand hinter ihr warf ihren Schatten schon weit voraus auf die gegenüberliegende Bergkette. Die sonst weißen Spitzen färbten sich im Abendlicht orangerot. Mit allerlei Schattierungen zwischen hell und dunkel senkte sich die Abenddämmerung auf die steilen Felswände und Kluften und glitt über das helle Grün der Baumgrenze hinab ins Tal. Das Horn schwieg. Links und rechts von ihr begannen die Grillen wieder mit ihrem monotonen Gesang. An den Wegen und Treppen des Gebäudekomplexes brannte schon die Abendbeleuchtung. In ihrem Licht sah Nagheela die weißen Pünktchen der anderen Tekna-Gen, die sich allein oder in kleinen Gruppen zu dem ebenfalls beleuchteten Hauptgebäude begaben. Sie stand auf. Ihr war kalt geworden. Was für ein seltsamer Moment für eine Zusammenkunft, fand sie. Ob wohl etwas Besonderes passiert war? Oder – sollte es gar *der* Moment sein?

3

»Evelien, ich bin da!«

Gertjan streckte den Kopf durch die Tür. Für die kurze Strecke vom Zentrum in den Norden der Stadt, wo er mit seiner Familie wohnte, hatte er drei Stunden gebraucht. Normalerweise schaffte er diese Strecke sogar zur Hauptverkehrszeit in einer halben Stunde. Alle paar Kilometer staute sich der Verkehr. Immer war der Grund ein Unfall, und jedes Mal stellte sich heraus, dass einer der Beteiligten verschwunden war. Bei den ersten Unfällen war Gertjan noch ausgestiegen und hatte ein paarmal geholfen, die Autos der verschwundenen Fahrer an die Seite zu schieben. Bei anderen Staus war die Straße schon frei, aber regelmäßig stand mindestens ein Auto an der Straßenseite, manchmal stark beschädigt, manchmal noch in so gutem Zustand, dass Gertjan annahm, dass man damit noch problemlos fahren konnte. Daraus schloss er, dass auch in diesen Fällen der Fahrer verschwunden war.

Hier war etwas los, für das Gertjan keinerlei Erklärung hatte. Ein Unfall, das war in Haarlem zur Hauptverkehrszeit nichts Besonderes. Zwei, bei denen die Fahrer verschwunden waren – na ja, so was konnte schon mal vorkommen. Aber drei, das war schon mehr als unwahrscheinlich, und es waren ja viel, viel mehr gewesen! Gertjan hatte sie nicht gezählt.

Als er endlich mit seinem Volkswagen in die Einfahrt vor seinem Haus einbog, hatte er sich darüber gewundert, dass kein Licht brannte. Es war noch nicht dunkel, aber schon dämmrig genug, um im Haus ein paar Lichter anzumachen.

»Evelien?«

Gertjan blickte sich im Zimmer um. Ob sie ihn suchen gegangen war? Nein, das war Unsinn. Wo hätte sie die Kinder lassen sollen, und wie hätte sie erfahren sollen, ob er wieder da war?

Gertjan knipste das Licht an. Auf dem Esstisch lagen eine aufgerissene Tüte Kartoffeln und ein Häufchen Schalen auf einer Zeitung. In dem Topf daneben lagen ein paar geschälte Kartoffeln, die sich schon braun zu färben begannen. Eine Kartoffel lag halb geschält auf dem Tisch, das Messer daneben. Gertjan konnte sich das alles nicht erklären und lief nach hinten in den Garten.

»Evelien?«

Hier war sie auch nicht. Er knipste die Gartenbeleuchtung an, aber er hatte schon gesehen, dass da niemand war.

Also nach oben. Er lief durchs Wohnzimmer und stürzte die Treppe hinauf; dabei nahm er immer zwei, drei Stufen auf einmal.

»Evelien?«, rief er, als er oben war. »Roel? ... Wieke? ...«

Stille.

Auch in den Kinderzimmern brannte kein Licht. Dabei machte vor allem Roel, der Ältere, Neunjährige, das Licht immer ziemlich früh an. Gertjan knipste die Lampe in Roels Zimmer an. Nichts. Das übliche Durcheinander, nur noch schlimmer als sonst. Stapel von Zeitschriften, Autos, Plastikdinosaurier. Meist musste er vor dem Essen sein Zimmer aufräumen, jedenfalls so weit, dass er das Bett erreichen konnte. Offensichtlich hatte er noch nicht damit angefangen.

Wieke war ein bisschen ordentlicher. Aber sie war auch nicht so oft in ihrem Zimmer. Meist spielte sie draußen mit ihren Freundinnen. Auch ihr Zimmer war leer.

Die Treppe zum Speicher. Nicht wahrscheinlich, aber trotzdem.

»Evelien?«

Normalerweise war er kaum in Unruhe zu versetzen. Evelien hatte ihm das mehrmals vorgeworfen, vor allem, wenn es um die Kinder ging.

»Sie können schon tot und begraben sein, bevor du mal darauf kommst, dass irgendwas los ist.« Meist ging es dann um einen Schnupfen oder so etwas. Aber jetzt beschlich ihn doch ein Gefühl von Unruhe. Hier stimmte einfach irgendwas nicht. Und dann noch all die komischen Unfälle unterwegs. Gertjan hatte dafür keine Erklärung finden können und das ärgerte ihn. Er hatte noch nie irgendetwas Ähnliches erlebt.

»Ruhig bleiben«, versuchte er sich zu sagen. »Das lässt sich bestimmt alles logisch erklären. Gleich kommt Evelien nach Hause und dann lachen wir darüber.«

Dieses besorgte Gefühl war ihm neu. Im Grunde war überhaupt noch nichts passiert. Evelien war öfter mal kurz weg; dann lag ein Zettel auf dem Tisch, ob er dies oder das tun könnte. Meist das Essen aufsetzen. Aber bis jetzt hatte er noch keinen Zettel gesehen.

Er ging zurück und suchte auf dem Tisch, dem Fußboden und den Stühlen. Auch in der Küche und im Wohnzimmer fand er nichts.

Seine Armbanduhr zeigte Viertel vor acht. Wieke hätte längst im Bett liegen müssen.

Wo konnte Evelien hin sein, um diese Zeit, mit den Kindern?

Hatte sie eine Verabredung, von der er nichts wusste, oder hatte er etwas vergessen? Das war natürlich gut möglich. So etwas war ihm schon öfter mal passiert. Das musste dann in ihrem Terminkalender stehen, dachte er. Er ging zu dem Haken im Flur, an dem ihre Handtasche normalerweise hing. Unterwegs fiel ihm ein, dass sie die natürlich dabei hatte. Aber nein, zu seiner Überraschung hing sie noch da. Der Terminkalender war darin. Er blätterte zu Mittwoch, dem 28. August. Bibelstunde!

Ja, natürlich. Das stimmte. Zweimal im Monat traf sie sich mit ein paar Gemeindegliedern zur Bibelstunde. Sie begann um acht Uhr, und um halb acht ging Evelien meistens weg. Aber ihre Bibel steckte noch in ihrer Tasche. Die hatte sie in der Verwirrung wohl vergessen, denn sie musste die Kinder natürlich auch noch unterbringen, da er ja nicht rechtzeitig gekommen war. Komisch, dass sie die Babysitterin nicht geholt hatte, aber die konnte wahrscheinlich so kurzfristig nicht. Na also, es ließ sich doch alles erklären, wenn man logisch darüber nachdachte. Schon ein bisschen gedankenlos, dass sie ihm keinen Zettel hingelegt hatte. Evelien konnte zufrieden sein, er hatte sich wirklich Sorgen gemacht. Vielleicht wollte sie ihm eine Lehre erteilen, obwohl das eigentlich nicht ihre Art war.

Ihr Fahrrad musste sie dabei haben, denn es war ein ganzes Stück Weg – mit dem Rad brauchte sie gut zwanzig Minuten.

Gertjan lief zum Schuppen, aber Eveliens Rad stand noch da. Das war seltsam, obwohl sie natürlich jemand abgeholt haben konnte. Wiekes Rad stand nicht im Schuppen.

»Schlamperei«, murmelte Gertjan. Das passte übrigens auch gar nicht zu Wieke. Seit früher mal ein paar Nachbarjungen ihr Dreirad in den Kanal geworfen hatten, achtete sie immer sehr sorgfältig auf ihre Sachen. Und auf ihr neues Rad, das sie vor zwei Wochen zum siebten Geburtstag bekommen hatte, passte sie besonders gut auf. Gertjan ging hinaus in den Hof und schaute sich um. Beim Sandkasten glänzte irgendwas. Gertjan ging darauf zu und es war tatsächlich Wiekes neues Rad. Auf dem Fußboden vor dem Rad lag ihre Puppe Lies, die sie von früh bis spät mit sich herumschleppte. Die war aus dem Fahrradkorb gefallen.

Das stimmt schon wieder nicht, dachte Gertjan. Wenn Evelien Wieke irgendwo untergebracht hätte, dann hätte sie ihre Puppe bestimmt mitgenommen. Einmal, als Wieke bei ihren Großeltern in Emmen übernachten sollte, waren sie in Utrecht noch mal umgekehrt, weil sie ihre Puppe vergessen hatte.

Gertjan nahm das Fahrrad und die Puppe und brachte sie ins Haus. Die Lampe des Rades war auch kaputt, stellte er fest.

Bei Roels Rad war alles kaputt, was nur kaputtgehen konnte, aber es passte nicht zu Wieke, dass sie ihr Rad einfach so auf den Boden geworfen hatte. Es begann doch wieder so auszusehen, als ob irgendwas nicht stimmte.

Ich werde mal da anrufen, wo die Bibelstunde stattfindet, dachte Gertjan. Er musste sowieso wissen, wo die Kinder waren. Irgendwo in dem Telefonregister stand sicher die Nummer. Unter »B« wie Bibelstunde stand nichts. Unter »H« wie Hauskreis auch nicht – so nannte sie es auch manchmal. Gertjan hatte keine Ahnung, wie die Leute hießen. Das war Eveliens Welt. Sie hatte manchmal versucht, ihn mitzunehmen, aber für ihn war das nichts. Einen ganzen Abend lang über nebulöse Themen faseln, die nichts mit der Realität zu tun hatten. Nicht, dass er der Sache feindlich gegenüberstand, ganz und gar nicht. Wenn Evelien sich in dieser Kirche wohl fühlte, dann musste sie eben da hingehen. Aber für ihn war das nichts. »Gib mir lieber 'nen Computer«, hatte er gesagt. »Der macht wenigstens das, was ich ihm sage.« Man musste jeden nach seiner Fasson selig werden lassen, und ansonsten harmonierten er und Evelien sehr gut miteinander.

Gertjan blätterte ziellos in dem Register herum. Er wusste nicht mehr, was er von all dem halten sollte.

Als er das Register wieder in die Schublade warf, fiel sein Blick auf den roten Umschlag des Kirchenblättchens. Natürlich, da konnte es auch drinstehen.

»Protestantische Kirchengemeinde *Der Horizont*« stand auf der Vorderseite.

Gertjan schlug das Blättchen auf und ging die Namensliste durch – der Pfarrer, die Diakone, die Ältesten und wer sonst noch wichtig genug war, um vorne drinzustehen. Aber keine Adressen, wo Bibelstunden oder Hauskreise stattfanden. Auf der Umschlagrückseite waren ein paar kirchliche Aktivitäten aufgezählt. Kindergottesdienst, Frauengesprächskreis, Bastelabend ... Bibelstudiengruppe »Kirche und Gesellschaft im Annäherungsprozess«. Das kam ihm irgendwie bekannt vor. Evelien hatte diesen Namen nie gebraucht, aber es war eine Bibelstudiengruppe. Informationen bei Herrn Van den Beemd. Den rufe ich jetzt mal an, beschloss er. Und wenn es nicht die richtige Gruppe war, dann konnte er ihm vielleicht weiterhelfen.

Er tippte die Nummer ein.

»Van den Beemd«, meldete sich eine ältere Männerstimme.

»Guten Tag, Herr van den Beemd. Mein Name ist Gertjan van der Woude. Stimmt es, dass man sich an Sie wenden kann wegen der Bibelstudiengruppe ›Kirche und ...‹«, Gertjan warf eine Blick auf das Kirchenblättchen, »›Kirche und Gesellschaft im Annäherungsprozess‹?«

»Ja, was möchten Sie denn wissen?«

»Ich suche meine Frau Evelien. Sie gehört zu Ihrer Gemeinde und hat heute Abend Bibelstunde. Ich weiß nicht, wo die stattfindet – bin ich bei Ihnen richtig?«

»Nein, tut mir Leid. Sie sind übrigens schon der Zweite, der heute Abend deswegen anruft. Am besten rufen Sie mal den Pfarrer an, der weiß sicher mehr. Haben Sie seine Nummer?«

Gertjan klappte das Blättchen wieder auf. »Pfarrer Kuipers, ja, die Nummer hab ich.«

»Gut, viel Erfolg dann. Auf Wiederhören.«

»Vielen Dank.«

Gertjan wählte die Nummer. Eine ganze Zeit lang ging niemand dran. Dann wurde abgenommen. »Kuipers am Apparat. Guten Abend, was kann ich für Sie tun?«

»Hallo, guten Abend. Mein Name ist Gertjan van der Woude. Sie sind Herr Pfarrer Kuipers?«

»Ja, der bin ich.«

»Ich hätte da mal eine Frage. Heute Abend ist meine Frau zu der Bibelstunde Ihrer Gemeinde gegangen und ich habe sie verpasst. Ich müsste sie mal eben was fragen, aber ich weiß nicht, wo die Bibelstunde stattfindet. Könnten Sie mir die Adresse eben geben?«

Am anderen Ende der Leitung blieb es einen Moment still. Gertjan wollte gerade fragen, ob der Pfarrer noch am Apparat war, als dieser mit einer Gegenfrage antwortete: »Gehören Sie zu unserer Gemeinde?«

»Nein, ich nicht, aber meine Frau kommt sonntags meist zum Gottesdienst und sie geht auch zur Bibelstunde. Zweimal im Monat.«

»Oh ... hmm ...« Er schien wieder kurz nachzudenken. Dann fuhr er fort: »Die Bibelstunde wird nicht von unserer Kirchengemeinde organisiert. Ich weiß, dass sich da eine Gruppe zum gemeinsamen Bibellesen trifft, aber das geht nicht von uns aus. Wie heißt denn Ihre Frau?«

Der Mann konnte einem ja Löcher in den Bauch fragen – dabei brauchte er bloß schnell die Telefonnummer!

»Evelien. Evelien van der Woude«, antwortete Gertjan, »aber können Sie mir denn jetzt die Telefonnummer geben?«

»Äh ... nein ... nein, das kann ich leider nicht, tut mir Leid ... Wann ist Ihre Frau denn weggegangen?«, wollte der Pfarrer auf einmal wissen.

»Das weiß ich nicht«, sagte Gertjan und fragte sich, wieso den Pfarrer das interessierte. »Ich bin zu spät nach Hause gekommen und habe sie verpasst.« Er hatte keine Lust, die Sache mit dem Verkehrsstaus zu erklären.

»Und sonst war niemand zu Hause?«, fragte der Pfarrer weiter.

Es ging diesen Mann nichts an, wer zu Hause gewesen war und wer nicht, also beschloss Gertjan, das Fragen-Stellen wieder zu übernehmen.

»Nein – aber können Sie mir vielleicht jemanden nennen, an den ich mich wenden kann wegen der Telefonnummer?«

»Nein, im Moment nicht, Herr ... Van der Woude. Tut mir Leid. Wenn ich noch etwas für Sie tun kann, können Sie sich jederzeit ...«

Der Pfarrer hatte den Wink anscheinend verstanden – oder er gab sich zufrieden.

»Also, dann vielen Dank.« Wofür, wusste Gertjan nicht so genau. Das war ein eigenartiges Gespräch gewesen, fand er. Warum fragte der Mann so viel, wo er doch gleich hätte sagen können, dass er es nicht wusste? Aber es half ihm auch nichts, darüber nachzudenken. Er hatte immer noch keine Ahnung, wo die Kinder waren und ob Evelien überhaupt zur Bibelstunde gegangen war. Es war irgendwie unwahrscheinlich.

Aber was nun? Und wo waren die Kinder? Es war doch hoffentlich nichts Ernstliches passiert? Schließlich hatte Wiekes Rad einfach so im Hof herumgelegen – und dann die halb geschälte Kartoffel auf dem Tisch. Jetzt muss ich das Ganze mal richtig logisch durchdenken, beschloss er.

Sie konnte nicht zur Bibelstunde gegangen sein, sie war schon viel früher weggegangen. Sie hatten offensichtlich noch nicht gegessen – Evelien hatte noch nicht mal gekocht. Also musste sie zwischen vier und fünf Uhr das Haus verlassen haben. Und zwar ziemlich plötzlich. Und sie war abgeholt worden – denn ihr Rad stand noch im Schuppen – oder sie war zu Fuß gegangen. Das würde bedeuten, dass sie in der Nähe war. Wenn etwas Ernstliches passiert wäre und sie abgeholt worden war, zum Beispiel von einem Krankenwagen, dann hatten die Nachbarn das bestimmt gesehen. Also musste er bei denen mal vorbeigehen und fragen. Und wenn die nichts gesehen hatten, dann war sie wahrscheinlich zu Fuß gegangen. Dann konnte sie jeden Moment anrufen. Gertjan schaltete den Anrufbeantworter ein und ging zur Haustür hinaus zu den Nachbarn. Er hätte auch hintenherum gehen können, aber auf so vertrautem Fuß standen sie nicht miteinander. Als Nachbarn waren sie wirklich angenehm. Ruhige Leute, und wenn irgendwas los war, konnte man immer auf sie zählen. Nicht, dass sie sich gegenseitig die Tür einrannten. Sie wohnten jetzt etwa drei Jahre nebeneinander; im ersten Jahr hatten sie sich gegenseitig ein paarmal besucht und dabei war es geblieben. Auf der Straße wechselten sie manchmal ein paar Worte über das Wetter, aber ansonsten wussten sie nicht viel voneinander. Und das war auch nicht nötig, fand Gertjan.

»Hallo Gertjan.« Nachbar Jeroen van Leeuwen füllte den Türrahmen völlig aus. Er war sowieso schon groß, und der Hausflur lag ein bisschen höher als die Stufe, auf der Gertjan stand. »Was führt dich zu mir?«

Er hatte anscheinend nichts gesehen, sonst hätte er anders reagiert. Aber vielleicht Ineke?

»Ich hab da ein kleines Problem, Jeroen. Ich bin gerade nach Hause gekommen und Evelien und die Kinder sind nicht da. Ich weiß auch nicht, wo sie hin sind. Da hab ich gedacht, ob ihr vielleicht wisst, wo sie hin sind. Ob ihr was gesehen habt oder so.«

Jeroens Miene verdüsterte sich. Das joviale Lächeln war weg.

»Komm rein.«

Gertjan folgte Jeroen durch den Hausflur zum Wohnzimmer. In der Tür blieb er stehen. Ineke saß mit einem Becher Kaffee auf dem Sofa und sah fern. Überrascht blickte sie auf.

»Hallo Gertjan.« Sie schaute an ihm vorbei in den Flur. »Bist du allein?«

»Ja, ich hab's Jeroen gerade schon erzählt. Ich bin eben nach Hause gekommen und Evelien und die Kinder sind nicht da. Ich hab gedacht, vielleicht habt ihr irgendwas gesehen oder gehört. Aber anscheinend nicht, oder?«

Ineke stand auf. »Ich hol dir eben was zu essen. Du hast doch sicher noch kein Abendbrot gehabt, oder?«

Das stimmte, aber das tat jetzt wirklich nichts zur Sache. Ineke verschwand in der Küche. Jeroen ging vor ihm her ins Wohnzimmer. Er sah immer noch bedrückt aus. Er zeigte auf einen Sessel. »Komm, Gertjan, setzt dich.« Er selbst ließ sich aufs Sofa fallen.

»Ob es irgendwas damit zu tun hat, weiß ich natürlich nicht, aber in den Nachrichten kamen gerade ein paar Berichte über Leute, die verschwunden sind. Komische Geschichte.«

Gertjan rutschte nach vorn auf die Sesselkante. »In den Nachrichten? Davon hab ich auch was mitgekriegt«, sagte er. »Ich hab über drei Stunden gebraucht, um von Haarlem hierher zu kommen. Überall Unfälle unterwegs, und Fahrer, die verschwunden waren. Wieso denkst du, dass das was mit Evelien und den Kindern zu tun hat?«

Im Fernseher war der Meteorologe gerade dabei, mit weit ausholenden Gesten zu erklären, wie das Wetter morgen werden würde. Jeroen nahm die Fernbedienung vom Tisch und schaltete um.

»Gleich kommen die Nachrichten im Ersten. Das musst du dir selber angucken«, meinte Jeroen. »Aber es geht nicht nur um Verkehrsunfälle. Anscheinend sind auf der ganzen Welt Menschen verschwunden, überall! In den Nachrichten kam fast nichts anderes. Ich kann's dir auch nicht erklären – niemand scheint zu kapieren, was da eigentlich los ist. Vielleicht weiß man inzwischen mehr. Und du, was hast du denn gesehn?«

Gertjan erzählte von den Unfällen und den verschwundenen Fahrern und davon, wie es zu Hause ausgesehen hatte. Als er sein Gespräch mit dem Pfarrer schilderte, runzelte Jeroen die Stirn. Ineke achtete nicht darauf. Sie hatte einen Rest Makkaroni in der Mikrowelle aufgewärmt und brachte ihn Gertjan.

Alle starrten auf den Fernseher. »Es ist 20 Uhr«, hieß es gerade. »Hier ist die Tagesschau mit Ines Hildebrand.«

»Jetzt guck dir das mal an!«, sagte Jeroen.

»Der heutige Nachmittag stand im Zeichen eines der seltsamsten Ereignisse der Weltgeschichte. Aus allen Erdteilen erreichen uns Berichte darüber, dass unter eigenartigen Umständen Menschen verschwunden sind. In ganz Holland kam der Feierabendverkehr zeitweise zum Erliegen, da überall Autofahrer auf unerklärliche Weise aus ihren Fahrzeugen verschwunden waren.«

Nun wurden Bilder von verheerenden Unfällen gezeigt, sowohl auf Autobahnen als auch in Wohngebieten.

»Die Notrufzentrale konnte die Flut der Anrufe nicht mehr bewältigen und die Helfer von Polizei, Feuerwehr und Rettungsdienst kamen wegen der chaotischen Verkehrsverhältnisse kaum voran. Wir haben jetzt Herrn Cromberg von der Notrufzentrale am Apparat. Herr Cromberg, was genau ist eigentlich vorgefallen?«

»Das kann ich Ihnen sagen, Frau Hildebrand«, krächzte Crombergs Stimme am anderen Ende der Leitung. »Ab Viertel vor fünf begann es bei uns Anrufe zu regnen. Die meisten bezogen sich auf Verkehrsunfälle, bei denen es jedesmal darum ging, dass ein Fahrer verschwunden war. Wir haben natürlich alle Vorkommnisse notiert, aber schon bald konnten wir die Hilfe Suchenden nicht mehr an die Rettungsdienste weitervermitteln. Also konnten wir nichts weiter tun als den Betreffenden zu raten, so gut es ging die Straße freizuräumen und erste Hilfe zu leisten, wo immer das nötig war.«

»Ja, genau«, bemerkte Gertjan. »Sie haben einfach eingehängt.«

»Wie viele Meldungen sind in etwa bei Ihnen eingegangen?«, fragte die Nachrichtensprecherin.

»Tausende«, antwortete Cromberg. »Zu Anfang haben wir noch versucht, sie zu protokollieren, aber das war irgendwann nicht mehr möglich. Alle Leitungen waren besetzt. Wir haben

Strichlisten geführt, aber die genauen Fakten liegen noch nicht vor. Auf jeden Fall waren es viele Tausende.«

»Und alle um dieselbe Zeit?«

»Ja. Soweit wir feststellen konnten, sind die Unfälle alle genau um Viertel vor fünf passiert.«

»Vielen Dank für diese Informationen, Herr Cromberg.«

»Bitte, bitte, gern geschehen.«

»Für dieses seltsame Verschwinden werden verschiedene Erklärungen angeboten. Sie gehen in ganz unterschiedliche Richtungen«, fuhr die Nachrichtensprecherin fort. »Wir schalten um zu Frans Huizinga, unserem Korrespondenten in Den Haag. Er hat mit dem Gesundheitsminister gesprochen. Frans, was hat der Minister zu den Vorkommnissen gesagt?«

»Der Minister selbst war leider verhindert, aber ich habe mit jemandem gesprochen, der gut informiert ist. Es stimmt, dass viele unterschiedliche Versuche gemacht wurden, die Vorkommnisse zu erklären. Sie sind jedoch allesamt sehr unwahrscheinlich. Wir wissen nur, dass wir es hier mit einem äußerst seltsamen Ereignis zu tun haben. Denn es sind nicht nur in unserem Land, sondern überall auf der Welt Menschen verschwunden, und das auf völlig unerklärliche Weise.«

Bilder aus verschiedenen Ländern flimmerten über den Bildschirm; alle zeigten dieselben chaotische Verkehrsverhältnisse. Aus den Kommentaren der jeweiligen Reporter ließ sich schließen, dass die vermissten Autofahrer überall zur selben Zeit verschwunden waren.

»Welche Erklärungen werden denn nun eigentlich hierfür abgegeben?«, fragte die Nachrichtensprecherin noch einmal.

»Eine stammt von einer fundamentalistischen islamistischen Bewegung, der *ILW*. Das steht für *Islamitic Liberation of the World*. Sie behaupten, dieses Ereignis gehe auf ihr Konto und sei ein Terroranschlag gegen die westliche Welt. Sie wollten sich jedoch nicht dazu äußern, wie sie dies bewerkstelligt haben. Es fällt allerdings auf, dass in überwiegend islamischen Ländern so gut wie keine Menschen verschwunden sind. Und falls doch, dann waren es meistens Menschen aus westlichen Ländern oder Menschen, die nicht dem islamischen Glauben angehörten.

Eine Reihe anderer Erklärungen geht davon aus, dass außerirdische Wesen unseren Planeten besucht haben. Diese haben angeblich all diese Menschen mitgenommen, um mit ihnen medizinische Experimente durchzuführen. Wir erhalten im Moment auch mehr Berichte über UFOs als sonst. Und nach diesem Kommentar kommen bestimmt noch einige hinzu«, scherzte der Reporter und machte damit deutlich, was er von dieser Erklärung hielt.

»Von diesem Thema gibt es einige Variationen. Es gibt Leute, die Stein und Bein schwören, dass sie gesehen haben, wie eigenartige Wesen Menschen verspeist haben. Eine besonders gräuliche Variante hiervon ist, dass diese Wesen aus Gräbern gestiegen seien. Diese Theorie wird dadurch untermauert, dass offenbar zahlreiche Friedhöfe geschändet sind. Der Boden ist aufgewühlt und Grabsteine sind umgestürzt, wie unser Bildmaterial dokumentiert.« Es wurden Bilder von verschiedenen Friedhöfen eingeblendet.

»Es hat sich herausgestellt, dass ein großer Teil der geschändeten Gräber leer ist. Hierüber liegt jedoch noch keine offizielle Mitteilung vor. Vielleicht wissen wir morgen Genaueres. Dann gibt es noch eine Erklärung aus der religiösen Ecke, die im Moment noch am stichhaltigsten zu sein scheint, da es eine Vorankündigung gab. Vor einigen Monaten wurde von einer religiösen Minderheit unter der Führung eines gewissen Efraim Ben Dan ein Schreiben verfasst, in dem ein derartiges Ereignis angekündigt wurde. Das Schreiben wurde in alle Länder der Welt verschickt, an alle Regierungen und alle religiösen Leiter; Efraim Ben Dan erhob darin den Anspruch, alle

Religionen auf der ganzen Welt vereinen zu können. Er behauptete, zum Zeichen dafür würde sich die Erde selbst von allem reinigen, was dieser Einheit im Wege stünde. Hierbei meinte er insbesondere den fundamentalistischen christlichen Glauben, der sich anmaßte, die einzige wahre Religion zu sein. Auf dieses Schreiben sind damals keine Reaktionen erfolgt – was hätte man auch damit anfangen sollen?«

»Und hat dieser Mann, dieser Efraim Ben Dan, jetzt etwas von sich hören lassen?«, wollte Ines Hildebrand wissen.

»Ja, allerdings. Zwischen fünf und halb sechs hat er wieder an die ganze Welt Fernschreiben, Faxe und E-Mails verschickt.«

»Dann muss dieser Mann über ein enormes Kommunikationssystem verfügen«, bemerkte Ines.

»Ja, für eine religiöse Minderheit ist das kaum möglich; daraus schließen wir, dass er über ein weltweites, gut organisiertes Netzwerk von Mitarbeitern mit ungeheurem Potenzial verfügt. Wir haben es hier mit Millionen von E-Mails zu tun, die mehr oder weniger gleichzeitig verschickt wurden.«

»Was wissen wir über diesen Mann?«

»Ehrlich gesagt, so gut wie nichts. Er wirkte nicht besonders interessant, daher ist nichts über ihn bekannt. Nach seinem Namen zu urteilen ist er von jüdischer Abstammung, das ist alles.«

»Und was ist diesmal der Inhalt seiner Botschaft?«

»Er behauptet, dass die Erde sich gereinigt hat, so wie er es vorausgesagt hat. Er fordert alle religiösen Leiter dazu auf, nach Rom zu einer Konferenz zu kommen, die er dort anberaumt hat, und sie scheinen darauf einzugehen. Was er genau vorhat, ist nicht bekannt. Auch die internationale Presse wurde eingeladen. Die Konferenz soll übermorgen stattfinden.«

»Darüber werden wir also noch mehr erfahren«, folgerte Ines Hildebrand.

»Das steht zu erwarten«, antwortete der Reporter.

»Nun weitere Meldungen des Tages«, fuhr die Nachrichtensprecherin fort. »In Jerusalem scheint der groß-europäische Friedensprozess definitiv abgeschlossen zu werden. Morgen soll der Vertrag unterzeichnet werden, durch den der Mittlere Osten, Nordafrika und die Europäische Gemeinschaft zu einer Einheit werden. Das ist das Ergebnis der Vermittlung von Oren Rasec, des frisch gebackenen Vorsitzenden des Europäischen Parlaments. Die Bundesstaaten, die sich unter dem Namen Groß-Europa zusammenschließen, werden noch ein großes Maß an Selbständigkeit bewahren. Dieser Vertrag ist die erste Tat dieses ...«

Jeroen schaltete den Fernseher aus. »Oder wolltest du das noch sehen?«, fragte er. »Ich hab's mir vorhin schon angeguckt.«

Gertjan schüttelte den Kopf.

»Gereinigt, hat er gesagt. Als ob es um Dreck ginge.« Gertjan sah seinen Nachbarn entrüstet an. »Meine Evelien – das ist ja wohl die Höhe!«

»In die Kirche ging sie aber schon«, bemerkte Jeroen vorsichtig. Ineke warf ihm einen tadelnden Blick zu. »Der Pfarrer ist doch auch noch da, oder? Dieser Mann hat von einer fundamentalistischen Gruppe gesprochen.«

Gertjan blieb nicht mehr lange. Das anschließende Gespräch war ihm unangenehm, und außerdem war noch gar nicht sicher, dass Evelien auch auf diese Weise verschwunden war. Vielleicht war sie irgendwo in der Nähe und kam jeden Moment zurück. Und die Kinder – vielleicht irrten sie jetzt ganz allein irgendwo herum? Evelien war in der Tat ziemlich strenggläubig, aber damit hatten die Kinder doch nichts zu tun. Ach, das Ganze war doch Unsinn. Die Erde brauchte überhaupt nicht von Evelien »gereinigt« zu werden. Evelien war ein wunderbarer Mensch, sie war immer freundlich und hilfsbereit – nein, Evelien war keine fundamentalistische Fanatikerin, die der Einheit der Welt im Weg stand.

Bis halb eins blieb Gertjan im Wohnzimmer sitzen und wartete. Dann beschloss er ins Bett zu gehen – was hätte er auch tun sollen?

Er hatte sich in seinem ganzen Leben noch nie so ohnmächtig gefühlt. So hilflos, so allein. Und zum ersten Mal seit seiner Kindheit weinte er.

Pfarrer Joop Kuipers war an diesem Abend lange auf. Nachdenklich starrte er die Liste mit den Namen der Leute an, die ihn im Laufe des Abends angerufen hatten. Alle hatten dasselbe Problem. Ihr Mann, ihre Frau oder ihre ganze Familie war verschwunden. Er wusste, dass er ihnen keine klaren, eindeutigen Antworten gegeben hatte. Neben ihm lag das Fax, das er am späten Nachmittag bekommen hatte. Die Instruktionen, die es enthielt, waren deutlich, aber er hatte es nicht übers Herz gebracht, sie auszuführen. Dazu war er mit sich selbst zu sehr im Unreinen. Nach langem Suchen hatte er den Brief seiner Frau gefunden, den er nach ihrem Tod vom Rechtsanwalt bekommen hatte; das war nun beinah ein Jahr her. Jetzt hatte er ihn vor sich auf dem Schreibtisch liegen.

»Lieber Joop«, begann der Brief, »ich weiß, dass du zu meinen Lebzeiten nicht mehr darüber sprechen wolltest. Nimm es mir nicht übel, dass ich nun nach meinem Tod doch noch das letzte Wort haben will.«

Typisch Karin, hatte er gedacht.

»Wirf diesen Brief nicht weg; bewahre ihn an einem sicheren Ort auf. Wenn es so weit ist, wirst du es wissen. Lies bitte die Stellen durch, die ich dir nenne, und bitte den Herrn darum, dass du sie verstehst ...«

Im Folgenden legte Karin ihm ihre Ansicht dar und verwies auf bestimmte Bibelstellen. Er hatte sich nie die Mühe gemacht, sie nachzulesen – er kannte ihren Standpunkt und ihre Argumentation und er teilte ihre Meinung nicht. Sie hatten öfter diskutiert, über verschiedene Themen. Karin hatte sich nicht dadurch abhalten lassen, dass sie keine theologische Ausbildung hatte, während er selbst sein Studium mit *summa cum laude* abgeschlossen hatte. Eines Tages hatte er gesagt, dass er mit ihr nicht mehr über diese Dinge diskutieren wollte. Sie konnten sich doch nicht einigen. Danach hatte sie nie mehr davon angefangen. Aber nach ihrem Tod hatte sie doch noch das letzte Wort haben wollen. Trotz seines Kummers hatte es ihn amüsiert. Er hatte den Brief gelesen und verwahrt. Nach den Ereignissen des heutigen Nachmittages hatte er sofort daran gedacht. So schnell er konnte war er nach Hause geradelt und hatte sich auf die Suche nach dem Brief gemacht. Der Abend war mit Dutzenden von Telefonanrufen und den Bildern im Fernsehen ausgefüllt gewesen. Nun lag Karins Brief vor ihm. Er schlug die Bibelstelle auf, auf die Karin als Erstes verwiesen hatte, und begann zu lesen.

4

Als Nagheela den großen Speisesaal des Hauptgebäudes betrat, war er schon beinah voll. Der Abstieg von ihrem Platz auf der Anhöhe hatte ungefähr zehn Minuten gedauert. Nach dem Hornsignal hatte man etwa eine Viertelstunde Zeit, um in den Saal zu kommen. Nur vereinzelt kam es vor, dass jemand das nicht schaffte. Nicht, dass das irgendwelche Folgen gehabt hätte, aber dann verpasste man die Eröffnung mit dem Lied der Erde, und die meisten fanden es doch nicht so angenehm, beim Betreten des Speisesaals von tausend Augenpaaren angeschaut zu werden.

Im Zentrum befanden sich etwa gleich viel Jungen und

Mädchen – oder Männer und Frauen. Es wurde eigentlich nie darüber gesprochen, wie alt jemand war; das war wegen der Korrekturmaßnahmen auch schwer abzuschätzen. Das Durchschnittsalter lag jedoch unter dreißig Jahren. Es gab nur wenige, die bedeutend älter oder sehr viel jünger waren. Die Tekna-Gen trugen weiße Kleidung, außer Rashkalin: seine Kleidung war hellrosa. Allerdings gab es verschiedene Modelle. Die meisten Mädchen hatten sich bunte Bänder ins Haar geflochten oder trugen diese als Halsketten, Armbänder oder Fußkettchen. Die Kleidung der Männer war bunt verziert.

Ebenso wie bei der Dachterrasse waren die Esstische so angeordnet, dass alle einen guten Blick auf das erhöhte Podium in der Mitte des Saals hatten. Auf dem Podium hatte Rashkalin auf seinem Kissen Platz genommen.

Nagheela blickte sich im Saal um. Das war in den letzten beiden Monaten, seit Rasheen nicht mehr da war, zu einer Angewohnheit geworden. Sie vermisste den hoch gewachsenen Äthiopier mit dem kleinen Diamanten im Schneidezahn. Obwohl man nicht zu innigen Beziehungen zu Einzelpersonen ermutigt wurde, war zwischen ihnen doch eine besondere Verbindung entstanden. Mehr als das – die anderen redeten schon darüber. Rasheen war ein Ernter. Das brachte mit sich, dass er regelmäßig einige Zeit weg war, um Menschen abzuholen, die der Geist auserkoren hatte. Meist dauerte das ungefähr zwei Wochen, höchstens drei. Dann blieb er wieder etwa zwei Wochen im Zentrum, um am Unterricht teilzunehmen und innerlich aufgebaut zu werden. Wenn er zurückkam, hatte er immer jemanden bei sich. Meist junge Mädchen, so wie sie selbst. So funktionierte das, und darauf waren sie auch trainiert. Die Jungs hatten nun mal größere Chancen, Mädchen mitzunehmen, und umgekehrt. In den beiden Wochen, die er im Zentrum verbrachte, waren sie viel zusammen, obwohl sie wussten, dass im Zentrum keine exklusiven Beziehungen erwünscht waren. Es war stärker als sie selbst.

Mittlerweile war er schon fast drei Monate weg. Das letzte Mal, als er von seiner Reise zurückgekommen war, war er allein gewesen. Sie hatte ihn nur kurz gesehen. Er hatte sich seltsam benommen und gesagt, dass er dringend mit Rashkalin sprechen müsste, aber dass er später noch kurz zu ihr kommen würde. Danach hatte sie ihn nicht mehr gesehen. Rashkalin hatte gesagt, dass er in ein anderes Zentrum übergewechselt wäre, weil seine Beziehung zu ihr zu stark wurde. Sie behinderte ihn bei seiner Arbeit für den Geist. Rashkalin hatte sie getröstet und Rasheen in den höchsten Tönen gelobt, weil er die richtige Wahl getroffen hatte. Exklusive Beziehungen störten die Einheit des Geistes. In der heutigen Welt führten sie zu Eifersucht und das beeinträchtigte die Harmonie innerhalb der Gemeinschaft. Nagheela hatte es verstanden – sie war derselben Meinung. Sie hatte ihr Bedauern darüber ausgedrückt, dass sie selbst nicht eher zu Rashkalin gegangen war, um ihr Problem zur Sprache zu bringen und um Versetzung zu bitten. Immerhin hatte die Gemeinschaft hier in der Schweiz dadurch einen guten Ernter verloren.

Aber Rashkalin hatte sie aufgemuntert und gesagt, dass sie ebenso viel wert war, vor allem nach der großen Reinigung, wenn sie als Jäterin ausgesandt werden würde. Er hatte ihr vergeben.

Es war nicht richtig von ihr, dass sie sich wider besseres Wissen in dem großen Saal umschaute, ob Rasheen auch da war. Ebenso wenig, dass sie doch herauszufinden versucht hatte, in welches Zentrum Rasheen gekommen war. Von Yuri hatte sie erfahren, dass er in Israel war. Sie hätte es eigentlich lieber nicht gewusst.

Nagheela nahm an einem langen Tisch Platz; von dort aus hatte sie einen guten Blick auf das Podium. Iskia, ein blondes

Mädchen, das ebenso wie sie aus den Niederlanden kam, setzte sich neben sie.

»Ob heute der Tag ist?«, sprach Iskia sie an. »Ich hatte so ein eigenartiges Erlebnis während meiner Meditation.«

»Ich weiß nicht, ich hab auch schon daran gedacht. Wir erfahren es bestimmt gleich. Was hattest du denn für ein Erlebnis?«

»Ich hatte wieder eine Vision.« Iskia starrte verträumt vor sich hin. »Ich habe uns von oben gesehen, das ganze Zentrum. Über uns lag eine dunstige Decke, so eine Art Schleier. Auf einmal wurde die Decke von einer unsichtbaren Hand weggezogen und ich sah uns aus der Nähe. Wir waren aneinander gekettet, so, dass wir gerade noch laufen konnten. Und dann fielen auch all die Ketten von uns ab und wir waren vollkommen frei.« Iskia sah Nagheela wieder an. Sie hatte große blaue Augen. »Nach meiner Meditation fühlte ich mich so befreit. Als ob etwas verschwunden wäre, das uns erstickt hatte. Dabei war mir vorher gar nicht klar gewesen, dass es da war.«

»Wie schön«, fand Nagheela. Sie bedauerte, dass sie selbst nicht meditiert hatte. Vielleicht hätte sie dann auch so etwas Schönes erlebt. Sie dachte kurz an den Lichtblitz und das darauf folgende Geräusch. Ob das eine ähnliche Erfahrung war? Nein, man konnte es nicht vergleichen.

Rashkalin erhob sich. Die Gespräche im Saal verstummten. Das Orchester im Hintergrund spielte leise weiter.

Rashkalin wartete.

Niemand bewegte sich, niemand gab einen Laut von sich. Die weichen Augen Rashkalins glitten durch den Saal. Tausend Augenpaare erwiderten erwartungsvoll seinen Blick. Er war beeindruckend, so wie er da stand. Sein hellrosa Gewand, das in weiten Falten auf den Boden fiel, sein schulterlanges, silbernes Haar. Er brauchte nicht zu sprechen, um sich die Aufmerksamkeit der Tekna-Gen zu sichern. Die meisten von ihnen waren schon glücklich, wenn sie ihn nur anschauen konnten. Mit Rashkalin allein zu sein, war eine Ehre. Am Abend, an dem jemand der Gemeinschaft vorgestellt worden war – das war immer, wenn die korrigierende Operation durchgeführt und die vollkommene Wiederherstellung erreicht war – empfing Rashkalin den Neuankömmling in seinem Gemach. Es war eine Art Hochzeitsnacht. Mit Rashkalin Gemeinschaft zu haben war anders, als mit anderen Tekna-Gen zusammen zu sein. Das Glücksgefühl, das er mit seinem Blick hervorrufen konnte, ging einher mit einem tiefen körperlichen Lustgefühl. Sinnlicher Genuss war bei den Tekna-Gen von großer Bedeutung.

»Allzu lange schon haben verschiedene Sekten und religiöse Bewegungen den Menschen daran gehindert, Lustgefühle zu empfinden«, behauptete Rashkalin. »Die Erde hat uns einen Körper gegeben, der über viele Lustzentren verfügt. Wir ehren die Erde dadurch, dass wir diese Zentren auf jede mögliche Weise, die unser Körper kennt, stimulieren. Wer Hemmungen hat, kann nicht frei sein. Und wer nicht frei ist, kann nicht so sein, wie der Geist uns gemeint hat.«

Es war eine Ehre, wenn Rashkalin jemanden häufiger in sein Gemach einlud. Nagheela war diese Ehre mehrere Male zuteil geworden.

Rashkalin machte eine weit ausholende Gebärde mit beiden Armen; es sah aus, als würde er den ganzen Saal umarmen.

»Kinder der Erde!« Er sprach leise und ohne Mikrofon. Die Musik war fast verstummt. Nur eine einzige Flöte ließ eine kaum hörbare, hauchfeine Melodie durch den Saal schweben. Ansonsten war es totenstill. Rashkalins Gesicht schien einen vorher nie gekannten Glanz zu haben. Seine braunen Augen strahlten eine Energie aus, die bis weit in den Saal hinein sichtbar war. Diejenigen, die in seiner Nähe saßen, konnten sehen, dass die gespreizten Finger seiner Hände leicht vor unterdrückter Spannung zitterten. Jeder im Saal spürte die Energie, die von ihm ausging und sich wie ein Schleier über die Kinder breitete. Unwillkürlich spannten viele ihre Muskeln und hielten den Atem an.

»Kinder der Erde!« Rashkalin erhob seine Stimme. »Die Erde ist gereinigt!«

Einen Moment lang war es still. Sogar die Flöte verstummte. Ein paar Sekunden lang hätte man eine Stecknadel fallen hören können.

»DIE ERDE IST GEREINIGT!«

Rashkalin schrie es heraus. Er streckte die Arme in die Höhe. Die langen Falten seines Gewandes hingen nun wie breite Flügel von seinen Armen herab. Das Leuchten auf seinem Gesicht und der Glanz seines silbernen Haares verliehen ihm eine übernatürliche Ausstrahlung.

»Die Kraft ist frei!«

Der Ausruf ging unter in dem ungestümen Jauchzen, in das die tausend Anwesenden ausbrachen. Die Musik begleitete den anschwellenden Jubel in freier Improvisation. Rashkalin stand inmitten der springenden und tanzenden Menge wie ein Standbild auf seinem Podest. Tränen liefen ihm über die Wangen. Seine Lippen bewegten sich und bildeten leise Laute in einer fremden Sprache.

Langsam begleitete das Orchester das unorganisierte Jubeln und die Freudenschreie, bis es unmerklich überging in das Vorspiel des Liedes der Erde. Rashkalin ließ die Arme sinken, bis sich seine Ellbogen auf Hüfthöhe befanden, und drehte die Innenflächen seiner Hände nach oben. Die Tekna-Gen blieben stehen, wo sie standen, und blickten in seine Richtung. Die Freudenschreie verstummten, und leise begannen einige das Vorspiel mitzusummen. Die Männer übernahmen das Summen und die Frauen stimmten leise in die hohen Töne der Flöten ein. Viele schlossen die Augen und bewegten sich sacht zur Musik, die Handflächen nach oben gekehrt.

Als das Orchester die erste Strophe anstimmte, sangen alle leise mit.

O Erde, Geist der Erde, der du uns Einheit gibst.
Wie dankbar sind wir dir, weil du uns so sehr liebst.
Du schmiedest uns zusammen, schenkst uns ein einz'ges Ziel:
Dein Reich hier aufzubauen, ein Reich voller Gefühl ...

Nagheela genoss das Singen. Das Lied war sehr melodisch, und die Bedeutung der Worte ging ihr zu Herzen. Während des Refrains sangen nur die Mädchen; die Männer summten die Begleitung. Die hohen Sopranstimmen schmolzen zusammen mit der Melodie der Flöten:

O Erde, die du reinigst, was nicht würdig ist!
Die Zeit kommt – ist bald da! – du rufst an deinen Tisch,
versammelst uns in Harmonie, Religionen allesamt.
Wir leben in Gemeinschaft, verbunden durch dein Band ...

Das Orchester beschleunigte das Tempo ein wenig, und die Lautstärke nahm wieder zu, als die zweite Strophe angestimmt wurde. Voller Dankbarkeit hoben die Tekna-Gen die Hände.

Wir, Kinder von der Erde, sind deine Tekna-Gen.
Ich darf hier für dich jäten, weil ich ein Helfer bin;
das Unkraut soll verderben, vergehn, was widersteht
der Einheit unsrer Erde, die niemals mehr vergeht ...

Die letzte Strophe wurde mit voller Lautstärke gesungen; die Musiker beschleunigten den Rhythmus noch etwas mehr.

Wir warten auf den Leiter, er hat alle Macht.
Aus dir wird er erstehen, dein Geist gibt ihm die Kraft.
Und er wird eins uns machen, nach Seele, Geist und Leib. –
O komm, du Geist der Erde, wir sind für dich bereit.

Zum Schluss sangen alle den Refrain. Rashkalin stand völlig in Trance inmitten der Menge, die in unbändiger Begeisterung sang und tanzte. Der Refrain wurde wiederholt und noch einmal wiederholt, wieder und wieder, und peitschte die Menge auf. Dann baute das Orchester in einem mächtigen Crescendo das Nachspiel auf, bis die Tekna-Gen nach einem beeindruckenden Schlagzeug-Solo verschwitzt und erschöpft zur Ruhe kamen. Nagheela warf Iskia einen strahlenden Blick zu. Das Lied der Erde war noch nie mit solcher Freimütigkeit gesungen worden. Ihr Kleid klebte ihr am Körper. Iskia erwiderte Nagheelas Blick und fiel ihr um den Hals.

»Du hattest Recht«, flüsterte Nagheela Iskia heiser ins Ohr und fuhr ihr mit der Hand durch die blonden Locken.

»Ja«, keuchte Iskia.

Nur noch zwei Flöten spielten eine ruhige Melodie, als Rashkalin die Augen öffnete und die Menge ansah. Auch er atmete tief. Noch nie in seinem Leben hatte er diese Erfahrung gemacht. Sein Geist hatte sich mit den tausend jungen Menschen im Saal verbunden. Mit ihnen war er in nie gekannte Höhen entführt worden. Dies war sein Tag. Sein Lebensziel näherte sich der Erfüllung. Die Freiheit, die er jetzt verspürte, war unbeschreiblich. Wer hätte das früher je ahnen können? Seine Jugend war ein einziger Kampf gewesen. Er hatte seine Berufung verheimlichen müssen. Er war in einem Dorf auf der Veluwe aufgewachsen, in der niederländischen Provinz Gelderland. Seine Eltern hatten zu einer Pfingstgemeinde gehört und dort einen großen Teil ihrer Zeit verbracht. Als

Kind musste er immer mit. Er verabscheute es. Schon in früher Jugend, schon so lange er zurückdenken konnte, hatte er Stimmen gehört, die zu ihm sprachen. In der Gemeinde waren die Stimmen vernehmbarer als anderswo. Sie fluchten und zeterten, dass er weggehen sollte. Er fluchte und schimpfte zurück, aber statt dass seine Eltern ihm beistanden, bestraften sie ihn. Später wurden die Stimmen ruhiger und freundlicher. Sie lehrten ihn, wie er, wenn er mit den Händen über verletzte und kranke Tiere strich, diese heilen konnte. Als seine Eltern das entdeckten, brachten sie ihn zum Gemeindeleiter. Dieser Verrückte sprach die Stimmen an und wollte einen Dämon aus ihm vertreiben. Die Stimmen kämpften und wanden sich in seinem Körper, aber sie wichen glücklicherweise nicht. Gemeinsam mit ihm beschlossen sie, sich unauffällig zu benehmen. Ihre Zeit würde schon noch kommen. In der Gemeinde fiel er nicht mehr auf; man betrachtete ihn als geheilt und er durfte des öfteren vor der Gemeinde Zeugnis ablegen. Zusammen mit den Stimmen hatte er hinterher darüber gelacht.

Es stellte sich heraus, dass die Stimmen »Leiter« waren, die die Aufgabe hatten, ihn einem höheren Lebensziel zuzuführen. Neben seiner Ausbildung widmete er sich unter ihrer Anleitung dem Studium der verschiedenen Weltreligionen und vertiefte sich in Meditationstechniken. Seine Leiter erlaubten ihm, dass er im Alter von vierundzwanzig Jahren heiratete. Er war siebenundzwanzig, als sein Kind geboren wurde. Später wurde ihm aufgetragen, nach Rom zu gehen. Da ging er auf die dreißig zu. Dort sollte er einen Mann kennen lernen, der ihn weiterführen und unterrichten sollte.

Efraim Ben Dan hatte in den vergangenen fünfzehn Jahren sein Leben beherrscht. Er hatte ihm seinen Namen gegeben, so wie Rashkalin nun seinerseits den Kindern ihren Namen geben durfte. Der Mann verfügte über Kräfte, die die seinen bei weitem überstiegen; auch seine Berufung war viel höher als die

Rashkalins. Efraim Ben Dans Berufung bestand darin, die geistlichen Komponenten des Kosmos in Harmonie zu bringen. Unter seiner Leitung sollten die bestehenden Religionen zu einer einzigen Weltreligion zusammenschmelzen und die erstickende negative Energie des christlichen Glaubens ausgerottet werden. Rashkalin war nur ein Rädchen in diesem großen Ganzen. Seine Aufgabe würde darin bestehen, eine Gruppe junger Menschen zu trainieren, der Erde bei ihrer Reinigung von der negativen Energie beizustehen. Er sollte sie in Meditationstechniken unterrichten, sie lehren, auf die Stimme des Geistes zu hören, und sie zu Jätern ausbilden, damit sie dann, nachdem die Erde sich gereinigt hatte, das neu aufschießende Unkraut vernichteten. Efraim Ben Dan begleitete ihn und die anderen, die der Geist ihm zugewiesen hatte, beim Aufbau eines Netzwerkes von Helfern, den Tekna-Gen, den Kindern der Erde.

Rashkalin ließ den Blick auf der Schar junger Menschen ruhen, die in ihren weißen, bunt durchwirkten Gewändern vor ihm standen. Vor noch nicht einmal einer Stunde hatte er per Fax Efraims Nachricht erhalten. Übers Internet hatte er die Begleitinformation bekommen. Soeben hatte er seinen Schützlingen die erfreuliche Mitteilung gemacht. Das war sein Moment. Die Erde war in Bewegung gekommen; nun war er am Zuge. Sein Blick glitt über die Gesichter, die erwartungsvoll zurückschauten. Für jeden Einzelnen von ihnen hegte er besondere Gefühle. Die kleine Gruppe Niederländer hatte einen besonderen Platz in seinem Herzen, obwohl keiner von ihnen wusste, dass er selbst auch Niederländer war. Das würde nur Spaltung bringen.

»Kinder der Erde«, wandte Rashkalin sich von neuem an die Gruppe. »Der Geist der Erde ruft uns. Unsere Aufgabe kann beginnen. Die Erde hat sich gereinigt.« Er erhob eine Hand, um zu verhindern, dass erneuter Jubel ausbrach.

»Das Unkraut, das den Geist der Erde erstickte, ist mit Stumpf und Stiel ausgerottet. Soeben habe ich von dem Mann, der vom Geist berufen ist, die Harmonie auf Erden herzustellen, diese Nachricht erhalten. Bis zum heutigen Tage hat ihn keiner von uns gekannt, aber nun ist die Kraft, die ihm entgegen stand, hinweggenommen, und er kann sich offenbaren.«

Erregtes Stimmengewirr füllte den Saal. Wieder erhob Rashkalin die Hand.

»Nein, er ist nicht der Leiter, auf den wir warten, er ist nur ein Vorbote dessen, der kommen soll – sagen wir, sein Prophet. Dieser Prophet wird innerhalb weniger Tage alle Religionen zu einer Einheit verschmelzen. Übermorgen, am Samstag, findet in Jerusalem eine Konferenz aller geistlichen Leiter dieser Welt statt. Sie werden diesem Mann, Efraim Ben Dan, ihre Vollmachten übertragen.

Jäter, ihr kennt eure Aufgabe. Nachdem Efraim Ben Dan als Prophet der Erde angenommen worden ist, werdet ihr in euer Herkunftsland zurückkehren und das Unkraut, das dort erneut aufwächst, hierher bringen. Wir können diesen armen verirrten Seelen helfen, bevor das Gift sie zugrunde richtet.«

Nagheela nickte zustimmend. Ja, während der letzten drei Jahre war sie intensiv über ihre künftige Arbeitsweise unterrichtet worden. Das war es auch, was sie so angesprochen hatte. Rashkalin war kein Mann mit einer vagen Theorie, Rashkalin war ein Praktiker. Sie hatten sich ausführlich mit den religiösen Hauptströmungen beschäftigt. In Gesprächsgruppen hatten sie die Gemeinsamkeiten und die Unterschiede herausgearbeitet. Das christliche Gift war gründlich analysiert worden. Diese Religion, die den Menschen in seinem geistlichen Wachstum behinderte und dabei den Anspruch erhob, die einzige Wahrheit zu sei, war ein Dolchstoß in das Herz der

Weltreligion. Zum Glück waren viele der sich christlich nennenden Kirchen und Organisationen bereits auf dem richtigen Weg. Unter dem belebenden Einfluss von geistlichen Lehrern und Heilern vermischten sich ihre Dogmen und wurden sinnvoll korrigiert und ergänzt. Die Grundlage war zwar nach wie vor zweifelhaft, aber das Gift wurde weitgehend neutralisiert. Allerdings blieb eine Gruppe übrig, die nicht zu erreichen war. Diese fanatische Gruppe hatte sich in den letzten Jahren erschreckend ausgebreitet, vor allem in Afrika und Südamerika; auch bis dahin saubere Länder wie China und sogar Indien und Nepal waren infiziert worden. Ja, auf der ganzen Welt schienen Menschen angesteckt worden zu sein. Und dann hatte die Erde selbst eingegriffen.

Nagheela war bereit. Sie würde der Erde beistehen, sie würde mithelfen, die Saat des Giftes, die von neuem aufzukeimen drohte, unschädlich zu machen. Das war ihre Aufgabe.

»Morgen werdet ihr in kleineren Gruppen gezielte Instruktionen erhalten. Vorher bekommt ihr noch eure Einsatzpläne. Und jetzt habe ich noch eine Botschaft an euch von Efraim Ben Dan selbst. Diese Botschaft ist heute Abend bei allen hundertvierundvierzig Zentren eingegangen.«

Rashkalin nahm wieder auf seinem Kissen Platz. Das Licht im Saal wurde langsam abgeblendet, und auf dem großen Bildschirm erschien die Gestalt von Efraim Ben Dan. Ein ehrfürchtiges Schaudern ging durch den Saal. Iskia stieß Nagheela an.

»Ja«, nickte Nagheela. Sie hatte ihn auch erkannt. Das war einer der Männer, die sie in ihrer Vision gesehen hatte, bei ihrer ersten Begegnung mit Rashkalin. Auf irgendeine unerklärliche Weise erfasste sie das in einem Augenblick, obwohl ihre Vision verschwommen gewesen war und drei Jahre zurücklag. Von seinem Platz im Dämmerlicht aus sah Rashkalin lächelnd zu. Dieser Mann hatte eine Macht, die er nie zuvor bei jemandem gesehen hatte. Es war eine Ehre, in seinem Dienst zu stehen. Selbst mittels einer digitalen Nachricht vermochte er zum Geist der Kinder zu sprechen – überall zugleich!

»Kinder der Erde!«, sagte Efraim Ben Dan. Seine Stimme war hoch und melodisch. »Seid frei und feiert! Die Erde hat sich von der erstickenden Kraft gereinigt, die den Geist der Erde daran hinderte, zur vollen Blüte zu gelangen. Vor uns liegt eine einzigartige Epoche der Weltgeschichte. Nur noch eine kurze Zeit, dann befindet sich diese Erde in vollkommener Harmonie. Innerhalb weniger Tage werden mir die geistlichen Leiter der Welt ihre Autorität übertragen. Ich werde euch in eine geistliche Befreiung hineinführen, die bis in alle Ewigkeit fortdauern wird. Die Erde gehört uns und wir gehören der Erde! Nichts wird uns hindern. Wir sind Götter!«

Wie hypnotisiert starrten die Tekna-Gen auf den Bildschirm. Das Charisma, das dieser Mann ausstrahlte, war überwältigend.

»Ich bin Efraim Ben Dan«, sagte der Mann, »nur ein Diener desjenigen, der kommen und uns leiten wird – unseres Erdenkönigs Oren Rasec!«

Rashkalin war überrascht. Das hatte er nicht erwartet. Während der Jahre, in denen Efraim Ben Dan ihn unterrichtet hatte, war der Name des Erdenkönigs nie gefallen. Er wusste noch nicht einmal, dass Efraim ihn kannte. Oren Rasec, der Vorsitzende des Europäischen Parlaments.

Auf dem Bildschirm sah man, wie Efraim Ben Dan einige Schritte zurücktrat. Im Vordergrund erschien die beeindruckende Gestalt von Oren Rasec. Seine stählernen Augen durchbohrten die Tekna-Gen. Sein Blick traf sie mitten ins Herz. Dieser Mann kannte sie. Er wusste alles von ihnen. Wer sollte es wagen, ihm zu widersprechen?

Unbändiger Jubel brandete durch den Saal. Alle erkannten

die Vision. Rashkalin war erschüttert. Natürlich kannte er den Vorsitzenden des Europäischen Parlaments, aber er hatte nie gesehen, dass dies der Mann in der Vision war. Als ob ein Schleier weggenommen wäre, war die Macht von Oren Rasec nun offenbar geworden. Die Kraft des Geistes war frei!

»Kinder der Erde«, übertönte die melodische Stimme Efraim Ben Dans die Jubelrufe, »seid frei und feiert. Die Erde ist gereinigt! Noch eine kurze Zeit, dann werden die Herrscher der Erde ihre Macht an Oren Rasec abtreten, unseren Erdenkönig, den König der Neuen Welt! Seid frei und feiert!«

Und die Tekna-Gen feierten.

5

Gertjan hatte in dieser Nacht schlecht geschlafen. Bei jedem Geräusch schrak er hoch – es konnten ja Evelien und die Kinder sein. Als es schon wieder hell zu werden begann, war er in einen unruhigen Schlaf gefallen. Es war halb sieben, als der Wecker klingelte. Direkt unter dem Fenster zwitscherte ein Vogel in den höchsten Tönen, ein paar Sonnenstrahlen schienen durch einen Spalt in den Gardinen und warfen ihr Licht auf einen hauchdünnen Schleier von Staubteilchen. Es versprach ein warmer Tag zu werden. Nichts erinnerte an den Aufruhr und Schrecken des Vortages. Nein, er hatte es nicht geträumt. Die andere Hälfte des Bettes war unberührt. Gertjans Augen fühlten sich geschwollen an. Bestimmt eine Viertelstunde blieb er auf dem Bettrand sitzen. Was sollte er jetzt machen? Er konnte ja wohl kaum sein Alltagsleben wieder aufnehmen und zur Arbeit gehen, als ob nichts geschehen wäre. Aber wenn er nicht ins Büro ging, was sollte er dann machen? Suchen hatte keinen Sinn. Evelien, Roel und Wieke waren weg. Einfach weg, verschwunden. Die Fernsehbilder von gestern fielen ihm wieder ein. Nach den Acht-Uhr-Nachrichten hatten verschiedene Sender die vorgesehenen Programme gestrichen und stattdessen Bilder von dem ausgestrahlt, was auf der ganzen Welt geschehen war. Bilder, wie er sie selbst gesehen hatte: das Chaos auf den Straßen, oft in viel ernsterem Ausmaß, und Interviews mit Leuten, die mit eigenen Augen Menschen hatten verschwinden sehen. Eben waren sie noch dagewesen, mitten im Gespräch, und auf einmal waren sie weg. Auffällig war, dass oft auch ganze Familien verschwunden waren. Immer wieder war von einem gewissen Efraim Ben Dan die Rede, der dies alles vorausgesagt hatte und es erklären konnte. Die Erde hatte sich von dem Gift gereinigt, das den Geist der Wahrheit daran gehindert hatte, Geist und Materie miteinander in Einklang zu bringen. Dadurch sei es nicht möglich gewesen, Einheit auf Erden zu schaffen, und dergleichen Unsinn mehr. Was Gertjan am meisten störte, war, dass das Gerede solch einer Person ernst genommen wurde. Schön, er hatte selbst auch keine Erklärung für das, was passiert war, ebenso wenig wie er begriff, wie dieser Mann das alles hatte voraussagen können, aber Evelien war kein Gift, genauso wenig wie Roel und Wieke. So etwas konnte und durfte doch niemand ernst nehmen.

Vielleicht würde man heute ja mehr erfahren. Er stand auf und begann sich gewohnheitsgemäß zu rasieren. Er hatte schon von Männern gehört, die verwahrlosten, wenn ihnen die Frau weggelaufen war. Das würde ihm nicht passieren.

Obwohl er im Moment noch nicht wusste, was er tun sollte, eins war sicher: Er würde gut für sich selbst sorgen und mit aller Gründlichkeit herauszufinden versuchen, was geschehen war. Sich damit abzufinden und untätig herumzusitzen hatte keinen Sinn. Wer weiß, versuchte er sich selbst aufzumuntern – wenn sie mir nichts, dir nichts verschwunden war, konnte sie ebenso gut auch mir nichts, dir nichts wieder auftauchen. Das war der Strohhalm, an dem er sich festklammern würde.

Normalerweise war Evelien immer früher auf als er. Sie war ein Morgenmensch. Wenn er morgens die Treppe hinunterging, kam ihm der Geruch frischen Kaffees entgegen. Stattdessen lag jetzt auf dem Küchentisch die Zeitung mit den Kartoffelschalen von gestern Abend – stumme Zeugen von Eveliens plötzlichem Verschwinden.

Gertjan nahm das Schälmesser und die halb geschälte Kartoffel in die Hand. Das war das letzte, was Evelien in der Hand gehalten hatte. Es fiel ihm schwer, die Zeitung zusammenzufalten und die Sachen aufzuräumen, es war, als ob er dadurch Eveliens Verschwinden besiegelte. Aber da musste er durch. Er gab sich einen Ruck und warf die Zeitung und die verfärbten Kartoffeln in den Mülleimer. Dann setzte er Kaffee auf.

Um die Stille im Haus zu vertreiben, stellte er den Fernseher an. Vielleicht wusste man inzwischen ja schon mehr. Er zappte ein bisschen herum, aber es gab noch keine Nachrichten. Also holte er die Morgenzeitung von der Fußmatte. In dicken Schlagzeilen plapperte die Zeitung die Behauptungen von Efraim Ben Dan nach. »Erde hat sich gereinigt« und »Prophet hat Ereignisse vorausgesagt«. Auf der ersten Seite prangte ein Foto des Propheten. Obwohl Gertjan es nicht zugeben wollte, sah der Mann nicht unsympathisch aus.

Mit steigendem Widerwillen las Gertjan die Artikel durch. Die gestrigen Fernsehsendungen waren noch vorsichtig gewesen verglichen mit dem, was er jetzt in der Zeitung las. Gestern Abend waren noch andere Sichtweisen beleuchtet worden, auch wenn der Version von Efraim Ben Dan die meiste Aufmerksamkeit geschenkt worden war. In diesen Artikeln war er der Prophet, der die Wahrheit kannte, und seine Erklärung wurde voll und ganz akzeptiert. Breiten Raum nahm Efraim

Ben Dans Aufruf zu der Konferenz am Samstag ein, zu der er alle religiösen Leiter der Welt nach Jerusalem eingeladen hatte. Er würde sofort die Zeitung kündigen und eine objektivere abonnieren, beschloss Gertjan. Er wollte die Zeitung gerade von sich schleudern, als sein Blick auf einen Aufruf fiel, den er beim ersten Lesen übersehen hatte. Jeder, der selbst Familienmitglieder verloren hatte oder jemanden kannte, von dem Familienmitglieder verschwunden waren, wurde aufgerufen, dies zu melden.

»Viele Hinterbliebene werden tief erschüttert sein«, hieß es in dem Artikel, »und nicht wissen, was sie tun und wie sie nun weiterleben sollen. Wir wollen uns ihrer Not annehmen. Sie sind verunsichert und fühlen sich von ihrem Lebenspartner hintergangen. Sie sind geschwächt. Möglicherweise haben die Lügen des christlichen Fanatismus ihr Denken infiziert und sie aus der Bahn geworfen. Damit wir diesen Menschen in ihrer materiellen oder geistlichen Not beistehen können, müssen wir sie kennen. Ihnen wird Hilfe zuteil werden, die auf ihre speziellen Bedürfnisse zugeschnitten ist; ebenso kann im Bedarfsfall finanzielle Unterstützung gewährt werden. Wenn Sie Bekannte haben, die sich in dieser Lage befinden, oder wenn Sie selbst zu den Betroffenen gehören, dann melden Sie dies so schnell wie möglich beim internationalen Hilfszentrum für Hinterbliebene.«

Es folgte eine Telefonnummer sowie die Mitteilung, dass die Anrufe kostenlos waren und dass auch anonyme Meldungen willkommen waren, obwohl kein Grund bestand, sich zu schämen, wenn man seine Bürgerpflicht erfüllte.

Was sollte er damit anfangen? Fühlte er sich von Evelien hintergangen? War er in geistlicher Not? Den Eindruck hatte er selber nicht, aber wie würden andere darüber denken? Und hatte er ein Interesse daran, dass seine Situation dem internationalen Hilfszentrum bekannt wurde? Wahrscheinlich nicht.

Welche Art von Hilfe konnte er erwarten? Er brauchte auch keine finanzielle Unterstützung. Nein, dieser Aufruf war Besorgnis erregend.

Er trank einen Schluck von seinem Kaffee.

Andererseits fand er es unwahrscheinlich, dass Menschen auf solch einen Aufruf reagierten, höchstens vielleicht wegen des Geldes.

Zugegeben, man machte sich nicht besonders beliebt, wenn man dem christlichen Glauben anhing. Es war auch kein sehr sympathischer Glaube, ziemlich anmaßend, weil er behauptete, im Besitz der allein selig machenden Wahrheit zu sein. Das war doch eine ziemliche Schwarzweißmalerei. Nein, er würde da auf keinen Fall anrufen.

Kurz nach halb neun steckte Gertjan bei der Stadtverwaltung von Haarlem seine Stechkarte in die Stechuhr. Er hatte doch beschlossen, zur Arbeit zu gehen, vor allem, weil es überhaupt keinen Sinn hatte, zu Hause herumzusitzen. Aber auch, weil er sich noch nicht darüber im Klaren war, wie er sich verhalten sollte. Wenn er einfach zu Hause blieb oder sich krank meldete, konnte das den Eindruck erwecken, dass mit ihm irgendwas nicht stimmte; dadurch konnte jemand auf die Idee kommen, ihn beim Hilfszentrum für Hinterbliebene zu melden. Er hatte das Gefühl, dass das nicht gut wäre, auch wenn er nicht erklären konnte, warum.

Am Schalter standen schon ein paar Kollegen und unterhielten sich. Gertjan sagte guten Morgen und ging weiter in die Kantine, um sich erst mal einen Kaffee zu holen, so wie sonst. Die meisten Kollegen aus seiner Abteilung saßen an einem Tisch und begrüßten Gertjan, als er hereinkam.

»Hallo Gertjan, wir dachten schon, du kommst nicht mehr.«

Meist war Gertjan wirklich früher im Büro. Obwohl diese Bemerkung anscheinend ohne Hintergedanken ausgesprochen worden war, hatte Gertjan das Gefühl, dass er auf der Hut sein musste.

»Ich bin heute Morgen nicht recht in Gang gekommen«, entschuldigte er sich.

»Sicher auch spät nach Hause gekommen gestern«, bemerkte Jan und schob ihm den Zucker hin. »Das war ja das reinste Verkehrschaos. Wie lange hast du für den Heimweg gebraucht?«

»Ich war ungefähr um halb acht zu Hause«, sagte Gertjan.

»Ruud Dubois hat sich krank gemeldet; wir glauben, dass seine Frau und seine Kinder weg sind«, erstattete ihm Miranda Bericht. »Und jetzt fragen wir uns, ob wir das diesem Hilfszentrum melden sollen. Du hast heute Morgen bestimmt auch in der Zeitung davon gelesen, nicht?« Auf dem Tisch lag eine Zeitung. Mit einem rot lackierten Fingernagel tippte Miranda auf den Artikel.

»Ja, hab ich gesehen.« Ruuds Frau war also wahrscheinlich auch weg. Er hatte nie sehr viel Kontakt mit Ruud gehabt. Ruud war ein ziemlich introvertierter Mensch. Mit Ruuds Frau Karlijn hatte er ab und zu mal auf einem Betriebsfest gesprochen. Eine flotte Person, Anfang dreißig. Ihm war nie irgendwas an ihr aufgefallen. Aber was hätte ihm auch auffallen sollen? An Evelien war auch nichts Besonderes zu sehen. Ruud hatte auch zwei Kinder, glaubte er, aber genau wusste er es nicht.

»Ich bleibe dabei, wir müssen es melden«, nahm Huib den Faden wieder auf. Huibert war der Abteilungsleiter. Gertjan mochte ihn nicht. Er war ein Radfahrer – nach oben buckeln, nach unten treten. In seinem Job war er gut, dagegen war nichts zu sagen, aber er konnte nicht mit Menschen umgehen.

»Man weiß doch nie, was dem im Kopf herumgeht. Vielleicht hat er sich auch schon infiziert, und dann steckt er womöglich noch andere an«, argumentierte Huibert.

»Du redest schon genauso wie dieser Prophet«, stellte Kees fest. »Ich bleibe dabei, dass es uns nichts angeht. Ruud muss selber wissen, was er tut.«

Kees van Duin war der Älteste in der Abteilung. Gertjan bewunderte ihn aufrichtig. Wegen einer Versetzung war er gezwungen worden, sich EDV-Kenntnisse anzueignen, und das war ihm für sein Alter erstaunlich gut gelungen. Gerade als er sich in ein einfaches digitales Zeichenprogramm eingearbeitet hatte, stieg die Gemeinde auf ein neues, viel komplizierteres System um, aber auch das hatte er nach kurzer Zeit in den Griff bekommen. Noch zwei Jahre, dann wurde er pensioniert. Er war der Einzige, der sich von Huibert nichts sagen ließ. Und Huibert seinerseits wusste, dass er sich mit Kees nicht anlegen durfte.

»Und was ist daran so verkehrt?«, schnappte Huibert. »Efraim Ben Dan weiß offensichtlich, wovon er spricht, und das kann man von den meisten anderen nicht behaupten. Wenn mehr Menschen so denken und reden würden wie er, würde es besser aussehen auf der Welt.«

»Ich kann Huibert da nur zustimmen«, gurrte Natalie, die Praktikantin.

Kees zuckte die Achseln. »Er ist ein Großmaul. Selbst wenn er das vorausgesagt hat, kann er sich doch wohl ein bisschen benehmen. Man kann nicht von anderen Menschen sagen, dass sie Gift für die Gesellschaft sind. So was macht man einfach nicht.«

Huibert kniff die Augen zusammen. »Sag mal, ist deine Frau vielleicht auch verschwunden, Kees? Du bist auch schon ein bisschen verwirrt, was?« Er sah sich um, um zu prüfen, ob die Kollegen ihm beipflichteten. Einige räusperten sich, andere schoben mit ihren Stühlen. Gertjan wich seinem Blick aus. Neben Kees' Augenwinkel zitterte ein Muskel. Es war Huibert nicht entgangen.

»Bist du vielleicht einer von ihnen?«, spottete er. »Haben sie vergessen, dich mitzunehmen?«

Kees lief rot an und wollte aufstehen. Miranda hielt ihn zurück. »Nicht aufregen, Kees.« Dann wandte sie sich an Huibert und sagte scharf: »Du gehst zu weit, Huibert. Die meisten von uns waren sich mit dir darüber einig, dass wir Ruud melden müssen, aber das wäre in seinem eigenen Interesse. Es geht hier nicht darum, uns gegenseitig zu beleidigen.«

Huibert streckte abwehrend die Hände hoch und guckte so unschuldig, wie er nur konnte.

»Okay, okay.« Innerlich schmunzelte er. Er fühlte sich gut. Normalerweise war er immer etwas gehemmt, wenn er mit jemandem nicht einer Meinung war, vor allem, wenn es sich dabei um Kees handelte. Jetzt fühlte er sich frei und ungezwungen. Und Kees hatte ihm offensichtlich nichts entgegenzusetzen. Er hatte sich wieder hingesetzt und starrte vor sich auf den Tisch.

»Also, mir ist es ganz egal, ob Kees mir zustimmt oder nicht«, stellte Huibert fest. »Es ist unsere Bürgerpflicht und ich werde mich nicht davor drücken.«

Herausfordernd schaute er in die Runde. Gertjan senkte den Blick einen Moment zu spät.

»Gertjan«, rief Huibert, »was sagst du dazu?«

Das hatte Gertjan schon befürchtet. Aus dem Verlauf des Gespräches hatte er geschlossen, dass Kees der Einzige war, der dagegen war, Ruud zu melden, oder der zumindest glaubte, dass Ruud das selbst entscheiden müsste. Er war froh, dass er sich selbst noch nicht dazu hatte äußern müssen. Er zögerte.

»Bist du vielleicht derselben Meinung wie Kees?«, fragte Huibert herausfordernd.

»Ich weiß es nicht«, wich Gertjan aus und blickte in die Runde, ob nicht jemand anders das Wort ergreifen wollte. Natalie, die Praktikantin, guckte frech zurück. Miranda sah ihn argwöhnisch an. Man sah förmlich, was in ihrem Kopf vorging. Alwin und Joriem wandten den Blick ab. Die beiden hielten sich immer am liebsten aus allem heraus. Kees sah ihn erwartungsvoll an. Er hätte Kees gern unterstützt, aber dann hätte er ebenso gut gleich sagen können, dass Evelien weg war. Angesichts der Atmosphäre, die hier herrschte, wäre das gleichbedeutend damit gewesen, sich selbst bei der Meldezentrale anzugeben. Jurijn drehte seinen Bleistift zwischen den Fingern. Ruben war nicht da, der war noch im Urlaub. Von dem hätte Gertjan wahrscheinlich Unterstützung bekommen; er hätte sicher auch Kees schon geholfen.

»Tut das eigentlich noch irgendwas zur Sache?«, beendete Jurijn die angespannte Situation. Und mit einem Blick auf Huibert sagte er: »Deine Meinung steht fest, auch wenn ich finde, dass Ruud sich selber melden sollte. Aber wir sollten ihn zumindest anrufen und mit ihm reden.«

»Dann mach du das mal.« Huibert stand auf und warf dabei einen demonstrativen Blick auf seine Armbanduhr. »Zeit, an die Arbeit zu gehen.«

Ohne ein weiteres Wort ging er aus der Kantine.

Kees guckte enttäuscht. Miranda sah Gertjan immer noch an. Es schien Gertjan das Sicherste, ebenfalls aufzustehen und in sein Büro zu gehen. Er schob seinen Stuhl zurück.

»Du hast deinen Kaffee noch nicht leer«, bemerkte sie spitzfindig. Gertjan trank schnell den letzten Schluck und ging weg. Er fühlte sich elend.

Auf der Abteilung ging Huibert direkt zu seinem Schreibtisch. Durch eine halb offene Trennwand war dieser Teil vom Rest des Großraumbüros abgetrennt. Gertjan konnte von seinem Platz aus Huibert gerade noch sitzen sehen. Huibert warf ihm einen herausfordernden Blick zu, als er den Telefonhörer nahm und die Nummer eintippte.

»Er weiß die Nummer sogar schon auswendig«, dachte

Gertjan. Huibert konnte sich Zahlen gut merken. Während er darauf wartete, dass jemand an den Apparat ging, hielt er den Blick weiterhin auf Gertjan gerichtet.

»Mein Name ist Uitenhuis«, hörte Gertjan ihn sagen. »Ich habe Ihren Aufruf gelesen und möchte jemanden melden, der Ihre Hilfe braucht.« Er schwieg einen Moment. »Ja, ich buchstabiere: U-I-T-E-N-H-U-I-S ... H, ja, von Huibert.« Wieder Schweigen. Dann die Adresse.

»Es geht um einen gewissen Ruud Boer. Er hat sich heute Morgen krank gemeldet, denn seine Frau und seine Kinder sind gestern verschwun... Eh, entfernt worden ... Ja, Sie haben Recht, ... natürlich.« Grinsen.

Huibert warf noch einen letzten Blick auf Gertjan und drehte dann seinen Stuhl. Er redete jetzt leiser, Gertjan verstand ihn nicht mehr. Ihm wurde bewusst, dass er Huibert angestarrt hatte. Das war wahrscheinlich genau das, was Huibert hatte sehen wollen.

»Blöder Kerl«, dachte Gertjan. Er sah sich um. Die anderen waren inzwischen auch eingetrudelt.

»Es ist sehr gut möglich ...« Huibert redete wieder lauter. Gertjan zwang sich dazu, nicht aufzublicken. »... dass ich Ihnen später noch mehr mitzuteilen habe ... Ja, natürlich, das denke ich auch ... Vielen Dank.«

Vorsichtig sah sich Gertjan in der Abteilung um. Natalie lief auf Huiberts Schreibtisch zu. Miranda versteckte sich hinter ihrem Bildschirm. Kees stand an seinem Scanner; sein Blick traf den Gertjans. Alwin und Joriem waren damit beschäftigt, einen Monitor aus einem Karton zu ziehen. Denen war nichts aufgefallen.

Gertjan schaltete seinen Computer ein.

Arbeit hatte er genug, aber er konnte sich jetzt nicht konzentrieren. –

Der Tag dauerte eine halbe Ewigkeit. Zum Glück war Freitag. Huibert war wie ein Hahn durch die Abteilung stolziert, sichtlich zufrieden mit sich. Er war immer ein eingebildeter Kerl gewesen, aber so kannte Gertjan ihn wirklich nicht. Er schien überhaupt keine Hemmungen mehr zu haben.

Miranda hatte ihn für seinen Geschmack ein paarmal zu oft angesehen. Vielleicht bildete er sich das auch ein. Und Kees war er ein bisschen aus dem Weg gegangen. Er hatte ihm gegenüber ein schlechtes Gewissen.

Am Abend war Gertjan zu seinen Eltern nach Gouda gefahren. Die hatten sich mit Evelien nie so gut verstanden; daher hatten sie in letzter Zeit nicht mehr viel Kontakt gehabt. Seine Eltern machten keinen besonders betroffenen Eindruck.

»Ich kann's mir schon vorstellen«, hatte seine Mutter gesagt. »Die Frau war einfach nicht die Richtige für dich, Junge. Aber es ist schade um die Kinder.«

Den restlichen Abend hatten sie über Belanglosigkeiten geredet. Die Abendnachrichten hatten nicht viel Neues gebracht. Auffällig war allerdings, dass kein Raum mehr war für andere Erklärungsversuche. Alles drehte sich nur noch um Efraim Ben Dan und die Konferenz der religiösen Leiter am Samstag. Der Prophet, wie er inzwischen genannt wurde, hatte den Aufruf, der in allen Tageszeitungen stand, wiederholt.

»Das willst du wohl nicht machen, oder?«, hatte sein Vater gefragt.

»Nein«, hatte seine Mutter geantwortet, bevor Gertjan etwas sagen konnte. »Du bleibst mal schön bei uns, Junge, wir können genauso gut für dich sorgen.«

»Meine Arbeitsstelle ist in Haarlem, Mama, und da wohne ich auch.«

»So ist es«, hatte sein Vater gesagt, und über das Thema wurde nicht weiter gesprochen. Am Samstagmorgen war Gertjan wieder nach Hause gefahren. –

Nagheela richtete sich mühsam auf. Die Sonne hatte ihre Strahlen auf Nagheelas Gesicht geworfen, und davon war sie aufgewacht. Ihre Muskeln schmerzten vom Schlafen auf dem harten Boden. Sie blickte umher. Die meisten schliefen noch, halb übereinander liegend, kreuz und quer im Saal. Hier und da hatten sich einige aufgerichtet und sahen sich benommen um, ebenso wie Nagheela. Einige kletterten vorsichtig über die Schlafenden hinweg und rafften ein paar Kleidungsstücke zusammen. Der große Bildschirm, auf dem Efraim Ben Dan gestern seine gewaltigen Mitteilungen gemacht hatte, war jetzt schwarz. Ihr Blick begegnete dem von Iskia, die sich ebenfalls aufgerichtet hatte. Sie lächelten einander zu. Der gestrige Abend und die vergangene Nacht waren überwältigend gewesen. Die Tekna-Gen hatten sich gehen lassen wie nie zuvor, aufgepeitscht von der Musik und der Anwesenheit Efraim Ben Dans (wenn auch nur über den Bildschirm). Alle falsche Scham, alle Hemmungen waren verschwunden. Dies war ein Vorgeschmack auf die Neue Welt. So war der Mensch gemeint – ein Wesen im Einklang mit sich selbst und mit anderen.

Durch die hohen Fenster fiel schon reichlich Sonnenlicht in den großen Saal. Nagheela hatte keinerlei Zeitgefühl, aber nach dem Stand der Sonne zu urteilen, musste es schon etwa neun Uhr sein. Iskia war aufgestanden und kletterte vorsichtig über die schlafenden Körper hinweg zu Nagheela. Ihre blonden Locken tauchten ab und zu ins Sonnenlicht und bildeten einen tanzenden Strahlenglanz um ihr rundes Gesicht. Sie war nackt. Ihre Haut war heller als die von Nagheela, aber ebenso straff und glatt.

»Sie sieht aus wie ein Engel«, dachte Nagheela. Sie wusste nicht, wie Iskia vor ihrer Operation ausgesehen hatte, aber mit diesem Äußeren war sie großartig auf ihre Aufgabe vorbereitet. Dieser Aspekt war Nagheela erst im Nachhinein klar geworden. Zunächst hatte sie gedacht, dass die Operationen nur dazu dienten, den Körper in Einklang mit dem Geist zu bringen. So hatte man es ihr auch erklärt. Der Geist war schön, daher hatte man auch das Recht auf einen schönen Körper. Später erfuhr sie, dass sie die Aufgabe haben würde, diejenigen, die nach der Reinigung vom Gift des falschen Glaubens infiziert würden, abzuholen und ins Zentrum zu begleiten. Und so etwas würde anziehenden Menschen nun einmal besser gelingen als hässlichen Menschen. Die Operationen dienten also nicht nur dazu, durch die neu gewonnene Schönheit die Lebensfreude zu steigern und Körper und Geist miteinander in Harmonie zu bringen, sie hatten auch einen ganz praktischen Aspekt. Ihre Körper waren die Werkzeuge für die Aufgabe, auf die sie hier im Zentrum vorbereitet worden waren.

Iskia hockte sich neben Nagheela auf den Boden. »Kommst du mit nach draußen?«, flüsterte sie. »Es ist bestimmt schon wieder herrlich warm.«

Nagheela sah aus dem Fenster. Der Himmel war strahlend blau. Vorsichtig schob sie den Arm des Jungen von ihrem Schoß. Er bewegte sich ein bisschen und stöhnte leise, schlief jedoch weiter.

Iskia verzog den Mund zu einem schelmischen Lächeln. »Kennst du ihn gut?«, fragte sie.

Nagheela schüttelte den Kopf. Vom Sehen natürlich schon, aber so weit sie sich erinnerte, hatte sie noch nie mit ihm gesprochen. Nagheela musste auch lachen. Sie dachte kurz an den Nachmittag, den sie mit Guido im Garten hinterm Haus verbracht hatte. Ihr Vater hätte sie jetzt mal sehen sollen. Eng umschlungen mit einem beinah wildfremden Jungen in einem Saal voller nackter und halb nackter Menschen. Den armen Mann würde sicher der Schlag treffen.

Sie standen vorsichtig auf und suchten sich einen Weg nach

draußen. Unterwegs nahmen sie ein paar Kleidungsstücke mit. Die Kleider waren Gemeinschaftsbesitz. Den meisten von ihnen passte die Kleidung, die sie mit zum Zentrum gebracht hatten, doch nicht mehr. Außerdem förderte es die Einheit, dass sie alle mehr oder weniger dieselbe Kleidung trugen, auch wenn es verschiedene Modelle gab. Sie stellten sie zum größten Teil selbst her, der Stoff wurde ab und zu mit Hubschraubern eingeflogen, ebenso wie die übrigen Dinge, die sie zum Leben brauchten.

Die Luft draußen war frisch und rein, anders als in dem stickigen Saal, den sie soeben verlassen hatten. Sie setzten sich in das kurze Gras und ließen den Blick über die mächtigen Gipfel der Alpen schweifen. Die Sonne wärmte ihre Körper.

»Herrlich«, seufzte Nagheela genussvoll und legte sich lang ausgestreckt auf den weichen Boden. Iskia lag auf einen Ellbogen gestützt neben ihr und strich sich eine Locke aus dem Gesicht. Sie betrachtete Nagheela aufmerksam. Heute Nachmittag würden sie ihre Anweisungen erhalten. Rashkalin hatte ihr schon vor einigen Wochen gesagt, dass sie zusammen mit Nagheela ausgeschickt werden würde, wenn die Zeit gekommen war. Er hatte ihr im Vertrauen gesagt, dass Nagheela nicht zur Kadergruppe gehörte und dass sie ein Auge auf sie haben musste, damit ihr nichts zustieß. Sie musste ihm alle eventuellen Vorkommnisse melden. Während der letzten Wochen hatte sie vorsichtig etwas mehr Kontakt mit Nagheela gesucht. Ein nettes, spontanes Mädchen, fand Iskia. Sie fragte sich, was so Besonderes an Nagheela war, dass Rashkalin das verlangt hatte. Die meisten aus der Kadergruppe wussten noch nicht, mit wem sie ausgeschickt werden würden.

Nach ein paar Minuten richtete Nagheela sich auf. »Wer zuerst im Duschraum ist«, rief sie und setzte zu einem Sprint an. –

Am Nachmittag kamen die Tekna-Gen wieder in kleinen Gruppen zusammen. Wie üblich hatten alle eine Liste mit den Namen erhalten, von wem sie Instruktionen erhalten und wo sie zusammenkommen sollten. Iskia sah sich in der Gruppe um. Sie wusste, dass dies alles Mitglieder der Kadergruppe waren. Die Kadergruppe bestand aus etwas mehr Männern als Frauen. Sie waren aufgrund ihrer Motivation und ihres Hintergrundes ausgewählt worden. Während ihrer ersten Jahre im Zentrum hatte sie auch an dem Unterricht teilgenommen, den die übrigen Mitglieder der Gemeinschaft erhielten, aber schon bald war sie zu Rashkalin gerufen worden. Er hatte ihr tief in die Augen gesehen und sie nach der beglückenden Erfahrung, die sie dabei gemacht hatte, zu Ilrim geschickt. Ilrim war der Trainer der Kadergruppe.

Die übrigen Mitglieder der Tekna-Gen wussten nur, dass die Menschen, die sie zum Zentrum brachten, dort betreut werden würden. Man würde ihnen helfen einzusehen, dass sie sich auf einem falschen Weg befanden. Danach würden sie wieder als normale Mitglieder der Gesellschaft funktionieren können. Was mit den Menschen geschehen würde, die sich nicht von ihrem Irrweg abwandten, wurde nicht gesagt. Danach wurde auch nicht gefragt.

Die Reinigung der Erde war eine Angelegenheit von höchster Wichtigkeit. Die Kraft, die die Harmonie der Erde störte, musste ausgerottet werden, mit Stumpf und Stiel. So lange das Unkraut lebte, gab es keine Harmonie.

Darum hatte die Kadergruppe die Befugnis zu töten. –
Der Unterricht hatte den ganzen Nachmittag gedauert.

Die Hauptpunkte waren noch einmal durchgesprochen worden. In Zweiergruppen würden sie in ihr Heimatland und ihre Heimatstadt zurückkehren. Dort mussten sie bei einer Kontaktperson eine Namensliste abholen. Es stand in ihrem Ermessen, wie sie mit den Menschen auf der Liste Kontakt aufnahmen; sie konnten dabei von den vielen Techniken Gebrauch machen, die sie in der Vergangenheit im Zentrum geübt hatten.

Nagheela freute sich darauf. Sie hatte an diesem Nachmittag erfahren, dass Iskia und sie miteinander ausgeschickt wurden. So ein Zufall, hatte sie gedacht, denn meist wurde keine Rücksicht genommen auf freundschaftliche Beziehungen. Iskia kam aus Amsterdam, sie aus Haarlem. Das war ihr Arbeitsgebiet.

In dieser Nacht schlief sie unruhig.

Am Samstagmorgen um halb elf bekam Pfarrer Kuipers Besuch.

Der Mann war noch jung, eigentlich fast noch ein Junge, aber er war hoch gewachsen und muskulös. Er stellte sich vor als Zerkanim und kam im Namen der Tekna-Gen, der Organisation Efraim Ben Dans.

Pfarrer Kuipers bat ihn herein.

»Zerkanim?«, wiederholte er. »Was für ein aparter Name für einen Niederländer!«

»Sie haben unser Fax erhalten?«, fragte Zerkanim.

»Ja.«

»Dann würde ich Sie bitten, mir die Namensliste auszuhändigen.«

Pfarrer Kuipers holte die Liste aus seinem Arbeitszimmer. Es standen neun Namen darauf. Der junge Mann nahm die Liste in Empfang und warf einen flüchtigen Blick darauf. Er nickte anerkennend.

»Vielen Dank, Herr Pfarrer. Aber sind es nicht mehr gewesen?«

»Nein, das sind alle.«

Zerkanim sah den Pfarrer prüfend an. Dem Mann war nicht wohl in seiner Haut, das spürte er. Im Zentrum waren sie gründlich darin unterrichtet worden, die Körpersprache zu deuten. Pfarrer Kuipers war zurückhaltend, geradezu reserviert, aber nicht ängstlich. Auch nicht feindselig.

»Wie groß ist Ihre Gemeinde?«, fragte Zerkanim.

»Auf dem Papier hat sie ungefähr fünfzehnhundert Mitglieder«, antwortete Pfarrer Kuipers, »aber die kommen längst nicht alle zum Gottesdienst. Meist sind es sonntags etwa fünfhundert.«

Zerkanim nickte. Diese Auskunft war korrekt, das wusste er. Das hatte er vorher in Erfahrung gebracht. Er nickte bedächtig.

»Neun sind nicht viel, bei so einer großen Gemeinde. Sie sind ja den ganzen Abend zu Hause gewesen, oder?«

»Ja. Ich kam etwas später nach Hause als sonst, wegen der Verkehrslage, aber dann bin ich den ganzen Abend zu Hause geblieben.«

Zerkanim gab sich zufrieden. »Gut, wir werden diesen Menschen helfen, so gut wir können. Haben Sie vielen Dank für Ihre Unterstützung.« Er steckte die Liste in seine Tasche und holte ein paar Blätter heraus. »Das ist Ihre Predigt für morgen früh«, erklärte er. »Sie wissen Bescheid, nicht?«

Pfarrer Kuipers nahm die Blätter entgegen und nickte. »Ja, ich weiß Bescheid. Ich werde sie sorgfältig durcharbeiten.«

»Dann mach ich mich wieder auf den Weg«, meinte Zerkanim und stand auf. »Ich habe noch ein paar Besuche zu erledigen.«

Pfarrer Kuipers begleitete ihn zur Tür.

»Sie leisten gute Arbeit, Herr Pfarrer«, stellte Zerkanim fest. »Ich merke, dass Sie noch nicht alles verstehen, aber Sie werden sehen, dass Ihre Mitarbeit im Interesse der Gemeinde ist. Es stehen uns noch große Ereignisse bevor.«

Pfarrer Kuipers nickte. »Ich weiß, Herr Zerkanim, ich weiß.« Im selben Moment wurde ihm klar, dass er das besser nicht gesagt hätte. Zerkanim warf ihm einen prüfenden Blick zu. Nein, diesen Pfarrer Kuipers musste er beobachten. Er konnte ihm nicht trauen.

6

Der große Saal des Jerusalemer Luxushotels war voll. Die Zahl der Eingeladenen war nicht besonders groß, aber die meisten waren mit einem großen Gefolge gekommen. Für sie waren an den Wänden entlang Tische aufgestellt. Die Mitte des Saales füllten Pressemitarbeiter aus der ganzen Welt. An vielen Stellen waren Kameras platziert, die auf das Podium gerichtet waren. Auf dem Podium stand ein langer Tisch mit einer weißen Decke, in die bunte Fäden gewirkt waren. Das Podium war überreich geschmückt mit enormen Blumengestecken. In der Mitte hinter dem großen Tisch saß Efraim Ben Dan. Er trug einen Maßanzug von italienischem Schnitt. Zu beiden Seiten von ihm saßen die unterschiedlichsten Menschen, die höchsten Repräsentanten der großen Weltreligionen in vollem Ornat.

Efraim Ben Dan erhob sich. Das Stimmengewirr verstummte. Die Kameras liefen und ihre Bilder wurden live in die ganze Welt übertragen.

»Sehr geehrte Pressemitarbeiter«, eröffnete Efraim Ben Dan die Pressekonferenz. »Ich freue mich, dass Sie in so großer Zahl gekommen sind. Ich werde jetzt eine kurze Einleitung geben, und danach haben Sie Gelegenheit, Fragen zu stellen, an wen Sie möchten. Sie sind Zeugen der ersten Pressekonferenz seit Bestehen der Erde, bei der alle Weltreligionen in Harmonie miteinander eine einhellige Erklärung abgeben werden.«

Er blickte in die zentrale Kamera, in dem Bewusstsein, dass die Augen von beinah einer Milliarde Menschen auf der ganzen Welt auf ihn gerichtet waren.

»Es freut mich auch, dass die Welt Interesse zeigt für das Überirdische. Es freut mich, dass die Welt weiß, dass es mehr gibt als das stofflich Wahrnehmbare.«

Er wies auf die links und rechts von ihm Sitzenden und fuhr fort: »Zeugen hiervon sind diese Repräsentanten des Überirdischen, das uns bindet. Diese Repräsentanten, die gemeinsam die vielen Facetten des Lebensdiamanten beleuchten und ihm seine Schönheit geben. Ich stelle Ihnen vor ...« Er machte mit den Armen eine weit ausholende Gebärde nach links und rechts und stellte die Leiter der Religionsgemeinschaften vor: »... ganz links Herrn Achraz Zain, den Repräsentanten des Buddhismus. Dann Papst Johannes Pius, Repräsentant der katholischen Kirche; Mohammed Yasuf, Repräsentant des Islam; Josef Samuel Hitchak, Repräsentant des orthodoxen Judentums; John Swayze, Repräsentant der verschiedenen protestantischen Kirchen ...«

Er nannte einen nach dem anderen, und alle reagierten mit einem kurzen Nicken in die Kamera. Im Laufe der nächsten halben Stunde erläuterte er die Grundzüge der verschiedenen Religionen, ihre Unterschiede und vor allem ihre Gemeinsamkeiten.

»Zu lange«, rief er mit dramatisch erhobener Stimme, »viel zu lange haben wir die Einheit missachtet. Wir haben die Erde und unser Leben dadurch entehrt, dass wir uns gestritten haben über das, was wir Wahrheit nennen. Im Namen unserer Götter haben wir einander nach dem Leben getrachtet. Nun hat die Erde eingegriffen. Sie hat sich geschüttelt und gereinigt. Wir danken der Erde, dass sie uns verschont hat, denn wer sind wir, um behaupten zu können, dass wir besser sind als diejenigen, die sie eleminiert hat? Sind wir nicht ebenso wie sie, in unserer Gespaltenheit und unserem Eigensinn? Menschen dieser Welt, zeigt Reue und Einkehr! Werdet eins!«

Mit einer schwungvollen Gebärde wies er auf die Männer zu seiner Rechten und Linken. »Diese Männer, diese geistlichen Leiter der Welt, haben an einem Tag erreicht, wozu wir in den Millionen Jahren, seit es uns Menschen gibt, nicht imstande waren: die Einigung der geistlichen Welt!«

Stimmengewirr füllte den Saal. Efraim Ben Dan hob eine Hand. Das Stimmengewirr verstummte.

»Wir sind uns dessen bewusst, dass es nur eine Wahrheit gibt.

Wir sind uns dessen bewusst, dass wir alle nur einen Teil dieser Wahrheit kennen.

Wir sind uns dessen bewusst, dass auf der Erde nur Leben möglich ist, wenn wir in Harmonie miteinander und mit der Erde selbst leben.

Wir sind uns dessen bewusst, dass wir nur in beschränktem Maße Einblick in die nicht stoffliche Welt nehmen können und dass wir davon abhängig sind, was diese Welt uns offenbaren will.

Wir sind uns dessen bewusst, dass wir, solange wir einander verfolgen und bekämpfen, blind sind für das, was der Geist uns offenbaren will.

Wir sind uns dessen bewusst, dass wir alle Kinder der Erde sind.

Heute haben wir alle Feindschaft begraben. Wir haben vergessen, was uns voneinander trennt. In diesen sechs Maximen liegt unsere Einheit beschlossen.«

Er neigte den Kopf. »Ich danke diesen Leitern, dass sie einstimmig mich, Ihren ergebenen Diener, zum Repräsentanten dieser Einheit gewählt haben.«

Efraim Ben Dan nahm Platz. Er schwieg. Einer nach dem

anderen standen die religiösen Leiter auf und legten ihre Mäntel, Szepter, Kronen, Ketten, Ringe und anderen Symbole ihrer geistlichen Autorität vor Efraim Ben Dan nieder. Sie verbeugten sich und begaben sich wieder an ihre Plätze hinter dem Tisch.

Efraim Ben Dan empfand eine unbeschreibliche Genugtuung. Dies war der Höhepunkt seines Lebens. In zahllosen Visionen hatte er diese Situation vorausgesehen und sie zutiefst genossen. Das war sein Lebensziel, das war seine Berufung. Er war Efraim Ben Dan, der Prophet der Erde.

Als sich der letzte geistliche Leiter wieder gesetzt hatte, schwieg Efraim Ben Dan noch immer. Er genoss die ehrfürchtige Erschütterung auf den Gesichtern der Menschen im Saal. Er genoss den Anblick der Insignien, die vor ihm auf dem Tisch lagen. Er war sich der Millionen von Menschen bewusst, die über den Fernsehschirm diesen Moment, seinen Moment miterlebten. Die Welt lag ihm zu Füßen. Von seinem Platz aus sah er durchs Fenster, wie sich am Himmel Wolken auftürmten. In der Ferne erklang ein tiefes Grollen. Es beeinträchtigte sein Triumphgefühl, aber nicht lange. Dies war sein Tag, sein Moment. Er konnte ihm nicht genommen werden.

Als er das Schweigen nicht länger ausdehnen konnte, wies er mit einer Gebärde auf die Pressevertreter.

»Wenn Sie Fragen stellen möchten, dürfen Sie dies nun gern tun. Stellen Sie alle Fragen, die Sie auf dem Herzen haben, an wen auch immer. Benutzen Sie dazu die Mikrofone, die überall im Saal aufgestellt sind.«

Im nächsten Augenblick prasselte ein Sperrfeuer von Fragen auf ihn ein.

»Hat Ihre Voraussage von der Reinigung der Erde etwas hiermit zu tun?«

»Haben Sie selbst bei der Reinigung die Hand im Spiel gehabt?«

»Ist das alles im Vorhinein besprochen worden?«

»Wie konnten Sie so schnell zu dieser gemeinsamen Erklärung kommen?«

»Warum hier in Jerusalem?«

»Was werden Sie als Nächstes tun?«

»Was bedeutet das für die verschiedenen Gläubigen?«

Die ehemaligen geistlichen Leiter beantworteten die ihnen gestellten Fragen korrekt und einvernehmlich. Der Papst und die Leiter der christlichen Kirchen baten um Verzeihung darum, dass es unter ihrer Herrschaft zu Exzessen gekommen war, die ein Gräuel für die Erde und ein Stolperstein für die Harmonie gewesen waren. Alle bezeugten, dass sie von Efraim Ben Dans geistlicher Autorität überzeugt waren und ihm ihr vollstes Vertrauen entgegenbrachten. Sie waren der übereinstimmenden Ansicht, dass Efraim Ben Dan ein Geschenk der Erde war und sie zur vollen Einsicht in die geistliche Welt führen würde. Sie erklärten, das Kommen Efraim Ben Dans sei ein Segen für alle Menschen, ungeachtet ihrer Herkunft und ihres Glaubens. Efraim Ben Dan war der Prophet der Erde.

»Haben Sie selbst auf die eine oder andere Weise die Reinigung verursacht oder beeinflusst?«, fragte ein untersetzter Vertreter des *Herald Tribune*.

»Ja und nein«, erklärte Efraim Ben Dan. »Wir alle, auch Sie und ich, haben dazu beigetragen, dass diese Reinigung geschehen musste, wir haben sie heraufbeschworen. Zu lange haben wir einander bekämpft und den Geist der Erde gespalten. Einmal musste die Erde eingreifen. Nun hat die Erde sich gereinigt. Vor uns liegen nie gekannte Möglichkeiten. Die Kraft ist befreit. Jetzt sind wir am Zuge. Aus dem Samen des falschen Geistes wird ein neuer Konflikt entstehen. Die Erde hat gehandelt. Lassen Sie uns die Einheit leben und das aufschießende Unkraut des falschen Geistes ausreißen, ehe es zu spät ist. Die erste Reinigung war eine Initiative der Erde; unsere Aufgabe ist es nun, die Erde rein zu halten. Hierzu rufe ich Sie alle auf!«

»Sie sprechen von der Erde und dem Geist der Erde wie von einem lebendigen Wesen«, fragte ein anderer Reporter. »Meinen Sie das sinnbildlich?«

Efraim Ben Dan lächelte.

»Nein, das meine ich nicht sinnbildlich. Die Erde, das sind Sie und ich und der Boden, auf dem wir stehen. Wir sind aus der Erde entstanden, was unterscheidet uns dann von ihr? Der Geist der Erde ist unser Geist, unsere Mutter, aus der wir hervorgegangen sind – wir waren schon ein Teil der Erde, bevor wir entstanden. Sehen Sie nicht nur auf das, was stofflich ist!

Wenn wir uns nun gegenseitig bekämpfen, ist der Geist gespalten und kann nicht frei wirken. Die Kraft des Geistes wird dadurch eingeschränkt. Dieser Geist hat sich nun ohne unser Zutun offenbart. Das beweist, dass ich die Wahrheit sage.«

Ein Mann in orthodoxer jüdischer Kleidung nahm das Mikrofon. »Sie sprechen mit Vollmacht«, stellte der Mann fest, »einer Vollmacht, die der Geist unserer alten Erde Ihnen verliehen hat. Dadurch ist es Ihnen gelungen, Einheit in eine scheinbar unheilbar gespaltene Menschheit zu bringen. Der Geist der Erde muss in Ihnen sein.«

Es wurde zustimmend genickt. Dieser Mann sprach aus, was alle dachten. »Sind Sie der Messias, den wir erwarten?«

Efraim Ben Dan schwieg ganz bewusst. Der Mann hatte es gesagt. Efraim Ben Dan blickte die Reihe der ehemaligen geistlichen Leiter entlang. Er war selbst ein Jude, sein Name und seine Gesichtszüge waren jüdisch. Einen Augenblick spielte er mit dem Gedanken, aber er kannte seine Berufung. Er wusste auch, dass er einen falschen Schritt tun würde, wenn er sich diesen Titel anmaßte. Das jüdische Volk würde sich über die anderen Völker erheben, und das wäre das Ende der soeben errungenen Einheit.

»Nein«, antwortete er, »ich bin der Prophet der Erde. Ich verstehe den Geist der Erde. Aber nach mir kommt einer, der größer ist als ich. Er wird endgültig die vollkommene Harmonie auf Erden bewirken, aber das wird nicht ohne Kampf geschehen. Der Geist der Erde wird in ihm sein.«

Das war eine neue Wendung. Es musste geschehen. Er musste ihm Platz machen, gegen seinen Willen. Es war seine Berufung. Wenn er ungehorsam wäre, wäre alles umsonst gewesen.

Verschiedene Journalisten drängten sich um die Mikrofone.

»Wissen Sie schon, wer es ist?«

»Wann offenbart er sich?«

»Ist er schon da?«

Efraim Ben Dan wich den Fragen aus.

»Wenn seine Zeit gekommen ist, wird er sich offenbaren.«

Diese Information war vorläufig ausreichend. Die Journalisten gaben sich schließlich damit zufrieden.

Der Prophet ergriff wieder das Wort. Er stand auf und erhob die Hände.

»Kinder der Erde!«

Er sprach die Weltbevölkerung an. Aus dem Saal stieg Jubel auf. Sogar zu Hause in den Wohnzimmern hielt es viele nicht auf ihren Sesseln.

»Kinder der Erde! Seid frei und feiert! Die Erde hat sich gereinigt. Vor uns liegen nie gekannte Möglichkeiten. Die Kraft ist frei!«

Flötenklänge vermischten sich mit seiner hohen, melodischen Stimme. Das Vorspiel des Liedes der Erde setzte ein. –

Kees van Duin stellte den Ton des Fernsehers leise und sah Gertjan an.

Susan hielt ihm die dampfende Kaffeekanne hin. »Soll ich noch mal einschenken?«

»Gern.«

Zu dritt hatten sie sich die Sendung angeschaut. Gertjan war am Nachmittag zu Kees gegangen. Es hatte sich die ganze Zeit schlecht gefühlt, weil er Kees bei dem Gespräch in der Kantine nicht geholfen hatte. Er war erstaunt, als Susan die Tür aufmachte. Kees hatte nicht auf Huiberts aggressive Frage reagiert, ob seine Frau vielleicht auch verschwunden wäre. »Komm rein«, hatte Susan gesagt. »Wir haben dich schon erwartet.« Gertjan hatte ein ungläubiges Gesicht gemacht. Da hatte Susan ihm erklärt, dass Kees ihr von der Diskussion auf der Stadtverwaltung erzählt hatte. Kees hatte genau gespürt, wie Gertjan sich gefühlt hatte. »Der steht bald bei uns vor der Tür«, hatte er zu ihr gesagt. »Dem ist auch nicht wohl bei der ganzen Sache.«

»Bin ich so ein offenes Buch?«, hatte Gertjan sich gefragt. Dann mussten die anderen auch etwas gemerkt haben. Miranda hatte ihn die ganze Zeit angestarrt. Aber Kees meinte, er solle sich keine allzu großen Sorgen machen. Sie hatten an dem Nachmittag ein längeres Gespräch gehabt. Kees hatte schon vermutet, dass Evelien weg war, weil sein Sohn und seine Schwiegertochter dieselbe Bibelgruppe besuchten und auch verschwunden waren. Er wusste von ihnen, dass Evelien auch in diese Bibelstunde ging; Frank, sein Sohn, hatte das mal fallen lassen. Kees und Susan hatten diese Bibelstunde nicht besucht. Sie fanden es so einseitig. Es gab doch viel mehr als das Christentum. Aber Frank war ein ganz lieber Mensch, genauso wie Lisanne, seine Frau, und auch wenn sie anderer Meinung waren, erschien es Kees und Susan absurd, dass die Erde von ihnen gereinigt werden musste. Kees konnte nur nicht genau sagen, was nun eigentlich an der Erklärung des Propheten nicht stimmte, ebenso wenig wie Gertjan. Sie hatten beschlossen, dass es der Mühe wert war, die Sendung anzuschauen.

»Was hältst du davon, Gertjan?«, fragte Kees.

»Ich weiß überhaupt nicht mehr, was ich denken soll«, antwortete Gertjan. »Wenn es nicht um Evelien ginge, würde ich sagen: Dieser Mann ist ein Segen für die Menschheit.«

Kees sah Susan an.

»Mir geht's genauso«, meinte sie. »Er sagt das so schön, und es ist doch erstaunlich, was er alles fertig bringt.«

Auf dem Bildschirm fand ein riesiges Fest statt. Orthodoxe Juden fielen ihren arabischen Erzfeinden um den Hals, und der Papst sprach mit einem buddhistischen Mönch und dem Repräsentanten des Islam.

»Ich bin gespannt, was Pfarrer Kuipers morgen zu sagen hat«, meinte Kees.

Gertjan sah auf. »Pfarrer Kuipers? Geht ihr zu ihm in die Kirche?«

»Ja. Hast du Lust, mitzukommen?«

»Ja, warum eigentlich nicht?«

Gertjan dachte an sein seltsames Telefongespräch mit Pfarrer Kuipers am Donnerstagabend. Ja, er war auch gespannt.

7

Die Kirche füllte sich schneller als sonst. Gertjan, Kees und Susan hatten Mühe, einen Platz zu finden, wo sie nebeneinander sitzen konnten. Kees und Susan hatten Gertjan abgeholt, und dann waren sie miteinander zur Kirche geradelt. Als sie ankamen, stand schon alles voll mit Fahrrädern, und auch der

Parkplatz war vollständig besetzt. Die Autos parkten sogar auf der Straße. Normalerweise war die Kirche nur noch zu Weihnachten so gut besucht. Sie mussten ganz nach vorne gehen; nur dort gab es noch ein paar freie Plätze, wo sie sich hinsetzen konnten.

»Es sind viele Leute hier, die ich noch nie gesehen hab«, stellte Kees fest. Susan nickte. Es war ihr auch aufgefallen. Die meisten drehten sich immer wieder um und ließen ihre Blicke durch die Kirche schweifen, in der Hoffnung, Bekannte zu sehen. Alle redeten aufgeregt durcheinander, auch als die Orgel einsetzte. Der Organist hörte nach dem halben Lied auf, die Leute achteten nicht auf ihn. Die wenigen, die vorsichtig mitzusingen versuchten, konnten den Lärm nicht übertönen und kamen aus dem Takt.

Erst als Pfarrer Kuipers hereinkam, wurde es ruhiger. Gertjan stieß Kees an.

»Ist das Pfarrer Kuipers?«

»Ja, wieso?«

Gertjan erkannte in ihm den Mann, der die Fahrertür des grünen Renault mit dem roten Lockenkopf geöffnet hatte, mit dem er zusammengestoßen war, vor drei Tagen auf dem Nachhauseweg. Der Mann, der so nervös gewesen war. Davon war jetzt nichts mehr zu spüren – sein Gesicht hatte einen Ausdruck fester Entschlossenheit.

»Schon gut.« Das konnte er Kees jetzt nicht alles erklären.

Pfarrer Kuipers blickte sich in der Kirche um. Hinten waren zusätzliche Stuhlreihen aufgestellt worden und an den Seiten standen die Leute sogar. Einerseits machte ihn das traurig – warum war erst so ein Anlass erforderlich, damit die Leute in die Kirche kamen? Aber andererseits war die Botschaft, die er heute Morgen weiterzugeben hatte, so wichtig, dass so viele Menschen wie möglich sie hören sollten. Und das konnte er von dem, was er bislang zu sagen gehabt hatte, nicht behaupten. Trotz seines Theologiestudiums reichten seine bisherigen Predigten nicht an seine heutige Botschaft heran – und die hatte er noch nicht einmal selbst geschrieben.

Pfarrer Kuipers hieß die vielen Besucher willkommen. Er sprach ruhig und deutlich.

»Meine heutige Botschaft hat überhaupt nichts mit dem gemeinsam, was ich Ihnen bis zu diesem Zeitpunkt glaubte sagen zu müssen.«

Im Saal wurde genickt. Um so etwas zu hören, waren sie auch nicht gekommen.

»Das, was in den vergangenen Tagen, seit Donnerstagnachmittag, geschehen ist, hat Ihre und meine Welt auf den Kopf gestellt. Bis jetzt haben wir so gelebt, wie wir das für richtig hielten. Einige von uns haben mehr, andere weniger danach getrachtet, das zu tun, was in den Augen unseres Schöpfers recht ist. Seit Donnerstag ist nichts mehr so, wie es war. Viele von uns haben Menschen verloren, die sie liebten – ihre Lebensgefährten, ihre Eltern oder ihre Kinder. Durch die Medien haben wir von Efraim Ben Dan, dem Propheten der Erde, die Erklärung hierfür erhalten. Können wir mit dieser Erklärung leben? Gibt sie Antwort auf die Fragen, mit denen wir seit Donnerstag zu kämpfen haben?«

Er blickte die Reihen entlang. In den Gesichtern der Zuhörer war gespannte Aufmerksamkeit zu lesen. Was würde dieser Mann sagen? Wollte er etwa die Erklärung des Propheten in Zweifel ziehen?

Einige wirkten ablehnend, andere nickten ihm ermutigend zu. Es machte keinen Unterschied, die Botschaft musste verkündet werden. Er würde nicht länger predigen, was die Menschen hören wollten. Er würde predigen, was die Menschen hören mussten, ob sie wollten oder nicht. Und wenn es seine letzte Predigt werden würde – und er vermutete, dass es so war.

Sein Blick traf den von Gertjan van der Woude. Der Mann kam ihm irgendwie bekannt vor, aber er wusste nicht, woher.

»Gestern«, fuhr der Pfarrer fort, »hat der Prophet den Segen der geistlichen Leiter dieser Welt erhalten. Er sprach mit Autorität, und die geistlichen Leiter haben diese Autorität erkannt und ihn zu ihrem Propheten erklärt. Auch die Synode hat ihn anerkannt, auch unsere Kirche.«

In den hinteren Reihen wurde vorsichtig applaudiert. Pfarrer Kuipers hob die Hand und der Applaus verstummte. Kees stieß Gertjan in die Seite und machte eine Kopfbewegung nach hinten. »Guck mal da, in der vierten Reihe von hinten, mit der dunkelroten Weste.« Gertjan drehte sich um und guckte dann schnell wieder nach vorn. Da saß Huibert Uitenhuis! Was wollte der denn hier?

»Ja«, sagte Pfarrer Kuipers mit Nachdruck, »der Prophet hat Autorität. Ich frage Sie heute Morgen: Wer hat ihm diese Autorität verliehen?

Ich werde Ihnen, liebe Gemeinde, jetzt etwas sagen, wovon ich nie gedacht hätte, dass ich jemals darüber sprechen würde. Während meines Theologiestudiums hat sich der eine oder andere mal mit diesem Thema beschäftigt, aber die meisten taten es ab als eine nebulöse Theorie. Auch ich gehörte zu denen, die so dachten. Meine Frau Karin, die vor knapp einem Jahr gestorben ist, hat einige Male versucht, mit mir darüber zu sprechen, bis ich mich schlichtweg geweigert habe.

Ich will heute mit Ihnen über die Entrückung der Gemeinde sprechen, die in den letzten Tagen geschehen soll.«

Pfarrer Kuiper schwieg, um die Reaktion der Zuhörer abzuwarten.

Es war erstauntes Gemurmel zu hören. Gertjan sah Kees und Susan fragend an. »Entrückung der Gemeinde« sagte ihm nichts, und »die letzten Tage« waren Science Fiction oder Gedankengut der Zeugen Jehovas, und das gehörte nicht in eine

Kirche. Kees und Susan sahen einander an. Kees nahm Susans Hand und drückte sie.

Pfarrer Kuipers sprach weiter.

»Am Donnerstagabend erhielt ich ein Fax von der Synode mit einem Ersuchen der Organisation Efraim Ben Dans, der Tekna-Gen. Das ist altgriechisch und bedeutet ›Kinder der Erde‹. Mir wurde aufgetragen, eine Liste anzulegen mit den Namen derjenigen, die mich an diesem Abend anrufen würden, weil sie jemanden vermissten. Ich habe das getan. Die Liste ist gestern bei mir abgeholt worden, und mir wurde dies hier ausgehändigt« – er hielt ein paar Blätter hoch – »mit dem Auftrag, es heute Morgen im Gottesdienst zu verkünden. Es ist die Botschaft Efraim Ben Dans, so wie wir sie inzwischen kennen. Sie enthält die Warnung, uns vor dem, wie er es nennt, falschen Geist zu hüten, der unter den christlichen Gläubigen gewütet hat und von dem die Erde sich gereinigt hat.«

Er erhob seine Stimme. »Aber ich sage Ihnen – nicht die Erde hat sich gereinigt, nein, der Herr hat seine Gemeinde zu sich genommen, die wahren Gläubigen, so wie er es in seinem Wort vor zweitausend Jahren vorausgesagt hat!«

Efraim Ben Dans DIN-A4-Blätter flatterten zu Boden und Pfarrer Kuipers hielt seine Bibel in die Höhe. Herausfordernd blickte er in die Kirche.

»Wir leben in den letzten Tagen«, rief er aus, »und bald, sehr bald wird der Herr kommen, in Macht und Herrlichkeit, wie er es vorausgesagt hat. Aber erst wird der Mensch der Gesetzlosigkeit, der Antichrist, sich offenbaren und sich selbst zu einem Gott machen.«

Hinten in der Kirche stand ein Mann auf. »Sie lügen, Lästerer!«, brüllte er.

Pfarrer Kuipers sah ihn an. »Und die Welt wird ihn annehmen«, fuhr er fort. »Mir bleibt nur wenig Zeit ...«

»Weniger als du denkst«, rief der Mann hinten in der Kirche

und bahnte sich einen Weg durch die Reihe, in der er gesessen hatte.

»... aber ich werde versuchen, Ihnen in der Zeit, die mir bleibt, eine Erklärung zu geben.«

Der Mann warf einen letzten Blick auf den Pfarrer und schlug die Kirchentür hinter sich zu.

»Am Donnerstagnachmittag war ich bei einem der vielen Unfälle hier in Haarlem, bei denen der Fahrer verschwunden war, als Zeuge anwesend. Ich holte den Führerschein aus dem Handschuhfach und sah, dass Chantal Ebbers, ein Mitglied unserer Kirche, den Wagen gefahren hatte. Anfang dieser Woche hatte ich ein Gespräch mit Chantal, in dem ich ihr zu erklären versucht hatte, dass es eine Entrückung der Gemeinde, so wie einige Fundamentalisten sie lehrten, nicht geben würde. Ich glaube, ich habe ihr nicht aufmerksam genug zugehört. Sie warnte mich, dass die Entrückung näher sein konnte, als ich ahnte. Als ich ihren Führerschein sah, wusste ich, dass sie Recht gehabt hatte.«

Wieder traf sein Blick den von Gertjan; diesmal erkannte er ihn.

Gertjan nickte ihm ermutigend zu.

»Aber ich wollte es nicht wahrhaben und habe nach anderen Erklärungen gesucht. Meine Frau hat mir einen Brief hinterlassen, den ich erst erhielt, nachdem sie verstorben war. Ich habe diesen Brief nie ernsthaft studiert, da ich in meiner Verblendung der Meinung war, mein Theologiestudium sei mehr wert als ihr kindlicher Glaube. Am Donnerstagnachmittag habe ich ihn wieder hervorgeholt und bis spät in die Nacht habe ich ihn betend studiert. Ich möchte Ihnen diesen Brief vorlesen und bitte Sie, mit mir zu beten.«

In der Kirche wurde es wieder unruhig. Immer mehr Menschen standen auf und verließen die Kirche, während Pfarrer Kuipers den Brief vorlas und die Bibelstellen aufschlug, die zitiert wurden. Als ein hoch gewachsener Mann nach vorn kam und das Mikrofon zerschlug, erhob Pfarrer Kuipers die Stimme und predigte weiter. Aber seine Worte gingen in dem Geschrei unter, das inzwischen die Kirche erfüllte.

Gertjan sah, dass am Ausgang der Kirche zwei uniformierte Polizisten Aufstellung nahmen und alle anhielten, die die Kirche verließen. Sie verlangten die Ausweise und machten sich Notizen; offenbar schrieben sie die Namen der Besucher auf. Gertjan stieß Kees an und machte eine Kopfbewegung nach hinten.

»Wir werden registriert; das kann ich jetzt aber wirklich nicht gebrauchen!«

Kees nickte und stieß Susan an, die sich die größte Mühe gab, um doch noch etwas von Pfarrer Kuipers' Predigt zu verstehen. Sie blickte etwas verstört hoch. Kees zeigte nach hinten und flüsterte ihr etwas ins Ohr. Susan schien zu überlegen, sagte irgendetwas und zeigte nach vorn.

»Sie meint, wir können auch vorne raus«, sagte Kees zu Gertjan. »Wenn wir Glück haben, steht da niemand.«

Der hoch gewachsene Mann war inzwischen aufs Podium geklettert und ging auf Pfarrer Kuipers zu. Der Pfarrer warf ihm einen kurzen Blick zu und beschloss dann, ihn zu ignorieren. Der Mann stellte sich neben ihn und erhob die Stimme.

»Wollt ihr, dass er den Mund hält?«

Automatisch hielt Pfarrer Kuipers den Mund schon. Er blickte in den Saal. Der Mann war beinah einen Kopf größer als er.

»Wer will, dass dieser Lügner den Mund hält?«, rief der Mann wieder. Er zeigte dem Pfarrer direkt ins Gesicht.

In der Kirche erhob sich ein Geschrei und Gejohle.

»Okay«, sagte der Mann und seine große Faust traf den Pfarrer voll ins Gesicht; dieser stürzte rückwärts zu Boden. Einige Anwesende stießen Jubelschreie aus, andere schlugen erschrocken die Hand vor den Mund. Kinder weinten, Frauen kreischten.

»Cool!«, hörte Gertjan eine Kinderstimme hinter sich rufen.

Der Pfarrer richtete sich mühsam auf. Sein Gesicht war voller Blut.

»Ist er schon ruhig?«, rief der Mann.

Gertjan saß wie versteinert auf seinem Platz. Er musste etwas tun, aber was? Er war kein Held und er durfte nicht auffallen.

»Er will wieder was sagen«, rief jemand aus dem Publikum.

Der Mann beugte sich zu Pfarrer Kuipers hinab und legte ihm die Hand auf die Schulter. »Stimmt das, du Schleimer, willst du was sagen?«

Kees sprang auf und war mit ein paar Schritten auf dem Podium. »Er hat genug abgekriegt, das reicht!«, schrie er den großen Mann an.

»Kees!«, kreischte Susan.

Der Mann richtete sich auf und sah Kees an. Er grinste und erhob die Hände. »Okay, okay, du kannst ihn mitnehmen.«

Spöttisch sah er ihnen nach, als Kees Pfarrer Kuipers aufhalf und ihn am Rednerpult vorbei durch eine Seitentür führte.

»Lass ihn nicht fallen«, höhnte er, »sonst tust du ihm noch weh!« Lachend sprang er vom Podium. »Ende der Vorstellung!«

Gertjan sah Susan an. Seine Hände zitterten. Susan rückte zu ihm hin.

»Mach dir keine Sorgen, Gertjan. Kees hat keine Angst. Schnell, geh ihnen nach, an der Seite kannst du auch raus.«

Gertjan nickte. Alle Leute schoben sich auf den Ausgang zu. Es ging nicht vorwärts, weil nicht alle einen Ausweis bei sich hatten. Die Menschen ohne Ausweis nahmen wieder in der Kirche Platz. Gertjan lief so unauffällig wie möglich um das Podium herum und ging durch die Tür, durch die Pfarrer

Kuipers und Kees verschwunden waren. Sie führte auf einen schmalen Gang. Nach ein paar Metern kam er an eine Tür, die einen Spalt offen stand. Gertjan trat ein. Kees sah auf. Pfarrer Kuipers saß am Küchentisch und nickte ihm freundlich zu. Er hielt ein Taschentuch an seine aufgesprungene Lippe und seine blutende Nase gedrückt.

»Ist nicht so schlimm, wie es aussieht«, sagte er hinter seinem Taschentuch und versuchte zu lächeln.

Gertjan nickte. Er wusste nicht, was er sagen sollte. »Tut mir Leid«, murmelte er. »Ich wusste nicht, ... was ich machen sollte.«

Der Pfarrer wischte seine Entschuldigung mit einer Handbewegung vom Tisch. »Ach, das macht doch nichts. Mir wäre auch so schnell nichts eingefallen, das kam doch alles ziemlich plötzlich.«

Er hielt das Taschentuch ein bisschen von seinem Gesicht weg und sah es an. Gertjan nahm schnell ein sauberes Taschentuch aus der Westentasche und hielt es ihm hin. Pfarrer Kuipers nahm es dankbar an und legte das blutige auf seinen Schreibtisch. Vorsichtig tupfte er sich Mund und Nase ab. Sie bluteten schon nicht mehr so stark.

»Sehen Sie«, sagte er, »ist gar nicht so schlimm.« Er betrachtete seine verschmierte Hand. »Tut mir Leid, ich kann Ihnen nicht die Hand geben. Ich bin Pfarrer Kuipers.«

»Gertjan van der Woude«, stellte Gertjan sich vor.

Der Pfarrer dachte einen Moment nach. »Gertjan van der Woude ...« Er hatte ein gutes Namensgedächtnis. »Haben wir Donnerstagabend miteinander telefoniert?«

Gertjan nickte.

»Ihre Frau ist verschwunden, nicht?«, fragte der Pfarrer wieder.

»Ja.«

»Machen Sie sich keine Sorgen, Herr Van der Woude, Ihr Name steht nicht auf der Liste, die ich abgegeben habe.«

Gertjan hatte schon daran gedacht, aber er hatte noch keine Gelegenheit gehabt, sich die möglichen Folgen vorzustellen.

»Ich habe einen Teil der Namen angegeben. Ich konnte keine erfundenen Namen angeben, das hätten sie gleich gemerkt, wenn sie sie überprüft hätten. Dann hätte ich diese Botschaft heute Morgen nicht bringen können. Ich hoffe, dass ich recht daran getan habe.«

»Es war eine gute Botschaft«, meinte Kees.

Der Pfarrer sah ihn an. »Ja«, sagte er, »die beste, die ich je in meinem Leben weitergeben konnte. Schade, dass ich sie nicht beenden konnte. Ich glaube nicht, dass sie bei allen gut angekommen ist ... au!« Er machte eine Grimasse und drückte sich das Taschentuch wieder an die Lippe. Zum Glück hatte der Riss aufgehört zu bluten.

»Ich glaube, wir sollten lieber verschwinden«, sagte Kees. »Sonst kommen die noch hier rein und dann geht das Ganze von vorne los. Am besten fahren wir ins Krankenhaus – ich glaube, der Riss in der Lippe muss genäht werden.«

Pfarrer Kuipers nickte. »Ja, Sie haben Recht.« Er versuchte wieder aufzustehen, aber ihm war immer noch schwindlig. »Einen Augenblick noch, gleich geht's wieder.« Der Schlag hatte ihn doch härter getroffen, als er dachte. »In der obersten Schublade von meinem Schreibtisch liegt die Originalliste und noch eine Kopie von dem Brief meiner Frau. Würden Sie so freundlich sein, die Sachen eben rauszuholen? Die Liste will ich hier jetzt lieber nicht rumliegen lassen, und den Brief von meiner Frau können Sie dann selber noch mal lesen – wenn Sie wollen, meine ich.«

Gertjan sah sich in der Küche um. »Und wo ist Ihr Schreibtisch?«

»In dem Zimmer hier gegenüber«, sagte der Pfarrer. »Die Tür ist nicht abgeschlossen.«

»Gut, ich schaue nach.« Gertjan ging aus der Küche. Der

Schreibtisch des Pfarrers war mustergültig aufgeräumt; ein bisschen beschämt dachte Gertjan an das Chaos, das in seinem herrschte. Ganz oben in der obersten Schublade lag die Liste. Gertjans Name stand an der dritten Stelle. Darunter lag die Kopie eines Briefes. »Lieber Joop«, stand oben drüber. Gertjan überflog ihn schnell. Ja, es war der Brief, den der Pfarrer meinte.

Als er aufblickte, sah er gerade noch den Rücken eines Mannes, der in die Küche verschwand. »Mist, das gibt Ärger«, schoss es ihm durch den Kopf.

»Einen schönen guten Morgen, Herr Pfarrer«, hörte Gertjan den Mann sagen. Die Stimme kam ihm irgendwie bekannt vor, aber er konnte so schnell nicht feststellen, woher.

»Und Sie sind Herr ...?«

»Derks.« Das war die Stimme von Kees. Es war also tatsächlich etwas faul. Kees gab nicht ohne Grund einen falschen Namen an. Anscheinend hatte der Mann irgendetwas an sich, was Kees misstrauisch machte. Kees hatte in solchen Sachen einen guten Instinkt, das hatte Gertjan schon gemerkt. Vorsichtig schlich er auf den Gang hinaus. Die Tür zu seiner Linken führte ins Freie; sie stand einen Spalt offen, so dass er auf die Straße sehen konnte. Am besten sah er zu, dass er wegkam ... Nein, das konnte er nicht machen. Wenn Kees und Pfarrer Kuipers Hilfe brauchten ... Im Büro des Pfarrers stand ein Telefon. Sollte er die Polizei anrufen? Nein, das würde der Mann hören.

»Das war nicht sehr gelungen, was, Herr Pfarrer?«, hörte er den Mann wieder sagen. Gertjan schlich näher. Vielleicht konnte er um die Ecke gucken, ohne dass der Mann ihn sah. Er musste wissen, was da los war. Die Tür stand weit offen, aber Kees und der Pfarrer saßen rechts an der Wand. Er konnte niemanden sehen.

»Was hatten wir vereinbart?«

»Ich kann mich nicht erinnern, irgendwas mit Ihnen vereinbart zu haben«, antwortete der Pfarrer.

»Ich will ja nicht stören«, schaltete Kees sich ein, »aber ich wollte Pfarrer Kuipers eben ins …«

»Sie stören aber, Derks«, unterbrach ihn die Stimme des Mannes. »Sie setzen sich jetzt mal da auf den Stuhl und halten die Klappe.«

Ein Schrei, dann ein Krachen und ein dumpfer Aufprall. Wahrscheinlich war Kees roh auf einen Stuhl gestoßen worden.

»Setzen hab ich gesagt, nicht legen!« Die Stimme klang spöttisch. Auf einmal wusste Gertjan, wer der Mann war. Werner Meilink. Er hatte bei ihm in der Straße gewohnt, und schon bevor er dahin gezogen war, hatten sie im selben Verein Fußball gespielt. Da war er immer ein richtiger Mistkerl gewesen, der allen das Leben schwer gemacht hatte. Er war sogar gesperrt worden, erinnerte sich Gertjan. Er war froh gewesen, als Werner wegzog. Er hatte ihn seit zwei Jahren nicht mehr gesehen.

Vorsichtig spähte Gertjan durch den schmalen Spalt an der Seite, wo die Tür in den Angeln hing. Er sah direkt auf Werners Rücken; das Gesicht des Pfarrers konnte er gerade noch sehen, direkt neben Werners Arm. Kees richtete sich mühsam auf und setzte sich auf den Stuhl. Er rieb sich über den schmerzenden Ellbogen.

»Okay, Sie haben mit Zerkanim gesprochen. Von ihm haben Sie eine sehr schöne Predigt bekommen, die Sie nur vorzulesen brauchten. Stattdessen stellen Sie sich hin und erzählen sonderbare Geschichten. So war das nicht abgesprochen, Sie!«

Pfarrer Kuipers sah ihn ungerührt an. »Ich habe versucht zu sagen, was wichtig war. Und das stand nicht in Herrn Ben Dans Geschichte. Ich hatte eine Botschaft von Gott und das war heute Morgen ein Gottesdienst.«

Gertjan biss sich auf die Unterlippe. »Seien Sie vorsichtig, Pfarrer Kuipers«, sagte er lautlos.

In diesem Moment wurden die Geräusche, die aus der Kirche drangen, wieder etwas lauter. Gertjan schaute nach rechts. Er sah, wie Susan durch die Tür in den Gang hineinkam.

»Weg!«, bedeutete Gertjan ihr mit einer Handbewegung. Susan blieb stehen und sah ihn fragend an. Wieder gab er ihr ein Zeichen, dass sie verschwinden sollte. Sie schien einen Augenblick zu schwanken, oder sie hatte ihn nicht verstanden. Gertjan legte einen Finger auf den Mund und bedeutete ihr zum dritten Mal, dass sie zurückgehen musste. Endlich verstand sie es, huschte zurück in die Kirche und zog leise die Tür hinter sich zu. Es kam Gertjan vor, als hätte das eine halbe Ewigkeit gedauert.

»... sind nicht da gewesen.«

Gertjan hatte irgendwas verpasst. Was meinte der Pfarrer?

»Dann werd ich selber mal nachgucken«, sagte Werner.

»Unterstehen Sie sich! Das erlaube ich auf keinen Fall!«, entgegnete der Pfarrer rigoros.

Werners Hand glitt in die Hosentasche und zog irgendetwas heraus. Gertjan konnte nicht erkennen, was es war. »Das ist aber schade«, sagte Werner.

Gertjan hörte ein Geräusch. Es klang, wie wenn sich Stahl an Stahl reiben würde. Werner war dabei, irgendwas anzuschrauben. Der Pfarrer riss die Augen auf. Gertjan schob sich ein bisschen zur Seite und sah in das Gesicht von Kees. Auch dies trug den Ausdruck stummer Überraschung.

»Was haben Sie denn jetzt vor?«, fragte Kees. »Sie glauben doch nicht etwa, dass ...«

»Mund halten, hab ich gesagt«, unterbrach Werner ihn wieder. Kees hielt den Mund. Seine Augen blickten von Werner auf Gertjan und wieder zurück. Anscheinend hatte Kees entdeckt, dass er durch den Türspalt spähte. Er schien Gertjan irgendetwas sagen zu wollen, aber Gertjan begriff nicht, was. Sollte er machen, dass er wegkam, oder sollte er ins Zimmer stürmen und Werner ins Genick springen?

»Zum letzten Mal: Wo ist die vollständige Liste?«

Pfarrer Kuipers schwieg.

»An dem Abend hat eine Bibelstunde Ihrer Gemeinde stattgefunden, also müssen mehr Leute angerufen haben.«

»Diese Bibelstunde«, antwortete Pfarrer Kuipers, »ging leider nicht von meiner Gemeinde aus. Und ich habe für Sie keine andere Namensliste als die, die ich Ihnen schon gegeben habe.«

»Gut, dann eben nicht«, sagte Werner. Als Nächstes hörte Gertjan zwei kurze, gedämpfte Schüsse, die offenbar aus einer Pistole mit Schalldämpfer abgefeuert wurden. Mit ungläubigem Entsetzen sah Gertjan, wie Pfarrer Kuipers schräg vom Stuhl rutschte und mit einem dumpfen Aufschlag auf den Boden fiel. Auf seiner Brust bildete sich ein roter Fleck, der schnell größer wurde. Ein kurzes Zucken lief durch den Körper; dann bleib er reglos liegen.

Gertjan starrte entgeistert durch den Türspalt. Das konnte nicht wahr sein.

Solche Dinge passierten in Filmen, nicht in Wirklichkeit, nicht hier in Haarlem, nicht bei ihm.

In der Küche war es still.

Er sah den breiten Rücken von Werner. Er sah den toten Körper von Pfarrer Kuipers auf dem Fußboden neben dem Küchenstuhl, das tote Gesicht, die starren, ausdruckslosen Augen, den Mund mit der gerissenen Lippe halb geöffnet, die Blutkrusten unter der Nase und um den Mund herum. In der geöffneten Hand des Pfarrers lag das rot befleckte Taschentuch, dass er ihm gerade noch gegeben hatte. An der anderen

Seite des Tisches saß Kees mit kreidebleichem Gesicht. Die Zeit schien stillzustehen.

Werners Arm sank neben seinem Körper herab. In seiner Hand sah Gertjan die Pistole, mit der er gerade Pfarrer Kuipers erschossen hatte.

»So.« Werners Stimme hörte sich jetzt anders an. »Das passiert mit Menschen, die dem Geist der Erde entgegenwirken.« Es schien, als wollte er seine Tat vor sich selbst rechtfertigen. Seine Stimme zitterte ein bisschen.

Werner erhob die Hand. Er richtete die Pistole auf Kees.

»Derks ...«

Kees schien zu begreifen, dass er das nächste Opfer werden würde, wenn er nichts unternahm. Er schlug auf den Tisch und sprang zur Seite, gerade bevor die Kugel losging. Unter dem Scheppern zerbrechenden Glases schlug sie in den Geschirrschrank ein, vor dem Kees gesessen hatte.

»Schnapp ihn dir, Gertjan«, brüllte Kees, während er sich aufrichtete und auf Werner zurannte. Wieder fiel ein Schuss; mit einem pfeifenden Geräusch prallte die Kugel auf den gefliesten Flur. Unter dem Gewicht von Kees' Körper prallte Werner gegen die Wand. Er stieß einen groben Fluch aus.

Gertjan hatte ein Gefühl, als wären seine Füße an den Boden geleimt. Mit einem langsamen Schritt setzte er einen Fuß in die Tür. Er sah die beiden kämpfenden Männer, den breiten Werner Meilink und den viel älteren Kees. Kees war ihm nicht gewachsen. Mit einem harten Schlag stieß Werner Kees von sich weg; er stolperte zurück und fiel über den Küchentisch. Werner machte zwei Schritte zur Seite, so dass der Küchentisch nicht mehr zwischen ihm und Kees stand. Werner stand jetzt einen Meter vor Gertjan, aber er hatte ihn noch nicht gesehen. An Werners Schulter vorbei sah Gertjan, wie Kees wieder aufstand. Er sah ihn an. Wie im Traum starrte Gertjan zurück. Er blieb in der Tür stehen.

»Gertjan!«, hörte er Kees wieder rufen. Dann fiel der Schuss. Und noch einer. Kees hatte sich halb aufgerichtet, aber jetzt fiel er hintenüber und schlug gegen den Geschirrschrank. Der Schrank schwankte; klirrend und scheppernd fielen die Teller um. Kees' Mund ging auf und wieder zu. Über seinem rechten Auge war ein roter Fleck, aus dem ein dünner Strahl Blut lief. Langsam glitt er zu Boden. Sein Kopf sank auf seine Brust. Pfeifend strömte ein letzter Atemzug aus seinen Lungen, dann war es vorbei. Gertjan hörte nur noch den schweren Atem Werners und das Klopfen seines eigenen Herzens. Im Hintergrund drangen immer noch gedämpfte Geräusche aus der Kirche.

Werner hielt die Pistole immer noch auf Kees' Körper gerichtet. Langsam begann Gertjan zu erfassen, was geschehen war. Er musste hier weg. Werner hatte ihn immer noch nicht gesehen. Was sollte er tun? Werner ins Genick schlagen? Er sah so schnell nichts Schweres, womit er hätte zuschlagen können – und würde er es überhaupt können? Er wusste nicht mal, wo er ihn treffen musste. Und was, wenn der Schlag nicht richtig saß? Er war dem schwer gebauten Werner auch nicht gewachsen. Werner würde ihn auch umbringen, genau wie Pfarrer Kuipers und Kees van Duin. Leise zog er sich zurück. Die Außentür auf der linken Seite des Ganges stand immer noch einen Spalt offen. Konnte er das schaffen? Werner kam in Bewegung. Gertjan schoss wieder in Pfarrer Kuipers' Büro – es war zu spät, bis zur Außentür würde er es vielleicht nicht schaffen. Er blieb hinter der Bürotür stehen und lauschte angespannt auf die Geräusche aus dem Zimmer gegenüber. Er hörte metallische Geräusche, die er nicht einordnen konnte. Dann ein Rasseln und ein Klicken. Gertjan begriff, dass Werner die Pistole wieder geladen hatte. Aber warum?

Natürlich, Kees hatte seinen Namen gerufen. Werner wusste, dass noch jemand in der Nähe sein musste. Er hätte doch zur

Außentür rennen sollen, das hätte er leicht geschafft. Außerdem hätte er wissen müssen, dass Werners Pistole leer war. Er hatte sechs Schüsse gehört: Zwei auf den Pfarrer, zwei ins Leere und zwei auf Kees. Er hätte einfach mitzählen müssen.

Er hätte dies, er hätte das – aber er hatte nichts getan. Er hatte nichts getan und darum war Kees jetzt tot. Darum war Pfarrer Kuipers jetzt tot. Und Evelien und die Kinder waren weg. Werner hatte dicht vor ihm gestanden. Kees hatte ihn zu Hilfe gerufen. Zu zweit hätten sie Werner überwältigen können. Aber Kees war vor seinen Augen erschossen worden, weil er zu feige gewesen war. Der Schmerz schnitt ihm ins Herz.

Was für ein Tag war heute? Sonntag. Am Mittwoch war alles noch normal gewesen. Vor vier Tagen um diese Zeit hatte er im Büro vor seinem sicheren Bildschirm gesessen und hatte sichere Computer programmiert und war mit sich und seinem Leben zufrieden gewesen. Vor vier Tagen war er um halb fünf in der Abendsonne nach Hause gefahren und hatte im Garten hinterm Haus sein Bier getrunken, und Roel und Wieke hatten von der Schule erzählt oder gestritten, und sie hatten zu viert am Tisch gesessen. Und er war der Held gewesen. Der Held von Roel, der Held von Wieke und der Held von Evelien. Er, Gertjan van der Woude, der immer so gut erklären konnte, was los war, der auf alle Fragen eine Antwort hatte. Der starke Vater, der starke, ausgeglichene Ehemann, der die Dinge ruhig und von mehreren Seiten betrachtete, bevor er ein Urteil abgab. Und jetzt? Evelien, Roel und Wieke waren weg und er wusste nicht, warum und wohin sie verschwunden waren. Der Pfarrer und Kees waren tot, weil er nichts getan hatte, weil er zu feige gewesen war.

Aus der Küche kamen neue Geräusche. Schubladen und Schranktüren gingen auf und zu. Werner suchte natürlich die Liste. Er hatte anscheinend begriffen, dass die Liste von

Pfarrer Kuipers nicht vollständig war, und suchte jetzt die richtige Liste. Die lag noch auf dem Schreibtisch des Pfarres. Vorsichtig ging Gertjan dorthin, nahm die Liste und den Brief von Pfarrer Kuipers' Frau an sich und steckte beides in die Hosentasche.

In der Küche war es jetzt still. Erschrocken wurde Gertjan klar, dass Werner jetzt natürlich das Büro durchsuchen würde. Er blickte sich um. Wo konnte er sich verstecken? Es gab keine Möglichkeit. Er musste Werner ausschalten, aber wie? Sein Blick fiel auf den Monitor, der auf dem Schreibtisch stand. Er zog die Stecker heraus und hob ihn hoch. Wenn er den Werner auf den Kopf schlagen könnte, wenn er nichts ahnend ins Büro kam ...

Er versteckte sich damit hinter der Tür und wartete. Werners Schritte kamen näher.

»Gertjaan«, rief Werner leise. Gertjan erschrak. Werner wusste, dass er hier war!

»Wo bist du, Gertjan, ich hab was für dich ...«

Werner konnte nicht wissen, wo er war. Er konnte ebenso gut nach draußen gerannt sein. Er rief bloß auf gut Glück seinen Namen.

Die Bürotür bewegte sich. Werner schob sie ein bisschen weiter auf, als er hereinkam. Gertjan hob den Bildschirm hoch. Auf seiner Stirn bildeten sich Schweißperlen. Sein Herz schlug so laut, dass Werner es hören musste.

»Bist du hier, Gertjan?«, rief Werner mit zuckersüßer Stimme.

Er konnte Werner noch nicht sehen; er sah nur den Schreibtisch, auf dem der Bildschirm gestanden hatte. Ob es Werner auffiel, dass die Kabel lose darauf herumlagen? Noch einen Schritt, Werner, noch einen Schritt. Werner tat diesen einen Schritt. Mit aller Kraft holte Gertjan aus und schleuderte den Bildschirm auf Werners Kopf. Aber Werner musste das irgendwie aus dem Augenwinkel mitbekommen haben und sprang zur Seite. Statt Werners Kopf zu treffen, zerbrach der Monitor mit einem enormen Knall an Werners Schulter. Die Glassplitter flogen im ganzen Zimmer herum.

Werner kam ins Schwanken, aber er konnte sich auf den Beinen halten. Mit aller Energie, die sich in ihm zusammengeballt hatte, sprang Gertjan auf Werners breiten Rücken. Er schlang einen Arm um Werners Hals und zerrte und riss. Werner stieß ein seltsames, tierisches Grunzen aus und packte Gertjans Unterarm mit eisernem Griff. Mit der rechten Hand, in der er seine Pistole hielt, holte er nach rückwärts aus und traf Gertjan mehrmals am Kopf. Gertjan spürte einen brennenden Schmerz auf der Stirn, aber er ließ nicht los. Als Werner merkte, dass er ihn nicht abschütteln konnte, lief er mit aller Kraft rückwärts und drückte Gertjan mit dem Rücken an die Wand. Gertjan stieß einen Schrei aus und lockerte seinen Griff einen Moment. Werner machte ein paar Schritte nach vorn und schleuderte Gertjan dann wieder mit seinem ganzen Gewicht an die Wand. Ein stechender Schmerz durchzuckte Gertjans Schulter und sein Griff lockerte sich so weit, dass Werner Gertjans Arm mit einem Ruck von seinem Hals reißen konnte. Röchelnd schnappte er nach Luft und schüttelte Gertjan dann mit einer kräftigen Bewegung von sich ab. Gertjan fiel zu Boden, neben die Scherben des Bildschirms. In einem Reflex hob er den Bildschirm hoch und warf ihn in Werners Richtung, gerade in dem Moment, als sich der Schuss löste. Die Kugel traf anscheinend den Bildschirm, wodurch dieser seine Richtung änderte und auf den Boden schlug. Werner wich geschickt aus, aber das gab Gertjan Gelegenheit sich aufzurichten. Werner richtete erneut die Pistole auf seinen Angreifer, dem er nun zum ersten Mal direkt ins Gesicht sah. Im Bruchteil einer Sekunde begriff Gertjan, dass er wusste, wer sein Widersacher war, Werner jedoch nicht.

»Werner Meilink!«, schrie er und sprang direkt auf ihn los.

Das hatte die beabsichtigte Schockwirkung. Werner zögerte. Dass Gertjan ihn unerwartet beim Namen gerufen hatte, hatte ihn aus seiner Anonymität geholt. Gleichzeitig hatte auch er Gertjan erkannt. Und anscheinend war ein Bekannter nicht so einfach niederzuschießen wie ein völlig Fremder. Das Zögern dauerte lange genug, dass Gertjan mit aller Kraft gegen die ausgestreckte Hand schlagen konnte, die die Pistole hielt. Werner fluchte und wollte sich bücken, um die Pistole aufzuheben. Gertjan legte die Hände ineinander, holte aus und traf Werner an der Schläfe. Werner schwankte. Gertjan sammelte sich wieder und trat ihm voll in die Rippen. Schon bevor Werner niederstürzte, drehte Gertjan sich um und ergriff die Flucht; er wusste, dass Werner ihm bei weitem überlegen sein würde, wenn er sich wieder gefangen hatte.

Gertjan rannte durch den Flur und durch die Außentür auf die Straße. Erst zwei Straßen weiter wagte er innezuhalten und sich umzudrehen. Werner war ihm nicht gefolgt. Gertjan blieb stehen. Er keuchte schwer und stützte die Hände auf die Knie. Ein paar Menschen mittleren Alters sahen ihn mit einer Mischung aus Staunen und Abscheu an und wechselten sicherheitshalber auf die andere Straßenseite. Gertjan merkte, dass sein eines Augenlid sich etwas klebrig anfühlte, und rieb darüber. Dadurch wurde es noch klebriger. Erstaunt betrachtete er seine Hand, die jetzt ganz blutig war. Vorsichtig betastete er seine Stirn. Er spürte einen stechenden Schmerz unterm Haaransatz. Das Haar klebte in Büscheln an seiner Hand. Kein Wunder, dass die Leute ihn seltsam ansahen, er sah wahrscheinlich schlimm aus. Aber das war jetzt vermutlich sein kleinstes Problem. Er überdachte seine Situation. Was sollte er jetzt machen? Susan saß wahrscheinlich noch in der Kirche, oder sie war zur Vordertür herausgegangen. Für sie war es nicht so schlimm, wenn sie registriert wurde, sie stand ja sowieso auf der Mitgliederliste. Aber was, wenn Susan nun noch einmal versuchen würde, zum Hinterausgang hinauszugehen? Gertjan erschrak. Er musste sie warnen, aber wie? Er konnte doch nicht wieder zurück in die Kirche. Bei diesem Gedanken wurde ihm klar, dass er noch ein Problem hatte. Werner Meilink hatte ihn gesehen. Er war Zeuge der Morde an Pfarrer Kuipers und Kees geworden. Er musste die Polizei benachrichtigen. Gleich ins erste Haus gehen und die Polizei anrufen, damit sie Susan warnten und Werner Meilink festnahmen. Auf diese Weise brauchte er sich nicht selbst in Gefahr zu begeben. Er war inzwischen wieder zu Atem gekommen und wollte gerade beim nächstgelegenen Haus klingeln, als ihm der Gedanke kam, dass die Polizei dabei geholfen hatte, die Kirchgänger zu registrieren. Außerdem hatten die Anhänger des Propheten schon jetzt einen enormen Einfluss gewonnen, und er konnte nicht abschätzen, ob er der Polizei noch vertrauen konnte. Wenn er sich jetzt mit ihnen in Verbindung setzte, dann würden sie gleich wissen, dass er auch in der Kirche gewesen war. Vielleicht hatte Werner das alles im Auftrag des Propheten getan? Vielleicht hatte die Polizei auch damit zu tun und würde Werner decken? Nein, er musste selbst etwas tun. Auch wenn er nichts unternahm, würde Werner ihn wahrscheinlich verfolgen. Oder jemand anders. Er war nicht mehr sicher. Werner war wahrscheinlich noch im Büro. Er suchte natürlich immer noch die vollständige Liste. Und die enthielt auch seinen Namen! Gertjan wusste nicht, ob der Pfarrer noch mehr Abschriften davon in seinem Schreibtisch liegen hatte. Er hatte nur eine Möglichkeit, begriff er plötzlich. Die Angst schnürte ihm den Hals zu. Er musste zurück! Er musste Werner unschädlich machen. Und er musste sich beeilen, damit er ankam, ehe Werner gefunden hatte, was er suchte, oder die Suche aufgab.

Jetzt kam ihm der Weg zur Kirche viel länger vor als eben bei seiner Flucht. Es war nicht viel los auf den Straßen, es war ja Sonntag. Nur ein paar Fußgänger, die ihren Hund ausführten, und hin und wieder ein Radfahrer. Man warf ihm erstaunte Blicke nach – einem rennenden Mann mit blutigem Gesicht und blutenden Händen – aber niemand fragte, ob er Hilfe brauchte.

Die Hintertür der Kirche stand noch offen, aber das bedeutete nicht, dass Werner noch drin war. Gertjan blieb noch einen Moment draußen stehen, um wieder zu Atem zu kommen. Seine Kondition war auch nicht mehr das, was sie mal gewesen war. Wenn er so hinereinginge, würde Werner ihn gleich hören. Die Wunde an seinem Kopf stach und klopfte, aber darum konnte er sich später kümmern. Was jetzt? Werner hatte eine Pistole und war ohnehin schon stärker als er. Wie konnte er ihn unschädlich machen? Und wann war Werner unschädlich? Selbst wenn es ihm gelang, ihn zu überwältigen – was sollte er dann machen?

Es heißt er oder ich, dachte Gertjan. Das Einzige, was er tun konnte, war, Werner zu töten. Gertjan schluckte schwer. Irgendwie hatte er das schon geahnt, als er zurückgerannt war, aber jetzt, als er vor der Kirche stand und ihm wirklich bewusst wurde, was er tun musste, hätte er am liebsten einen Rückzieher gemacht. Aber was blieb ihm anderes übrig? Er konnte fliehen, aber dann konnte er nicht mehr nach Hause. Werner kannte ihn, er wusste, wo er wohnte, und Gertjan hatte gesehen, wie er einen Doppelmord beging. Werner würde ihn auf jeden Fall verfolgen. Das bedeutete, dass Gertjan untertauchen musste. Aber das war keine realistische Alternative. Wo sollte er hin und wovon sollte er leben? Gertjan holte tief Luft und glitt in den Gang. Es gab keine Alternative. Aus dem Büro des Pfarrers drangen noch Geräusche. Werner war noch beschäftigt, aber das konnte nicht mehr lange dauern. Es gab nicht so viele Plätze, wo der Pfarrer die Liste hingelegt haben konnte.

Lautlos schlich Gertjan zur Bürotür. Vorsichtig spähte er um die Ecke. Wenn er Glück hatte, bekam er irgendwie die Pistole zu fassen. Sonst musste er sich etwas anderes überlegen. Er sah niemanden; den Geräuschen nach zu urteilen, stand Werner seitlich hinter der Tür und wühlte zwischen den Büchern herum. Auf dem Schreibtisch lag schon ein Stapel Bücher. Offenbar suchte Werner mehr als die Liste. Gertjan lehnte sich im Gang an die Wand und überlegte, was er tun sollte. Warten, bis Werner herauskam, und ihm dann irgendetwas Schweres auf den Kopf schlagen? Und dann schnell die Pistole nehmen und …? Er schauderte bei dem Gedanken. Ob das funktionierte? Werner hatte den Monitor auch herankommen sehen, aber da hatte er wahrscheinlich mit einem Angriff gerechnet.

Es war eine einigermaßen vernünftige Idee, nun musste er nur noch etwas Schweres finden. Die Küchentür stand noch offen, da fand er vielleicht etwas. Geräuschlos glitt er in die Küche. Die leblosen Augen des Pfarrers starrten ins Leere und der Körper von Kees lag vorm Schrank. Der Kopf war auf die Brust gesackt. Gertjan schauderte. Er hatte ja gewusst, dass die beiden Toten in der Küche lagen; dennoch konnte er den Anblick kaum ertragen. Er bekämpfte die aufsteigende Übelkeit und zwang sich dazu, sich in der Küche umzuschauen. Auf der Anrichte stand eine Messerbank. Das war noch besser als etwas Schweres, aber ob er das konnte? Mit zitternden Händen zog er das große Fleischmesser aus dem Holzblock. Schon der Gedanke, dies in einen menschlichen Körper zu stoßen, erfüllte ihn mit Abscheu. Nicht daran denken, versuchte er sich zu beruhigen. Es hieß Werner oder er. Was hatte er zu verlieren? Evelien, Roel und Wieke waren weg. Das, was er eben erlebt hatte, würde ihn sein Leben lang verfolgen. Er würde nie mehr derselbe sein. Er konnte die letzten drei Tage nicht ungeschehen machen. Er musste den Tatsachen ins Gesicht sehen. Er zog ein zweites, dünneres Messer aus dem Block, lief schnell aus der Küche und nahm seine Position neben der Bürotür wieder ein. Den Geräuschen nach zu urteilen, blätterte Werner Bücher durch und warf sie zu Boden. Vorsichtig spähte Gertjan durch den Türspalt. Im Büro sah es chaotisch aus. Die Schränke und Schubladen standen weit offen und auf dem Boden lagen Bücher, Zeitschriften und lose Blätter. Der kaputte Monitor lag halb unter dem Schreibtisch und der Fussboden war voller Scherben. Werner hockte auf dem Boden am untersten Brett des Bücherregals und wandte ihm den Rücken zu. Diese Gelegenheit war ebenso gut wie jede andere, begriff Gertjan. Bevor Werner aufstand, konnte er ihn schon getroffen haben. Gertjan holte tief Luft. Nicht nachdenken, einfach machen, beschloss er. Mit beiden Messern in den Händen schlich er ins Büro. Werner hörte ihn nicht. Nicht nachdenken, wiederholte Gertjan im Stillen, und hob die Messer über den Kopf. Wohin musste er stechen? Er hatte nicht die leiseste Ahnung. Wieder drehte sich ihm der Magen um. Mit all seiner Kraft, all seiner Energie und all seiner Angst stieß Gertjan die Messer nach unten, tief in Werners Rücken hinein. Dieser stieß einen markerschütternden Schrei aus und richtete sich auf. Das große Fleischmesser entglitt Gertjans Hand und blieb in Werners Rücken stecken, das kleinere Messer löste sich wieder. Werner schwankte und drehte sich zu seinem Angreifer um. Gertjan blieb fassungslos stehen. Er hatte erwartet, dass Werner tot zu Boden stürzen würde und dass die Sache damit erledigt wäre, aber der untersetzte Mann brüllte vor Schmerzen und fasste sich an den Rücken. Seine dicken Muskeln waren ihm im Weg, so dass er das Messer nicht erreichen konnte. Mit seinen breiten Händen holte er aus und schlug nach Gertjan, der zu überrascht war, um ihm auszuweichen. Es steckte nicht viel Kraft in dem Schlag, aber doch genug, dass Gertjan wieder zu sich kam. Noch einmal holte er mit dem dünneren Messer aus und stach Werner in die Brust. Werner drehte sich im Kreis und brüllte. Blind vor Angst stach Gertjan noch einmal zu, und noch einmal. Der schwere Mann schlug auf den Boden. Gertjan stach immer weiter, auch als Werner schon keinen Laut mehr von sich gab und sich nicht mehr bewegte – er stach, bis er nicht mehr konnte. Werners Brust und seine Arme waren blutüberströmt, und auch aus einem tiefen Schnitt in seinem Hals quoll Blut. Sein Kopf lag auf der Seite, und aus dem geöffneten Mund sickerte eine dünne Blutspur auf den Boden.

Mit zitternden Knien ließ Gertjan das Messer fallen und schwankte davon. Dieser entsetzliche Anblick war mehr, als sein Magen vertragen konnte. Er musste sich übergeben. Dann stürzte er aus dem verwüsteten Büro.

Werner Meilink war tot.

8

Nagheela drehte das Fenster des Taxis ein Stück herunter, so dass der Fahrtwind durch ihr Haar wehte und eine angenehme Abkühlung bewirkte. Es war stickig im Auto; das war sie nach den drei Jahren frischer Luft in den Schweizer Alpen nicht mehr gewöhnt. Iskia schien damit weniger Probleme zu haben. Sie saß ganz entspannt auf ihrem Platz und flirtete mit dem Taxifahrer. Es war Nagheela schon öfter aufgefallen, dass Iskia eine gute Körperbeherrschung hatte. Mit dem Meditieren hatte sie überhaupt keine Probleme; sie konnte stundenlang in Trance in derselben Haltung sitzen und war danach so fit wie ein Turnschuh. Neid empfand Nagheela deshalb nicht, nur Bewunderung. Im Zentrum hatte man viel Aufmerksamkeit darauf gelenkt, was für unterschiedliche Qualitäten die Einzelnen hatten. Jeder hatte seine eigene Berufung, seine eigene Aufgabe im Leben, und dazu war er ausgerüstet. Durch die unterschiedlichen Gaben und Fähigkeiten, die die Tekna-Gen hatten, ergänzten sie einander. So diszipliniert Iskia war, so spontan war Nagheela. Nagheela strahlte viel Wärme aus und hatte die natürliche Gabe, Menschen ein Gefühl von Sicherheit und Geborgenheit zu geben. Niemand konnte ihr etwas übel nehmen; dadurch hatte sie einen großen Handlungsspielraum. Nachlässigkeit und Fehler wurden ihr nicht angerechnet. Nagheela wusste das, aber sie missbrauchte es nicht. Sie begriff, warum Rashkalin sie und Iskia miteinander auf den Weg geschickt hatte; sie ergänzten einander gut.

Es war noch ruhig draußen; das erinnerte Nagheela an früher, wenn sie sonntagmorgens mit ihren Eltern aus der Kirche kam. Ganz anders als an den Sonntagen im Zentrum. Dort wurde dieser Tag zum Großreinemachen genutzt; das Hauptgebäude und die Nebengebäude wurden geputzt, die Wäsche gewaschen und die Betten frisch überzogen. Dadurch brauchte man während der Woche nur das Allernötigste zu tun und es blieb Zeit für andere Dinge.

Es war ein seltsames Gefühl für Nagheela, so durch die doch vertraute Umgebung zu fahren. Wenn es nach ihr gegangen wäre, dann wären sie vom Bahnhof aus direkt an den Strand gefahren, um einen Blick aufs Meer zu werfen, und hätten sich erst danach bei der angegebenen Adresse gemeldet. Aber Iskia fand, dass sie als Erstes die Liste holen mussten – danach konnten sie immer noch ans Meer fahren. Das Taxi fuhr an der Kirche vorbei, die sie früher immer besucht hatten. Nagheela hatte keine schönen Erinnerungen daran. Vor der Kirche herrschte ein enormes Gedränge. Es war anders, als sie es gewöhnt war; die Leute, die sonst gesittet und höflich plaudernd aus der Kirche schritten, standen jetzt als zusammengewürfelter Haufen wild gestikulierend herum. Vor der Kirche standen zwei Polizeiautos mit Blaulicht und eine »grüne

Minna«, wie diese Kleinbusse im Volksmund genannt wurden. Die »grüne Minna« war schon ganz voll.

»Da kommt Arbeit auf uns zu«, schloss Iskia.

Das Taxi bog nach der Kirche links ab. Ein paar hundert Meter weiter vorn lief ein Mann – besser gesagt, er schwankte vorwärts, rannte immer wieder ein Stück und ging dann wieder langsamer. Als das Taxi sich ihm von hinten näherte, sah er sich um. Nagheela erschrak. Gesicht, Hals und Kleidung des Mannes waren voller Blut. Der Mann hob eine blutige Hand, um das Taxi anzuhalten. Der Taxifahrer fuhr langsamer und warf einen Blick auf die beiden Mädchen.

»Anhalten?«

Iskia schüttelte den Kopf. »Das ist bestimmt so ein Säufer, der sich irgendwo den Kopf angeschlagen hat.«

Der Taxifahrer nickte. Er war ihm sowieso lieber, dass sein Taxi nicht schmutzig wurde.

Nagheela blickte sich durch die Heckscheibe nach dem Mann um. Er hatte sich wieder in Bewegung gesetzt und lief vorsichtig weiter. Sie wusste, dass Iskia Unrecht hatte. Sie wusste auch, dass Iskia und der Taxifahrer das ebenfalls wussten. Aber sie hatten ihre Gründe, den Mann nicht mitzunehmen, und darum gaben sie sich mit einer Erklärung zufrieden, die ihr Gewissen beruhigte. So funktionierte das. Nagheela begriff andererseits auch, dass Iskia in gewisser Weise Recht hatte. Ihre Berufung erlaubte nicht, dass sie sich mit einem Einzelnen einließen, der seine Verletzungen wahrscheinlich auch noch selbst verschuldet hatte. Es würde sie eine Menge Zeit kosten. Ja, es war nur gut, dass Iskia dabei war, sie selbst reagierte in solchen Dingen viel zu emotional. Sie versuchte, nicht mehr an den Vorfall zu denken. Ihr war klar, dass sie so etwas in Zukunft noch öfter sehen würde. Rashkalin hatte sie darauf vorbereitet, dass eine schwere Zeit vor ihnen lag. Der Prophet hatte das in seiner Ansprache auch gesagt. Nun, da die

Erde sich gereinigt hatte, würde der falsche Geist aufs Neue versuchen, von Menschen Besitz zu ergreifen. Vor allem diejenigen, die vor der Reinigung mit christlichen Fanatikern in Berührung gekommen waren, würden eine Risikogruppe bilden. Es war gar nicht zu vermeiden, dass das zu neuen Konflikten führte.

»Je eher es uns gelingt, die Reinigung zu vervollkommnen, desto eher wird auf der Erde ein Zustand völliger Harmonie erreicht sein«, war Rashkalins wichtigste Botschaft gewesen. Von Anfang an war ihre Aufgabe mit der eines Gärtners verglichen worden. Der Vergleich gefiel ihr. Die Unkrautsamen befinden sich nach dem Pflügen noch in der Erde; man kann sie kaum von der guten Saat unterscheiden. Sobald es zu sprießen beginnt, wird es sichtbar und muss gejätet werden. Je länger man damit wartet, desto mühsamer wird es, das Unkraut zu bekämpfen. Daher waren sie auch am Samstagnachmittag in so großer Eile abgereist. Direkt nach der Konferenz, auf der Efraim Ben Dan als Prophet der Erde anerkannt worden war, war es im Zentrum hoch hergegangen. Hubschrauber flogen an und ab, um die Tekna-Gen zu den befestigten Straßen zu bringen, von wo aus sie mit Bussen nach Martigny gefahren wurden. Von dort reisten sie weiter, jeder an seinen Bestimmungsort.

Sie waren erster Klasse mit dem Nachtzug gefahren. Nagheela hatte sich richtig reich gefühlt. Als Siebzehnjährige hatte sie kaum eigenes Geld gehabt. Sie hatte zwar manchmal einen Ferienjob gehabt, aber da hatte sie auch nicht gerade viel verdient. Ihre Eltern waren nie reich gewesen; daher hatte sie nie viel Taschengeld bekommen und sich kaum je etwas Besonderes leisten können. In dem Jahr, als sie unterwegs gewesen war, hatte sie erfahren, was wirkliche Armut war. Nun hatte sie vor ihrer Abreise in die Niederlande eine eigene EC-Karte bekommen, mit der sie in fast allen Geschäften einkaufen konnte. Und was noch viel schöner war, in ihren Handrücken war bei der kosmetischen Operation ein Chip implantiert worden, der nicht nur ihre persönlichen Daten enthielt, sondern ebenfalls als Geldkarte gebraucht werden konnte. Es war so einfach! Sie brauchte nur ihren Handrücken gegen das Display des Geldautomaten zu halten und den gewünschten Betrag anzugeben. Die Kombination von ihrer Hand und dem Chip war einzigartig; damit war sie hinreichend identifiziert. Das System war eine Erfindung von Oren Rasec selbst, hatte man ihr erzählt. Es waren nur noch nicht alle Geldautomaten und Geschäfte darauf eingerichtet, daher brauchte sie auch noch eine herkömmliche EC-Karte, aber das war nur eine Frage der Zeit. Die internationalen Eisenbahngesellschaften waren schon darauf eingestellt. Am Bahnhof hatten sie ihr Ziel angegeben; dann brauchten sie nur noch mit ihrem Handrücken über ein schwarzes Display zu streichen, und schon war alles geregelt. Die Zugkarten wurden automatisch für die erste Klasse ausgestellt, und sogar auf ihren Namen. Einfacher ging es nicht. Über die Kontodeckung brauchten sie sich keine Gedanken zu machen, wurde ihnen gesagt. Die war hinreichend, solange sie keine verrückten Sachen machten. Normale Dinge wie reisen, essen, Hotels und Kleidung waren kein Problem. Und was brauchte man eigentlich sonst noch?

Das Taxi hielt bei der angegebenen Adresse. Iskia bezahlte.

»Na, war das dein Typ?«, neckte Nagheela, als das Taxi wegfuhr und Iskia ihm noch nachwinkte.

Ihr war aufgefallen, wie hässlich die Menschen außerhalb des Zentrums waren. Die Tekna-Gen waren inzwischen so an ihre korrigierten Gesichter gewöhnt, dass sie Schönheit als etwas Normales betrachteten.

»Ich hab bloß meine Waffen geschärft«, gab Iskia zurück. Kichernd drückten sie auf die Klingel.

Ein hoch gewachsener junger Mann mit blondem, lockigem Haar öffnete die Tür. »Kommt rein.« Er stellte sich als Zerkanim vor und führte die Mädchen ins Wohnzimmer. »Kaffee?«

Sie lechzten förmlich danach, nach der langen Reise. Während des Kaffeetrinkens erzählten sie ein bisschen von der Zugfahrt und sprachen mit Zerkanim über das, was in den vergangenen Tagen geschehen war. Zerkanim wohnte in einer kleinen Zwischengeschoss-Wohnung, die einfach, aber vollständig eingerichtet war. Die Möbel waren modern und die Wände frisch tapeziert. Alles war in freundlichen, hellen Farben gehalten. Nagheela vermutete, dass er noch nicht lange hier wohnte und dass die Wohnung frisch gestrichen und neu eingerichtet war. Es stellte sich heraus, dass das stimmte; Zerkanim machte Nagheela ein Kompliment wegen ihres Scharfsinns. Er war ein Ernter der Tekna-Gen gewesen. Gewesen, sagte er nachdrücklich, denn sein Auftrag als Ernter war erfüllt. Nach der Reinigung hatte er eine neue Aufgabe bekommen: Er war dafür zuständig, in der Stadt Haarlem und ihren Einzugsgebieten die Arbeit der Jäter zu koordinieren. Er musste Kontakt zu den verschiedenen Behörden und Einrichtungen halten, die die Namen der Personen registrierten, die möglicherweise mit dem falschen Geist infiziert waren. Er sorgte dafür, dass die Jäter diese Listen erhielten. In seinem Bezirk waren drei Zweiergruppen tätig. Darüber hinaus würde Zerkanim die Gesprächsabende mit den Menschen leiten, die angegeben hatten, dass sie Betreuung wünschten.

»Das ist ja wirklich was ganz anderes als das, was du vorher gemacht hast«, fand Iskia.

»Ja«, stimmte Zerkanim zu, »es ist eine neue Herausforderung. Es ist übrigens auffallend, wie gut die Behörden beim Weitergeben der Namen mitarbeiten; man könnte fast denken, dass sie irgendwie schon in die Richtung bearbeitet worden sind.«

»Vielleicht ist das auch so«, dachte Iskia laut. »Es passiert da schon so einiges hinter den Bildschirmen.«

Zerkanim nickte. »Mehr, als wir wissen«, vermutete er, aber das war etwas, das außerhalb ihrer Berufung lag. Sie hatten ihre eigene Aufgabe.

»Kommen wir zur Sache«, sagte Zerkanim förmlich und holte ein paar Blätter aus einer Schublade. »Das sind die Namen, die ich bis jetzt von der Polizei und den Krankenhäusern und Kirchen bekommen habe. Die Liste ist noch nicht vollständig, aber es sind jetzt schon mehr, als wir so schnell bearbeiten können.«

Iskia und Nagheela nahmen die Listen entgegen. Es waren vier Blätter.

»Zweihundertzehn Namen«, sagte Zerkanim, »und es kommen noch viel mehr dazu. Aber das macht nichts. Längst nicht alle, die da draufstehen, sind auch wirklich infiziert. Zunächst einmal laden wir all diese Leute zu unseren Gesprächsabenden ein. Dann geht ihr sie besuchen und redet ein bisschen mit ihnen. Wir konzentrieren uns natürlich letztendlich nur auf diejenigen, die wirklich infiziert sind.«

Iskia und Nagheela nickten. Das wussten sie schon.

»Eure erste Sorge muss dann denen gelten, die nicht zu den Gesprächsabenden kommen wollen.«

Auch darüber war im Zentrum ausführlich gesprochen worden. Hier war das Unkraut schon tief verwurzelt und man musste schärfere Geschütze auffahren. Nagheela und Iskia hatten verschiedene Techniken gelernt, wie sie diese Leute in die Zentren mitnehmen konnten. Es war egal, was sie ihnen erzählten oder was sie mit ihnen taten; der Zweck heiligte die Mittel. Diesen Menschen musste um jeden Preis geholfen werden, ihren Irrtum einzusehen. Nein, sie würden die Gefahr nicht unterschätzen. Die falsche Lehre war durch einen einzigen Menschen in die Welt gekommen, vor zweitausend Jahren: durch einen irregeleiteten Propheten, Jesus von Nazareth. Und dann musste man sich mal vorstellen, was für einen Schaden das in der Welt angerichtet hatte. Wenn das Unkraut nicht mit Stumpf und Stiel ausgerottet wurde, dann würde es nie etwas werden mit der Harmonie auf Erden.

»Daneben wird es Menschen geben, die einen schlechten Einfluss auf die Gesprächsabende haben. Das können wir natürlich hier in gewissem Maße kontrollieren, aber wenn wir das nicht in den Griff kriegen, dann seid ihr für sie zuständig«, fuhr Zerkanim fort.

Im Zentrum, wusste Nagheela, würde diesen armen, irregeführten Menschen intensiver geholfen werden können. Rashkalin selbst würde die Therapie übernehmen. Sie hatte vollstes Vertrauen in ihn. Sie wusste, wie überzeugend er war.

Iskia und Zerkanim wechselten einen kurzen Blick; es fiel Nagheela nicht auf.

Dann sprachen sie noch eine Zeit lang darüber, wie sie bei ihrer Arbeit vorgehen wollten. Vorläufig hatten sie genug zu tun. Und es war eine sinnvolle Arbeit, darüber waren sie sich vollkommen einig. Es war eine Ehre, für Efraim Ben Dan, den Propheten der Erde, arbeiten zu dürfen.

Zerkanim schenkte noch einmal Kaffee ein. Er war jetzt knapp drei Monate hier, erzählte er. Nun, nachdem sie über die sachlichen Fragen gesprochen hatten, nahm das Gespräch wieder einen persönlicheren Ton an. Vorher war er Ernter für das Zentrum in Polen gewesen und hatte in Groningen gearbeitet. Als das Zentrum in der Schweiz beinah voll war, war er nach hier versetzt worden, um die Leute, die der Geist aus dieser Gegend erwählt hatte, nach Polen zu bringen.

»Dann hast du sicher Rasheen noch gekannt?«, fuhr Nagheela auf.

»Rasheen?«, fragte Zerkanim.

»Der hat noch in dieser Gegend für das Zentrum in der

Schweiz gearbeitet, als du hierher gekommen bist«, erklärte Nagheela.

Sie sah zu Iskia hinüber. Die nickte. Ja, sie war selbst auch von Rasheen in die Schweiz gebracht worden. Das war inzwischen vier Jahre her.

Zerkanim schüttelte bedächtig den Kopf. »Rasheen ... nein«, sagte er. »Ich glaube nicht, dass ich einen Rasheen gekannt habe. Wieso?«

Nagheela war enttäuscht. Sie hatte gehofft, dass Zerkanim etwas mehr darüber wusste, was mit Rasheen passiert war und warum er so lange weggeblieben war. Ihr wurde auch bewusst, dass sie das nicht hätte fragen dürfen. Rasheen war auf eigenen Wunsch nach Israel versetzt worden und das war auch besser so. Sie zuckte die Schultern. »Och, nur so.«

Nagheela gab sich offenbar damit zufrieden. Das war auch gut. Zerkanim hatte Rasheen sehr wohl gekannt. Er war von Ashurin, dem Leiter des Zentrums in Polen, extra in diese Gegend geschickt worden, um Kontakt mit Rasheen aufzunehmen. Es gab Probleme mit Rasheen und Rashkalin machte sich Sorgen. Rasheen hatte sich Zerkanim gegenüber sehr reserviert geäußert, und Zerkanim hatte den Eindruck, dass Rasheen möglicherweise größere Probleme hatte, als er sich anmerken ließ. Man konnte sogar davon ausgehen, dass er zu einem gewissen Grad infiziert war. Er hatte Rasheen nicht darauf angesprochen, aber er hatte darauf gedrungen, dass er zurückging in das Schweizer Zentrum. Er hatte angeboten, ihn zu begleiten, aber Rasheen hatte ihn davon überzeugt, dass er sich keine Sorgen zu machen brauchte. Zerkanim hatte das alles mit Ashurin besprochen, und der war einverstanden. Bis auf weiteres sollte Zerkanim Rasheen vertreten. Innerhalb von ein paar Tagen erhielt Zerkanim Bescheid, dass er Rasheens Gebiet definitiv übernehmen sollte.

Nagheelas Frage überraschte ihn ein bisschen. Es schien ihm

nicht sinnvoll, ihr das zu erzählen. Er wusste auch, dass Nagheela nicht zur Kadergruppe gehörte.

»Rasheen ist nach Israel versetzt worden«, erläuterte Iskia und sah Zerkanim dabei scharf an. »Es war sein eigener Wunsch.«

»Aha.« Zerkanim nickte. Er wusste, was das bedeutete. Die Kadergruppe hatte ihre eigene Geheimsprache. Rasheen war tot und Nagheela wusste das nicht. Er fand es nachlässig von Rashkalin, dass er ihm das nicht gesagt hatte. Er hätte Nagheela leicht mehr erzählen können, als gut für sie war.

In diesem Moment klingelte das Telefon. Zerkanim nahm ab und nannte seinen Namen. Eine Zeit lang hörte er schweigend zu. Nur ab und zu sagte er »hmm, hmm« oder »ja«.

»Ja, ist gut, ich komme vorbei.« Er legte auf; irgendetwas schien ihm Sorgen zu machen.

»Tut mir Leid, ihr beiden«, sagte er, »ich muss jetzt weg. Aber das Wichtigste haben wir ja auch besprochen, nicht?«

Nagheela und Iskia standen auf. Sie hatten sowieso keine Fragen mehr, und außerdem konnten sie ja jederzeit wiederkommen.

»Noch eins«, sagte Zerkanim, als sie weggingen. »Kauft euch morgen ein paar andere Sachen. In diesen weißen Kleidern fallt ihr ziemlich auf.«

9

Gertjan van der Woude war so schnell er konnte nach Hause gerannt; nur ab und zu, wenn er völlig außer Atem war, hatte er sich eine kleine Verschnaufpause gegönnt. Sein Fahrrad stand vorn vor der Kirche, daher hatte er es nicht mitnehmen können. Unterwegs hatte die Wunde auf seiner Stirn angefangen, heftiger zu bluten. Er war froh gewesen, dass draußen noch wenig los war, denn er sah schlimm aus. Die Leute, die ihm entgegenkamen, wandten angewidert den Blick ab und machten einen Bogen um ihn. Wider besseres Wissen hatte er noch versucht, ein Taxi anzuhalten, aber das war weitergefahren. Es waren auch schon Fahrgäste darin gewesen, hatte er gesehen.

Zu Hause angekommen, erschrak er vor seinem eigenen Spiegelbild. An seiner Kleidung und seinen Händen hatte er schon gesehen, dass es ziemlich schlimm um ihn stehen musste, aber was er jetzt sah, übertraf seine schlimmsten Erwartungen: Sein Gesicht war über und über mit verkrustetem Blut bedeckt; es klebte darauf wie eine Maske. Das hatte allerdings einen Vorteil – es war sehr unwahrscheinlich, dass ihn jemand auf der Straße erkannt hatte. Er erkannte sich ja selbst nicht mehr. Er ging ins Badezimmer und zog sich vorsichtig aus. Die meisten Kleidungsstücke konnte er wegwerfen. Er stellte sich unter die Dusche und spürte, wie das warme Wasser das Blut von seinem Körper spülte. Er merkte, wie er sich langsam beruhigte. Er konnte ruhiger atmen, und das Zittern ließ nach. Die Wunde an seinem Kopf stach und brannte. Er wusch sie vorsichtig aus, aber sie blutete weiter. Ob er ins Krankenhaus fahren und die Wunde nähen lassen sollte? Nein, das war viel zu riskant.

Und morgen im Büro konnte er auch mit Problemen rechnen. Er musste eine gute Erklärung haben. Darüber konnte er später noch nachdenken, aber jetzt musste er sich erstmal in einen einigermaßen präsentablen Zustand versetzen und zu Susan gehen. Sie war inzwischen sicher auch wieder zu Hause. Er wusste nicht, ob sie ihren Ausweis dabeigehabt hatte in der Kirche.

Die Vorstellung, zu ihr zu gehen, bedrückte ihn schrecklich. Wie sollte er ihr erklären, was mit Kees passiert war? Aber wer sollte es ihr sonst mitteilen?

Er zog sich an und wickelte sich einen Verband um den Kopf. Es sah zwar nicht sehr professionell aus, aber es half. Dann rief er bei Susan an.

»Susan van Duin.«

Sie war sofort dran; wahrscheinlich hatte sie neben dem Telefon gesessen und gewartet.

»Susan, hier ist Gertjan.«

»Gott sei Dank, Gertjan, wo steckst du? Ich hab schon ein paarmal versucht, dich anzurufen. Ist Kees bei dir? Was war denn da los im Gang?«

Sie klang besorgt. Gertjan kannte Susan nicht gut. Der Altersunterschied zwischen ihm und Kees und Susan war zu groß gewesen, um viel Kontakt zu haben. Außerdem kam Susan meist nicht zu den Betriebsfeiern. Sie konnte dem wahrscheinlich nichts abgewinnen, was Gertjan gut nachvollziehen konnte.

»Ich wollte bloß eben nachprüfen, ob du zu Hause bist, Susan.« Gertjan stockte einen Moment. »Ich ... ääh ... ich komm dann mal vorbei, ja? Das ist wahrscheinlich das Beste.« So etwas konnte man nicht am Telefon erzählen, das spürte er. »In fünf Minuten bin ich da.«

»Oh.« Nachdem sie ihn zuerst mit Fragen überhäuft hatte, war sie jetzt ziemlich still. Anscheinend vermutete sie schon, dass irgendetwas nicht in Ordnung war; wenigstens fragte sie nicht weiter. »Bis gleich dann.«

»Ja, bis gleich.«

Er hängte ein. Mit bleiernen Knien ging er zu seinem Auto. Am liebsten hätte er sich in seinem Haus verkrochen und wäre nie mehr herausgekommen, aber er musste das jetzt tun.

Die Wohnung von Susan und Kees lag ganz in der Nähe. Er brauchte weniger als fünf Minuten, da er schneller fuhr als sonst. Sein Adrenalinspiegel war immer noch ziemlich hoch.

Susan stand schon in der Tür, als Gertjan vor dem Haus

parkte. Sie schlug die Hand vor den Mund, als Gertjan ausstieg und sie den großen weißen Verband sah, den er sich nachlässig um den Kopf gewickelt hatte.

»Was ist passiert, Gertjan? Wo ist Kees?«

»Lass uns erstmal reingehen«, sagte Gertjan. Susan trippelte hinter ihm her und zeigte auf einen Sessel. Sie selbst blieb stehen. Das schien Gertjan unvernünftig. »Komm, setz dich, Susan.« Angespannt nahm sie auf der äußersten Ecke des Zweisitzers Platz.

»Susan ...«, begann Gertjan. Es war hoffnungslos. Er konnte das einfach nicht. »Es ist sehr schlimm, Susan ... Kees ...« Er kam nicht darum herum. »Kees ist tot. Pfarrer Kuipers auch.«

Es war heraus. Susan wurde blass. Sie sagte nichts. Gertjan stand auf, setzte sich neben sie aufs Sofa und legte einen Arm um sie.

»Wie ...«, fragte Susan schließlich mit zitternder Stimme, »... was ist passiert?«

So gut er es vermochte, versuchte Gertjan wiederzugeben, was geschehen war. Er erzählte, wie er in die Küche gekommen war und wie Kees sich um Pfarrer Kuipers gekümmert hatte und wie Werner in der Küche erst Pfarrer Kuipers und dann Kees niedergeschossen hatte. Wie das alles vor seinen Augen geschehen war und dass er nichts getan hatte, obwohl er doch hätte einschreiten können.

Er warf sich selber vor, dass er feige gewesen war. Eigentlich war es auch für ihn zu schwer, von den Vorfällen zu berichten.

Susan wirkte seltsam stark; sie machte ihm keine Vorwürfe. Es war ja alles so schnell gegangen. Gertjan bewunderte sie dafür, wie sie das Ganze nach dem anfänglichen Schock aufnahm. Susan blieb auf dem Boden der Tatsachen. Aber vielleicht war das nur eine Flucht, dachte er.

»Was soll das alles nur?«, fragte Susan. »Was hat dieser Efraim Ben Dan gegen Pfarrer Kuipers? Irgendwie verstehe ich das alles nicht.«

Gertjan holte den Brief von Pfarrer Kuipers' Frau aus der Tasche. Er sah ihn einen Moment nachdenklich an. »Den wollte er in seiner Predigt vorlesen. Ich hab ihn mir, ehrlich gesagt, noch nicht angeguckt. Ob es irgendwas damit zu tun hat?«

Susan sah Gertjan über die Schulter und warf einen Blick auf den Brief. »Den können wir ja nachher noch lesen«, meinte sie. »Lass uns erstmal den Verband wechseln.«

Der Verband war heruntergerutscht und klebte nur noch an seinem Haar fest. Vorsichtig schnitt Susan ihn los. »Es scheint doch nicht so schlimm zu sein«, beruhigte sie Gertjan. »Ich glaube nicht, dass es genäht werden muss.«

Das war wirklich ein Trost; wie hätte er dem Notarzt die Wunden erklären sollen? Susan bestrich sie mit desinfizierender Salbe und erneuerte den Verband. Obwohl sie sich zusammennahm, merkte Gertjan, dass ihre Hände zitterten.

»Und was machen wir jetzt?«

Es gab noch ein Problem, an das Gertjan bis jetzt noch nicht gedacht hatte. Der tote Körper von Kees lag noch in der Küche, und Susan hatte die Ausweise in der Tasche gehabt. Soweit sie wusste, hatte Kees überhaupt keine Papiere bei sich. Daran hatte Gertjan überhaupt nicht gedacht. Susan wollte natürlich nicht, dass Kees da blieb; sie wollte seinen Leichnam wiederhaben, damit sie zumindest Abschied von ihm nehmen konnte.

»Wahrscheinlich hat die Polizei ihn schon gefunden«, vermutete Gertjan. »Da könnten wir anrufen.«

»Und dann?«, widersprach Susan. »Du kannst doch schlecht sagen, dass du dabei warst.«

»Das nicht«, überlegte Gertjan, »aber du kannst anrufen und sagen, dass Kees mit dem Pfarrer nach hinten gegangen ist, und dass er immer noch nicht zu Hause ist. Und dass du dir Sorgen machst.« Gertjan bezweifelte eigentlich, dass Susan in der Verfassung war zu telefonieren, aber Susan bestand darauf. Es war die einzige Möglichkeit, Kees' Leiche zurückzubekommen. Sonst konnte es noch Tage dauern. Es war bloß nicht logisch, in einer solchen Situation als Erstes die Polizei anzurufen; also beschlossen sie, zunächst bei der Kirche anzurufen und dann erst bei der Polizei. Sie wussten ja offiziell noch gar nicht, dass der Pfarrer tot war.

Susan holte tief Luft und tippte dann die Nummer der Kirche ein. Es war nicht sehr wahrscheinlich, dass dort jemand war, aber man wusste ja nie. Sie ließ es ein paarmal klingeln und zu ihrer Überraschung wurde abgenommen.

»Protestantische Kirchengemeinde *Der Horizont*. Was kann ich für Sie tun?«

Eine Männerstimme, die sie nicht kannte. Wahrscheinlich jemand von der Polizei, schoss es ihr durch den Kopf.

»Guten Tag«, sagte Susan. Sie versuchte sich nichts anmerken zu lassen, aber sie war zu nervös; ihre Stimme klang heiser. Sie räusperte sich und fuhr fort: »Könnte ich bitte mit Pfarrer Kuipers sprechen?«

Die Stimme am anderen Ende klang ruhig und sicher. »Nein, Pfarrer Kuipers kann im Moment nicht ans Telefon kommen. Kann ich ihm vielleicht etwas ausrichten?«

»Ääh ...« Susan dachte fieberhaft nach. Wer war dieser Mann? Warum tat er, als ob Pfarrer Kuipers noch lebte? Oder waren sie nicht im Büro? Susan wusste eigentlich nicht, wo das Telefon stand. Vielleicht wusste er wirklich nichts – aber dann würde er nicht sagen, dass Pfarrer Kuipers nicht ans Telefon kommen konnte. Sie sah Gertjan fragend an. Er erwiderte ihren Blick, ohne zu begreifen, was sie meinte. Das war auch logisch, er konnte ja nicht hören, was am anderen Ende der Leitung gesagt wurde. Nein, es gab nur ein Telefon in der

Kirche, sie erinnerte sich. Dieser Mann log. Aber sie musste weitersprechen. Wenn sie jetzt auflegte, konnte sie auch nicht bei der Polizei anrufen, denn sie hatte immer noch keinen Grund. Und dann würde es noch länger dauern, bis sie Kees zurückbekam. Sie schluckte ein paarmal und packte den Hörer fester.

»Sind Sie noch dran?«, fragte die Stimme am anderen Ende der Leitung. Offenbar hatte sie länger geschwiegen, als sie gedacht hatte.

»Ääh ... ja. Ja, würden Sie Pfarrer Kuipers bitte ausrichten, dass mein Mann, Kees van Duin, noch nicht zu Hause ist. Ich dachte, er wäre vielleicht noch bei ihm, darum hab ich angerufen.«

Gertjan riss die Augen auf. Was machte Susan denn jetzt? Sie winkte ihm und hielt den Hörer ein bisschen vom Ohr weg, damit er mithören konnte.

»Wie war noch mal Ihr Name?«, fragte die Stimme. Susan hatte nichts mehr zu verlieren.

»Frau van Duin. Mein Mann ist mit dem Pfarrer nach hinten gegangen, und ich bin durch die Vordertür aus der Kirche gegangen. Mein Mann hätte aber schon längst zu Hause sein müssen.«

»Hmm ... ja.« Nun wurde am anderen Ende der Leitung nachgedacht. »Frau van Duin, ist Ihr Mann allein mit dem Pfarrer nach hinten gegangen? Ich meine, ist noch jemand anders dabei gewesen?«

Das war eine seltsame Frage für jemanden, der angeblich nichts wusste. Susan sah Gertjan verzweifelt an. Der nickte.

»Also, soweit ich weiß, war er allein.«

Gertjan formte mit den Lippen den Namen Werner und bedeutete ihr, weiterzusprechen. Susan begriff nicht, was er meinte. »Werner«, sagte Gertjan so leise, dass nur sie es hören konnte, lief mit den Fingern durch die Luft und deutete mit der anderen Hand auf seine Augen. Nun begriff Susan, was er meinte.

»Ach so, nein, doch nicht«, sagte sie. »Später sah ich noch jemanden nach hinten gehen, so ungefähr fünf Minuten später, glaube ich.«

Ängstlich sah sie Gertjan an. Das mit den fünf Minuten hätte sie sich seiner Ansicht nach ruhig sparen können, aber es machte die Geschichte vielleicht ein bisschen plausibler. Zu spät fiel ihm ein, dass Werner durch die Außentür hereingekommen war.

»Einen Moment bitte.«

Der Hörer an der anderen Seite wurde abgedeckt. Es waren also mehrere Leute da und jetzt überlegten sie kurz.

»Frau van Duin, sind Sie allein?«, fragte die Stimme wieder.

Susan wusste nicht, wo das hinführen sollte, aber sie wollte das Gespräch auch nicht abbrechen.

»Ja«, sagte sie schnell und setzte dann hinzu: »Aber was ... ich meine, warum wollen Sie das wissen?«

Plötzlich beschloss der Mann am anderen Ende der Leitung, mit offenen Karten zu spielen. »Frau van Duin, Sie sprechen mit Inspektor Lamain von der Polizei Haarlem. Ich würde gern kurz bei Ihnen vorbeikommen, wenn das möglich ist.«

Gertjan war überrascht.

»Oh ... das ... ja, das geht, sicher«, sagte Susan. Der Inspektor konnte natürlich auch nicht am Telefon sagen, was los war.

»Geben Sie mir bitte Ihre Adresse? Dann komme ich gleich vorbei.«

Susan gab ihm die Adresse, und die Verbindung wurde unterbrochen.

Susan blieb reglos sitzen, die Hände in den Schoß gelegt, und starrte vor sich hin. Dann fiel ihr Blick auf Gertjan und den Verband um seinen Kopf, und sie gab sich einen Ruck.

»Das passt mir nicht«, sagte Gertjan.

»Was?«

»Er stellte zu viele komische Fragen – ob du allein wärst und so, das passt mir irgendwie nicht. Das kommt mir verdächtig vor.« Er schien ihm doch besser, in der Nähe zu bleiben; er wollte wissen, was Lamain Susan erzählte. Gertjan sah sich um. Der Vorratsschrank unter der Treppe schien ihm ein ganz annehmbares Versteck. Die Tür ging zum Wohnzimmer, und über der Tür war eine Glasscheibe, die bis an die Decke ging, so dass es einigermaßen hell blieb, auch wenn die Tür zu war. So würde er wenigstens nicht alles umwerfen.

Während er ein bisschen Platz machte, damit er sich setzen konnte, ging Susan nach oben ins Badezimmer. Sie war blass und ihre Tränen hatten Spuren auf ihrem Make-up hinterlassen. Gerade als sie wieder herunterkam, parkte ein roter PKW hinter Gertjans Volkswagen, und ein Mann stieg aus. Gertjan schlüpfte in den Vorratsschrank und zog die Tür zu. Hoffentlich hatte der Mann ihn nicht durchs Fenster gesehen! Susan schloss auf Gertjans Bitte hin die Tür des Vorratsschrankes ab und steckte den Schlüssel in die Tasche. So konnte die Tür nicht aufgehen, wenn Gertjan vielleicht versehentlich an sie stieß. Gertjan hatte es sich gerade auf dem Staubsauger bequem gemacht, da klingelte es. Wenn er sich vorbeugte, konnte er durchs Schlüsselloch einen Teil des Zimmers sehen.

»Was für eine idiotische Situation«, dachte er bei sich.

Im Gang war Gemurmel zu hören. Gertjan konnte von seinem Schrank aus nicht verstehen, was gesagt wurde. Es dauerte ziemlich lange und er begann schon ein bisschen ungeduldig zu werden, da hörte er, wie die Haustür zugeschlagen wurde. Die Wohnzimmertür quietschte. Sie schienen hereinzukommen. Gertjan lehnte sich nach vorn und spähte durchs Schlüsselloch, aber er konnte nichts erkennen.

»Da in der Ecke«, ertönte eine Männerstimme, »dann nehm ich den Schreibtisch.«

»Sekretär«, verbesserte eine andere Stimme.

Jetzt kam kurz ein Mann in Gertjans Blickfeld. Dann hörte er, wie draußen Autotüren zuschlugen und ein Auto angelassen wurde und wegfuhr. Im Zimmer gingen Schubladen auf und wieder zu, Papiere wurden durchwühlt und Bücher herumgeworfen. Was hatte das jetzt wieder zu bedeuten, fragte er sich. Susan war nicht dabei, schloss er, die war wahrscheinlich mit dem Auto mitgefahren. Aber was machten diese Männer dann hier noch? Er erinnerte sich, dass Werner auch Bücher durchwühlt hatte. Diese Männer stöberten ebenfalls in Papieren und Büchern herum.

»Hast du schon was?«, tönte es aus der Ecke, wo der Sekretär stand.

»Hmm, ja, eine Hochzeitsbibel und ein Tagebuch, ich weiß nicht, ob sich das lohnt. Du kannst dir's ja mal eben angucken.«

»Hier scheint nichts zu sein.«

Der zweite Mann lief am Schlüsselloch vorbei.

»Guck mal hier, Zerkanim!«

Das klang nach einer wichtigen Entdeckung.

»Ein interessanter Brief.«

Erschrocken erinnerte Gertjan sich daran, dass er den Brief von Pfarrer Kuipers Frau auf dem Sofa liegen gelassen hatte. Das war nicht gut – damit hatte das doch alles angefangen.

»Was denn?«

»Ein Brief an einen gewissen Joop, vermutlich Joop Kuipers, von seiner Frau. Es geht um die Reinigung.«

»Zeig mal her.«

Der Mann, der Zerkanim genannt worden war, brummte zustimmend.

»Lamain hatte doch Recht. Ich fand es erst ein bisschen

voreilig, sie mitzunehmen, aber er hatte doch Recht. Soweit ich Lamain verstanden habe, ist das der Brief, den der Pfarrer in der Kirche vorlesen wollte.«

»Wie ist denn der hier hingekommen?«, wunderte der andere Mann sich.

»Das werden wir wahrscheinlich gleich von Frau van Duin erfahren, nehme ich an«, vermutete Zerkanim. »Die weiß mehr, als sie rausgelassen hat.«

Also doch, dachte Gertjan. Es steht etwas in diesem Brief. Etwas, das anscheinend wichtig genug war, um deswegen einen Mord zu begehen. Wegen all dem, was geschehen war, war er noch gar nicht dazu gekommen, den Brief durchzulesen. Jetzt war es zu spät. Und Susan, was passierte jetzt mit ihr? Dies alles ließ nichts Gutes erwarten.

»Sollen wir noch ein bisschen weitersuchen?«, fragte der andere Mann Zerkanim.

»Bloß noch die Bücher durchgucken, das reicht, glaub ich«, meinte Zerkanim.

Gertjan starrte angespannt durch das Schlüsselloch, in der Hoffnung, noch einen Blick auf die Männer zu erhaschen. Er hörte nur, wie Buchseiten umgeblättert wurden, und ab und zu eine Frage, ob ein Buch mitgenommen werden sollte oder nicht.

Er stützte das Kinn in die Hände und blieb abwartend auf seinem Staubsauger sitzen.

Plötzlich meldete die Stimme Zerkanims wieder eine Entdeckung. Gertjan erschrak und guckte wieder durch das Schlüsselloch. Er sah auf den Rücken eines ziemlich großen Mannes mit blondem Haar, der am Geschirrschrank stand. Der Mann blickte zur Seite, so dass Gertjan sein Profil sehen konnte. In der Hand hielt er die Tube mit Salbe, die Susan benutzt hatte, um seine Kopfwunde zu behandeln.

»Guck mal, Wilfried. Was meinst du, was hat das zu bedeuten?«

Der Angesprochene trat in Gertjans Blickfeld und stellte fest, dass es eine Tube mit Wundsalbe war. Er fand nichts Besonderes dabei. Wilfried war im mittleren Alter und trug eine Polizeiuniform.

»Guck mal, hier«, sagte Zerkanim. »Am Deckel ist noch frische Salbe, und die Tube lag nicht im Schrank, sondern obendrauf. Ich glaube, die Salbe ist vor kurzem noch benutzt worden.«

Wilfried kratzte sich am Kinn, nahm die Tube in die Hand und roch daran. »Ich glaube, du hast Recht.«

»Hast du gesehen, dass Frau van Duin irgendeine Verletzung hatte?«, fragte Zerkanim.

Wilfried schüttelte den Kopf. »Nein, aber das will eigentlich nichts heißen. Sie könnte ja auch etwas unter ihrer Kleidung haben, und ich habe, ehrlich gesagt, auch nicht so genau hingeguckt.«

»Mein Gefühl sagt mir, dass wir da irgendeiner Sache auf der Spur sind«, sagte Zerkanim nachdenklich, »und mein Gefühl trügt mich selten. Ich glaube, wir müssen weitersuchen.«

»Und wonach?«, wollte Wilfried wissen. Er klang ein bisschen skeptisch.

Zerkanim sah ihn durchdringend an. »Indizien«, sagte er bedächtig. »Hinweise darauf, ob der Mörder von Werner Meilink hier gewesen ist.«

Gertjan lief es kalt über den Rücken. Das hatte ihm gerade noch gefehlt. Ihm brach der Schweiß aus.

»Jetzt komm ich nicht mehr mit«, signalisierte Wilfried.

»Hier liegt ein Brief, den der Pfarrer heute Morgen in der Kirche vorlesen wollte«, erklärte Zerkanim.

»Eine Kopie«, unterbrach Wilfried ihn, »die schon länger hier gelegen haben kann.«

Zerkanim hob abwehrend eine Hand. »Der Brief lag hier auf dem Sofa, sie war also gerade dabei gewesen, ihn zu lesen.«

»Sie hatte die Predigt gehört, darum wollte sie ihn lesen. Sie wollte wissen, was der Pfarrer hatte sagen wollen. Es war ja anscheinend ein ziemliches Durcheinander heute Morgen in der Kirche.« Er grinste, zum einen wegen des Durcheinanders in der Kirche, zum anderen, weil seine Argumentation stichhaltiger war als die Zerkanims.

Zerkanim nickte. Dem konnte er nicht widersprechen. »Trotzdem ist er hier gewesen. Ich spüre das einfach.«

Wilfried sah ihn spöttisch an. »Sind das deine übernatürlichen Fähigkeiten?«

»Es wäre nicht das erste Mal«, verteidigte sich Zerkanim.

Wilfried schüttelte den Kopf. »Das ist mir alles zu hoch. Aber Lamain glaubt an so was, also mach, was du willst.«

»Lass mich einen Moment allein«, sagte Zerkanim. »Geh mal nach oben und guck, ob da noch Bücherregale oder so was sind. Ich muss mich konzentrieren.«

»Okay«, sagte Wilfried, zuckte die Schultern und verließ den Raum. Die Treppe über Gertjans Kopf knarrte, als der Polizist nach oben ging.

Gertjan sah, wie Zerkanim sich im Schneidersitz auf den Boden setzte und die Augen schloss. Nach einiger Zeit begannen seine Lippen lautlos, Worte zu formen.

Obwohl Gertjan absolut nicht an diesen Zirkus glaubte, bekam er es jetzt doch mit der Angst zu tun. Der Mann hatte eine eigenartige, bedrohliche Ausstrahlung. Es konnte natürlich auch an ihm selber liegen. Während der letzten drei Tage war sein Leben auf den Kopf gestellt worden. Was wusste er jetzt eigentlich noch? Hier geschahen Dinge, die sein Fassungsvermögen überstiegen. Er lehnte sich wieder ein bisschen zurück. Aus irgendeinem Grund hatte er das Gefühl, dass er Zerkanim jetzt nicht ansehen durfte. Er hatte irgendwie den Eindruck, dass der meditierende Mann spüren könnte, dass er beobachtet wurde.

Von oben ertönte Gepolter. Schubladen wurden auf- und zugeschoben und Schranktüren auf- und zugeschlagen.

»Sitzt du bequem, Gertjan?«, sagte auf einmal ein dünnes Stimmchen im Vorratsschrank. Gertjan zuckte zusammen. Was war das jetzt wieder? Er lauschte angespannt, aber nun hörte er nichts mehr. Hatte er es sich eingebildet? Das konnte er sich nicht vorstellen. Es hatte geklungen, als ob jemand bei ihm im Schrank säße, aber das war völlig unmöglich.

Da war das Stimmchen wieder. Jetzt zweifelte Gertjan nicht länger, er hörte es klar und deutlich. Das Stimmchen klang neckend, herausfordernd. »Jujuuu!«

Gertjan sah sich bestürzt um. Es wurde gelacht – lauter dünne Stimmchen lachten wild durcheinander. Aber im Schrank war nichts zu sehen. Das Lachen war um ihn herum, vor ihm, über ihm, wie ein Mückenschwarm, der um ihn herumschwirrte.

Da war eine andere Stimme, sie klang wie eine Männerstimme: »Quält ihn nicht!«

»Aaah ...«, machten die Stimmchen und kicherten.

Gertjan geriet in Panik. Was passierte hier? War das Zerkanims Werk?

»Gertjan?« Die Männerstimme rief seinen Namen. Gertjan machte sich so klein wie möglich. Im Hintergrund zankten die Stimmen miteinander herum.

»Gertjan, wir sind hier, um dir zu helfen.«

Gertjans Gedanken überschlugen sich. Wie sollte er das alles verstehen, was waren das für Stimmen? Konnten sie ihn sehen, und was wollten sie von ihm?

»Hör zu, Gertjan«, sagte die Männerstimme wieder, »sag einfach, wo du bist, verstecken hat doch keinen Sinn. Du kannst einen Deal machen!«

»Klopf mal an die Tür, Gertjan!«, rief ein dünnes Stimmchen dazwischen.

»Klappe zu!«, sagte die Männerstimme barsch und fuhr dann in süßlichem Ton fort: »Ein Deal ist gar keine so schlechte Idee, Gertjan. Guck mal, du hast jemanden ermordet, und früher oder später kriegen sie dich. Sag einfach, wo du bist, dann helfen wir dir schon.«

In Gertjans Kopf drehte sich alles. Er hatte nie an übernatürliche Dinge geglaubt – oder, besser gesagt, noch nie darüber nachgedacht. Was hier geschah, passte nicht in seine Erfahrungswelt. Ich werde schizophren, schoss es ihm durch den Kopf. Von so etwas hatte er schon gehört, multiple Persönlichkeitsstörung, dann hörte man auch Stimmen, aber das war man selbst. Es war eine Flucht oder so was. Wahrscheinlich konnte er die Spannung nicht mehr ertragen und fing an, mit sich selbst zu reden.

Aber es hatte so echt gewirkt! Ob er machen konnte, dass die Stimmen aufhörten?

»Wenn du dich zu erkennen gibst, dann helfen wir dir. Du hast doch bloß getan, was richtig war, oder? Das kannst du doch erklären!«

Eine andere Stimme, eine Frauenstimme, redete dazwischen: »Willst du Susan dafür bezahlen lassen? Die haben sie jetzt mitgenommen, an deiner Stelle. Gib dich zu erkennen, Gertjan, dann kommt Susan frei. Hast du ihr nicht schon genug angetan? Durch deine Schuld ist ihr Mann jetzt tot!«

»Ja, Gertjan«, gurrten die dünnen Stimmchen, »deine Schuld, deine Schuld!« Sie begannen zu johlen und zu schrein. Gertjan hielt sich die Ohren zu, aber es half nichts. Die Stimmen saßen in seinem Kopf. Wann hörte das endlich auf?

»Wir hören nicht auf, wir hören nicht auf!«, jauchzten die Stimmen.

»Werft ihn gegen die Tür!«, rief eine einzelne Stimme. »Mit dem Kopf gegen die Tür ... selber schuld, selber schuld!«

Wieder wurde gelacht und geschrien.

»Das kann ich nicht«, sagte die Männerstimme mit einem enttäuschten Unterton, »er gehört nicht zu uns.«

»Dann machen wir Krach, so lange, bis er an die Tür schlägt«, rief das dünne Stimmchen wieder.

Ein ohrenbetäubender Lärm brach los. Es wurden schrille Schreie ausgestoßen und Deckel gegeneinander geschlagen.

»Gib dich zu erkennen, Feigling«, riefen die Stimmen.

»Hört auf«, wimmerte Gertjan in sich hinein, »hört auf!« Tränen liefen ihm über die Wangen. Jetzt wurde er wirklich verrückt, vollkommen verrückt. Sollte er sich zu erkennen geben? Ob die Stimmen dann aufhörten?

»Dann hören sie auf«, versprach die Männerstimme.

»Woher weiß ich das?«, fragte Gertjan.

»Ehrenwort!«, versprach die Männerstimme feierlich.

»Sein Ehrenwort!«, heulten die Stimmen.

»Mund halten!«, herrschte die Männerstimme sie an.

Mit einem Schlag war es still.

»Siehst du?«, fragte die Männerstimme. »Jetzt kannst du dich zu erkennen geben.«

Gertjan hob die Hand, um an die Tür zu schlagen, und gerade, als er rufen wollte, kam ein Schrei aus der Küche: »Zerkanim!«

Die Zimmertür wurde aufgestoßen und Wilfried kam herein.

Gertjan erstarrte. »Gib dich zu erkennen!«, rief die Stimme in seinem Kopf, aber sie klang schwächer, weiter entfernt. Beinah angstvoll. Gertjan wartete ab.

»Was?«, rief Zerkanim unwirsch.

»Gib dich zu erkennen«, rief es noch ganz leise in der Ferne.

Gertjan beugte sich vor zum Schlüsselloch. Zerkanim saß noch im Schneidersitz, aber er hatte die Augen geöffnet und blickte irritiert zur Tür. Dann wurde sein Blick milder, und ein Lächeln zog sich über sein Gesicht.

Als Wilfried in Gertjans Gesichtsfeld kam, sah Gertjan, dass Wilfried den schmutzigen Verband in der Hand hielt, den Gertjan getragen hatte, als er zu Susan gekommen war. Wilfried wedelte triumphierend damit herum.

»Du hattest doch Recht, Zerkanim«, gab er zu. »Es kleben Haare an dem Verband, genau wie an Werners Pistole. Er ist hier gewesen.«

Zerkanim stand auf und betrachtete den Verband. Er brummte zufrieden und klopfte Wilfried auf die Schulter.

»Und, hast du noch was in Erfahrung gebracht?«, fragte Wilfried.

Zerkanim sah ihn an. Anscheinend meinte er es nicht spöttisch.

»Ich habe meine Schutzgeister angerufen«, sagte Zerkanim, »aber es war ziemlich verwirrend. Sie durften nichts sagen, denn der Mann ist keiner von ihnen, haben sie gesagt. Und im Hintergrund war ein Höllenlärm.«

Wilfried guckte etwas befremdet, aber Zerkanim schien es ernst gemeint zu haben. »Oh«, sagte er, denn mehr konnte er auch nicht dazu sagen. »Und was machen wir jetzt?«

»Wir nehmen die Bücher und den Verband mit und besprechen die Sache mit Lamain. Dann nehmen wir uns die Frau van Duin mal vor. Hast du oben alles ordentlich hinterlassen?«

Wilfried nickte. »Das sollte ich doch, nicht?«

Gertjan blieb wie betäubt in seinem Schrank sitzen, als die beiden Männer das Haus verließen. Es war ihm noch nicht klar, was es bedeutete, dass die Männer den Verband gefunden hatten. Erst nach ein paar Minuten erwachte er aus seiner Erstarrung und wurde sich der Tatsache bewusst, dass er jetzt in dem Vorratsschrank eingesperrt war. Aus dem, wie die Männer jetzt über Susan gesprochen hatten, ließ sich schließen, dass es einige Zeit dauern konnte, bis sie zurückkam. Falls sie zurückkam. Aber er konnte hier doch nicht sitzen bleiben! Also stemmte er die Füße gegen die Schranktür und den Rücken gehen die Wand. Krachend gab der Türrahmen nach, und mit einem Knall sprang die Tür auf.

10

Diese Nacht schlief Gertjan kaum. Ruhelos wälzte er sich im Bett herum und verwickelte sich immer wieder in sein Leintuch, das an seinem Körper klebte. Wenn er für kurze Zeit in einen leichten Schlaf fiel, spukten ihm die Bilder des vergangenen Tages durch den Kopf und er schreckte schweißgebadet wieder hoch. Er hatte die Lampe brennen lassen. Zum ersten Mal seit seiner Kindheit fürchtete er sich wieder im Dunkeln. Sobald er das Licht ausmachte, packte ihn die Angst und die Schatten schienen ihm bedrohliche Wesen. Sein Verstand sagte ihm, dass das Unsinn war, aber er hatte das Gefühl, dass er nicht allein war und dass in allen Zimmerecken die Augen der Stimmen aus dem Schrank auf ihn lauerten. In der Stille der Nacht meinte er ab und zu das Gekicher noch zu hören, aber es war anders, weniger fassbar und weniger bedrohlich als im Schrank. Außerdem rechnete er jeden Moment damit, dass die Polizei in seine Wohnung stürzen würde – wer weiß, vielleicht hatte Susan geredet. Er hatte in Erwägung gezogen, sich ein Hotelzimmer zu nehmen oder zu seinen Eltern zu fahren, aber dann müsste er auch seiner Arbeit fernbleiben und damit würde er sich auch wieder verdächtig machen. Also war er doch einfach nach Hause gegangen. Auf die Dauer konnte er ja doch nicht davonlaufen. Erst als das Morgenlicht die Dunkelheit vertrieb und die Vögel die ersten Sonnenstrahlen begrüßten, schlief Gertjan ein. Erst gegen neun wurde er wieder wach. Im Aufwachen spürte er gerade noch, wie die Bilder eines Traumes davontrieben.

»Komm doch«, rief eine sanfte Mädchenstimme. »Komm doch!« Sie winkte mit den Armen. Seidenweiches, dunkelbraunes Haar tanzte im Wind. Er streckte die Arme nach ihr aus, aber ihr Haar glitt durch seine Finger und dann waren das Bild und die Erinnerung daran verschwunden.

Langsam kehrte anstelle der Ruhe und Wärme dieses Bildes der pochende Schmerz seiner Kopfwunde zurück. Er drehte sich noch mal auf die Seite – da wurde ihm auf einmal klar, dass es Montag war und dass er bereits um acht Uhr in seinem Büro hätte sein müssen. Stöhnend richtete er sich auf und blieb noch eine Zeit lang auf dem Bettrand sitzen. Er war sich dessen bewusst, dass er besser zur Arbeit gegangen wäre, um nicht aufzufallen, aber dazu war er jetzt einfach nicht imstande. Er hatte stechende Kopfschmerzen, und außerdem fiel er mit diesem Verband auch auf.

Er zwang sich aufzustehen und im Büro anzurufen, um sich krank zu melden. Nicole, die Telefonistin, war voller Verständnis und Mitgefühl; sie selbst hatte nach dem Wochenende auch oft schreckliche Kopfschmerzen, sie wusste genau, wovon er sprach.

»Ich richte es Huib aus«, sagte sie, »und du lässt es am besten langsam angehen. Sag auch Evelien viele Grüße, und lass dich ein bisschen verwöhnen!«

Das gab ihm einen Stich, aber er riss sich zusammen.

Dann rief er in der Wohnung von Kees und Susan an, aber da meldete sich niemand, wie er erwartet hatte. Susan wurde also immer noch festgehalten. Er hätte gern gewusst, wie es um sie stand, aber er konnte auch schlecht bei der Polizei anrufen, denn dadurch hätte er sich sofort verdächtig gemacht. Er hatte auch niemanden, dem er sich anvertrauen konnte. Er stand ganz allein da. –

Als der Duft frisch aufgebrühten Kaffees die Küche erfüllte, fühlte sich Gertjan wieder ein bisschen wie ein Mensch. Das vertraute Brodeln der Kaffeemaschine wirkte beruhigend. Die Sonne schien warm ins Zimmer und draußen sangen die Vögel. Die friedliche Atmosphäre stand in krassem Gegensatz zu Gertjans Erinnerungen an die vergangenen Tage.

Auf der Titelseite der Morgenzeitung prangte wieder ein Foto von Efraim Ben Dan, dem Propheten. Auf der Stelle schlug Gertjans Stimmung wieder um. Wie viele Menschen wohl wussten, dass hinter diesem freundlich wirkenden Mann eine Organisation stand, die nicht davor zurückschreckte, unschuldige Menschen ums Leben zu bringen? Unter dem Foto stand, dass die geistliche Harmonie große Fortschritte machte.

Flüchtig las Gertjan die verschiedenen Artikel durch. In den westlichen Ländern – dem ehemaligen christlichen Abendland – waren die Gottesdienste so gut besucht worden wie nie. Die Pfarrer, Ältesten, Priester und Pastoren, alle hatten ihren Zuhörern eine ähnliche Botschaft gebracht, die mit großer Begeisterung aufgenommen worden war. Es war unbegreiflich, wie vor der Reinigung so viel Uneinigkeit und Streit über Dinge hatte herrschen können, die so nah beieinander lagen. Die Botschaft des Propheten war eine Botschaft des Friedens und der Einheit, und das war genau das, was die Welt heute brauchte. Die kleinen Unterschiede wurden durch die großen Gemeinsamkeiten weggewischt. Es war keinesfalls so, dass Efraim Ben Dan gewaltsam eine Welteinheitsreligion durchsetzen wollte, nein, er wollte vielmehr die einzelnen Religionen in ihrer Vielfältigkeit nebeneinander bestehen lassen, damit sie zur Einheit hinwuchsen. Für ihn war wichtig, zum reinen Kern aller Religionen vorzudringen, um von dort aus zur vollen Einsicht in alle Facetten der nicht stofflichen Wirklichkeit zu gelangen.

Auf dem Titelblatt ging es um nichts anderes. Als Beispiel

wurde genannt, dass der Prophet Verhandlungen zwischen den islamistischen Führern und den orthodoxen jüdischen Führern in Gang gesetzt hatte, bei denen es um den Wiederaufbau des Tempels in Jerusalem und die Wiedereinsetzung des Opferdienstes ging. Es war Gertjan nie bewusst gewesen, dass das ein Problem war, aber es schien etwas ganz Besonderes zu sein. Er blätterte durch die Zeitung. Dort musste doch auch etwas darüber stehen, was gestern in seinem Viertel passiert war. Auf der Seite »Kirche und Gesellschaft« war ein Foto von Pfarrer Kuipers. Das musste es sein.

Mit wachsender Verwunderung las Gertjan den dazugehörigen Artikel:

»Mehr Menschen als je zuvor sind zum Gottesdienst am Sonntag erschienen. Die Stimmung war emotional und freundlich, und gespannt wartete die Menge auf die Botschaft von Pfarrer Kuipers, die sie in ihr Alltagsleben umsetzen wollten, nun, da sie befreit sind von den Irrtümern der Vergangenheit. Die Menschen suchten Trost wegen des Verlustes ihrer Lieben, die aufgrund des falschen Glaubens von der Erde weggenommen worden sind. Aber statt diese Erwartungen zu erfüllen, ist Pfarrer Kuipers völlig in die Irre gegangen und hat lästerliche Dinge über den Propheten gesagt. Viele der Besucher konnten es nicht ertragen, diese Dinge anzuhören und wollten nicht, dass dieses geistliche Gift sie selbst oder ihre Kinder verunreinigte. Daher haben viele von ihnen die Kirche vorzeitig verlassen. Pfarrer Kuipers war aufgrund des Durcheinanders, das seine lästerlichen Reden verursacht haben, gezwungen, den Gottesdienst vorzeitig zu beenden.

Einmal mehr ist hier deutlich geworden, dass die christliche Botschaft eine Botschaft der Zwietracht ist und Aggressionen weckt. In den Kirchen, in denen die Botschaft des Propheten verkündigt wurde, sind die Gottesdienste nämlich friedlich und harmonisch verlaufen – welch krasser Gegensatz zu diesem

Gottesdienst, in dem christliches Gedankengut verbreitet werden sollte!

Gespräche im Anschluss an den Gottesdienst mit dem Pfarrer haben bewirkt, dass dieser seinen Irrtum einsehen konnte und er erkannt hat, dass er dringend Hilfe braucht. Durch diesen Artikel lässt Pfarrer Kuipers mitteilen, dass er sein unbesonnenes Verhalten bedauert und dass er hofft, keinen nicht wieder gutzumachenden Schaden angerichtet zu haben. Dankbar ist Pfarrer Kuipers auch für die Hilfe, die die Organisation des Propheten ihm angeboten hat: Er wird sich in einem der Zentren, die dafür zur Verfügung stehen, in therapeutische Behandlung begeben. Die Gemeindeleitung ist bis auf weiteres Pfarrer Simonsma übertragen worden.

Zerkanim, ein Sprecher der Tekna-Gen äußerte inzwischen im Namen der Organisation sein Bedauern darüber, dass sich einige zu sehr durch die Aggressionen haben mitreißen lassen, die die Predigt von Pfarrer Kuipers geweckt hat. Der Sprecher konnte zwar Verständnis für die Reaktionen aufbringen, dennoch distanzierte er sich von jeder Form von Gewalt, da Gewalt die Harmonie zwischen Körper und Geist beeinträchtigt. Er sagte unserer Zeitung:

›Wir müssen zu einer gewaltfreien Gesellschaft hinwachsen; die Konflikte, die durch diejenigen verursacht werden, die sich noch auf dem falschen Weg befinden, müssen mithilfe der Vernunft bekämpft werden. Unsere Organisation verfügt über verschiedene Möglichkeiten, Menschen mit persönlichen religiösen Problemen auf der Suche nach dem richtigen Weg zu begleiten. In besonderen Fällen kann Gebrauch gemacht werden von der Möglichkeit, sich in eines der Zentren aufnehmen zu lassen, die sich mittlerweile auf der ganzen Welt befinden, aber in den meisten Fällen genügt die Teilnahme an den therapeutischen Gesprächsabenden, die von sachverständigen Sozialarbeitern geleitet werden.‹«

Nun folgte wieder der Aufruf – diesmal vor allem an diejenigen gerichtet, die durch das bedauerliche Auftreten von Pfarrer Kuipers Schaden erlitten hatten – sich mit dem Internationalen Hilfszentrum für Hinterbliebene in Verbindung zu setzen oder mit Zerkanim selbst. Dann würde man gemeinsam darüber beraten, auf welche Weise den Geschädigten am besten geholfen werden konnte. Selbstverständlich seien sämtliche Hilfsangebote völlig kostenlos. Zum Schluss wandte sich Zerkanim an den Mann, der nach dem Gottesdienst in das Büro des Pfarrers gegangen war. Gertjans Herz machte einen Sprung.

»Wir verstehen Ihren Standpunkt und Sie haben wahrscheinlich das getan, was Sie für richtig hielten. Leider verfügen wir, durch unglückliche Umstände bedingt, nicht über Ihre Personalien, und da wir gern Kontakt mit Ihnen aufnehmen möchten, bitten wir Sie, sich mit uns in Verbindung zu setzen, damit wir Ihnen in angemessener Weise zur Seite stehen können. Sollte jemand anders den Mann erkannt haben, der nach dem Gottesdienst die Kirche durch die Tür neben dem Podium verlassen hat, dann bitten wir denjenigen, uns dies im Interesse des Betreffenden mitzuteilen.«

»Habe ich jetzt den Verstand verloren?«, dachte Gertjan. Kein Wort über die Morde an Pfarrer Kuipers und Kees van Duin, kein Wort über Werner Meilink. Im Gegenteil, hier wurde dreist behauptet, dass Pfarrer Kuipers noch lebte und sich freiwillig in Behandlung begeben hatte. Und er selbst wurde aufgerufen, sich freiwillig zu melden! Mit der Art und Weise, wie der Aufruhr in der Kirche beschrieben wurde, konnte Gertjan noch leben. Aus der Perspektive von jemandem, der nichts von dem wissen wollte, was Pfarrer Kuipers zu sagen hatte, was auch immer das gewesen sein mochte, ließ sich das noch nachvollziehen. Aber warum wurden die drei Toten verschwiegen?

War das etwa ein Trick, um die Leute dazu zu bringen, ihn

zu melden? Sollte die Organisation die Morde verschweigen, um es den Leuten einfacher zu machen, ihn zu melden? Sie konnten natürlich schlecht zugeben, dass der Pfarrer von ihnen selbst oder einem ihrer Sympathisanten getötet worden war, aber dass ein Irrgläubiger ihn umgebracht haben sollte, war ja auch unlogisch. Je länger er darüber nachdachte, desto klarer wurde ihm, dass der Mord an dem Pfarrer und an Kees verschwiegen werden musste – aber warum der Mord an Werner? Oder wollte die Organisation sich nicht öffentlich zu einem Mann wie Werner bekennen, der nicht sonderlich beliebt war?

Gertjan konnte keine logische Erklärung dafür finden. Er nahm einen Schluck von seinem Kaffee, der inzwischen kalt zu werden begann.

Offenbar hatte Susan nichts gesagt. Er fragte sich, wie es Susan jetzt ging und wo sie war. Arme Susan – ausgerechnet jetzt, wo Kees kurz vor der Pensionierung gestanden hatte und sie viele schöne Jahre miteinander hätten verbringen können. Und auch ihre Kinder hatte sie verloren. Sie befand sich jetzt in derselben Lage wie er, aber zusätzlich noch in polizeilichem Gewahrsam.

Der Name des Journalisten stand über dem Artikel: Martijn van der Meulen. Ob dieser Mann wusste, was wirklich geschehen war? Oder hatte er keine Ahnung, was los war, und orientierte sich nur an den Polizeiberichten?

Ein vager Gedanke begann sich in Gertjans Hinterkopf festzusetzen.

Er selbst konnte die Polizei nicht anrufen und fragen, wie es Susan ging und ob sie irgendeine Vorstellung davon hatten, was eigentlich geschehen war. Es gab auch niemanden, den er ins Vertrauen ziehen und darum bitten konnte, dies für ihn zu tun. Erstens deshalb, weil er überhaupt nicht mehr wusste, wem er vertrauen konnte und wem nicht, und zweitens, weil derjenige, der das dann eventuell täte, sich selbst verdächtig machen oder die Polizei auf seine Spur bringen könnte. Es sei denn ... der Journalist! Wenn er den unter einem falschem Namen anrief? Der konnte dann sagen, dass er einen anonymen Tipp erhalten hatte, und aufgrund dessen die Fühler ausstrecken. Und es war kein Risiko dabei. Ein Journalist wurde nicht so schnell verdächtigt, und er konnte die Polizei auch nicht auf Gertjans Spur bringen, solange Gertjan dafür sorgte, dass er nicht dahinter kam, wer er war. Die Idee gefiel Gertjan gut und er schenkte sich eine neue Tasse Kaffee ein – die hatte er verdient, fand er.

Jetzt war es nur noch die Frage, ob er von zu Hause aus anrufen konnte. Angenommen, sie prüften bei der Zeitung, woher die eingehenden Anrufe kamen. Gertjan hatte nicht die leiseste Ahnung, ob so etwas üblich war. Aber davon abgesehen konnte die Polizei vielleicht über die Telefongesellschaft PTT in Erfahrung bringen, wer wo angerufen hatte. Er beschloss, dass es sicherer war, eine Telefonzelle aufzusuchen.

»Martijn van der Meulen.«

Die Stimme klang noch ziemlich jung. Gertjan schätzte, dass der Mann Anfang dreißig war, ebenso wie er selbst. Er telefonierte von einer Telefonzelle aus, die sich ein paar Straßen von seinem Haus entfernt befand. Sein Auto hatte er um die Ecke geparkt, ebenfalls aus Sicherheitsgründen. Sein Fahrrad stand noch vor der Kirche, wenn die Polizei es nicht inzwischen mitgenommen hatte. Zum Glück war es ein altes und klappriges Rad, wie es noch zig andere gab. Über das Rad würden sie ihn nicht aufspüren können.

Nachdem er auf die Idee gekommen war, den Journalisten anzurufen, hatte er erst noch seinen Kaffee ausgetrunken. Dabei hatte er die Zeitung durchgeblättert und bei den Polizeiberichten einen Aufruf gefunden. In der Nähe der Kirche war ein Mord begangen worden. Es bestand die Vermutung, dass der Täter zu Fuß geflohen war. Er hatte wahrscheinlich eine

Kopfwunde. Jeder, der etwas Verdächtiges bemerkt und/oder den Mann erkannt hatte, wurde gebeten, sich mit der örtlichen Polizeidienststelle in Verbindung zu setzen.

Um den Verband an seinem Kopf zu bedecken, hatte Gertjan eine Baseballkappe von Roel aufgesetzt. Das sah vielleicht ein bisschen lächerlich aus, aber so fiel er weniger auf.

»Guten Morgen, Herr Van der Meulen«, begann Gertjan formell. Es hatte ein bisschen gedauert, bis er weiterverbunden worden war. Die Telefonistin hatte sich zunächst geweigert, ihn weiterzuverbinden, solange er seinen Namen nicht nannte, aber Gertjan hatte darauf gedrungen, da er wichtige Informationen habe, an denen Herr Van der Meulen sicher interessiert sei.

»Die Telefonistin hat mir mitgeteilt, Sie hätten Informationen für mich?«

»Äh ... ja, aber ich möchte Sie erst etwas fragen. Sie haben den Artikel über den gestrigen Gottesdienst geschrieben?«

»Ja, das habe ich, zumindest teilweise.« Van der Meulens Stimme klang etwas zögernd. Gertjan registrierte das.

»Darf ich Sie fragen, ob das ein Augenzeugenbericht war?« Es war vielleicht eine etwas direkte Frage. Gertjan wusste, dass es misstrauisch klang, aber aus der Antwort würde er auf die Haltung dieses Journalisten schließen können. Wenn er sagen würde: »Ja, ich war selbst dabei«, dann wusste Gertjan, dass dieser Mann auf der Seite der Tekna-Gen stand und dass es wenig Sinn hatte, weiterzureden. Wenn nicht, dann bestand Hoffnung.

»Warum fragen Sie das?«

Schade, Van der Meulen antwortete ausweichend. Vielleicht überlegte er, welche Motive der Anrufer hatte. An sich konnte das ein Indiz dafür sein, dass er persönlich eine andere Meinung haben konnte, als in dem Artikel zum Ausdruck kam. Ein Anhänger des Propheten hätte sofort die Gelegenheit genutzt, sich stolz und großsprecherisch dazu zu bekennen. Das war

Gertjan in den letzten Tagen aufgefallen. Dann hätte er jetzt ein unumwundenes Ja zu hören bekommen. Dies und die vage Bestätigung, dass er »zumindest teilweise« der Verfasser des Artikels war, legte die Vermutung nahe, dass dieser Mann tatsächlich kein Anhänger des Propheten war. Gertjan beschloss, mit offenen Karten zu spielen.

»Ich weiß, dass nach dem Gottesdienst mehr geschehen ist, als in Ihrem Artikel steht.«

Es war einen Moment still. Van der Meulen wartete offenbar ab, ob Gertjan weitersprechen würde. Gertjan wartete ebenfalls ab.

»So«, unterbrach Van der Meulen das Schweigen, »und was?«

Jetzt war Gertjan wieder im Zweifel. Wenn dieser Mann doch ein Sympathisant des Propheten war, war es dann gefährlich, wenn er zu viel sagte? Wahrscheinlich nicht, aber dann erfuhr er auch nichts mehr. Auf diese Weise kam er nicht weiter. Er musste direkter sein.

»Wo ist Susan van Duin und was geschieht jetzt mit ihr?« Das war direkt. Wenn Van der Meulen nichts wusste, sagte dieser Name ihm nichts.

»Ich kann Ihnen im Moment nicht folgen«, antwortete Van der Meulen. »Wer ist Susan Van Duin?«

»Wissen Sie, wer Kees Van Duin ist?«

Der Journalist dachte einen Moment nach. »Nein, auch nicht. Ihr Mann, ihr Bruder, ihr Vater?«

»Werner Meilink?«

»Sagt mir nichts.«

Entweder wusste Van der Meulen wirklich nichts, oder er stellte sich dumm. Gertjan beschloss, dass er nichts zu verlieren hatte, und warf noch ein paar Karten auf den Tisch.

»Werner Meilink hat gestern nach dem Gottesdienst Pfarrer Kuipers und Kees van Duin in der Küche ermordet. Warum schreiben Sie in Ihrem Artikel, dass Pfarrer Kuipers noch lebt?« Wieder schwieg der Journalist einen Moment. Das konnte natürlich auch wieder alles Mögliche bedeuten.

»Sie überfallen mich mit dieser Nachricht.« Van der Meulen sprach jetzt langsamer und leiser. »Das wusste ich nicht. Ich bin von dem ausgegangen, was ich von unserem Chefredakteur erhalten habe, und das waren Polizeiberichte. Ich habe die Polizei angerufen und sie hat die Berichte bestätigt. Und ich habe mit dem Mann gesprochen, der sich Zerkanim nennt. Ich habe nicht mit Pfarrer Kuipers gesprochen, aber ich will dieser Sache nachgehen. Woher haben Sie Ihre Informationen?«

»Ich war dabei.« Er hatte es gesagt, ohne nachzudenken.

»Sie waren dabei? Was haben Sie denn da gemacht?«

Jetzt musste er aufpassen. »Ich bin auch in die Küche gekommen, gerade, als Werner Meilink den Pfarrer und Kees van Duin erschossen hat. Weil Meilink sah, dass ich ihn gesehen hatte, habe ich befürchtet, dass er mich auch erschießen würde. Da habe ich ihn umgebracht.«

Es ließ sich so einfach sagen. Gertjan merkte, dass seine Beine wieder zitterten.

»Woher kannten Sie die Namen dieser Leute?«

Gertjan begriff, dass er einen Fehler gemacht hatte. Er konnte in der Tat nicht wissen, wer die Männer waren. Kees van Duin schon, die Polizei wusste, dass er bei Susan gewesen war, da konnte er den Namen gehört haben. Aber Werner Meilink? Vielleicht fragte der Journalist nicht weiter.

»Von Susan, der Frau von Van Duin.«

»War die auch dabei?«

»Nein, ich bin später zu ihr gegangen.«

Gertjan bekam es allmählich mit der Angst zu tun. Er hatte alle seine Karten auf den Tisch gelegt und wusste eigentlich immer noch nicht, ob er dem Mann am anderen Ende der Leitung nun vertrauen konnte oder nicht. Mittlerweile bekam er das Gefühl, in einem Kreuzverhör zu stecken.

»Und was wollen Sie jetzt eigentlich von mir?«, fragte Van der Meulen.

Das war eine gute Wendung. Er fragte nicht weiter.

»Ich wollte eigentlich vor allem wissen, wo Susan Van Duin ist und wie es ihr geht. Ich hatte gehofft, dass Sie mir das sagen könnten.«

»Tut mir Leid«, entschuldigte sich Van der Meulen, »das weiß ich nicht. Warum dachten Sie, dass ich das wüsste?«

Gertjan musste ihm Recht geben. Wenn Van der Meulen wirklich nichts wusste, dann wusste er auch nicht, dass die Polizei sie mitgenommen hatte.

»Die Polizei hat sie mitgenommen. Sie war heute Morgen noch nicht zurück.«

»Gut, vielleicht kann ich das in Erfahrung bringen, aber dann muss ich natürlich noch das eine oder andere kontrollieren. Ich kenne Sie nicht, Sie sagen mir nicht, wie Sie heißen, aber das verstehe ich schon. Sie müssen aber Ihrerseits auch verstehen, dass ich nicht alles so unbesehen glaube. Hier passieren in der letzten Zeit allerhand seltsame Dinge, und ich bin bereit, Sie zunächst einmal unvoreingenommen anzuhören. Ich gebe Ihnen meine Privatnummer; rufen Sie mich nach sieben Uhr zu Hause an.«

Gertjan suchte in seinen Taschen nach einem Stift. Daran hatte er nicht gedacht. Er hatte Glück und schrieb die Nummer auf seinen Handrücken. »Ich rufe Sie heute Abend an.«

Gerade, als er einhängen wollte, fiel ihm noch etwas ein. »Ach ja, verstehen Sie es bitte nicht falsch, aber seien Sie vorsichtig. Ich traue der Polizei nicht und Zerkanim erst recht nicht. Zerkanim kann gefährlich werden – nehmen Sie sich in Acht.«

Van der Meulen nickte. »Ich werde vorsichtig sein.«

Die Verbindung wurde unterbrochen.

Alles in allem war Gertjan doch recht zufrieden mit dem Gespräch. Wenn dieser Martijn van der Meulen tatsächlich noch nichts gewusst hatte, war jetzt auf jeden Fall seine Neugier geweckt, und er sollte aufgrund seines Berufes sehr gut dazu in der Lage sein, unauffällig Nachforschungen anzustellen.

Martijn van der Meulen drehte seinen Bleistift zwischen den Fingern und betrachtete nachdenklich die Notizen, die er sich soeben während des Telefongesprächs gemacht hatte. Er hatte schon öfter mit Leuten telefoniert, die glaubten, ihm etwas Wichtiges mitteilen zu können. Manche hatten mit Geschichten aufgewartet, die bedeutend bizarrer waren als die, die er eben gehört hatte. Er wurde vor allem dann angerufen, wenn er einen Artikel geschrieben hatte, über den man verschiedener Ansicht sein konnte. Nur selten ergab sich daraus etwas wirklich Wesentliches, aber dieser Fall fesselte ihn. Es war an sich schon ungewöhnlich gewesen, dass der Chefredakteur ihm in groben Umrissen mitgeteilt hatte, was er schreiben sollte. Meist wurde er mit einem Auftrag losgeschickt und konnte sich selbst die Polizeiberichte besorgen und einen eigenständigen Artikel verfassen. Ein Kollege prüfte, wenn genügend Zeit vorhanden war, die Fakten, und der Chefredakteur war schnell einverstanden. Aber für diesen Artikel war eine Menge Vorarbeit geleistet worden. Cornelissen, der Chefredakteur, hatte ihm die Ereignisse in der Kirche bereits geliefert und hatte ihn gebeten, ein Interview mit Zerkanim in den Artikel aufzunehmen. Martijn hatte die Beschreibung dessen, was in der Kirche geschehen war, sehr tendenziös gefunden. »Wie ist das denn mit unserer journalistischen Objektivität?«, hatte er gefragt. »Unabhängig und überparteilich – darauf sind wir doch stolz, oder nicht?«

Cornelissen hatte ihn hochmütig angesehen und eine Gegenfrage gestellt: »Wie lange sind Sie eigentlich schon bei uns, Van der Meulen?«

Martijn war überrascht. Nicht, dass er sich immer so gut mit Cornelissen verstanden hätte – Cornelissen hatte sich immer als »echter Chef« benommen und auf formelle Weise Distanz gehalten. Er war jedoch nie herablassend gewesen. Was Cornelissen wollte, das geschah, aber er hatte sich immer respektvoll verhalten. Es war bis zu einem gewissen Grad möglich, über einen Artikel zu diskutieren. Und die Mitarbeiter respektierten seine Meinung. Während der letzten paar Tage war das jedoch anders geworden. Eigentlich von dem Ereignis an, das jetzt »die Reinigung« genannt wurde. Nicht, dass Martijn eine bessere Erklärung gehabt hätte, aber Cornelissen war plötzlich völlig fixiert auf das, was aus Efraim Ben Dans Ecke kam, und duldete keinen Widerspruch. Martijn hatte ebenfalls das Fax gesehen, das am Abend nach der »Reinigung« eingegangen war. Er hätte diese Sicht gern zur Diskussion gestellt, und auch jetzt war er noch sehr neugierig darauf, was die zurückgebliebenen Pfarrer und Theologen zu sagen hatten, vor allem die, die in den Augen Efraim Ben Dans »infiziert« waren. Es schien ihm durchaus lohnend, dem einen Artikel zu widmen. Als er das Cornelissen gegenüber zur Sprache gebracht hatte, reagierte der Chefredakteur schockiert. Die Menschen hätten ja denken können, dass diese Zeitung auf der Seite dieses falschen christlichen Glaubens stand! Sie könnten auf einen Schlag all ihre Abonnenten loswerden, einmal ganz abgesehen davon, dass es sowieso nicht angebracht war, so einen Unsinn zu veröffentlichen. Damit war für Cornelissen der Fall erledigt. Und seltsamerweise hatten die meisten damit keinerlei Probleme.

Und dann war da dieser Artikel über den Gottesdienst gewesen. Martijn hatte sich schon gefragt, warum er seinen

Namen eigentlich daruntersetzen sollte, denn er hatte zum Inhalt kaum etwas beigetragen. Wenn das wahr war, was dieser Mann am Telefon ihm eben erzählt hatte, dann war da irgendetwas mächtig faul. Er würde es herausfinden, auch ohne Cornelissens Zustimmung.

Er rief seine Kontaktperson bei der Polizei an.

Gertjan war nach dem Telefongespräch direkt nach Hause gegangen. Das Zurückkommen in das leere Haus fiel ihm immer noch schwer. Die Kaffeekanne und die leere Tasse standen noch genauso da, wie er sie hatte stehen lassen, die Zeitung lag genauso auf dem Tisch, wie er sie hingelegt hatte. Kein Willkommenskuss von Evelien und den Kindern, kein Lachen und Geschrei. Er ließ sich in den bequemen Sessel fallen und sah sich im Zimmer um. Vor noch nicht allzu langer Zeit hatten sie sich neu eingerichtet. Sein Blick glitt über das große rote Sofa, in das man sich so tief hineinsinken lassen konnte, das Kiefernholztischchen, auf das er seine Füße nur legen durfte, wenn er die Schuhe ausgezogen hatte und die Kinder im Bett waren, und den handgeknüpften marokkanischen Teppich. Evelien und er hatten denselben Geschmack, was diese Dinge betraf. Welchen Wert hatte das alles jetzt noch? Allein konnte man sich nicht daran freuen. Ob er sich überhaupt jemals wieder über etwas freuen konnte? Es schien alles schon so lange her zu sein. Sein Blick glitt weiter über die maisgelben Gardinen und die ebenfalls maisgelbe Jalousie, die so ein gemütliches warmes Licht gab, wenn sie halb offen stand und die Sonne darauf schien. Jetzt war sie noch zu. Gertjan stand auf und zog sie hoch. Er musste sich dazu zwingen, normal weiterzuleben undnicht zu resignieren. Dieser Gedanke erinnerte ihn daran, dass er noch nicht gefrühstückt und sich noch nicht rasiert hatte.

»Ja, ja, so fängt's an«, dachte er bei sich. Er durfte nicht zulassen, dass sein Leben ihm entglitt, er musste die Zügel in der Hand behalten, das war er sich selbst und Evelien und den Kindern schuldig. Und die Pflanzen mussten auch gegossen werden.

Gegen sieben fuhr Gertjan zu seiner Telefonzelle. Er hatte überlegt, ob er Van der Meulen von zu Hause aus anrufen sollte, aber da er immer noch nicht wusste, ob er ihm vertrauen konnte, schien ihm das eigentlich nicht sinnvoll. Vor allem, weil Van der Meulen wusste, dass er ihn um diese Zeit anrufen würde, war es nicht auszuschließen, dass die Polizei oder Zerkanim dabei war; möglicherweise hatten sie eine Fangschaltung gelegt.

Der Nachmittag war nur langsam vorbeigegangen. Gertjan hatte das Haus aufgeräumt und seine kaputte, beschmutzte Jacke und die Hosen in einen Müllsack gesteckt und in den Container geworfen. Das blutbefleckte Hemd und die Unterwäsche hatte er bei neunzig Grad gewaschen, so konnte er sicher sein, dass sie sauber waren.

Als er das Zimmer aufgeräumt hatte, war er mit Eveliens Tasche in den Händen stehen geblieben, die sie bereitgelegt hatte, um an jenem Abend zur Bibelstunde zu gehen. Damit hatte alles angefangen. Es musste irgendetwas in diesem Buch stehen, was das rätselhafte Verschwinden all dieser Menschen erklärte. Anders erklärte als der Prophet! Er hatte die abgegriffene Bibel aus Eveliens Tasche genommen und hatte darin gelesen. Als er das erste Buch Mose zur Hälfte durchgelesen hatte, hatte er aufgegeben.

Das Auto parkte er jetzt an einer anderen Stelle als heute Morgen.

Was erwartete er eigentlich von diesem Gespräch? Es ging ihm darum zu erfahren, wo Susan war und wie es ihr ging. Aber dann? Was konnte er tun, wenn sie noch auf der Polizei war und dort festgehalten wurde? Im Grunde hatte das alles gar keinen Sinn.

Er prüfte im Rückspiegel, ob die Baseballkappe den Verband gut bedeckte. Die Telefonzelle befand sich zwei Straßen weiter.

»Martijn van der Meulen«, meldete sich der Journalist.

»Ich sollte Sie anrufen«, sagte Gertjan, »wir haben heute Morgen schon mal telefoniert.«

»Wegen der Kirche, nicht?«

»Ja.«

»Was möchten Sie wissen?«

Anscheinend war Van der Meulen auch etwas reserviert. Gertjan war schon der Gedanke gekommen, dass es auch gut möglich war, dass Van der Meulen *ihm* nicht vertraute. Angenommen, Van der Meulen hatte es nicht so mit der Organisation des Propheten und jemand versuchte auf diese Weise, seine Integrität zu testen? Dann würde er ein großes Risiko eingehen, wenn er zu viel sagte.

»Wie geht es Susan, und wo ist sie jetzt?«

»Warum wollen Sie das eigentlich wissen – in welcher Beziehung stehen Sie zu Susan van Duin?«, lautete die Gegenfrage des Journalisten.

Gertjan merkte, dass er nicht weiterkam, wenn er nicht offener war.

»Ich werde Ihnen gegenüber etwas offener sein, Herr Van der Meulen; ich habe den Eindruck, dass Sie mir nicht vertrauen.«

Van der Meulen reagierte nicht.

»Ich kann das verstehen; ich habe mir gedacht, Sie denken vielleicht, dass ich Sie aufs Glatteis führen will. Ich weiß nicht, wie ich Sie davon überzeugen kann, dass Sie mir vertrauen können.«

»Sie könnten mir Ihren Namen nennen«, schlug Van der Meulen vor.

»Damit haben Sie nichts gewonnen; ich könnte Ihnen genauso gut einen falschen Namen nennen.«

»Sie könnten vorbeikommen.«

»Haben Sie denn Informationen für mich?«

Martijn van der Meulen seufzte. Nachdem er heute Morgen seinen Kontaktmann angerufen hatte, hatte er wirklich einiges in Erfahrung gebracht. Der Mann war deutlich schockiert gewesen, als er hörte, was der Journalist bereits wusste. Martijn hatte sagen müssen, dass sein Informant der mutmaßliche Mörder Werner Meilinks war, der nun anonym Kontakt zu ihm gesucht hatte. Er hatte den Polizisten vor die Wahl gestellt, dass er entweder selbst aufgrund der Informationen des anonymen Anrufers einen Bericht aufsetzen würde, oder dass er seitens der Polizei gründlich informiert wurde und dann Absprachen getroffen wurden, was veröffentlicht werden durfte und was nicht. Es war der pure Bluff gewesen. Der Chefredakteur würde nie erlauben, dass Martijn irgendetwas veröffentlichte, was den Interessen des Propheten in irgendeiner Weise schaden könnte. Aber das brauchte der Polizist nicht zu wissen. Der Polizist hatte nachgegeben und sich mit ihm verabredet. An diesem Nachmittag hatte Martijn eine Menge erfahren.

Allerdings befürchtete Martijn in der Tat das, was der unbekannte Anrufer ausgesprochen hatte: Wenn dieser Mann nun nicht der Mörder war, sondern jemand von den Tekna-Gen, dann war er entlarvt als jemand, der mit dem falschen Geist sympathisierte. Auf der anderen Seite konnte er sich gut vorstellen, dass der Mann Angst hatte, seinen Namen zu nennen, wenn er tatsächlich der Mörder war. Sie steckten in einer Sackgasse, aus der sie nicht so leicht herauskamen. Aber es gab doch einen Weg.

»Ich weiß nicht, wer Sie sind«, begann Martijn, »und ich weiß auch nicht, ob Sie wirklich derjenige sind, der Sie zu sein behaupten. Ich würde es zu schätzen wissen, wenn Sie vorbeikommen, damit wir miteinander reden können, aber ich verstehe auch, dass Ihnen das nicht leicht fällt, denn Sie vertrauen mir Ihrerseits auch nicht. Ich gebe Ihnen meine Adresse, und wenn Sie möchten, können Sie heute Abend, oder wann es Ihnen recht ist, vorbeikommen.«

Er diktierte Gertjan seine Adresse. Auf diese Weise war er selbst auch abgesichert. Wenn dieser Mann von den Tekna-Gen war, dann konnte er jederzeit sagen, dass er den Mörder herbestellt hatte, damit er ihn melden konnte. Und dadurch, dass er keinen konkreten Termin vereinbart hatte, zeigte er, dass er der Polizei oder Zerkanim nicht Bescheid gesagt hatte, damit sie bei der Begegnung anwesend sein konnten.

Der anonyme Anrufer zögerte einen Moment. »Lohnt es sich denn?«, fragte er.

Es konnte nicht schaden, ihn ein bisschen zu ermutigen, fand Martijn. »Ja, es lohnt sich.«

»Können Sie mir sagen, wie es Susan van Duin geht?«

Der Mann war ziemlich hartnäckig. Wenn er ihm antwortete, konnte es sein, dass der Mann zufrieden war und bis auf weiteres keinen Kontakt mehr suchte. Wenn er nicht antwortete, konnte es sein, dass er nie wieder Kontakt zu ihm aufnahm, weil er ihm nicht vertraute. Er beschloss, ihm entgegenzukommen.

»Okay. Susan van Duin ist am Sonntagnachmittag mitgenommen worden zur Polizei. Sie hat ihren Mann identifiziert. Dann wurde sie festgenommen, weil sie in Verbindung stand zu dem Mörder von Werner Meilink. Die Polizei hat Hinweise darauf gefunden, dass er sich in ihrem Haus aufgehalten hat.«

Das wusste Gertjan bereits, aber Van der Meulen konnte das natürlich nicht wissen. Weder er noch die Polizei oder Zerkanim wussten ja, dass Gertjan im Haus gewesen war, als Wilfried den Verband gefunden hatte.

Van der Meulen wartete ab.

»Und weiter?«, fragte Gertjan.

»Susan van Duin hat keinerlei Hinweise auf die Identität des Täters gegeben. Sie hat sich sogar geweigert, ohne ihren Anwalt überhaupt irgendetwas zu sagen. Darüber sind Sie sicher froh?«

Das konnte Gertjan nur bestätigen.

»Und was geschieht jetzt weiter?«

Eigentlich fand Martijn, dass er hier aufhören musste, andererseits begriff er die Besorgnis des anonymen Anrufers, und es war auch sehr die Frage, ob er es überhaupt jemals wagen würde, vorbeizukommen.

»Die Polizei hat sie der Betreuung der Tekna-Gen überstellt. Soweit ich verstanden habe, ist sie in ein therapeutisches Zentrum in der Schweiz gebracht worden.«

»Geht das denn einfach so? Ich meine, sie hat sich doch nicht strafbar gemacht. Müsste da nicht erst eine ordentliche Verhandlung stattfinden?«

Der Mann sprach genau das an, was Martijn selbst schon gedacht hatte. Susan hatte sich nicht strafbar gemacht und unterstand daher auch nicht der Verantwortung der Polizei. Die Polizei hätte sie niemals den Tekna-Gen ausliefern dürfen. Das war schlicht und einfach Beihilfe zur Entführung. Man bekam den Eindruck, dass die Organisation des Propheten über den Gesetzen stand. Außerdem war nichts Negatives über Werner Meilink gesagt worden, obwohl dieser immerhin zwei unschuldige Menschen ermordet hatte. Martijn van der Meulen wusste, dass hier etwas geschah, das mehr als zweifelhaft war. Offenbar arbeiteten die Polizei und die Tekna-Gen in einer Angelegenheit zusammen, die nicht ans Licht kommen durfte. Sein Kontaktmann hatte auch mit Nachdruck darauf hingewiesen, dass hierüber nichts veröffentlicht werden durfte, solange die Sache noch nicht abgeschlossen war, und dass er auf keinen Fall damit in Verbindung gebracht werden wollte. Der Mann hatte Angst gehabt, hatte Martijn gemerkt, schreckliche Angst. Aber vor was, wusste Martijn noch nicht. Natürlich, er begriff, dass er vorsichtig sein musste, aber diese enorme Angst seines Informanten war, gelinde gesagt, merkwürdig.

»Kommen Sie am besten vorbei«, schnitt Martijn die Frage ab. Er konnte dem Mann in diesem Stadium seine Bedenken nicht mitteilen, ohne sich selbst bloßzustellen. Er hatte schon ziemlich viel gesagt, mehr, als er zunächst vorgehabt hatte.

»Ich werd's mir überlegen«, lautete die Antwort. »Auf jeden Fall mal vielen Dank.«

Auf der Heimfahrt dachte Gertjan über das Telefongespräch nach. Einerseits war er schon ein bisschen erleichtert. Offenbar hatte Susan nichts über ihn gesagt, jedenfalls bis jetzt noch nicht. Und es schien, dass die Polizei die Sache, was Susan betraf, erstmal ruhen ließ, obwohl doch Susan eine Schlüsselrolle hätte spielen können. Offenbar machte die Polizei davon keine Staatsaffäre; das war aber eigentlich seltsam, denn es ging immerhin um einen Mord. Jetzt war die Frage, was die Tekna-Gen mit Susan anstellten. Aber soweit Gertjan die Organisation inzwischen einschätzen konnte, hatten die im Moment etwas anderes zu tun, als einen Mord aufzuklären, der in einer kleinen Stadt in einem abgelegenen Land am Meer begangen worden war.

Und dann die Rolle von Van der Meulen. Der hatte ihm doch mehr Informationen gegeben, als von einem Mitarbeiter der Tekna-Gen erwartet werden konnte. Oder war das nur ein Lockmittel gewesen, um ihn doch noch dazu zu bringen, dass er zu ihm kam? Ob das überhaupt alles stimmte, was er ihm erzählt hatte? Das Ganze begann ihn allmählich fix und fertig zu machen. Auch, dass er in der vergangenen Nacht so schlecht geschlafen hatte, machte ihm zu schaffen. Er beschloss, an diesem Abend früh ins Bett zu gehen. Vielleicht schlief er heute ein bisschen besser, es sollte ja auch kühler werden. Laut Wetterbericht war es mit dem heißen Sommerwetter erst mal vorbei; für heute Nacht wurden vom Meer her Regenfälle und Gewitter erwartet. Das war auch mal wieder Zeit.

11

Während draußen heftige Regenböen ans Fenster prasselten, saß Zerkanim mit geschlossenen Augen im Schneidersitz vor seinem Altar. Das Dachzimmer wurde von verschiedenen Kerzen erhellt und die Luft war schwer von Weihrauch. Zerkanims Hände lagen leicht geöffnet, mit nach oben gedrehten Handflächen, auf seinen Knien. In dieser entspannten Haltung konnte er stundenlang verharren. »Altar« war ein großes Wort für das einfache hölzerne Bestelltischchen, das kaum vierzig Zentimeter hoch war, aber die purpurrote Tischdecke und die Anordnung der Gegenstände auf dem Tisch erzielten doch die gewünschte Wirkung. Gegen Mitternacht war in der Ferne schon Donnergrollen zu hören, und ab und zu zuckte ein Blitz über den Himmel. Zerkanim hatte das Dachfenster geschlossen, da er vermutete, dass er es nicht merken würde, wenn es zu regnen begann. Er hatte Recht gehabt. Seine Schutzgeister hatten seine Meditation übernommen und sich seines Körpers bemächtigt, während sein Geist sich unter der Obhut anderer Mächte befand. Zerkanims Körper führte mit gleitenden Bewegungen die nötigen Handlungen aus, während Zerkanim selbst von seiner erhöhten Position in den Dachbalken aus zusah.

Er hatte diesmal ein besseres Gefühl als in der vergangenen

Nacht. Auch da hatte er Kontakt zur nicht stofflichen Welt gehabt, aber jetzt wusste er, dass er sein Ziel erreichen konnte. Es war ihm beim letzten Mal auch nicht gelungen, seinen Körper vollständig zu verlassen. Er schrieb das der Energie zu, die ihn diese Susan van Duin gekostet hatte, nachdem sie ihm an jenem Abend überstellt worden war. Obwohl die Polizei sie wieder und wieder verhört hatte, hatte sie den Mund gehalten. Letztendlich hatte Inspektor Lamain sie zu Zerkanim gebracht und gesagt, dass mit ihr nichts anzufangen war. Susans Gesicht war geschwollen und voller blauer Flecke und Blutkrusten. Zerkanim hatte ihr direkt in die Augen gesehen und sofort erkannt, dass er es mit einer Frau zu tun hatte, die einen äußerst starken Willen besaß. Und dieser Wille war durch die Verhörmethoden der Polizei und ihrer Mitarbeiter noch in keinster Weise gebrochen worden.

»Ich will nichts mehr mit ihr zu tun haben, das ist jetzt deine Sache«, hatte Lamain gesagt. »Sorge nur dafür, dass wir ihretwegen keinen Ärger kriegen.«

Nach ein paar Stunden hatte Zerkanim den Kampf aufgegeben, aber er war zu erschöpft, um in jener Nacht noch genügend Energie aufzubauen. Susan war in die Schweiz gebracht worden, aber er erwartete nicht, dass Rashkalin viel weiterkam. Es war auch nicht wirklich wichtig, aber es irritierte ihn.

Die Geister in seinem Körper nahmen das Püppchen auf, das er aus dem Verband zusammengebastelt hatte, den er aus dem Haus der Frau mitgenommen hatte. Zerkanims Hände machten beschwörende Bewegungen und sein Mund sprach Zauberformeln aus.

Gertjan wälzte sich herum und verwickelte sich immer mehr in seine Leintücher. Die abscheulichen Bilder des vergangenen Tages plagten ihn nun unaufhörlich. Er war früh zu Bett gegangen und hatte vor Mitternacht noch zwei Stunden geschlafen, trotz der bedrückenden Atmosphäre im Schlafzimmer. Nun wachte er schreiend auf, aber die Bilder seines Alptraums ließen ihn nicht los. Seine Haut und seine Laken waren schweißnass. Er sah, wie ein schwer verwundeter, blutender Werner Meilink ihn wieder und wieder verfolgte, während der leblose Körper von Pfarrer Kuipers ihn umklammert hielt und seine Flucht behinderte. Gertjan schüttelte Werner und den Pfarrer von sich ab und sprang aus dem Bett, stolperte jedoch über den Körper Kees van Duins. Dann sah er plötzlich Susan van Duin vor sich, die ihn beschuldigte, während sie von Polizisten geschlagen und getreten wurde. Nun griff Werner ihn wieder an, wobei die Klinge des großen Fleischmessers das Licht der Blitze widerspiegelte. In tödlicher Angst schlug Gertjan um sich, aber seine Hände griffen ins Leere, während seine Füße sich immer mehr in die Laken verstrickten. Bilder von Evelien trieben an ihm vorbei, die ihn mitleidig anstarrte. Im Licht der Blitze veränderte sich ihr Ausdruck zu einem falschen Grinsen; unter schallendem Gelächter drehte sie ihm den Rücken zu, nahm die Kinder bei der Hand und zog sie mit sich. Eine Wolke von Fledermäusen entzog sie seinen Blicken, und die Fledermäuse setzten sich in sein Haar, auf seinen Rücken und auf seine Hände. Sie hatten menschliche Gesichter und kicherten und johlten, während sie Gertjan bissen und kratzten. Gertjan stieß lautlose Schreie aus und schlug wie ein Wilder nach den Fledermäusen, die ihm geschickt auswichen.

»Gert-jaan«, schrien sie, »krieg mich doch, krieg mich doch!« Jaulend und kreischend rissen sie an seinem Haar und zerkratzten ihm das Gesicht und die Arme. Es waren Hunderte, und es schienen immer mehr zu werden. Wie eine schwarze Wolke fuhren sie über Gertjan hinweg und bissen, kratzten und heulten. Gertjan schlug in wilder Panik um sich, aber er traf sie nicht. Das Laken wickelte sich so fest um seine Knöchel, dass er nicht weglaufen konnte; mit einem harten Schlag fiel er vornüber auf den Boden, während die Wolke sich unter ohrenbetäubendem Geschrei auf ihn stürzte. Ein brennender Schmerz durchzuckte seinen Rücken, seine Schultern und seine Arme.

Im Dachzimmer kratzte Zerkanim mit den Krallen der toten Fledermaus über die Arme und den Kopf des Püppchens aus Verbandsstoff, das er in der Hand hielt, während seine Lippen geräuschlos unaussprechliche Worte bildeten. Seine Augen hatten einen beinah unmenschlichen, teuflischen Ausdruck bekommen. Der Verband blieb an den Krallen des toten Tieres hängen. Immer schneller und wilder kratzte Zerkanim über das Püppchen. Als der Verbandsstoff schließlich zu reißen begann, legte er das Püppchen weg auf den Altar.

Zerkanims Gesichtsausdruck veränderte sich plötzlich, er wurde warm und mitfühlend. Er machte mit den Händen streichelnde Bewegungen dicht über dem Körper des Püppchens und sprach leise auf es ein. Ebenso plötzlich, wie sie gekommen waren, verschwanden die Fledermäuse wieder. Sie flatterten wie eine schwarze Wolke in die Gardinen, wo sie sich in der Dunkelheit auflösten. Und wie eine weiche Decke legte sich nun etwas auf Gertjan, das den brennenden Schmerz auf seiner Haut linderte. Eine warme, sanfte Stimme sprach zu ihm.

»Gertjan?«

Gertjan sah sich um. Im Zimmer war es still; die Schreckensbilder waren verschwunden. In der Ferne donnerte und blitzte es noch.

»Sie sind weg, Gertjan«, sagte die Stimme beruhigend, »sie sind weg und sie bleiben weg, wenn du das willst.«

»Wer sind Sie?«, hörte Gertjan sich selbst fragen.

»Wer ich bin, ist nicht wichtig«, antwortete die sanfte Stimme. »Es geht darum, wer du bist.«

Gertjan lauschte. Die Stimme kam nicht von außerhalb. Eigentlich hörte er sie auch nicht, er spürte sie eher.

»Überdenke dein Leben«, mahnte die Stimme. »Was willst du nun eigentlich?«

Gertjan fasste sich an die Stirn. Die Wunde stach wieder heftiger und er fühlte sich krank. Der Verband hatte sich wieder gelöst und war schweißdurchtränkt. Das Laken war immer noch um seine Beine gewickelt. Er löste es und stand vorsichtig auf. Er konnte sich nicht erinnern, schon jemals einen solchen Alptraum gehabt zu haben. So lebensnah, so bedrohlich. Er war gut drei Meter von seinem Bett entfernt aufgewacht. Beim Licht der Straßenlaterne, die durch einen Spalt in den Gardinen ins Zimmer schien, fand Gertjan den Lichtschalter. Er kniff die Augen zu, so grell war das Licht. Ein plötzliches Schwindelgefühl überfiel ihn und er setzte sich auf den Rand seines Bettes, den Kopf zwischen den Knien. Die Erinnerung an die grässlichen Bilder war noch lebendig und er spürte, wie ihm übel wurde. Wahrscheinlich hatte er auch noch Fieber. Er vermisste Evelien und die Kinder. Welchen Zweck hatte das eigentlich alles noch, fragte er sich. Was hatte sein Leben noch für einen Sinn? War es nicht viel einfacher, sich bei der Zentrale zu melden und sich helfen zu lassen oder was auch immer? So wie es aussah, war er mutterseelenallein. Er konnte sich niemandem anvertrauen, er konnte nie wissen, ob derjenige ihn nicht verriet. Auch diesem Journalisten konnte er nicht unbesehen vertrauen. Wer sagte ihm, dass der nicht log?

Langsam gewöhnten sich seine Augen an das Licht. Gertjan richtete sich wieder ein bisschen auf. Sein Mund fühlte sich trocken an; er ging zum Waschbecken, um einen Becher Wasser zu trinken. Ja, er hatte Fieber, und zwar ziemlich hohes, das spürte er. Das erklärte auch, dass er solch einen heftigen Alptraum gehabt hatte. Und seine Haut juckte und brannte.

Als er den Wasserhahn aufdrehte, sah er als Erstes seine

Hände und Arme. Sie waren voller Schrammen und Kratzer, die teilweise sogar bluteten. Hatte er sich selbst so gekratzt? Er schaute in den Spiegel und erschrak vor dem, was er sah. Sein ganzes Gesicht und sein Oberkörper waren voller kurzer, scharfer roter Kratzer, die höllisch brannten. Eine neue Welle der Übelkeit überfiel ihn. Auch seine Schultern und sogar sein Rücken waren zerkratzt. Vorsichtig betastete er die Kratzer auf seinen Armen.

Plötzlich sah er die heulende, schreiende, kratzende und beißende fledermausartige Wolke wieder vor sich. Es waren nicht nur Kratzer, es waren auch deutlich flache Bisswunden zu sehen; paarweise angeordnete nadelscharfe Zahnabdrücke, über seinen ganzen Körper verteilt. In einem Anfall von Panik kratzte er mit seinen Fingernägeln über seinen Arm. Die roten Streifen, die sie hinterließen, sahen ganz anders aus als die Wunden und Kratzer auf seinem Körper. Er fasste an seinen Rücken, aber in die Mitte konnte er nicht kommen. In panischer Angst blickte er sich um. Träumte er noch? War es noch nicht vorbei? Es war nichts zu sehen. Die Wolke war in die Gardinen geflogen, erinnerte er sich. Er schüttelte und riss an den Gardinen, aber nichts geschah. Oder hörte er da das provozierende, beängstigende Kichern wieder? Hinter sich? Mit einem Ruck drehte er sich um. Nichts. Die Angst war überall; wie ein Lebewesen, ein großes, unsichtbares, allgegenwärtiges Reptil blies sie Gertjan ihren Atem ins Gesicht. Gertjan drückte sich mit dem Rücken an die Wand und ließ den Blick durchs ganze Zimmer schweifen. Das Laken lag noch zusammengeknüllt auf dem Boden, der Matratzenüberzug hatte sich teilweise gelöst. Der Stuhl, auf den er am Abend seine Kleider gehängt hatte, war umgefallen und die Kleider waren im Zimmer verstreut, so als hätte ein Kampf stattgefunden. Aber es war keine Spur von den Fledermäusen zu entdecken, oder was immer das gewesen war. Draußen war noch Donnergrollen zu hören und der Regen schlug wieder in heftigen Böen gegen die Fenster. Die Treppe knarrte. Angespannt starrte Gertjan auf die Schalfzimmertür, die nur angelehnt war. Hatte er sie denn nicht zugemacht? Die Tür bewegte sich ein wenig und Gertjan spürte, wie ihm am ganzen Körper der Schweiß ausbrach. Hatte er sich getäuscht? War es nur der Wind gewesen, oder war jemand ins Zimmer gekommen? Er spürte, dass irgendetwas da war, oder bildete er sich das nur ein? Der Wind peitschte ums Haus und überall knarrte es. Das war ihm bisher noch nie aufgefallen. War das immer so, wenn es heftig stürmte, oder schlich da alles Mögliche durchs Haus? Die Gardine wiegte sich sacht hin und her. Gertjan rüttelte daran, aber es kam keine Fledermaus heraus. Er schob sich an der Wand entlang, bis er in einer Ecke auf den Boden sackte. Auf der Tapete zeichneten sich Blut- und Schweißflecken ab. Das Herz schlug ihm bis zum Hals, sein Kopf pochte und stach, seine Haut brannte und Fieber glühte in seinem Körper. Wie lange konnte er das aushalten? Sein Atem ging flach und stoßweise.

»Gert-jaan ...«

Da war die Stimme wieder. Sanft, flüsternd. Gertjan blickte sich ängstlich um. Hatte er sie gehört oder gespürt?

»Hab keine Angst, Gertjan.«

Die Stimme hatte einen beruhigenden Einfluss auf ihn. Sein Atem wurde ruhiger und das Zittern seiner Hände ließ nach. Die Anwesenheit der Stimme schien die Anwesenheit des Anderen, des Drohenden, des Ungeheuers der Angst, zu verdrängen.

»Es ist weg, Gertjan.«

Gertjan war still. Er hörte nichts mehr, nur noch den Regen, der gegen die Scheiben schlug, den Wind, der um das Haus heulte, und ab und zu das tiefe Grollen des Donners. Das Haus knarrte immer noch, aber es hatte jetzt nichts Beängstigendes mehr. Die Schlafzimmertür bewegte sich sacht, aber das Zimmer blieb leer. Gertjan kam aus seiner Ecke und zog die Tür richtig zu. Seine Haut brannte noch und die Wunden und Kratzer waren noch deutlich zu sehen, aber sie machten ihm keine Angst mehr. Seine Gedanken waren wieder klar, klarer als in den vergangenen Tagen, klarer als je zuvor. Die Erinnerungen tauchten wieder deutlich auf, aber nun waren sie nicht mehr von Angst und Abscheu begleitet. Wie dumm er gewesen war! Gertjan lachte, erst leise in sich selbst hineingrinsend, dann ein bisschen lauter, dann laut und schallend. Es war so erleichternd: Die Stimmen aus dem Schrank lachten mit – eigentlich war dieses Kichern richtig komisch. Hatte er das beängstigend gefunden? Dass sie ihn so auf den Arm genommen hatten! Gertjan lachte laut heraus, als er an den Vorratsschrank dachte. Was für eine Situation! Was hatte er sich bloß dabei gedacht? Hatte er geglaubt, dass er sich der Erde widersetzen konnte, der Erde, die selbst imstande gewesen war, sich zu reinigen von all dem Bösen, das der Harmonie im Wege stand? Warum sollte er? Es war doch klar, dass der Prophet Recht hatte! Er hatte es selbst gesehen in der Kirche, die Aggression, die der Pfarrer mit seinem falschen Gerede heraufbeschworen hatte, die Aggression in den Augen von Kees van Duin, als er sich gegen das gerechte Urteil von Werner Meilink wehrte. Gertjan schlug sich mit der Faust in die Handfläche. Wie niederträchtig war dieser christliche Glaube. Aber ... er hatte Werner getötet. Ein Gefühl tiefer Reue überwältigte ihn. Wie hatte er das tun können! In seinem Wahn hatte er einen Vorkämpfer der neuen Ordnung getötet. Ob ihm vergeben werden konnte? Tränen liefen über seine Wangen. Was hatte er getan? Konnte die Erde ihn noch annehmen?

»Natürlich«, tröstete die Stimme. »Werner ist jetzt auf einer höheren Ebene, mach dir um ihn keine Sorgen. Und es gibt noch so viel, was du tun kannst.«

Natürlich, das war eine gute Idee. Wenn er Werners Aufgabe übernahm, konnte er wieder gutmachen, was er falsch gemacht hatte. Er musste sich zur Verfügung stellen. Froh, dass er etwas tun konnte, tanzte Gertjan die Treppe hinunter ins Erdgeschoss. Oben auf dem Zeitschriftenkorb lag noch die Zeitung mit dem Aufruf. Die freundlichen Augen von Efraim Ben Dan, dem Propheten der Erde, lachten ihm von der Titelseite her zu. Was für ein Segen war dieser Mann für die Menschheit! Gertjan drückte ehrerbietig die Lippen auf das Bild des Propheten und küsste es. Was für eine Liebe strahlte dieser Mann aus, der sein ganzes Leben selbstlos in den Dienst der Harmonie auf Erden stellte. Daran konnte er sich ein Beispiel nehmen! Und wer nicht, übrigens? Er wählte die Telefonnummer.

»Tekna-Gen-Hilfszentrale, Amira am Apparat«, meldete sich eine melodiöse Mädchenstimme. »Was kann ich für Sie tun?«

»Mein Name ist Gertjan van der Woude«, jubelte Gertjan. »Ich möchte Ihnen meine Hilfe anbieten.«

Das Mädchen am anderen Ende der Leitung war einen Moment sprachlos.

»Äh ... wie meinen Sie das?«, fragte sie, verblüfft von so viel Enthusiasmus.

»Wie ich es sage«, rief Gertjan. »Ich möchte mich anbieten, dem Propheten bei seiner segensreichen Aufgabe zu helfen.«

Es war Amiras erster Nachtdienst. Man hatte sie schon gewarnt, dass nachts manchmal andere Gespräche eingingen als tagsüber, und sie war angewiesen, sich in solchen Fällen nichts anmerken zu lassen und einfach Namen und Adresse aufzuschreiben. Sie fasste sich und führte ihre Aufgabe korrekt aus.

Gertjan ging zufrieden nach oben und knipste das Licht aus. Dann fiel er in einen tiefen, friedlichen Schlaf.

Zerkanim erwachte aus seiner Trance.

12

Gegen neun Uhr klingelte es. Gertjan nahm es kaum war. Langsam kam er zu sich und fand wieder in die Wirklichkeit zurück. Wie eine Welle überfiel ihn ein quälender, brennender Juckreiz, und er erinnerte sich wieder an die vergangene Nacht. Hatte er das alles nur geträumt? Gertjan versuchte die Augen zu öffnen, aber das gelang ihm kaum. Sie fühlten sich dick und geschwollen an. Er begann sie zu reiben, aber er hörte sofort wieder damit auf, denn es brannte und juckte. Seine Augenlider klebten aneinander, und als er sie endlich aufbekam, war es, als ob er durch eine verschwommene Scheibe hindurchsähe. Vorsichtig rieb er sich noch einmal die Augen, bis er wieder klar sehen konnte. Die Sonne schien durch die Gardinen und erhellte das Zimmer. Wieder klingelte es, länger und nachdrücklicher diesmal. Erst jetzt nahm er es richtig wahr. Er fuhr erschrocken hoch, aber er fiel beinahe hin, da er plötzlich von einem Schwindelgefühl überwältigt wurde.

»Ich komme«, wollte er rufen, aber aus seiner Kehle kam nicht mehr als ein heiseres Piepsen.

Er richtete sich schwankend auf, um seinen Morgenmantel aus dem Schrank zu holen. Dabei fiel sein Blick auf die wässrig roten Streifen auf der Tapete. Wieder kam die Erinnerung an die beißende und kratzende fledermausartige Wolke zurück. Mit einem Schock wurde Gertjan klar, dass es kein Traum gewesen war. Er betrachtete seine Hände und Arme. Die roten Kratzer waren geschwollen, und von neuem überfiel ihn ein schrecklicher Juckreiz. Aus dem Spiegel blickte ihm ein übel zugerichtetes Gesicht entgegen, auch hier waren die Kratzer rot und dick geschwollen. Seine Augen waren halb geschlossen und seine Wimpern klebrig und feucht. Der Verband, den er um seinen Kopf gehabt hatte, war nicht mehr da, und in seinen kurz geschnittenen Haaren klebte geronnenes Blut. Was war noch geschehen? Er erinnerte sich an die Angst, die Angst, die wie ein unsichtbares Wesen das Zimmer erfüllt hatte. Er erinnerte sich dunkel an die Stimme, die die Angst vertrieben hatte. Und da war noch etwas, aber er wusste es nicht mehr. Wieder klingelte es, diesmal lange und anhaltend. Er erwartete doch niemanden? Das Einzige, was ihm auf die Schnelle einfiel, war, dass es vielleicht der Betriebsarzt war, der kontrollieren kam, ob er wirklich krank war. Dies war immerhin der zweite Tag, dass er krank war. Aber der würde doch einen Zettel in den Briefkasten werfen, nahm er an. Er fand den Morgenmantel im Schrank und warf ihn über. Der Frotteestoff auf seiner schmerzenden Haut fühlte sich sehr unangenehm an. Er stolperte die Treppe hinunter und öffnete die Haustür.

Das Mädchen erschrak sichtlich, als Gertjan die Tür öffnete, und trat einen Schritt zurück. Sie war nicht viel älter als zwanzig, schätzte er. Sie war auffällig hübsch, mit langen, dunkelbraunen Haaren, in die ein buntes Bändchen eingeflochten war. Sie fielen ihr weich über die nackten, braun gebrannten Schultern. Sie trug ein graugrünes Top, das ihr gerade bis zu der schmalen Taille ging, und eine kurz abgeschnittene Jeans. Ihre Beine waren schlank und glatt. Kräftig, aber nicht übertrieben muskulös. Um die bloßen Füße hatte sie Riemchensandalen gebunden.

Mit großen dunklen Augen starrte sie ihn an. Sie hatte ein offenes Gesicht und war nicht imstande, ihre Gefühle von Schreck und Abscheu zu verbergen.

»Guten Morgen«, probierte Gertjan, sich schmerzlich seines Äußeren bewusst – seiner dicken Augen und der geschwollenen Kratzer im Gesicht, der Blutkrusten auf dem Kopf.

Seine Stimme krächzte und er räusperte sich.

»Guten Morgen«, versuchte er es noch einmal, aber er hörte keinen Unterschied. Ein Hustenanfall schüttelte ihn.

Das Mädchen fasste sich wieder, obwohl ihre Augen immer noch Angst ausstrahlten.

»Sie sind Herr Van der Woude?«, fragte sie.

Gertjan nickte. Ein neuer Hustenanfall drohte sich anzukündigen; daher sagte er erstmal nichts und fasste sich an die Kehle.

»Ich bin Nagheela«, stellte das Mädchen sich vor und streckte Gertjan unsicher eine Hand hin, während sie vorsichtig einen Schritt nach vorn machte. Sie fühlte sich sichtlich hilflos, da sie ihn in einem solchen Zustand antraf. Gertjan schüttelte ihr die Hand, ähnlich hilflos und überrascht. Er konnte sich absolut nicht vorstellen, was das Mädchen wollte.

Offenbar bemerkte sie seine Verwirrung, und sie lächelte warm. Er hatte flüchtig den Eindruck, dass er sie schon einmal gesehen hatte, es war eine Art Déjà-vu-Erlebnis, aber er konnte sie nirgendwo hinstecken.

»Ich komme von den Tekna-Gen«, erklärte sie. »Sie haben heute Nacht angerufen …?«

Es war halb Frage, halb Feststellung.

Gertjan sah sie überrascht an. Hatte er angerufen? Das Mädchen suchte in ihrer Baumwolltasche herum und sah auf einen Zettel.

»Ja«, sagte sie, »um halb drei. Sie haben mit Amira gesprochen. Aber … äh, Sie klangen ein bisschen verwirrt, hat Amira gesagt.«

Gertjan dachte nach. Vage, ganz vage begann es ihm zu dämmern.

»Ich bin geschickt worden, um Ihnen zu helfen«, sagte das Mädchen. »Darf ich vielleicht reinkommen?«

Gertjan trat einen Schritt zur Seite und das Mädchen ging mit einem »Dankeschön« an ihm vorbei ins Zimmer hinein.

Gertjan schwankte hinter ihr her, noch zu verwirrt, um richtig nachdenken zu können. Hatte er selbst angerufen? Heute Nacht?

Das Mädchen schaute sich um. Glücklicherweise sah das Zimmer einigermaßen ordentlich aus. Er fragte sich, ob er noch mehr gesagt hatte.

»Worum ... worum ... geht es denn?«, fragte Gertjan, der immer noch nicht begriff, was alles passiert war. Er merkte, wie ihm wieder schwindlig wurde, und suchte Halt am Türrahmen.

»Ist alles in Ordnung mit Ihnen?«, war das Letzte, was er hörte, bevor ihm schwarz vor Augen wurde.

Zerkanim kam ihr schon entgegen, als Iskia die Hotelhalle betrat.

»Was machst du denn hier?«, fragte sie überrascht.

Sie war eben bei den Leuten gewesen, die Amira ihr heute Morgen am Telefon genannt hatte.

»Wo ist Nagheela?«, fragte Zerkanim. Er klang gehetzt.

»Keine Ahnung, oben vielleicht?«

»Oben ist sie nicht, da war ich schon.«

»Oh ...« Iskia zuckte nonchalant mit den Schultern. »Dann ist sie noch unterwegs, wieso?«

»Wie viele Leute hatte sie heute Morgen?«

Es fiel Iskia ein bisschen auf die Nerven, obwohl sie selbst nicht wusste, warum. Sie war heute Morgen nicht so gut drauf gewesen, obwohl sie normalerweise eigentlich kein Morgenmuffel war, und das Gespräch mit dem letzten »Irrgläubigen« war auch nicht gut gelaufen.

»Soweit ich weiß, hatte sie drei, aber was ist denn eigentlich los?«

»Die Halle ist nicht gerade der Ort, um solche Dinge zu besprechen; lass uns lieber nach oben gehen«, schlug er vor.

Das Zimmer von Nagheela und Iskia befand sich im sechsten Stock; im Fahrstuhl starrte Zerkanim die ganze Zeit schweigend vor sich hin.

»Also?«, fragte Iskia, als sie die Zimmertür hinter sich zuzog.

Zerkanim nahm sich einen Stuhl. Es war ihm ziemlich unangenehm, diese Geschichte zu erzählen, vor allem, weil er niemandem die Schuld geben konnte als sich selbst. Er berichtete Iskia von dem, was während dem Gottesdienst und danach passiert war, auch, dass sie Susan mitgenommen, verhört und schließlich in die Schweiz abtransportiert hatten.

Iskia hörte ungerührt zu, da sie noch nicht begriff, was das alles mit ihr und Nagheela zu tun haben sollte. Dass sie Werner verloren hatten, war nicht so ein Riesenproblem, diese Sorte Menschen war leicht zu ersetzen, und Susan van Duin konnte auch nichts mehr anrichten. Der Täter würde früher oder später schon gefasst werden, meinte sie – so jemand musste irgendwann auffallen.

Zerkanim wusste, dass sie Recht hatte, es ärgerte ihn schon richtig, dass sie das so schnell erfasst hatte. Es machte sein Handeln noch unverständlicher.

»Du hast wahrscheinlich Recht, Iskia«, gab er zu, »aber ich dachte, dass es gut wäre, ihn ein bisschen schneller aufzuspüren, bevor er weiteren Schaden anrichten kann. Er hat sich heute Nacht gemeldet. Nagheela ist heute Morgen zu ihm gegangen.«

Iskia sah Zerkanim überrascht an. »Kannst du das ein bisschen näher erklären?«

»Ich habe heute Nacht die Kraft angerufen, ihn aufzuspüren und ihn äh ... anzuregen, sich zu melden. Und das hat funktioniert.«

Jetzt war Iskias Interesse geweckt. »Erzähl!«

»Ehrlich gesagt, ich weiß nicht genau, was passiert ist«, gab Zerkanim zu. Er hatte noch keine Erfahrung mit diesen

Dingen. In der Theorie schon, aber in der Praxis hatte er sie bisher noch nicht anwenden können. Während des Trainings hatten sie das Wecken der Geisteskräfte geübt, aber sie hatten nie viel mehr zustande gebracht als ein bisschen Telekinese und gelegentliche Kontaktaufnahme mit Geistern, die nicht ihre eigenen Schutzgeister waren. Nur wenige konnten größere Kräfte freisetzen und beispielsweise den Heilungsprozess bei Verletzungen beschleunigen, oder sogar gewisse chirurgische Eingriffe vornehmen – Rashkalin und Ashurin, die »Väter« der Zentren, hatten diese Fähigkeit. Aber für die meisten war die geistige Welt noch verschlossen. Erst nach der Reinigung, so war ihnen gesagt worden, würde die Kraft frei werden.

»Sei vorsichtig damit«, hatte Ashurin ihm gesagt. »Pass auf, dass die Kräfte sich nicht verselbständigen.«

»Meine Schutzgeister haben mir den Auftrag gegeben, einen Altar zu bauen und aus dem Verband, den wir bei Susan van Duin gefunden hatten, ein Püppchen zu machen. Das habe ich getan und dann habe ich meditiert. Als ich zurückkam, hatte er sich schon gemeldet.«

Iskia saß auf der Stuhlkante. »Voodoo?«, fragte sie. Sie war schnell von Begriff.

Zerkanim nickte. »Als ich zu mir kam, war das Püppchen ziemlich ramponiert, und daneben lag eine tote Fledermaus; wo die herkam, weiß ich nicht.«

Das war ein ziemlich pikantes Detail, fand Iskia.

»Und woher weißt du, dass er sich gemeldet hat?«

»Ich hab's gehört. Es war eine andere Stimme als die meines Schutzgeistes, ich denke, dass es seine ist ... oder wird.«

Iskia grinste. Die Geschichte gefiel ihr.

»Was für ein schweres Geschütz für jemanden, der früher oder später sowieso erwischt wird – aber an sich eine schöne Übung.«

Zerkanim war erleichtert, dass sie so darauf reagierte. Sie hätte ihm ebenso gut auch alles Mögliche vorwerfen können.

»Aber was meinst du, wie er inzwischen dazu steht, dass er sich selbst gemeldet hat?«, fragte Iskia.

»Keine Ahnung«, musste Zerkanim zugeben, »es kann sogar sein, dass er es gar nicht mehr weiß. Aber das ist noch nicht das größte Problem, glaube ich. Ich weiß nicht, was die Kraft mit ihm angestellt hat, um ihn so weit zu bekommen, dass er sich gemeldet hat. Aber wenn er jetzt so aussieht wie das Püppchen ...«

Iskia begriff seine Besorgnis. Es hatte seinen Grund, dass Nagheela nicht zur Kadergruppe gehörte. Sie hatte zu viel Mühe damit, individuelle Anliegen um des großen Anliegens willen, der Harmonie der Erde, zurückzustellen. Und wenn dieser Mann heute Nacht wirklich von den Kräften bearbeitet worden war, dann konnte seine Geschichte auf Nagheela durchaus eine unerwünschte Wirkung haben. Sie konnte so übertrieben emotional reagieren.

»Warum hast du Nagheela dann gehen lassen?«, fragte Iskia. »Du hättest heute Morgen doch kurz anrufen können, dann hätten wir die Rollen getauscht und ich hätte die persönlichen Meldungen besucht. Oder aber, du wärst meinetwegen selbst gegangen.«

Sie hatten deutliche Absprachen getroffen. Iskia sollte die Leute besuchen, die von anderen gemeldet worden waren, die echten Ketzer also, während Nagheela in erster Linie diejenigen besuchte, die sich selbst gemeldet hatten. Das waren oft einfachere Gespräche, meist ging es nur darum, die Leute ein bisschen aufzumuntern, ein Formular mit ihnen auszufüllen und ein bisschen Material dazulassen, in dem zu den wöchentlichen Zusammenkünften eingeladen wurde. Iskias Fälle waren schwerer. Die Ketzer reagierten ziemlich unterschiedlich darauf, wenn plötzlich jemand von den Tekna-Gen vor der Tür stand, ohne dass sie darum gebeten hatten. Einige versuchten Iskia von ihrer neu erworbenen Erkenntnis zu überzeugen, andere reagierten ausgesprochen aggressiv. Iskia musste all ihren Charme spielen lassen, damit diese Besuche ein einigermaßen positives Ergebnis hatten. In einem späteren Stadium würde Nagheela auch die Ketzer besuchen, aber weil sie nicht zur Kadergruppe gehörte, hatten Zerkanim und Iskia vereinbart, dass Iskia das in der ersten Zeit machen sollte.

»Schlicht und einfach verschlafen«, gab Zerkanim ehrlich zu. »Ihr wart schon weg.«

Innerlich musste Iskia lachen. Es war so ein einfacher Grund. Zerkanim saß da wie ein schuldbewusster kleiner Junge und starrte auf seine Schuhe.

»Was meinst du«, kam er schnell wieder auf das Problem zu sprechen, »kriegt sie das hin? Du kennst sie doch.«

Iskia dachte nach. So gut kannte sie Nagheela noch gar nicht. Während der letzten Wochen hatte sie sich im Zentrum öfter mit ihr abgegeben, und nun, seit sie in den Niederlanden waren, waren sie fast ständig zusammen. Aber sie waren ja erst seit ein paar Tagen hier. Sie hatte den Eindruck, dass Nagheela tatsächlich Probleme hatte mit persönlichen Anliegen, aber sie war sehr motiviert. Ach, man konnte sie doch nicht vor allem beschützen. Man musste einfach abwarten.

13

In einem Reflex trat Nagheela auf den Mann zu, der wie ein Pudding in sich zusammenfiel. Sie war einen Augenblick zu spät, um ihn aufzufangen, aber er fiel nicht unglücklich. Ihre erste Reaktion, als er die Tür öffnete, war Schreck gewesen, dann Abscheu. Während des Jahres, in dem sie auf der Straße gelebt hatte, hatte sie schon einige hässliche Verwundungen gesehen, aber sie hatte sich nie recht daran gewöhnen können. Jetzt war es auch vor allem die Überraschung gewesen – sie hatte einfach nicht mit solch einem Anblick gerechnet. Nun, da der Mann dort in seinem Bademantel auf dem Boden lag, wich die anfängliche Abscheu dem Mitleid. Sie betrachtete ihn genau. Es waren seltsame Kratzer, kurz und aufgewölbt. Im ersten Moment dachte sie, dass er vielleicht in eine Dornenhecke gefallen war, aber dann hätten die Kratzer länger sein müssen. Außerdem waren immer drei Linien dicht nebeneinander, so als ob es dreizackige Dornen gewesen wären. Einige Kratzer waren tiefer und hatten offenbar geblutet, und an manchen Stellen war die Haut bereits entzündet.

Es gab auch noch andere Wunden, immer zwei kleine, paarweise angeordnete Löcher übereinander – man könnte meinen, es wären Schlangenbisse. Sie konnte es einfach nicht einordnen. Sein Morgenrock war verrutscht und sie sah, dass sein ganzer Oberkörper von denselben geschwollenen Kratzern und Bisswunden bedeckt war. Sogar der Stoff seiner Boxershorts wies zahlreiche seltsame Risse auf. Es schien ihr unwahrscheinlich, dass er in der vergangenen Nacht in der Unterhose in eine Dornenhecke gefallen war. Außerdem waren seine Unterschenkel nicht betroffen, und das passte überhaupt nicht ins Bild. Sein Haar war mitten auf dem Kopf ganz kurz abgeschnitten und voller Blutkrusten. Dem ersten Anschein nach waren diese Wunden älter und sowieso ganz anderer Art als die Kratzer auf seinem Körper.

Was sollte sie jetzt tun? Dieser Besuch war ganz anders als die zwei, die sie früher an diesem Morgen gemacht hatte, und als die Besuche von gestern. Erstens waren das alles Leute gewesen, die jemanden von den Tekna-Gen erwartet hatten; sie hatten sich ja selbst gemeldet. Dieser Mann hingegen konnte sich offenbar an nichts dergleichen erinnern. Zweitens waren es ganz normale, gesunde Menschen gewesen, einige ein bisschen verwirrt und sichtlich bewegt, aber nicht mit diesem Mann hier zu vergleichen. Sie hatte das Formular mit dem Antrag auf Hilfe zum Lebensunterhalt ausgefüllt und die Leute auf den nächsten Abend hingewiesen, an dem sie erwartet wurden. Obwohl sie bei einigen den Eindruck hatte, dass es ihnen in erster Linie um das Geld ging, waren es im Allgemeinen ganz erfreuliche Gespräche gewesen. Die Menschen, eigentlich nur Männer, waren sichtlich froh über ihren Besuch, und sie hatte das gute Gefühl, ein bisschen Trost gebracht zu haben.

Sie nahm wieder den Zettel aus der Tasche, auf dem sie sich Notizen von Amiras Telefongespräch gemacht hatte. Amira hatte sich doch nicht geirrt? Name und Adresse stimmten, und es stand auch dort, dass der Mann ziemlich wirr geredet hatte. Sie hatte noch mit Amira gesprochen und die hatte gesagt, dass er Hilfe angeboten hatte, statt um Hilfe zu bitten. Sie hatte angenommen, dass er wahrscheinlich betrunken war oder unter Drogen stand. Nagheela roch an seinem Atem. Betrunken war er nicht gewesen, aber vielleicht hatte er Haschisch geraucht. Das konnte sein. Am besten rief sie bei Zerkanim an und fragte ihn, was sie tun sollte.

Zweimal ließ sie das Telefon klingeln, bis es von selbst aufhörte, aber es nahm niemand ab. Auch Iskia war noch nicht zurück, aber das hatte sie eigentlich auch nicht erwartet.

Der Mann stöhnte und bewegte einen Arm. Nagheela kniete sich wieder neben ihn, aber er öffnete die Augen nicht. Es schien ihr das Beste, ihm irgendwie zu helfen, dass er wieder zu sich kam.

Sie legte eine Hand unter seinen Kopf und rief leise: »Herr Van der Woude?«

Der Mann stöhnte wieder, aber er reagierte nicht.

»Hallo, Herr Van der Woude?«

Sein Genick fühlte sich warm an. Vorsichtig legte sie eine Hand auf seine Stirn. Er hatte zweifellos Fieber. Dann hatte er auch keine Drogen genommen, nahm sie an. Vielleicht hatte er in einem Fieberanfall angerufen?

Gerade als sie aufstehen wollte, um einen nassen Waschlappen zu holen, stöhnte der Mann heftiger und blinzelte mit den Augen.

»Herr Van der Woude«, rief Nagheela nochmals. Jetzt hatte sie Verbindung zu ihm. Mit einem wässrigen Blick sah der Mann sie an.

»Tschuldigung«, murmelte er und versuchte aufzustehen.

»Bleiben Sie lieber noch ein bisschen liegen«, meinte Nagheela. Sie hatte Angst, dass er wieder zusammenbrechen würde, wenn er jetzt aufstand. Der Mann entspannte sich wieder. Sein Kopf lag noch auf Nagheelas Hand. Die konnte sie jetzt schlecht wegziehen, dachte sie. Sein Atem ging jetzt ein bisschen ruhiger. Einige Minuten blieb sie still sitzen. Sie dachte, dass er eingeschlafen war, und fragte sich, ob sie ihn aufs Sofa legen konnte; der hölzerne Boden im Flur schien ihr zu hart, um ihn dort liegen zu lassen. Er sah nicht besonders schwer aus. Als Nagheela im Flur neben ihm hergelaufen war, war er ungefähr einen halben Kopf größer gewesen als sie. Einen Meter fünfundachtzig, schätzte sie, und vielleicht achtzig Kilo schwer. Das war zu schaffen.

In diesem Moment machte der Mann die Augen wieder auf. »Jetzt geht es wieder«, krächzte er und richtete sich vorsichtig auf. Nagheela stützte mit der Hand seinen Rücken; sie wusste nicht, ob sie ihn loslassen konnte.

»Helfen Sie mir mal eben hoch, ja?«, bat der Mann. Es war ihm offenbar ein bisschen unangenehm, um Hilfe bitten zu müssen, aber er schaffte es noch nicht, aus eigener Kraft aufzustehen. Nagheela half ihm hoch und führte ihn zum Sofa. Er ließ sich mit einem Seufzer hineinfallen. Als sein Rücken die

Kissen berührte, verzog er das Gesicht. Nagheela nahm an, dass auch sein Rücken voller Kratzer und Wunden war.

Nagheela empfand einen mütterlichen Drang, ihn zu versorgen, wie er da als armseliges Häufchen Elend auf dem Sofa saß. Auch mit den anderen hatte sie Mitleid gehabt, wie sie so einsam in ihrer Wohnung saßen, die meisten von ihnen Väter von Kindern, die ebenfalls verschwunden waren. Bei zwei Männern hatte das Wohnzimmer noch voller Kinderspielzeug gelegen. Sie war froh gewesen, dass sie im Namen der Tekna-Gen etwas Erleichterung bringen konnte.

Bei diesem Mann ging ihre Sympathie noch weiter. Sie schätzte ihn auf Anfang dreißig. Obwohl das Haus aufgeräumt war, merkte man, dass hier eine junge Familie mit kleinen Kindern gelebt hatte. Auch wenn der Mann vielleicht einem plötzlichen Impuls gefolgt war, als er angerufen hatte – vielleicht in einem Fieberanfall – konnte er bestimmt Hilfe gebrauchen.

Gertjan sah das Mädchen an, das ihm soeben geholfen hatte und ihm nun gegenüberstand. Der Ausdruck von Schreck und Abscheu war aus ihrem Gesicht gewichen; sie sah ihn so an, wie Evelien ihn angesehen hatte, wenn er krank war, mit einem so besorgten Blick, dass er sich noch viel elender fühlte. Sie strich sich die langen braunen Haare von der Schulter und wieder hatte er einen Moment lang das Gefühl, dass er sie kannte. Sie hatte eine Ausstrahlung, die bewirkte, dass er sich in ihrer Gegenwart sofort wohl fühlte, so, als würde er sie schon jahrelang kennen. Aber ihm wurde klar, dass er noch nicht einmal wusste, wie sie hieß. Sie war im Namen der Tekna-Gen gekommen, hatte sie gesagt, und sie war einfach an ihm vorbei ins Haus gegangen. Dann fehlte ihm ein Stück in seiner Erinnerung.

»Sie sind zusammengebrochen«, sagte das Mädchen, als ob sie seine Gedanken gelesen hätte. »Sind Sie krank?«

Gertjan nickte. Daran bestand wohl kein Zweifel.

»Ich gehe eben ein Glas Wasser für Sie holen«, sagte das Mädchen und ging in die Küche, ohne eine Antwort zu erwarten. Gertjan sah ihr nach; irgendwie berührte es ihn, dass sie so hilfsbereit war. In der Küche gingen Schranktüren auf und zu, dann lief der Wasserhahn. Er konnte sich zwar nicht erinnern, dass er angerufen hatte, aber wenn dies das Resultat war, konnte er sich nicht gerade beklagen.

»Ich weiß, ehrlich gesagt, noch nicht mal, wie Sie heißen«, sagte Gertjan, nachdem er das Glas leer getrunken hatte. Seine Stimme war jetzt etwas besser.

»Nagheela«, sagte das Mädchen und streckte ihm die Hand hin. Sie lächelte warm, als er sie schüttelte. Sie war froh, dass es ihm offenbar wieder besser ging.

»Gertjan van der Woude«, sagte Gertjan.

»Ich weiß.« Sie setzte sich neben ihn auf die Bank. Zu seiner Überraschung berührte ihn das seltsam und gab ihm beinah ein Gefühl sinnlicher Erregung. Es war ihm peinlich und es beunruhigte ihn auch; Evelien war erst ein paar Tage weg, er vermisste sie enorm und konnte seine Reaktion nicht einordnen. Er merkte, dass er errötete, und das machte es nur noch schlimmer. Unauffällig zog er seinen Morgenmantel enger zusammen. Nagheela lächelte. Bis jetzt hatte sie diese Reaktion bei jedem gesehen. Das war auch so beabsichtigt. Die verlassenen Männer mussten den Eindruck bekommen, dass sie etwas Besonderes für sie empfand; das würde sie an sie binden und ihr Macht über sie geben. Besonders bei denjenigen, die sich auf dem Irrweg befanden, war das von größter Wichtigkeit. Wenn die Sache außer Kontrolle geriet und die Irrgläubigen die Harmonie zu gefährden drohten (also, wenn sie ihren Irrtum nicht einsahen), dann hatten die Jäter keine Schwierigkeiten damit, sie mitzunehmen in die Zentren, wo sie klinisch behandelt werden konnten.

Nagheela schlug die Beine übereinander, so dass ihr Fuß scheinbar unbeabsichtigt Gertjans Bein berührte. Gertjan reagierte so, wie sie es erwartet hatte – er änderte seine Position. Es war ein schönes Spielchen, fand sie.

»Herr van der Woude«, begann sie. Wieder reagierte Gertjan in der erwarteten Weise. »Sag ruhig Gertjan. Wir können uns doch duzen, oder?«

Nagheela schlug die Augen nieder, als ob sie verlegen wäre, und sah ihn dann erneut an. Das funktionierte auch immer, es gab dem Mann ein Gefühl von Überlegenheit. »Oh ... äh«, antwortete sie, als ob sie Mühe damit hätte, »okay, Gertjan.«

Sie lächelte wieder. Gertjan lächelte zurück.

Nagheela wusste, dass sie wieder Verbindung hatte.

»Ich hatte eigentlich gedacht, du hättest dich selbst gemeldet, weil du das wichtig fandest, aber so wie ich es jetzt verstehe, kannst du dich nicht mehr daran erinnern?«

Gertjan nickte. »Nur ganz undeutlich.« Er versuchte die Erinnerung an die vergangene Nacht wieder wachzurufen, aber das Einzige, was zurückkam, war das Gefühl hilfloser Angst und der Schwarm fledermausartiger Wesen. Und ganz in der Ferne die Stimme, die beruhigende Stimme. Seine Gedanken waren noch nicht klar, das Fieber blockierte ihn und durch den brennenden Schmerz auf seiner Haut gelang es ihm nicht, sich zu konzentrieren.

»Hast du Aspirintabletten im Haus?«, fragte Nagheela und stand auf. Offenbar hatte sie wieder seine Gedanken erraten. »Ich glaube, du kannst jetzt eine gebrauchen.«

»Oben im Badezimmer«, sagte Gertjan. »An der Wand hängt ein Medizinschränkchen, da sind sie drin.«

Mit einem »Bin gleich wieder da, nicht weggehen!« sprang Nagheela die Treppe hinauf. Sie nahm immer zwei Stufen auf einmal, selbstsicher und mit federnden Sprüngen. Gertjan merkte, dass er ihr wieder hinterher starrte, und fühlte sich ertappt. Er verstand sich selbst nicht mehr. Dass er sich körperlich zu ihr hingezogen fühlte, war nicht weiter verwunderlich, fand er. Solch ein Mädchen ließ jedes normale Männerherz schneller schlagen. Aber es war mehr dabei, und das empfand er als Betrug an Evelien.

Einen Moment lang meinte er in der Ferne ein unterdrücktes Kichern zu hören. Er lauschte angespannt, aber er hörte nichts als ein paar Geräusche aus dem oberen Stockwerk und Vogelgezwitscher im Garten. Er hatte sich wohl geirrt.

Nagheela kam die Treppe wieder herabgesprungen und nahm im Vorbeigehen das leere Glas vom Tisch mit, aus dem er eben Wasser getrunken hatte. Ein Hauch ihres Parfüms strich an ihm vorbei. Sie roch genau wie Evelien, dachte er. Das war ihm eben nicht aufgefallen.

»Das Glas können wir noch mal nehmen«, rief sie über die Schulter. »Dann gibt's weniger Abwasch.« Als sie zurückkam, war es mit einer brausenden Flüssigkeit gefüllt. Er trank es in einem Zug leer. Als er den letzten Schluck nahm, dachte er plötzlich, dass sie auch etwas anderes darin aufgelöst haben konnte als eine Aspirintablette – schließlich gehörte sie zu den Tekna-Gen, wie Werner Meilink. Er erstarrte bei dem Gedanken.

Nagheela sah es und setzte sich wieder neben ihn. Sie legte ihm sanft die Hand auf die Stirn. Ihre Hand fühlte sich kühl an.

»Jetzt wird's gleich besser«, sagte sie und sah ihn mit einem Blick an, der offen und aufrichtig wirkte.

Nagheela hatte seine Reaktion bemerkt. Sie konnte sie nicht einordnen, sie hatte doch nichts getan, was ihn beunruhigen konnte? Wovor hatte er Angst?

Gertjan schwieg und entspannte sich wieder. Der Ausdruck in Nagheelas Augen beruhigte ihn etwas. Und wenn er sich täuschte, dann war das doch immerhin ein schöner Tod. Was hatte er auf dieser Welt noch verloren?

»Wo waren wir stehen geblieben?«, versuchte Nagheela den Faden wieder aufzunehmen. »Du konntest dich nicht daran erinnern, dass du bei uns angerufen hattest, nicht?«

»Nur ganz undeutlich«, antwortete Gertjan. »Und ich hatte es ja auch nicht vorgehabt.« Es war heraus, bevor ihm bewusst war, was er gesagt hatte.

»Warum nicht?« Nagheela zog ein Bein unter sich aufs Sofa und schien deutlich interessiert.

»Ich brauche keine Hilfe.«

Sie sah ihn verwundert an. »Du weißt doch gar nicht, was wir machen.«

»So ungefähr schon, glaube ich. Was ich in der Zeitung über euch gelesen habe, spricht mich nicht an. Ich nehme an, dass ihr mir das dann wieder erzählt.«

»Was spricht dich nicht an?«

»Diese ganze Erklärung mit der Reinigung und so. Ihr stellt es so hin, als ob der christliche Glaube etwas Schlechtes wäre, etwas Verdorbenes. Meiner Evelien hat der Glaube viel bedeutet. Sie war nicht schlecht, und die Erde brauchte nicht von ihr gereinigt zu werden. Und von meinen Kindern auch nicht.«

Nagheela schwieg. Wahrscheinlich hatte der Mann noch mehr zu sagen. Außerdem wusste sie, wenn sie ihm jetzt widersprach, würden sie einander nicht näher kommen, sondern sich voneinander entfernen. Gertjan blickte starr vor sich hin. Er hatte Widerspruch erwartet, aber es kam keiner.

»Ich vermisse sie«, sagte er nach einiger Zeit leise.

Nagheela berührte seine Hand. Er zog sie nicht zurück. Sie sah ihn immer noch an. Sie hätte gern gewusst, woher seine Wunden rührten, aber dies war nicht der richtige Moment, um danach zu fragen.

»Wie heißen deine Kinder denn?«

»Roel und Wieke.«

»Und wie alt sind sie?«

»Neun und sechs, nein, sieben. Wieke hat gerade Geburtstag gehabt.« Er zeigte hinter sich auf die Wand. »Da hängt ein Foto.«

Nagheela sah sich um. An der Wand hing ein Wechselrahmen mit verschiedenen Fotos. Sie stand auf und ging hin. Auf einigen Fotos waren die Kinder zu sehen, auf einem die ganze Familie. Auch bei den anderen Männern hatte sie Fotos zu sehen bekommen. Das war für sie immer ein schwieriger Moment, obwohl sie im Zentrum darauf vorbereitet worden war. Man sah den verschwundenen Menschen nichts an, vor allem bei den Kindern war es schwer zu verstehen. Aber der Irrglaube war in ihrem Innern verankert und eine so große Gefahr für die Harmonie, dass der Geist der Erde es nötig fand, sich von diesen Menschen zu reinigen. Und die Kinder waren meist von dem irrenden Elternteil angesteckt. Iskia hatte damit weniger Schwierigkeiten gehabt, aber die hatte auch nicht die Probleme, mit denen sie selbst zu kämpfen hatte.

»Goldige Kinder«, fand Nagheela. Sie waren auch wirklich hübsch. Sie hatten noch nicht die groben, unregelmäßigen Gesichtszüge wie viele Erwachsene. Evelien war eine Frau von ungefähr dreißig Jahren, dunkelblond. Nicht besonders schön, aber das war ja auch kaum möglich ohne Operationen. Gertjan erkannte sie auf dem Foto nicht; die Kratzer in seinem Gesicht, die geschwollenen Augen und das kurz geschnittene Haar über der Stirn hatten sein Gesicht vollkommen verändert. Auf dem Foto sah er ziemlich sympathisch aus, stellte sie fest.

»Wie kommst du denn nun an all die Kratzer?«, fragte sie.

Gertjan erstarrte wieder einen Moment, aber er entspannte sich, als sie sich wieder neben ihn aufs Sofa fallen ließ. Er fragte sich, ob er ihr völlig vertrauen konnte. Eigentlich machte es ja nun keinen Unterschied mehr, er war ja inzwischen als Zurückgebliebener bekannt. Und es ermüdete ihn so, immer wieder jedes Wort auf die Goldwaage legen zu müssen. Und wenn er sich sowieso jemandem anvertrauen musste, konnte es ruhig dieses Mädchen sein.

»Ich bin heute Nacht angegriffen worden«, sagte er, »aber ich weiß nicht, wovon.« Ihn schauderte. Das konnte vom Fieber kommen, oder von der Erinnerung an den schwarzen Schwarm. »Es war so etwas wie ein Schwarm Fledermäuse, aber ganz genau kann ich es nicht sagen. Es ging so schnell, und es war richtig schrecklich. Sie hatten Gesichter.« Gertjan starrte vor sich hin, die Erinnerungen kehrten immer deutlicher zurück. »Sie schrien und jaulten ... und es wurden immer mehr ...«

Nagheela sah, wie sein Gesicht erstarrte.

»Hunderte, ein ganzer Schwarm. Sie kamen von überall her ... Sie bissen und kratzten, und ich bekam sie nicht zu fassen.«

Die Erinnerung war so lebendig, dass er abwehrend die Hände hob. Von neuem spürte er die bodenlose, unerklärliche Angst, die er in der vergangenen Nacht empfunden hatte. Seine Augen wurden immer größer.

»Und dann war da diese Angst«, sagte er heiser. Er blickte Nagheela direkt in die Augen, aber er sah sie nicht. »Diese schreckliche Angst ... richtig greifbar ...«

Nagheela wurde es unbehaglich zumute. Hier waren unsichtbare Kräfte am Werk gewesen. Aber warum? Und jetzt schien es wieder so, als ob diese Kräfte Besitz von ihm ergriffen. Was für Kräfte waren das?

»Wer seid ihr?«, flüsterte sie.

»Und Werner war da ... und Evelien ...«

Immer mehr Bilder zogen an ihm vorüber. Er wusste nicht mehr, wo er war. Mit ganzer Intensität erlebte er die vergangene Nacht noch einmal.

»Und dann war da plötzlich so eine Ruhe ...«

Die Erinnerung an die beruhigende Stimme war wieder da.

»Da war eine Stimme ...« Er sprach jetzt wieder ruhiger. Seine Gesichtszüge entspannten sich. »Ja ... da war eine Stimme, und dann war die Angst weg und die Fledermäuse auch, sie verschwanden einfach, als wären sie nie da gewesen.« Er blickte sich um, als hielte er immer noch Ausschau nach den verschwundenen Fledermäusen.

»Sie waren weg ...«

Wieder blickte er Nagheela direkt an. Sie schaute ihm tief in die Augen und sah den Kampf, der in ihm tobte, die heftigen Gefühle. Es war nicht der Blick des Mannes, den sie eben noch gesehen hatte. Er redete und guckte, als ob er sich nicht mehr in seinem Körper befand, so wie sie im Zentrum auch andere gesehen hatte, die aus ihrem Körper getreten waren. Aber sie sah nicht Frieden, wie bei den anderen, sondern Angst, Verwirrung und Verzweiflung.

»Werner ist tot ...«, sagte er und schaute seine Hände an. Sein Blick wurde erstaunt. »Tot?«

Nagheela hielt den Atem an. Was hatte dieser Mann mitgemacht?

Nun spiegelte sich wieder Abscheu in seinem Gesicht. »Und Kees, und Pfarrer Kuipers ... er hat sie ermordet.«

Er schwieg. Sein Atem ging schnell, angstvoll sah er sich um. »Es war meine Schuld ... Und es war nichts Schweres da, ich habe ein Messer genommen, aus der Küche, zwei ... und dann habe ich wieder zugestochen, immer wieder. Es war abscheulich, alles voller Blut, überall.«

Er wischte sich die Hände an seinem Morgenmantel ab.

Hatte dieser Mann einen Werner getötet? Wer war Werner, und was hatte der mit den Kräften zu tun? Und warum hatte dieser brave Familienvater ihn getötet? Hatte das etwas mit Pfarrer Kuipers zu tun? Und wer war Kees?

»Und dann war da die Stimme, aber nicht wie in dem

Schrank.« Wieder sah er sie mit seinem leeren Blick an. »Sie haben Susan mitgenommen, weißt du!«

»Wer?«, fragte Nagheela. Sie wusste nicht, ob er es hören würde, aber sie könnte es probieren. »Wer hat Susan mitgenommen?«

Offenbar hörte er es. »Die Polizei ... und ein Mann – Zerkanim? Der von den Stimmen im Schrank ...« Wieder sah er sich um. »Nein«, rief er aus, »ich sag's ja, lasst mich in Ruhe!« Er machte eine abwehrende Gebärde, aber seine Miene war jetzt eher wütend als ängstlich. »Geht weg, lasst mich in Ruhe!«

Er hörte auch Stimmen, begriff Nagheela. Die Kräfte wollten verhindern, dass er das erzählte. Wer waren diese Kräfte? Warum hatten sie ihn gequält und so zugerichtet? Warum durfte er ihr das nicht erzählen? Sie war doch eine von ihnen, eine Mitstreiterin für die Harmonie, gegen den falschen Geist? Sie verspürte den Drang, die Kräfte anzusprechen, sie zum Schweigen zu bringen, aber sie wusste nicht, ob sie sich damit nicht gegen die Harmonie wenden würde. Oder ... waren das gerade die Kräfte des falschen Geistes? Ja, so war es, es konnte gar nicht anders sein! Sie packte den Stier bei den Hörnern.

»Lasst ihn in Ruhe«, fauchte sie die Kräfte an. Plötzlich hörte sie es auch. Ein Kichern.

»Du weißt nicht, was du tust«, sprach eine unbekannte Stimme sie an. Es war eine tiefe Stimme, beinah ein Grollen. »Dieser Mann ist gefährlich für dich, lass die Finger von ihm.«

Nagheela erschrak. Natürlich hatte sie schon Bekanntschaft mit Stimmen gemacht. Während ihrer Meditationen hatte sie schon öfter welche gehört. Sie waren nur nicht so deutlich gewesen, eher ein Gefühl. Und sie waren freundlich. Sie führten und berieten, aber sie hatten nie gefordert.

»Bist du sein Schutzgeist?«, fragte sie argwöhnisch.

»Ja, geh hier weg«, grollte es in ihrem Innern.

Sie war noch nie vom Schutzgeist eines andern angesprochen worden. Und warum kümmerten ihre eigenen Schutzgeister sich nicht um sie, wenn seiner so deutlich in Erscheinung trat. Sie traute dem Ganzen nicht.

»Woher weiß ich, dass du keiner vom falschen Geist bist?«, forderte sie ihn heraus. Es kam nicht sofort eine Antwort. Das Kichern im Hintergrund wurde zu einem Murmeln. Sie berieten sich. Auch das hatte Nagheela noch nie erlebt.

»Geh weg, du bist dem nicht gewachsen«, ließ sich die Stimme wieder vernehmen.

Plötzlich war Gertjan wieder bei sich. Er packte sie an den Schultern. Sein Gesicht strahlte, aber seine Augen hatten immer noch diesen seltsamen Ausdruck. »Aber der Geist der Erde hat mir vergeben«, flüsterte er, als ob er ihr etwas Herrliches anvertraute. Er drückte ihre Schultern. »Und dann durfte ich anrufen«, seufzte er glückselig.

Nagheela griff nach seinen Armen und nahm seine Hände von ihren Schultern. Sie fühlte sich bedroht. »Gertjan«, sagte sie, »wach auf!« Sie schüttelte seine Arme. Sie waren wie Gummi. Er sah sie mit gläsernem Blick an und lächelte.

»Gertjan!«, rief sie, diesmal lauter. Er blinzelte mit den Augen. »Gertjan?« Der Ausdruck seiner Augen veränderte sich. Offenbar zogen die Kräfte sich zurück. Nagheela seufzte erleichtert. Sie hielt immer noch seine Oberarme umklammert.

Erstaunt sah Gertjan sie an. »Au«, sagte er. »Du kneifst in meine wunden Arme.«

Nagheela holte tief Luft. »Du bist wieder bei dir«, seufzte sie. »Gott sei Dank.«

Gertjan zog eine Augenbraue hoch. »Hab ich geschlafen? Tut mir Leid.« Er befühlte seine Stirn. »Ich hab noch Fieber, glaub ich.«

Nagheela nickte. »Ja«, sagte sie sanft. »Du musst noch ein bisschen ins Bett.«

»Hab ich lange geschlafen?«, fragte Gertjan. Er fühlte sich wie gerädert. »Ich hab nicht mal gemerkt, dass ich eingeschlafen bin. Hatten wir miteinander geredet?«

»Macht doch nichts«, sagte sie und strich mit einer Hand über sein Gesicht. Er glühte. Das Aspirin zeigte auch keine große Wirkung.

Gertjan dachte nach. »Worüber hatten wir gesprochen?« Er sah sie besorgt an.

Nagheela fragte sich, ob sie ihm sagen konnte, was sie jetzt wusste. Aber was wusste sie eigentlich? Eine Stimme hatte gesagt, dass sie die Finger davon lassen sollte, dass sie dem nicht gewachsen war. Sie konnte Zerkanim fragen, aber der hatte auch etwas damit zu tun, hatte sie begriffen. Auf der anderen Seite würde sich Gertjan wahrscheinlich doch bald daran erinnern, was geschehen war, oder er kam auf irgendeine andere Weise darauf. Und sie wusste auch nicht, ob sie der Stimme, die sich als sein Schutzgeist bezeichnet hatte, vertrauen konnte.

»Du hattest erzählt, wie du an die Kratzer gekommen bist.«

Gertjan nickte. Er erinnerte sich wieder daran. »Und weiter?«, fragte er.

»Du hast von Werner erzählt«, sagte sie. »Und von Kees und einem Pfarrer und Susan, die von Zerkanim und der Polizei mitgenommen worden ist.«

Sie biss sich auf die Lippen. Ihre Neugier war größer als ihre Zweifel.

Gertjan starrte vor sich hin. Sie konnte ihm nicht ansehen, was in ihm vorging. Sie vermutete, dass er über die Konsequenzen nachdachte.

»Es geschehen Dinge, die ich nicht begreife«, sagte er. »Mir fehlen immer wieder Stücke aus meiner Erinnerung, in denen anscheinend alles Mögliche passiert ist.«

Nagheela schwieg. Offensichtlich war er mit solchen Situationen nicht vertraut. Er war in etwas hineingeraten, das nicht zu ihm passte und in das er sich auch nicht selbst hineinbegeben hatte.

»Und jetzt?«, fragte er.

»Was, und jetzt?«

»Zeigst du mich an?«, fragte er.

»Warum denkst du das?«

Gertjan sah sie an. Was wusste sie und was wusste sie nicht?

»Wegen Werner.«

»Weil du ihn getötet hast?« Das wusste sie also. Er nickte. Beide schwiegen einen Moment.

»Ich muss drüber nachdenken«, sagte sie leise. »Im Moment gibt es da einen Haufen Dinge, die ich nicht begreife.«

Gertjan empfand eine gewisse Erleichterung. Dieses Mädchen war ehrlich.

»Ich auch nicht.« Er lächelte dümmlich. »Wahrscheinlich verstehe ich noch viel weniger als du.«

»Wer war Werner?«, fragte sie.

Gertjan sah überrascht auf. »Das wollte ich dich eigentlich fragen«, sagte er. »Er kam nämlich in eurem Auftrag. Das hat er zumindest behauptet.«

Das war neu für Nagheela.

»Ich habe nur begriffen, dass du ihn getötet hast«, sagte sie, »und dass er einen Kees und einen Pfarrer Kuipers getötet hat. Mehr weiß ich nicht.«

Gertjan befühlte kurz die Blutkrusten auf seinem Kopf. Erst in diesem Moment stellte Nagheela die Verbindung zu dem Mann her, den sie vom Taxi aus gesehen hatte.

»Pfarrer Kuipers von der Protestantischen Kirchengemeinde ... äh«, sie suchte nach dem Namen.

»*Der Horizont*«, ergänzte Gertjan. »Pfarrer Kuipers wollte etwas vorlesen, das seine Frau geschrieben hatte. Irgendeine Erklärung dafür, warum all die Menschen verschwunden waren.«

Nagheela nickte. Davon hatte sie gehört. Aber der Pfarrer war doch in die Schweiz gebracht worden, das hatte Zerkanim ihr jedenfalls gesagt.

»In der Kirche ist es zu einer Schlägerei gekommen«, erklärte Gertjan. »Der Pfarrer wurde niedergeschlagen und dann ist Kees, ein Kollege von mir, mit ihm nach hinten gegangen. Ich bin etwas später auch da hingegangen, und dann kam Werner herein. Werner Meilink, ich kannte ihn von früher. Ich war gerade im Büro, um etwas zu holen, daher sah er mich nicht. Ich hörte ihn sagen, dass er im Namen eurer Organisation käme; im Namen der Tekna-Gen, sagte er. Er wollte etwas von dem Pfarrer, ich weiß nicht genau, was, aber als der Pfarrer sich nicht darauf einließ, schoss er ihn auf einmal nieder. Und Kees auch.«

Nagheela sah die Verzweiflung in seinen Augen.

»Und dann entdeckte er mich«, fuhr Gertjan fort, »aber ich konnte entkommen und bin geflohen. Aber dann wurde mir bewusst, dass er mich gesehen hatte, und ich bin zurückgegangen.«

Seine Hände zitterten wieder. Nagheela nahm sie und hielt sie fest.

»Ich hab ihn dann erstochen«, sagte Gertjan mit zitternder Stimme. »Es war grässlich.«

Nagheela nickte verständnisvoll und drückte ihm ermutigend die Hände.

»Und dann?«, fragte sie. Sie hatte noch nicht begriffen, welche Rolle Zerkanim bei der Sache spielte. Und was sie noch mehr befremdete, war, dass Zerkanim ihr erzählt hatte, dass der Pfarrer in die Schweiz gebracht worden war. Dass er das hatte in die Zeitung setzen lassen, verstand sie natürlich. Aber ob dieser Werner nun zur Organisation gehörte oder nicht – und das bezweifelte sie noch – ihr hätte Zerkanim doch die Wahrheit sagen können!

»Dann bin ich zu Susan gegangen.«

»Wer ist Susan?«

»Susan Van Duin, die Frau von Kees. Die war auch in der Kirche, aber sie war nicht dabei, als das in der Küche passierte. Ich musste ihr sagen, dass Kees tot war.«

»Hmm.« Nagheela nickte. Das war logisch.

»Und dann wollte Susan natürlich Kees' Leichnam wiederhaben, also haben wir unter einem Vorwand in der Kirche angerufen, denn sie durften natürlich nicht wissen, dass ich dabei gewesen war. Susan hat angerufen.« Er stockte einen Moment. Erzählte er diesem Mädchen nicht zu viel? Er kannte sie eigentlich überhaupt nicht, und sie war doch auch von den Tekna-Gen. Aber sie strahlte irgendetwas aus, etwas Vertrautes, etwas Bekanntes. Und es erleichterte ihn, sich auszusprechen. Er musste es loswerden.

»Die Polizei war in der Kirche, und Zerkanim. Sie sind zu Susan nach Hause gekommen und haben sie mitgenommen.«

Er zögerte. Nagheela spürte, dass er irgendetwas zurückhielt. Sie drückte ermutigend seine Hände, die sie die ganze Zeit festgehalten hatte.

»Sag's ruhig«, flüsterte sie.

»Ich hatte mich versteckt«, sagte er. »Ich saß im Schrank, in dem Vorratsschrank unter der Treppe.« Er sah sie entschuldigend an. »Ich wollte wissen, was sie sagten.«

»Logisch«, fand Nagheela.

»Sie waren zu zweit. Susan war da schon weg. Zerkanim und ein Polizist ... sein Name fällt mir nicht mehr ein. Ich konnte Zerkanim durchs Schlüsselloch sehen. Er hat meditiert oder so was, und dann kamen Stimmen. Gekicher und so.« Er sah Nagheela fragend an, als ob er eine Bestätigung erwartete, ob so etwas überhaupt möglich war.

»Ja, das kann sein«, sagte sie. Sie konnte sich vorstellen, dass Zerkanim sich konzentrieren wollte, um seine Schutzgeister um Rat zu fragen. Welche Rolle die Kräfte spielten, war ihr noch nicht ganz klar.

»Sie haben mich schikaniert, dass ich mich melden müsste«, fuhr Gertjan fort. »Und dann war da noch eine andere Stimme, die war der Boss, denke ich, aber sie haben nicht richtig auf ihn gehört.« Nun, da er die Geschichte nacherzählte, merkte er, wie unglaubwürdig sich sein Bericht anhören musste. »Ich dachte, dass ich schizophren würde oder so was. Multiple Persönlichkeitsstörung, da hört man auch Stimmen, nicht? Aber nach heute Nacht ...« Er sah an seinen Armen hinunter.

Nagheela schüttelte den Kopf. »Du bist nicht verrückt«, sagte sie. »Das ist echt. Wann sind die Stimmen weggegangen, gestern Nachmittag?«

Gertjan überlegte. Dann fiel es ihm wieder ein. »Der Polizist kam rein, Wilfred hieß er, oder Wilfried oder so ähnlich. Er hatte den Verband gefunden, den ich um den Kopf gehabt hatte.« Er zeigte auf die Krusten unterm Haaransatz. »Werner hatte mich mit irgendwas geschlagen, es blutete ziemlich. Susan hat den Verband gewechselt.«

»Hmm-mm.«

»Ja, und dann gingen die Stimmen weg. Zerkanim hörte auf zu meditieren und dann gingen sie gleich weg.« Gertjan sah sie an. »Was meinst du, hat Zerkanim das getan?«

Nagheela wandte den Blick ab. Ihr wurde bewusst, dass sie damit zugab, dass sie unsicher war. »Darüber muss ich nachdenken«, antwortete sie ausweichend.

»Aber es könnte sein«, beharrte Gertjan.

Nagheela nickte langsam. Sie wusste, dass sie damit eigentlich ihre Kompetenzen überschritt. *Lasst nie etwas Negatives über die Organisation nach außen dringen,* hatte Rashkalin gesagt. *Auch wir müssen noch hinwachsen zu vollkommener Harmonie. Wenn die Irrgläubigen denken, dass wir unter-*

einander uneins sind, können wir ihnen niemals helfen. Alles, was wir falsch machen, werden sie gegen uns gebrauchen, und damit gegen den Geist der Erde und gegen sich selbst.

»Aber wenn er das gemacht hat, hatte er bestimmt einen Grund dafür«, verteidigte sie Zerkanim. »Es war auch in deinem Interesse, selbst wenn du das im Moment nicht verstehst.«

Gertjan fand das zu einfach und das sagte er auch.

»Mir fällt so schnell nichts anderes ein«, gab Nagheela zu. »Das überfällt mich alles irgendwie.«

»Nicht bloß dich«, bemerkte Gertjan ironisch.

Nagheela spürte die plötzliche Distanz. »Ich komme darauf zurück«, sagte sie schnell. »Das versprech ich dir.«

Gertjan nickte. »Und jetzt, gehst du jetzt zu Zerkanim? Was glaubst du, was dann passiert?«

Er sprach genau das an, was Nagheelas größte Sorge war. Sie wusste, dass Zerkanim sie angelogen hatte. Er hatte ihr gesagt, dass der Pfarrer in die Schweiz gebracht worden war. Sie musste sich mit Iskia beraten. Was wussten sie eigentlich von Zerkanim? Die Ernter hatten sehr selbständig gearbeitet. Wer weiß, in was er alles hineingeraten war. Mit den Kräften spielte man nicht einfach so herum. Und dann war da noch dieser Werner – hatte er wirklich zu den Tekna-Gen gehört? Warum erschoss er dann einfach mir nichts, dir nichts diesen Pfarrer? Sie hatte Fragen über Fragen.

»Ich gehe nicht gleich zu Zerkanim«, versprach sie. »Ich muss erst mal in Ruhe nachdenken.«

Gertjan beruhigte sich. Was hätte er auch sonst tun können.

»Du bist müde?«

Es war halb Frage, halb Feststellung.

14

Zerkanim schritt unruhig im Zimmer auf und ab. »Irgendwie hab ich kein gutes Gefühl bei der Sache«, sagte er.

Iskia widersprach inzwischen nicht mehr. Schweigend knöpfte sie ihre Bluse wieder zu. Es war nichts Besonderes gewesen, Zerkanim war mit den Gedanken ganz woanders. Sie hatte gedacht, ihn ein bisschen ablenken zu können, und das war ihr auch vorübergehend gelungen, aber hinterher hatte er wieder weitergejammert.

»Vielleicht musst du noch ein bisschen schneller auf und ab rennen«, sagte sie bissig. »Das hilft sicher.« Sie bückte sich, um eine Sandale aufzuheben, und blickte sich suchend nach der anderen um.

»Unterm Bett«, sagte Zerkanim. Na also, wenigstens ein nützlicher Kommentar. Sie bückte sich und schlüpfte hinein. Zerkanim ließ sich neben sie aufs Bett fallen, während sie die Sandalen zuband.

»Du hast schon Recht«, gab er zu, während er einen Arm um sie schlang. »Im schlimmsten Fall muss sie ausgetauscht werden.«

»So ist es«, bestätigte Iskia und stand auf. Sie hatten genug darüber geredet. »Ich koche uns einen Tee; zieh dich wieder an, ja?«

Zerkanim ließ sich hintenüber aufs Bett fallen. Er hatte Iskias Wink verstanden und versuchte, an etwas anderes zu denken.

Das Hotelzimmer war nicht ungemütlich. Mithilfe einer Zwischenwand war der Schlafbereich vom Wohnbereich abgetrennt. Iskia holte Wasser aus dem Badezimmer und erhitzte es mit dem Elektrokessel. Zerkanim hatte sich angezogen und setzte sich an den runden Tisch. Er trommelte mit den Fingern auf die Tischplatte, hörte jedoch sofort damit auf, als Iskia sich irritiert umsah.

»Sorry«, sagte er und klopfte sich selbst auf die Finger.

»Wie ist es eigentlich heute gelaufen bei dir?« Ihm war bewusst geworden, dass er sie danach überhaupt noch nicht gefragt hatte.

Iskia ignorierte seine Frage. Wenn er das wissen wollte, hätte er früher fragen müssen, fand sie.

Das Flöten des Elektrokessels unterbrach die unangenehme Stille.

»Prima, Tee!«, rief Nagheela, als sie hereinkam. Sie war überrascht, Zerkanim drinnen anzutreffen.

»Hallo«, sagte sie so normal wie möglich, aber sie sah mit einem Blick, dass Zerkanim sich Sorgen machte. Sie wusste, dass sie auf der Hut sein musste.

»Kleine Versammlung angesagt?«, setzte sie hinzu und versuchte ihrer Stimme einen nonchalanten Ton zu verleihen. Sie öffnete ein Hängeschränkchen, um nachzuschauen, ob es noch etwas zu essen gab.

»Und?«, fragte Iskia.

Auf dem Rückweg zum Hotel hatte Nagheela hin und her überlegt. Sie war zu dem Ergebnis gekommen, dass sie am besten offen sein würde – sie wusste, dass sie eine schlechte Schauspielerin war. Aber wenn sie sich jetzt einfach forsch gab und den Eindruck vermittelte, dass sie alles unter Kontrolle hatte, gab es wahrscheinlich keine Probleme. In dieser Hinsicht war es auch wieder gut, dass Zerkanim auch gleich da war. Sie nahm ein Croissant aus dem Schränkchen und setzte sich zu Zerkanim an den Tisch.

»Das war ja vielleicht was«, begann sie und sah auf ihre Armbanduhr. »Sitzt du schon lange hier?« Sie lächelte ihm schelmisch zu und sah danach über seine Schulter auf das Bett, das sie ordentlich gemacht hatte, bevor sie gegangen war.

»Oder hast du Gesellschaft gehabt?«, fügte sie hinzu.

Zerkanim war völlig platt. Er hatte erwartet, dass sie nervös sein oder sehr geheimnisvoll tun würde, oder dass sie direkt zum Angriff übergehen würde. Sie benahm sich jedoch ganz natürlich und locker, so wie er sie bei ihrer ersten Begegnung eingeschätzt hatte.

Er wischte ihre letzte Bemerkung mit einer Handbewegung vom Tisch, er war nicht in der Stimmung für Scherze. »Erzähl«, sagte er. »Wie ist es gelaufen?«

Iskia schenkte den Tee ein und setzte sich dazu.

»Du hättest ruhig eben anrufen können«, sagte Nagheela. »Ich war nicht ganz auf dem Laufenden, hatte ich das Gefühl.«

»Er hat verschlafen«, erklärte Iskia. »Sonst hätte er auf jeden Fall angerufen.«

»Du bist also bei ihm gewesen?«, fragte Zerkanim

Nagheela nickte, brach sich ein Stück von ihrem Croissant ab und steckte es in den Mund. Iskia musste innerlich lachen. Sie sah, dass Nagheela mit ihm spielte, und das gefiel ihr. Zerkanim fummelte nervös mit den Fingern herum.

Nagheela kaute sorgfältig den Mund leer und beschloss dann, dass es zu viel des Guten wäre, wenn sie jetzt noch einen zweiten Bissen nehmen würde. »Ja«, sagte sie, »ich bin bei ihm gewesen.«

Sie holte mit dem Finger noch ein Stück Croissant hinter den Zähnen hervor.

»Wer ist Werner?«, fragte sie Zerkanim. »Und warum wusste ich nicht, dass dieser Pfarrer tot ist?«

Zerkanim zog eine Augenbraue hoch. Er hatte eine andere Einleitung erwartet. Er hatte damit gerechnet, dass sie ihn auf den Voodoo-Zauber ansprechen würde, aber auch diese Frage hatte er natürlich vorausgesehen.

»Werner Meilink«, erklärte er, »ist wahrscheinlich jemand gewesen, der etwas gegen den Pfarrer hatte. Er hat unseren Namen missbraucht und die Situation dazu ausgenutzt, den

Mann zu ermorden.« Er beobachtete Nagheelas Reaktion. Sie schien die Antwort zu überdenken.

Nagheela stellte fest, dass er log.

»Und das mit dem Pfarrer hätte ich euch ehrlich sagen müssen.« Er sah sie schuldbewusst an. »Aber ich kannte euch noch nicht und wollte nicht, dass ihr sofort mit so etwas konfrontiert werdet. Ich dachte auch, dass es nicht wichtig wäre.«

Nagheela warf Iskia einen kurzen Blick zu. Diese blieb auf Distanz.

»Okay«, sagte Nagheela. Sie vermutete, dass sie Zerkanim wahrscheinlich schon in Bedrängnis bringen konnte, wenn sie das wollte, aber dass das ihre Situation nicht verbessern würde. Es kam ihr darauf an, den Anschein zu erwecken, dass sie keine Probleme damit hatte und dass sie Zerkanim vollkommen vertraute. »Aber ich stand schon ziemlich dumm da. Wenn ich es gewusst hätte, hätte ich dem Mann das mit diesem Werner gleich sagen können. So hat mich das Ganze halt total überrascht.«

»Was hast du ihm denn erzählt?«, wollte Zerkanim wissen.

»Dass er nicht von uns war«, lächelte sie, »ich bin doch auch nicht blöd.«

Zerkanim grinste. Nein, sie war nicht blöd, das merkte er. Es war eigentlich alles halb so schlimm. Wahrscheinlich hatte er sich umsonst Sorgen gemacht.

Nagheela registrierte, dass er sich entspannte.

»Und weiter?«, fragte Zerkanim. »Wie geht es weiter, kommt er zu einer Zusammenkunft?«

»Noch nicht, glaube ich«, antwortete Nagheela wahrheitsgemäß. »Er war krank. Die Kräfte haben ihm ziemlich übel mitgespielt, fand ich. Er wird wohl noch etwas Zeit brauchen.«

Zerkanim guckte schuldbewusst. »Ich hab wohl ein bisschen übertrieben«, gab er zu.

»Ziemlich«, bestätigte Nagheela, »aber es hat doch ein ganz

gutes Ende genommen. Er vertraut mir.« Sie guckte ein bisschen stolz. Zerkanim nickte ihr anerkennend zu, beinah bewundernd, und auch Iskia schien beruhigt zu sein. Es war wirklich alles halb so schlimm. Nagheela konnte mehr vertragen, als er und Iskia auf den ersten Blick vermutet hatten. Es erstaunte ihn, dass sie nicht zur Kadergruppe gehörte, aber dafür würde Rashkalin wohl seine Gründe gehabt haben. Zerkanim fragte sich allerdings, was sie über Voodoo wusste, und ob sie irgendwelche Maßnahmen ergriffen hatte.

»Hast du etwas gegen seine ... na, seine Krankheit getan?«, fragte er Nagheela.

»Äh ...«, Nagheela begriff nicht ganz, was er meinte. »Ja, ich glaube schon, ich hab ihm ein Aspirin gegeben. Zwei sogar, denn eins hat nicht so viel genützt. Wieso?«

Es entging ihr nicht, dass Zerkanim und Iskia einen Blick wechselten.

»Ich glaube, dass sich ein Heiler darum kümmern sollte«, meinte Zerkanim. »Ich gehe heute Nachmittag bei ihm vorbei.«

»Oh.« Nagheela war sich nicht recht darüber im Klaren, ob das eine gute Entwicklung war oder nicht. »Hast du denn einen Heiler hier?«

»Ich denke, ich komme schon allein zurecht«, lächelte Zerkanim.

»Dann komme ich mit.« Nagheelas Ton ließ keinen Zweifel daran, dass sie sich nicht davon abbringen lassen würde. »Mir vertraut er, aber dir noch nicht. Oder was hast du gedacht?«

»Das kommt schon noch«, vermutete Zerkanim.

Am Nachmittag blieb Zerkanim erst noch einige Zeit im Hotel und erkundigte sich weiter nach Nagheelas Gespräch mit Gertjan, und was alles genau passiert war, auch an jenem Morgen in der Kirche. Abgesehen von den Stimmen verschwieg Nagheela kaum etwas; sie wusste, dass sie sonst später Probleme bekommen konnte. Aber zwei Dinge machten ihr Probleme. Erstens hatte Zerkanim gelogen. Werner Meilink hatte sehr wohl im Auftrag der Tekna-Gen gehandelt, und das ließ sich in Nagheelas Augen nicht vereinbaren mit dem, was sie im Zentrum gelernt hatte – weder die Gewalt noch die Lüge. Und zweitens die Art, wie Gertjan zugerichtet war. Von was für Kräften hatte Zerkanim Gebrauch gemacht, und wie vertrug sich das mit dem Geist der Erde, dem Geist der Harmonie? Gab es noch mehr, was sie nicht wusste? Und welche Rolle spielte Iskia bei dem Ganzen? –

Gertjan reagierte nicht auf das Klingeln. Auch nicht beim zweiten, dritten und vierten Mal. Nagheela lief ein paar Schritte nach hinten und warf einen Blick auf das Schlafzimmerfenster, das einen Spalt geöffnet war. Sie konnte doch schlecht nach ihm rufen, fand sie.

»Müssen wir ihn wirklich wach machen?«, fragte sie Zerkanim. »Es ist doch auch kein Fehler, wenn er sich mal anständig ausschläft, oder?«

Zerkanim lächelte. »Ich würde doch lieber mal nachsehen«, fand er. »Wir wollen doch nicht, dass er überhaupt nicht mehr wach wird.«

Nagheela sah ihn erschrocken an. »Glaubst du, dass es so schlimm um ihn steht?«

Zerkanim zog die Mundwinkel nach unten. »Na ja ...«

Er begann wieder zu begreifen, warum Rashkalin Nagheela nicht für die Kadergruppe zugelassen hatte. Sie machte sich wirklich ziemlich übertriebene Sorgen um die Gesundheit eines einzigen Irrgläubigen. Soweit es an ihm lag, ließen sie die Sache auf sich beruhen und warteten darauf, dass sich das Problem von selbst löste. Aber das konnte schnell dazu führen, dass Nagheela unbrauchbar wurde für die Organisation. Und dann wäre all das, was man bereits in sie investiert hatte, umsonst gewesen. Außerdem war er auch ziemlich neugierig auf diesen Gertjan van der Woude, der einen von seinen Leuten getötet hatte. Er wollte wenigstens einmal mit ihm sprechen. Das Schlafzimmerfenster ließ sich vielleicht vom Garagendach aus erreichen. Nagheela lief um die Garage herum und schätzte den Abstand zwischen Garagendach und Fensterbank. Müsste klappen, dachte sie. Hoffte sie. »Wenn du mich auf deine Schultern klettern lässt, kann ich aufs Garagendach und von dort aus zum Fenster hinein«, meinte sie und band bereits ihre Sandalen los.

Zerkanim folgte ihrem Blick und zog eine Augenbraue hoch. »Hochhelfen kann ich dir gern, aber muss ich dich hinterher auch wieder auffangen?«

»Sehr aufmerksam von dir«, gab Nagheela zurück. »Komm, mach schon!«

Zerkanim zuckte die Schultern und stellte sich an die Garagenmauer, die Hände ineinander gefaltet. Nagheela glitt in einer einzigen geschmeidigen Bewegung über seine Hände und Schultern auf das Garagendach. Der Abstand zwischen Fenster und Garagendach betrug gut anderthalb Meter, und die Fensterbank verlief auch noch schräg abwärts. Zerkanim fragte sich, wie sie das hinkriegen wollte, aber Nagheela schien darin kein Problem zu sehen. Mit einem kleinen Anlauf sprang sie vom Garagendach ab und landete weich auf der Fensterbank; dabei hielt sie sich mit den Händen am Fenster fest. Dann glitt sie mit einem Fuß durch den offenen Spalt zum Fenster hinein und löste den Feststellhebel. Bevor Zerkanim recht gesehen hatte, wie sie das machte, war sie schon drin. Er pfiff bewundernd durch die Zähne.

Das Erste, was Nagheela auffiel, war die stickige, faule Luft, die im Zimmer herrschte, und der schweflige Geruch. Gertjan atmete schwer und unregelmäßig. Sie musste sich erst an das dämmrige Licht gewöhnen. Die schweren Übergardinen dunkelten das Zimmer stark ab.

Nagheela schauderte. Was es war, wusste sie nicht, aber ein unangenehmes Gefühl ergriff von ihr Besitz, bedrückend, beklemmend.

»Gertjan?«

Er reagierte nicht. Sie zog eine der Gardinen auf und ging dann zum Bett. Gertjan lag auf der Seite unter dem Laken, die Beine angezogen, in Fötushaltung. Er zitterte. Das Laken war nass und wies an verschiedenen Stellen dunkel- und hellrote Flecken auf. Ein Teil der Wunden hatte wahrscheinlich angefangen zu bluten. Nagheela schlug das Laken zurück. Der faulige Gestank schlug ihr ins Gesicht und sie taumelte voller Abscheu zurück. Die Kratzer auf Gertjans Haut waren weiter geschwollen; die meisten waren aufgebrochen und eiterten oder bluteten.

Nagheela schlug die Hände vor den Mund. Sie musste sich zusammennehmen, um nicht laut loszuschreien. Dann stürzte sie aus dem Zimmer. Sie rannte die Treppe hinunter und riss die Haustür auf.

»Das hast du ja super ...«, begann Zerkanim. Da sah er Nagheelas entsetzten Blick. »Was ist denn?«

»Schnell, komm«, brachte Nagheela heraus und rannte vor ihm her die Treppe hoch. Zerkanim folgte ihr mit großen Sprüngen. Die Schlafzimmertür stand noch offen und der schweflige, faulige Geruch schlug ihnen bereits auf dem Gang entgegen.

Auch Zerkanim erschrak, als er den übel zugerichteten Körper Gertjans sah. Einige Augenblicke starrte er betroffen auf das Ergebnis seiner nächtlichen Übung. Das hatte er nicht erwartet. Welche Kräfte waren das gewesen? War das die Handlungsweise des Geistes der Erde, die Art, wie die Harmonie zustande gebracht werden sollte?

»Tu was, Zerkanim«, sagte Nagheela mit flehender Stimme. Mit Mühe wandte er den Blick von dem abscheulichen

Anblick auf dem Bett ab und sah Nagheela an. Ihre großen Augen waren weit aufgerissen und unterstrichen ihre Bitte.

Er nickte langsam. Ob er die Kraft hatte, die hierfür erforderlich war? Vor der Reinigung hatte er in beschränktem Maße Heilungskräfte besessen, aber das hier war wirklich eine schwere Aufgabe.

»Kannst du das?«, fragte Nagheela. »Oder müssen wir noch jemand dazuholen? Was meinst du, kannst du das selbst?«

Sie hatte ihn am Arm gepackt und wippte auf den Zehen.

»Keine Kadergruppe«, dachte Zerkanim. Sie nahm sich das viel zu sehr zu Herzen. Aber wenn er jetzt nichts tat, würde dieser Mann sicher sterben und dann war er Nagheela auch los. Im ersten Moment hatte er sogar selbst gezweifelt.

»Setzt dich und meditier mit mir«, sagte Zerkanim kurz angebunden.

»Ja«, sagte Nagheela und saß schon am Boden. Zerkanim beugte sich über Gertjan. Er musste gegen den Ekel ankämpfen, der in ihm aufstieg. Vorsichtig berührte er den Mann. Ein Zittern überlief seinen Körper und Zerkanim zog instinktiv die Hand zurück, so als hätte er sich verbrannt. Nagheela sah ihn hoffnungsvoll an. Er setzte sich auf die Bettkante, legte mit einigem Widerwillen die Hände auf den Oberarm des Mannes und schloss die Augen.

Leise rief er sein Mantra an und konzentrierte sich, so gut er es vermochte. Nagheela tat dasselbe. Langsam fielen die beiden in Trance.

Iskia lag auf ihrem Bett und starrte an die Decke. Sie überdachte die Situation, aber sie kam zu keinem Ergebnis. Rashkalin hatte ihr gesagt, dass sie ein Auge auf Nagheela haben sollte, weil sie nicht zur Kadergruppe gehörte. Nach dem, was sie von Zerkanim erfahren hatte, war dieser Gertjan van der Woude ein äußerst schwieriger Fall. Daher hatte die unerwartet lakonische Haltung, die Nagheela an den Tag gelegt hatte, sie mehr als erstaunt. Obwohl sie keinen direkten Anlass hatte, Nagheela zu misstrauen, war Iskia nicht wohl bei der Sache. Zerkanim machte sich das Ganze ihrer Ansicht nach zu leicht. Allein die Tatsache, dass er sie jetzt mitnahm. Sie wäre lieber selbst mitgegangen, aber Nagheelas Argument, dass er ihr vertraute und dass es sicher keine gute Idee war, wenn plötzlich zwei Wildfremde an seinem Bett standen, war kaum zu entkräften.

Viel Erfahrung mit Voodoo hatte sie nicht, aber sie wusste, dass damit Kräfte beschworen werden konnten, die man selber nicht mehr in der Hand hatte. Während der Trainingseinheiten der Kadergruppe hatten sie darüber ausführliche Theoriestunden gehabt, aus Mangel an Freiwilligen für praktische Übungen, wie es scherzhaft geheißen hatte. Im Grunde galten dieselben Regeln wie beim Heilen, nur umgekehrt. Sie fragte sich, ob die Kräfte nun auch wieder weichen würden, wenn sie den Auftrag bekamen, ihr Opfer in Ruhe zu lassen. Die Absicht von Voodoo war ausnahmslos, einen unumkehrbaren Krankheitsprozess in Gang zu setzen.

Beinah gleichzeitig erwachten Zerkanim und Nagheela aus ihrer Trance. Nagheela fühlte sich erschöpft und leer. Sie saß noch am Boden zu Zerkanims Füßen, der rittlings auf der Bettkante saß, die Hände auf den kranken Gertjan gelegt. Sie hatte nicht die leiseste Ahnung, wie lange sie in Trance gewesen waren und was geschehen war. Sie hatte absolut keine Erinnerung. Meist hatte sie, wenn sie meditiert hatte, hinterher noch etwas von den Erfahrungen gewusst, die sie gemacht hatte, und hatte Zufriedenheit und Genugtuung verspürt. Aber diesmal wusste sie nichts mehr. Sie sah hoch zu Zerkanim, der langsam die Hände von Gertjan nahm und sie an seinem Körper abstrich.

Auf seiner Stirn standen Schweißperlen; auf ihrer auch, stellte sie fest und strich sich mit einer Hand das Haar aus der Stirn. Sie wagte beinah nicht, an Zerkanim vorbeizuschauen, um zu sehen, was ihre Meditation bewirkt hatte. Allerdings fiel ihr auf, dass der faule, schweflige Geruch völlig verschwunden war. Oder hatte sie sich inzwischen daran gewöhnt?

Langsam stand sie auf und sah Gertjan an. Zu ihrer Verwunderung waren die eiternden, offenen Kratzer vollkommen geschlossen; sie waren jetzt sogar kleiner als an diesem Morgen. Auch Zerkanim betrachtete schweigend das Resultat. Sein Gesicht verriet keinerlei Gefühlsregung. Gertjan hatte sich ausgestreckt und auf den Rücken gedreht.

»Wie ist das möglich«, flüsterte Nagheela und berührte ihn vorsichtig, wie um zu prüfen, ob ihre Augen sie nicht trogen. Sie ging um Zerkanim herum und befühlte mit der flachen Hand Gertjans Stirn.

»Sogar das Fieber ist weg.« Mit großen Augen sah sie Zerkanim an, der immer noch abwesend auf Gertjan starrte. Nun nickte er. Auch er konnte sich an nichts erinnern. Auch er war erstaunt über das Ehrfurcht gebietende Ergebnis, aber es beunruhigte ihn auch gleichzeitig. War das klug, was er hier getan hatte? Welche Kräfte waren hier am Werk gewesen?

»Freust du dich nicht?«, fragte Nagheela.

»Er wird wach«, stellte Zerkanim fest, froh, dass er Nagheelas Frage ausweichen konnte.

Gertjan bewegte träge einen Arm und zog ein Bein hoch. Langsam öffnete er ein Auge und dann das zweite. Gespannt sahen Zerkanim und Nagheela zu. Plötzlich fiel Gertjans Blick auf die beiden Menschen an seinem Bett, und er fuhr erschrocken hoch.

»Was ist los? Wer ...?«

Als Erstes erkannte er Zerkanim, der ihm am nächsten war, da er noch auf der Bettkante saß. Nagheelas Gesicht war nicht gut zu erkennen, weil sie zwischen ihm und dem Fenster stand.

Als sie sah, wie Gertjan erschrak, trat sie vor. »Ich bin's, Nagheela, es ist alles in Ordnung.«

Zerkanim stand auf; er begriff, dass Gertjan seine Anwesenheit als bedrohlich empfinden musste.

»Du warst krank, Gertjan, sehr krank«, sagte Nagheela, während sie sich zu ihm auf die Bettkante setzte und ihm die Hand auf den Arm legte.

Gertjan blickte zwischen Nagheela und Zerkanim ständig hin und her.

»Zerkanim hat dich geheilt, Gertjan, sonst wärst du gestorben.«

Gertjan sah Zerkanim an. Er war gerade wach geworden und seine Gedanken waren noch nicht ganz klar. »Zerkanim?«, fragte er. Zerkanim war für ihn das Sinnbild dessen, was an den Tekna-Gen bedrohlich war. Es passte nicht zu seinen Erfahrungen, dass er jetzt als Heiler und Retter vor ihm stand.

Zerkanim spürte Gertjans Anspannung und lächelte einnehmend. Er streckte die Hand aus. »Zerkanim, angenehm.«

Verwirrt schüttelte Gertjan die ihm dargebotene Hand. »Gertjan van der Woude.«

»Entschuldigen Sie, dass wir Sie einfach so in Ihrem Schlafzimmer überfallen, aber Nagheela hat Recht. Sie waren krank, sehr krank. Es war höchste Zeit, etwas zu unternehmen.«

Gertjan schüttelte ungläubig den Kopf und sah Nagheela an. »Mir geht's prima«, sagte er. Seine Stimme klang misstrauisch.

Nagheela begriff, dass er sich an nichts erinnern konnte. Aus welchem Grund hätte er annehmen sollen, dass sie die Wahrheit sagten? Ihr Blick fiel auf das schmutzige Laken, das zusammengeknäuelt am Fußende des Bettes lag.

»Du hast ganz viele Wunden gehabt«, sagte sie. »Die Kratzer von gestern Nacht, die von den Fledermäusen, weißt du noch ...? Also, diese Kratzer hatten sich entzündet, und du hast schrecklich gerochen. Du warst voller Blut und Eiter, und du hattest hohes Fieber.«

Gertjan betrachtete seine Arme und seinen Oberkörper. Die Kratzer waren noch da, aber sie waren geschlossen und kaum noch angeschwollen. Er wollte ihr widersprechen, aber sie nahm das Laken und schüttelte es aus. Der ekelhafte Geruch wurde wieder frei und Gertjan spürte, wie eine Welle der Übelkeit in ihm aufstieg.

»Guck«, sagte Nagheela und hielt das stinkende Laken hoch. Es war übersät mit schmierigen dunkelroten, schwarzen und gelblichen Flecken. Aber er schien immer noch nicht überzeugt.

»Rutsch mal ein Stück zur Seite«, sagte sie und stieß ihn an.

»Wieso?«, sagte er widerstrebend, rückte aber doch ein Stück. Das Leintuch, auf dem er lag, war ebenso schmierig, wenn nicht noch schmieriger als das, mit dem er sich zugedeckt hatte. Wie von der Tarantel gestochen sprang Gertjan aus dem Bett.

»Die Matratze kann man auch wegschmeißen«, konnte sich Zerkanim nicht enthalten festzustellen.

»Ich ...« Gertjan war sprachlos. Er war überzeugt. Er konnte es nicht erklären, aber die Illusion, dass er überhaupt noch irgendetwas erklären konnte, hatte er schon während der vergangenen Tage aufgegeben. Er sah Zerkanim an. »Warum ...?«

»Gehen Sie sich am besten erstmal duschen«, schlug Zerkanim vor. »Dann ziehen wir in der Zwischenzeit das Bett ab. Ich werde mich darum kümmern, dass Sie eine neue Matratze bekommen. Kann ich mal eben telefonieren?«

Gertjan war zu überwältigt, um dem irgendetwas entgegenzusetzen, und schickte sich an, Zerkanims Rat zu befolgen. Nur eine Frage musste er vorher noch loswerden. »Wie seid ihr eigentlich hier reingekommen?«

»Ganz normal«, antwortete Nagheela. »Durchs Fenster, vom Garagendach aus.« Sie zeigte mit dem Daumen über ihre Schulter. Zerkanim grinste breit.

»Dumme Frage«, gab Gertjan zu.

15

»Rashkalin.«

Obwohl Nagheela erst vor ein paar Tagen das Zentrum verlassen hatte, klopfte ihr Herz schneller, als sie die vertraute Stimme hörte. Es war in den vergangenen Tagen so viel geschehen, dass ihre Zeit in der Schweiz schon viel länger zurückzuliegen schien.

»Hier ist Nagheela, Rashkalin.«

»Nagheela?« Seine Stimme klang überrascht. »Ist irgendwas passiert?«

Den Rest des Nachmittags hatten Nagheela und Zerkanim bei Gertjan verbracht. Zerkanim war sehr gut gewesen. Er hatte eine Erklärung gefunden, die auf Gertjan, soweit Nagheela es beurteilen konnte, sehr glaubhaft gewirkt hatte. Nicht er hatte die Krankheit auf Gertjan herabbeschworen, während seiner Meditation, als Gertjan im Schrank saß. Da hatte er nur seine Schutzgeister um Rat gefragt. Nein, es war der Kampf in Gertjan selbst gewesen, der die Kräfte des falschen Geistes freigesetzt hatte. Dieser Geist des christlichen Glaubens wehrte sich gegen die bevorstehende Harmonie auf Erden und versuchte bei Gertjan Widerstand gegen die Organisation der Tekna-Gen zu wecken. Das war ihm beinah gelungen. Gertjan musste aufpassen, dass dieser falsche Geist ihn mit seinen listigen Anschlägen nicht zu Fall brachte. Nachdem die Kräfte einmal Einfluss auf ihn gewonnen hatten, wollten sie ihn mitreißen in ihren Untergang. Nagheela hatte große Bewunderung dafür empfunden, wie Zerkanim auf Gertjan einwirkte und ihn überzeugte. Trotzdem war ihr die Sache nicht ganz geheuer. Sie hatte beschlossen, Rashkalin um Rat zu fragen. Sie hatte das Gefühl, dass Zerkanim seine Kompetenzen deutlich überschritten hatte, und auch den Mord an dem Pfarrer konnte sie nicht mit der Arbeitsweise der Tekna-Gen vereinbaren, wie sie sie kennen gelernt hatte. Rashkalin würde ihr sicher helfen, klar zu sehen. Sie hätte natürlich warten können, bis sie einmal mit einem Irrgläubigen in die Schweiz käme, aber sie kannte sich: Sie würde ins Grübeln verfallen und die ganze Sache würde ihrer Beziehung zu Zerkanim und Iskia schaden. Als Zerkanim sie beim Hotel abgesetzt hatte, ging sie als Erstes zu einem Telefon. Es hatte sie einige Mühe und Überredungskunst gekostet, Rashkalin selbst an den Apparat zu bekommen. Es war höchst ungewöhnlich, dass ein Jäter sich direkt mit dem Leiter des Zentrums in Verbindung setzte. Die Ansprechpartner der Jäter waren eigentlich die Kontaktpersonen in den einzelnen Städten.

»Rashkalin, ich weiß, dass ich dich eigentlich nicht anrufen sollte, aber ich habe ein Problem«, begann Nagheela.

»Sag's mir nur, Mädchen.« Seine Stimme war warm und freundlich, wie immer. Nagheela erzählte ihre Geschichte und Rashkalin hörte aufmerksam zu. Nur ab und zu, wenn ihm irgendetwas nicht ganz klar war, unterbrach er sie mit einer Zwischenfrage. Die Geschichte beunruhigte ihn sehr. Glücklicherweise erzählte Nagheela sehr ausführlich und mit viel Blick fürs Detail, so dass er genügend Zeit hatte, sich eine Meinung zu bilden. Zerkanim war sicher zu weit gegangen, darüber bestand kein Zweifel. Von Ashurin hatte er bereits gehört, dass Zerkanim einen impulsiven Charakter hatte und oft spontan handelte, ohne genügend über die möglichen Folgen nachzudenken. Andererseits war er jedoch ein sehr positiv eingestellter und kreativer Mensch, wodurch es ihm meist gut gelang, die Scherben wieder zu kitten. Was ihm im Moment mehr Sorgen machte, war Naghcela. Wenn er Partei für Zerkanim ergriff, dann konnte er davon ausgehen, dass er Nagheela verlor. Sie würde nicht mehr funktionieren, wenn sie erfuhr, wie die Kadergruppe arbeitete. Wenn er sich jedoch für Nagheela entschied ... ein Feldkoordinator war mehr wert als ein Jäter. Wenn er die Sache verstandesmäßig anging, fiel die Wahl nicht schwer. Aber Rashkalin machte einen Fehler. In einem Moment der Schwäche hörte er auf sein Herz.

Nachdem das Gespräch beendet war, blieb Rashkalin noch minutenlang reglos sitzen und starrte vor sich hin. Er erkannte, dass er keine wohl überlegte Entscheidung getroffen hatte. Er konnte Zerkanim nicht ins Zentrum holen. In Anbetracht von Zerkanims impulsiven Charakter würde seine Entscheidung sicher in den anderen Zentren bekannt werden und das konnte er sich nicht erlauben, er wollte es auch nicht. Zerkanim in Ashurins Zentrum zu schicken, war auch keine Lösung. Die aufgeräumte Stimmung, in der er sich während der vergangenen Tage nach der Säuberung befunden hatte, war mit einem Schlag weg. Rashkalin schlug mit der flachen Hand auf den Tisch.

»In die Zukunft schauen«, versuchte er sich selbst zu ermutigen. Er nahm den Telefonhörer und drückte eine Taste.

»Nazanja, verbinde mich bitte mit Lamain von der Polizei Haarlem, ja?«

Er legte den Hörer nieder und wartete.

»Lamain am Apparat. Wie komme ich zu dieser Ehre, Rashkalin?«

Lamain klang überrascht und untertänig. Er fühlte sich sehr geschmeichelt, dass Rashkalin selbst ihn anrief.

»Lamain, ich will, dass du Zerkanim entfernst. Heute Nacht noch.«

Rashkalin war kurz angebunden. Er war nicht in der Stimmung, lange Erklärungen abzugeben. Abgesehen davon, dass er das wahrscheinlich sowieso nicht konnte, war er es Lamain auch nicht schuldig. Und Lamain war diskret. Oder besser gesagt, er hatte zu viel Angst, um zu reden.

»Pardon«, fragte Lamain unsicher, »Zerkanim, haben Sie gesagt?« Er konnte sich nicht vorstellen, dass er das richtig verstanden hatte.

»Heute Nacht«, wiederholte Rashkalin.

Lamain zögerte. Konnte er so kurzfristig zwei Männer bekommen? Gerade hatte er Werner Meilink verloren, und aus seiner Staffel war längst nicht jeder einsetzbar. Aber das interessierte Rashkalin nicht. Dann musste Lamain eben ein bisschen rumtelefonieren.

»Gut«, antwortete er.

Das Dachzimmer war wieder von Dutzenden von Kerzen erleuchtet. Eine leise, melodische Musik vermischte sich mit den tiefen, regelmäßigen Atemzügen Zerkanims, der vor seinem Altar saß und meditierte.

Zerkanim hatte im Nachhinein sehr gemischte Gefühle, wenn er an die ganze Sache mit Gertjan zurückdachte. Mit Gertjan war es gut gelaufen, sie hatten offen über die Geschehnisse der vergangenen Tage gesprochen und Gertjan hatte seine Erklärung akzeptiert. Zerkanim konnte, was das betraf, durchaus zufrieden sein.

Aber was Nagheela betraf, hatte er ein unbehagliches Gefühl. Obwohl sie sich durchaus korrekt verhalten und ihn gut unterstützt hatte, hatte er das Bedürfnis, ihretwegen seine Schutzgeister zu befragen. Ihr zuliebe hatte er die Kräfte, die er auf Van der Woude herabbeschworen hatte, wieder in ihre Schranken verwiesen. Aber war das klug gewesen? Das Ziel war doch die Reinigung der Erde? Dazu passte es nicht, das

Leben eines Irrgläubigen zu retten, der der Harmonie im Weg stand.

Er hatte seinen Altar eingerichtet und sich bewusst für die geistliche Welt geöffnet. Die Handflächen hielt er nach oben, als sei er bereit, geistliche Gaben zu empfangen. Allmählich traten seine bewussten Wahrnehmungen in den Hintergrund; seine Aufmerksamkeit war ganz auf die geistliche Welt gerichtet. Er begann die leisen Stimmen seiner Schutzgeister zu hören, die sich harmonisch mit der spirituellen Musik mischten. Zerkanim wiegte sich sanft hin und her und stimmte sich innerlich auf die Musik ein, während er darauf wartete, dass seine Schutzgeister sich ihm näherten. Diese Phase der Meditation konnte zwischen zehn Minuten und einer Stunde dauern. Seine normalen Sinnesorgane rigistrierten dann kaum noch etwas, und es kam manchmal vor, dass er sich vollkommen außerhalb seines Körpers befand. Seit der Reinigung waren die Stimmen viel deutlicher geworden. Vorher war es mehr ein Gefühl gewesen – vage Stimmen, die tief aus seinem Innern zu kommen schienen. Während der letzten Tage waren sie so deutlich, dass es schien, als würde jemand mit ihm sprechen. Er konnte sie auch unterscheiden. Es waren Stimmen, die ihn unterstützten; ihre Funktion war ihm noch nicht völlig klar. Meist waren sie im Hintergrund anwesend, sangen leise oder flüsterten miteinander. Daneben gab es zwei andere, die mehr Autorität besaßen. Die eine davon hatte anscheinend den Auftrag, ihn zu beraten und zu begleiten; die zweite war offenbar eine Art Begleiter der ersten und ließ sich nur gelegentlich vernehmen.

Der Höhepunkt seiner Meditation waren die beglückenden Erfahrungen, die er machte, wenn er seinen Körper vollständig verließ und in eine Art Gemeinschaft mit der geistlichen Welt eintrat. Wenn er danach aus seiner Meditation erwachte, erinnerte er sich an seine Erlebnisse so wie an einen Traum;

nach der Reinigung waren jedoch auch diese Erinnerungen deutlicher geworden.

Immer deutlicher ertönten die Stimmen, und vor seinem geistigen Auge tanzten weiße Fetzen, die wie kleine Wolken aussahen, graziös zum Takt der Musik. Er glaubte sogar, Gesichter zu erkennen, lächelnde Gesichter mit großen hellblauen Augen, die ihm ermutigende Blicke zuwarfen, während sie sangen und tanzten. Jedesmal, wenn eines von ihnen ihn berührte, durchströmte ihn ein seltsames Lustgefühl.

Plötzlich änderte sich das friedliche Bild der tanzenden weißen Schatten. Der harmonische Singsang wurde durch ein unzusammenhängendes Stimmengewirr im Hintergrund unterbrochen. Ein kleines, schwarzes Etwas schoss an ihm vorbei und schien ihn kurz zu berühren. Es hinterließ ein brennendes Gefühl auf seiner Haut. Hörte er ein Kichern? Die harmonischen weißen Wolken verstummten und trieben auseinander. Hinter ihnen näherte sich eine formlose, schnatternde schwarze Wolke. Wieder schoss etwas an ihm vorbei. Dann ein kurzer, scharfer Aufschrei. Zerkanim konnte gerade noch den Kopf zur Seite drehen, sonst hätte es ihn berührt. Dann hatte er auf einmal das Gefühl, als ob er fiele, nein, als ob er gefallen sei, und mit einem dumpfen Aufprall kehrte er in seinen Körper zurück.

Zerkanim blinzelte.

Was war das gewesen? Er saß immer noch in Meditationshaltung vor seinem Altar. Er sah, dass die Kerzen kaum heruntergebrannt waren – also hatte die ganze Erfahrung höchstens ein paar Minuten gedauert. Er war befremdet; so hatte noch keine seiner Meditationen geendet. Er war dadurch in keiner Weise klüger geworden, und er empfand auch kein Glücksgefühl, eher ein Gefühl der Beunruhigung. Wieder schoss etwas Schwarzes, Flatterndes an ihm vorbei. Zerkanim erschrak. Aus den Dachbalken ertönte Gekicher. Er sah auf.

Einige Dutzend fledermausartige Wesen mit beinahe menschlichen Gesichtern erwiderten seinen Blick.

Beim nächsten Augenaufschlag waren sie verschwunden. Zerkanim sah nur noch die flackernden Schatten des Kerzenlichts.

»Uijuijui«, ertönte es, und von allen Seiten war Keuchen und Schnaufen zu hören. Ein beklommenes Gefühl stieg in ihm auf und sein Herz begann schneller zu schlagen. Da waren sie wieder, grinsende Gesichter, schwarz glänzende, lederartige Flügel mit scharfen Klauen daran. Oder waren es nur Schatten? Aber Schatten wovon? War es eine Vision oder waren diese Wesen wirklich hier?

»Nein«, murmelte er.

»Uijuijui«, ertönte es wieder, als ob etwas Schreckliches über seinem Kopf hinge.

»Er ist böse«, rief ein dünnes, lispelndes Stimmchen.

»Wer?«, fragte Zerkanim mit bebender Stimme.

Eine eiskalte Windböe fuhr durch das Dachzimmer; die Hälfte der Kerzen ging aus, die anderen flackerten wild.

Die fledermausartigen Wesen piepsten und verkrochen sich in die Dachbalken. Zerkanims Herz klopfte noch stärker. Er hatte ein Gefühl, als ob eine eiskalte Hand nach seinem Herzen griffe. Die Kerzen flackerten immer noch. Da war die Stimme – wie ein tiefes, dunkles Grollen, allgegenwärtig, drohend: »Spiel nicht mit uns!«

»W-was?«, stammelte Zerkanim.

Gekicher in den Dachbalken. Dann das lispelnde Stimmchen: »Na, er eben. Er ist böse. Hihihi«, abrupt gefolgt von einem knarrenden Geräusch. Zerkanim sah nach oben; gelbschwarzer Rauch zog über die Decke und löste sich dann auf. Ein fauliger, schwefliger Geruch zog durchs Zimmer. Zerkanim erkannte diesen Geruch – es war derselbe, den Gertjans kranker Körper ausgeströmt hatte. Abwehrend hob er die Hände.

»Du lieferst ihn uns aus und nimmst ihn uns wieder weg«, schnaubte die dunkle Stimme. Mit einem Knall schlug Zerkanims improvisierter Altar an die Wand. Glühend heißes Kerzenwachs spritzte ihm ins Gesicht.

Er saß wie gelähmt am Boden und zitterte am ganzen Leib. Er wusste nicht, was er sagen sollte oder ob er überhaupt etwas sagen sollte.

»Spiel nicht mit uns«, donnerte die Stimme wieder.

»N-nein ... tut mir Leid«, probierte Zerkanim. Auch dadurch schien sich die Situation nicht zu entspannen. Eine enorme Kraft packte Zerkanim und schleuderte ihn nach hinten an die Wand. Wieder roch er den fauligen, schwefligen Geruch. Er hatte ein Gefühl, als ob ein schweres Gewicht ihn an die Wand drückte und ihm die Luft abschnürte.

»Er hat uns gehört«, keuchte die Stimme. Einen Moment lang glaubte Zerkanim, ein Gesicht vor sich zu sehen. Es war groß, viel größer als seins, und ein unbändiger Hass funkelte in seinen Augen. Dann war es wieder weg. Auch der Druck auf seiner Brust war gewichen.

Zerkanim sah sich ängstlich um. Wieder verspürte er einen eisigen Windstoß. Die letzten Kerzen fielen um und sofort war es stockdunkel im Zimmer. Schwer atmend blieb Zerkanim an der Wand liegen. Er sah sich angespannt um und horchte. Von überallher kamen schlurfende, manchmal flatternde Geräusche, leises Piepsen, Kichern, Keuchen und unverständliches Gemurmel. Vorsichtig erhob er sich und tastete nach dem Lichtschalter. Ein brennender Schmerz durchzuckte seinen Arm.

»Nein ...«, wimmerte er. Als er den Lichtschalter gefunden hatte, blickte er in die Augen von Dutzenden fledermausartiger Wesen, die ihn aus allen Zimmerecken angrinsten.

»Uiii, war er böse!« Ein Kichern folgte auf diese Bemerkung.

»Lasst mich gehen, bitte, lasst mich in Ruhe«, flehte Zerkanim, immer noch mit dem Rücken an der Wand. Vorsichtig schob er sich auf die Tür zu. Da stürzten sich die Wesen wie eine schwarze Wolke auf ihn herab, mit einem Geschrei, dass Zerkanim das Blut in den Adern gefror.

»Der schläft natürlich längst«, brummte der kahl rasierte Mann. Der andere war etwas kleiner als er, aber mindestens ebenso breit, mit kurzem Stachelhaar. Beide trugen kurze schwarze Lederjacken mit Metallbeschlägen, in denen sich das Licht der Straßenlaternen vor Zerkanims Haus spiegelte. Ihre ebenfalls schwarzen Jeans steckten in schweren, halbhohen Motorradstiefeln. Der Glatzkopf trug eine schwarze Sporttasche. Der kleinere Mann klingelte noch einmal; er hielt den Knopf lange gedrückt und trat einmal ungeduldig gegen die Tür.

»Hat die Bude auch 'nen Hintereingang?«

»Keine Ahnung.« Der Glatzkopf zuckte mit den Schultern.

»Ist das vielleicht meine Wohnung?«

»Dann lauf doch mal eben außen rum.«

»Und dann?«

»Dann drückst du 'n Fenster oder 'ne Tür ein und machst mir auf.« Er maß den Größeren mit einem geringschätzigen Blick, so als hätte dieser selbst darauf kommen müssen.

Der Größere zögerte einen Moment. »Und warum drücken wir dieses Fenster nicht ein?«, fragte er. »Wer hindert uns daran?«

»Diskret, hat Ruud gesagt«, erklärte der Kleinere ungeduldig. »Das bedeutet, wir sollen nicht auffallen.«

»Okay«, nickte der Größere und strich sich übers Kinn. Der Kopf einer eintätowierten Schlange sah aus seinem Ärmel. Er konnte nicht verstehen, warum sie nicht auffallen durften, wenn sie sowieso nicht gefasst werden würden, aber wenn

Ruud es gesagt hatte ... Ruud war der Chef. Der Glatzkopf ging an dem Häuserblock entlang, bis er an einen schmalen Durchgang kam, durch den er zur Rückseite der Häuser gelangen konnte. Dann fiel ihm auf, dass er nicht wusste, welches das richtige Haus war, und mit einem dümmlichen Lachen kam er wieder zurück.

»Zähl doch einfach die Häuser, Schafskopf«, schimpfte der andere Mann. »Oder am besten komme ich gleich mit, der Kerl wird sowieso nicht wach.«

Die Nacht war klar, aber der Mond schien nicht. Nur das Licht einiger Sterne schien auf den schmalen Pfad hinter den Häusern. Die Männer tasteten sich schrittweise vorwärts und fluchten gelegentlich leise, wenn ihnen ein Zweig ins Gesicht schlug. Schließlich fanden sie den Hintereingang.

»Den Glasschneider, Leon.«

Der größere Mann holte einen Glasschneider aus der Tasche; der kleinere schnitt damit einen Kreis aus dem Fenster neben der Hintertür. Ein kurzer Ruck und die ausgeschnittene Scheibe löste sich. Er fasste mit der Hand nach innen und öffnete das Fenster. Unerwartet geschickt kletterten die plumpen Gestalten durch das Fenster ins Haus.

Es war eigentlich sowieso schon einfach, sogar zu einfach. Ruud hatte gesagt, dass der Mann kaltgemacht werden musste, wie, war ihm egal, sie mussten nur leise sein. Das Letzte hatten sie schon schade gefunden, es schränkte ihre Möglichkeiten ein. Ein bisschen mit dem Opfer spielen war nicht drin. Nun, da der Mann schlief, war es ein Kinderspiel. Kalt machen und die Leiche in den Spaarne versenken. Keiner von beiden wusste, wer der Mann eigentlich war und warum er sterben musste, aber es war besser, keine Fragen zu stellen. Ruud bezahlte gut und garantierte Deckung. Im Licht einer Taschenlampe gingen sie hintereinander die Treppe hinauf. Das obere Stockwerk war klein, es gab nur zwei Schlafzimmer, ein

Badezimmer und eine Treppe, die zum Dachboden führte. Das erste Schlafzimmer wurde als Abstellraum benutzt, das zweite war leer. Der Kahlköpfige brummte missbilligend: »Anscheinend ausgeflogen, das Vögelchen.«

»Nicht zu schnell aufgeben«, meinte der andere. »Da gibt's noch 'nen Dachboden. Ruud hat gesagt, dass er auf jeden Fall zu Hause ist heute Nacht. Wahrscheinlich schläft er dort oben.«

Die Bodentreppe knarrte gefährlich unter dem Gewicht der beiden Männer. »Wenn er davon nicht wach wird, wird er nie mehr wach«, grinste der Glatzkopf.

»Oder er hat uns gehört und wartet hier oben auf uns«, sagte der Kleinere. »Was weiß ich, was das für ein Typ ist.«

»Dann wird's doch noch schön«, grinste der andere. Nun standen sie vor der Tür, die zum Dachzimmer führte. Langsam drückte er die Klinke hinunter. Die Tür klemmte und er drückte dagegen. Die Tür gab ein wenig nach, ging aber nicht auf. »Da liegt was davor, wenn du mich fragst.«

Der Kleinere stellte sich neben ihn und schob mit. Die Tür öffnete sich einen Spaltbreit. Er nickte und schob die Taschenlampe weg, mit der der Größere ihm ins Gesicht leuchtete. »So seh ich doch nichts, du Depp«, schimpfte er. Dann nahm er sich zusammen und flüsterte: »Er sitzt hier oben und hat die Tür verbarrikadiert. Er weiß also, dass wir hier sind. Du drückst die Tür auf und ich spring rein, okay?«

Der Glatzkopf hielt die Taschenlampe auf den Boden gerichtet und nickte. Er zog die Nase hoch. Durch den Türspalt war ein fauliger, schwefliger Geruch nach draußen gedrungen.

»Ekliger Typ«, brummte er.

»Gib mir die Taschenlampe und leg los«, spornte der Kleinere ihn an. Die Tür aufzubekommen war kein Problem, aber die schwere, faulige Luft, die ihnen entgegenschlug, als sie den Raum betraten, nahm ihnen den Atem. Sie ließen den

Strahl der Taschenlampe durchs Zimmer gleiten, aber sie konnten niemanden ausmachen.

»Er ist nicht da«, sagte der Glatzkopf schließlich.

Der Kleinere fand den Lichtschalter, und die nackte Glühbirne am Dachbalken ging an. Einen Moment kniffen die beiden die Augen zu, geblendet von dem hellen Licht, dann sahen sie beinah gleichzeitig die Beine eines Körpers, der hinter der aufgestoßenen Tür lag.

Der Mann, der Johan hieß, ging als Erster um die Tür herum und stieß einen deftigen Fluch aus. »Guck dir das an, Leon, den haben sie aber erwischt.«

Leon stand schon hinter ihm und schaute seinem Kameraden über die Schulter. Für beide war es nicht das erste Mal, dass sie einen übel zugerichteten Körper sahen. Zu den Straßenkämpfen in Amsterdam hatten sie ihr Teil beigetragen, aber die Opfer, die es dabei gegeben hatte, sahen im Vergleich zu diesem Typen hier noch zivil aus. Das Gesicht des Mannes war bis auf die Knochen zerrissen und auch der Rest seines Körpers war völlig zerschunden – er sah aus, als wäre er durch Stacheldrahtrollen geschleift worden. Haut und Kleidung hingen in Fetzen an ihm herunter.

Leon war der Erste, der die Sprache wiederfand. »Bist du sicher, dass er das auch ist? Ich meine, vielleicht hat der Typ, den wir kaltmachen sollen, das getan?«

Johan nickte langsam. »Doch, doch, das ist er. Er war groß und blond, und er hat hier gewohnt.«

Er sah sich um. Das Dachfenster war zu klein, als dass jemand hätte hindurchklettern können. Außerdem war es zu. Er schloss daraus, dass der Mann allein im Zimmer gewesen war, als er so zugerichtet wurde. Es gab keinen Ausgang außer der Tür, und vor der Tür hatte der Mann gelegen. Der Täter konnte also nicht durch die Tür verschwunden sein.

Im ganzen Zimmer lagen umgefallene, teilweise abgebrannte Kerzen herum, außerdem kupferfarbene Schalen und andere Gegenstände, die er nicht kannte. Ein beklemmendes Angstgefühl beschlich ihn. Es war eine anderes Gefühl als die Angst, die er bei den Straßenkämpfen verspürt hatte – das war eine Angst gewesen, die ihn wachsam machte und seine Sinnesorgane bis zum Äußersten stimulierte. Die Angst, die er jetzt verspürte, war lähmend, panisch und destruktiv. Er sah seinen Kameraden an, der sich meist nicht so viele Gedanken machte wie er, aber offenbar dieselbe unerklärliche Angst verspürte. Seine Augen flackerten unruhig und er schaute sich verängstigt um.

»Lass uns abhauen«, sagte der Kleine heiser.

Als sie die Treppe hinabstürmten, hatten sie einen Moment lang das Gefühl, ein gedämpftes Kichern zu hören. Sie rannten aus dem Haus und schlugen die Tür hinter sich zu.

Erst am folgenden Morgen, als es schon ziemlich hell geworden war, wagten die beiden Männer, wieder in das Haus zurückzukehren. Sie konnten doch schlecht zu Ruud sagen, dass sie vor einer Leiche in einem leeren Zimmer geflüchtet waren.

Der Ekel erregende Gestank war zum größten Teil verschwunden, und nun bei Tageslicht verspürten die beiden auch diese beklemmende Angst nicht mehr. Obwohl sie nicht darüber sprachen, wunderten sie sich über ihr Verhalten in der vergangenen Nacht.

Sie stopften den Leichnam in einen großen Jutesack und warfen ihn hinten in den Landrover. In der folgenden Nacht beschwerten sie den Sack mit Steinen und warfen ihn übers Brückengeländer in den Spaarne. Ruud konnte zufrieden sein.

16

Im hohen Bogen schleuderte Gertjan das Buch auf den brennenden Stapel. Die Blätter flatterten im Wind, als das Buch durch die Luft flog, und Funken stoben auf, als es in dem rot glühenden Haufen teils schmorenden, teils brennenden Papiers landete. Gertjan sah zu, wie der Plastikeinband verschrumpelte und die Blätter sich braun zusammenrollten, bevor das Buch in Flammen aufging. Die ersten Bücher hatten ihn wenig Mühe gekostet, er kannte sie nicht. Sie hatten zwar ebenfalls Evelien gehört, aber sie hatten ihr nicht so viel bedeutet wie ihre Bibel. Sie hatte sie gekauft, gelesen und ins Regal gestellt. Es hatte ihm auch etwas ausgemacht, die Bibel ins Feuer zu werfen, die sie zur Hochzeit geschenkt bekommen hatten – es war irgendwie, als ob er damit ihre Ehe verleugnete, obwohl er wusste, dass das Unsinn war. Mit dem Buch selbst hatten sie eigentlich nie viel gemacht, Evelien nicht und er selbst erst recht nicht. Aber die kleine Bibel, in der Evelien täglich gelesen hatte, war ein Teil ihrer selbst gewesen. Nun war sie zu einer rot und schwarz glühenden Masse verschrumpelt; nur noch am Plastikeinband züngelten blaugrüne Flammen. Sie hatte oft schon morgens darin gelesen, noch ehe er aufgestanden war, und sie hatte sie jede Woche mit in die Kirche genommen. Während der Bibelstunden hatte sie zwischen die Zeilen und an den Rand Anmerkungen geschrieben. Er hatte diesem Büchlein gegenüber sehr gemischte Gefühle. Er verstand sehr gut, dass gerade dieses Buch – beziehungsweise das, was darin stand – die Ursache davon war, dass die Zustände auf der Welt so chaotisch geworden waren. Und darüber hinaus war es der Grund dafür, dass Evelien nicht mehr bei ihm war. Wenn sie sich nicht auf die Lehre eingelassen hätte, die in diesem Buch verkündigt wurde, dann hätte die Erde sich nicht von ihr und ihren Kindern zu reinigen brauchen. Aber es war ihr Buch gewesen, ein Teil ihrer selbst, den er nun verbrannte.

Azarnim stand neben ihm und klopfte ihm auf die Schulter. Gertjan sah ihn nicht an, aber er wusste, dass Azarnim seinem Gedankengang gefolgt war, wie er es so oft getan hatte. Ein paar Tage, nachdem Zerkanim zurückgerufen worden war, hatte Azarnim seinen Platz eingenommen. An dem Nachmittag, an dem Nagheela und Zerkanim ihn aus der Macht des falschen Geistes befreit hatten, hatte er Zerkanim ein bisschen kennen gelernt. Es hatte aber nicht wirklich geklickt, so wie es zwischen ihm und Azarnim passiert war. Warum Zerkanim eigentlich zurückgerufen worden war, hatte er nie verstanden. Nagheelas Ansicht nach passte er nicht ins Team. Weiter erfuhr er nichts, aber Gertjan hatte den Eindruck, dass da mehr vorgefallen war.

Nagheela stand ein paar Meter von ihm entfernt und schaute ebenfalls ins Feuer. Der gelbe Schein der Flammen erhellte ihr Gesicht. Ihr langes Haar verschwand unter dem aufgestellten Kragen ihres roten Bodywarmers, und sie wärmte die Hände am Feuer. Die Nächte waren kalt geworden, und vor allem in einer klaren Nacht wie dieser fiel die Temperatur schnell.

In den ersten Tagen nach seiner Heilung war Nagheela noch oft bei ihm gewesen, und sie hatten ein Vertrauensverhältnis zueinander aufgebaut. Auch während der darauf folgenden Wochen besuchte sie ihn noch regelmäßig, wenn auch seltener. Inzwischen betrachtete er den Umgang mit ihr nicht mehr als Verrat an Evelien. Er fühlte sich immer noch sehr zu ihr hingezogen, aber er konnte damit umgehen. Er hatte nie mit ihr darüber gesprochen, und er hatte auch nicht den Eindruck gehabt, dass sie das von ihm erwartete, aber er merkte, dass sie ebenfalls etwas für ihn empfand. Wenn sie miteinander allein waren, suchte sie eher seine Nähe als in der Gruppe. Dort hielt sie mehr Abstand, aber er interpretierte es so, dass sie ihn nicht in Verlegenheit bringen wollte. Er selbst hielt sich in der Gruppe auch mehr zurück. Nein, er hatte keine Probleme damit, seine Gefühle für sie einzuordnen. Sie war keine Konkurrenz für Evelien. Sie war in mancher Hinsicht ihr Gegenpol und gab ihm damit offenbar etwas, was ihm bei Evelien gefehlt hatte. Evelien war nicht hässlich gewesen, bestimmt nicht, und auch sie hatte eine gewisse Ausstrahlung gehabt. Sie war aber immer zurückhaltend gewesen, sowohl in Bezug auf ihr Verhalten als auch in Bezug auf ihre Kleidung. Dieses Mädchen war sinnlich und herausfordernd, ohne vulgär oder aufdringlich zu sein. Ihr Leben war aufregend und immer wieder überraschend, und das strahlte sie auch aus. Evelien war ein offenes Buch für ihn gewesen – er konnte fast immer voraussagen, wie sie reagieren und was sie tun würde. Bei Nagheela war das ganz anders.

Sie wandte den Kopf und sah ihn an, als hätte sie gespürt, dass er sie ansah. Sie lächelte ihm zu und sah dann wieder in die Flammen.

Die Polizei hatte den Platz abgesperrt und unter Aufsicht der Feuerwehr war das Feuer entzündet worden. Aus der gesamten Umgebung waren die christlichen Bücher zusammengetragen worden und wurden nun unter großer öffentlicher Anteilnahme verbrannt. Auf der ganzen Welt brannten in diesem Moment solche Feuer. Es war ein weiterer Schritt im Reinigungsprozess der Erde.

Inzwischen hatte er auch mehr Einblick in die Struktur der Tekna-Gen bekommen. Das ganze Land war in Distrikte unterteilt worden und für jeden Distrikt war eine Kontaktperson zuständig, der Distriktkoordinator. In den Niederlanden gab es knapp hundert Distrikte, und der jeweilige Distriktkoordinator leitete die Gesprächsabende, die alle zwei Wochen stattfanden. Die Distrikte waren in Bezirke unterteilt und jeder Bezirk hatte seine eigenen Gesprächsabende, so dass pro Abend höchstens dreißig bis fünfzig Menschen anwesend waren. Die Distriktkoordinatoren pflegten den Kontakt zu den Zentren, die über die ganze Welt verstreut waren. Die Zentren waren zunächst Trainingszentren für die Tekna-Gen selbst gewesen, nun jedoch wurden dort die Menschen betreut, die durch das Wirken des falschen Geistes so verwirrt waren, dass sie die Harmonie der Erde gefährdeten. Sie wurden Irrgläubige genannt. Um sie vor sich selbst zu schützen, aber auch, um zu verhindern, dass sie mit ihrem Irrglauben andere Menschen ansteckten, wurden sie in die Zentren gebracht. Dort konnten sie zur Ruhe kommen und wurden intensiv betreut, damit sie innere Klarheit gewinnen konnten. Nagheela und Iskia, aber auch einige andere, die er nicht kannte, pflegten den Kontakt mit diesen meist widerspenstigen Menschen, die auch nicht zu den Gesprächsabenden kamen. Es gelang ihnen meist, ihnen den Nutzen der Therapie in den Zentren so deutlich zu machen, dass sie sich dann doch mehr oder weniger freiwillig dort hinbringen ließen. Außerdem entstanden ihnen durch die Therapie keinerlei Kosten, und die Zentren befanden sich in landschaftlich reizvollen Gegenden.

Von Susan hatte er nie mehr etwas gehört. Oft kamen die Menschen nach ihrer Therapie auch nicht mehr in ihre alte Umgebung zurück, sondern wurden irgendwo anders untergebracht, wo sie ein neues Leben anfangen konnten.

Einige Male war jemand zu den Gesprächsabenden gekommen, der schon zu viele Ansteckungssymptome aufwies. Er gefährdete die guten Fortschritte, die in der Gruppe erzielt wurden, und hatte sich auch in Therapie begeben. Natürlich, Zweifel hatte jeder mal gehabt, auch er selbst. Vor allem war es schwer gewesen zu akzeptieren, dass es wirklich nötig gewesen war, dass die Erde sich von Menschen wie Evelien reinigte, seiner lieben Evelien. Evelien war fehlgeleitet, das war ihm klar, und sie hatte wahrscheinlich selbst nicht begriffen, worauf sie sich eingelassen hatte, aber durch Menschen wie sie wurde die Harmonie der Erde gefährdet. Noch schwerer fiel es ihm zu akzeptieren, dass die Erde auch von den Kindern gereinigt werden musste. Sie waren noch so jung, und es wäre ein Leichtes gewesen, sie von ihrem Irrglauben abzubringen. Aber die Erde machte keinen Unterschied, was das Alter betraf, irgendwo musste natürlich eine Grenze gezogen werden. Er hatte sich damit abgefunden.

Während der ersten Gesprächsabende hatte er sich noch sehr fremd gefühlt. Nagheela hatte ihn überredet, doch zu gehen – vor allem die Begegnung mit Schicksalsgenossen konnte sehr positiv wirken. Gertjan hatte gedacht, dass die Gesprächsabende so verlaufen würden wie bei einer Selbsthilfegruppe, wo die Teilnehmer sich gegenseitig ihr Herz ausschütteten und ihre Gefühle breittraten. Aber so schlimm war es gar nicht. Die Abende dienten vor allem dazu, die gefährlichen Punkte des christlichen Glaubens herauszuarbeiten und deutlich zu machen, inwiefern diese der Harmonie der Erde entgegenwirkten. Ihm war aufgefallen, wie wenig er eigentlich von Eveliens Glauben gewusst hatte. Und nicht nur er, auch die anderen kannten sich damit nicht wirklich aus.

Er ließ seinen Blick über die Gesichter der Menschen aus seinem Bezirk gleiten, die ihm inzwischen vertraut waren. Auffällig war, dass es sich bei den meisten Hinterbliebenen um Männer handelte. Er wusste, dass das auch in den anderen Bezirken so war. Nach Ansicht der Tekna-Gen lag das daran, dass die Männer im Allgemeinen doch stabiler und ausgeglichener waren als ihre Frauen, die mehr aus dem Gefühl heraus lebten und dadurch anfälliger für den Irrglauben gewesen waren, der sich den Anschein von Liebe gab, in Wirklichkeit jedoch hartherzig und intolerant war.

Das große Reinigungsfeuer, wie die Verbrennung der verderblichen Literatur genannt wurde, war im großen Rahmen bekannt gemacht worden. Schon am frühen Nachmittag waren die Scheiterhaufen angelegt worden, die aus der Lektüre bestanden, die die Tekna-Gen nach der Reinigung eingesammelt hatten. Der größte Teil stammte aus den Häusern, aus denen ganze Familien verschwunden waren. Kurz nach Sonnenuntergang hatte Azarnim vor der herbeigeströmten Menge eine Ansprache gehalten, in der er die Bedeutung der Verbrennungsaktion erläuterte. Es war ein wichtiges Zeugnis für den Geist der Erde und auch füreinander, dass auch die Hinterbliebenen Frieden mit dem hatten, was geschah, und nun ihren Anteil dazu beitrugen. Nach der Ansprache wurde gemeinsam das Lied der Erde gesungen, das inzwischen international bekannt und in viele Sprachen übersetzt worden war. Die Feuerwehr hatte den Stapel mit Petroleum übergossen, und einer der Hinterbliebenen hatte ihn anstecken dürfen. Als die Flammen hoch aufflackerten, war lautes Jubelgeschrei ertönt.

»Darf ich Ihnen ein paar Fragen stellen?«

Ein Reporter hielt ihm ein Mikrofon unter die Nase. Es waren mehrere Reporter anwesend und hier und da wurden Leute interviewt. Sogar Journalisten der Nachrichtensendung *NOS-Journal* waren gekommen. Azarnim stand neben ihm und blickte ins Feuer.

»Ja«, meinte Gertjan, »fragen Sie nur.«

»Ich bin Martijn van der Meulen vom *Haagse Courant*«, stellte der Journalist sich vor. Ein kurzer Schreck durchfuhr Gertjan, wie eine Erinnerung an ein früheres Leben. Mit diesem Mann hatte er telefoniert, als er noch verwirrt gewesen war. Er hatte nie mehr daran gedacht, aber nun wurde ihm plötzlich bewusst, dass dieser Journalist wusste, was damals in der Kirche geschehen war. Er wusste von Pfarrer Kuipers, Kees van Duin und Werner Meilink. Dennoch hatte darüber nie mehr etwas in der Zeitung gestanden, und die polizeiliche Untersuchung war auch abgeschlossen, hatte Azarnim ihm erzählt. Gertjan erinnerte sich daran, dass dieser Van der Meulen bis zu seinem Anruf nichts von dem dreifachen Mord gewusst hatte, und er fragte sich nun, ob dieser Mann auch ein Irrgläubiger war. Zeit, um darüber nachzudenken, hatte er jedoch nicht, denn der Journalist stellte seine erste Frage:

»Sie haben eben ein paar Bücher ins Feuer geworfen. Was für Bücher waren das?«

»Na, so wie all diese Bücher hier, solche christlichen Bücher eben, die einen Irrglauben verkünden, der der Harmonie der Erde schadet.«

Der Journalist nickte zustimmend. »Sie sind ein Hinterbliebener?«

»Ja.«

»Ihre Frau, nehme ich an?«

»Und zwei Kinder«, ergänzte Gertjan.

»Wie fühlen Sie sich jetzt?«

Gertjan dachte kurz nach. Er war nicht gerade wild darauf, diesem völlig unbekannten Mann seine Gefühle anzuvertrauen, nur um am nächsten Tag einen breit ausgewalzten Bericht darüber in der Zeitung zu lesen.

»Gut«, antwortete er einfach.

»Gut?«, wiederholte der Journalist ungläubig. »Ich kann mir nicht vorstellen, dass so etwas Sie völlig gleichgültig lässt. Sie haben hier doch eben etwas verbrannt, das ein Teil Ihrer Frau und Ihrer Kinder ist!«

Gertjan sah den Mann an. Worauf wollte er hinaus?

»Nur den Teil, den ich ablehne, den die Erde ablehnt.«

»Sie teilen also die Ansicht, dass die Erde von Ihrer Frau und Ihren Kindern gereinigt werden musste?«

Die Frage schnitt Gertjan ins Herz. Natürlich hatte er sie sich selbst schon mehrere Male gestellt, und auch in der Gesprächsgruppe wurde das Thema häufiger angeschnitten – aber aus dem Mund eines Außenstehenden klang es schmerzlicher, irgendwie unwiderruflich. Dieser Journalist repräsentierte nicht nur die Außenwelt, sondern seinem Empfinden nach auch Evelien selbst.

Azarnim hatte die ganze Zeit scheinbar uninteressiert ins Feuer geschaut, aber als Gertjan nun an Van der Meulen vorbei zu ihm hinübersah, blinzelte er ihm kurz zu. Nagheela stand immer noch etwas weiter weg. Sie hatte die Hände inzwischen in die Taschen ihres Bodywarmers gesteckt. Sie schien nichts von dem Interview mitzubekommen.

»Ja«, sagte Gertjan leise. »Ich teile diese Ansicht.«

Sein Herz weinte, und alles, was er während der vergangenen Wochen in der Gruppe an Sicherheiten aufgebaut hatte, kam einen Moment ins Wanken.

»Haben Sie vielen Dank für das Gespräch«, sagte der Journalist und stellte den Kassettenrekorder aus. Er sah Gertjan durchdringend an; aus seinen Augen schien eine gewisse Bewegung zu sprechen, aber vielleicht bildete Gertjan sich das auch nur ein. Dann verschwand er wieder in der Menschenmenge.

Nagheela blickte dem Mann nach, der soeben ihren Zögling interviewt hatte. Sie hatte unauffällig alles beobachtet. Sie war zu weit weg gewesen, um verstehen zu können, was gesprochen wurde, aber das konnte Azarnim ihr später mitteilen. An Gertjans Haltung hatte sie sehen können, dass das Gespräch ihm nicht leicht fiel; es war nicht schwer zu erraten, in welche Richtung die Fragen gegangen waren. Aber auch die Ausstrahlung des Journalisten war ihr aufgefallen. Sie musste bei Gelegenheit versuchen, Kontakt mit ihm aufzunehmen. Azarnim kannte ihn wahrscheinlich.

17

Martijn van der Meulen betrachtete überrascht den Schutthaufen, der von dem Haus übrig geblieben war. Der Schaden war beträchtlich. Es waren Bilder, wie er sie vom Mittleren Osten kannte, wo er mehr sinnlose Gewalt gesehen hatte, als gut für ihn gewesen war.

Über die Durchsagen der Polizei hatte er von dem »Anschlag« erfahren. Obwohl eigentlich nicht von einem echten Anschlag die Rede sein konnte, denn das Haus war unbewohnt gewesen. Vor der Reinigung hatten Christen darin gewohnt, das wusste er. Die Vorderfront des Hauses war mit schwerem Geschütz in Schutt und Asche gelegt worden; danach waren die Täter in das Haus eingedrungen und hatten es leergeplündert. Martijn hatte einen Fotografen mitgenommen; zu zweit waren sie in sein Auto gesprungen und zum Tatort gefahren. Die Feuerwehr war damit beschäftigt, die kleinen Brandherde zu löschen, die die Täter nach ihrem Abzug hinterlassen hatten. Bei den umliegenden Häusern waren ein paar Fenster gesprungen, wahrscheinlich als Folge der Explosion. Die Anwohner liefen auf der Straße herum und erzählten der Polizei, was passiert war.

Den Anschlag hatten anscheinend ein paar Männer in schwarzen Lederjacken mit Metallbeschlägen verübt, die in zwei schwarzen Geländewagen gekommen waren.

Eine Anwohnerin, eine ältere Dame, war bereit, ein paar Fragen zu beantworten, während Martijns Kollege Fotos machte.

Plötzlich ertönte aus dem Polizeiwagen ein Aufruf per Funk. Die Männer waren in einem anderen Stadtviertel gesichtet worden; dort waren sie allem Anschein nach damit beschäftigt, Sprengstoff an der Fassade eines anderen Hauses anzubringen. Alle Polizeiwagen sollten sich sofort dorthin begeben.

Mit Blaulicht und heulender Sirene fuhr der Polizeiwagen

weg. Martijn und der Fotograf sprangen sofort ins Auto und fuhren hinterher. Der Fotograf hielt ängstlich seine empfindliche Apparatur fest, während Martijn versuchte, den Polizisten auf den Fersen zu bleiben. Das war gar nicht so einfach, denn diese hatten offensichtlich mehr Erfahrung damit, mit solch einem Tempo durch Wohngegenden zu fahren, als er selbst.

Mit quietschenden Reifen bog der Polizeiwagen in eine Straße ein. Am Ende der Straße sah Martin einen zweiten Wagen mit Blaulicht herankommen. Das Auto vor ihm bremste abrupt und kam quer zur Straße zum Stehen, damit einen eventuellen Fluchtweg blockierend. Martijn konnte gerade noch bremsen. Der Fotograf fluchte aus tiefstem Herzen, als ihm eine Linse aus den Händen schoss und ans Armaturenbrett knallte. Einer der Polizisten sprang aus dem Wagen und warf Martijn einen wütenden Blick zu. Er hatte eine Pistole in der Hand und suchte Deckung hinter dem Auto. Etwa hundert Meter weiter vorn standen zwei schwarze Geländewagen mit getönten Scheiben an der Straßenseite. Ein Mann in einer schwarzen Lederjacke rannte über die Straße und verschwand in einem der Autos. »Polizei«, schallte es aus dem Lautsprecher des Polizeiwagens über die Straße. »Kommen Sie mit erhobenen Händen aus ihrem Fahrzeug ...«

Im selben Moment, als Martijn ausstieg, ertönte ein ohrenbetäubender Knall, der dem Polizisten erstmal die Sprache verschlug. Instinktiv ging Martijn hinter seinem Auto in Deckung. Die Fassade des Hauses, vor dem die schwarzen Geländewagen standen, fiel wie ein Pudding zusammen. Offenbar hatte der Mann, der soeben zu seinem Auto gerannt war, den Sprengsatz bereits gezündet. Staub- und Rauchwolken stiegen auf. Der Fotograf saß zusammengekrümmt und wie versteinert im Auto.

»Los, mach Fotos!«, schrie Martijn ihm zu. »Es kommen keine Explosionen mehr«, sagte er auf gut Glück, als er das ängstliche Gesicht seines Kollegen sah. Der Mann war noch nie im Ausland gewesen und überhaupt nichts gewöhnt. Aber offenbar glaubte er ihm. Vorsichtig schob er die Linse der Kamera durch das Fenster nach draußen und drückte ein paarmal ab.

Martijn versuchte, den Schaden abzuschätzen. Ebenso wie beim vorigen Haus war die Vorderfront völlig zerstört, und die meisten Fenster des gegenüberliegenden Hauses und der benachbarten Häuser waren zersprungen. Hinter ihm ertönte die Sirene eines dritten Polizeiwagens, und vom anderen Ende der Straße her näherte sich ein Wagen mit Blaulicht. Mehr oder weniger gleichzeitig erreichten die beiden Polizeiautos das zerstörte Haus und blockierten die Straße nach beiden Seiten hin.

Die Polizisten gingen hinter ihren Wagen in Deckung, ihre gezogenen Dienstpistolen auf die beiden Geländewagen mit den getönten Scheiben gerichtet.

Der Polizist in dem Auto, dem Martijn gefolgt war, ergriff wieder das Mikrofon. Über den Lautsprecher wiederholte er seinen Aufruf: »Machen Sie es nicht schlimmer als es ist. Es ist noch niemand verletzt worden. Kommen Sie mit erhobenen Händen heraus; die Straße ist abgesperrt, Sie haben keine Fluchtmöglichkeit.«

Seine Stimme klang überzeugend, anscheinend hatte er keine Angst. Martijn konnte ihn schräg von hinten sehen. Er hatte einen etwas kantigen Kurzhaarschnitt, was gut zu seinen ausgeprägten Wangenknochen und seinen breiten Schultern passte.

In den schwarzen Geländewagen war niemand zu erkennen. Sie standen hintereinander am Straßenrand geparkt, und wenn Martijn nicht eben den Mann über die Straße hätte rennen sehen, hätte er ebenso gut denken können, dass sie leer wären.

Allmählich begann sich die Straße zu füllen; auch aus vielen Häusern kamen die Anwohner heraus. Leute stiegen aus ihren Autos und stellten sich auf den Bürgersteig, als wollten sie eine Sehenswürdigkeit betrachten. Ein paar Radfahrer versuchten sogar, um die Polizeiwagen herumzufahren, aber die Polizisten hinderten sie daran. Hinter immer mehr Fenstern erschienen Gesichter, manche noch halb in Deckung hinter den Gardinen.

»Das ist meine letzte Aufforderung«, schallte die Stimme des Polizisten zwischen den Häusern hindurch. »Wenn Sie ihr nicht Folge leisten, sind wir gezwungen, das Feuer zu eröffnen. Kommen Sie mit erhobenen Händen heraus, bevor noch Schlimmeres geschieht.«

Noch immer kam keine Reaktion. Der Polizist im Auto beriet sich über sein Funksprechgerät mit seinen Kollegen, die auf der anderen Seite der Geländewagen parkten. Ein Stück hinter sich hörte Martijn ein Auto bremsen, das offenbar an der Schlange vorbeigefahren war, die sich inzwischen gebildet hatte. Als er aufsah, erkannte er, dass es das rote Auto von Inspektor Lamain war. Lamain stieg aus und ging zu dem Polizeiwagen mit dem vierschrötigen Beamten. Er warf Martijn einen Seitenblick zu, der ihm zuwinkte. Er mochte Lamain nicht, er war ein Opportunist. Auf direkte Fragen gab er meist eine ausweichende Antwort. Meist beruhten solche Antipathien auf Gegenseitigkeit.

Lamain beriet sich kurz mit dem Polizisten im Auto und nahm dann das Mikrofon.

»Ich bin Inspektor Lamain«, erklärte er. Er stieg aus dem Auto und stellte sich mit dem Mikrofon in der Hand zwischen das Polizeiauto und die beiden Geländewagen.

»Ich bin unbewaffnet und werde mich jetzt Ihren Wagen nähern.« Er schwieg einen Moment, um die Zuschauer das Heldenhafte seines Vorhabens in vollem Umfang spüren zu lassen. Man könnte fast glauben, dachte Martijn, dass dieser

Mann mehr von der Sache wusste, dass er vielleicht sogar mit den Tätern zusammenarbeitete. Bei den wenigen Gesprächen, die er mit Lamain geführt hatte, hatte dieser nicht besonders heldenhaft gewirkt, und seine Kontaktperson im Büro hatte ihm auch nicht diesen Eindruck vermittelt.

»Ich wiederhole nochmals, ich bin unbewaffnet. Ich komme jetzt zu Ihnen, um mit Ihnen zu besprechen, wie wir diese unangenehme Situation beenden können.«

Er übergab das Mikrofon wieder dem Polizisten und ging, oder besser gesagt, schritt direkt auf die Geländewagen zu. Die Zuschauer verdrückten sich hinter die Autos. Martijns Fotograf schien seine Angst überwunden zu haben und fotografierte munter drauflos.

Auch die Polizisten hatten eine entspanntere Haltung angenommen, blieben jedoch hinter ihren Autos in Deckung, die Pistolen in der Hand. Erst einmal zuvor hatte Martijn eine ähnliche Situation erlebt. Das war im Libanon gewesen, und die Sache hatte kein gutes Ende genommen. Die Terroristen hatten sich den Weg freigeschossen, und es hatte viele Tote gegeben. Schließlich war es der Armee gelungen, sie zu stoppen und zu überwältigen, aber zu welchem Preis! Martijn sah sich um. Die Menschen schienen das Ganze nicht ernst zu nehmen und konnten anscheinend nicht unterscheiden zwischen der »sicheren Gefahr« im Fernsehen und dieser Wirklichkeit. Die Leute standen hinter die Polizeiwagen gedrängt, um ja nichts zu verpassen, so als sei das Ganze mit keinerlei Risiko verbunden. Martijn mochte gar nicht daran denken, was passieren würde, wenn Lamain mit seinem Vorhaben keinen Erfolg hatte.

»Sind Sie von der Zeitung?«

Martijn blickte in das etwas picklige Gesicht eines jungen Mannes; Kinn und Wangen waren mit dem leichten Flaum eines beginnenden Bartes bedeckt. Er hatte den Arm um ein mageres, blasses Mädchen mit strähnigem rotem Haar geschlungen, das unter einer Strickmütze herausschaute.

»Ja«, bestätigte er und blickte wieder nach vorn.

»Super, kommt das in die Zeitung?«, fragte der Junge. Ohne aufzusehen bestätigte Martijn auch dies. Er war nicht in der Stimmung für eine Unterhaltung.

»Dann kommen wir auch rein«, witzelte der Junge. Das Mädchen kicherte. »Mach keinen Scheiß, Evert-Jan.«

Martijn sah wieder auf. »Wenn sie dir hier den Kopf runterballern schon, ja«, sagte er und sah dem Jungen direkt ins Gesicht. »Und die Chancen stehen noch nicht mal schlecht, wenn du hier stehen bleibst.«

Das Mädchen kicherte nicht mehr und wurde noch blasser, als sie ohnehin schon war. Das Grinsen auf dem Gesicht des Jungen erstarrte. »Das soll bestimmt 'n Witz sein«, sagte er, wahrscheinlich, um sich selbst und seine Freundin zu beruhigen.

Martijn blickte wieder nach vorn. »Ja, ein Witz«, murmelte er, »wollen wir's mal hoffen.«

Lamain stieg in den vorderen der beiden Geländewagen; ein Arm, der in einem schwarzen Lederärmel steckte, zog die Tür hinter ihm zu.

Gertjan sah die blauen Blinklichter schon, als er in die Straße einbog. Er fuhr an den Autos vorbei, bis er nicht mehr weiterkonnte. Schon von weitem hatte er die Explosion gehört, und er nahm an, dass dieses Gedränge damit zu tun hatte. Er lehnte sein Rad gegen einen Laternenpfahl und stellte sich auf die Pedale – so konnte er über die Menschen hinwegsehen. Quer auf der Straße standen zwei Polizeiautos, hinter denen sich Polizisten mit gezogenen Pistolen verschanzt hatten. Sie hielten die Waffen auf zwei Geländewagen mit getönten Fenstern gerichtet. Bei einem der Häuser, die den Geländewagen gegenüberstanden, lag die Vorderfront in Schutt und Asche.

»Was ist hier los?«, fragte er einen Jungen, der sich soeben aus der Menschenmenge gelöst hatte und offenbar weggehen wollte. Der Junge hielt ein Mädchen an der Hand, das nervös unter einer Strickmütze hervorsah.

»Komm jetzt, Evert-Jan«, sagte sie und zog ihn am Arm.

In diesem Moment öffnete sich die Tür des vorderen Geländewagens, und ein Mann in einem langen Regenmantel fiel heraus. Er rappelte sich hoch und lief von dem Auto weg. Beinah gleichzeitig gingen bei beiden Autos die Scheinwerfer an, und die schweren Dieselmotoren wurden angelassen. Geschrei ertönte in den ersten Zuschauerreihen, als ein in schwarzes Leder gehüllter Arm mit einer schweren Maschinenpistole aus einem Fenster gestreckt wurde. Eine kurze, scharfe Salve hallte zwischen den Häusern wider und die Pistole spuckte einen Funkenregen. Die Salve wurde von den Polizisten hinter ihren Wagen direkt beantwortet, aber die getönten Scheiben der Geländewagen bestanden offensichtlich aus Panzerglas – die Kugeln prallten einfach an ihnen ab. Die Wagen fuhren bereits, als der rennende Mann in vollem Lauf zu Boden stürzte.

»Stop«, schrie einer der Polizisten über Lautsprecher, aber seine Stimme besaß keine Autorität. Wieder wurde eine Salve aus der Maschinenpistole abgefeuert, und Gertjan sah, wie zwei der vier Polizisten hintenüber schlugen. Er spürte, wie eine lähmende Angst in ihm aufstieg und er sich nicht mehr von der Stelle rühren konnte.

Einen Moment lang sah es so aus, als ob die Geländewagen in voller Fahrt die Polizeiautos, die quer über der Straße standen, rammen würden, aber sie schwenkten kurz davor ab. Aus einem Fenster wurde etwas in Richtung auf die Polizeiwagen geschleudert. –

»Geh in Deckung«, schrie Martijn seinem Fotografen zu und rannte hinter seinen Wagen. Der Fotograf hatte jedoch bereits den Kopf auf die Knie gelegt und hielt schützend die Hände darüber; die Kamera lag neben ihm auf dem Boden. Die Explosion der Granate machte einen ohrenbetäubenden Lärm; ein zweiter Knall folgte, als das Polizeiauto Feuer fing. Martijn spürte einen scharfen, stechenden Schmerz im Schienbein, verlor das Gleichgewicht und fiel auf die Seite. Als er nach seinem Bein fasste, begriff er, dass er von einem Granatsplitter getroffen worden war. Unter dem Auto hindurch sah er die Räder der Geländewagen aufs Neue in voller Fahrt auf sich zukommen. Er kniff die Augen zu und wartete auf den Aufprall. Es schien endlos zu dauern – und in diesem endlos langen Moment wurde ihm zum ersten Mal bewusst, dass er nicht auf die Ewigkeit vorbereitet war, die vor ihm lag. In den Sekunden, die ihn von dem unabwendbaren Aufprall trennten, sah er, wer er war, wo er stand und was er in seinem Leben erreicht hatte. Er sah den Wert seiner Ambitionen, seiner Arbeit, seines Hauses und seiner Frau, die ihn verlassen hatte, weil ihm andere Dinge wichtiger gewesen waren als sie. Er sah den Wert seines Lebens im Licht der Ewigkeit.

»Nein, Gott!«, rief er aus, aus einem Impuls heraus, der weit in seine Vergangenheit zurückreichte. »Ich bin noch nicht bereit!«

Dann kam der Aufprall. Ein Regen von Feuer, splitterndem Glas und krachendem Stahl. Er sackte weg in einen dunklen Tunnel, in dem es nur noch einen überwältigenden Frieden und keinen Schmerz mehr gab.

Gertjan sah, wie der vordere Geländewagen in voller Fahrt in den brennenden Polizeiwagen hineinraste. Der Polizeiwagen wurde ein paar Meter zurückgeschoben und drückte auch den anderen Polizeiwagen nach hinten. Die Polizisten hatten inzwischen das zwecklose Schießen eingestellt und mit den anderen schreienden und davonlaufenden Menschen die Flucht ergriffen. Der Geländewagen, der eben das Polizeiauto gerammt hatte, fuhr rückwärts weg; der zweite kam herangefahren und rammte den Polizeiwagen an derselben Stelle. Die Barrikade schob sich noch weiter zusammen, so dass genügend Platz entstand. Mit aufheulenden Motoren und unter lautem Hupen rasten die Geländewagen an der zerstörten Barrikade vorbei. Das Fenster eines der Wagen wurde aufs Neue geöffnet, und wieder kam die Hand mit der Maschinenpistole zum Vorschein. Gertjan ging hinter einem der parkenden Autos in Deckung, als die beiden Geländewagen vorbeifuhren und die Schüsse krachten. Aus dem Augenwinkel glaubte Gertjan noch das grinsende Gesicht des tätowierten Amsterdamers zu erkennen, der nach dem Unfall sein Auto zur Seite geschoben hatte. Dann entfernte sich das Motorengeräusch und erstarb, das Wimmern und die Hilferufe der Verletzten hinter sich zurücklassend. Gertjan kam hinter dem Auto hervor. Entsetzt stellte er fest, dass die Straße mit Dutzenden von Toten und Verletzten übersät war. Überall kamen Menschen hinter den geparkten Autos hervor, die sich wie er in Sicherheit gebracht hatten. Menschen, die Freunde oder Angehörige suchten oder gefunden hatten, schrien und weinten. Weiter vorn stiegen schwarze Rauchwolken aus dem brennenden Polizeiwagen auf. Neben ihm ertönte das Jammergeschrei der jungen Frau mit der Strickmütze, die soeben ihren Freund gefunden hatte. Voller Entsetzen sah Gertjan, wie sie den leblosen Körper umdrehte. Ein Teil des Gesichtes war von ein paar Schüssen aus der Maschinenpistole weggeschlagen worden. Er lief weiter, weil ihm nichts einfiel, was er hätte sagen oder tun können. Ein etwa vierzigjähriger Mann mit Bart stöhnte und richtete sich auf; sein Arm hing schlaff an seinem Körper herab und ein schnell größer werdender roter Fleck verfärbte seine Jacke.

»Kann ich etwas für Sie tun?«, fragte Gertjan.

Der Mann sah ihn so feindselig an, dass Gertjan erschrak.

»Hau ab!«, schrie der Mann ihn an und fluchte wild. Gertjan machte eine abwehrende Geste. Er hatte es nur gut gemeint.

In Höhe der Barrikade, die die beiden Polizeiwagen gebildet hatten, stand noch ein drittes Auto, ein PKW, dicht an einen der Polizeiwagen gedrückt. Daneben lag der tote Körper eines Mannes mit einer Kamera. Gertjan kniete sich hin und sah unter das Auto. Dort lag ein weiterer Mann. Eines seiner Beine stand in einem seltsamen Winkel vom Körper ab, und das Hosenbein war blutig und zerrissen; der Unterschenkel war wahrscheinlich gebrochen. Das Bein bewegte sich und der Mann stöhnte leise. Vorsichtig und etwas unsicher durch seine Erfahrung mit dem Bärtigen zog Gertjan den Mann unter dem Auto hervor, wobei der Fuß des verletzten Beines seltsam holpernd hinterherschleifte. Gertjan erkannte das Gesicht des Journalisten. Es verzog sich vor Schmerzen, als er die Augen öffnete, aber durch den Schmerz hindurch strahlte etwas anderes, etwas, das Gertjan sich angesichts der Situation, in der sie sich befanden, nicht erklären konnte. Der Mann strahlte eine Freude aus, die in vollkommenem Gegensatz zu dem stand, was man in einer solchen Lage erwarten würde. Die Reaktion des Bärtigen hatte er noch irgendwie begreifen können, aber das, was er hier sah, nicht. Einen Moment lang stand ihm wieder das Gesicht von Pfarrer Kuipers vor Augen, kurz bevor dieser von Werner Meilink erschossen worden war. Es hatte einen ähnlichen Ausdruck gehabt.

Flüchtig untersuchte Gertjan den Körper des Journalisten. Abgesehen von dem verletzten Bein konnte er auf den ersten Blick keine weiteren Verletzungen feststellen; der Mann war glimpflich davongekommen. Er hatte sowieso Glück gehabt, stellte Gertjan fest – das Auto hatte ihn nicht erwischt, als es sich über ihn hinweggeschoben hatte; er hatte genau zwischen den Rädern gelegen.

»Bleiben Sie am besten ruhig liegen«, sagte Gertjan, als der Mann versuchte, sich aufzurichten. »Es kommt sicher gleich Hilfe. Die Gefahr ist vorüber.«

Der Mann entspannte sich wieder. »Sie sind weg?«, fragte er.

Gertjan nickte. »Ja, sie sind weg.«

Erst in diesem Moment nahm der Verletzte das Wimmern, Rufen und Weinen wahr. »Wo ist mein Fotograf?« Er versuchte erneut, sich aufzurichten. Gertjan drückte ihn sanft zurück und suchte nach den richtigen Worten. Ausflüchte waren zwecklos. »Es tut mir Leid«, sagte er leise. Trotz des Gegendruckes von Gertjans Hand richtete sich der Journalist jetzt auf und sah den toten Körper seines Fotografen. Mit einem Entsetzensschrei kroch er auf ihn zu, ohne die Schmerzen in seinem verletzten Bein zu beachten. Der Fuß schleifte in einem seltsamen Winkel hinter ihm her. Gertjan stand auf und ging vorsichtig weiter. Er konnte hier nichts mehr tun. Von weitem hörte er schon die Sirenen der Krankenwagen.

18

»Was soll das heißen, nicht bringen?« Martijn van der Meulen erhob seine Stimme. Es war nicht der erste Artikel, den der Chefredakteur abgelehnt hatte. In der letzten Zeit waren manche seiner Artikel so stark geändert und oft auch noch ganz hinten in der Zeitung positioniert worden, dass Martijn sich schrecklich geärgert hatte. Es war auch nicht das erste Mal, dass er deswegen mit seinem Chefredakteur aneinander geraten war, aber dies stellte wirklich alles in den Schatten.

Er war Augenzeuge eines für niederländische Verhältnisse einzigartigen Terroranschlags geworden, bei dem es mehr als dreißig Tote und eine noch weitaus größere Zahl an Verletzten gegeben hatte. Drei Polizisten und einer ihrer eigenen Fotografen waren ums Leben gekommen. Trotz seines gebrochenen Beins hatte er den schwer verletzten Inspektor Lamain interviewt. Es war ein Bericht geworden, der an Aktualität nicht überboten werden konnte, eine blattfüllende Reportage für die Titelseite, aber sein Chefredakteur lehnte ihn ab!

»Darf man dann erfahren, was diesmal der Grund ist?«

Martijn war mehr als verärgert. Diesmal ließ er sich nicht für dumm verkaufen. Bisher hatte er sich mit der Ablehnung oder Veränderung seiner Artikel irgendwie abfinden können, es war schließlich nicht seine Zeitung. Wenn der Chefredakteur meinte, dass ein Bericht einen zu geringen Nachrichtenwert besaß, dann wurde er nicht gebracht. Von der Vorstellung eines objektiven Journalismus hatte sich Martijn inzwischen verabschiedet. Es war keine Rede mehr davon, mehrere Aspekte eines Vorfalls zu beleuchten. Die Leser der Zeitung sympathisierten mit den Tekna-Gen; er sollte keine Artikel schreiben, die sich in irgendeiner Form gegen die Tekna-Gen richteten, das würde Leser kosten. Wenn Cornelissen darauf achtete, dann konnte er das nachvollziehen. Aber den Lesern diesen Artikel vorzuenthalten – ob sie diese Vorkommnisse nun wahrhaben wollten oder nicht – hatte nichts mehr mit »selektiver Information« zu tun. Martijn war drauf und dran, einen Vergleich mit dem Nazi-Deutschland des Zweiten Weltkriegs zu ziehen, als das Volk auch nicht wissen durfte, was wirklich geschah, aber er hielt sich zurück.

Auf den Knien war er zu Lamain gekrochen. Als er sah, dass der Inspektor bei Bewusstsein war, wusste er, dass er jetzt Informationen bekommen konnte, die er sonst nie mehr bekommen würde. Trotz seiner Schmerzen legte er die zwanzig bis dreißig Meter zurück, die ihn von Lamain trennten, und er hatte Recht gehabt. Der stolze, hochmütige Blick des Inspektors war gebrochen. Wie ein ängstliches Kind hatte er sich an Martijn festgeklammert.

»Ich kann mich nicht mehr bewegen.« Seine Stimme hatte gezittert. »Meine Beine, ich spüre meine Beine nicht mehr!«

Martijn wusste, dass er nur wenig Zeit hatte. Das Gesicht des Inspektors war aschgrau, die Nase trat spitz hervor und die Augen lagen tief in ihren Höhlen. Er konnte jeden Moment einen Schock erleiden. Die Krankenwagen näherten sich und waren wahrscheinlich bald da. Es lag auf der Hand, dass Lamain einer der Ersten sein würde, denen geholfen wurde, sofern die Krankenwagen rechtzeitig kamen.

»Warum haben die auf Sie geschossen? Sie arbeiten doch für Sie?«

Lamain sah ihn mit großen Augen an. Martijn hatte es einfach ins Blaue hinein gesagt.

»Sie für mich, ich für sie ... ich weiß es nicht mehr ... Ich hab sie nicht mehr in der Hand.«

Martijn sah die Angst in den Augen von Lamain. Nicht die Angst um seine Beine, eine tiefere, alles beherrschende Angst. Martijn ergriff Lamains Hand; sie fühlte sich kalt an. Lamain drückte die Hand des Journalisten schwach.

»Wer steckt hinter dieser Sache?«, fragte Martijn gehetzt, aber er erahnte die Antwort. Lamain antwortete nicht, er blickt sich stattdessen angstvoll um. »Wer steckt dahinter?«, wiederholte Martijn und drückte die Hand des Inspektors. Lamain murmelte einen Namen, den Martijn nicht verstehen konnte. »Nochmal«, drängte er und hielt sein Ohr dicht vor Lamains Gesicht.

»Azarnim«, flüsterte Lamain. »Azarnim von den Tekna-Gen.«

Mit quietschenden Bremsen hielt der Krankenwagen neben den beiden Männern. Zwei Pfleger in weißen Jacken klappten eine Trage heraus, hievten Lamain vorsichtig darauf und schoben ihn ins Auto.

»Terroristen handelten im Auftrag der Tekna-Gen«, lautete die Überschrift seines Artikels. Nachdem sein Bein gerichtet war – ein glatter Bruch, er hatte noch mal Glück gehabt – hatte er Azarnim aufgesucht und ihm die Rohfassung des Artikels zum Kommentar vorgelegt. Azarnim hatte den Artikel äußerlich unbewegt durchgelesen und dann vor sich auf den Tisch gelegt. Ein leichtes Lächeln spielte um seine Lippen, als er den Journalisten ansah. Martijn merkte, wie ihm innerlich ganz kalt wurde, aber er wandte den Blick nicht ab.

»Was wollen Sie mit so einem Artikelchen erreichen?«, fragte Azarnim schließlich. »Und was, denken Sie, werden die Folgen sein?«

»Das ist nicht mein Problem«, fand Martijn. »Das ist die Wahrheit, und die Leser haben ein Recht darauf, sie zu erfahren. Die Folgen davon, dass man die Wahrheit nicht kennt, sind noch viel schwerwiegender.«

Azarnim schüttelte den Kopf.

»Die Wahrheit …« Ein spöttischer Unterton schwang in seiner Stimme. »Die Wahrheit, *Ihre* Wahrheit, ist relativ.« Er lehnte sich auf seinem Stuhl zurück und legte die Fingerspitzen aneinander. Martijn ärgerte sich über sein arrogantes Gehabe. »Nehmen wir mal an, wir sind hundert Jahre weiter. Hat es dann noch irgendeine Bedeutung, was bei einem kleinen, lokalen Vorfall *Ihre* Wahrheit gewesen ist?« Er schwieg einen Moment und beugte sich dann vor. »Ihr Problem ist, dass Sie keine Vision haben. Sie leben in Ihrer eigenen kleinen Welt, beurteilen das, was Sie sehen, aus Ihrem eigenen Blickwinkel und nach Ihrem eigenen, beschränkten Wertesystem. Sie sind nicht imstande zu erfassen, was hier vor sich geht. Ihre Meinung zu diesem Vorfall ist daher nicht relevant. Sie denken in Begriffen von gut und schlecht, und dabei wissen Sie noch nicht einmal, was gut und was schlecht ist. Für Sie sind das absolute Werte, für mich ist das eine Frage der Evolution.« Er sah Martijn immer noch an. »Gut und schlecht sind abhängig von Ort und Zeit und denjenigen, um die es geht.« Er nahm den Artikel wieder in die Hand. »Machen Sie doch damit, was Sie wollen, schreiben Sie, was Sie wollen, es hat keinerlei Bedeutung.«

Martijn war sprachlos.

Er hatte mit Ausflüchten oder Beschönigungen gerechnet, auch damit, dass Azarnim das Ganze rundheraus abstreiten würde. Aber das hier war unbegreiflich.

»Sie leugnen also nicht«, stellte er fest.

Azarnim sah ihn amüsiert an.

»Das meine ich ja gerade. Sie hören nicht zu, weil Sie nicht verstehen, was ich sage. Wenn Sie mich jetzt bitte entschuldigen wollen – ich habe noch zu tun.«

Er gab Martijn die Blätter zurück und stand auf. Martijn nahm sie entgegen und stand auf.

»Noch eine Sache«, hielt Azarnim ihm entgegen. »Denken Sie daran, welche Folgen dieser Artikel haben kann für diejenigen, die ihn lesen. Denken Sie an die Zukunft dieser Menschen, und an Ihre eigene.«

Martijn nickte und zog die Tür hinter sich zu. Ja, er dachte an die Folgen, er dachte an die Zukunft. Und er hatte andere Erwartungen an die Zukunft als dieser Azarnim.

Cornelissen starrte den Artikel an, der auf seinem Schreibtisch lag, und seufzte tief. Bei früheren Konflikten um einen Artikel hatte der Chefredakteur sich stur und dominant benommen. Es fiel Martijn auf, dass Cornelissen diesmal seinem Blick auswich; er hatte ihn kaum angesehen, seit er das Zimmer betreten hatte. Eindringlich wiederholte er seine Frage: »Warum wollen Sie diesen Artikel nicht bringen? Der Nachrichtenwert ist doch wohl hoch genug!«

Cornelissen nickte langsam. »Ja«, gab er zu, »der Nachrichtenwert ist hoch genug.«

»Und zu jeder anderen Zeit, ich meine, früher, hätten Sie ihn gebracht«, ergänzte Martijn. Er spürte, dass er auf dem richtigen Weg war, und suchte Blickkontakt zu seinem Chef.

»Ja, früher«, sagte Cornelissen leise.

Martijn konnte einen kurzen Blick von ihm auffangen und erschrak. Die Augen dieses widerspenstigen, spröden Mannes waren feucht. Die stolze, aufrechte Haltung, die er immer gehabt hatte, war verschwunden. Mit hängenden Schultern und gebeugtem Rücken stand er da; Cornelissen wirkte um Jahre gealtert. Warum hatte er das nicht gesehen, als er hereinkam? Er war zu sehr darauf fixiert gewesen, dass sein Artikel gebracht wurde, und auf den unvermeidlichen Konflikt mit seinem Chef – dass es wieder so ablaufen würde, wie es in der letzten Zeit immer abgelaufen war. Aber sein Gegner war kein Gegner mehr. Seine Ablehnung war schwach gewesen, mechanisch.

»Herr Cornelissen?«

Diesmal sah Cornelissen auf. Eine Träne glitt über die raue, faltige Haut seines Gesichts und blieb in den Stoppeln seines kurzen Bartes hängen. Mit dem Handrücken wischte er sie weg und lächelte unsicher, beinah entschuldigend.

»Sorry«, sagte er heiser.

»Was ist denn los?«, fragte Martijn. Zum ersten Mal in seinem Leben tat ihm dieser raue Mann, der kein rauer Mann mehr war, Leid.

»Es ist etwas Persönliches«, wehrte Cornelissen ab.

Martijn schwieg. Cornelissen räusperte sich und händigte Martijn die Blätter aus.

»Bringen Sie Ihren Artikel ruhig«, sagte er. »Sie kriegen die Titelseite.«

Perplex nahm Martijn den Artikel entgegen und blieb sitzen, bis Cornelissen ihn herauswinkte.

»Machen Sie schon, an die Arbeit!« Ein Hauch seines barschen Tones kehrte zurück, aber er war nicht überzeugt.

Am nächsten Morgen lag die Zeitung in vielen Briefkästen. Der Artikel auf der Titelseite löste eine Welle von Anrufen in der Redaktion aus. Cornelissen war nicht in seinem Büro erschienen. Am Abend rief ein Kollege bei Martijn an. Cornelissen war an diesem Morgen tot in seinem Haus gefunden worden. Er hatte sich erhängt. Seine Frau und seine beiden Töchter von fünfzehn und siebzehn waren am Tag zuvor mehrmals vergewaltigt und schrecklich verstümmelt worden. Ihre leblosen Körper hatten die Täter einfach im Haus liegen lassen. Martijn rechnete zurück und kam zu dem Ergebnis, dass dies zwei Stunden, nachdem er Azarnim verlassen hatte, geschehen war. Er dachte lange nach. Dann fiel er auf die Knie und schloss die Augen.

Spät an diesem Abend klingelte es. Als er die Tür öffnete, stand ein Mädchen mit hellblonden Locken vor ihm.

»Da bin ich wieder mal«, sagte sie mit einem liebreizenden Lächeln. Martijn öffnete die Tür ein Stück weiter.

»Komm herein, Iskia«, hieß er sie willkommen. »Es ist schon spät.«

Iskia küsste ihn flüchtig auf die Wange, als sie an ihm vorbei in den Flur trat.

19

In den darauf folgenden Monaten nahmen die Gewalttaten immer erschreckendere Ausmaße an. In zunehmendem Maße wurden die größeren Städte in den Niederlanden, aber auch überall sonst auf der Welt, durch gewalttätige Banden terrorisiert. Die Polizei schien machtlos, auch weil den Anschlägen keine erkennbare Linie zugrunde lag. Anfänglich wurden nur die noch leer stehenden Häuser von christlichen Familien, die bei der Reinigung verschwunden waren, zerstört und geplündert – etwas, wofür die Bevölkerung noch ein gewisses Verständnis aufbrachte. In den meisten Fällen war der Hausrat bereits unter Angehörige und Freunde verteilt worden, und was übrig geblieben war, besaß für niemanden besonderen Wert. Ein zweiter Grund dafür, warum die Polizei zurückhaltend auf diese Form von Vandalismus reagierte, war die extreme Gewalt, mit der jede eventuelle Intervention der Polizei beantwortet wurde. Die Täter waren so gut trainiert und ausgerüstet, dass die Polizei keine Chance hatte. Um außer Kontrolle geratende Straßenkämpfe zu vermeiden, kamen die Polizisten anfangs so spät zum Tatort, dass den Tätern genügend Zeit blieb, vorher zu verschwinden. Später kamen sie dann überhaupt nicht mehr, und die Zeugen meldeten die Vorfälle auch nicht mehr. Der Pressesprecher der Haarlemer Polizei, Inspektor Lamain, erklärte diesbezüglich in einer Pressekonferenz, man hoffe, dass die Plünderungen von selbst aufhören würden, wenn die verlassenen Häuser einmal leer waren. Man durfte keine Menschenleben aufs Spiel setzen, um leer stehende Häuser zu verteidigen. Bei einer der ersten Plünderungen, die er selbst miterlebt hatte, hatte es etwa dreißig Todesopfer gegeben und noch weitaus mehr Verwundete. Das war die Sache nicht wert gewesen. Er selbst hatte eine Rückenverletzung erlitten und war seither von der Taille abwärts gelähmt.

Die Annahme, dass die Plünderungen mit der Zeit von selbst aufhören würden, erwies sich jedoch als irrig. Nachdem die leer stehenden Häuser ausgeplündert worden waren, wurde das Straßenbild in zunehmendem Maße durch organisierte Banden geprägt, die sich selbst auf gewaltsame Weise das beschafften, was sie zum Leben brauchten. Es konnte passieren, dass ein

Bäcker wegen eines einfachen Brotes niedergeschossen wurde, so dass viele mittelständische Unternehmen ihr Geschäft aufgaben. Die großen Supermärkte konnten sich dadurch über Wasser halten, dass sie die Preise enorm erhöhten. Die Banden raubten regelmäßig große Lebensmittelmengen, und man ließ sie gewähren, da Widerstand tödlich war.

Das Problem war nicht auf die Niederlande beschränkt. Obwohl die Zeitungen sich bei der Information über die Gewalttaten zurückhielten, sickerte doch durch, dass die Situation in anderen Ländern ähnlich war, oft sogar noch schlimmer. In den afrikanischen und südamerikanischen Ländern führten die Unruhen zu enormen Hungersnöten und kriegerischen Auseinandersetzungen. Die Menschen flohen aus ihren Dörfern und Städten, aber das Land bot auch nicht genug Nahrung für diese Menschenmengen, die infolgedessen entweder verhungerten oder in ein Nachbarland flüchteten, da sie dort Hilfe zu finden hofften. Das führte zu schweren Grenzkonflikten, bei denen ganze Volksstämme ausgelöscht wurden. Schon bald entstanden daraus Konflikte zwischen den betroffenen Ländern, wobei die Vorräte des jeweils anderen Landes geplündert beziehungsweise vernichtet wurden. Die Regierungen erkannten die Hoffnungslosigkeit der Lage und verbrauchten die noch zur Verfügung stehenden Mittel für sich selbst. Die Industriestaaten verweigerten ihnen jegliche Hilfe, da sie selbst genug Probleme hatten. Die Tatsache, dass jede finanzielle Hilfe in erster Linie den Reichen dieser Länder zugute gekommen wäre, rechtfertigte diese Enthaltsamkeit.

Über die enormen Hungersnöte stand kaum jemals etwas in der Zeitung. Zum einen deshalb, weil die Menschen das einfach nicht wissen wollten. Es waren die Probleme anderer Leute und das sollte auch so bleiben. Damit stand fest, dass sie keinen Nachrichtenwert besaßen, und die seltenen Artikel, die der eine oder andere Journalist ihnen widmete, wurden meist zurückgewiesen oder landeten irgendwo hinten in der Samstagsausgabe. Ein anderer Grund war, dass die betreffenden Gebiete schwer zugänglich und zudem gefährlich waren, so dass sich kaum ein Reporter dorthin wagte. Dadurch, dass ausgedehnte Gebiete mit Leichen übersät waren, die nicht weggeräumt und begraben wurden, da niemand die Energie dazu aufbrachte, waren allerlei Krankheiten ausgebrochen – sogar Krankheiten, von denen man dachte, dass sie längst bezwungen und ausgerottet wären. Raubtiere, deren Zahl in kurzer Zeit deutlich zugenommen hatte, machten sich über die wehrlosen, geschwächten Menschen her. Es war nicht mehr möglich, die Zahl der Toten zu schätzen, weil sich niemand darum kümmerte, was auf diesen Kontinenten geschah. In vorsichtigen Spekulationen war jedoch von etwa einer Milliarde Menschen die Rede, über einem Viertel der Weltbevölkerung. In den westlichen Ländern zuckte man darüber nur die Achseln. Es war nicht ihre Sache. Auf lange Sicht konnte sich das sogar positiv auswirken, die Erde war sowieso überbevölkert. Erst als sich die Krankheiten weiter ausbreiteten, und auch in den reichen Ländern ihre Opfer forderten, wurde der Ruf nach Maßnahmen laut.

Die Behandlungsmethoden der Schulmedizin wurden nach der Reinigung immer mehr durch das ersetzt, was bis dahin alternative Heilmethoden genannt worden war. Magnetiseure und Geistheiler verbuchten so große Erfolge, dass die Schulmediziner sich nur noch mit der Versorgung von äußeren Verletzungen beschäftigten, und auch das meist unter Hinzuziehung eines Magnetiseurs. Bei den seltsamen Krankheiten jedoch, die nun aufzutreten begannen, waren selbst die meisten Geistheiler überfordert. Angesicht der Krankheiten, die keine Rücksicht auf die finanziellen Verhältnisse oder die gesellschaftliche Position ihrer Opfer nahmen und denen alle in gleicher Weise hilflos ausgeliefert waren, wurde der Ruf nach Efraim Ben Dan laut, dem Propheten der Erde.

Der Prophet hatte sich nach Syrien zurückgezogen; von dort aus leitete er das religiöse Bollwerk, das als Verbindungsglied zwischen den großen Weltreligionen diente. In seinem Auftrag war sogar der Tempel in Jerusalem wieder aufgebaut worden, und die Juden hatten den Tempeldienst wieder aufgenommen.

Der Prophet hatte für die zunehmenden Unruhen, wie er sie bezeichnete, eine einfache Erklärung. Er wies darauf hin, dass er diese bei seiner Einsetzung zum Propheten der Erde bereits angekündigt hatte. Die einzige dauerhafte Lösung war eine Weltregierung; auf diese Weise würde nicht nur in geistiger, sondern auch in konkreter, praktischer Hinsicht die vollkommene Harmonie auf Erden verwirklicht werden. Solange die Weltmächte nicht bereit waren, ihre Macht in den Dienst dieses gemeinsamen Zieles zu stellen, und sich immer noch gegenseitig bekämpften, konnten die Konflikte nicht gelöst werden. Die Weltmächte waren jedoch der Meinung, dass der Prophet zwar ein großer geistlicher Leiter sein mochte, sich jedoch nicht in die Politik einmischen durfte. Der Prophet fand sich damit ab, wies jedoch auf die Gefahren hin. Die Erde hatte bereits zuvor gezeigt, dass sie nicht mit sich spaßen ließ. Sie würde erbeben, wie sie noch nie zuvor erbebt war, prophezeite er. Ansonsten hielt er sich zurück. Auf Spekulationen, ob und wann es zu einer Weltregierung kommen würde, ließ er sich nicht ein. Dennoch vermuteten alle, dass Oren Rasec, der Vorsitzende des groß-europäischen Parlaments, gute Aussichten auf die Weltherrschaft hatte. Immer öfter wurde sein Name genannt, wenn es um Konfliktbekämpfung ging, und er konnte große Erfolge verbuchen. Die Ruhe im Mittleren Osten stand in krassem Gegensatz zu den Morden und dem Gemetzel in allen anderen Ländern. Es war auch kein Geheimnis, dass er auf sehr gutem Fuße mit dem Propheten stand und dass sie sich regelmäßig zu Besprechungen zurückzogen.

Oren Rasec war ein Mann ohne Vergangenheit. Seine Wurzeln mussten irgendwo im Mittleren Osten liegen, und er war anscheinend in Moskau aufgewachsen. Er besaß mehrere Mammutfirmen in ganz unterschiedlichen Branchen, von Kaffeeplantagen bis hin zu Computerhardware, und zählte zu den reichsten Männern der Welt, wenn er nicht überhaupt der reichste war. Er hatte eine besondere Art, mit Menschen umzugehen, und konnte von ihnen Dinge erreichen, die einem anderen unmöglich gewesen wären. Mühelos bewegte er sich in allen möglichen Kreisen und Regierungsgebäuden, stellte Verbindungen her und versöhnte Menschen miteinander. Oren Rasec war absolut einzigartig.

Und dann erbebte die Erde. Am Tag zuvor hatten Wissenschaftler eine Bewegung im Weltall wahrgenommen, die sie nicht erklären konnten, die sie jedoch sehr beunruhigte. Sie wurde als ein sich nähernder Meteoritenregen von bisher ungekanntem Ausmaß identifiziert. Es schien unvermeidlich, dass er auf der Erde einschlug, aber niemand konnte sagen, welche Folgen das haben würde oder wie viel Prozent der Bruchstücke in der Atmosphäre verglühen würden. Es war nicht bekannt, woher der Meteoritenregen rührte, und die Meteoren waren zuvor nicht gesichtet worden, obwohl ein derartiges Ereignis normalerweise viel früher abzusehen war. Die wildesten Spekulationen machten die Runde und beschäftigten die Menschen mehr als die Angst vor Gewalttaten und Krankheiten. Die Regierungschefs der Erde traten zu einer eiligst anberaumten Krisensitzung zusammen, aber niemand, noch nicht einmal der Prophet, konnte etwas anderes vorschlagen als zu flüchten – flüchten in Berghöhlen, Gruben und Felslöcher. Wie ein ängstliches Tier verbarg sich die Menschheit, wo immer sie sich verbergen konnte. Wer einen Schutzkeller besaß, verbarg sich dort, oder man grub sich ein, oder man floh in die Tiefen der Erde. Der Tag kam und raste. Das Licht der Sonne wurde völlig von dem Stein- und Geröllregen verfinstert, der Tag wurde zur Nacht, der Mond färbte sich rot wie Blut und das einzige Licht, das auf der Erde noch zu sehen war, war das Glühen der Meteoriten, die ihre leuchtenden Spuren über das Firmament zogen. Die Erde wankte und stöhnte unter der Macht der Einschläge, und Inseln und Berge wurden von ihrem Platz geschoben. Der Meteoritenregen dauerte einen ganzen Tag lang; es gab keinen Ort auf Erden, der nicht getroffen wurde. Und jetzt, erst jetzt begriffen die Menschen, gegen wen sie sich widersetzten, und sie verfluchten ihn.

20

Unten im Schuhkarton fand er den Zettel. Die anderen Papiere stopfte er wieder hinein: Versicherungspolicen – die meisten davon nicht mehr gültig – Garantiekarten und zugehörige Kassenbons, Gebrauchsanweisungen. Sogar noch eine Police von Evelien, die er nie eingelöst hatte, die ihm aber jetzt nichts mehr nützte. Er nahm sich vor, den Karton ein andermal gründlich zu untersuchen, stand auf, ging zum Tisch, nahm einen Stift aus der Schublade und legte den Zettel vor sich hin. Einen nach dem anderen las er die Namen, die auf der Liste standen. An dritter Stelle sah er seinen eigenen Namen stehen: Gertjan van der Woude. Die meisten der Namen strich er durch, die kannte er bereits; sie waren von Anfang an oder später zu den wöchentlichen Versammlungen gekommen. Die Handschrift des Pfarrers war nicht überall gleich deutlich, aber schließlich gelang es ihm doch, die Namen zu entziffern. Es blieben einige übrig, die er nicht kannte. Diese schrieb er ab und steckte dann die Liste des Pfarrers wieder zurück in den Schuhkarton.

Er hatte gewusst, dass er sie noch irgendwo haben musste, aber er hatte nie mehr daran gedacht. Das war auch gut so, dachte er, denn sonst hätte er sie zweifellos weggeworfen oder, schlimmer noch, an Azarnim weitergegeben.

Im Telefonbuch suchte er nach den neun Namen, die er abgeschrieben hatte. Ein kurzer Blick auf die Uhr sagte ihm, dass es halb acht war und dass er Zeit genug hatte, um alle anzurufen, die auf der Liste standen. Als er den Hörer in die Hand nahm, war er sich wieder einen Moment unsicher. War er nicht viel zu impulsiv? Nein, beschloss er – er hatte lange hierüber nachgedacht, lange genug. Und er hatte es versprochen. Er wollte das tun. Er wählte die erste Nummer.

»Van Winsum«, klang es durch den Hörer. Ein Mann. Gertjan warf einen Blick auf seine Liste. Der Name stimmte nicht.

»Ich suche einen Herrn Bedemeijer, bin ich da bei Ihnen richtig?«

»Nein«, krächzte die Stimme, »hier ist Van Winsum.«

Er hatte die richtige Nummer gewählt, das bestätigte der Mann.

»Entschuldigen Sie bitte die Störung.« Gertjan legte auf.

Die nächsten vier schieden auch aus, aber der Fünfte meldete sich mit dem richtigen Namen.

»Hans Bos.«

Gertjans Herz schlug schneller.

»Guten Abend, Herr Bos. Mein Name ist Frans Duinsteen.« Er wusste nur allzu gut, dass es unvernünftig gewesen wäre, gleich seinen richtigen Namen zu nennen.

»Entschuldigen Sie, dass ich so mit der Tür ins Haus falle, ich werde das gleich erklären. Aber stimmt es, dass damals bei der Reinigung ihre Frau verschwunden ist?«

Es war einen Moment still.

»Das stimmt«, antwortete Bos dann. »Worum geht es denn?«

»Sie haben sich damals nicht bei der Tekna-Gen-Zentrale in Ihrem Bezirk angemeldet. Wo haben Sie sich denn stattdessen angemeldet?«

»Ich bin immer zu der Freitag-Abend-Gruppe gegangen«, antwortete Bos. »Aber das könnten Sie doch auch selbst in Ihren Unterlagen nachsehen, nehme ich an?«

Offenbar hielt er ihn für jemanden von den Tekna-Gen. Gertjan beschloss, die Bemerkung zu ignorieren.

»Gehen Sie dort immer noch hin?«

»Nein, schon seit zwei Jahren nicht mehr. Azarnim meinte, das wäre nicht nötig, ich wäre nicht gefährdet. Geht es um die Sozialhilfe? Die steht mir doch weiterhin zu, oder?«

»Nein, darum geht es nicht, das ist schon in Ordnung. Ich kontrolliere nur eben etwas nach. Danke für die Auskunft. Auf Wiederhören, Herr Bos.«

Er legte auf. Noch vier Namen, vielleicht blieb niemand übrig. Der Nächste war wieder unbekannt und der Übernächste war ebenso wie Bos kein »potenzieller Irrgläubiger«, also brachte ihn das Gespräch auch nicht weiter. Der Vorletzte war nicht zu Hause. Gertjan seufzte und wählte die letzte Nummer.

»Joost Weitering.« Dieser Name stimmte jedenfalls wieder. Gertjan begann mit seinem Einleitungssatz.

»Äh ... ja«, bestätigte der Mann. Seine Frau war in der Tat vor etwa drei Jahren verschwunden. Er klang unsicher.

»Darf ich Sie fragen, bei welcher Tekna-Gen-Zentrale Sie sich damals angemeldet haben?«, fragte Gertjan. Am anderen Ende der Leitung blieb es still.

»Hallo?«

»Ja, ich bin noch da«, antwortete der Mann. »Warum wollen Sie das wissen?«

»Sie sind nicht bei der Zentrale Ihres Bezirks registriert«, erläuterte Gertjan.

»Wie kommen Sie an meinen Namen?«, wollte der Mann wissen. Er wich aus. Treffer, dachte Gertjan.

»Okay«, sagte er, »ich will Ihnen reinen Wein einschenken. Ich gehöre nicht zu den Tekna-Gen, ich habe selbst meine Frau und zwei Kinder verloren bei der Reinigung. Ich habe Ihren Namen vor ungefähr drei Jahren von Pfarrer Kuipers bekommen. Sie haben ihn damals angerufen, um zu fragen, ob Ihre Frau in der Bibelstunde gewesen war. Ich nehme an, dass die Tekna-Gen Sie bislang noch nicht aufgespürt haben, stimmt das?«

Der Mann am anderen Ende der Leitung schwieg noch.

»Ich habe tatsächlich den Pfarrer angerufen«, antwortete er schließlich auf die letzte Frage.

»Ich verstehe Ihre Zurückhaltung«, sagte Gertjan wahrheitsgemäß. Hatte er sich damals nicht genauso verhalten, bei seinem Gespräch mit Martijn van der Meulen, das nun schon eine halbe Ewigkeit her zu sein schien? »Aber angenommen, ich würde zu den Tekna-Gen gehören, wäre es dann nicht logischer gewesen, wenn ich einfach zu Ihnen nach Hause gekommen wäre? Und wenn ich Sie im Auftrag der Tekna-Gen anrufen würde, dann wären Sie nun sowieso bekannt, nicht wahr?

»Was wollen Sie von mir?«, fragte der Mann.

»Ich wollte Sie fragen – haben Sie vielleicht noch eine Bibel zu Hause?«

Martijn war enttäuscht, aber irgendwie hatte er auch damit gerechnet. Es war lebensgefährlich, eine Bibel im Haus zu haben. Wenn man erwischt oder verraten wurde, musste man sofort in Therapie. In den meisten Fällen kamen die Straßenbanden dahinter, so dass eine Rückkehr nach Hause nicht mehr möglich war, sofern das Haus überhaupt noch stand. Es kam übrigens nie jemand von der Therapie zurück – die Tekna-Gen sagten, dass sie sich woanders ein neues Leben aufbauten, ohne Vorgeschichte und unbelastet von Vorurteilen.

»Er war der Meinung, die Bibel sei schuld daran, dass seine Frau nicht mehr da ist«, erklärte Gertjan, »und er hat sie bei den Verbrennungen in einer Anwandlung von Zorn weggeworfen.«

»Jetzt bleibt also noch einer übrig, den du nicht erreichen konntest«, stellte Martijn fest. »In den setzen wir am besten auch keine allzu großen Hoffnungen.« Er hob Gertjans Bierflasche kurz an und stellte fest, dass sie leer war. »Noch eine?«, fragte er und stand bereits auf.

»Ja, okay.«

Martijn verschwand in der Küche. Gertjan sah sich im Zimmer um. Die letzte Zeit war er hier öfter, vor allem, seit er wieder allein war. Es war offensichtlich, dass der Raum von einem Mann eingerichtet worden war – noch dazu von einem, der wenig Sinn für Gemütlichkeit hatte. Die nüchterne Beleuchtung, die von einem einzigen Schalter aus zu bedienen war, die kahlen Wände, der leere Vitrinenschrank – all das spiegelte die Persönlichkeit eines Mannes wider, der keinen Wert auf Luxus legte. Martijn war einmal verheiratet gewesen, hatte er Gertjan erzählt, aber die Ehe war gescheitert. Er war mehr mit seiner Arbeit verheiratet gewesen als mit seiner Frau. Die war inzwischen längst mit einem anderen Mann verheiratet und hatte auch Kinder mit ihm.

Immer öfter musste er an Evelien und die Kinder denken. Roel wäre inzwischen zwölf und Wieke acht. Aber wahrscheinlich waren sie da, wo sie jetzt waren, besser dran – wo auch immer das sein mochte. Das war keine Welt mehr für Kinder; und für Erwachsene eigentlich auch nicht. Die letzten Jahre waren die Hölle gewesen. Nach dem Erdbeben war die

Sache nicht ausgestanden – dieses war erst der Beginn einer ganzen Serie von Naturkatastrophen gewesen. Kurz nach dem Erdbeben kam ein zweiter Einschlag aus dem Weltall, aber anders als der Meteoritenregen. Hagel und Feuer, vermischt mit einer blutähnlichen Substanz, wurden über die Erde geschleudert, wobei große Teile der Regenwälder zu Asche verglühten und durch die enorme Hitze alles grüne Gras verbrannte. Glücklicherweise waren die Menschen wieder rechtzeitig gewarnt worden, so dass sie sich in einen unterirdischen Komplex zurückziehen konnten. Der Prophet hatte die Naturkatastrophen angekündigt, ebenso wie das Erdbeben, und die Regierungschefs hatten – wenn auch mit einer gewissen Zurückhaltung – seinen Aufruf, sich dagegen zu schützen, befolgt. Mit öffentlichen Geldern waren enorme unterirdische Komplexe angelegt worden, in denen im Notfall jeder Schutz suchen konnte. Wissenschaftler bestätigten die Voraussagen des Propheten. Die Erde bewegte sich im Einflussbereich einer seltsamen Erscheinung im Weltall, so dass man in Zukunft öfter mit Meteoritenregen und Einschlägen wie bei dem großen Erdbeben rechnen musste.

Die letzte Heimsuchung der Erde hatte volle vierundzwanzig Stunden gedauert, und wieder gab es keinen einzigen Fleck, der verschont geblieben wäre. Inzwischen hatte sich die verkohlte Erde einigermaßen erholt, aber ihr Äußeres hatte sich stark verändert. Der grüne Planet war nicht mehr grün. Gertjan erinnerte sich lebhaft an seinen Schock, als er aus dem Schutzkeller gekommen war.

Kurz darauf wurde die Erde erneut zweimal getroffen. Der erste Meteor war gigantisch, wie ein brennender Berg. Es war kein Aufruf ergangen, sich in die Schutzkeller zu begeben, da es nur um einen Meteoritenbrocken ging und die Wissenschaftler berechnet hatten, dass er im Mittelmeer landen würde. Das hatte der Prophet übrigens auch vorausgesagt. Er war tatsächlich im Mittelmeer gelandet, wodurch sich weite Bereiche dieses Meeres blutrot verfärbten und ein großer Teil der Meerestiere zugrunde ging. Der Meteor hatte eine Substanz abgeschieden, die der chemischen Analyse zufolge eine gewisse Ähnlichkeit mit menschlichem Blut aufwies, ebenso wie die Substanz, mit der der Erdboden nach dem Hagel- und Feuerregen getränkt gewesen war. Die zweite Katastrophe ereignete sich zwei Monate später. Die Erde wurde von einem Kometen gestreift, dessen Schweif giftige Gase enthielt. Diese vergifteten die Süßwasserquellen, und das vergiftete Wasser tötete einen großen Teil der Menschheit, vor allem wieder in den Dritte-Welt-Ländern, wo man nicht imstande war, das Wasser hinreichend zu reinigen.

Immer noch befand sich die Erde inmitten eines seltsamen Sturmes im Weltall; ein Geröllregen hielt schon seit einigen Monaten das Sonnenlicht fern, wodurch es tagsüber dämmrig und nachts pechschwarz war. Aber die Menschen passten sich an und lernten, damit zu leben, oder sie starben, und niemand kümmerte sich darum. Es war kein Leben mehr, nur noch ein Überleben.

Martijn kam wieder herein und stellte die Bierflasche neben das leere Glas.

»Schade«, sagte er nochmals enttäuscht, »jetzt weiß ich auch nicht mehr weiter. Wahrscheinlich gibt es auf diesem ganzen verdammten Planeten keine Bibel mehr.«

Gertjan goss den Inhalt der Bierflasche in sein Glas. Damit konnte Martijn durchaus Recht haben.

Vor einigen Monaten war er ihm in einem Café begegnet. Martijn saß allein an einem Tisch und Gertjan hatte sich dazugesetzt. Sie waren ins Gespräch gekommen. Nach einiger Zeit hatte Martijn in seinem Gegenüber den Mann erkannt, der ihn bei dem ersten Anschlag der Straßenbanden unter seinem Auto hervorgezogen hatte. Gertjan hatte eigentlich für sich behalten wollen, dass er ihn kurz nach der Reinigung zweimal angerufen hatte, wegen des Zeitungsartikels über das, was damals in der Kirche geschehen war. Aber als es dann später wurde und das Bier seine Wirkung zu zeigen begann, war es ihm doch herausgerutscht. Martijn hatte sehr interessiert reagiert, ja, an diese telefonische Begegnung konnte er sich gut erinnern. Sie hatte ihn nachdenklich gemacht und er hatte es sehr schade gefunden, dass Gertjan sich nicht mehr bei ihm gemeldet hatte. Seit dieser Begegnung im Café hatten sie sich miteinander angefreundet und sich öfter getroffen. Martijn hatte bemerkenswerte Ansichten. Es wunderte Gertjan, dass die Tekna-Gen ihn nicht schon längst in Therapie gebracht hatten. Martijn redete und dachte genau wie Evelien und wollte nichts von den Tekna-Gen und dem Propheten wissen.

»Ich rede da nicht mit jedem drüber«, erklärte Martijn. »Eigentlich bist du sogar der Einzige, mit dem ich darüber rede.« Martijn war fest davon überzeugt, dass man dem Propheten nicht trauen durfte. »Ich habe mich vor der Reinigung eigentlich nie dafür interessiert, aber jetzt sehe ich, dass das völlig falsch war.« Martijn war als Kind gläubiger Eltern in einer evangelischen Gemeinde aufgewachsen und hatte regelmäßig den Kindergottesdienst und die Jugendstunden besucht. Als er in die Pubertät kam, hatte er der Kirche jedoch den Rücken gekehrt. Es sagte ihm alles nichts, und obwohl er die Terminologie kannte, fühlte er sich in diesem System nicht zu Hause. »Ich hatte es nicht in mir drin, weißt du. Und ich habe es eigentlich auch nie für mich selbst getan. Ich ging in die Gemeinde, weil sich das so gehörte, aber ich war innerlich nicht daran beteiligt. Gott war für mich eine Theorie, weiter nichts.«

Gertjan begriff, dass Martijn dadurch, dass er ihm das erzählte, ein großes Risiko einging, aber aus irgendeinem Grund kam Gertjan nie der Gedanke, diese Dinge weiterzugeben, auch nicht an Nagheela. Martijn hatte auch Kontakt mit Iskia, aber auch die wusste von nichts, obwohl Martijn merkte, dass sie ihn beobachtete. Iskia besuchte ihn ab und zu und dann unterhielten sie sich ein bisschen, so als ob sie Freunde wären. Iskia hatte immer irgendeinen Vorwand, zum Beispiel etwas für einen Artikel, das genügend Nachrichtenwert besaß, um in die Zeitung zu kommen. Manchmal war das auch der Fall, aber sie versuchte unterdessen immer wieder, ihm Aussagen zu entlocken, aus denen sie schließen konnte, dass er ein Irrgläubiger war. Martijn hatte das Spiel jedoch durchschaut und wusste den Verdacht von sich abzuwenden. Er verschanzte sich hinter seiner Position als Journalist, der die Gesellschaft kritisch beurteilte und alles von verschiedenen Seiten betrachtete. Seine persönlichen Vorstellungen und Gefühle waren dabei nicht von Interesse. Iskia warnte ihn, dass einige seiner Artikel verkehrt aufgefasst werden konnten, und er nahm sich ihre Warnungen zu Herzen. Außerdem gab es Themen, die überhaupt nicht in den Zeitungen erwähnt werden durften. Martijn hatte die Gerüchte, die hartnäckig in Journalistenkreisen kursierten, nie auf ihren Wahrheitsgehalt überprüfen können beziehungsweise dürfen – aber es machten Gerüchte die Runde, dass es in Israel eine große Gruppe von Menschen gab, die die Lehre des Propheten ablehnten und bekämpften. Es gab Gerüchte, in denen von hundertvierundvierzigtausend Juden die Rede war, zwölftausend aus jedem Stamm, so wie es angeblich in der Bibel stand, Juden, auf die der Prophet keinen Einfluss hatte. Aber die Mehrheit verwies diese Spekulationen in das Reich der Fabeln. Dann war noch die Rede von zwei Männern, die in Jutesäcken herumliefen, ebenfalls in Israel – über diese hörte man die unglaublichsten Geschichten. Angeblich verkündigten sie nicht nur öffentlich den Gott der Christen, sie beschuldigten sogar den Propheten der Erde, eine falsche Lehre zu verkünden. Das Extremste, was Martijn gehört hatte, war gewesen, dass der Prophet versucht hatte, sie zu verhaften, sogar mit einer ganzen Kompanie Soldaten, und dass diese Männer dann Feuer aus dem Himmel regnen ließen, wodurch ihre Widersacher auf der Stelle verkohlt waren. Seitdem wagte niemand mehr, irgendetwas gegen sie zu unternehmen, und sie predigten ungestört weiter. Er hätte gern Nachforschungen darüber angestellt, aber der Chefredakteur fand das unsinnig, sogar aufrührerisch und verwerflich, und da keine Zeitung sich mit so etwas befasste, hatte er kein Interesse daran, sich mit solchen Sensationsgeschichten lächerlich zu machen.

Gertjan teilte Martijns religiöse Einstellungen nicht, aber er fand es interessant, darüber zu reden. Es gab ihm das Gefühl, etwas von Evelien zurückzubekommen, obwohl er mit ihr nie über religiöse Themen gesprochen hatte. Seltsamerweise hatte er irgendwie das Gefühl, durch diese Gespräche mit Martijn etwas an ihr wieder gutzumachen, das er versäumt hatte.

Martijn war fest davon überzeugt, dass die Katastrophen, die jetzt die Erde erschütterten, in der Bibel vorausgesagt wurden und eine völlig andere Bedeutung hatten als die, die der Prophet ihnen geben wollte. Der Prophet behauptete, dass sie auf die Spaltung zurückzuführen waren, die immer noch auf der Erde herrschte: Der falsche Geist nutzte die Schwäche des Geistes der Erde aus und würde das tun, solange die Harmonie nicht vollkommen hergestellt war. Martijn war jedoch der Ansicht, dass diese Katastrophen Heimsuchungen Gottes waren, die der Wiederkunft Jesu auf die Erde vorausgingen. Aber er war über die Einzelheiten nicht im Bilde, oder eigentlich wusste er überhaupt sehr wenig von all dem und darum brauchte er eine Bibel. Gertjan erinnerte sich daran, dass der Pfarrer auch so etwas behauptet hatte und dass er darüber hatte predigen wollen. Seine Frau hatte diese Dinge in ihrem Brief erwähnt. Gertjan bedauerte, dass er diesen Brief nicht mehr hatte, aber die Liste des Pfarrers mit den Namen der Personen, die ihn an jenem Abend angerufen hatten, hatte er nie weggeworfen.

»Der Prophet selbst, der hat doch sicher eine Bibel aufbewahrt«, überlegte Gertjan. »Wenn deine Theorie stimmt, dann kann er natürlich seine Prophetien darauf gründen.«

Martijn nickte. »Daran hatte ich auch schon gedacht, es kommt mir sogar sehr wahrscheinlich vor, aber willst du ihn vielleicht anrufen und ihn fragen, ob er sie uns mal eben schickt?«

Gertjan lächelte. Das würde wohl nicht viel bringen.

Nagheela lag auf ihrem Bett und starrte an die Decke. Draußen tobte der Wind am Fenster vorbei, und von Zeit zu Zeit schlugen heftige Regenböen dagegen. Das alte Haus knarrte und stöhnte, aber das waren Geräusche, an die sie sich inzwischen gewöhnt hatte. Unter der Schlafzimmertür hindurch sah sie einen schmalen Lichtstreifen; sie ließen die Lampe im Flur immer brennen, wenn Iskia oder sie selbst später nach Hause kamen.

Sie musste an früher denken, wie sie als Kind in ihrem Schlafzimmer im Dachgeschoss gelegen hatte, während ihre Mutter und ihr Stiefvater noch unten im Wohnzimmer saßen. Es war ein ähnliches Haus gewesen, und es hatte sogar in derselben Gegend gestanden. Das Haus ihrer Eltern war jedoch nicht mehr da, es war dem Erdbeben zum Opfer gefallen. Vor kurzem war sie wieder an der Stelle vorbeigelaufen, wo es gestanden hatte, und sie hatte gemerkt, dass es sie mehr berührte als die ersten Male, die sie dort gewesen war. Kurz nach der Reinigung war sie aus purer Neugier zu dem Haus gegangen, aber es hatte sie kalt gelassen. Das Haus war leer gewesen, ihre Eltern waren bei der Reinigung verschwunden, und was mit ihrer Schwester war, wusste sie nicht. Die Nachbarn waren im Vorgarten an der Arbeit gewesen. Sie hatten sie zwar gesehen, aber nicht erkannt. Das hatte sie auch nicht erwartet.

Sie war wieder in einer melancholischen Stimmung, so wie öfter in der letzten Zeit. Natürlich bedrückte sie auch die ständige Dunkelheit, die draußen herrschte, der Tag, der kein Tag werden wollte, weil nur noch ein Teil des Sonnenlichts zur Erde hindurchdrang.

Iskia war bei Azarnim, es würde sicher wieder spät werden. Mit den Augen verfolgte sie den grünlich schimmernden Knopf der Ziehschnur für das Licht, der auf und ab tanzte, wenn sie dagegenschlug. Zu Hause hatte sie früher auch so eine Schnur gehabt. Zu Hause ... ihre Erinnerungen an zu Hause waren nun wärmer als früher. Sie ertappte sich sogar dabei, dass sie es bei sich wieder als »Zuhause« bezeichnete, wenn sie daran dachte. Was war jetzt eigentlich ihr »Zuhause«? Gab es noch Menschen, die sie liebten, gab es noch Menschen, die sie liebte? Sie hatte zwar ihre Beziehungen, aber die waren durch ihre Aufgabe begründet und eigentlich nur Schauspielerei. Jedenfalls, was sie betraf, und dadurch fühlte sie sich noch leerer. Nein, sie hatte es sich anders vorgestellt, als sie noch im Zentrum gewesen war. Da hatte sie sich geborgen gefühlt, da war sie von Menschen umgeben, die in Harmonie miteinander lebten, da war alles schön gewesen. Man hatte ihr gesagt, dass es auf der Neuen Erde einmal überall so sein würde. Und was war daraus geworden? Sie wusste wohl, dass dies eine vorübergehende Phase war, die durchlaufen werden musste, bevor der falsche Geist durch die Einheit der Menschheit entmachtet wurde. Aber sie hatte nie gedacht, dass es *so* sein würde. Die Macht des falschen Geistes war überwältigend – wo blieb die Macht von Efraim Ben Dan? Wo blieb die Macht von Oren Rasec?

Regelmäßig war sie in das Zentrum in der Schweiz zurückgekehrt, um Irrgläubige dort abzuliefern. Das erste Mal hatte sie mit Rashkalin über ihre Gefühle gesprochen. Rashkalin hatte sie aufgemuntert und ihr Mut zugesprochen. Sie hatten zusammen meditiert; es war eine beglückende Erfahrung gewesen, die sie wieder stark motiviert hatte, aber wie lange hatte das vorgehalten? Immer häufiger ertappte sie sich dabei, dass ihre Gedanken zu Rasheen abschweiften, der in Israel arbeitete. Wahrscheinlich machte er dort dasselbe wie Azarnim hier. Ihr war der Gedanke gekommen, ihn zu besuchen, aber bis jetzt hatte sie ihn verdrängt. Es ging nicht und es durfte auch nicht sein. Aber die Argumente, die sie dagegen ins Feld führen konnte, wurden immer schwächer.

»Anfang dieser Woche hat er eine Reihe Leute angerufen, Irrgläubige. Die meisten hatten wir schon weggebracht, aber den Letzten kannte ich nicht.«

Azarnim hatte die Namen vom Band abgeschrieben. Der Zettel lag vor ihm auf dem Tisch. »Joost Weitering«, las er vor und sah Iskia fragend an. Sie schüttelte den Kopf.

»Kenne ich auch nicht«, sagte sie. »Was wollte er denn?«

»Er ist auf der Suche nach einer Bibel.«

Iskia zog die Augenbrauen hoch. »Gertjan van der Woude? Eine Bibel?«

Azarnim nickte.

»Hast du von Nagheela irgendwas in der Richtung gehört?«, fragte er. Iskia überlegte und schüttelte dann den Kopf.

»Nein«, sagte sie bedächtig, »aber das will nicht unbedingt etwas heißen.«

Nun war es an Azarnim, die Augenbrauen hochzuziehen. »Wie meinst du das?«

Iskia sah an Azarnim vorbei nach draußen. In den Regenböen vorm Fenster spiegelte sich das Licht der Straßenlaterne. Sie hatte Nagheela gern. Sie hatten beinah drei Jahre zusammengelebt und sie hatte sie gut kennen gelernt.

Nagheela war ein emotionaler Mensch. Das war ihr schwacher Punkt – sie hatte Probleme mit den Plagen, die über die Erde gingen. Nagheela brauchte die Sonne, das Zwitschern der Vögel, das Lachen der Menschen. Sie hatte Schwierigkeiten damit, diese Periode einzuordnen und damit fertig zu werden.

»Nagheela hat sich verändert in der letzten Zeit«, fand sie. »Ich bekomme weniger Verbindung zu ihr, sie ist abwesend und verträumt. Sie leidet unter diesen Angriffen des falschen Geistes, unter der Dunkelheit und den vielen Toten.« Sie sah Azarnim wieder an. »Ich habe den Eindruck, dass sie irgendwie kein Land mehr sieht, und dadurch wird sie nachlässiger, weniger wachsam. Ich denke, dass sie Gertjan nicht mehr gut beobachtet hat.«

»Hmm.« Azarnim nickte. Er hatte auch diesen Eindruck gehabt und Iskia bald darauf ansprechen wollen, und nun hatte sie selbst damit angefangen. Das Tonband mit den mitgeschnittenen Telefongesprächen bestätigte seinen Verdacht. Es war üblich, dass die Telefonate der potenziellen Irrgläubigen aufgenommen und dann von einem Mitarbeiterteam abgehört wurden. Auf diese Weise waren viele Irrgläubige frühzeitig demaskiert und in die Zentren gebracht worden.

»Noch mal zu Gertjan van der Woude«, sagte er. »Willst du das Band noch hören?« Er hielt die Kassette hoch.

»Ist sonst noch irgendwas Wichtiges drauf?«

»Nicht wirklich. Es wäre kein Schaden, mal mit diesem Joost Weitering zu reden, der hat sich ziemlich bedeckt gehalten. Ich bin auch nicht dahinter gekommen, warum Gertjan diese Bibel will. Darüber sagt er nichts. Irgendwas nachprüfen, hat er nur gesagt.«

»Okay, ich hör's mir mal an.«

Azarnim spulte die Kassette zurecht und Iskia hörte aufmerksam zu. Sie konnte auch nicht daraus ableiten, was Gertjans Motivation war, aber die Tatsache, dass er eine Bibel suchte, war an sich schon schlimm genug.

»Ich denke, dass wir ihn eine Zeit lang beobachten müssen«, fand sie. »Vielleicht bringen wir mehr in Erfahrung.«

Azarnim war derselben Meinung. »Wir setzen jemanden auf ihn an. Weißt du sonst noch irgendwas über ihn?«

»Nichts, was du nicht auch weißt, glaube ich.«

Gertjans Vorgeschichte war bekannt. Er war Nagheelas Zögling geblieben, und er schien keine besonderen Probleme zu machen. Ungefähr anderthalb Jahre nach der Reinigung war eine neue Frau in sein Leben gekommen, Saskia Weilhuizen; sie war bei ihm eingezogen. Saskia war eine überzeugte Anhängerin des Propheten gewesen. Die beiden waren nicht weiter aufgefallen. Nagheela besuchte sie noch ab und zu und Gertjan besuchte weiterhin gelegentlich die Gesprächsabende, die alle vierzehn Tage stattfanden, einfach, weil er sich dort wohl fühlte. Iskia hatte von Nagheela erfahren, dass Saskia bei einem Anschlag auf das Einkaufszentrum ums Leben gekommen war, vor anderthalb Jahren. Ansonsten war nichts Auffälliges geschehen. Nagheela hatte seitdem wieder mehr Kontakt zu Gertjan, aber das lag Iskias Ansicht nach mehr an der gewachsenen Freundschaft als an der Notwendigkeit, über die Harmonie zu wachen.

»Wir müssen auch mit Nagheela reden«, stellte Azarnim fest. »Am besten bereitest du sie schon mal ein bisschen vor.«

21

Nagheela rührte betrübt in ihrem Kaffee. Zu dritt saßen sie am Küchentisch: Nagheela, Iskia und Azarnim.

»Du bist also damit einverstanden?«, fragte Azarnim.

Naghccla nickte langsam. »Ja«, bestätigte sie. »Du hast schon Recht.«

»Aber du findest es schade, nicht?«, ergänzte Iskia. Sie wechselte einen schnellen Blick mit Azarnim, ohne dass Nagheela es merkte.

»Ja«, gab Nagheela ehrlich zu, »ich finde es schade.«

»Das verstehe ich jetzt wirklich nicht«, sagte Azarnim. Er lehnte sich in seinem Stuhl zurück, um so harmlos wie möglich zu wirken – so, als interessiere ihn das Ganze gar nicht wirklich. »Er ist ein Irrgläubiger, wie du vor ihm schon Dutzende weggebracht hast. Wo liegt das Problem?«

Nagheela nahm einen Schluck von ihrem Kaffee. Sie hatten sie damit überfallen. Schon ziemlich früh am Morgen war Azarnim gekommen, direkt nach dem Frühstück. Die Sonne schien schwach durch den grauen Meteoritenstaub in der Atmoshäre und die Temperatur begann schon wieder zu steigen. Es war ein wolkenloser Tag und normalerweise wäre es ein strahlend sonniger Julitag geworden.

An jedem Montag redeten sie über die vergangene Woche und besprachen, mit welchen besonderen Vorkommnissen in der kommenden Woche zu rechnen sein würde. Dabei überlegten sie auch, ob eventuell irgendjemand in Therapie gebracht werden musste.

Azarnim hatte über Gertjan van der Woude gesprochen. Er hatte ihr erzählt, dass Gertjan sich vom richtigen Weg abgewandt hatte und sogar auf der Suche nach einer Bibel war. Nagheela war erschrocken und fühlte sich persönlich dafür verantwortlich. Es schien sich um etwas zu handeln, was schon seit einiger Zeit lief und ihr vollkommen entgangen war. Daher fühlte sie sich schuldig. Aber das war nicht das Einzige. Nun, da Azarnim sie so geradeheraus danach fragte, musste sie zugeben, dass es ihr auch persönlich Leid tat, Gertjan zu verlieren. Sie ging davon aus, dass er nach seiner Therapie nicht nach Haarlem zurückkehren würde. Und auf die eine oder andere Weise hatte er inzwischen einen besonderen Platz in ihrem Herzen eingenommen. Eigentlich schon gleich zu Anfang, als er durch Zerkanims Voodoo-Zauber so krank geworden war, aber auch danach. Sie wusste, dass sie eine gewisse Anziehungskraft auf ihn ausübte, so wie das bei all ihren Zöglingen der Fall war. Aber Gertjan behandelte sie nicht wie eine Lehrerin, eher wie eine Freundin. Sie fühlte sich wohl bei ihm, sie konnte sie selbst sein und brauchte ihm nichts vorzuspielen. Als Saskia bei ihm eingezogen war, hatte ihr das einen Stich gegeben. Sie hatte Angst, dass sie an die zweite Stelle gesetzt werden würde, obwohl sie wusste, dass sie kein Recht auf den ersten Platz in Gertjans Herzen hatte. Ihre Gefühle für Gertjan ähnelten denen, die sie für Rasheen empfunden hatte – Gefühle, von denen sie wusste, dass sie verboten waren. Aber sie waren stärker als sie selbst, und sie musste ständig gegen sie ankämpfen.

Gertjan hatte sich ihr gegenüber nicht anders verhalten, seit Saskia in sein Leben gekommen war, und das rechnete sie ihm hoch an.

»Er ist ehrlich«, antwortete sie Azarnim. »Ich habe ihm vertraut, und er mir auch, habe ich gedacht.

»Und dieses Vertrauen ist jetzt enttäuscht worden, ist es das?«, fragte Azarnim weiter.

»Das auch«, sagte Nagheela bedächtig. Sie sah Azarnim direkt ins Gesicht. »Ich hab ihn einfach gern gehabt.«

Azarnim richtete sich auf. »Wie gern, Nagheela?«

Nagheela spürte, worauf er hinauswollte, aber sie wusste, dass sie sich keine Blöße geben durfte. Sie hatte vielleicht schon zu viel zugegeben, aber sie kannte Azarnim gut genug, um zu wissen, dass er sie sowieso durchschaute, und sie wollte nicht ihre Glaubwürdigkeit verlieren. Sie lächelte ihm zu, um die gespannte Atmosphäre aufzulockern.

»Als einen Freund, als einen von uns. Ich habe mich getäuscht.«

Azarnim lächelte zurück. »Okay.« Er gab sich damit zufrieden. »Was Gertjan betrifft, wäre dann alles klar. Ich setze mich seinetwegen mit Rashkalin in Verbindung. Und du sorgst dafür, dass du ihn Mittwoch mitnehmen kannst.«

Er sah Iskia an. »Jetzt zu Martijn van der Meulen«, sagte er.

»Ja?«

»Was meinst du zu dem?«

Iskia warf einen Seitenblick auf Nagheela.

Nagheela wusste, dass Martijn oben auf der Liste der Verdächtigen stand, mehr noch, dass er erwiesenermaßen ein Irrgläubiger war, aber Iskia beobachtete ihn ständig und war über alles im Bilde, was er unternahm. Solange er keinen Schaden anrichtete, war er nämlich durchaus brauchbar: Mit seiner Hilfe konnte man das eine oder andere in die Zeitung bekommen. Aus irgendeinem Grunde war er bereit, in diesem Punkt zu kooperieren. Iskia hatte den Eindruck, dass er das nur tat, um zu verbergen, dass er ein Irrgläubiger war, und dadurch hatte sie ihn nur umso besser in der Hand. Manchmal war es besser, jemanden gewähren zu lassen und die Sache im Blick zu behalten, als ihn sofort wegzubringen. Nagheela war darüber nicht genau im Bilde, aber anscheinend war Martijn so jemand. Nun, da sich herausstellte, dass er Gertjan vom richtigen Weg abgebracht hatte, wurde er zu einer Gefahr.

»Ich denke, dass er zu weit gegangen ist«, meinte Iskia. »Wenn er andere vom richtigen Weg abbringt, lohnt es sich nicht, ihn hier zu behalten.«

»Meine Meinung«, bestätigte auch Azarnim. »Und du, Nagheela?«

»Ihr habt sicher Recht, aber ich kenne ihn nicht gut. Er ist Iskias Zögling.«

»Dann wäre das auch klar«, beschloss Azarnim. »Ich würde

sagen, du nimmst ihn am Mittwoch auch mit, Iskia. Dann könnt ihr mal wieder gemeinsam reisen. Das ist lange her, stimmt's?«

Es war wirklich lange her, dass sie das letzte Mal gemeinsam gereist waren. Zu Anfang war es immer so gewesen, damit sie einander ein bisschen beistehen konnten, aber inzwischen war das Wegbringen von Irrgläubigen eine normale Sache geworden, und es war nicht mehr erforderlich, gemeinsam zu reisen. Es war eigentlich sogar unpraktisch, wenn sie beide gleichzeitig weg waren, denn sie brauchten dafür jedesmal etwa drei Tage.

»Hört sich gut an«, stimmte Iskia zu.

»Wie willst du ihn denn mitkriegen?«, fragte Nagheela interessiert. »Du hast doch keine enge Beziehung zu ihm, oder?«

Iskia lächelte. Daran hatte sie schon gedacht. »Ich lade ihn zu einem Exklusiv-Interview mit Rashkalin ein. Dafür ist er bestimmt zu haben.«

Azarnim lachte breit. »Und dann schlägst du ihm gleich vor, einen Bericht über das Leben im Zentrum zu verfassen. Er kann ruhig ein paar Tage dort bleiben und sich mit den Leuten unterhalten.« Er blinzelte Iskia zu. »Der kommt bestimmt mit.«

»Eine einmalige Gelegenheit!«, rief Martijn enthusiastisch in den Telefonhörer. Gertjan musste lachen. »Ich dachte, du wärst gar nicht so wild auf die Tekna-Gen.«

»Darum geht es nicht«, sagte Martijn. »Es geht um Nachrichten, und das ist mein Job. Bis jetzt ist noch nie ein Journalist dort gewesen, um ein Exklusiv-Interview mit Rashkalin zu machen. Und dann auch noch in einem Zentrum – ein Augenzeugenbericht über das, was da so passiert!«

Gertjan musste über die Begeisterung seines Freundes lächeln. So ernsthaft er sein konnte, wenn es um seine Arbeit ging, oder wenn sie über den Propheten und den christlichen

Glauben diskutierten, so kindlich konnte er sich für andere Dinge begeistern. Er beneidete ihn manchmal direkt darum. Seine eigenen Gefühle waren abgeflacht, vielleicht aus einer Art Selbstschutz. Während der letzten drei Jahre war zu viel passiert.

»Wie machst du das bloß«, hatte er Martijn manchmal gefragt. »Du bleibst immer optimistisch. Wird es dir nicht manchmal zu viel, mit all dem Elend um uns herum?«

Martijn hatte seine Bemerkung sehr ernst genommen. Natürlich hatte er auch seine schwarzen Tage, seine verzweifelten Momente, aber seit dem ersten Anschlag der Straßenbanden an dem Tag, als Gertjan ihn unter seinem Auto hervorgezogen und er den Tod vor Augen gehabt hatte, hatte sich etwas verändert. Er wusste, dass es einen Gott gab, er wusste, dass dies nur eine Übergangszeit war und dass eines Tages eine völlig neue Welt entstehen würde. Er wusste, dass es Hoffnung gab.

Gertjan konnte sich den Ausdruck, den Martijns Gesicht an diesem Tag gehabt hatte, noch gut ins Gedächtnis rufen; er wusste, dass Martijns Begeisterung und sein Optimismus echt waren, und er beneidete ihn darum.

»Weißt du schon, was du sie fragen willst?«, fragte Gertjan.

»Nein«, sagte Martijn. »Ich habe es gerade erst vom Chefredakteur erfahren. Natürlich hab ich schon ein paar Ideen. Aber was besonders schön ist: Ich darf jemand mitnehmen, einen Fotografen – und da gibt's ein Problem.«

»Ein schönes Problem?«, wunderte sich Gertjan. Er begriff nicht ganz, was an einem Problem schön sein konnte, aber das kam bestimmt noch.

»Ja«, fuhr Martijn fort. »Es ist nämlich zurzeit kein Fotograf frei. Also sagt Meindersma, das ist mein Chef, dass ich jemand anderen mitnehmen kann, und da hab ich an dich gedacht. Also, wenn du willst, heißt das, und wenn du dir frei nehmen kannst. Du musst dich bloß gleich entscheiden, sonst sucht Meindersma jemanden für mich aus.«

»Mit in die Schweiz?« Darüber brauchte Gertjan nicht lange nachzudenken. Seit der Reinigung war er nie mehr in Urlaub gewesen. Dies war zwar kein richtiger Urlaub, aber er kam wenigstens mal wieder raus. »Okay, wann muss ich gepackt haben?«

Iskia sah Nagheela triumphierend an.

»So macht man das«, sagte sie und stellte die Lautstärke herunter. »Das ist doch mal wieder eine nette Abwechslung.«

Im Hintergrund hörten sie Gertjan und Martijn noch weiter reden. Sie saßen bei Azarnim im Arbeitszimmer, wo er mithilfe seines Computers eine Art Telefonzentrale eingerichtet hatte. Azarnim war auf seine neue Anlage, die erst letzte Woche geliefert worden war, stolz wie ein Kind. Er war nun in der Lage, alle Telefonverbindungen innerhalb seines Bezirkes anzuzapfen.

Es funktionierte spielend einfach: Man brauchte nur anzuklicken, wessen Telefon man anzapfen wollte. Man konnte so viele Anschlüsse angeben, wie man wollte, und der Computer gab jedesmal ein Zeichen, wenn von einem der überwachten Anschlüsse aus telefoniert wurde oder ein Anruf dort einging. Man konnte die Gespräche sogar digital speichern, was sehr praktisch war, wenn man mehrere Anschlüsse gleichzeitig abhören wollte. Es war eine hübsche Ergänzung der zentralen Abhördienste.

Iskia hatte gleich die Probe aufs Exempel gemacht. Sie hatten Meindersma informiert und ihm den Auftrag gegeben, Martijn auf das fiktive Interview anzusetzen. Meindersma hatte sich zuerst noch gesträubt; Martijn war eine gute Kraft, er arbeitete selbständig und machte sich nicht verrückt. Aber Meindersma hatte begriffen, dass er diese Position als Chefredakteur nicht umsonst erhalten hatte, und arbeitete mit. Iskia war davon überzeugt, dass Martijn Gertjan bitten würde, mitzukommen, und sie hatte Recht behalten. Das erfüllte sie mit Genugtuung.

»Das kommt dir doch auch ganz gelegen, nicht?«, lachte sie Nagheela zu. »Dann brauchst du ihn nicht zu überreden.«

Nagheela zwang sich zu einem bewundernden Lächeln. »Klar«, sagte sie, »das kommt mir sehr gelegen.«

Gertjan legte den Zettel mit der Fragenliste auf den Tisch. Er machte ein besorgtes Gesicht. »Bekommen wir damit keine Schwierigkeiten?«

Martijn grinste.

»Du nicht. Und ich auch nicht, glaube ich. Kritischer Journalismus. Glaubst du, dass es diesen Rashkalin interessiert, wie es mit den Abonnenten einer Zeitung in so einem kleinen Land am Ende der Welt aussieht?«

Geertjan guckte immer noch besorgt.

»So ein Mann denkt in ganz anderen Dimensionen«, fuhr Martijn fort. »Ich hab schon mal an einer Pressekonferenz mit ihm teilgenommen. Details interessieren ihn nicht – und was wir in so einem Lokalblatt produzieren, schon mal gar nicht.«

»Und doch will er dir ein persönliches Interview geben – einem Journalisten von einem kleinen Lokalblatt. Warum tut er das dann?«

Martijn runzelte die Stirn. Mit dieser Frage hatte Gertjan nicht so Unrecht.

»Um seinen eigenen Willen zu zeigen wahrscheinlich, oder?«

»Und was meinst du, was er dann von diesen Fragen hält?«

»Hmmm ...«

Martijn ging die Fragen noch einmal durch. Sie waren sehr kritisch, das stimmte. Aber das konnte man auch positiv sehen, fand er. Gerade weil das Gedanken waren, die die Menschen durchaus beschäftigen konnten, war es auch im Interesse der Organisation der Tekna-Gen, dass Rashkalin darauf einging. Außerdem war Martijn selbst auch sehr neugierig. Er hatte Meindersma gefragt, ob es irgendwelche Beschränkungen gab. Meindersma war beinah noch kritischer als sein Vorgänger Cornelissen. Aber er hatte Martijn zu dessen Überraschung völlig freie Hand gelassen. Martijn hatte ihm die Fragen, die er sich notiert hatte, vorgelegt und Meindersma hatte sie flüchtig durchgelesen, ihm das Blatt zurückgegeben und ihm viel Erfolg gewünscht.

»Kein Kommentar?«, hatte Martijn gefragt.

»Nein«, hatte Meindersma geantwortet, »es ist dein Artikel. Wenn Rashkalin einverstanden ist mit dem, was du daraus machst, wer bin ich dann, dass ich dir Vorschriften machen könnte?«

»Okay«, seufzte Gertjan. »Dann müssen wir's einfach mal riskieren. Und ehrlich gesagt, ich bin auch sehr neugierig auf seine Antworten.«

Mit einem leisen Brummen verschob sich die Wand. Rashkalin nahm seine Hand vom Sensor. Eine lange Reihe Neonröhren leuchtete in dem kurzen Gang auf, der in die Berge gehauen war. Rashkalin machte eine einladende Geste und Efraim Ben Dan ging vor ihm her durch die entstandene Öffnung. Als Rashkalin ihm gefolgt war, schob sich die Wand sofort hinter ihm zu.

»Der Schaden hält sich hier wirklich in Grenzen«, stellte der Prophet fest, indem er seine Blicke prüfend über die Wand gleiten ließ. Der Boden fiel seit dem Erdbeben ein bisschen nach rechts ab und hier und da waren Risse in der Wand, aber ein Mensch konnte dort nicht hindurch. Außerdem führten sie nirgendwohin, erklärte Rashkalin. Sie endeten irgendwo in der Bergwand. Efraim Ben Dan steckte den Kopf in einen der Risse und blickte nach oben, um festzustellen, ob er eine Spur von Tageslicht sah.

»Das haben wir kontrolliert«, wiederholte Rashkalin.

»Hmm-mm«, murmelte der Prophet. Er legte seine Hand an die kalte Felswand und nickte zufrieden.

Der Gang machte eine leichte Linkskurve und endete vor zwei Türen.

»Rechts bewahren wir alles auf, was nicht brennbar ist«, sagte Rashkalin, »und links haben wir einen Raum, in dem Verhöre stattfinden. Dort befindet sich auch die Verwaltungszentrale.«

Efraim Ben Dan hielt die Hand vor den Sensor der linken Tür, und diese öffnete sich. Rashkalin runzelte die Stirn. Er und Chornan waren die Einzigen, die Zutritt zu diesem Raum hatten. Der Prophet sah sich kurz um und Rashkalin begriff, dass es logisch war, dass dieser Mann überall Zutritt hatte. Er folgte ihm in den kleinen Raum. Dort standen zwei Stühle und ein Schreibtisch, auf dem sich ein Bildschirm und eine Tastatur befanden. Efraim Ben Dan nahm Platz und loggte sich ein.

»Guten Morgen, Eure Heiligkeit«, erklang eine höfliche Stimme aus den Lautsprechern des Computers. Der Prophet klickte ein paar Optionen im Menü an und nickte zufrieden.

»Im vergangenen Jahr waren es etwa fünfzig pro Woche.« Er blickte auf zu Rashkalin.

»Ja, das kommt ungefähr hin«, bestätigte dieser. »Mal ein paar mehr, mal ein paar weniger.«

Der Prophet klickte eine andere Option an und es erschien ein Säulendiagramm, das die Resultate seit der Reinigung anzeigte. Das Bild zeigte den normalen Trend, zu Beginn sehr hoch, bis zu zweihundert, dann eine leichte Abnahme und ein paar Spitzen nach den verschiedenen Naturkatastrophen.

»Wie lange bleiben sie durchschnittlich hier?«

»Zwischen einem und drei Tagen, je nachdem. Das kommt

darauf an, was wir noch aus ihnen herausholen können. Oft bringen sie uns auf die Spur von anderen Irrgläubigen.«

Efraim Ben Dan runzelte die Stirn. »Drei Tage sind lang«, bemerkte er. »Das bedeutet eine Belegung von etwa hundertfünfzig.«

»Sie sind nicht alle so lange hier«, verteidigte sich Rashkalin. »Die meisten sind viel kürzer hier.« Er ging um den Schreibtisch herum und klickte etwas an. »Der durchschnittliche Verbleib liegt bei anderthalb Tagen«, sagte er, indem er auf den Bildschirm wies, »und wir haben eine durchschnittliche Belegung von siebzig Personen.«

»Irrgläubigen«, korrigierte der Prophet ihn.

»Irrgläubigen«, wiederholte Rashkalin.

»Hast du auch eigene Leute verloren?«

»Ein paar.«

Efraim Ben Dan sah ihn an und zog eine Augenbraue hoch.

»Fünf«, sagte Rashkalin.

Der Prophet verzog keine Miene. »Das geht doch«, nickte er dann. »Und erwartest du in Zukunft noch Verluste?«

Rashkalin dachte an Azarnims Anruf Anfang der Woche und strich sich nachdenklich über den grauen Bart.

»Ja, einen«, sagte er langsam, »aber vielleicht ist da noch was zu machen.«

Er hätte es lieber nicht gesagt, aber irgendwie konnte und wollte er diesem großen Propheten auch keine Information verschweigen. Er spürte in sich wieder dieselbe Unruhe und Zerrissenheit, die er direkt nach Azarnims Anruf empfunden hatte. Den Kampf zwischen seinen Idealen und den offenbar immer noch tief verwurzelten Schwächen seiner eigenen Gefühle.

Der Prophet schob die Tastatur von sich weg und sah Rashkalin an. Zum ersten Mal wirkte sein Blick auf Rashkalin bedrückend, irgendwie bedrohlich, und erfüllte ihn nicht wie sonst mit einem Gefühl von tiefem Frieden. Das verwirrte ihn noch mehr. Was war nur mit ihm los? War seine Schwäche ihm zum Fallstrick geworden, beeinträchtigte sie seine Funktionsfähigkeit?

Efraim Ben Dan stand auf und legte Rashkalin die Hände auf die Schultern. »Nimm es dir nicht zu Herzen«, sagte er sanft. »Die Harmonie ist noch nicht vollkommen. Eines Tages werden wir an der höchsten Harmonie teilhaben, die vorstellbar ist. Du und ich und diejenigen, die mit uns sind.«

Rashkalin schwieg. Dieser Mann ergründete die Tiefen seiner Seele und kannte ihn besser, als er selbst sich kannte. Wenn der Prophet ihm vertraute, warum sollte er selbst dann zweifeln?

22

Es war wieder ein warmer Tag. Trotz der frühen Stunde war die Temperatur schon wieder auf über fünfundzwanzig Grad gestiegen. Im Auto war es sehr schwül und drückend gewesen, und Gertjan klebte das Oberhemd am Rücken. Im Vergleich zu der Hitze im Auto kam ihm die Luft draußen geradezu erfrischend vor. Mit einem Klick und einem leisen Summen öffnete sich der Kofferraum. Gertjan nahm die beiden Koffer heraus und schloss den Kofferraum wieder ab, worauf Martijn weiterfuhr zum Parkhaus. Sie hatten noch genügend Zeit; daher machte er es sich noch ein bisschen auf einer der Bänke vorm Bahnhof bequem, während er auf Martijn wartete. Mit dem Handrücken wischte er sich den Schweiß von der Stirn und sah in den Himmel. Wahrscheinlich würde es heute ein etwas hellerer Tag werden. Die Intensität, mit der das Sonnenlicht durch die graue Staubschicht drang, war von Tag zu Tag unterschiedlich. In den Nächten kühlte es auch nicht mehr richtig ab.

Der Meteoritenstaub, der fortwährend aus dem Weltall herniederfiel, schloss sich wie eine Decke um die Erde und hielt die Temperatur konstant. Dabei führte die Verbrennung des Staubes beim Eintritt in die Erdatmosphäre zu einer Erhöhung der Temperatur in den oberen Luftschichten, was sich wiederum auf die Temperatur in Bodennähe auswirkte. Wissenschaftler sagten voraus, dass ein beträchtlicher Anteil der Eismassen auf den Polen schmelzen und zu einem Anstieg des Meeresspiegels um mehr als zwei Meter führen würde – und das allein in diesem Jahr. Gertjan machte sich Sorgen deswegen. Wahrscheinlich musste er noch diesen Sommer aus Westholland wegziehen, denn die Polderschöpfwerke waren nicht auf einen solchen Anstieg eingerichtet.

Er sah ein Taxi um die Kurve kommen. Gertjan hatte Nagheela angerufen und ihr von dem Interview erzählt, und sie hatte spontan reagiert. »Na so ein Zufall«, hatte sie gesagt. »Wir müssen am Mittwoch auch ins Zentrum. Wir sollen an einem ›Auffrischungs-Workshop‹ teilnehmen. Sie hatte vorgeschlagen, dass sie zusammen reisten, das war doch unterhaltsamer, fand sie.

Kurz vor ihm hielt das Taxi an und er erkannte Iskias blonde Locken hinter der Scheibe. Sie waren auch früh dran, stellte er fest.

»Morgen«, rief Iskia ihm fröhlich zu, als sie ausstieg. An der anderen Seite stieg Nagheela aus und grüßte ebenfalls.

»Ist Martijn noch nicht da?«, fragte sie.

»Doch, der bringt bloß eben das Auto weg, er ist bestimmt gleich wieder zurück.«

Der Taxifahrer stellte die beiden Rucksäcke am Bordstein ab; Gertjan nahm sie und stellte sie neben Martijns und seinen Koffer vor die Bank.

»Ihr habt nicht viel dabei«, fand er. Die Rucksäcke waren deutlich leichter als ihre Koffer.

Martijn kam um die Ecke und Iskia winkte ihm zu.

»Ihr seid ja auch so früh«, stellte Martijn mit einem Blick auf seine Armbanduhr fest. »Habt ihr auch Angst, dass wir keinen Platz mehr kriegen?«

Sie nahmen ihr Gepäck und Martijn ging schon zum Fahrkartenautomaten, als Iskia ihm mit einem »lass mich mal eben« zuvorkam. Sie hielt ihren Handrücken vor den Sensor, und auf dem Display erschien das Auswahlmenü für das Reiseziel. Sie klickte auf die Schweiz, Martigny, und gab dann die Anzahl der gewünschten Karten an: vier Stück. Vier Karten erster Klasse rollten aus dem Automaten und Iskia steckte sie ein.

»Eine handliche Sache, das muss ich schon sagen«, sagte Martijn und bemerkte die Doppeldeutigkeit dieses Satzes erst, nachdem er ihn ausgesprochen hatte. Sie lachten alle vier.

Langsam füllte sich der Bahnhof mit anderen Reisenden. Es fiel Gertjan auf, wie auffällig sich ihr Grüppchen abhob von den Geschäftsleuten mit ihren gebügelten Anzügen und Diplomatenköfferchen. Er und Martijn waren gewissermaßen in Urlaubsstimmung und auch entsprechend angezogen. Die für das Interview bestimmte ordentlichere Kleidung lag sorgfältig zusammengelegt in ihren Koffern. Ein Herr im dunklen Nadelstreifenanzug hatte offensichtlich Probleme damit, den Blick von Nagheelas und Iskias langen Beinen abzuwenden. Die beiden Mädchen wirkten in ihren kurz abgeschnittenen, ausgefransten Jeans und bunten T-Shirts aber auch wirklich überaus attraktiv. Gertjan erinnerte sich an seinen ersten Eindruck von Nagheela, als sie ebenso gekleidet gewesen war wie jetzt – wie sehr die Wirkung, die ihr Körper auf ihn gehabt hatte, ihn verwirrt hatte. Während der vergangenen drei Jahre hatte sie sich kaum verändert. Vierundzwanzig war sie, aber sie

277

konnte problemlos für neunzehn oder zwanzig durchgehen. »I love the sun«, ließ Nagheelas T-Shirt wissen, und Gertjan dachte, dass das gut zu ihr passte. Trotz der gefilterten Sonnenstrahlen hatte ihre Haut ihren bräunlichen Ton behalten. Von irgendwoher hatte sie orientalisches Blut, aber woher genau, wusste sie selber nicht – wahrscheinlich von ihrem Vater. Gertjan wusste, dass ihr Vater bei einem Feuer umgekommen war und dass ihre Mutter nie viel von ihm gesprochen hatte.

Nach einiger Zeit fuhr der Zug in den Bahnhof ein, und sie suchten sich ein Konferenzabteil, in dem sie zu viert sitzen konnten. Gertjan und Martijn brachten ihre Koffer und die Rucksäcke der Mädchen auf den Gepäckablagen unter. Dann machten sie es sich auf den Sitzen bequem – es würde ein langer Tag werden.

Unter leichtem Ruckeln setzte sich der Zug in Bewegung und rollte aus dem Bahnhof heraus. Gerade als sie aus der Stadt herausfuhren, stieg die Sonne über den Horizont und warf lange Schatten auf die Landschaft. Es war lange her, dass Gertjan die Sonne hatte aufgehen sehen, und er genoss das Schauspiel. Nagheela stand auf und drehte das Fenster etwas herunter. Sie atmete den frischen Fahrtwind ein und ihre langen braunen Haare flatterten im Wind.

Unbeweglich saßen die beiden Männer einander im Schneidersitz gegenüber in dem noch feuchten Gras, während die Sonne langsam über die Berggipfel stieg und ihre Strahlen vorsichtig auf die gegenüberliegende Bergwand warf. Erst als das Morgenlicht den Schatten von der Stelle vertrieb, an der die Männer saßen, öffnete Rashkalin die Augen. Sein Atem ging tief und ruhig, und allmählich begann sein Herz wieder in normalem Tempo zu schlagen. Ihm gegenüber saß Efraim Ben Dan, der große Prophet der Erde, immer noch reglos. Sein schmales Gesicht strahlte eine tiefe Ruhe aus, und in seinem Geist sah Rashkalin, dass er noch weit weg war.

Früh, sehr früh an diesem Morgen, einige Stunden vor Sonnenaufgang, waren sie aufgestanden und nach draußen gegangen, um gemeinsam zu meditieren. Es war lange her, dass er mit dem Propheten zusammen meditiert hatte. Regelmäßig kamen die Leiter der Zentren in einem der Zentren zusammen, um sich für die Zeit, die vor ihnen lag, zurüsten zu lassen. Die gemeinsamen Meditationen hatten einen großen Tiefgang, und der Prophet vereinigte seinen Geist mit dem ihren, wodurch sie einen Vorgeschmack auf die vollkommene Harmonie bekamen, die bald die gesamte Erde erfüllen würde. Dennoch waren diese Einheit und dieser Tiefgang nur ein Schatten der Einheit und des überwältigen Glücksgefühls, das er soeben erfahren hatte. Dieser Mensch war die Inkarnation, die Fleischwerdung aller Religiosität auf Erden, seit es Menschen gab. Rashkalin spürte und wusste, dass dieser Mann ganz oben auf der Leiter der irdischen Evolution stand. Er war über das Stoffliche hinausgewachsen, um sich in einer spirituellen Wirklichkeit weiterzuentwickeln auf das letzte Ziel des Menschen hin: das Sein wie Gott, das Eins-Sein mit der allumfassenden Energie, die den Kosmos ins Leben gerufen hatte und erhielt.

Rashkalin hatte soeben eine Vision empfangen, die sich auf die nahe Zukunft bezog, und gleichzeitig auf den Weg dorthin. Der Weg würde schwer sein und Opfer fordern, aber es war der Weg, der zum wahren Leben führte, und er würde diesen Weg gehen, in den Fußstapfen des Propheten.

Langsam verflüchtigten sich die Bilder der Meditation, und seine Sinnesorgane nahmen wieder die sichtbare Welt wahr, die ihn umgab.

Auch der Prophet öffnete die Augen und sah Rashkalin direkt an. Das bedrückende Gefühl, das Rashkalin am Abend zuvor dabei empfunden hatte, war völlig verschwunden, und unbefangen erwiderte er den Blick. Er fühlte sich glückselig wie ein Kind, das vollkommen darauf vertraut, dass seine Eltern es beschützen und von ganzem Herzen lieb haben.

»Wie heißt sie?«

Die hohe Stimme des Propheten war leise und freundlich und beeinträchtigte das Vertrauen, das Rashkalin zu ihm hatte, in keiner Weise. Mit keinem Wort hatte Rashkalin den Kampf erwähnt, der seit Azarnims Anruf in ihm tobte, oder auch nur darauf angespielt. Nicht, dass er bewusst etwas verheimlichen wollte, das Thema war einfach nicht zur Sprache gekommen. Es erstaunte Rashkalin nicht, dass Efraim Ben Dan sein innerer Zwiespalt nicht verborgen geblieben war. Der Prophet kommunizierte auf einer anderen Ebene, auf der keine Worte vonnöten waren.

»Nagheela«, antwortete Rashkalin und sah den Propheten immer noch an. Die freundlichen Augen veränderten sich keine Sekunde lang, als der Prophet ihm sagte, was er bereits wusste.

»Wir haben alle unseren Kampf im Leben«, sagte er bedächtig. »Kein Weg ist ohne Hindernisse, kein Ziel ist ohne Opfer zu erreichen. Die Entscheidungen, die wir in unserem Leben treffen, entscheiden darüber, ob wir unsere Bestimmung erfüllen oder nicht.«

Rashkalin beugte sich vor und küsste die Füße des weisen Mannes vor ihm. Nagheela würde sterben.

Die Landschaft wurde farbiger, während der Zug vorwärtsraste und sich dem Schwarzwald näherte. Gertjan starrte aus dem Fenster auf die sich schnell nähernden Waldstücke, bis sie wie eine grün gestreifte Masse am Fenster vorbeischossen und wieder verschwanden. Durch das monotone Donnern der Stahlräder waren die drei anderen eingenickt. Die beiden Mädchen saßen den Männern gegenüber. Nagheelas Kopf war schräg gegen Iskias Schulter gerutscht, während Iskia ihrerseits ihren Kopf auf den von Nagheela lehnte. Obwohl er nicht viel Kontakt zu Iskia gehabt hatte, hatte er auch sie inzwischen ein bisschen kennen gelernt, zum Teil auch durch das, was Martijn und Nagheela ihm erzählt hatten. Es wunderte ihn, dass die beiden Mädchen so gute Freundinnen waren, denn sie waren so verschieden. Nicht nur äußerlich unterschieden sie sich stark voneinander. Beide waren vollkommen, aber doch ganz anders, nicht nur durch den Kontrast zwischen den hellen, aschblonden Locken und dem dunkelbraunen, leicht gewellten Haar, den großen hellblauen Augen und den dunklen, mandelförmigen Augen – sie hatten auch eine völlig andere Ausstrahlung. Iskia war gradlinig und forsch und wusste genau, was sie wollte. Sie konnte Situationen schnell erfassen und einschätzen und ging immer zielgerichtet vor. Trotz ihrer Jugend verfügte sie über große Menschenkenntnis und war schnell imstande, die Beweggründe ihrer Mitmenschen zu durchschauen. Durch ihre klare, rationelle Argumentationsweise und ihre Überzeugungskraft gab es nur wenige, die sich ihrem Willen widersetzen konnten. Iskia wusste das und machte es sich zunutze. Nagheela dagegen hatte eine ganz andere Ausstrahlung. Sie war sanft und einfühlsam. Im Gegensatz zu Iskia näherte sie sich einer Situation von innen her. Sie schätzte nicht ein, sie spürte. Nagheela erklärte und argumentierte nicht, sie fragte und hörte zu. Trotzdem hatte sie einen ebenso starken Willen wie Iskia, und auch ihr gelang es meist, ihren Willen durchzusetzen, aber auf eine Weise, dass ihr Gegenüber das Gefühl hatte, dass es seine eigene Idee gewesen war.

Nagheela hatte etwas Kindliches. Es machte einem Freude, ihr einen Gefallen zu tun, und darin lag ihre Stärke.

Die Sonne war höher gestiegen, und ein paar Lichtstrahlen glitten über Nagheelas glänzendes Haar und die feine Haut ihres Gesichts. Äußerlich hatte sie sich nicht verändert, seit Gertjan sie kennen gelernt hatte. Man sah ihr nicht an, dass sie inzwischen drei Jahre älter geworden war. Trotzdem hatte Gertjan das Gefühl, dass sie auf eine andere Weise gealtert war. Als er sie kennen gelernt hatte, war sie verspielter gewesen. Das Leben war für sie ein Spiel gewesen, das ihr Freude machte, sie war fröhlich gewesen. Ihre Fröhlichkeit war ansteckend gewesen und hatte ihn erwärmt. Es war schön gewesen, ihr nahe zu sein, vor allem während der ersten Monate, als er besonders darunter gelitten hatte, dass Evelien und die Kinder weg waren. Obwohl Gertjan nicht mit ihrer Erklärung des Wie und Warum einverstanden gewesen war, hatte sie seinem Leben wieder einen Inhalt gegeben und die Leere gefüllt, die Evelien und die Kinder hinterlassen hatten. Sie hatte ihm ihre Freundschaft angeboten, und das hatte ihm gut getan.

Später war Saskia in sein Leben gekommen. Saskia Weilhuizen. Als er an sie dachte, musste er lächeln. Eigentlich verstand er immer noch nicht, wie das alles genau gekommen war. Auf einmal war sie da gewesen, er war ihr in einem Café begegnet und sie waren ins Gespräch gekommen. Seitdem war sie überall gewesen, wo er war, und es war irgendwie selbstverständlich gewesen, dass sie bei ihm einzog. Saskia war ein nettes Mädchen, aber er hatte eigentlich nie etwas für sie empfunden. Das schien ihr jedoch nichts auszumachen, und sie war eine gute Kameradin, also hatte er nichts gegen die Beziehung gehabt. Saskia nahm auch keinen Anstoß an seiner engen Freundschaft zu Nagheela, obwohl sie wusste, welche Gefühle er für sie hegte. Aber Gertjan hatte sich nicht in diese Sache hineinsteigern wollen. Nagheela war unerreichbar für ihn. Ihr Leben und sein eigenes waren zu unterschiedlich. Nagheela war eine Tekna-Gen, und sie hatte eine Bestimmung im Leben. Da passte Gertjan nicht hinein, und damit hatte er sich abgefunden. Saskias Tod hatte ihn betrübt, er hatte eine Kameradin verloren – aber mehr auch nicht. Seit Saskias Tod hatte er sich wieder enger an Nagheela angeschlossen, und er hatte bemerkt, dass sie sich verändert hatte. Nicht, dass sie anfangs distanziert gewesen wäre, im Gegenteil. Aber, und das wurde ihm erst im Nachhinein klar, ihr anfängliches Vertrauensverhältnis war ziemlich einseitig gewesen. Er selbst hatte im Zentrum der Aufmerksamkeit gestanden, alles hatte sich um ihn gedreht. Das war auch logisch gewesen, denn er hatte das damals gebraucht, aber inzwischen hatte sich die Situation verändert. Er konnte nicht behaupten, dass er vollständig darüber hinweggekommen war, dass er Evelien und die Kinder verloren hatte, aber er hatte es akzeptiert und gelernt, seinem Leben neue Inhalte zu geben und die alltäglichen Aufgaben zu bewältigen. Die Probleme, mit denen er und Nagheela nun zu kämpfen hatten, waren gemeinsame Probleme. Nicht, dass ihre Beziehung nur dadurch aufrechterhalten wurde, dass sie irgendwelche Probleme miteinander teilten, aber es schuf ein Band. Er hatte Nagheela mit der Zeit immer besser verstanden und sah, wie sie sich in dieser Welt, die sich so sehr verändert hatte, aufrechtzuerhalten versuchte. Er begriff den inneren Zwiespalt, unter dem sie litt: Einerseits wollte sie an dem Idealbild der Tekna-Gen festhalten, der vollkommenen Harmonie auf Erden, andererseits kamen ihr immer mehr Zweifel angesichts der tagtäglichen Ereignisse, der Straßenbanden, der Kriege, der Hungersnöte und der Naturkatastrophen. Sie hatte erwartet, dass es auf der Welt immer liebevoller und friedlicher zugehen würde, und sah nun, dass um sie herum das Gegenteil geschah. Verstandesmäßig war ihr natürlich klar, dass der vollkommenen Harmonie eine Periode des Kampfes vorausging – keine Geburt ohne Wehen, hatte man sie gelehrt – aber die Heftigkeit dieser Wehen, die vielen Toten und die zunehmende Aggression machten ihr enorm zu schaffen. Das alles stand in keinem Verhältnis zu dem, was sie erwartet hatte. Nach außen hin – auch Gertjan gegenüber – spielte sie weiterhin die Rolle der fröhlichen jungen Frau, die ihr Leben unter Kontrolle hatte, aber diese Fassade bröckelte immer mehr ab.

Er selbst wusste nicht mehr, was er von der ganzen Situation zu halten hatte. Einerseits war da der Standpunkt von Martijn, andererseits der der Tekna-Gen. Martijn war überzeugt davon, dass der Prophet ein Lügner war. Gerade das, was der Prophet als Irrlehre des falschen Geistes bezeichnete, als etwas, wovon die Erde gereinigt werden musste, war Martijns Ansicht nach die Wahrheit. Er glaubte, dass das, was sie nun erlebten, Gottes letzte Strafgerichte waren, die der Wiederkunft des Messias vorausgingen. Er war davon überzeugt, dass das plötzliche Verschwinden aller gläubigen Christen mit diesen Ereignissen im Zusammenhang stand und bereits in der Bibel prophezeit worden war. Aber die genauen Einzelheiten kannte er auch nicht.

Der Zug machte eine kurze, ruckartige Bewegung, wahrscheinlich infolge einer Unebenheit in der Schienenführung, wodurch Nagheelas Kopf beinah von Iskias Schulter glitt. Sie blinzelte kurz und schlief dann wieder ein.

Gertjan stellte sich vor, wie es wäre, wenn er dort an Iskias Stelle sitzen würde, mit Nagheelas Kopf an seiner Schulter. Er würde den Arm um sie schlingen und ihr weiches, glänzendes Haar streicheln. Sein Blick glitt von ihrer geraden Stirn, den schmalen Augenbrauen und den vollen Wimpern über ihre kleine Nase, die hohen Wangenknochen und die vollen Lippen. Wie würde es sein, sie zu küssen, dachte er, ihre Lippen zu spüren, sie zu umarmen und zu streicheln? Wieder blinzelte sie mit den Augen, und er fühlte sich ertappt.

Sie spürte, dass er sie anschaute, und öffnete die Augen gerade so weit, dass sie ihn durch ihre Wimpern hindurch sehen konnte. Die Sonne, die ihr ins Gesicht schien, blendete sie, so dass sie nur seine Umrisse sah, aber an der Haltung seines Kopfes erkannte sie, dass er sie beobachtete. Es störte sie nicht, denn sie kannte ihn. Sie war es gewöhnt, angeschaut zu werden, und sie war auch darauf vorbereitet gewesen. Zu Anfang hatte sie es sogar genossen, es hatte ihrer Eitelkeit geschmeichelt. Im Zentrum hatte sie sich von einem unansehnlichen, vernachlässigten Kind in eine anziehende junge Frau verwandelt, und sie hatte ihr neues Äußeres und die Reaktionen, die sie darauf bekam, in vollen Zügen genossen. Das Leben war ein Spiel für sie gewesen, und sie hatte die Macht, die sie über die Männer ausübte, als einen Teil dieses Spiels betrachtet. Sie war Teil ihres Auftrags auf der Erde, ihres Lebenszweckes. Sie war eine Jäterin, ihre Aufgabe war, das aufschießende Unkraut des falschen Geistes zu sammeln und ins Zentrum zu bringen, wo die Menschen von ihrem Irrweg abgebracht wurden und so der vollkommenen Harmonie nicht länger im Wege standen. Ihr Körper war ihr Werkzeug in diesem Spiel. Aber wohin hatte das alles geführt? Inzwischen waren drei Jahre vergangen, und das Spiel war kein Spiel mehr. Die Erde war ein schwelender Abfallhaufen, auf dem die Menschen einander nach dem Leben trachteten. Sie wurde um ihres Körpers willen begehrt, ihre Beziehungen basierten darauf, dass die Männer ihr vertrauten und sie ihnen etwas vormachte – und all das um eines Zieles willen, dessen Verwirklichung weiter entfernt schien als je zuvor. Nein, es war kein Spiel mehr, und es bereitete ihr keine Freude mehr. Es war ihre Arbeit, und immer öfter verabscheute sie sich selbst dafür.

Sie blinzelte, um Gertjan die Möglichkeit zu geben, von ihr wegzuschauen, und richtete sich dann langsam auf.

Gertjan sah aus dem Fenster und schaute dann wieder zu ihr hinüber. Sie strich sich eine Locke aus dem Gesicht und lächelte ihm zu. Er lächelte freundlich zurück und sah dann wieder schuldbewusst aus dem Fenster.

Sie gab sich keine Mühe mehr zu leugnen, dass sie etwas für ihn empfand. Eigentlich war es ihr erst in den vergangenen Tagen richtig bewusst geworden, und sie hatte versucht, sich ehrlich mit ihrem Leben auseinander zu setzen. Schon lange war ihr Umgang mit Gertjan kein Spiel mehr gewesen, und eine sachliche Beziehung war es genauso wenig. Sie besuchte ihn, weil sie das selbst wollte, und sie hatte ihm mehr und mehr vertraut. Gertjan durfte wissen, dass ihre Fundamente nicht unerschütterlich waren, obwohl sie natürlich darauf geachtet hatte, dass ihre eigenen Zweifel nicht dazu führten, dass Gertjan vom richtigen Weg abkam.

Aber inzwischen wurde sie von ihren Zweifeln zerrissen. Im einen Moment schlug die Waage zugunsten der Tekna-Gen aus, zugunsten ihrer Lebensaufgabe und ihrer Berufung, und im nächsten Moment zugunsten ihrer persönlichen Gefühle für Gertjan. Ja, sie empfand für Gertjan das, was sie auch für Rasheen empfunden hatte, mehr noch: Ohne dass ihr das bislang bewusst gewesen wäre, hatte er Rasheens Platz in ihrem Herzen eingenommen. Es war wie mit den Waldstücken, die sie durch das Fenster des vorwärts rasenden Zuges sah: Plötzlich tauchten sie vor ihr auf, und ehe sie sie recht wahrgenommen hatte, verschwanden sie schon wieder aus ihrem Gesichtsfeld. Nun, da sie endlich begriffen hatte, was Gertjan ihr bedeutete, sollte er aus ihrem Leben verschwinden.

Ihre Augen suchten ihn wieder und hielten ihn fest. Als er sie anschaute, wandte sie den Blick nicht ab. Zum ersten Mal seit Rasheen spürte sie wieder das leichte Zittern in ihrem Bauch, und sie unterdrückte es nicht mehr.

Majestätisch ragten die scharfkantigen Gipfel der Alpen in den Himmel. Die Luft war hier klarer und reiner als Gertjan und Martijn das seit Monaten gesehen hatten. Immer wieder fuhr der Zug durch kilometerlange Tunnel und gab dann, wenn er wieder durch die Felswand brach, den Blick auf eine atemberaubende Landschaft frei. Dann wieder kroch er über halb in den Felsen gehauene, halb auf Stützpfeilern ruhende Schienen direkt an einer Bergwand entlang, wobei ihnen ab und zu ein Wasserfall, der von einem Felsvorsprung herabstürzte, die Sicht nahm. Wie ein glänzendes, stählernes Band zogen sich die Gleise durch die raue Landschaft.

»Wie viel Arbeit muss es gewesen sein, das nach dem Erdbeben alles wieder in Ordnung zu bringen«, stellte Martijn fest, als der Zug über eine Ehrfurcht gebietend hohe Brücke fuhr, die eine tiefe Kluft zwischen zwei nahezu senkrechten Felswänden überspannte. Tief unter ihnen brauste das Wasser weiß schäumend in den Abgrund. Das Tal wurde immer schmaler.

»Achtzig Prozent der Strecke sind neu angelegt worden«, sagte Iskia, »und das innerhalb von einem halben Jahr.«

Martijn pfiff durch die Zähne. »War das denn so eine rentable Strecke?«

Sie waren in Basel in den Zug nach Martigny umgestiegen. Es war ruhig gewesen auf dem Bahnsteig, und auch diesmal hatten sie wieder ohne Schwierigkeiten ein Abteil für sich allein bekommen.

Martijn erhielt die Antwort, die er erwartete. Es war eine wichtige Strecke, weil sie die Verbindung zum Zentrum herstellte.

Martijn sah wieder aus dem Fenster und fragte sich im Stillen, ob Iskia wohl manchmal Zweifel hatte an dem, was sie tat. Sie handelte immer geradlinig und zielbewusst, aber wie stabil war sie in Wirklichkeit? Bis jetzt hatte er sich ihr gegenüber immer sehr zurückgehalten und es vermieden, das, was die Tekna-Gen glaubten und taten, infrage zu stellen. Dieses Verhaltensmuster hatte sich während der letzten Jahre zwischen ihnen eingespielt – über bestimmte Dinge redete man einfach nicht. Aber, dachte er, was machte das jetzt noch aus? Zweifellos würde sie im Nachhinein erfahren, welche Fragen er an Rashkalin gerichtet hatte. Der Gedanke reizte ihn irgendwie, und er überlegte, ob er ihr die Fragen nicht vorlegen sollte. Wahrscheinlich konnte er sie dadurch sogar noch ergänzen oder zuspitzen.

»Wie sieht es eigentlich mit deinem Interview aus?«, fragte Iskia mir nichts, dir nichts. Sie lächelte unschuldig. »Hast du dir deine Fragen schon zurechtgelegt?«

Martijn schrak auf, es war nicht das erste Mal, dass Iskia seinem Gedankengang gefolgt zu sein schien, und das beängstigte ihn. Oder war es einfach ein dummer Zufall, die logische Fortsetzung ihres Gespräches? Er wechselte einen schnellen Blick mit Gertjan, konnte aus seiner Miene jedoch nichts ablesen. Er dachte einen Moment daran, ausweichend zu antworten, aber er unterdrückte den Impuls.

»Ja«, sagte er so ruhig wie möglich, »möchtest du sie vielleicht sehen?«

»Ja ... wenn das geht.« Sie schien durch seine unerwartete Offenheit ein bisschen aus dem Gleichgewicht geraten zu sein, und das beruhigte Martijn wieder. Sie hatte also doch nicht all seine Gedanken gelesen. Er stand auf und holte die Mappe mit der Fragenliste aus seinem Koffer. Iskia setzte sich auf.

»Sehr geehrter Herr Rashkalin«, sagte Martijn salbungsvoll, öffnete die Mappe auf seinem Schoß und hielt den Kugelschreiber bereit. Iskia neigte den Kopf mit einem lieblichen Nicken. Sie lachten.

»Nun, lassen Sie hören!«

»Ich möchte mit einer einleitenden Frage beginnen«, erläuterte Martijn. »Rashkalin hat seine eigenen PR-Leute, daher begreife ich überhaupt nicht, warum er mir dies Interview geben will. Also frage ich ihn das einfach.«

»Hmm-mm«, stimmte Iskia zu. Das war logisch. Sie war froh, dass Martijn ihr diese Frage nicht gestellt hatte. Sie hätte ihm vorgeschlagen, dies Rashkalin selbst zu fragen, und nun war er also schon von sich aus darauf gekommen.

»All diese allgemeinen Fragen möchte ich nicht stellen, darüber haben seine PR-Leute schon genug gesagt. Ich will gleich in die Vollen gehen«, fuhr Martijn fort.

Iskia nickte wieder.

»Erste Frage: Sie verkünden eine Neue Welt, in der alle Menschen in vollkommener Harmonie miteinander leben, in einer spirituellen Gemeinschaft. Dazu musste die Erde von den Menschen gereinigt werden, die nicht in diese spirituelle Gemeinschaft passten, weil sie keine Kompromisse eingehen wollten. Seitdem haben sich die Zustände auf der Erde jedoch nur verschlechtert. Abgesehen von all den Naturkatastrophen sind auch die Menschen im Umgang miteinander deutlich aggressiver geworden. Wie erklären Sie sich das?«

Er sah Iskia und Nagheela an.

»Erwartest du eine Antwort von uns?«, fragte Iskia.

»Auf jeden Fall einen Kommentar«, bestätigte Martijn. »Und ja, ich bin auch neugierig, was ihr darauf antwortet.«

Iskia sah Nagheela an. Es schien ihr eine schöne Frage für Nagheela. »Keine Geburt ohne Wehen, denke ich«, sagte Nagheela. »Die Naturkatastrophen und die Aggressivität sind Wirkungen des falschen Geistes, der sieht, wie er an Boden verliert. Damit will er sich nicht abfinden. Er macht es sich zunutze, dass die Harmonie noch nicht vollkommen ist – darum ist es so wichtig, dass die Erde wirklich von Grund auf gereinigt wird und jeder Irrglaube sofort demaskiert und korrigiert wird.«

Martijn hatte sie genau beobachtet, während sie diese Antwort gab. Es war nicht ihre eigene Überzeugung, das sah er; auch sie hatte damit zu kämpfen.

»Zweite Frage: Ihrer Ansicht nach sind die Menschen ein sich entwickelnder Teil der kosmischen Energie, und die sichtbare Welt ist nichts als die Materialisation dieser Energie. Es gibt in ihr weder Gut noch Böse, denn dies sind relative Begriffe, die dem zeitlichen Wandel unterworfen sind. Dennoch behaupten Sie, dass es einen falschen Geist gibt, der sich dieser Harmonie widersetzt. Ist dieser falsche Geist dann nicht absolut böse?«

Diese Frage beantwortete Iskia selbst. »Nein, das, was du ›schlecht‹ nennst, ist in Wirklichkeit ein Konflikt zwischen dem Streben nach Harmonie und dem Wunsch nach Abgrenzung des eigenen Ich. Das Streben nach Harmonie ist kein absoluter Wert, sondern ein Prozess, eine Phase der Evolution, die dazu dient, eine höhere Stufe zu erreichen. In einer früheren Phase hat uns gerade das Streben nach Abgrenzung einen Schritt weitergebracht, und auch in einer späteren Phase wird das wieder so sein. Dabei wird ein natürlicher Selektionsprozess wirksam. Das ist das Grundprinzip der Evolution, verstehst du?«

Martijn dachte nach. »Du meinst«, versuchte er zusammenzufassen, »dass eine Gruppe, eine Art, in diesem Fall der Mensch, kollektiv gesehen auf ein höheres Niveau kommt, wenn sie auf Abgrenzung verzichtet, und dann entwickeln sich die einzelnen Individuen wiederum dadurch weiter, dass sie sich voneinander abgrenzen?«

»Genau«, stimmte Iskia begeistert zu. »Und die Individuen schließen sich wieder zu einer Gruppe zusammen, es beginnt ein neuer Harmonisierungsprozess, und so geht es immer weiter!«

Martijn legte seine Fragenliste zur Seite. Er wollte Rashkalin auch fragen, woher der Prophet seine Voraussagen nahm, ob beziehungsweise inwiefern er sich dabei an der Bibel orientierte und was er von den biblischen Zukunftsprognosen hielt.

Auch nach der Arbeitsweise im Zentrum, der Therapie und den dadurch erzielten Resultaten wollte er sich erkundigen, aber diese Fragen schienen ihm nun kaum noch relevant. Wenn das Gespräch mit Rashkalin auch so verlief, würde er viel improvisieren müssen.

»Was ist eurer Ansicht nach das Endziel der Evolution?«

Iskia sah Nagheela an, die jetzt mal wieder an der Reihe war, eine Frage zu beantworten.

»Letztendlich werden wir zu vollkommenen, reinen Geistwesen und gehen wieder in der kosmischen Energie auf, aus der wir entstanden sind. Dann sind wir körperlos, nicht mehr begrenzt.« Nagheela hörte sich jetzt etwas sicherer an.

»Und dann? Dann existiert doch gar nichts mehr, wenn wieder alles in dieser Energie aufgeht?«

»Doch, natürlich«, lächelte Iskia. Martijn kam sich ein bisschen dumm vor. »Es gibt viele Welten in vielen verschiedenen Entwicklungsstadien auf verschiedenen Energieniveaus mit Lebensformen, die noch nicht das höchste Energieniveau erreicht haben, von dem aus sie mit der kosmischen Energie verschmelzen können. Erst müssen wir uns zu Geistwesen entwickeln und auf dieses höhere Energieniveau kommen. Jede Religion hat dafür ihren eigenen Namen; im Christentum sind das Engel. Wir nennen sie Schutzgeister, aber das ist im Grunde dasselbe. Auch wenn wir diese Ebene erreicht haben, entwickeln wir uns noch weiter, so lange, bis wir das Endstadium erreicht haben.«

»Das ist mir irgendwie zu hoch«, unterbrach Gertjan. Er hatte aufmerksam zugehört, aber nun konnte er nicht mehr folgen. »Wir reden hier über individuelle Evolution und über die Evolution der Erde und der Menschheit als Gesamtheit. Jetzt komme ich nicht mehr mit.«

Iskia guckte ein bisschen genervt, begriff jedoch, dass ihre Erklärung nicht gut durchstrukturiert war. Das alles ließ sich aber auch nicht in ein paar Sätzen erklären, noch nicht einmal in ein paar Stunden.

»Die Erde ist auch ein Organismus«, erläuterte sie, »ein Teil der kosmischen Energie. Sie gehört zur selben materiellen Ordnung wie wir, sie befindet sich nur auf einer höheren Ebene. Auch die Erde mit der auf ihr lebenden Menschheit ist Teil des ewigen Evolutionsprozesses. Welten kommen und gehen. Die heutigen Schutzgeister oder Engel entstammen nicht der Evolution dieser Erde; sie kommen von anderen Welten. Das Ganze ist ein fortwährender Prozess.«

»Ich kann in all dem das Bild des falschen Geistes nicht mehr unterbringen«, sagte Martijn nachdenklich.

»Das musst du auch nicht zu wörtlich nehmen«, antwortete Iskia. »Das ist mehr eine Ausdrucksweise. Was wir der Einfachheit halber den falschen Geist nennen, ist ein Denkprozess, sozusagen eine Energieströmung, die den Evolutionsprozess behindert.«

»Eine Art Stromstörung«, ergänzte Martijn und grinste.

»Ja«, lachte Iskia, »genau. Ein Kurzschluss, und so etwas kann unangenehme Schläge verursachen.«

»Die Naturkatastrophen und so«, meinte Gertjan.

Iskia nickte enthusiastisch. »Du musst es so sehen: Unsere Körper, die Erde, das ist alles materiell. Man kann es anfassen, nicht? Das ist, was wir die dritte Dimension nennen. Die vierte Dimension ist die Zeit. Sie lässt sich nicht materiell erfassen, aber sie beeinflusst die dritte Dimension. Dinge verschleißen, Lebewesen wachsen und so weiter, versteht ihr?«

Martijn nickte. Er hatte die Zeit noch nie als vierte Dimension betrachtet, aber es leuchtete ihm ein.

»Dann sind da noch unsere Gedanken, unsere Fantasien und so weiter. Damit reisen wir eigentlich durch die Zeit hindurch«, fuhr Iskia fort. »Erinnerungen beispielsweise sind Rückblicke in der Zeit.«

»Aber wir beeinflussen die Zeit damit nicht«, unterbrach Martijn.

»Das stimmt. Darum gehören Gedanken in dieselbe Dimension.«

»Und jetzt behauptest du, dass wir mit unseren Gedanken allerdings die dritte Dimension, also die materielle Welt, beeinflussen können?«

»Das kannst du Tag für Tag beobachten«, sagte Iskia. »Unsere Heilmethoden basieren darauf, aber auch einfache Experimente wie zum Beispiel Telekinese zeigen das. Menschen, die hinreichend imstande sind, ihre Gedanken zu kontrollieren, spirituell höher entwickelte Menschen also, können das. Und so kann auch dieser vielschichtige Organismus, die Erde, in der dritten Dimension beeinflusst werden durch negative Gedanken, weil wir uns noch nicht in völliger Harmonie befinden.«

Alle vier schwiegen einen Moment.

Martijn dachte an seine Erfahrung unter dem Auto, an das überwältigende Gefühl, das er dort empfunden hatte. Er fühlte sich schwach. Iskias Geschichte stimmte, oder sie hörte sich zumindest schlüssig an. Aber irgendetwas in ihm, ganz tief in seinem Innern, widerlegte sie. Er war jedoch nicht dazu imstande, es in Worte zu fassen.

Nagheela hatte sich nicht eingeschaltet. Für sie war das alles kalter Kaffee. Sie hatte Gertjan und Martijn beobachtet und ihre Reaktionen gedeutet. Die kleinsten Veränderungen im Gesichtsausdruck, die Bewegungen einer Hand oder eines Fingers sagten ihr so viel mehr als alle Worte. Haargenau erkannte sie jede Stimmung: Angst, Freude und Stolz. Martijn hatte ziemlich sicher begonnen, er wollte das Gespräch unter Kontrolle haben und Iskia überlegen sein.

Aber schon bald war ihm das Ganze entglitten und Iskia hatte die Gesprächsleitung übernommen. Sie hatte es so oft gesehen. Was übrig geblieben war, war Frustration. Martijn war keineswegs überzeugt; er hielt an seinem Standpunkt fest, aber da er Iskia nicht gewachsen war, ließ er es nicht auf einen Konflikt ankommen. Auf diese Weise hatten sie miteinander schon mehrere Irrgläubige demaskiert. Iskia war nicht anders gewesen als sonst. Sie war stolz, scharf und konzentriert. Sie verlor keine Zeit, sie ging direkt zum Angriff über. Es war Nagheela aufgefallen, dass ihre anfängliche Sympathie für Iskia völlig verschwunden war. Immer mehr hatte sie den Drang verspürt, sich in das Gespräch einzuschalten und Martijn anzufeuern. Frag sie doch, wie es möglich ist, dass es so viel, so unendlich viel Aggression gibt und so wenig Liebe, so wenig echte Anteilnahme! Frag sie nach den Angriffen aus der vierten Dimension, nach dem Voodoo! Was sind das für Kräfte, stehen die im Dienst der Harmonie?

Und dann war da Gertjan. Gertjan war unsicher, Gertjan blieb unsicher. Sein Interesse war aufrichtig, aber er ließ sich nicht überzeugen. Er wollte alles mit dem Verstand ergründen, aber er verrannte sich dabei. Er überlegte und überlegte, aber es führte zu nichts. Er konnte zu keinem Ergebnis kommen, er hatte völlig den Überblick verloren. Und ihr ging es genauso.

Iskia brach das Schweigen. »Waren das deine Fragen?«

Nagheela sah den Triumph in ihren Augen, und es machte sie traurig. War das die Art, wie man zur Harmonie gelangte?

Martijn steckte die Blätter in die Mappe zurück und schlug sie zu. »Ich glaube, ich muss noch das eine oder andere ändern«, sagte er und zwang sich zu einem Lächeln. »Aber das kann ich auch heute Abend im Zentrum noch machen.«

23

Der letzte Teil der Reise war ruhig verlaufen. Pünktlich war der Zug in den Bahnhof von Martigny eingefahren, und sie waren mit einem der bereitstehenden Taxis zum Hubschrauberlandeplatz gefahren. Der Flug mit dem Hubschrauber war eine Sensation. Auch Nagheela bestätigte, dass sie das immer wieder genoss. Anfangs hatte Gertjan ein mulmiges Gefühl bei der Sache gehabt, und als sich der Hubschrauber von der Erde hob, musste er mit aller Kraft gegen das elende Gefühl in seinem Magen ankämpfen, aber schon bald gewöhnte er sich daran, und die beeindruckende Schönheit der Alpenlandschaft verdrängte seine Angst. Einige Zeit lang flog der Hubschrauber in das südlich liegende Tal hinein, um dann in östlicher Richtung abzubiegen. Das Zentrum wurde gerade noch von den letzten Sonnenstrahlen beschienen, als der Hubschrauber über den Berggipfel flog. Unwillkürlich stieß Gertjan einen Schrei der Bewunderung aus. Die Gebäude, die in einem Blumenmeer lagen, das die dazwischen liegenden Terrassen und Gärten schmückte, stachen leuchtend weiß von dem grauen Felsmassiv ab. Der Hubschrauber landete auf einer eigens dafür angelegten Plattform auf dem Dach des Hauptgebäudes. Einige weiß gekleidete Männer eilten in gebückter Haltung auf den Hubschrauber zu und nahmen die Koffer der Männer und die Rucksäcke der Mädchen entgegen. Iskia und Nagheela wurden herzlich begrüßt und die beiden Männer wurden vorgestellt. Selbstverständlich wurden sie schon erwartet und sofort zu ihren Zimmern gebracht.

»Sie haben eine weite Reise hinter sich«, sagte einer der Männer, der als Shurak vorgestellt wurde. »Sie möchten sich sicher ein bisschen frisch machen.«

Die Zimmer von Gertjan und Martijn befanden sich nebeneinander in einem der Nebengebäude und waren stilvoll eingerichtet. Das Erste, was ihnen auffiel, war, dass es keine Türen gab; die Zimmer wurden nur durch Vorhänge abgetrennt.

Von den nach Süden liegenden Zimmern führte eine Flügeltür hinaus auf eine Dachterrasse, die mit verschwenderisch blühenden Blumenkästen geschmückt war. Gertjan riss die Flügeltür weit auf und genoss das wunderbare, weite Panorama. Martijn kam ebenfalls heraus und stellte sich neben ihn.

Iskia und Nagheela waren kurz nach der Landung im Hauptgebäude verschwunden. Später würden sie zu viert miteinander zu Abend essen. Die Mädchen hatten an diesem Abend noch einige Dinge mit Rashkalin zu besprechen, so dass die Männer Zeit hatten, sich auf das Interview vorzubereiten, das am folgenden Tag stattfinden würde.

In dieser Nacht schlief Rashkalin schlecht. Wie Gespenster huschten die Erinnerungen an Ereignisse, die er längst verdrängt hatte, vor seinen geistigen Augen vorüber. Jedesmal, wenn er beinah eingeschlafen war, schrak er von dem Geschrei eines Kindes hoch, das ihm durch Mark und Bein ging. Die Stimmen in seinem Kopf schrien wild durcheinander, und er erlebte den Kampf, den Kampf seines Lebens, den er schon damals gekämpft hatte, aufs Neue. Er versuchte, die Erinnerungen von sich abzuschütteln und flehte seine Schutzgeister um Hilfe an, aber er bekam keine Antwort. »Ich habe doch getan, was ich tun musste«, beharrte er, aber die Geister schwiegen. »Ich tue doch, was ihr wollt, ich werde tun, was ihr wollt«, keuchte Rashkalin erschöpft und wie von Furien gehetzt in seinem Zustand zwischen Schlafen und Wachsein. Der Ekel erregende Brandgeruch drang ihm tief in die Nase, die Flammen flackerten vor seinem Gesicht auf. Dann plötzlich die Schreie – der Impuls, wieder umzukehren, die Angstschreie dieses Kindes. Und er rannte, er floh. Er tat, was ihm aufgetragen worden war.

Wie ein schwarzer Schatten glitt er an der Bergwand entlang, nahezu unsichtbar vor dem tiefschwarzen Himmel. Die Nacht war mondlos und das Licht der Sterne kam kaum durch die Staubschicht hindurch. Ab und zu blieb die Gestalt stehen, orientierte sich und ging dann wieder weiter. Der Mann musste Katzenaugen haben, dass er in dieser pechschwarzen Nacht den Weg fand. Nicht ein Mal trat er daneben, obwohl die Strecke sogar bei Tageslicht gefährlich war. Intuitiv spürte er, welche Steine seinem leichten Körper nicht genügend Halt boten, und vermied diese sorgfältig. Nur selten rollte einmal ein Steinchen den Abhang hinunter, das sich unter seinen Schritten gelöst hatte, aber das störte die nächtliche Stille kaum. Die Lichter des Zentrums tief unter ihm wurden kleiner und kleiner.

Endlich erreichte er sein Ziel, einen oben abgeflachten Felsgipfel. Im schwachen Licht der Sterne richtete er sich auf; seine magere Gestalt zeichnete sich schwach gegen den Himmel ab. Reglos stand er da und lauschte auf die Stille der Nacht. Einige Minuten blieb er so stehen, dann hob er einige Steine auf und baute einen Altar.

Trotz seiner schmächtigen Figur musste er über große Kraft verfügen, denn es schien ihn wenig Mühe zu kosten, die schweren Steine zu bewegen.

Als der Altar fertig war, kniete er davor nieder und rief die Geister an.

»Sie sind Martijn van der Meulen?«

Martijn blickte von seinen Papieren auf. Ein vierschrötiger Mann in der weißen Kleidung der Tekna-Gen war auf die Terrasse gekommen.

»Ja, der bin ich.«

»Rashkalin wünscht Sie zu sprechen.«

Martijn warf einen Blick auf seine Armbanduhr.

»Es ist erst halb eins. Ich habe doch erst um halb drei einen Termin bei ihm!«

»Rashkalin wünscht Sie *jetzt* zu sprechen«, sagte der Mann nachdrücklich. Er sprach Englisch mit einem starken Akzent.

»Mein Kollege ist auch noch nicht da«, setzte Martijn hinzu. Außerdem war er gerade dabei, seine Fragenliste in die endgültige Fassung zu bringen. Am Vorabend hatte er mit Gertjan bis tief in die Nacht daran gearbeitet, das Interview umzubauen. Sie hatten festgestellt, dass die Art der Fragen, die sie im Zug besprochen hatten, nur dazu führen konnte, dass sie Propaganda für die Lehre der Tekna-Gen machten. Schließlich war es ihnen einigermaßen gelungen, ein neues Interview zusammenzustellen, bei dem intensiver auf die Arbeitsweise im Zentrum eingegangen wurde – wie die Therapie aufgebaut war und welche Resultate sie lieferte. Vielleicht konnte er auch einige der so genannten »Irrgläubigen« interviewen, aber das musste er mit Rashkalin abklären, hatte Iskia gesagt. Das konnte sie nicht entscheiden.

Im Laufe des Vormittags war Nagheela vorbeigekommen. Sie war allein und kam, um Gertjan zu einem Spaziergang abzuholen. »Ein bisschen den Berg hoch, die Gegend angucken«, hatte sie gesagt. Martijn hatte nichts dagegen, dass Gertjan ein paar Stunden wegging, er würde die Zeit nutzen, um seinem Interview den letzten Schliff zu geben. Mit gemischten Gefühlen hatte er ihnen hinterhergeblickt. Er fragte sich, inwiefern Gertjans Meinung von seinen Gefühlen für Nagheela bestimmt wurde. Es war ihm nicht entgangen, dass sie im Zug häufig Blicke gewechselt hatten. Gertjan hatte zugegeben, dass er Nagheela sehr mochte, sogar mehr als das, aber er hatte behauptet, dass dies seinen Standpunkt in Bezug auf die Lehre der Tekna-Gen nicht beeinflusste. Außerdem war Nagheela nicht Iskia. Martijn kannte Nagheela nicht so gut, aber was er von ihr mitbekommen hatte, bestätigte das, was Gertjan sagte. Nagheela war keine typische Tekna-Gen, sie entsprach zumindest nicht dem Bild, das er von ihnen hatte.

»Ich erwarte ihn nicht vor halb zwei zurück, können Sie nicht in einer Stunde wiederkommen?«

»Nein, Sie müssen jetzt mitkommen. Rashkalin wünscht Sie erst allein zu sprechen.«

»Warum?«

»Das müssen Sie Rashkalin fragen, ich habe nur den Auftrag, Sie abzuholen.«

Martijn sah den Mann an. Er hatte ein slawisches Äußeres, vielleicht war er Türke oder Kurde. Sein Blick hatte etwas Unerbittliches, und Martijn sah ein, dass es keinen Sinn hatte, sich mit diesem Mann zu streiten. Seufzend legte er seine Papiere zur Seite und stand auf. Er war auch neugierig darauf, was Rashkalin ihm sagen wollte, ohne dass Gertjan dabei war.

»Okay, ich nehme an, dass ich rechtzeitig zurück bin, um dies noch fertig zu machen?«

Der Mann antwortete nicht und Martijn folgte ihm zum Hauptgebäude. Schweigend lief Martijn neben ihm her. Links und rechts saßen Leute auf den Terrassen oder im Gras. Einige grüßten, andere starrten sie nur an. Sein Begleiter ignorierte sie. Es fiel Martijn auf, dass die meisten die weiße Kleidung der Tekna-Gen trugen, nur eine Handvoll war »normal« angezogen wie er. Wenn das alle »Irrgläubigen« waren, die hier in Therapie waren, dann fragte er sich, wo der Rest war. Martijn blickte zur Seite in das dunkle Gesicht seines Begleiters und beschloss, dass es keinen Sinn hatte, diese Frage an ihn zu richten.

Im Hauptgebäude war es noch kühl; wahrscheinlich hielt sich in diesem Gebäude die natürliche Abkühlung, die die Nacht auf dieser Höhe mit sich brachte.

Der Mann ging vor ihm her in einen Gang und schob eine

Gardine zur Seite. Hinter der Gardine befand sich ein luxuriös eingerichtetes Badezimmer.

»Was hat das zu bedeuten?«

»Sie müssen sich hier duschen und dann dieses Kleid anziehen. Der Mann zeigte auf ein weißes Gewand, das an einem Haken hing.

»Ich habe mich heute Morgen erst geduscht«, versuchte Martijn sich zu wehren. Aber das kostete nur Zeit und führte zu nichts.

»Sie müssen sich hier duschen«, wiederholte der Mann und öffnete die Duschkabine. Dann drehte er sich um und verließ das Badezimmer. Es war kein Raum für Diskusskionen.

Martijn zuckte die Schultern und begann sich auszukleiden. Er war schließlich Gast hier, also würde er sich eben anpassen. Es ging ja auch eigentlich ganz schnell. Er trat in die Kabine und drehte den Hahn auf. Nichts geschah. Neben dem Hahn hing ein kleines Schild mit dem Text: »Vor dem Öffnen des Wasserhahns Kabine schließen«. Er schloss die Kabine.

Im nächsten Moment strömte das Gas aus dem Öffnungsventil. Instinktiv riss Martijn an der Kabinentür, die sich jedoch keinen Millimeter bewegte. Von Entsetzen gepackt griff er nach dem Hahn. Seine Beine knickten unter seinem Gewicht ein und mit letzter Kraft drehte er den Hahn zu. Das Gas strömte jedoch weiter aus und brannte in seiner Luftröhre und in seinen Lungen.

»Mein Gott«, rief er, aber es kam kein Ton mehr über seine Lippen. Dann brach er zusammen. Das Letzte, was er sah, war ein langer Tunnel mit einem herrlichen Licht am Ende und ein strahlendes Lächeln. Tiefer Friede umgab ihn. »Mein Gott«, murmelte er und streckte seine schwerelosen Arme aus. Sein Gesicht strahlte vor tiefem Glück, als Chornan seinen leblosen Körper aus der Kabine schleppte. –

»Was hast du für eine Kondition«, keuchte Gertjan bewundernd, während er, die Hände auf die Knie gestützt, stehen blieb, um wieder zu Atem zu kommen. Hier oben enthielt die Luft deutlich weniger Sauerstoff und auch das machte ihm Schwierigkeiten. Nagheela sprang wieder von dem Stein herunter und blieb neben ihm stehen.

»Wir können uns ruhig wieder ein bisschen hinsetzen«, schlug sie vor und setzte ihren Vorschlag gleich in die Tat um. Sie schlug mit der flachen Hand auf die große Steinplatte und Gertjan ließ sich mit einem Seufzer der Erleichterung darauf fallen.

»Solch einen Stein muss ich mir zu Hause auch besorgen«, stellte Gertjan fest. »Selten so gut gesessen, der ist viel besser als mein Sofa.«

Nagheela grinste und sah ihn von der Seite an. Wie sehr sie sich inzwischen an ihn gewöhnt hatte. Sie fragte sich, ob sie ihn jemals wiedersehen würde – bis jetzt war kein Irrgläubiger, den sie zum Zentrum gebracht hatte, zurückgekehrt.

Gertjan schloss die Augen und genoss das Sonnenlicht. Nagheela betrachtete die Konturen seines Gesichtes, das kurze, borstige Haar, das inzwischen durch die Sonne wieder leicht aufgehellt war, die etwas zu große Nase, den breiten Mund. Sein Kinn war manchmal von einem kurzen, stoppligen Bart bedeckt, manchmal glatt rasiert. Als er sich einmal ein paar Tage nicht rasiert hatte, hatte sie das sexy gefunden, und seitdem tat er das ihretwegen. Sie fragte sich, wie er aussehen würde, wenn sein Äußeres korrigiert worden wäre. Die Nase wäre kleiner und die Haut glatter, und das Kinn wäre wahrscheinlich etwas ausgeprägter, aber sie war froh, dass er so war, wie er war. Gertjan war echt und besaß eine natürlichere Schönheit als die Männer der Tekna-Gen mit ihren uniformierten Gesichtern. Es waren gerade die kleinen Schönheitsfehler, die ihn so anziehend machten.

Rashkalin hatte sie gestern darauf angesprochen. Sie wusste doch, dass sie keine exklusiven Gefühle hegen durfte? Und noch dazu für einen Irrgläubigen? Sie hatte sich gefragt, was er wusste und woher er es wusste. Iskia wich ihrem Blick aus und das sagte genug. Aber Nagheela war nicht in der Stimmung gewesen zu leugnen. Sie begriff nicht, was verkehrt daran war, wenn man einen Menschen besonders gern hatte. Damit stellte sie sich doch nicht außerhalb der Gemeinschaft, sie schloss doch niemanden aus?

»Es ist mehr als das«, hatte Rashkalin erklärt. »Du musst in dir selbst ein vollständiger Mensch werden. Exklusive Gefühle basieren darauf, dass dir in deinem kosmischen Gleichgewicht Energie fehlt. Du suchst das, was dir fehlt, bei einem anderen Menschen, und gleichst deinen Mangel mit dem Ungleichgewicht dieses anderen aus. Das scheint schön zu sein, aber damit wirst du von dem anderen abhängig und dieser von dir. Das steht deiner eigenen Entwicklung zu einem selbständigen spirituellen Wesen im Weg, und wenn das Band, aus welchen Gründen auch immer, zerbrochen wird, dann kommst du wieder aus dem Gleichgewicht. Wie oft haben wir diese Dinge schon erlebt.«

Nagheela hatte geschwiegen. Es waren eben ihre Gefühle und Gefühle ließen sich nicht wegdiskutieren, auch wenn Rashkalin hundertmal Recht hatte. Obwohl niemand ihr das gesagt hatte, war ihr klar, dass sie in der nächsten Zeit auch nicht aus dem Zentrum herauskommen würde. Heute Morgen hatte sie mit sich selbst einen großen Kampf ausgefochten. Eigentlich hatte sie am Abend zuvor, als sie zu viert auf der Terrasse gegessen hatten, schon innerlich Abschied genommen von Gertjan. Aber heute Morgen schlug ihr das Gewissen. Sie hatte ihn unter einem Vorwand ins Zentrum geholt. Es gab noch so vieles, worüber sie nie geredet hatten. Sie würde ihn wahrscheinlich nie mehr wiedersehen. Sie wusste, dass es nicht sein durfte, sie wusste, dass es nicht ging, aber sie musste mit ihm reden. Schließlich war sie ihrem Herzen gefolgt. Statt die morgendliche Sitzung zu besuchen, war sie zu Gertjan gegangen. Was hatte sie schon noch zu verlieren, sie war sowieso abgestempelt. Gertjan hatte spontan zugestimmt und sie hatten sich aufgemacht in die Berge. Nun waren sie schon einige Zeit unterwegs und hatten bis jetzt nur über die Umgebung und allgemeine Dinge geredet. Die Zeit begann zu drängen.

Gertjan genoss die Aussicht. Der Tag war der hellste, den er seit langem erlebt hatte, und das Klima war hier wesentlich angenehmer als in den Niederlanden. Die Luft war frisch und sauber, so dass die Wärme der Sonne nicht drückend war, sondern wohltuend. Hoch über ihren Köpfen kreiste ein riesiger Adler, und er zeigte auf ihn.

»Das ist Gaiaka«, sagte Nagheela. »Da oben auf diesem Gipfel hat sie ihr Nest.« Gertjan folgte Nagheelas Zeigefinger und sah einen hoch aufragenden Gipfel, der sich deutlich gegen die Felswand abzeichnete.

»Sie ist die Mutter von allen Adlern hier in der Gegend.«

»Bist du schon mal da oben gewesen?«, fragte Gertjan.

Nagheela nickte. »Vor langer Zeit, noch vor der Reinigung.« Beide schwiegen wieder.

Gertjan verspürte keinerlei Verlangen, aufzustehen und weiterzugehen. Es war herrlich hier in der Natur, aber noch mehr genoss er es, so nah bei Nagheela zu sein. Er spürte die Wärme ihres Körpers an seinem, wie sie da aneinander gelehnt auf dem Stein saßen, und er hatte große Mühe, den Wunsch zu unterdrücken, einen Arm um sie zu legen und ihr glänzendes Haar zu streicheln. Ihr Körper zeichnete sich unter dem hauchdünnen Stoff ihres weißen Kleides ab und er hatte während der ganzen Wanderung kaum gewusst, wohin er den Blick wenden sollte. Sowohl die majestätische Natur als auch der verführerische Körper seiner Weggenossin hatten seine Aufmerksamkeit auf sich gezogen, und mehr als einmal war er auf dem unebenen Weg ins Stolpern geraten.

Er fragte sich, woran sie dachte. Sie war stiller als sonst, auch lange nicht so fröhlich. Es war offensichtlich, dass sie etwas bedrückte, aber er wagte nicht, danach zu fragen. Vielleicht waren es Dinge, die ihn nichts angingen.

»Ich weiß davon«, sagte Rashkalin.

Efraim Ben Dan hob eine Augenbraue.

»Ich habe sie heute Morgen weggehen sehen.«

Der Prophet schwieg; es war offensichtlich, dass er auf eine Erklärung wartete. Ihm war soeben mitgeteilt worden, dass der Körper des Irrgläubigen Martijn van der Meulen verbrannt worden war, aber dass der andere, Van der Woude, mit einem Mädchen von den Tekna-Gen irgendwo in den Bergen war.

»Ich habe es ihr gegönnt«, sagte Rashkalin beschämt. »Sie kommen sowieso vor zwei Uhr zurück, dann soll das so genannte Interview stattfinden. Das wird er auf keinen Fall verpassen wollen.«

Efraim Ben Dan warf einen Blick auf die Wanduhr. Er hatte noch keine Bewegung an der Bergwand wahrgenommen, aber sie konnten natürlich überall sein. Es war noch Zeit, aber darum ging es ihm nicht.

»Du gibst deinen Schwächen zu viel Raum«, wies er den Leiter des Zentrums zurecht. »Denk an deine Berufung.«

Rashkalin schwieg. Der Prophet hatte Recht, natürlich hatte der Prophet Recht.

»Die Tage von Apollyon sind nahe«, sagte Efraim Ben Dan. »Wir können es uns nicht leisten, Fehler zu machen.«

Rashkalin blickte beschämt auf seine Schuhe.

»Apollyon duldet keine Schwächen.« Die hohe Stimme des

Propheten war ruhig, beherrscht, nicht tadelnd, eher tröstend. Er legte Rashkalin eine Hand auf die Schulter. »Denk an deine Berufung«, wiederholte er.

Rashkalin nickte. Das Kind weinte in seinem Kopf.

Gertjan sah auf die Uhr. Wenn es nach ihm ginge, hätte die Zeit stillstehen können, aber er hatte seine Verpflichtungen. Tief unter ihnen zeichneten sich die weißen Gebäude und die sie umgebenden bunten Gärten des Zentrums ab. Es würde sicher eine halbe Stunde dauern, wenn nicht länger, bis sie zurück waren.

»Wir müssen zurück, Nagheela«, sagte er widerstrebend. »Ich muss auf jeden Fall um Viertel vor zwei wieder da sein, wegen des Interviews.«

Nagheela starrte ins Leere, seufzte auf und sagte leise: »Es gibt kein Interview.«

Einen Moment lang dachte Gertjan, er hätte sich verhört. Nagheela sah ihn an und nahm allen Mut zusammen. »Es findet kein Interview statt.«

Gertjan begriff nicht, was sie meinte. »Wieso nicht? Heute nicht, meinst du, oder überhaupt nicht?«

»Überhaupt nicht«, antwortete sie. »Es sollte nie ein Interview stattfinden.«

Gertjan sah sie an, als hätte er soeben einen Schlag ins Gesicht bekommen. »Was machen wir dann hier?« Ein unbehagliches Gefühl beschlich ihn. »Wir sollen in Therapie, was? Das Interview war bloß ein Vorwand. Ihr betrachtet uns als Irrgläubige!«

Nagheela nickte traurig. »Ja«, gab sie zu, »es war nur ein Vorwand.«

Gertjan starrte vor sich hin. Das schöne Gefühl, das er soeben noch verspürt hatte, war mit einem Schlag verschwunden. In Therapie, Irrgläubige? Seine Gedanken überschlugen sich.

War er ein Irrgläubiger? Das wusste er selbst noch nicht einmal. Und warum so, warum unter einem Vorwand, warum hatte Nagheela das nicht zu Hause mit ihm besprochen?

»Wir konnten nicht anders«, sagte Nagheela, »das musst du verstehen. Als du angefangen hast, nach einer Bibel zu suchen ...«

»Woher weißt du das denn?«, unterbrach Gertjan sie.

Nagheela schwieg.

»Das haben wir nie gesagt, dass wir auf der Suche nach einer Bibel waren!«

»Du hast ein paar Leute angerufen«, verteidigte Nagheela sich, »Irrgläubige, und du hast sie gefragt, ob sie vielleicht noch eine Bibel zu Hause hätten.«

Das unbehagliche Gefühl wurde immer bedrückender. »Du ... du hast mein Telefon abgehört?« Wer war diese Nagheela? Hatte er sich so in ihr getäuscht?

»Das ist so üblich bei den Tekna-Gen. Es ist unsere Aufgabe, musst du verstehen ...«

»Ich muss überhaupt nichts verstehen!« Gertjan sprang auf. Der Stein, auf dem sie saßen, war auf einmal viel zu klein geworden. »So was macht man nicht, wir sind keine Verbrecher. Was für Rechte maßt ihr euch eigentlich an? Wer glaubt ihr, dass ihr seid?«

»Ich bin eine Jäterin, es ist meine Aufgabe, die Reinheit auf der Erde bewachen zu helfen, das wusstest du doch?«

»Und das gibt dir das Recht, anderen nachzuspionieren, sie zu belügen und zu betrügen?« Gertjan spürte, wie er immer zorniger wurde. »Wie lange kennen wir uns jetzt, Nagheeela? Seit drei Jahren? Und dann erzählst du mir einfach so, dass du meine Telefongespräche abhörst? Ich dachte, dass wir Freunde wären, Nagheela, gute Freunde.«

Nagheela fühlte sich elend. Gertjan hatte Recht, aber was wusste er eigentlich, was wusste er von dem Kampf in ihrem

Leben, diesem Zwiespalt zwischen ihrer Berufung und ihren persönlichen Gefühlen auf der anderen Seite? Das hatte sie ihm doch nie sagen können, sie musste sich doch für ihre Berufung entscheiden? Hätte sie dieses Gespräch doch nie angefangen!

»Wir sind auch Freunde, Gertjan.« Sie hörte selbst, wie unglaubwürdig das klang.

Gertjan sah sie erschüttert an.

»Gertjan, versteh mich doch.« Mit flehendem Blick sah sie zu ihm hoch. »Ich musste mich doch entscheiden. Ich hatte meine Aufgabe, meine Arbeit. Ich konnte darüber mit dir nicht sprechen.«

Er schien zuzuhören. »Dachtest du, ich hätte es immer schön gefunden, Freundschaften mit Menschen zu pflegen, die ich oft noch nicht einmal mochte? Dachtest du, ich hätte das schön gefunden, diese Männer, die ...«

Gertjan sank der Unterkiefer herab. »So ist das also? So funktioniert das?« Er schlug sich vor die Stirn. »Wie dumm bin ich gewesen. Das hätte ich mir doch denken können. Das Gewackel mit deinem hübschen Hintern, das liebe Lachen, deine Kleider, die so schön sexy sind.« Er zerrte an dem dünnen Stoff ihres Gewandes. »Es war alles Betrug, Schauspielerei, um mich beobachten zu können? War es das, ja?«

Nagheela schwieg. Hinter ihren Augen brannten Tränen. Was konnte sie sagen?

Gertjan tobte weiter. »Wie viele Männer betrügst du, Nagheela, wie viele sind es, die denken, dass sie eine besondere Beziehung zu dir haben, die dir vertrauen, Nagheela? Schau mich an, Nagheela!« Mit hartem Griff nahm er ihr Gesicht zwischen die Hände. Eine Träne lief über ihre Wange. Einen Moment lang empfand er Mitleid mit ihr, aber er wappnete sich dagegen.

»Krokodilstränen!«, rief er und ließ sie los. »Gehört das auch zu deiner Rolle?« Er schwieg und atmete schwer.

»Gertjan ...«, begann sie.

»Hör doch auf«, schrie er. Sie duckte sich und dachte einen Augenblick, er würde sie schlagen, aber er beherrschte sich. »Darauf falle ich nicht mehr herein. Wie dumm bin ich gewesen. Ich dachte wirklich, dass zwischen uns etwas wäre, Nagheela, ich dachte, dass da etwas wuchs.« Es brach etwas in seiner Stimme. »Was müsst ihr gelacht haben, du und dein blondes Elfchen, über all die dummen Kerle, die ihr um den Finger gewickelt und dann in eurem Zentrum abgeladen habt wie Abfall. Tut mir ja so Leid, du«, äffte er ihren Tonfall nach, »es war meine Aufgabe, ich musste mich doch entscheiden! Mach dir doch nichts vor, Nagheela!«

»Gertjan, ich wollte nur ...«

Wieder unterbrach er sie. »Dein Gewissen beruhigen?« Er bebte innerlich. »Hau doch ab, Mädchen. Ich bin fertig mit dir und euch allen.«

Er drehte sich um und lief weg. Nagheela blieb allein auf ihrem Stein sitzen. Seine Worte schnitten ihr ins Herz. Es war wahr, was Gertjan gesagt hatte, es war alles wahr. Aber bei ihm war es anders gewesen. Sie sah ihm nach, wie er stolpernd den Berg hinunterlief, hinunterrannte, zurück zum Zentrum. Gertjan – sie hatte ihm noch so viel sagen wollen, aber er gab ihr keine Chance. War es so, wie er gesagt hatte, wollte sie nur ihr Gewissen beruhigen? Das war doch nicht der Grund gewesen, aber wieso war es so schief gelaufen? Musste sie ihm folgen, konnten sie sich noch aussprechen? Vielleicht hatte Gertjan wirklich Recht und es war ihr nur um ihr eigenes Gewissen gegangen? Sie suchte Verständnis bei ihm, sie fühlte sich ihm gegenüber schuldig, aber war es realistisch, von ihm Verständnis zu erwarten? Wie sollte er das denn begreifen? Es war doch wahr, sie hatte ihn betrogen, zwar nicht mit dem Herzen, aber mit dieser Geschichte mit dem Interview. Was hatte sie denn erwartet? Dass er sie in den Arm nehmen und sagen würde:

»Ich verstehe dich, Nagheela, du konntest doch auch nichts dafür, es war eben dein Job!«

Nun konnte sie ihn nicht mehr sehen. Er hatte sich nicht ein einziges Mal umgeschaut. Ihre Augen füllten sich mit Tränen.

Ab und zu rollte ein Stein unter seinen Füßen weg und ein paarmal rutschte er aus, wodurch er sich auf den scharfkantigen Steinen ziemlich verletzte. Je mehr sein Zorn abkühlte, desto langsamer wurde er auch. Schließlich war er beinah beim Zentrum angekommen. Was wollte er hier eigentlich machen?

Er musste Martijn warnen, das war klar, aber was dann? Er blickte sich um. Überall um ihn herum ragten die mächtigen Berggipfel in den Himmel. Am Stand der Sonne konnte er erkennen, wo Norden war; sie waren in südlicher Richtung ins Tal hineingeflogen und hatten sich dann Richtung Osten gewendet, aber würden sie imstande sein, den Rückweg zu finden? Er konnte sich nicht mehr daran erinnern, wo er das letzte Dorf gesehen hatte. Und außerdem, was nützte das? Er seufzte und lief weiter. Erst musste er Martijn warnen, das war jetzt das Wichtigste. Er sah auf seine Armbanduhr. Es war kurz vor halb zwei.

Im Zentrum war es ruhig. Ein paar Leute saßen auf der Terrasse oder im Gras und meditierten, lasen oder hingen einfach herum. Martijn saß nicht auf der Terrasse. Die Terrassentüren standen offen und er ging ins Zimmer.

»Martijn?«

Keine Reaktion. Wieder sah er auf die Uhr. Martijn konnte noch nicht weggegangen sein, er würde doch bestimmt auf ihn warten. Er ging zu den Duschen, aber da war auch niemand.

Aus einem der Zimmer kam ein Mann und fragte auf Englisch: »Suchen Sie jemanden?« Er hatte einen starken französischen Akzent und trug ein Freizeithemd. Auch ein Irrgläubiger, dachte Gertjan.

»Ja, einen Freund«, antwortete er und beschrieb Martijn.

Der Franzose nickte. »Vor einer Stunde ist ein großer Mann gekommen und hat ihn abgeholt.« Mit den Händen deutete er einen enormen Brustkasten an.

»Vor einer Stunde?«

»Ja, ja«, nickte der Mann, »vor einer Stunde. Sie sind zum Hauptgebäude gegangen.«

»Und sie sind noch nicht zurückgekommen?«, fragte Gertjan. Es war eine dumme Frage.

Der Franzose schüttelte den Kopf. »Nein, dann hätte ich sie gesehen; ich habe die ganze Zeit auf der Terrasse gesessen.«

Unschlüssig blieb Gertjan stehen. Musste er Martijn suchen gehen, oder würde er wieder zurückkommen? Es war wahrscheinlicher, dass die Tekna-Gen nun ihn, Gertjan, holen kommen würden.

»*Merci*«, sagte er in seinem besten Französisch, und der Franzose lächelte breit.

Gertjan beschloss, dass er Zeit brauchte, um nachzudenken, und dass er dazu besser nicht im Zentrum bleiben sollte. In der Hoffnung, dass er nicht gesehen wurde, schlug er sich wieder in die Berge.

24

Rashkalin saß auf seinem Kissen, als Chornan hereinkam. Er war allein.

»Er ist noch nicht da.«

Rashkalin guckte besorgt. Die Wanduhr zeigte Viertel vor fünf.

»Und Nagheela?«

»Die ist gekommen, vor einer Viertelstunde.«

Rashkalin starrte vor sich hin. »Er kommt bestimmt noch«, sagte er schließlich. »Allein kann er in den Bergen nicht überleben, und er kennt den Weg nicht. Also kommt er von selbst zurück. Und hol Nagheela ab, ja?«

Chornan drehte sich um und verließ das Zimmer. Rashkalin blieb mit seinen Gedanken allein. Er hätte sie nicht gehen lassen dürfen. Das Gespräch mit Nagheela würde ihm schwer fallen.

»Da hängt ein sauberes Kleid.« Chornan zeigte auf den Haken an der Wand. »Und hier kannst du duschen.« Er schob die Tür der Duschkabine auf.

Nagheela erkannte das luxuriöse Badezimmer wieder, das sie benutzt hatte, als sie das allererste Mal im Zentrum angekommen war. Die bronzenen Spiegel, der großzügige Whirlpool, alles war noch genauso wie damals. Nur die Duschkabine kam ihr unbekannt vor, aber sie war sich nicht ganz sicher. Seitdem war sie nicht mehr hier gewesen, dieses Badezimmer wurde in der Vergangenheit nur am ersten Tag gebraucht, wenn neue Mitglieder der Tekna-Gen kamen, ansonsten war es Rashkalins privates Badezimmer.

Sie befühlte den feinen Stoff des Kleides. Er war federleicht und fiel in weichen Falten von ihren Händen herab. Die Säume und das Oberteil des in Handarbeit hergestellten Kleides waren mit aufwendigen Bordüren in leichten Pastellfarben eingefasst. Nagheela verspürte einen gewissen Widerwillen. Sie wusste, was das bedeutete, und sie war jetzt überhaupt nicht in der Stimmung dazu. Aber wie sollte sie Rashkalin das erklären? Rashkalin konnte man doch nicht abweisen, das tat doch niemand! Es war eine besondere Ehre und er tat das natürlich für sie.

Sie warf einen Blick in den bronzenen Spiegel und erschrak vor sich selbst. Ihre Augen waren rot und geschwollen und ihr

Kleid war fleckig von Staub und Tränen. Sie zog sich aus und warf ihr schmutziges Kleid in den Wäschekorb. Dann betrat sie die Duschkabine und schloss die Schiebetür. Das Magnetschloss klickte. Im Seifenschälchen lag ein neues Stück Rosenseife, ihre Lieblingssorte. Sie lächelte und roch daran, Rashkalin war wirklich sehr aufmerksam. Dann drehte sie den Hahn auf.

Gaiaka, die Adlermutter, verschwand Richtung Westen, bis Gertjan nur noch ein Pünktchen am Himmel sah. Die Sonne stand schon knapp über den Berggipfeln. Sein Magen knurrte und ihm fiel ein, dass er seit dem Frühstück nichts mehr gegessen hatte. Seinen Durst hatte er an einem kleinen Bach gelöscht, der sich über den Abhang ins Tal wand. Von dort, wo er saß, konnte er das Zentrum nicht sehen, so dass sie ihn auch nicht sehen konnten. Den ganzen Nachmittag lang hatte er nachgedacht und seine Wunden geleckt, aber davon waren seine Schmerzen nicht besser geworden. Seine anfängliche Wut über Nagheelas Betrug war umgeschlagen in Trauer. Er hatte sogar versucht, sich in sie hineinzuversetzen – sie hatte doch auch nur getan, was sie tun musste. Es stimmte, sie hatte ihm erklärt, was ihre Aufgabe war: Irrgläubige wieder auf den rechten Weg zu führen, den Weg der Harmonie, und sie notfalls ins Zentrum zu begleiten, wenn sie sich in Holland nicht von ihrem Irrglauben abwenden wollten. Er wusste das, und darum hatte er seine Gespräche mit Martijn ihr gegenüber nie erwähnt. Er wollte es ihr nicht unnötig schwer machen. Er hätte nie gedacht, dass ihre Beziehung für Nagheela auch nicht mehr gewesen war als ein Teil ihrer Arbeit, nicht mehr als ein Mittel, um ihn zu beobachten. Selbst im Zug noch hatte sie mit ihm gespielt und er war dumm genug gewesen, darauf hereinzufallen.

Als die Sonne hinter der Bergwand verschwand, begann es

abzukühlen. Gertjan wusste, dass er nicht in den Bergen bleiben konnte, aber er verspürte auch noch kein Verlangen, ins Zentrum zurückzukehren. Sie kann ruhig noch ein bisschen schmoren, dachte er rachsüchtig. Sie hat bestimmt ganz schön Ärger bekommen, weil sie mich hat laufen lassen. Er wollte so lange wegbleiben, wie irgend möglich, aber als es allmählich so dunkel wurde, dass er befürchtete, den Weg nicht mehr zu sehen, beschloss er zurückzukehren.

Als er im Zentrum ankam, machte er sich nicht die Mühe, sein eigenes Zimmer aufzusuchen, sondern ging direkt zum Hauptgebäude. Dort waren viele Leute versammelt, sie saßen in kleinen Gruppen an Tischen und als er hereinkam, wurde es plötzlich still. Es fiel Gertjan auf, dass er der Einzige war, der keine weiße Kleidung trug. Aller Augen waren auf ihn gerichtet, aber das machte ihm nicht mehr viel aus. Flüchtig ließ er den Blick durch den Saal schweifen, um zu sehen, ob Bekannte da waren. Weiter hinten erhob sich Iskia. Sie saß mit vier anderen am Tisch, die er nicht kannte. Nagheela war nicht da und darüber war er froh. Mit schnellen Schritten lief Iskia auf ihn zu. Er blieb stehen und sah ihr entgegen. Sie guckte verstört und das tat ihm gut.

»Warum kommst du hier rein?«, zischte sie ihn an, so leise, dass die anderen sie nicht hören konnten.

»Ich komme wegen meiner Therapie«, antwortete er laut und deutlich, »darum habt ihr mich doch hierher gebracht!«

»Benimm dich nicht so kindisch und komm mit.« Sie packte ihn am Arm und wollte ihn hinter sich herzerren, aber er riss sich los. »Ich komme schon so mit, danke.«

Iskia ging vor ihm her aus dem Saal und murmelte da und dort an den Tischen, an denen sie vorbeigingen, eine Entschuldigung.

Nachdem sie den Saal verlassen hatten, bog sie in einen Flur ein und schlug eine Gardine zur Seite. Gertjan folgte ihr.

»Hier ist er«, sagte Iskia zu dem Mann, der mitten im Zimmer auf einem Kissen saß. Der Mann nickte und stand auf.

»Danke, du kannst gehen. Und sag Chornan eben Bescheid, ja?« Iskia neigte den Kopf und drehte sich um.

»Tschüss, Gertjan«, sagte sie noch und sah ihn kurz an. Aus unerfindlichen Gründen lief ihm ein kurzer Schauer über den Rücken.

Rashkalin war kleiner, als Gertjan ihn sich vorgestellt hatte, er war etwa genauso groß wie Gertjan. Auf Fotos wirkte er imposanter, obwohl er mit seinem silbrigen Bart, den langen Haaren und dem weiten Mantel auch in Wirklichkeit beeindruckend aussah.

Gertjan fragte sich, ob er ihm die Hand geben, sich verbeugen oder sonst irgendetwas tun sollte, aber da Rashkalin selbst auch keine Anstalten zu einer Begrüßung machte, tat er nichts dergleichen. Rashkalin trat bis auf etwa einen halben Meter an ihn heran, blieb dann stehen und sah ihm direkt in die Augen. Gertjan erwiderte seinen Blick; er war immer noch trotzig und widerspenstig. Normalerweise hätte er vor solch einem durchdringenen Blick die Augen niedergeschlagen, aber nun hatte er nicht vor, als Erster den Blick abzuwenden. Er fand es sogar auf seltsame Weise angenehm, Rashkalin anzusehen. Die braunen Augen des Mannes, der vor ihm stand, waren freundlich und sanft. Sie hatten nichts Bedrohliches. Sie kamen ihm sogar bekannt vor und lösten wehmütige Gefühle von Trauer und Verletztsein in ihm aus. Die dunkelbraunen, mandelförmigen Augen starrten ihn unaufhörlich an und er verspürte in zunehmendem Maße das Verlangen, dem Mann um den Hals zu fallen und ihm seinen Kummer wegen des vergangenen Nachmittags anzuvertrauen. Ihm zu sagen, dass er das alles überhaupt nicht so gemeint hatte und dass er sie liebte. Er sah nichts mehr als diese Augen – *ihre* Augen.

Hinter sich vernahm er ein leises Geräusch und Rashkalins

Augen ließen ihn los. Gertjan verspürte ein seltsam leichtes Gefühl im Magen und sah wieder, was um ihn herum war. Er blinzelte mit den Augen, als sei er plötzlich aus dem Dunkel ins helle Licht hinausgetreten. Rashkalin sah an ihm vorbei und sprach jemanden in einer fremden Sprache an. Gertjan blickt sich um; hinter ihm war ein vierschrötiger Mann ins Zimmer getreten. Einen Moment lang glitt ein erstaunter Ausdruck über sein dunkles Gesicht, aber er sagte nichts und hatte sich gleich wieder in der Gewalt. Rashkalin sagte wieder etwas, zunächst in entschuldigendem Tonfall, dann schien er ihm einen Befehl zu erteilen. Der Mann nickte und antwortete kurz. Dann drehte er sich um und verließ das Zimmer. Die Gardine fiel wieder zu. Rashkalin sah Gertjan freundlich an und winkte ihm.

»Nimm Platz.«

Er setzte sich selbst auf sein Kissen und legte für Gertjan auch ein Kissen auf den Boden. Gertjan war immer noch ein bisschen benommen von der seltsamen Erfahrung, die er soeben gemacht hatte, und schwankte auf das Kissen zu. Rashkalin kreuzte gelenkig die Beine und setzte sich in den Schneidersitz; Gertjan versuchte dasselbe, aber das war ihm unbequem und er setzte sich anders hin. Rashkalin sah ihm amüsiert zu. Er war ganz anders, als Gertjan erwartet hatte. Auf Fotos wirkte er eigenartig und spirituell, wie ein Mann, der vollkommen abgehoben war und irgendeinen Hokuspokus betrieb, aber nun, da er ihm hier gegenüber saß, fühlte Gertjan sich so vertraut mit ihm, als ob er ihn schon jahrelang kannte. Rashkalin hatte eine väterliche Ausstrahlung.

Gertjan hatte die ganze Zeit lang noch nichts gesagt, aber er hatte auch überhaupt nicht das Gefühl, dass das unnatürlich war. Was sollte er schon sagen. Einige Zeit lag saßen sie einander schweigend gegenüber, dann ergriff Rashkalin das Wort:
»Also du bist der Mann, der Werner Meilink getötet und Nagheelas Herz gestohlen hat.« Er lächelte, als hätte er soeben eine

alltägliche Bemerkung über das Wetter gemacht. Gertjans Herz setzte einen Moment aus. Rashkalin sah ihn weiterhin freundlich an. »Du hast heute nur gefrühstückt, Gertjan – ich darf doch Gertjan sagen, nicht? Soll ich dir etwas zu essen kommen lassen?«

Gertjan nickte verwirrt, er wusste nicht mehr genau, warum. Rashkalin stand auf und drückte auf einen Knopf. Eine Frauenstimme meldete sich durch einen Lautsprecher.

»Gertjan van der Woude möchte gern etwas essen, bringst du ihm bitte etwas herein? Und für mich noch Tee, bitte.« Rashkalin setzte sich wieder auf sein Kissen und schwieg. Langsam begann die Bedeutung dessen, was Rashkalin gesagt hatte, zu Gertjan durchzudringen. Rashkalin wusste also, dass er Werner getötet hatte, vor drei Jahren, aber das machte ihm nicht so viel aus. Azarnim hatte es auch gewusst und nichts unternommen deswegen. Aber Nagheelas Herz gestohlen? Was meinte er damit? Es war doch Schauspielerei gewesen, ihr Auftrag, den sie von Rashkalin und dem Propheten bekommen hatte?

»Wie meinen Sie das, ihr Herz gestohlen?«

»Ah«, sagte Rashkalin und sah an ihm vorbei. »Da kommt das Essen und der Tee.«

Ein hoch gewachsenes junges Mädchen mit glattem, aschblondem Haar kam herein. Sie trug ein Tablett mit einer Kanne Tee und einer Schale Reis. Sie stellte das Tablett zwischen sie auf den Boden und nickte Gertjan freundlich zu. Schweigend ging sie wieder hinaus. Rashkalin schenkte zwei Tassen Tee ein und nahm in aller Ruhe einen kleinen Schluck.

»Was meinen Sie mit ›ihr Herz gestohlen‹?«, fragte Gertjan aufs Neue.

Langsam stellte Rashkalin seine Tasse ab und sah Gertjan ruhig an. »Iss erstmal was«, sagte er, »das ist gut für dich.«

Der Reis roch herrlich, aber Gertjan stand der Sinn nicht

danach, jetzt zu essen. Rashkalin schien jedoch nicht vorzuhaben, auf seine Frage einzugehen. Er schloss einfach die Augen und atmete ruhig ein und aus.

Frustriert begann Gertjan schließlich doch zu essen. Rashkalin hatte natürlich mit Nagheela gesprochen, das lag auf der Hand. Und dann diese seltsame Erfahrung vorhin, als Rashkalin ihn so lange angeschaut hatte. Es hatte ihm auf einmal so Leid getan, es war, als ob er Nagheela selbst in die Augen geschaut hätte. Manchmal sah er zu Rashkalin hinüber, der immer noch mit geschlossenen Augen dasaß. Was konnte er mit seiner Bemerkung gemeint haben, außer, dass Nagheela ihm nichts vorgespielt hatte? Dass er ihr wirklich etwas bedeutete? Je länger er darüber nachdachte, desto klarer wurde es ihm. Ein bedrückendes Schuldgefühl beschlich ihn. Was hatte er ihr angetan, heute Mittag in den Bergen! Sie hatte mit ihm reden wollen, ihm etwas sagen wollen, er wusste noch nicht einmal, was. In seiner egoistischen Wut hatte er ihre Gefühle mit Füßen getreten und sie zum Schweigen gebracht. Der Reis schmeckte ihm jetzt überhaupt nicht mehr, mit Mühe würgte er ihn herunter. Er sah Rashkalin an, der in diesem Moment die Augen öffnete und wohlgefällig den leeren Teller betrachtete. Ruhig nahm er einen Schluck von seinem Tee.

»Kann ich sie noch mal sehen?«, fragte Gertjan.

Rashkalin stellte seinen Tee ab.

»Du weißt doch Bescheid über die Evolution der Erde und der Menschheit, nicht wahr, und über deine eigene Evolution?«

Gertjan nickte, er wusste, wie die Tekna-Gen darüber dachten; ob er ihre Meinung teilte, stand auf einem anderen Blatt, aber danach fragte Rashkalin auch nicht.

»Das Ziel unseres Lebens ist, sich immer weiterzuentwickeln, um auf ein höheres Niveau zu kommen, und unsere Lebensumstände und all das, was in unserem Leben geschieht, auch die scheinbar zufälligen Ereignisse, tragen zu dieser unserer Entwicklung bei. Ich möchte dir etwas erklären, Gertjan. Die Naturgesetze lehren uns, dass ein System von Natur aus auseinander fällt, statt sich zu ordnen. Dadurch wird Energie frei. Wenn man Energie zuführt, dann ordnet es sich wieder.«

Dem konnte Gertjan folgen. Das hatte er in der Schule im Chemieunterricht gelernt, aber er begriff noch nicht, was das mit seiner Frage zu tun hatte.

»Je gezielter, oder sagen wir, je intelligenter man Energie zusetzt, desto komplexer wird das System sein, das entsteht. Ein Haus abzureißen ist leichter, als eins aufzubauen, nicht?«

Gertjan sah ihn zweifelnd an. Worauf wollte Rashkalin hinaus?

»Wer fügt diese Energie dann hinzu, ich meine, wo kommt die dann her?«

Rashkalin guckte zufrieden. »Die Energie stammt zum größten Teil aus der höheren Evolutionsebene, aus einer Welt, die weiter entwickelt ist als unsre.«

»Die Schutzgeister«, warf Gertjan ein.

Rashkalin nickte zustimmend. »In der Tat, für unsere Energieebene sind es die Schutzgeister.«

»Sie sagten, zum größten Teil. Woher kommt dann der andere Teil?«

»Zum Teil aus der höheren Ebene, zum Teil aus unserer eigenen Ebene.«

Rashkalin sah ihn forschend an und nahm einen Schluck Tee.

»Sie meinen ... Gott?«, fragte Gertjan unsicher.

Rashkalin stellte seine Tasse wieder ab. »Christen würden die höhere Ebene vielleicht Gott nennen, in ihrem begrenzten Fassungsvermögen. Wir sprechen lieber über die kosmische Energie, aus der alles entstanden ist und in die alles zurückkehrt, nachdem es die Stadien der Evolution durchlaufen hat. Ich möchte, dass du über die niedrigere Ebene nachdenkst, über unsere eigene Ebene.«

Gertjan überlegte. »Sie meinen, dass wir uns als Menschen gegenseitig Energie geben können, so dass wir uns weiterentwickeln und eine höhere Ebene erreichen?«

»Du musst das so sehen, Gertjan: Alles, was besteht, ist Teil der kosmischen Energie und befindet sich in einem ewigen Kreislauf von Entstehen und Entwicklung, bis es wieder zu seinem Ursprung zurückkehrt. Dieses ganze Energiefeld versorgt sich selbst in allen Entwicklungsstadien mit der nötigen Energie, um sich weiterzuentwickeln. Es schafft sich seine eigenen Umstände, die wir oft als Zufälle betrachten. Sie dienen dazu, dass wir dadurch lernen, dass wir uns anpassen, dass wir uns entwickeln, oder, wenn ein Organismus sich nicht anpassen kann, dass er ausstirbt.«

Beide schwiegen. Gertjan versuchte zu verstehen, was Rashkalin meinte, und was das mit seiner Frage zu tun hatte, ob er Nagheela wiedersehen konnte. Vor dem Hintergrund dessen, was Rashkalin ihm soeben erklärt hatte, schien ihm die Frage eigentlich nicht mehr relevant. War es das, was Rashkalin ihm deutlich machen wollte?

Er sah Rashkalin wieder an. Der ruhige, freundliche Blick war verschwunden. Plötzlich schienen seine Miene und seine ganze Haltung Schmerz und tiefe Enttäuschung auszudrücken. Hinter ihm raschelte der Vorhang und der dunkelhäutige Mann kam wieder herein.

»Ah, Chornan, du kommst gerade rechtzeitig.«

Rashkalin erhob sich und Gertjan stand ebenfalls auf.

»Folgen Sie mir«, sagte der Mann mit einem starken Akzent. Gertjan sah Rashkalin an und dieser nickte ihm zu.

»Auf Wiedersehen, Gertjan.«

Chornan legte eine Hand auf Gertjans Schulter und schob ihn mit sanftem Druck vorwärts. Es irritierte Gertjan ein bisschen und er schüttelte die Hand von sich ab. Der Mann war etwas kleiner als er, aber viel schwerer. Im Gegensatz zu

Rashkalin und den meisten anderen Männern im Zentrum wirkte dieser Mann auf ihn nicht sympathisch. Chornan hielt den Vorhang auf und Gertjan nickte Rashkalin grüßend zu. Er wusste nicht genau, wie er ihn ansprechen sollte; also beschränkte er sich auf ein: »Bis dann.« Rashkalin sah ihn mit unbewegter Miene an.

Draußen auf dem Flur dachte Gertjan über sein Gespräch mit Rashkalin nach. Hatte er nun eine Antwort auf seine Frage bekommen? Er wusste immer noch nicht, ob er Nagheela noch einmal zu sehen bekam oder nicht. Stattdessen hatte Rashkalin ihm einen Vortrag über die Evolution und die Bedingungen gehalten, unter denen sie stattfand. Dadurch schien Gertjans Frage nicht mehr relevant zu sein. Trotzdem wurde er das Gefühl nicht los, dass Rashkalin noch mehr hatte sagen wollen.

Sein Begleiter blieb stehen und hielt seinen Handrücken an einen Sensor in der Mauer. Mit einem tiefen Brummen verschob sich die Wand und gab eine Öffnung frei, die in einen kurzen, dunklen Gang in der Bergwand führte. Der Mann knipste das Licht an und gab Gertjan ein Zeichen, dass er dort hineingehen sollte. Erst in diesem Moment wurde ihm die Bedeutung dessen klar, was Rashkalin gesagt hatte. Rashkalin hatte seine Frage in der Tat beantwortet – und mehr als das. Er hatte ihm erklärt, wie das System selbst die Umstände schuf, durch die die Einzelnen sich entweder weiterentwickeln konnten oder sterben würden. Mit einem Schock begriff Gertjan, dass Rashkalin den Auftrag erteilt hatte, ihn zu töten.

»Nein!«, rief er entsetzt und wollte weglaufen. Chornan war jedoch schneller. Mit eisernem Griff packte er Gertjans Unterarm und drehte ihn auf seinen Rücken. Ein stechender Schmerz durchfuhr seinen Arm und seine Schulter und er schrie auf. Vergeblich versuchte Gertjan sich gegen die Mauer zu stemmen; Chornan war stärker als er und schob ihn unerbittlich durch die Öffnung. Jeden Versuch Gertjans, sich zu widersetzen, beantwortete Chornan damit, dass er seinen umgedrehten Arm hinter seinem Rücken nach oben drückte, was einen heftigen Schmerz verursachte. Langsam schob sich die Wand hinter ihnen wieder zu. Mit der freien Hand öffnete Chornan eines der Schränkchen an der Wand und holte etwas dort heraus. Gertjan sah sich um und sah einen Kasten mit einem dreieckigen Gegenstand auf sich zukommen. Im nächsten Moment schloss sich das dreieckige Stück um seinen Mund und seine Nase. Gleich darauf flog es mit derselben Geschwindigkeit wieder von seinem Gesicht weg und schlug knallend an die Mauer. Gertjan spürte einen heftigen Stoß im Rücken und fiel vornüber. Chornan ließ seinen Arm los und stolperte über ihn. Aus den Augenwinkeln sah Gertjan etwas Weißes vorbeischießen, das Chornan auf den Rücken sprang und sich daran festklammerte. Ein Mädchen in dem langen weißen Kleid der Tekna-Gen hatte sich auf Chornan gestürzt und die Arme um seinen Hals geschlungen. Chornan stieß ein ersticktes Knurren aus, während er versuchte, mit den Händen nach hinten zu greifen, um das Mädchen von seinem Rücken zu ziehen. Seine dicken Arme waren ihm jedoch im Weg, so dass er sie nicht richtig zu fassen bekam. Mit ruckartigen Bewegungen wand er sich hin und her, um sie von sich abzuschütteln, aber sie klammerte sich mit aller Kraft an ihn und ließ nicht locker. Ihre langen Haare flatterten wie dunkle Flammen hinter ihr her, während Chornan sie durch seine Drehbewegungen hin- und herschlingerte. Dann lief er plötzlich rückwärts und drückte das Mädchen mit seinem vollen Gewicht gegen die raue Steinwand. Sie stieß einen kurzen Schrei aus, ließ jedoch nicht los. Dann sah Gertjan ihr Gesicht. Ihre wilden Augen hatten einen verbissenen Ausdruck.

»Nagheela!«, rief er und wollte auf das kämpfende Paar

zuspringen, aber gerade in diesem Moment schleuderte Chornan seinen Oberkörper mit aller Kraft nach vorn und Nagheela flog in hohem Bogen über seinen Kopf. Keuchend schnappte Chornan nach Luft. Gertjan holte aus und versetzte ihm einen Schlag auf den Kopf, der kurz zur Seite knickte, ohne dass Chornan dadurch jedoch außer Gefecht gesetzt worden wäre. Im nächsten Moment spürte Gertjan, dass er heftig in die Rippen getreten wurde, ohne dass er sehen konnte, von wem. Er schnappte nach Luft und fiel hintenüber. So schnell er konnte, rappelte er sich wieder auf, rutschte dabei jedoch auf dem Kasten aus, der Chornan aus der Hand gefallen war. Nagheela hatte sich inzwischen wieder aufgerichtet und sprang wieder auf Chornan zu, der jedoch rechtzeitig auswich, so dass Nagheela ins Leere trat. Er versuchte, ihr Bein festzuhalten, griff jedoch ebenfalls daneben, so dass Nagheela das Gleichgewicht behielt. Schnell suchte er Deckung und stellte sich mit dem Rücken an die Wand, immer noch schwer atmend wegen der plötzlichen Auseinandersetzung und weil Nagheela ihm die Kehle abgedrückt hatte. Über seine Wange zog sich ein hellroter Streifen, der daher rührte, dass Nagheela ihm mit ihren Fingernägeln das Gesicht aufgekratzt hatte. Seine schwarzen Augen huschten zwischen Gertjan und Nagheela hin und her. Gertjan hatte den Kasten mit dem Mundstück aufgehoben und hielt ihn auf Chornan gerichtet. Das schien dem Mann Angst zu machen.

Einen Augenblick lang blieben sie so stehen, niemand wusste, was er tun sollte. Weder Gertjan noch Nagheela waren dem vierschrötigen Mann gewachsen, aber Chornan konnte es sich auch nicht leisten, einem von beiden den Rücken zuzuwenden.

»Er ist nicht schnell«, keuchte Nagheela. »Wir müssen versuchen, ihn aus dem Gleichgewicht zu bringen, dann haben wir eine Chance.«

»Ich werde ihm ins Gesicht spucken«, kündigte Gertjan an, »und du trittst ihm mit aller Kraft in den Bauch.«

Chornan blickte weiterhin von einem zum anderen und wartete ab. Es war offensichtlich, dass er kein Niederländisch verstand.

»Was ist das für ein Ding?«, fragte Nagheela.

Gertjan warf einen schnellen Blick auf das ziemlich verschlissene Etikett. Darauf standen jedoch nur arabische Schriftzeichen, und mit denen konnte er nichts anfangen.

»Keine Ahnung, aber er sollte es bei mir benutzen. Irgendein Betäubungsmittel, nehme ich an.«

»Dann muss er mich angreifen«, überlegte Nagheela, »dann kannst du von hinten auf ihn zu springen und ihm das Ding aufs Gesicht drücken.«

Langsam näherte sie sich Chornan, bis sie beinah in seiner Reichweite war. Seine Augen flackerten nervös. Wenn er den ersten Schritt täte, wäre er im Nachteil. Er war kein Kämpfer, er verfügte nur über rohe Gewalt. Er konnte schwere Gewichte stemmen, aber er war nicht schnell und behände. Nagheela tat so, als wollte sie ihn treten, woraufhin er sich ihr zuwandte, um den vermeintlichen Tritt abzufangen.

»Jetzt!«, schrie sie. Im selben Moment sprang Gertjan wie ein Tiger auf Chornan los. Wieder holte Nagheela aus, diesmal jedoch gezielt, und trat ihm mit aller Kraft in den Magen. Chornan schnappte nach Luft und klappte nach vorn, wobei er versuchte, Nagheela zu fassen zu bekommen. Er packte sie bei ihrem hin und her flatternden Kleid, wodurch sie das Gleichgewicht verlor und hinfiel. Mit der anderen Hand bekam er ihr Bein zu fassen. Nagheela schrie auf. Gleichzeitig griff Gertjan von hinten mit einer Hand in Chornans Haar, während er versuchte, ihm mit der anderen das Mundstück des Kastens auf Mund und Nase zu drücken. Chornan schüttelte jedoch so wild mit dem Kopf, dass Gertjan ihn loslassen musste. Nagheela war auf den Rücken gefallen und sah nun ihre Chance gekommen, mit voller Kraft auszuholen. Sie trat Chornan mit ihrem freien Fuß zwischen die Beine. Er brüllte auf wie ein Tier und ließ ihr anderes Bein los. Wieder packte Gertjan seinen Kopf und diesmal gelang es ihm, dem Mann das Mundstück überzustülpen. Er drückte auf den Sprühknopf, worauf ein gedämpftes Zischen zu hören war. Nagheela rollte sich unter ihm heraus und zog Chornans Hände weg, mit denen er sich die Atemmaske vom Gesicht zu reißen versuchte. Seine Arme hatten keine Kraft mehr, und der schwere Mann brach unter seinem eigenen Gewicht und dem Gertjans, der auf ihm hing, zusammen. Seine Arme zuckten und die schwarzen Augen traten aus den Höhlen. Dann fiel er in sich zusammen wie ein Sack Mehl. Gertjan nahm ihm die Maske ab und kletterte mit weichen Knien über Chornans Körper hinweg. Um seinen Mund herum begann sich hellroter Schaum zu bilden.

Nagheela kniete sich neben den reglosen Mann und legte eine Hand an seinen Hals. Mit flackernden Augen sah sie zu Gertjan hoch.

»Er ist tot«, sagte sie mit zitternder Stimme. »Er ist tot!« Sie wischte sich eine Haarsträhne aus dem Mund.

Erschrocken betrachtete Gertjan noch einmal das Etikett der Sprühmaske in seiner Hand und schleuderte sie dann voller Abscheu von sich. »Ich dachte ... ich wusste nicht ...«

Auch Nagheela taumelte zurück und blickte entsetzt auf den leblosen Körper Chornans und dann auf Gertjan.

»Es hieß er oder wir«, sagte sie schließlich.

Dann lief sie auf Gertjan zu und schlang die Arme um ihn. Sie schluchzte so heftig, dass ihr ganzer Körper davon geschüttelt wurde. Gertjan legte unbeholfen den Arm um sie und streichelte ihr Haar. Sie klammerte sich an ihn und begrub ihr Gesicht an seiner Schulter. Gertjan spürte ihren heißen Atem und ihre Tränen an seinem Hals und klopfte ihr tröstend auf den Rücken. »Er oder ich, Nagheela.« Er sah an ihr vorbei in den geschlossenen Gang. Sie musste sich im letzten Moment an der sich zuschiebenden Tür vorbeigewunden haben. »Du bist meinetwegen gekommen, Nagheela ...«, seine Augen füllten sich mit Tränen, »trotz allem, was ich heute Mittag zu dir gesagt habe.« Er drückte ihr einen Kuss auf das glänzende Haar. »Es tut mir Leid, Nagheela, es tut mir so Leid.« Er drückte sie noch fester an sich, und sie blieben eine Zeit lang schweigend so stehen, bis Nagheela sich losmachte und zu ihm aufsah. Ihre großen Augen waren dick und rot. »Es tut mir auch Leid, Gertjan«, sagte sie heiser, »dass ich dich hierher gelockt habe. Ich habe das nicht gewusst. Ich habe das wirklich nicht gewusst.«

25

Sie inspizierten den kleinen Gang, in dem sie sich befanden, und stellten fest, dass direkt nach der Kurve zwei Türen kamen. Die eine war geschlossen, die andere stand offen und führte in ein kleines Zimmer mit einem Schreibtisch, auf dem ein Computer stand. Das Zimmer war mitten in die Bergwand gehauen und es gab keinen anderen Ausgang als die Wand, die sich hinter ihnen zugeschoben hatte. Sie reagierte nicht auf den Chip in Nagheelas Handrücken. Und wenn sie darauf reagiert hätte, hätte ihnen das auch wenig genützt. Der Gang führte an Rashkalins Gemächern entlang und endete bei dem großen Saal im Hauptgebäude, der nun voller Leute war. Nagheela konnte da in ihrem zerrissenen Kleid unmöglich ungesehen vorbeikommen, und Gertjan natürlich erst recht nicht.

Sie war an diesem Nachmittag bei Rashkalin gewesen. Nach

ihrem Konflikt mit Gertjan war sie noch eine Zeit lang auf dem Berg sitzen geblieben und dann zurück ins Zentrum gegangen. Rashkalin hatte sie zu sich bestellt und sie lange schweigend angesehen. Sie wusste, dass er auf diese Weise die tiefsten Gefühle und Gedanken eines Menschen zu lesen verstand. Obwohl das prächtige Kleid, das er für sie im Badezimmer hatte bereitlegen lassen, in ihr die Erwartung geweckt hatte, dass er mit ihr schlafen würde, hatte er das nicht getan. Stattdessen hatte er sie nur angeschaut. Sie hatte dabei nicht das herrliche spirituelle Gefühl gehabt, das meist damit einherging, aber sie hatte sich auch nicht dafür öffnen können. Nach einiger Zeit war Rashkalin aufgestanden und hatte ihr die Hand auf den Kopf gelegt. Sie hatten immer noch kein Wort miteinander gewechselt, und das war auch nicht nötig gewesen.

»Denk darüber nach«, hatte er zum Schluss gesagt und sie dann in ein Zimmer am Ende des Ganges gebracht. Dort hatte er sie auf die Stirn geküsst und sich von ihr verabschiedet, was er sonst noch nie getan hatte. Sie hatte begriffen, dass sie ihn lange Zeit nicht mehr sehen würde. Wie lange sie dort gesessen hatte, wusste sie nicht, aber als sie Gertjan im Gang gehört und gesehen hatte, wie Chornan ihn in einen anderen Gang hineingeschoben hatte, von dem sie noch nicht einmal gewusst hatte, dass es ihn gab, hatte sie nicht lange überlegt und war den beiden gefolgt.

Gertjan berichtete ihr von dem Schluss, den er aus seinem Gespräch mit Rashkalin gezogen hatte, oder besser gesagt, aus Rashkalins Vortrag. Nagheela war natürlich mit dem Gedanken der Evolution vertraut, auf dem ja die gesamte Lehre der Tekna-Gen basierte. Trotzdem war sie nie zu demselben Schluss gekommen wie Gertjan. Sie war aus irgendeinem Grund davon ausgegangen, dass die Entscheidung über Leben und Tod ausschließlich den höher entwickelten Ebenen zustand. Die Gewalt, die sie Chornan ausüben sah, hatte sie mehr als überrascht, aber sie hatte keine Zeit gehabt, darüber nachzudenken. Diese Erklärung machte sie schwindelig.

»Die Therapie findet also nicht in diesem Leben hier statt«, flüsterte sie, »sondern im nächsten Lebensstadium.«

»Wie meinst du das?«, fragte Gertjan.

»Na, so wie ich es sage. Sterben bedeutet eigentlich einfach, in ein neues Lebensstadium eintreten. Nach unserem Tod urteilen die höher entwickelten Mächte über unser Leben, und sie bestimmen, ob man auf einer höheren Ebene wiedergeboren wird oder auf derselben Ebene. Man nimmt seine Erfahrungen unbewusst mit in sein neues Leben, und so erlangt man schließlich, nach vielen Reinkarnationen, das Wissen und die Reife, die man benötigt, um in eine höhere Ebene einzugehen. Die Menschheit besteht nun schon so lange, dass einige den Übergang in eine höhere Ebene geschafft haben.«

Gertjan dachte an die Gruppenabende in Holland zurück. Dort hatte er gelernt, dass einige hinduistische Führer und buddhistische Gurus diesen Sprung gemacht hatten und dass sogar ganze Volksstämme wie die Inkas in Südamerika und die Einwohner des versunkenen Atlantis in ein höheres Energieniveau eingegangen waren. Dasselbe galt auch für Mohammed und Jesus von Nazareth. Nach dieser Theorie war es kein Unrecht, Mitmenschen zu töten, die sich auf einem verkehrten Weg befanden. Im Gegenteil, dadurch konnte ihre persönliche Evolution sogar beschleunigt werden.

»Sollten wir dich dann nicht einfach melden?«, fragte sich Nagheela, verwarf diesen Gedanken jedoch sofort wieder. Ihr ganzes Wesen widersetzte sich dieser Vorstellung, auch wenn sie das verstandesmäßig nicht erklären konnte.

»Und was glaubst du, was dann mit dir passiert?«, fragte Gertjan. »Du bist vielleicht eine Tekna-Gen, aber du hast mir geholfen, Chornan zu töten. Was denkst du, was sie mit dir machen?«

Nagheela wusste es nicht.

»Soweit ich weiß, ist sowas hier noch nicht vorgekommen. Ich nehme an, dass ich in ein anderes Zentrum versetzt werde. Aber das werde ich wahrscheinlich sowieso. Rashkalin hat darüber eigentlich noch gar nichts gesagt.«

»Rashkalin hat noch mehr gesagt«, überlegte Gertjan laut. »Er hat über das System gesprochen, das seine eigenen Umstände erschafft, an die sich jedes Individuum anpassen muss, um zu überleben. Und dann hat er etwas über scheinbare Zufälle gesagt.« Er sah Nagheela triumphierend an. »Warum, denkst du, hast du so lange in diesem Zimmer gesessen, direkt neben der Tür, durch die ich hindurchmusste? So ein Zufall, dass du mich gehört hast, was?«

Nagheela machte große Augen. »Du meinst, er hat das so geplant?«

»So ungefähr. Er hat die Voraussetzung dafür geschaffen, dass du mich hören konntest. Daran ist nach eurer Theorie nichts verkehrt. Und er sagte auch, dass nicht nur die Umstände bestimmen, wie wir uns entwickeln, sondern vor allem unsere Reaktion auf diese Umstände.«

Nagheela sprang auf. »Ich weiß nicht genau, warum, aber ich glaube, dass du Recht hast. Und was machen wir jetzt?«

Einige Zeit lang erwogen sie die Möglichkeiten, die sie hatten. Es waren nicht viele. Sie konnten abwarten, vielleicht kam Rashkalin nach einiger Zeit zu ihnen, und wenn Gertjan Recht hatte, ließ er sie möglicherweise entkommen. Auf der anderen Seite würde Rashkalin damit direkt für ihre Flucht verantwortlich sein, und das ging natürlich nicht. Damit sie durch den Eingang wegkonnten, mussten sie auf jeden Fall warten, bis der große Saal leer war. Das konnte noch ein paar Stunden dauern und sie wussten nicht, ob sie so viel Zeit hatten. Sie mussten versuchen, so schnell wie möglich hier herauszukommen, danach würden sie dann weitersehen.

»Ich schlage vor, dass du den Gang durchsuchst, und ich schaue mal, ob ich auf dem Computer irgendwas finden kann, was uns weiterhilft.«

Er schaltete den Rechner ein und wartete, was auf dem Bildschirm erschien. Nagheela verschwand im Gang und untersuchte die Wände. Die verschiebbare Wand hatte auf einen verdeckten Sensor reagiert, und vielleicht konnte sie noch etwas anderes entdecken.

Auf dem Bildschirm erschien die Aufforderung, den Benutzernamen einzugeben. Gertjan tippte ein, was ihm am nächstliegenden erschien: »Rashkalin«. Dann wartete er gespannt ab, was geschah. Nun wurde er nach dem Passwort gefragt; also tippte er »Tekna-Gen« ein. Das Passwort wurde nicht anerkannt. So einfach ging es also nicht.

Gertjan überlegte. Wenn Rashkalin tatsächlich all diese Umstände herbeigeführt hatte, hatte er vielleicht den PC so eingestellt, dass Gertjan seinen eigenen Namen eingeben musste? Also tippte er »Gertjan«, aber der Computer antwortete mit »unbekannt«. Nachdem er noch einige Passwörter eingetippt hatte, die ihm nahe liegend schienen, begann er doch zu zweifeln. Nagheela kam herein und sah ihm über die Schulter.

»Ich habe absolut keine Ahnung davon«, meinte sie, »aber kann man das Passwort nicht irgendwie umgehen?«

Gertjan warf ihr einen kurzen Blick zu. »Und wie willst du das machen?«

Sie streckte die Hand aus und drückte auf die Enter-Taste. Zu Gertjans Überraschung wurde das akzeptiert, und nun wurden anstandslos alle Programme hochgefahren.

»Guten Abend, Rashkalin«, ertönte es aus dem Lautsprecher. Sanft drückte nun Nagheela Gertjans offen stehenden Mund zu.

»Du denkst viel zu kompliziert, du.« Sie konnte und wollte den Triumph, der in ihrer Stimme lag, nicht unterdrücken.

»Hmm.« Gertjan akzeptierte diese Aussage mit gemischten Gefühlen. »Hast du noch irgendwas entdeckt?«, fragte er dann.

»Risse in der Wand, ziemlich tiefe sogar, aber ich glaube nicht, dass die irgendwo hinführen. Sonst komme ich nirgendwo dran. Und ich habe Chornan das Hemd übers Gesicht gezogen. Er sieht schlimm aus.«

Gertjan betrachtete das Menü, das auf dem Bildschirm erschienen war. Er klickte ein paar Optionen an, und es öffnete sich ein Fenster mit ein paar Säulendiagrammen.

»Worum geht es denn da?«, wollte Nagheela wissen.

»Sieh mal hier.« Gertjan zeigte auf den Bildschirm. »Das sind die Leute, die sie hier im Zentrum hatten zur so genannten Therapie. Seit der Säuberung waren das beinah fünfzehntausend!«

Nagheela erstarrte. Sie begriff auf einmal, dass sie dazu beigetragen hatte. »Fünfzehntausend ...«, wiederholte sie langsam. Umbewusst stellte sie sich diese Menschenmenge vor. Gertjan klickte eine andere Option an, und in alphabetischer Reihenfolge rollten die Namen über den Bildschirm. Nagheela schluckte schwer. Bei allen Personen war das Datum der Ankunft vermerkt, und, so wie es hieß, das Datum ihrer Elimination. Die hatte meist innerhalb von zwei oder drei Tagen stattgefunden. Gertjans Hände zitterten, als er die Option »nach Namen suchen« einstellte. »Gertjan Van der Meulen«, tippte er ein. Sein Name erschien auf dem Bildschirm, komplett mit dem Datum ihrer Ankunft und dem Datum seiner Elimination ... heute. »Susan Van Duin«, tippte er. Auch ihr Name erschien auf dem Monitor. Es lagen fünf Tage zwischen ihrer Ankunft und ihrer Elimination. Nagheela legte ihm die Hand auf die Schulter. Sie sagte nichts, sie wusste nichts zu sagen. Gertjan begriff, in welchem Dilemma sie sich befand, und nahm ihre Hand. Er drückte sie sanft, um ihr zu zeigen, dass er es ihr nicht übel nahm. Der Kloß, den er in seinem

Hals spürte, hinderte ihn daran, irgendetwas zu sagen. Er schloss das Programm und verließ das Menü.

»Ich will mal schauen, ob ich in das System reinkomme«, sagte er. Seine Stimme klang heiser und er räusperte sich. »Vielleicht komme ich an den Code für die Tür hier im Nebenzimmer, oder an den von der verschiebbaren Wand oder was weiß ich. Wir müssen hier doch irgendwie rauskommen.« Seine Finger klapperten über die Tastatur, während für Nagheela unbegreifliche Codes und Sätze über den Bildschirm rollten. »Das ist – nein, das war – mein Job«, erklärte Gertjan. »Ich war Netzwerkadministrator bei der Gemeindeverwaltung.«

Nagheela ging wieder in den Gang hinein. Die tiefen Risse in der Mauer beschäftigten sie. Vorsichtig tastete sie sich in einen davon hinein, um herauszufinden, ob sie eventuell auf diesem Weg entkommen konnten. Der Eingang war schmal, aber vielleicht wurde der Riss noch breiter. Sie quetschte sich hinein, aber als sie spürte, wie die kalte Felswand sie einklemmte, bekam sie es mit der Angst zu tun. Außerdem war es pechschwarz. Mit der Hand tastete sie die Wand nach oben hin ab, aber sie schien nur noch schmaler zu werden. Sie kletterte wieder hinaus und atmete erleichtert auf.

Aus dem Zimmer nebenan hörte sie das Klappern der Tastatur. Sie fragte sich, ob Gertjan wohl etwas herausfand. Obwohl sie wusste, dass es keinen Sinn hatte, hielt sie ihre Hand noch mal an den Sensor der Tür neben dem Zimmer, in dem Gertjan saß. Auf einmal begriff sie, dass die Lösung ganz einfach war.

»Gertjan!«, rief sie.

Gertjan kam aus dem Zimmer. »Hast du was gefunden?«

»Die Sensoren funktionieren nicht mit meiner Hand, aber natürlich mit seiner!« Sie zeigte auf Chornans Körper, der mit dem Oberhemd vorm Gesicht an der Wand lag. »Wir schleppen ihn dorthin und drücken seine Hand gegen den Sensor.«

Gertjan blickte von Chornans Körper auf den Sensor neben der Tür. Es waren nur ein paar Meter. Obwohl er in den vergangenen Jahren mehrmals mit den Leichnamen von Menschen konfrontiert gewesen war, die aufgrund von Seuchen oder Gewalteinwirkung gestorben waren, schreckte er doch vor dem Gedanken zurück, Chornan dorthin schleppen zu müssen. Er sah Nagheela an und konnte an ihrem Gesichtsausdruck ablesen, dass sie denselben Widerwillen empfand.

»Es geht wahrscheinlich schneller als mit meiner Methode, sofern die überhaupt funktioniert«, musste Gertjan zugeben. Am besten brachten sie es so schnell wie möglich hinter sich. Er ging auf den toten Körper zu und packte ihn unter den Achseln.

»Komm, hilf mir«, forderte er Nagheela auf. Nagheela nahm Chornan am Arm. Als sie den Toten an den Armen hochzogen, ertönte unter dem Hemd ein tiefer Seufzer. Beide ließen erschrocken los.

»Hab ich einen Schreck gekriegt«, rief Nagheela, und auch Gertjan war blass geworden. »Das kam wohl durch die Luft, die noch in seinen Lungen war«, meinte er schließlich. Sie machten einen neuen Versuch. Chornans Gewicht bereitete ihnen Schwierigkeiten, aber schließlich gelang es ihnen doch, den toten Körper wegzuschleppen und die Hand gegen den Sensor zu drücken. Die Tür öffnete sich, und gleichzeitig gingen eine Anzahl Neonröhren an. Es stellte sich heraus, dass die Tür in einen großen Raum führte, in dem lange Reihen von stählernen Aktenschränken standen. Nagheela ging vor Gertjan her durch die Tür.

»Was für viele Schränke«, flüsterte sie. Vorsichtig zog sie an einer Tür, die sich daraufhin knarrend öffnete. Der Schrank war voller Kartons, die ordentlich in den verschiedenen

Fächern aufgestapelt waren. Die Kartons waren mit Datumsangaben beschriftet. Gertjan zog einen der Kartons heraus und öffnete ihn. Er enthielt eine Reihe Briefumschläge, die ihrerseits nach Datum sortiert und mit Namen beschriftet waren.

»Guck dir das mal an!« Er schüttelte sich den Inhalt des Briefumschlags auf die Hand und hielt sie Nagheela hin. Auf seiner Handfläche lagen verschiedene Schmuckstücke und einige kleine Goldklumpen.

»Hast du eine Ahnung, was das ist?«, fragte Nagheela und nahm eins der Goldstückchen hoch. Sie betrachtete es von allen Seiten.

»Goldfüllungen wahrscheinlich«, meinte Gertjan. »Sie haben den Toten die Goldplomben aus den Zähnen geholt.«

Nagheela warf die Füllung zurück. »Das darf doch nicht wahr sein«, rief sie und schüttelte sich entsetzt.

Gertjan ließ den Blick über die langen Schrankreihen hinweg zur gegenüberliegenden Wand gleiten.

»Sie bewahren hier den Schmuck und die Wertsachen von all den fünfzehntausend Menschen auf«, sagte er leise. Nagheela schauderte. Die Temperatur war hier noch höher als im Gang und in dem anderen Raum, aber es schien von irgendwoher zu ziehen. Am anderen Ende des Zimmers entdeckten sie eine metallene Schiebetür mit einem kleinen Fenster und einer Art Lüftungsklappe darunter. Die Tür strahlte Wärme ab. Neben der Tür befand sich ein kleiner Schreibtisch mit einem einfachen Armaturenbrett. Gertjan drückte auf »öffnen«, und die Metalltür schob sich knarrend auf. Gertjan und Nagheela taumelten zurück. Sie blickten in einen etwa drei Meter langen Raum mit einem herausnehmbaren Rost. Zu beiden Seiten befanden sich mehrere Brenneröffnungen.

»Ein Ofen«, flüsterte er. »Das ist der Ofen, in dem sie die Leichen verbrennen.« Schweigend starrten sie in den Ofen und dann wieder auf die langen Schrankreihen. Es gelang ihnen nicht, die volle Bedeutung dessen zu erfassen, was sich in den vergangenen drei Jahren hier abgespielt hatte. Wieder schauderte Nagheela. Der dünne Stoff ihres Kleides und ihre langen Haare bewegten sich leicht. Sie drückte auf »schließen« und die Tür schob sich wieder zu.

»Hier zieht es«, sagte sie, »also muss irgendwo ein Lüftungsschacht sein. Wegen der Luftzufuhr für den Ofen natürlich. Wenn wir Glück haben, können wir da raus.«

Der Lüftungsschacht war nicht schwer zu finden, er befand sich unter dem Schreibtisch mit dem Armaturenbrett. Das Gitter war leicht zu entfernen und der Schacht war breit genug, dass Nagheela hindurchkriechen konnte. Ob das für Gertjan auch zutraf, war nicht so offensichtlich. Er war erst halb hineingeklettert und bekam schon Panik. Sie vereinbarten, dass Nagheela vorauskriechen und herausfinden sollte, wo der Schacht hinführte und ob sich darin keine unüberwindbaren Hindernisse befanden. Wenn der Weg zu schaffen war und ins Freie führt, würde sie ihn abholen kommen. Gertjan mochte gar nicht daran denken, auf halbem Wege stecken zu bleiben und weder vor noch zurück zu können.

Nagheela schlang die Arme um ihn und küsste ihn. Gertjan erwiderte ihre Umarmung und ihre Lippen fanden sich in einem leidenschaftlichen Kuss. Er hätte eine Ewigkeit dauern können, aber schließlich machte Nagheela sich vorsichtig los.

»Ich muss gehen.« Sie lächelte ein bisschen verlegen. Ihre Wangen glühten. Widerwillig ließ Gertjan sie los.

»Ja«, bestätigte er, »da hast du wohl Recht.«

Sein Herz schlug ihm bis zum Hals, als er ihr nachsah, wie sie in dem dunklen Belüftungsschacht verschwand.

»Pass auf dich auf«, rief er ihr nach. Dann sah er sie nicht mehr. Vorsichtig betastete er seine Lippen. Er spürte noch den süßen Nachgeschmack ihres Kusses.

»Ihr Herz gestohlen ...«, flüsterte er. »Lass ihr nichts zustoßen, bitte, lass ihr nichts zustoßen ...« Er wandte sich teils an Rashkalin, teils an das vage Bild eines Gottes aus einer weit zurückliegenden Vergangenheit, eines Gottes, mit dem Evelien sich eingelassen und von dem Martijn ihm erzählt hatte. Aber was hatte es ihnen genützt, wohin hatte es sie geführt?

Wieder glitten seine Augen über die langen Schrankreihen mit all ihren Kartons und Umschlägen hinweg.

»Wo hat es euch alle hingebracht?«

Der Belüftungskanal teilte sich und Nagheela zögerte einen Moment. Sie hatte keine Ahnung, wie lange sie sich schon in diesem Schacht befand. Zehn Minuten, eine Viertelstunde, eine halbe Stunde? Es war stockdunkel und sie konnte sich nur tastend vorwärts bewegen. Bis jetzt war der Weg einigermaßen gangbar gewesen, auf Händen und Knien war sie vorwärts gekrochen. Ihre Knie schmerzten inzwischen von dem harten Steinboden und das lange Kleid war ihr im Weg. Sie riss einen Streifen davon ab und wickelte ihn sich um die Knie. Wenn alles gut ging, musste sie den Weg noch mindestens zweimal zurücklegen, um Gertjan abzuholen. Ihr Herz klopfte heftig. Die Umarmung mit Gertjan war so intensiv gewesen, sie hatte gewünscht, sie würde niemals aufhören. Sie hatte seinen Herzschlag an ihrer Brust gefühlt und dieses Gefühl war intensiver und tiefer gewesen, als sie je für möglich gehalten hätte. Wie konnte es sein, dass dieses Gefühl verkehrt war, dass es ihrer Entwicklung im Weg stand? Es war wie bei Rasheen. Hatte es sie weiter gebracht, dass sie das, was sie damals für ihn empfand, verleugnet hatte? Nein, dachte sie, im Gegenteil. Sie würde ihre Gefühle nicht länger verleugnen. Sie liebte Gertjan und sie würde dazu stehen, sich selbst gegenüber und ihm gegenüber und der ganzen Welt gegenüber. Tekna-Gen hin oder her, Berufung hin oder her.

Sie kroch weiter gegen die Luftströmung an. Je eher sie

hier herauskamen, desto eher konnten sie zusammen sein. Nun, da sie Gertjan dabei half zu entkommen, würden sie es nicht dabei bewenden lassen, sie nur zu versetzen. Sie hatte keine Ahnung, was sie mit ihr machen würden, wenn sie sie nun zu fassen bekämen. Sie würde bei Gertjan bleiben und ihn durch die Berge führen. Sie kannte den Weg. Ein leises Geräusch zog ihre Aufmerksamkeit auf sich. Sie lauschte angespannt. Sie hörte gedämpfte Stimmen. Sie näherte sich scheinbar einer Öffnung, aber sie sah noch kein Licht. Die Geräusche erstarben und Nagheela schloss daraus, dass einige Leute an der Öffnung vorbeigelaufen waren. Mit neuer Energie arbeitete sie sich weiter vorwärts, und als sie um eine leichte Biegung gekrochen war, sah sie einen schwachen Lichtschein. Sie hörte eine Grille zirpen – es klang wie Musik in ihren Ohren. Der ganze Weg war gangbar gewesen, auch Gertjan kam da hindurch. Ihr Herz machte einen Sprung und sie kroch schnell auf das schwache Licht zu. Der Schacht endete bei einem Metallrost und zwischen den Gitterstäben hindurch blickte sie auf ein Gebüsch, das sie als die Bepflanzung erkannte, die das Hauptgebäude umsäumte. Vorsichtig betastete sie den Rost. Er war genauso wie derjenige, durch den sie hereingekommen war; daher wusste sie, dass sie ihn leicht herausdrücken konnte. Sie zögerte. Sie konnte jetzt direkt zurückgehen und Gertjan abholen, aber sollte sie nicht erst nachsehen, wo sie sich jetzt befand? Es hätte ja wenig Sinn, an einer Stelle herauszukommen, wo sie von lauter Leuten umgeben waren, so dass sie doch nicht entkommen konnten. Der Strauch behinderte ihre Sicht, aber er bot ihr natürlich auch Deckung. Sie sah die Lichter der Laternen, die die Nebengebäude beleuchteten, aber weiter konnte sie nichts erkennen.

Vorsichtig drückte sie den Gitterrost aus der Halterung und legte ihn neben sich in den Belüftungsschacht. Dann spähte sie vorsichtig nach draußen. Die Öffnung befand sich etwa einen

Meter über dem Erdboden. Sie blieb einige Minuten still liegen und lauschte angestrengt, aber sie vernahm kein anderes Geräusch als ihren eigenen Herzschlag und das nächtliche Zirpen einiger Grillen. Ganz in der Ferne hörte sie noch eine gedämpfte Männerstimme, die ab und zu von einer höheren Frauenstimme beantwortet wurde. Die Entfernung war zu groß, als dass Nagheela etwas von der Unterhaltung hätte verstehen können. Sie zog die Beine unter ihrem Bauch nach vorn und ließ sich vorsichtig mit den Füßen zuerst aus dem Kanal gleiten. Dabei blieben kleine Zweige an ihrem Kleid hängen und brachen knackend ab. Ihrem Gefühl nach machte das einen ohrenbetäubenden Lärm, der das ganze Zentrum alarmieren musste. Sie erstarrte, den Rücken an die Wand gelehnt, das Gewicht noch auf die Hände gestützt und die Füße in der Luft baumelnd. Sollte sie in den Kanal zurückkriechen oder sich auf den Boden gleiten lassen? Vorsichtig drückte sie sich ein bisschen hoch und wartete ab. Die Geräusche veränderten sich nicht und sie ließ sich weiter hinunter. Nun musste sie beinah unten sein. Mit dem Fuß tastete sie nach dem Erdboden, aber sie spürte noch nichts. Es war tiefer, als sie zunächst geschätzt hatte. Sie ließ sich noch weiter hinabgleiten und war nun an einem Punkt, wo sie nur noch loslassen konnte. Sich wieder hochzudrücken, wäre ihr nicht mehr gelungen. Sie suchte mit ihren Füßen Halt an der Wand und lauschte. Es musste gehen. Das Blut jagte durch ihre Adern und ihre Nerven waren bis zum Äußersten angespannt. Dann ließ sie los und landete unter dem Knacken abbrechender Äste und dem Rascheln trockenen Laubes am Boden. Das hatte sie nicht vorausgesehen und sie war sicher, dass die Geräusche, die sie gemacht hatte, weithin zu hören gewesen waren. Sie blieb reglos sitzen und verwünschte sich dafür, dass sie Gertjan nicht zuerst abgeholt hatte, dann hätten sie immer noch versuchen können, miteinander wegzurennen. Die Grillen zirpten jedoch fröhlich weiter. Vorsichtig bewegte sie ein Bein und wieder raschelte trockenes Laub. So langsam sie konnte richtete sie sich auf und hob vorsichtig einen Fuß hoch. In dem schwachen Mondlicht konnte sie sehen, wie sie am besten durch die Sträucher hindurchkam. Da sie nun schon einmal draußen war, konnte sie vielleicht doch noch kurz nachsehen, wo sie eigentlich gelandet war. Anscheinend hatte sie niemand gehört, und an sich war es ja auch nicht so ungewöhnlich, dass es mal ein bisschen in den Sträuchern knackte. Es kam öfter vor, dass ein Eichhörnchen oder ein Vogel im Gebüsch rumorte, und sie brauchte nur ein paar Schritte zu machen, bis sie auf dem Weg war. Nagheela hielt den Atem an, und mit einem ihrem Empfinden nach ohrenbetäubenden Lärm brach sie durch die Sträucher und hatte nun endlich freie Sicht. Sie befand sich neben einem der Seiteneingänge des Hauptgebäudes. Der Eingang wurde von den Tekna-Gen wenig benutzt, da er nicht in der Richtung der Nebengebäude lag. Es war ein idealer Platz, denn von dort aus konnten sie sich leicht ungesehen in die Berge schlagen; es waren auch keine beleuchteten Wege in der Nähe. Nur das schwache Mondlicht schenkte ein wenig Helligkeit; gerade so viel, wie sie brauchte, um sich orientieren zu können. Sie war zufrieden und wollte gerade umkehren, um wieder in den Belüftungsschacht zu kriechen, als jemand aus dem Eingang kam und den Strahl einer starken Taschenlampe auf sie richtete. Das grelle Licht blendete sie so, dass sie nichts sehen konnte.

»Da ist sie«, ertönte eine hohe Stimme. »Haltet sie fest.«

26

Verbissen hackten Gertjans Finger auf der Tastatur des Computers in dem kleinen Zimmer herum.

Es war ihm inzwischen gelungen, die Codes für die Türen zu finden, und er hatte sie verändert, um Zeit zu gewinnen. Wahrscheinlich hätte Chornan unter normalen Umständen nicht viel Zeit gebraucht, um seinen Auftrag auszuführen, und danach hätte er sich sicher auf die eine oder andere Weise wieder gemeldet. Wenn er das nicht tat, bestand durchaus die Möglichkeit, dass sich jemand auf die Suche nach ihm machen würde, und das musste verhindert werden.

Nachdem Gertjan die Codes verändert hatte, hatte er ein bisschen im System herumgeschnuppert. Er war auf eine Datei gestoßen, in der die Tekna-Gen erfasst waren, die in diesem Zentrum ausgebildet worden waren. Nagheela hatte nie viel von dem Leben erzählt, das sie geführt hatte, bevor sie zu den Tekna-Gen gestoßen war, und sogar ihren ursprünglichen Namen hatte sie ihm nie genannt. »Das war die Vergangenheit und die Vergangenheit ist tot«, hatte sie erklärt. »Wir leben jetzt und sind unterwegs in die Zukunft, darauf müssen wir uns ausrichten.« Später war Gertjan nie mehr darauf zurückgekommen, und Nagheela war für ihn einfach Nagheela.

»Nineke Duinhoven«, las er leise vom Monitor ab. Er prüfte ihre Namen. »Nineke, Nagheela.« Sie klangen beide irgendwie lieb und passten gut zu ihr. Schnell las er ihre Akte durch. Nagheela war nicht völlig konsequent damit gewesen, ihre Vergangenheit zu verschweigen; einige Dinge wusste er schon. Als er von ihrer Affäre mit Rasheen las, runzelte er die Stirn. Er hatte Nagheela einmal etwas von einem Rasheen sagen hören, und er erinnerte sich daran, weil er ihr angemerkt hatte, dass Rasheen mehr für sie gewesen war als irgendein Freund aus dem Zentrum, obwohl sie darüber nicht viele Worte gemacht hatte. Ihrer Ansicht nach war er nach Israel versetzt worden, aber das stand hier nicht. Er öffnete Rasheens Akte, und während er sie las, packte ihn das blanke Entsetzen. Nagheela war in viel größerer Gefahr, als sie selbst ahnte!

Nervös lief er in dem kleinen Zimmer auf und ab. Was konnte er tun? Überhaupt nichts. Ihr in den Belüftungsschacht folgen? Und was wäre, wenn sie gerade auf dem Rückweg war, um ihm mitzuteilen, dass es keinen Ausweg gab? Dann saßen sie beide fest. Wieder setzte er sich an den PC; er musste auf sie warten. Er öffnete die Akte Rashkalins.

In einem Reflex warf sich Nagheela auf die Taschenlampe, das Einzige, was sie sehen konnte. Mit dem Geräusch splitternden Glases zersprang die grelle Lichtquelle an der steinernen Wand in tausend Stücke. Immer noch geblendet, schlug und trat Nagheela wie eine Wilde um sich, und sie hörte einen erstickten Schmerzensschrei, als sie etwas getroffen hatte. Sie rannte los und schlug die Richtung ein, in der die Berge lagen, aber sie rutschte auf einem losen Stein aus und fiel der Länge nach hin. Ein stechender Schmerz fuhr durch ihre Hüfte, aber sie biss die Zähne zusammen und rappelte sich wieder auf. Sie sah etwas Weißes auf sich zukommen und trat erneut zu. Sie traf jemanden, der einen Schrei ausstieß und zurücktaumelte.

»Passt auf, sie ist schnell!«

Erschrocken blickte Nagheela in die Richtung, aus der die Stimme gekommen war. »Iskia?« Es kam keine Antwort, aber Nagheela hatte eindeutig ihre Stimme erkannt.

»Packt sie doch!«, ertönte wieder die hohe Stimme. Sie war zu hoch für einen Mann, aber es war auch keine Frauenstimme. Sie klang wie die Stimme des Propheten, aber Nagheela konnte sich nicht vorstellen, dass er das war. Behutsam näherten sich ihr zwei der Gestalten. Nagheela konnte insgesamt vier ausmachen; ihre Augen gewöhnten sich allmählich wieder an die Dunkelheit und sie erkannte Iskia und einen der Männer, die sie vom Hubschrauber abgeholt hatten, Shurak. Ein Stück dahinter standen Rashkalin mit seinem silbernen Haar, das schwach das Mondlicht reflektierte, und eine weitere, sehr magere Gestalt, die sie nur schemenhaft wahrnehmen konnte. Sie versuchte das Gesicht zu erkennen, aber dazu war es zu dunkel.

»Wir wollen dir nur helfen, Nagheela.« Das war wieder Iskias Stimme. Shurak lief um sie herum und schnitt ihr den Weg in die Berge ab.

»Und das soll ich glauben?«, fauchte Nagheela zurück. »So, wie ihr Martijn van der Meulen geholfen habt, so, wie ihr Gertjan helfen wollt?«

Sie begriff, dass sie eigentlich zu viel sagte, aber das war ihr inzwischen egal.

Rashkalin machte einen Schritt auf sie zu.

»Komm, Nagheela, du weißt doch, dass es nicht so ist.«

»Du bist auch nie ehrlich zu mir gewesen«, fiel Nagheela ihm ins Wort. »Ich weiß nicht mehr, wem ich noch vertrauen soll.«

»Aber darüber können wir doch reden!«

Rashkalins Stimme war leise und ruhig, aber Nagheela hörte das leichte Zittern in ihr. War es Angst, war es Wut?

»Bleib weg von mir«, rief sie Iskia zu, die auf sie zukam. Iskia blieb stehen.

»Wir sind doch Freundinnen, oder nicht?«, frage Iskia mit zuckersüßer Stimme. Nagheela sah sie an und konnte ihr Gesicht inzwischen deutlich erkennen.

»Das merke ich, ja, du hast mich benutzt, Iskia, immer wieder. Du wusstest, was hier im Zentrum mit all den Menschen passierte, und du hast mir nie etwas davon erzählt. Sind wir Freundinnen, Iskia?«

»Du warst noch nicht so weit. Jeder hat seine eigene

Berufung. Ich konnte dir nichts sagen, das musst du doch verstehen. Du siehst doch, wie du jetzt reagierst.«

Ob es eine Bewegung Rashkalins war oder Iskias Gesichtsausdruck, wusste Nagheela nicht, aber in dem Moment, als Shurak zuschlagen wollte, sprang Nagheela zur Seite. Durch das Sprechen mit Iskia und Rashkalin hatte sie überhaupt nicht bemerkt, dass Shurak sich ihr von hinten genähert hatte. Shuraks Arm schlug ins Leere. Nun holte Nagheela aus und schlug Shurak von hinten ins Genick. Shurak strauchelte und stieß einen Schrei aus. Nagheela rannte los, auf die Bergwand zu.

»Los, hinterher, alle beide!«, hörte sie die hohe Stimme des mageren Mannes. »Lasst sie nicht entkommen!«

Die Steine rollten unter ihren Sandalen weg und Nagheela musste alle Kräfte aufbieten, um sich aufrecht zu halten, aber ihre Augen hatten sich glücklicherweise inzwischen wieder völlig auf die Dunkelheit eingestellt, und sie kannte diese Bergwand gut. Wenn sie Glück hatte, konnte sie ihre Verfolger abschütteln und versuchen, später ungesehen zurückzukommen, um Gertjan zu warnen. Niemand hatte sie aus dem Belüftungsschacht kommen sehen. Hinter sich hörte sie Iskia und Shurak, und ab und zu sah sie sich um. Gleich kam das steile Stück und sie hoffte, ihren Vorsprung so weit ausbauen zu können, dass sie auch dort aus ihrer Reichweite blieb. Ihre Hüfte schmerzte und während sie rannte, tastete sie sie kurz ab. Ihr Kleid klebte und sie stellte fest, dass sie sich die Hüfte wahrscheinlich aufgeschürft hatte. Wenn es dabei blieb, war es nicht weiter schlimm, dachte sie.

Die Bergwand wurde zusehends steiler und schwieriger zu begehen. Iskia und Shurak konnten nun wahrscheinlich einiges an Boden gewinnen. Etwas zu unvorsichtig sah sie sich um und trat auf einen losen Stein, der dadurch den Abhang hinabkollerte. Sie stieß einen Schrei aus, rutschte ab und glitt mit einem Haufen Geröll einige Meter die Bergwand hinunter. Dadurch verlor sie kostbare Sekunden. Iskia und Shurak kamen nun näher und Nagheela musste größere Risiken eingehen. Die Wand wurde immer steiler, aber sie konnte sich nicht die Zeit nehmen, alle Steine daraufhin zu überprüfen, ob sie ihr Gewicht trugen. Auf gut Glück kletterte sie so schnell sie konnte nach oben. Der Abstand vergrößerte sich wieder. Iskia kannte sie gut und sie wusste, dass sie ihr, was die Kondition betraf, überlegen war. Shurak kannte sie nicht. Sie zog sich über eine Kante und sah sich um. Iskias weißes Kleid zeichnete sich einige Dutzend Meter unter ihr deutlich gegen die dunkle Felswand ab. Shurak hatte eine andere Route gewählt und entfernte sich eher von ihr, statt näher zu kommen. Nagheela erschrak. Er kannte die Wand also auch und wusste, wo sie herauskommen würde. Die Route, die er nahm, war länger, aber leichter. Sie hatte absichtlich die schwierigere Route genommen, in der Hoffnung, ihnen dadurch überlegen zu sein. Dass Shurak sich hier so gut auskannte, hatte sie nicht vorausgesehen. Sie durfte keine Zeit mehr verlieren und hielt sich an einem herausragenden Felsblock fest, von dem aus sie sich weiter hochziehen konnte. Er gab unter ihrem Gewicht nach, als sie sich hochstemmte, aber er blieb liegen. Wenn sie Glück hatte, rutschte er unter Iskias Gewicht ab. Vorsichtig warf sie einen Blick über die Schulter in die Tiefe. Die Lichter des Zentrums waren nur noch kleine Punkte. Wenn sie aus dieser Höhe abstürzte, dann hatte sie keine großen Überlebenschancen. Wieder hielt sie sich fest und zog sich auf den nächsten Felsvorsprung hinauf. Iskia folgte ihr immer noch und Shurak war inzwischen außer Sichtweite. Sie keuchte schwer, aber sie musste weiter. Noch vierzig oder fünfzig Meter, dann würde sie eine ebene Fläche erreichen, aber wenn sie Pech hatte, wartete Shurak dort schon auf sie. Sie blickte schräg nach oben und schätzte den Abstand zu dem Felsen, den sie als Nächstes erreichen musste. Diese Felsspalte war die schwierigste Stelle der Strecke. Wenn sie es schaffte, darüber zu springen, hatte sie Iskia damit vermutlich abgeschüttelt – es war nicht wahrscheinlich, dass Iskia den Mut aufbrachte, ihr zu folgen. Die Felswand fiel etwas schräg nach hinten ab. Tagsüber hatte sie diesen Sprung bereits einige Male gewagt, aus purem Übermut, aber nun im Dunkeln war das eine enorme Herausforderung. Sie spannte die Muskeln und sprang los. Einen Augenblick schwebte sie frei in der Luft und streckte die Hand nach dem Punkt aus, wo sie Halt finden konnte, aber sie verfehlte ihr Ziel um Haaresbreite. Verzweifelt klammerte sie sich an den Zweig eines Strauches, der etwas unterhalb stand, aber dieser hielt ihrem Gewicht nicht stand und brach ab. Inmitten einer Lawine von Steinen glitt sie zurück. Sie stieß einen gellenden Schrei aus, als sie sich dem Felsvorsprung näherte, von dem aus sie in die Tiefe stürzen würde, aber auf unerklärliche Weise, als ob eine unsichtbare Hand sie auffing und ihre Bahn korrigierte, blieb ihr Kleid an einem Gesteinszacken hängen. Sie prallte am Felsrand auf und blieb liegen. Einen Moment lang war sie zu benommen, um zu begreifen, dass sie überlebt hatte, kam jedoch gleich wieder in die Realität zurück, als sich Iskia direkt unter ihr über den Felsrand zog.

Nagheela erschrak vor dem verbissenen Gesichtsausdruck des Mädchens, das sich als ihre Freundin bezeichnet hatte, und sprang wieder auf. Der Abstand war jedoch zu klein geworden; Iskia krallte die Fingernägel in ihre Wade und zog daran.

»Lass los, Dummkopf«, rief Nagheela und trat nach ihr, »so fallen wir alle beide runter!«

Iskia reagierte nicht und hielt fest, während Nagheela wild nach unten trat und sich dabei an dem herausstehenden Felsblock festklammerte, der soeben gerade noch ihr Gewicht hatte tragen können.

»Lass los!«, schrie Nagheela, während der Stein immer weiter abrutschte. Iskia zog sich jedoch immer weiter hoch und hing nun mit ihrem ganzen Gewicht an Nagheelas Bein. Der Stein löste sich und Nagheela prallte zurück auf die Felskante. Einen Moment lang ließ Iskia los, gerade lange genug, dass Nagheela ihren Fuß aus ihrer Reichweite ziehen konnte, aber dann zog Iskia sich über die Kante nach oben und stand nun auf derselben Höhe mit Nagheela auf dem schmalen Felsvorsprung.

»Iskia, was tust du denn?«, flehte Nagheela. »So kommen wir beide um!« Aber Iskia reagierte nicht. Sie packte einen großen Stein und hob ihn über den Kopf, um ihn auf Nagheela niederzuschmettern. Sie sah Nagheela direkt in die Augen und Nagheela erschauerte, als sie den unmenschlichen Glanz sah, der auf Iskias Gesicht lag. Mit augenscheinlicher Mühelosigkeit schleuderte Iskia den Stein, sie verfügte über eine Kraft, die Nagheela nicht von ihr kannte. Direkt neben Nagheela zersplitterte der Stein an der Felswand und verschwand in der Tiefe.

»Iskia!«, schrie sie, aber auch diesmal reagierte das blonde Mädchen nicht. Sie packte einen neuen Stein, der womöglich noch größer war als der erste. Nagheela wartete nicht darauf, dass sie ihn auf sie schleuderte, sondern sprang auf Iskia los. Der schwere Stein rammte ihren Oberarm und polterte die Felswand hinab.

Bevor Iskia einen neuen Stein aufheben konnte, war Nagheela bei ihr und trat sie voll in den Bauch. Iskia stieß einen rauen Schrei aus und schlug nach hinten gegen die Wand. Einen Moment geriet sie aus dem Gleichgewicht, aber sie hatte sich schnell wieder im Griff und packte einen neuen Stein. Nagheela war jedoch schneller und schlug Iskias Hand mitsamt dem Stein gegen die Felswand; einmal, zweimal, so lange, bis Iskia der Stein aus der Hand fiel. Iskia riss sich los und packte Nagheela an ihrem langen Haar. Bei dem Kampf, der nun folgte, kamen beide aus dem Gleichgewicht. Die harten Felsen scheuerten gegen Nagheelas Rücken, während sie versuchte, sich von Iskia zu befreien, die sie umklammert hielt und mit aller Kraft versuchte, sie über den Rand zu stoßen.

»Hör auf, Iskia, du bist ja verrückt!« Es hatte keinen Sinn. Der Blick in Iskias Augen war ihr völlig fremd, er war grauenhaft und beängstigend. Das war nicht die Iskia, die sie kannte, und sie hatte übermenschliche Kräfte. Iskias Hände legten sich um Nagheelas Hals, und wie sehr Nagheela sich auch drehte und wendete, sie ließ nicht los. Nagheela schlug wild um sich und bekam schließlich einen scharfen Stein zu fassen. Mit aller Kraft, die sie aufbringen konnte, schlug sie Iskia damit an die Schläfe. Das half; mit einem Aufschrei ließ Iskia sie los und griff sich an die verwundete Stirn. Nagheela schnappte nach Luft und versuchte Iskia von sich wegzustoßen. Sie wand und krümmte sich, und schließlich gelang es ihr, das Mädchen abzuschütteln und wieder auf die Füße zu kommen.

»Iskia«, keuchte sie, »Iskia, ich bin es, Nagheela!«

Langsam kam das blonde Mädchen auf sie zu; im Mondlicht sah Nagheela, wie ein dunkler Streifen sich an ihrem Gesicht entlang zog und auf dem weißen Stoff ihres Kleides dunkle Flecken bildete. Ihre blonden Locken waren verklebt.

Fest umklammerte Nagheela den Stein, den sie wieder in der Hand hielt.

»Iskia, hör auf, warum tust du das bloß?!«

Langsam trat Nagheela zurück, aber der Vorsprung wurde immer schmaler und sie konnte nicht weiter.

»Ich komme dir helfen, Nagheela, ich komme dir helfen!« Die letzten Worte unterstrich sie dadurch, dass sie auf Nagheela lossprang. Aber durch die Wucht ihres Absprungs bröckelte der Rand ab, so dass sie nicht genug Platz hatte. Nagheela drückte sich gegen die Felswand und wehrte mit ihrer freien Hand die wild herumfuchtelnden Hände Iskias ab, die versuchte, sie zu fassen zu bekommen. Mit einem Regen von Geröll und Steinen glitt Iskia hinab. Einen Augenblick wurde ihr Sturz von einem überhängenden Felsbrocken gebremst, der ihrem Gewicht jedoch nicht standhielt und abrutschte. Nagheela hielt den Atem an. Iskia stieß einen kurzen, scharfen Schrei aus, als sie mitsamt dem Felsbrocken in der Dunkelheit verschwand. Das Letzte, was Nagheela von ihr sah, war, dass sie an den Felsbrocken geklammert, über den Abhang rollte und über die Felskante verschwand. Ihr Aufschrei fand ein jähes Ende, als der Knall ertönte, mit dem der Felsbrocken einige Dutzend Meter weiter unten aufschlug. Der Lärm der herabkollernden Steine übertönte das Echo des Aufpralls.

»Iskia«, flüsterte Nagheela, die immer noch auf dem schmalen Felsvorsprung stand und sich gegen die Steinwand drückte, »was haben sie mit dir gemacht?« Ihre Beine zitterten so, dass sie keinen Schritt machen konnte. Erst nach einiger Zeit kam sie wieder in Bewegung und begann vorsichtig den Abstieg. Shurak würde inzwischen längst oben sein; also war der Weg zum Zentrum frei. Mit ein bisschen Glück konnte sie ungesehen wieder in den Belüftungsschacht kommen und Gertjan warnen. Vorsichtig ließ sie sich von Stein zu Stein gleiten, wobei sie versuchte, so wenig Lärm zu machen wie möglich. Ab und zu blieb sie stehen und lauschte, ob irgendein Laut darauf hindeutete, dass Shurak in der Nähe war, aber sie hörte nichts, was darauf hätte schließen lassen, dass irgendjemand in der Nähe war. Ihr ganzer Körper schmerzte, aber das war das Letzte, worüber sie sich nun Sorgen machen konnte. Jetzt kam es darauf an, so schnell wie möglich nach unten zu kommen. Mit einem kleinen Sprung landete sie auf einer der etwas breiteren, ebenen Flächen längs der Bergwand. Rechts von ihr musste ungefähr die Stelle sein, wo Iskia aufgeschlagen war. Zwischen einem dunklen Steinhaufen sah sie schwach etwas Weißes leuchten. Nagheela erschauerte, aber sie wollte doch hin. Es war doch Iskia – sie war doch ihre Freundin gewesen und sie konnte sie da nicht einfach liegen lassen, ohne Abschied von ihr zu nehmen.

Sie näherte sich dem Steinhaufen, bis sie genügend sah. Sie blieb stehen und lauschte. Es war totenstill; sogar die Grillen schwiegen. Es hätte sie alarmieren müssen, aber sie achtete nicht darauf. Iskias Unterleib ragte in einer unnatürlich gebogenen Haltung unter dem großen Felsbrocken hervor. Sie war sofort tot gewesen. Nagheela verharrte reglos. Sie hatte eine Freundin verloren, aber war Iskia wirklich jemals eine Freundin gewesen? Schließlich drehte sie sich um und stieß zu ihrem Schrecken mit dem Körper Shuraks zusammen, der sofort mit eisernem Griff ihr Handgelenk umklammerte. Sie hatte ihn nicht kommen hören. Nagheela stieß einen Schrei aus und versuchte sich zu befreien. Sie trat wie wild um sich, aber Shurak wich keinen Millimeter. Lächelnd sah er sie an und umklammerte ihr Handgelenk nur umso fester. Erschöpft gab Nagheela auf.

»Na, war's das, du Wildfang?«, lachte Shurak. Sie sah zu ihm auf. Er war groß und wie alle anderen Männer aus dem Zentrum muskulös. Allein war sie ihm nicht gewachsen, und die schmerzenden Schürfwunden, der Kampf mit Iskia und ihre Kletterpartie auf die Bergwand hatten sie erschöpft. Ihr erster Gedanke galt Gertjan. Wie konnte sie ihn nun noch warnen? Ihr Blick glitt zum Zentrum hinunter; die blinkenden Lichter waren höchstens noch fünfhundert Meter entfernt.

Shurak blickte herablassend auf sie nieder und grinste ihr dann zu.

»So, jetzt komm mal mit, du hast lange genug Theater gemacht.« Er ruckte kurz an ihrem Arm und zog sie mit, vom Zentrum weg.

»Wo gehen wir hin?«, fragte Nagheela erstaunt. Shurak sah sich um. Seine Miene war jetzt milder.

»Es ist nicht mehr weit. Rashkalin und der Prophet erwarten uns.«

»Der Prophet?«

Es war also doch der Prophet gewesen, den sie unten gesehen hatte. Früher wäre es eine Sensation gewesen, zu wissen, dass der Prophet im Zentrum war, aber jetzt empfand Nagheela es als Bedrohung. War es der Prophet gewesen, der Iskia zu dem gemacht hatte, was sie soeben erlebt hatte? Er hatte einen enormen Einfluss auf Menschen. Sie hatte ihn schon einmal leibhaftig gesehen; das war inzwischen über ein Jahr her. Auch da hatte er das Zentrum besucht. Es war ein rauschendes Fest gewesen. Wie viel hatte sich verändert, dass sie sich jetzt von ihm bedroht fühlte! Lag das an dem Propheten oder nur an ihr? Ob es noch andere gab, die ebenso empfanden?

»Will er mich sehen?«

Sie ging jetzt neben Shurak her; es wäre sinnlos gewesen, sich den ganzen Weg mitzerren zu lassen. Es hätte sie nur selbst erschöpft. Shurak lockerte den Griff um ihr Handgelenk ein bisschen, aber er blieb so aufmerksam, dass er einen erneuten Fluchtversuch verhindern konnte. Shurak betrachtete sie. Ihr Kleid war schmutzig und an vielen Stellen zerrissen. Um eines ihrer Knie war noch ein Stück des Stoffstreifens gewickelt, den sie von ihrem Kleid abgerissen hatte, das andere hatte sie verloren. Ihre Arme waren aufgeschürft und beschmutzt.

»Deine Aufmachung ist zwar nicht gerade besonders passend«, antwortete er, »aber der Prophet will dich sehen, in der Tat.«

»Warum?«

Shuraks Griff wurde wieder fester. »Das musst du ihn selbst fragen.«

»Weißt du es nicht, oder darfst du es nicht sagen?« Sie

wusste, dass sie ihn damit provozierte, aber was hatte sie zu verlieren? Er beschleunigte das Tempo. »Hier im Zentrum passieren noch mehr Dinge, von denen wir nichts wissen. Du auch nicht, hab ich Recht?«, fuhr Nagheela fort und warf ihm einen Seitenblick zu.

Sein Blick wurde hart. »Halt den Mund«, brummte er kurz angebunden.

»Ich wusste nicht, dass alle Irrgläubigen hier ermordet werden, das hat mir nie jemand erzählt. Hast du das gewusst?«

Shurak schwieg.

»Innerhalb von drei Tagen, im Durchschnitt.«

Einen Moment lang wurde es etwas dunkler, die Staubwolke vor dem Mond verdichtete sich, so dass Nagheela den Gesichtsausdruck des Mannes neben ihr nicht mehr gut erkennen konnte. Er fühlte sich offensichtlich nicht wohl in seiner Haut. Sie wartete, bis es wieder etwas aufklarte. »Ich fand die meisten von ihnen übrigens sehr nett.« Das war die reine Wahrheit, dachte sie im selben Moment. Die meisten Irrgläubigen hatte sie lieber gemocht als diejenigen, die getreulich die vierzehntägigen Gruppenabende besuchten und die ihnen offenbarten Weisheiten gierig aufsogen. Chornan war auch nicht gerade ein Beispiel an Mitmenschlichkeit gewesen.

»Sie sind gefährlich«, ließ Shurak fallen.

»Sagst du das, weil du das selber findest, oder weil man dir das so beigebracht hat?«

Shurak sah sie verwirrt an. Nagheela vermutete, dass er hierüber nie nachgedacht hatte. Shurak tat nur, was ihm aufgetragen wurde.

»Sie sind einfach gefährlich.«

»Findest du das?«

Sie sah ihn unverwandt an und ihre Blicke kreuzten sich. Eine Welle des Mitleids überfiel sie.

»Ich finde dich auch gefährlich«, sagte er kurz angebunden.

Es war offensichtlich, dass er die Unterhaltung beenden wollte. Er hatte mittlerweile ein so hohes Tempo angeschlagen, dass Nagheela Mühe hatte, mit ihm mitzuhalten. Der Weg war wieder steiler geworden. Sie schwieg einen Moment und ließ seine Worte auf sich wirken.

»Ich bin nicht gefährlich, Shurak«, sagte sie schließlich. »Ich denke nur nach.«

»Da müssen wir hin.« Nagheela folgte Shuraks ausgestrecktem Zeigefinger. Er deutete auf einen Felszacken, der ein Stück aus der Wand herausragte. Es würde ein paar Minuten dauern, dorthin zu klettern.

»Du gehst vor, und mach keine Mätzchen!«

Die Wand war ziemlich steil, und selbst wenn sie einen Vorsprung erzielen könnte, würde das wenig nützen. Nach oben hin wurde der Weg so schwierig, dass sie im Dunkel dort kaum weiter könnte. Sie begann zu klettern, und Shurak erteilte Anweisungen. Er blieb ihr dicht auf den Fersen. Der Felszacken zeichnete sich pechschwarz gegen den etwas helleren Himmel ab, an dem Millionen Sterne funkelten.

»Du musst an der Rückseite entlangklettern, dann kommst du leicht hoch«, sagte Shurak.

»Sind Rashkalin und der Prophet da oben?« Das kam Nagheela seltsam vor. Rashkalin war kein Bergsteiger, es würde ihn ziemlich viel Kraft gekostet haben, dort hinaufzukommen. Und in welcher Absicht?

Shurak antwortete nicht, also zuckte sie die Schultern und kletterte weiter. Als sie über den Rand kam, sah sie als Erstes Rashkalin dort sitzen. Sein helles Gewand und sein silbernes Haar leuchteten im Mondlicht. Ihm gegenüber konnte sie mit Mühe eine zweite Gestalt erkennen. Sie war völlig in Schwarz gekleidet. Nagheela richtete sich auf und ging auf die beiden Männer zu. Sie sahen sie schweigend an, als sie auf sie zutrat. Die Spitze des Felsens war abgeflacht und bot genug Platz für eine kleine Gruppe von Menschen. Ganz am Rand des Felsens war aus Steinen ein rechteckiges Gebilde aufgeschichtet worden, das an einen Altar erinnerte. Dieser war mit einer Schicht Zweigen bedeckt. Voller Entsetzen erkannte Nagheela schlagartig, was hier passieren würde. Sie sollte geopfert werden!

Der Prophet erhob sich. Sein Gesicht war im Mondlicht undeutlich zu erkennen, seine restliche Gestalt war kaum wahrzunehmen.

»Nein«, flüsterte Nagheela und wollte sich umdrehen. Shurak packte sie jedoch an den Schultern und umklammerte sie mit eisernem Griff. Der Prophet trat näher und nahm ihr Kinn in seine Hand.

Einige Sekunden lang sah er ihr direkt in die Augen. Sein Blick war kalt und unbewegt. Nichts erinnerte mehr an die Ausstrahlung, die er bei ihrer ersten Begegnung und sogar auf Fernsehbildern und Fotos gehabt hatte. Er war ein gewöhnlicher Mensch, nein, sogar ein abstoßender Mensch. Er lachte breit und seine regelmäßigen weißen Zähne glänzten im Mondlicht. Die scharfen Falten in seinem Gesicht wirkten durch die tiefschwarzen Schatten noch tiefer. Dann ließ er sie los und nickte Shurak zu, der immer noch hinter ihr stand.

»Du kannst gehen.«

Shurak ließ sie los und verschwand. Hinter sich hörte Nagheela seine immer leiser werdenden Schritte. Sie sah sich nicht um, sondern starrte weiterhin den Propheten an, der ihr gegenüberstand, immer noch mit einem breiten Lachen auf dem Gesicht, amüsiert, spottend. Schweigend drehte sie sich um und wandte sich Rashkalin zu, der unbeweglich sitzen geblieben war. Flüchtig sah Nagheela sich um. Ob es ihr gelingen würde, wegzurennen? Shurak war stark und hatte eine enorme Kondition. Während Nagheela all ihre Kräfte gebraucht hatte, um das letzte Stück zu erklettern, schien das Shurak überhaupt keine Mühe gekostet zu haben. Der Prophet war jung und voller Energie, aber er würde sich nie so weit erniedrigen, Nagheela hinterherzulaufen. Außerdem verfügte er vermutlich nicht über besondere Körperkräfte. Sie musste erst nach oben klettern und dann versuchen, Shurak aus einem Hinterhalt zu überfallen. Eine andere Chance hatte sie nicht. Schnell wollte sie sich umdrehen, aber es schien, als ob ihre Füße an den Felsen geleimt waren. Sie war nicht dazu imstande, auch nur einen einzigen Schritt zu tun. Panik erfasste sie. Der Prophet hatte sich von ihr entfernt und beugte sich über Rashkalin. Einen Augenblick lang wandte er ihr das Gesicht zu. Sie konnte seine Gesichtszüge nicht erkennen, aber sie spürte, wie eine eisige Kälte in ihr hochkroch. Was hatte er mit ihr getan? Ihr Arme hingen schwer an ihrem Körper herab.

Langsam stand Rashkalin auf, und beide Männer kamen auf sie zu. Wie versteinert wartete Nagheela auf sie.

Als sie ihr gegenüberstanden, blieben sie stehen. Der Prophet musterte sie von oben bis unten; sein Blick war voller Geringschätzung. Er war ein bisschen größer als Rashkalin, aber durch seine äußerst magere Gestalt wirkte er zerbrechlich. Nagheela schauderte, hielt den Blick jedoch starr auf ihn gerichtet. Sie hatte nicht vor, Angst oder Ehrerbietung zu zeigen.

»Das ist kein Kleid für ein würdiges Opfer«, spottete der Prophet. »Zieh dich aus.«

Nagheelas Blick glitt von dem Propheten zu Rashkalin, der jedoch die Augen niederschlug. Eine tiefe Traurigkeit überfiel sie. War das Rashkalin, der mächtige Vater des Zentrums, ihr Rashkalin?

Der Prophet streckte die Hand aus, packte ihr Kleid an dem runden Halsausschnitt und zerriss mit einem heftigen Ruck den Stoff. Nagheela macht keinen Muckser, aber ihre Augen flammten auf.

»Zieh dich aus, habe ich gesagt.«

Langsam hob Nagheela die Arme und stellte fest, dass das schwere Gewicht nicht länger auf ihnen lastete. Der zerrissene Stoff glitt über ihre Schultern und das Kleid flatterte zu Boden. Der Prophet nickte beifällig.

»Ganz«, sagte er leise. Seine hohe Stimme klang heiser.

Wieder glitten ihre Augen zu Rashkalin hinüber, der jedoch immer noch den Blick abgewandt hatte. Sie bückte sich und zog ihre Sandalen und ihre Unterwäsche aus. Dann richtete sie sich auf und blieb aufrecht stehen. Sie würde sich nicht von diesem Mann erniedrigen lassen. Wenn sie doch sterben musste, dann würde sie das tun, ohne ihm die Genugtuung zu geben, ihr Angst gemacht zu haben. Ihr Herz klopfte wild, aber unerklärlicherweise verspürte sie tatsächlich keine Angst mehr. Sie warf ihr langes Haar selbstbewusst nach hinten und streckte das Kinn hoch. Es hatte die Wirkung, die sie erwartet hatte; die Augen des Propheten flackerten bösartig. Es irritierte ihn, dass sie keine Angst hatte.

Wieder streckte er die Hand aus und berührte mit dem Finger ihre Stirn. Langsam ließ er ihn hinuntergleiten und folgte den Konturen ihrer Stirn, ihrer Nase, ihrer Oberlippe. Bei ihrem Mund hielt er inne und fuhr ihr einige Male über die Lippen. Nagheela musste den Impuls unterdrücken, ihm in den Finger zu beißen. Der Prophet grinste, als hätte er ihre Gedanken gelesen, was wahrscheinlich auch so war. Sein Finger nahm seinen Weg wieder auf, an ihrem Kinn entlang und durch die kleine Kuhle an ihrem Halsansatz. Bei dem Kettchen mit dem Stein hielt er erneut inne. Vorsichtig hob er es hoch und betrachtete es andächtig.

»Nagheela«, buchstabierte er langsam, obwohl es zu dunkel war, um irgendetwas entziffern zu können. Mit einem kurzen Ruck riss er das Kettchen entzwei. Es schnitt in ihren Hals und glitt dann in die Hand des Propheten.

Aus den Augenwinkeln sah Nagheela, dass Rashkalin sich

bewegte; der Prophet warf ihm einen Seitenblick zu. Rashkalin schwieg jedoch und der Prophet richtete seine Aufmerksamkeit wieder auf Nagheela. Sie streckte das Kinn in die Luft und hielt den Blick starr neben sein Gesicht gerichtet.

»Genieß es, Kind«, lispelte der Prophet. »Es ist eine Ehre.«

Sie sah ihn wieder an, und aufs Neue verzog sich seine Miene zu einem provozierenden Grinsen. Es wurde Nagheela zu viel und sie spuckte ihm voll ins Gesicht. Das Grinsen gefror und die Augen des Propheten sprühten Funken. Es verschaffte ihr Erleichterung, und die unterdrückte Wut des Propheten amüsierte sie. Er hatte keine Macht über sie und das sollte er auch wissen.

»Binde sie fest.« Er drehte sich um und wischte sich mit dem Ärmel den Speichel vom Gesicht. Rashkalin holte ein Stück Schnur aus einer Tasche seines Gewandes und sah Nagheela entschuldigend an. Sie streckte freiwillig die Hände nach vorn; warum sollte sie es Rashkalin schwer machen?

»Fest!« Die Stimme des Propheten klang deutlich gereizt. Rashkalin zog die Schnur fester an. Er vermied es, Nagheela anzusehen, aber ihre Blicke kreuzten sich trotzdem ab und zu. Nagheela sah die Zerrissenheit, die Angst, den inneren Widerstand, und sie konnte es nicht begreifen. Hatte Rashkalin dieselben Zweifel wie sie? Das war doch nicht möglich – es musste irgendetwas anderes sein. Rashkalin, der Vater des Zentrums, der große Geist, der sie alle trainiert hatte, der sie vorbereitet hatte auf ihre große Aufgabe, so dass sie ihren Beitrag zur Evolution der Erde leisten konnten – dieser Mann kannte doch keinen Zweifel? Und warum spielte der Prophet so mit ihm, welchen Zweck hatte das? Wenn es in ihrem eigenen Interesse war, dass sie getötet wurde, warum hatte Rashkalin dann solche Probleme damit? Und wenn er solche Probleme damit hatte, warum musste ausgerechnet er das dann tun? Sie wusste, dass Rashkalin sie gern hatte, dass er sogar eine gewisse Vorliebe für sie hegte, auch wenn er darüber nie viele Worte verloren hatte. Ob das sein Problem war, mit dem er kämpfte? Ob er darum akzeptierte, dass der Prophet ihn quälte? Wollte der Prophet ihn von seinen persönlichen Gefühlen befreien? Aber warum dann auf solch eine Weise? Als Rashkalin sie zurechtgewiesen hatte wegen ihrer Gefühle für Rasheen, hatte er das in Liebe getan. So viele Fragen – viel zu viele, und sie wusste, dass sie darauf keine Antwort mehr bekommen würde. Vielleicht in einem anderen Leben. Sie wollte es Rashkalin nicht schwerer machen, als es ohnehin schon war.

»Hände und Füße«, ertönte die Stimme des Propheten, und Rashkalin ging gehorsam in die Knie und band ihre Füße zusammen. Nagheela stützte sich mit ihren zusammengebundenen Händen auf dem Kopf des Mannes ab, den sie immer bewundert hatte. Sie empfand keine Angst vorm Tod, sie vertraute darauf, dass Rashkalin schnell und schmerzlos handeln würde. Sie kannte das Prinzip des Opferns. Es ging darum, sich von etwas zu trennen, woran man hing, um dadurch seine Treue und Verbundenheit mit den Schutzgeistern und den höheren Kräften zu beweisen. Manchmal tat man es auch, wenn man sie um eine besondere Gunst bitten wollte. Über Menschenopfer hatte sie nie nachgedacht, der Gedanke war ihr einfach nie gekommen. Die einzigen Opfer, die sie kannte, waren Brandopfer von Materialien, Gemische von wohlriechenden, kostbaren Kräutern. Da auch Rashkalin offenbar die Notwendigkeit eines Menschenopfers einsah, musste dies alles bedeuten, dass es um etwas Wichtiges ging.

»Warum werde ich geopfert, Rashkalin?«

Rashkalin sah auf, und trotz der Dunkelheit sah sie den Schmerz in seinen Augen. Er warf einen kurzen Blick auf den Propheten, der ihm offenbar erlaubte zu antworten.

»Es ist die Zeit von Apollyon«, antwortete er leise. »Wir bitten ihn, uns zu verschonen.«

»Apollyon?« Es sagte ihr nichts. »Wer ist Apollyon?«

Rashkalin sah wieder zu dem Propheten hinüber, der schweigend am Altar stand. Wie konnte er ihr das in den wenigen Augenblicken, die ihr noch blieben, erklären? Nagheela gehörte nicht zur Kadergruppe, was wusste sie von dem verborgenen Geheimnis des großen Kampfes, den sie zu kämpfen hatten? Was wusste sie von den Mächten, die der Gott der Christen gebunden hatte bis zum Ende der Zeiten, das nun gekommen war? Wie konnte er in diesen kurzen Augenblicken erklären, dass Apollyon der Engel des Abgrunds war, der König der Geister, die sich ebenso wie die Tekna-Gen demjenigen widersetzten, der sich selbst den Allmächtigen nannte und behauptete, der Schöpfer des Himmels und der Erde zu sein? Er zog den letzten Knoten stramm und richtete sich auf.

»Nagheela, ich kann es dir jetzt nicht erklären, aber nimm von mir an, dass dein Opfer für viele ein Segen sein wird. Später wirst du es begreifen.«

Nagheela beruhigte sich. Sie wollte das Unvermeidliche nicht in die Länge ziehen.

»Dann tu es schnell.«

Rashkalin bückte sich und hob sie hoch. Vorsichtig lief er mit dem Mädchen in seinen Armen zu dem Altar mit dem trockenen Reisig und legte sie so vorsichtig er konnte nieder. Nagheela biss die Zähne zusammen, die rauen Zweige kratzten auf ihrem bloßen Rücken, der an einigen Stellen aufgeschürft war. Der Prophet trat einen Schritt zurück. Nagheela würdigte ihn keines Blickes, aber sie spürte deutlich seinen Zorn darüber, dass sie sich nicht wehrte, nicht schrie und weinte und ihn nicht anflehte, sie zu verschonen. Rashkalin kniete neben dem Altar nieder und band langsam die Stricke, die unter den schweren Steinen hindurchliefen, um ihre Knöchel. Als er den Strick um ihren Hals band, fiel ein heißer, salziger Tropfen auf

Nagheelas Lippen. Auch ihre Augen füllten sich mit Tränen, aber sie schluckte sie herunter. Rashkalin fühlte in seinen Taschen, und mit einem leisen, schleifenden Geräusch glitt ein großes Stahlmesser aus der Scheide. Sie schloss die Augen, als Rashkalin das scharf geschliffene Messer über seinen Kopf hielt, um es ihr so schmerzlos wie möglich ins Herz zu stoßen.

»Hör auf«, sagte der Prophet. Erschrocken zog Rashkalin die Hände zurück. Hinter ihm stand hoch aufgerichtet der Prophet. Er ging um den Altar herum und hob irgendetwas vom Boden auf. Dann suchte er in seinen Taschen herum und im nächsten Augenblick leuchtete das Feuerzeug auf, mit dem er die Fackel ansteckte, die er soeben vom Boden aufgehoben hatte. Die Fackel fing sofort Feuer und ihre gelben Flammen beleuchteten das Gesicht des Propheten. Langsam ging er zurück zum Altar und übergab die Fackel dem immer noch entsetzten Rashkalin.

»Entzünde das Opfer.« Der Klang seiner Stimme ließ keinen Zweifel daran, dass es ihm ernst war.

Nagheela erstarrte und spürte, dass ihre stolze Haltung ins Wanken kam.

»Das ist nicht dein Ernst«, murmelte Rashkalin. Einen Moment begegneten seine Augen denen Nagheelas. Ihre großen Augen sprachen Bände. »Das kannst du nicht von mir verlangen und das kannst du ihr auch nicht antun.«

Der Prophet zog eine Augenbraue hoch.

»So hatten wir das nicht besprochen.«

Der Prophet antwortete nicht. Sein Blick glitt von Rashkalin zu dem Mädchen auf dem Altar. Nagheela erschrak, als sie den tiefen Hass in den Augen des mageren Propheten sah, einen Hass, wie sie ihn noch nie bei einem Menschen gesehen hatte, und sie begriff, dass er niemals nachgeben würde, wie sehr Rashkalin auch betteln würde. Eine eisige Kälte durchfuhr sie, und sie begann zu zittern. Schnell wandte sie den Blick ab und suchte Rashkalins Augen in dem flackernden Licht der Fackel.

»Entzünde das Opfer und mach dort weiter, wo du versagt hast.«

Der grauhaarige Mann zuckte unter den Worten seines Lehrers zusammen wie von Peitschenhieben getroffen. Die Flammen vor seinem Gesicht vermischten sich mit den Flammen, die er vor seinem geistigen Auge sah. Das Kind seiner Erinnerung schrie.

»Nein«, wimmerte er, »ich kann das nicht.« Die Hand mit der Fackel zitterte heftig.

»Denk an deine Berufung.« Er konnte dieStimme des Propheten nicht mehr von den Stimmen in seinem Kopf unterscheiden. »Denk an deine Berufung«, riefen sie, »mach wieder gut, was du falsch gemacht hast, dies ist der Weg, der einzige Weg, der Weg, den du gehen musst.«

Zitternd bewegte sich die Hand mit der Fackel auf die Reisigbündel auf dem Altar zu. Er sah nur noch durch einen Schleier von Tränen. Das Feuer wuchs ins Unermessliche und der Geruch brennenden Holzes drang ihm in die Nase.

»Nein!«, rief er noch widerstrebend. Waren es die Flammen vor seinem geistigen Auge oder brannten die Zweige auf dem Altar? Wer war das, der da so gellend durch die Nacht schrie? Das Kind – es weinte, es rief nach ihm, aber er wich zurück. Das Feuer kletterte an den Gardinen empor, der erstickende Brandgeruch erfüllte das Zimmer und die Panik in den Augen des Kindes brach ihm das Herz, aber er tat nichts. Es streckt die hilflosen Arme nach ihm aus und rief ihn – er brauchte sie nur hochzuheben, aber er stand da und tat nichts.

»Denk an deine Berufung«, johlten die Stimmen, und er dachte an seine Berufung. Er dachte an seine Berufung, aber das Kind schrie nach ihm und es war hilflos. Die Flammen tanzten und die Geister tanzten mit in vollkommener Harmonie mit der vernichtenden Kraft des Feuers. War das die Harmonie, die er gesucht hatte? Er taumelte zurück, bis die Geister und die Flammen ihm die Sicht auf das Kind nahmen. Hinter den Flammen ertönte die Angst noch, die Angst des Kindes, die Angst seines Kindes, seine Angst. War das die Harmonie, die er gesucht hatte, zum Preis von allem, was ihm lieb war, eine Harmonie, die Tod und Verderben säte im Interesse des letzten Zieles, der ewigen Evolution, damit die Menschen letzten Endes so wurden wie ... Gott?

Nie würde er es mehr vergessen, nie würde er die Angst in den Augen seines Kindes vergessen, nie die Angst in den Augen seiner Frau, als sie ins Zimmer stürzte und abrupt innehielt, als sie ihn stehen sah, die Fackel noch in den Händen. Dieser Blick in ihren Augen, das Nicht-begreifen-Können, die Angst und dann die Abscheu dieses einen ewigen Augenblickes. Sie war an ihm vorbeigerannt und in den Flammen verschwunden, zu dem Kind, und er war geflohen, um nie mehr zurückzukehren, und die Stimmen jauchzten und bestätigten ihm, dass er das Richtige getan hatte.

Und die Stimmen jauchzten und der Prophet jauchzte und das Kind weinte und rief nach ihm, nach ihm, nach ihm, und er tat nichts und die Flammen fraßen und vernichteten und er wusste, dass er zusammenbrach und dass dies Opfer größer war, als er ertragen konnte.

»Nein!«

Dieses eine Wort, aus tiefster Seele hinausgeschrien, brachte den Kampf seines Lebens zum Ausdruck und die quälende Gewissensfrage, die er schon beantwortet zu haben glaubte. Die Entscheidung, die er getroffen hatte und die in der Vergangenheit verankert war, war *nicht* unwiderruflich. Wieder stand er vor dieser Entscheidung, derselben Entscheidung von damals, und schaudernd erkannte er ihre ganze Tragweite. Und er entschied sich, er entschied sich und hörte auf die

Stimme seines Herzens, auf das Band, das er in den letzten sechs Jahren hatte leugnen wollen, das Band, das er nicht haben durfte, das Band mit seiner Tochter. In einer mächtigen Entladung all seiner angestauten Schuldgefühle, all seiner quälenden Gewissensbisse, die so tief unter den Lügen dieser Lehre begraben gewesen waren, an die er geglaubt und die er verkündigt hatte, stieß er die Fackel nach hinten und traf den Propheten, die Verkörperung der Lüge, die sein Leben zerstört hatte.

Die Berge beantworteten seinen Schrei und warfen sein »Nein« in vielfältigem Echo zurück. Er stieß aufs Neue zu. Der Prophet, offensichtlich völlig überrascht, kam ins Wanken und mit ihm wankte die Lüge seines Lebens. In einem Meer von Flammen und Funken verschwand er über den Felsrand in die Tiefe; sein hoher, schriller Schrei zitterte durch die schwarze Nacht.

Auf einen Schlag konnte Rashkalin klar sehen. Die Stimmen in seinem Kopf waren verstummt, und das Kind seiner Erinnerung hielt den Atem an. Nagheela drehte und wendete sich, während die Flammen aufzüngelten und nach ihr zu greifen suchten, aber es gelang ihr längst nicht mehr, den Flammen auszuweichen, die an ihren Beinen emporkrochen und sich mitleidlos einen Weg fraßen.

Mit beiden Händen griff Rashkalin ins Feuer hinein und versuchte die brennenden Zweige auseinander zu reißen, aber das Feuer breitete sich so schnell aus, dass er ihm keinen Einhalt mehr gebieten konnte. Er zerrte an den Stricken, aber statt sie zu lockern, zog er sie dadurch nur noch fester an.

»Halt durch, Nagheela«, rief er, während er den Boden nach dem scharfen Messer absuchte, dass er hatte fallen lassen. Eine Ewigkeit schien zu vergehen, bis er das glänzende Metall entdeckte, und mit einem erlösenden Schnitt durchtrennte er die Stricke um ihre Knöchel und zog ihre Beine von den brennenden Zweigen. So schnell er konnte, rannte er um den Altar herum und schnitt ihr den straff gespannten Strick vom Hals. Stöhnend rollte das Mädchen vom Altar. Die Stimmen in seinem Kopf murmelten und murrten wieder, aber Rashkalin wurde von einem Gefühl ungeheurer Erleichterung überwältigt. Er hatte sich für das Gute entschieden und es getan. Vorsichtig schnitt er die Stricke, mit denen er ihre Knöchel und Handgelenke zusammengebunden hatte, ebenfalls durch. Das Kind, Nineke, seine Tochter, die für ihn zum Symbol geworden war für den Kampf zwischen zwei Weltanschauungen – der Frage, ob Gut und Böse absolute Werte waren oder ob die Wahrheit relativ war – dieses Kind lag in seinen Armen und war frei. Die Flammen auf dem Altar leckten hungrig und unbefriedigt in die schwarze Nacht.

»Rashkalin, du Tor!«

Die hohe Stimme schnitt durch seine Seele und er erstarrte. Hinter den Flammen über dem Altar erhob sich der Prophet, sein Gesicht von Hass und Wut verzerrt. Die grellen Flammen tanzten über seine teuflischen Gesichtszüge und sein Blick fing den von Rashkalin und band ihn.

»Du Idiot«, zischte der Prophet, »begreifst du, was du getan hast?«

Sie würde nie erfahren, ob es Rashkalins Stimme gewesen war oder nicht; die Worte schienen aus ihrem Innern zu kommen: »Flieh, Nagheela, flieh, ehe es zu spät ist, und sieh dich nicht um. Widerstehe ihm mit all deiner Kraft!«

Sie gehorchte und weil sie begriff, dass hier Kräfte am Werk waren, denen sie in keiner Weise gewachsen war, vergaß sie ihre Schmerzen und floh. So schnell sie konnte, rannte sie den Felsen hinab, und fallend, rollend und strauchelnd machte sie sich davon, bis sie schließlich erschöpft zu Boden sank. Sie war nicht weit gekommen, aber ihre Kondition ließ sie im Stich, sie war am Ende. Keuchend lehnte sie sich an einen Stein und erschauerte. Ihr ganzer Körper schmerzte. Die Haut an ihren Beinen glühte und stach, an vielen Stellen hatte sie Schürfwunden von den rauen Felsen und ihre Füße waren vom Laufen über das spitze Gestein aufgerissen. Schräg über ihr zeichnete sich die Felsspitze gegen den schwach erleuchteten Himmel ab, während das Feuer auf dem Altar hoch auflöderte. Obwohl sie wusste, dass sie nicht hinsehen durfte, zogen das flackernde Feuer und die Gestalten auf dem Felsen ihre Aufmerksamkeit auf sich. Rashkalin stand zwischen dem Feuer und dem Propheten. Sie konnte sein Gesicht nicht sehen, es war dem Propheten zugewandt, der ihn mit starrem Blick ansah. Sie wollte aufstehen und weiterfliehen, aber ihre Beine zitterten und sie war zu schwach, um auch nur aufzustehen. Der Himmel war klarer, als es in der letzten Zeit üblich gewesen war, und dadurch kühlte es schneller ab. Der kalte Wind war angenehm für ihre angesengte Haut, aber eisig für den Rest ihres nackten Körpers, und sie kroch in sich zusammen. Wirre Gedankenfetzen jagten ihr durch den Kopf; sie war nicht mehr dazu imstande, klar zu denken. Wie hypnotisiert starrte sie auf das beängstigende Schauspiel auf dem Felsen, wo die Flammen hoch auflöderten und die Gestalten von Rashkalin und dem Propheten vor dem schwarzen Hintergrund in ein tanzendes Licht tauchten.

Beide standen bewegungslos da. Der Abstand zu ihnen betrug etwa einhundert Meter Luftlinie, aber sie konnte deutlich die kohlschwarzen Augen in dem weißen Gesicht des Propheten erkennen. Sein Blick war beängstigend, teuflisch, aber gleichzeitig fesselnd, und sie konnte ihre Augen nicht abwenden. Seine Lippen formten unverständliche Worte, die von dem knisternden Feuer verschluckt wurden und im Wind verflogen. Plötzlich hob er beide Arme hoch in die Luft, während er den Blick weiterhin starr auf Rashkalin gerichtet hielt. Rashkalin taumelte zurück. Die scharfen Linien schienen sich noch tiefer in das Gesicht des Propheten zu graben, und die Augen warfen den Schein des Feuers zurück – es war Ekel erregend. Nagheela wollte sich losreißen, den Blick abwenden, die Hände vors Gesicht schlagen, aber sie konnte es nicht. Ihr Herz schlug schneller und jagte ihr das Blut durch die Adern, und ihr Blick krallte sich wie magisch angezogen an der dürren Gestalt des Propheten fest.

Der Prophet blieb unbeweglich stehen und wieder machte Rashkalin einige Schritte nach hinten, auf den brennenden Altar zu. Die Flammen griffen nach ihm und Nagheela wollte schreien, aber ihre Kehle schmerzte noch von dem Strick, mit dem sie festgebunden gewesen war, und sie brachte keinen Laut hervor. Der Prophet ließ einen Arm sinken und zeigte mit dem Zeigefinger auf den Vater des Zentrums, dessen silbriges Haar im Wind flatterte. Rashkalin trat einen letzten Schritt zurück. Die Flammen griffen ihn und der synthetische Stoff seines Kleides loderte hell auf. In einem Meer von Flammen und Funken fiel Rashkalin hintenüber in den hungrigen Feuersee des Altars hinein. Er gab keinen Ton von sich, aber sein Körper bebte, bis er reglos liegen blieb, eins geworden mit der glühenden Masse. Die ganze Zeit über stand der Prophet der Erde da, ohne sich zu rühren; eine seiner Hände zeigte in den tintenschwarzen Himmel, die andere auf Rashkalin, der auf dem brennenden Altar lag. Das Gesicht des Propheten war zu einer unkenntlichen, dämonischen Maske verzerrt. Nagheela weinte mit tonlosem Schluchzen; sie fühlte sich leer und verloren, kalt und mutterseelenallein auf der dunklen Bergwand. Der Wind wurde stärker und kälter und führte aus Richtung Osten seltsame Staub- und Kieswolken mit sich. Sie versuchte sich umzusehen, aber ihr Körper gehorchte ihr nicht und ihre Augen blieben auf die Ekel erregende Maske des Propheten fixiert, der nun langsam den Blick vom Altar abwandte und sie entdeckte, ohne einen Moment nach ihr suchen zu müssen. Er sah ihr direkt in die Augen. Die eisige Kälte, die in seinem Blick lag, drang aufs Neue zu ihr hindurch, und sie kämpfte darum, ihre Augen abzuwenden, aber es gelang ihr nicht. Der Prophet hatte sie in seiner Gewalt und sie wusste, dass es kein Entkommen gab. Sie spürte, wie sie sich langsam aufrichtete. Der Wind wurde immer stärker und fuhr ihr mit kalten Stößen über den nackten Rücken. Das Feuer auf dem Altar loderte hoch auf und die wild aufflackernden Flammen warfen ihr unruhiges Licht auf die magere Gestalt des Propheten, die sie sowohl abstieß als auch magisch anzog. Mit dem zunehmenden Wind wurde auch das Tosen aus östlicher Richtung stärker, und ab und zu schossen Nebelfetzen über den Himmel, die von dem Feuer auf dem Altar beleuchtet wurden. Die Augen des Propheten lockten, und als ob sie an einer Schnur tanzte, bewegte sie sich langsam auf ihn zu. Innerlich kämpfte sie darum, von ihm loszukommen; sie wollte weg, fliehen und sich vor dem mitleidlosen Ungeheuer dort oben auf dem Felsen verbergen, aber er holte sie heran wie einen Fisch an der Angel, seine Augen in ihre gehakt. Sie zitterte vor Kälte und ihre verbrannte und abgeschürfte Haut quälte sie, aber sie kletterte weiter. Hinter ihr rollten Steine weg, die sich unter ihren Füßen gelöst hatten, und schlugen tief unter ihr auf den Felsen auf. Manchmal rutschte sie ein Stück mit, weil sie nicht sehen konnte, wo sie hintrat; ihre Augen waren auf den Propheten fixiert, der teuflisch grinste, wenn sie mit ihren aufgeschürften Füßen danebentrat. Er spielte mit ihr, er ließ die Leine locker und zog sie wieder an – es war ein sadistisches Machtspiel, in dem nur er der Sieger sein konnte. Immer mehr Nebelschwaden trieb der Wind vor sich her, und ab und zu drang ihr ein scharfer, schwefliger Geruch in die Nase, der sie an die Angst erinnerte, die sie in Gertjans Haus empfunden hatte, als die Voodoo-Geister ihn in der Gewalt hatten. Nun empfand sie wieder dieselbe Angst – beklemmend, bedrohend, vernichtend. Das Getöse aus dem Osten schwoll immer mehr an, es war mit nichts vergleichbar, was sie bis dahin gehört hatte. Es hörte sich an wie viele Pferde und Wagen, oder wie Hubschrauber; ein rasselndes, metallisches Geräusch, vom Wind hergetragen. Vage hörte sie ihren Namen, wie aus einer unendlich tiefen Schicht ihres Unterbewusstseins; vom Wind verweht und übertönt von dem Getöse aus den Wolken.

Er kam aus dem Nichts, aber auf einmal war er da. Er kam von oben und warf sich auf sie und umklammerte sie. Sie stieß einen heiseren, kehligen Schrei aus und versuchte sich freizukämpfen, die Augen noch immer auf den Propheten gerichtet.

»Nagheela!«

Die Stimme kam ihr irgendwie bekannt vor, aber in ihrer Angst schlug und trat sie um sich, bis sie zusammen mit ihrem Angreifer das Gleichgewicht verlor und die beiden in einer Geröll-Lawine ein paar Meter in die Tiefe glitten. Nagheelas Augen waren immer noch auf den Propheten fixiert.

»Nagheela!«, keuchte die Stimme, »ich bin es, Gertjan, sieh mich an, Nagheela!« Ihr Widerstand gegen seinen Griff ließ einen Moment nach, aber sie konnte ihn nicht ansehen, der Prophet erlaubte es nicht. Gertjan kämpfte sich zwischen sie und den Felsgipfel, auf den sie starrte, aber sie drückte ihn mit ungeheurer Kraft zur Seite, so dass ihr Blick auf die im Feuerschein aufleuchtende Gestalt dort oben frei blieb.

»Hilf mir, Gertjan!« Mit Mühe presste sie die Laute aus ihrer geschwollenen Kehle hervor, aber dann stieß sie ihn mit solcher Kraft von sich, dass er sie loslassen musste. Schneller als zuvor kletterte sie wieder nach oben, auf den Propheten zu, der sie mit einer solchen Macht zog, als hätte er keine Zeit mehr zu verlieren. Gertjan sprang auf ihre Beine los und umklammerte ihre Knöchel. Nagheela trat wild nach ihm, aber

Gertjan wusste, dass sie, wenn er sie nun losließ, so schnell aus seiner Reichweite sein würde, dass er sie nie mehr einholen konnte. Der Stein, an dem Nagheela sich festklammerte, konnte ihrer beider Gewicht nicht tragen und löste sich. Wieder rollten sie in einem Regen von größeren und kleineren Steinen einige Meter nach unten. Gertjan warf sich in einem neuen Versuch, den Blickkontakt zwischen ihr und dem Propheten zu unterbrechen, der Länge nach auf das Mädchen, aber ein schwerer Stein traf ihn zwischen den Schultern. Dadurch lockerte sich sein Griff, und sie rollte unter ihm hervor. Mit ein paar schnellen Sprüngen war sie außer Reichweite. Niedergeschlagen sah Gertjan ihr nach, während der Abstand schnell größer wurde und sie in der Dunkelheit kaum noch zu sehen war.

»Oh, Gott«, stöhnte er.

Es war kein gedankenloser Ausruf. In dem Zimmer in der Bergwand hatte er ihn schon angerufen, und nun hatte er sie hier draußen gefunden. War das etwa Zufall gewesen? Aber was nützte das nun – wie konnte er ihr helfen? Würde er sie hier sterben sehen, so wie Rashkalin gerade eben gestorben war? War das alles, was dieser Gott ihm geben konnte?

Der Wind wurde noch heftiger, und das Getöse schien inzwischen von allen Seiten zu kommen. Der schweflige Brandgeruch wurde immer schärfer; die Rauch- und Nebelschwaden wurden immer dichter und nahmen ihm nun völlig die Sicht auf Nagheela. Das Einzige, was Gertjan noch wahrnehmen konnte, war der beängstigende Lärm und der abstoßende Anblick des mageren Mannes im Feuerschein auf dem Felsen. Und dann sah er das Ungetüm: Aus dem Rauch kam hinter dem Propheten ein Wesen zum Vorschein, das die Gestalt einer Heuschrecke besaß und die Größe eines Pferdes. Auf dem Kopf trug es etwas wie einen goldenen Kranz und das Gesicht war beinah menschlich, abgesehen von dem Maul, das scharfe Zähne hatte wie das eines Löwen. Das lange Haar flatterte wild in den heftigen Windstößen, und ein metallener Brustschild spiegelte das unruhig lodernde Feuer. Gertjan erstarrte vor Angst. Der Anblick dieses Wesens ließ sich mit nichts vergleichen, was er je in seinem Leben gesehen hatte. Ein zweites, genau gleiches Wesen landete auf der Felsspitze und faltete seine glänzenden Flügel zusammen. Beide krochen auf den Propheten zu, dessen Ausdruck sich von einem Moment zum anderen völlig veränderte. Die bösartige Grimasse und der teuflische Blick in den harten Augen des Mannes, der alle Macht besaß, wichen einem Ausdruck maßloser Angst und namenlosen Entsetzens. Er streckte abwehrend die Hände aus, aber er konnte den schnellen Stichen, die die Wesen ihm mit ihren Schwänzen versetzten, unmöglich ausweichen. Sein Schmerzensschrei ging in dem Getöse unter, das die beiden Wesen machten, als sie gleichzeitig aufstiegen und in den Rauchwolken verschwanden.

Gertjan schnappte nach Luft. Auf dem Felsen sank der Prophet mit einem vor Schmerz und Wut verzerrten Gesicht in sich zusammen und verschwand aus seinem Blickfeld. Gertjans Knie knickten ein und er lehnte sich einige Augenblicke Halt suchend an die Felswand. Dann nahm er allen Mut zusammen und begann in die Richtung zu klettern, in die Nagheela verschwunden war. Rauchschwaden jagten, vom Wind getrieben, an ihm vorbei. Es war nun beinah vollkommen dunkel und er konnte den Weg nur noch ertasten.

»Nagheela!«

Seine Stimme ging in dem Lärm unter, den die Wesen im Rauch verursachten, aber er kletterte weiter, vorwärts getrieben von seiner Angst und seiner Sorge um das Mädchen.

»Gertjan!«

Es war leise und klang heiser, aber es war eindeutig sein Name, der da gerufen wurde.

»Nagheela!«

Es schien von links gekommen zu sein, von da, woher der Wind wehte. Die Wand wurde etwas weniger steil und er bewegte sich tastend nach links, in die Richtung, aus der die Stimme gekommen war. Nun wurde es wieder steiler, und ab und zu brach ein Teil des Vorsprungs ab, an dem er sich entlangbewegte. Ab und zu rief er Nagheelas Namen, aber es kam keine Antwort mehr. Hatte er die Richtung verfehlt? Gerade als er zu verzweifeln begann, erkannte er einige Meter vor sich, wo der Vorsprung sich verbreiterte, etwas, das gegen die dunklen Felsen abstach. Sein Herz machte einen Sprung, und so schnell er konnte, lief er hin. Mit angezogenen Beinen lag das Mädchen totenstill auf den kalten Steinen. Gertjan kniete neben ihr nieder und rief ihren Namen, während er sie sanft schüttelte. Sie reagierte nicht und ihre Haut fühlte sich kalt an.

Ein überwältigendes Gefühl von Schmerz und Verlassenheit überfiel ihn, und heiße Tränen stiegen in seinen Augen auf. Mit den Fingern suchte er nach ihrer Halsschlagader. Ihre Haut fühlte sich rau und aufgeschürft an, aber er konnte die Ader nicht finden.

Da brach etwas in ihm und er ließ seinen Tränen freien Lauf, während er sich über sie beugte und ihren kalten Leib mit seiner eigenen Körperwärme zu erwärmen versuchte. Er hob den Kopf zum Himmel und verfluchte den Gott, der ihn dies alles umsonst hatte durchmachen lassen. Den Gott, der nun wahrscheinlich auf seinem Thron im Himmel lachte und sich von seinen Engeln besingen und bejubeln ließ. Wenn es überhaupt einen Gott gab, was war das dann für ein Gott? Hatte Evelien nicht von einem Gott der Liebe gesprochen? Er drückte das Mädchen an sich und merkte nicht, dass sich eine Hand bewegte. Selbst als sie die Augen öffnete und von ganz weit weg ein Lächeln auf ihren Lippen erschien, merkte er nicht, dass Nagheela lebte.

Der Knall, mit dem das Wesen gegen die Felswand schlug, war ohrenbetäubend. Das Tier war ungeheuer groß und ganz nah, und Gertjan spürte, wie tief aus seinem Innern ein Entsetzensschrei über seine Lippen drang. Der Schwanz war schnell, das Einzige, was Gertjan sah, war ein kurzes Glänzen und das vage Licht des Feuers, und dann war da der Schmerz, der lähmende Schmerz, der machte, dass er sich zusammenkrümmte. Als das Wesen sich von dem Felsvorsprung abstieß, brach dieser ab, und in einem Regen von Geröll und Schmutz rollten Gertjan und Nagheela den Abhang hinunter. –

Der Mann bückte sich und scharrte schnell ein paar Steine weg. Seine Miene nahm einen Ausdruck von Abscheu und Entsetzen an.

»*Natalie, viens ici, vite!*«

Die Frau kletterte schnell weiter; dann schlug sie die Hände vors Gesicht.

»*Mon Dieu, Jules*«, rief sie aus, »ist sie tot?«

»Nein«, antwortete er, »nein, sie ist nicht tot. Sie hat sich bewegt, dadurch habe ich sie gesehen.« Er scharrte die Steine weg, so schnell er konnte. »Sonst hätte ich sie gar nicht sehen können, das arme Kind, sie war völlig unter den Steinen begraben.«

Unter dem Haufen von Schutt und Steinen kam immer mehr von dem Mädchen zum Vorschein. Die Frau hatte ihren Rucksack abgeworfen und half ihrem Mann, das Mädchen auszugraben.

»Das arme Kind, das arme Kind«, rief sie aus und schlug wieder die Hände vor den Mund. Dann faltete sie sie zu einem schnellen, nervösen Gebet.

»Wie sieht sie nur aus!«, stöhnte sie.

Das Mädchen war nackt und ihr ganzer Körper war bedeckt mit Schrammen, Beulen und Schürfwunden. Ihre Beine und Hüften waren rot und voller Brandblasen. Rund um den Hals waren tiefe rote Striemen wie von einem strammgezogenen Strick. Sie stöhnte leise und machte abwehrende Gesten mit den Händen.

»Nein, nein«, brachte sie heraus und murmelte noch etwas Unverständliches. Ab und zu versuchte sie die Augen zu öffnen, aber sie konnte das stechende Sonnenlicht nicht ertragen. Die Frau kniete sich neben sie und sprach ihr beruhigend zu, während der Mann seinen Rucksack öffnete, eine Flasche Wasser herausholte und ihr vorsichtig die Lippen befeuchtete. Gierig öffnete das Mädchen den Mund und leckte das Wasser auf. Gleichzeitig stießen der Mann und die Frau einen Seufzer der Erleichterung aus, als das Mädchen die Augen öffnete und sie abwechselnd ansah.

»Dank sei Gott«, seufzte die Frau. Vorsichtig ergriff sie die Hände des Mädchens und drückte sie sanft. Sie lächelte entzückt.

Der Mann stand auf und blickte zum Zentrum unter ihnen.

»Ich gehe zurück«, sagte er, »ich hole Kleidung und zusätzliches Essen. Wir werden jetzt viel länger brauchen. Viel, viel länger.«

Die Frau sah auf und folgte seinem Blick zum Zentrum. Sie nickte, aber sie guckte besorgt.

»Bitte sei vorsichtig, Jules.«

Er legte ihr die Hand auf den Kopf und fuhr ihr mit den Fingern durchs Haar. Dann begann er mit dem Abstieg. Sie sah ihm kurz nach, dann wandte sie sich wieder dem Mädchen zu.

»Wie heißt du, Kind?«, fragte sie in ihrem besten Englisch.

27

Die Meinungen waren geteilt und es wurde heftig spekuliert. Der Platz war übersät mit Reportern, und an den strategisch günstigsten Stellen waren Kameras aufgestellt, die ihre Bilder in die ganze Welt schickten. Die niedrige Februarsonne warf die langen Schatten der Zedern über den Tempelplatz, wenn es ihr für einige Augenblicke gelang, die Wolkendecke zu durchdringen.

Gertjan schlug seinen Kragen hoch – es war noch ziemlich kalt für die Jahreszeit und die gelegentlichen Sonnenstrahlen gaben nicht viel Wärme. In den Zeitungen war in den letzten Tagen ausführlich über diese Konferenz berichtet worden, und heute sollte die Welt über das Ziel und die Resultate dieser Konferenz der zehn führenden Politiker des vereinigten Groß-Europa informiert werden.

Sie mussten lange warten, und Gertjans Gedanken wanderten zurück zu der schaurigen Nacht an der Felswand, die nun schon wieder ein halbes Jahr zurücklag. Es war schon hell gewesen, als er wieder zu sich gekommen war. Das Erste, was ihm aufgefallen war, war die Stille, die vollkommene Stille nach dem ohrenbetäubenden Lärm der vergangenen Nacht, und dann seine Schmerzen. Ihm hatte wirklich alles wehgetan. Langsam war er in die Wirklichkeit zurückgekehrt, die abscheuliche Wirklichkeit, und er war aufgesprungen. Wie lange er gesucht hatte, wusste er nicht mehr, er war völlig benommen gewesen. Iskias Körper hatte er gefunden, aber den von Nagheela hatte er nirgends entdeckt, und schließlich war er innerlich gebrochen ins Zentrum zurückgekehrt. Dort wollte er sich das beschaffen, was er für die Tour zur nächsten Siedlung am nötigsten brauchte.

Im Zentrum herrschte totales Chaos. Die Wesen waren auch hier gewesen und waren zielstrebig ans Werk gegangen. Von überallher hörte er die getroffenen Tekna-Gen stöhnen. Niemand achtete auf ihn und er konnte ungestört Kleidung und Lebensmittel zusammenraffen. Unter normalen Umständen hätte er für die Tour durch die Berge höchstens zwei Tage gebraucht, er nahm jedoch so viel Proviant mit, dass er für fünf Tage reichte.

Es stellte sich dann heraus, dass er gut daran getan hatte – er war tatsächlich fünf Tage unterwegs. Im Nachhinein merkte er, dass er ein paar Umwege gemacht hatte, aber er hatte während dieser Tage viel Zeit zum Nachdenken gehabt. Es hatte wenig Sinn, nach Holland zurückzukehren. Was hätte ihn dort schon erwartet? Er konnte nicht mehr an seinen Arbeitsplatz zurück, und an seinem Wohnort konnte er sich auch nicht mehr blicken lassen.

Azarnim würde ihn sofort aufgreifen und ins Zentrum zurückbringen lassen, wenn er als Irrgläubiger nicht an Ort und Stelle getötet wurde, entweder von den Straßenbanden oder von den Tekna-Gen.

Die Rückkehr in die bewohnte Welt war nach den fünf Tagen in der Ruhe und Einsamkeit der majestätischen Berge ein wahrer Kulturschock. Die Wesen, die das Zentrum angefallen hatten, waren auch hier gewesen und hatten systematisch die Städte heimgesucht und die Menschen mit dem lähmenden Gift aus ihren Schwänzen gepeinigt. Es herrschte eine grimmige, Furcht einflößende Atmosphäre. Der Prophet verspritzte von Israel aus mithilfe der Medien sein Gift und erklärte, wie der falsche Geist, der verächtliche Gott der Christen, sein wahres Gesicht zeigte und in seiner eifersüchtigen Zerstörungswut mit seinen Heerscharen die Erde überschwemmte. Immer wieder feuerte der Prophet die Menschheit an, Ernst zu machen mit der Reinigung und vor allem gegen diejenigen einzuschreiten, die diesem Irrglauben anhingen. Fünf Monate lang hatten die Wesen die Erde heimgesucht; immer wieder waren sie völlig unerwartet an den verschiedensten Orten aufgetaucht und hatten die Menschen mit dem Gift aus ihren Schwänzen gequält. Die Wesen handelten blitzschnell und zielgerichtet; jedes folgte seiner eigenen Bahn, ohne dass sie einander in die Quere kamen. Viele ihrer Opfer sehnten sich danach, zu sterben, aber der Tod floh vor ihnen, und so wussten sie nichts Besseres zu tun als den zu lästern, der für all das verantwortlich war, den Gott der Christen, der auf seinem ruhmlosen Rückzug seinen grenzenlosen Hass austobte.

Obwohl Gertjan für alle Zeiten genug hatte von dem Propheten, konnte er seine Erklärungen durchaus nachvollziehen. Die Erde war steuerlos und in ihren Grundfesten erschüttert, und die anhaltenden Angriffe aus der übernatürlichen Welt ließen darauf schließen, dass ein heftiger Kampf tobte auf einer Ebene, die er nicht kannte, die jedoch Auswirkungen hatte auf die Welt, in der er lebte. Wahrscheinlich war diese Welt sogar der Preis, um den gekämpft wurde. Anscheinend kannte sich der Prophet gut mit dieser anderen Welt aus, denn er konnte mit erstaunlicher Präzision voraussagen, wann und wo wieder ein Unglück geschehen würde. Nachdem fünf Monate vergangen waren, genau wie der Prophet vorausgesagt hatte, wurde die Erde von einer neuen Plage heimgesucht. Angeblich handelte es sich um ein Heer von zweihundert Millionen Anhängern des Gottes der Christen, die sich auf einem höheren Evolutionsniveau befanden und von ihrer Energieebene aus Feuer, Rauch und Schwefel herabregnen ließen und in einer Blitzaktion ein Drittel der wehrlosen und verzweifelten Menschheit töteten.

Die Menschen begehrten auf, aber das änderte nichts. Gegen wen sollten sie ihren Zorn richten? Ihre geballten Fäuste, die sie gegen den Gott der Christen erhoben, schlugen ins Leere. Das öffentliche Ansehen des Propheten stieg von Tag zu Tag, und die wenigen, die sich ihm widersetzten, waren ihres

Lebens nicht sicher. So viel hatte Gertjan begriffen – es war ein Machtkampf, ein Kampf um die absolute Weltherrschaft, aber er konnte für keine der beiden Seiten mehr die geringste Sympathie aufbringen.

Die Artikel, die er nun ab und zu für eine internationale Zeitschrift verfasste, waren von kritischer Neutralität geprägt. Mit gewissenhafter Sorgfalt berichtete er über das, was geschah, ohne irgendein Urteil darüber abzugeben. Anscheinend befriedigte er damit ein Bedürfnis seiner Leser, denn Johnson, der Chefredakteur der Zeitschrift, war mit ihm zufrieden. Neben seiner eigentlichen Arbeit als Systemadministrator bei derselben Zeitschrift verdiente er damit genug, um seinen Lebensunterhalt zu sichern.

Ein lauter Posaunenschall brachte das Stimmengewirr zum Verstummen und aller Augen richteten sich auf das erhöhte Podium, auf dem zwölf Sessel aufgestellt waren. Der große Vorhang wurde weggezogen und Efraim Ben Dan, gekleidet in eine purpurfarbene Robe, die mit bunten Beschlägen verziert und mit zahllosen Edelsteinen besetzt war, betrat das Podium. Er bewegte sich gemessenen Schrittes, voller Selbstbeherrschung und mit viel Sinn für Dramatik. Sogar Gertjan, der ihn als bösartiges, grausames, machthungriges Tier kennen gelernt hatte, so wie er sich an der Bergwand offenbart hatte, verspürte das fremdartige Gefühl, das durch die Menschenmenge wogte, und einen Augenblick kam die tiefe Ablehnung, die er für diesen Menschen empfand, ins Wanken.

Der Prophet postierte sich hinter dem Mikrofon und ließ den Blick über die Menschenmenge schweifen, die sich auf dem Platz versammelt hatte.

Die zentral positionierten Kameras zoomten auf sein Gesicht, und die Bilder, die über Satelliten gleichzeitig in die ganze Welt ausgestrahlt und gierig in den Wohnzimmern empfangen wurden, erschienen auch auf dem riesigen Bildschirm hinter dem Podium.

Ruhig und vollkommen beherrscht glitt der Blick des Propheten über die zahllosen Reporter und die geladenen Gäste. Das Herz schlug ihm bis zum Hals, aber seine innere Anspannung blieb den Tausenden von Zuschauern auf dem Tempelplatz und den Millionen in den heimischen Wohnzimmern vollständig verborgen.

»Kinder der Erde.«

Seine hohe Stimme schallte durch das Mikrofon und berührte seine Zuhörer im Innersten. Er hielt einen Moment inne, aber die ungeteilte Aufmerksamkeit der Welt war ihm längst sicher.

»Wieder stehen wir am Vorabend eines Meilensteines der Menschheitsgeschichte.«

Mit seiner fesselnden und dynamischen Redeweise nahm er die Welt mit auf eine Reise durch die vergangenen Jahre und wies auf die Notwendigkeit der beständigen Reinigung hin, da nur so die Harmonie erreicht werden konnte, die erforderlich war, um den Evolutionprozess neu anzuregen. Für Gertjan enthielt diese Botschaft noch keine neuen Elemente, und er ließ diesen Redeschwall passiv über sich ergehen. Die hungrigen Gesichter um ihn herum saugten ihn dagegen auf wie ein lebensrettendes Elixier.

»Die Welt schreit nach Einheit!«, rief der Prophet aus. »Unser Feind ist der Feind, den wir uns selbst geschaffen haben. Woher, glaubt ihr, nimmt dieser Geist die Kraft, mit der er euch zu vernichten trachtet, und was ist seine Strategie? Ist es nicht unsere Uneinigkeit, die ihn stärkt, verleiht nicht unsere mangelnde Harmonie ihm seine Kraft? Was wir brauchen, ist Einheit, absolute Harmonie. Was wir brauchen, ist jemand, der unserer Uneinigkeit ein Ende macht, unserer fehlenden Harmonie, die den Geist nährt, der uns quält.

Wir brauchen unseren König, den König der Erde, den Erdenkönig!«

Spontaner Applaus brandete auf. Der Prophet trat einen Schritt vom Mikrofon zurück und nahm auf einem der zwölf Sessel Platz. Der Applaus hielt an, während der Vorhang aufs Neue aufgezogen wurde und die Leiter von sieben der zehn Bundesstaaten Großeuropas hinaustraten und sich auf die Sessel auf dem Podium setzten. Der Thron in der Mitte des Podiums und drei weitere Sessel blieben jedoch leer.

»Oren Rasec«, flüsterte der Mann neben Gertjan überflüssigerweise. Gertjan sah ihn von der Seite an. Schon seit längerer Zeit deuteten die Gerüchte in diese Richtung; was der Mann neben ihm gesagt hatte, lag daher auf der Hand. Unter den Befürwortern einer Welteinheitsregierung in Form einer Monarchie herrschte Einigkeit darüber, wer würdig war, die Krone zu tragen. Es ging nicht darum, wer in Frage käme, sondern darum, ob überhaupt ein Erdenkönig eingesetzt werden sollte und welche Befugnisse er haben sollte.

Wieder erschallte die Posaune, und der lang anhaltende Ton ging über in den letzten Vers des Liedes der Erde, das nun in voller Lautstärke aus den Lautsprechern schallte. Es gab nur einige wenige aus dem tausendköpfigen Publikum, die nicht aus voller Kehle mitsangen.

Wir warten auf den Leiter; er hat alle Macht.
Aus dir wird er erstehen, dein Geist gibt ihm die Kraft.
Und er wird eins uns machen, nach Seele, Geist und Leib –
O komm, du Geist der Erde, wir sind für dich bereit.

Als die letzten Klänge der Musik erstarben, stand Oren Rasec da, groß und würdevoll, während die Kamera sein Gesicht bildfüllend auf den riesigen Monitor und auf die häuslichen Fernsehschirme übertrug. Die stahlblauen Augen strahlten

Willenskraft und Autorität aus, und die Zuschauer wurden mit tiefer Ehrerbietung erfüllt. Es bestand kein Zweifel – dies war ihr König, der Erdenkönig. Die sieben Leiter der europäischen Föderation und der Prophet hatten sich ehrerbietig erhoben; ihre Augen waren ebenso wie die der ganzen Welt auf den Mann gerichtet, der soeben als Monarch der Neuen Welt eingesetzt worden war, Oren Rasec, den Erdenkönig. Kerzengerade und äußerlich ungerührt schritt Oren Rasec nach vorn und nahm auf dem bombastischen Thron inmitten des Podiums Platz. Die Politiker zu beiden Seiten setzten sich wieder und Oren Rasec ergriff das Wort.

»Kinder der Erde.« Er gebrauchte dieselbe Anrede wie der Prophet, und aus seinem Mund klang das etwas fremd und ungewöhnlich. »Wir haben lange, tief gehende Gespräche geführt« – mit einer weit ausholenden Armbewegung wies er auf die sieben Herrscher rechts und links von ihm – »und sind zu der Einsicht gekommen, dass wir miteinander nicht um die Macht auf dieser Welt kämpfen sollten. Wir stimmen der Ansprache unseres geistlichen Bruders Efraim Ben Dan, des Propheten der Erde, in allen Punkten zu, und wir haben darüber beraten, was zu tun ist. Es gibt nur diese eine Lösung, und ich bin bereit, die Regentschaft über diese Erde anzutreten.«

Die sieben politischen Führer applaudierten zustimmend, und die Menge auf dem Tempelplatz fiel enthusiastisch ein. Oren Rasec wartete kurz und hob dann die Hand. Der Applaus verstummte abrupt.

»Leider haben sich drei Bundesstaaten dieser Friedensbewegung nicht angeschlossen. Wir haben sie gebeten, im Interesse des Weltfriedens auf ihren Thron zu verzichten.«

Er nannte die Namen der drei Dissidenten, worauf das Publikum mit Hohngeschrei reagierte.

Efraim Ben Dan war wieder zum Mikrofon gegangen und ergriff erneut das Wort.

»Oren Rasec hat es nicht nötig, vorgestellt zu werden.« Die hohe Stimme, die mit der Dynamik eines begeisterten Sprechers geladen war, stand in krassem Gegensatz zu der ruhigen, tiefen Stimme Oren Rasecs, aber aus irgendeinem Grund schien gerade dieser Unterschied die Einheit nur noch zu bekräftigen. Der Prophet gab eine kurze, aber eindrucksvolle Zusammenfassung der Verdienste des Mannes auf dem Thron, der durch seine unübertroffenen Verhandlungskünste eine Quelle der Harmonie und des Friedens für die ganze Welt geworden war.

»Seit ihrer Gründung vor nunmehr dreieinhalb Jahren hat sich unsere Großeuropäische Föderation als einzigartig erwiesen«, fuhr er fort. »Wir sind auf der wirtschaftlichen, ethischen und religiösen Ebene absolut tonangebend. Die übrigen Kontinente, sei es im Westen, Osten, Norden oder Süden, haben nie einen Vorstoß in Richtung auf die Weltharmonie unternommen. Es ist darum auch nur folgerichtig, dass wir nun die Initiative ergreifen und aus unserer Mitte einen König wählen, durch den wir in Frieden und Harmonie die ganze Welt regieren werden. Wenn wir auch nur etwas von dieser Einheit verwirklichen wollen, dann müssen wir nun energisch zur Tat schreiten und dürfen uns nicht länger in Debatten und Kompromissen verlieren. Er wird uns in diese volle Harmonie führen, und es wird keine Herrschaft mehr bestehen als seine.«

Er zeigte auf Oren Rasec, der unbeweglich auf seinem Thron saß. »Wer ist ihm gleich«, rief der Prophet, »und wer könnte sich ihm widersetzen?«

Gertjan konnte es nicht ändern – gegen seinen Willen verspürte auch er die Souveränität des massigen Mannes auf dem Thron. Die unwahrscheinlich blauen, seltsam glühenden Augen in dem starren Gesicht gaben ihm etwas beinah Überirdisches. Aber dass diese Initiative selbständig von dem Großeuropäischen Reich ergriffen wurde, nicht in Absprache mit den anderen internationalen Führungskräften, überraschte ihn und gab ihm ein ungutes Gefühl.

»Ja«, wiederholte der Mann neben Gertjan. »Wer könnte sich ihm widersetzen?«

Der Lärm auf dem Platz schwoll an. Es wurde gejubelt, geweint und geflucht.

»Einen gibt es«, rief der Prophet mit seiner hohen Stimme, »der sich mit ihm messen wollen wird, und ihr wisst es, ihr habt ihn in den letzten Jahren kennen gelernt. Aber ich sage euch, dieser falsche Geist, dieser christliche Gott, ist nichts anderes als die Materialisation unseres eigenen Denkens, die Verstofflichung unserer Uneinigkeit, mit der wir einander nach dem Leben trachten und einander in unseren Kriegen bekämpfen. Und diese Uneinigkeit richtet sich nun gegen uns selbst und äußert sich in den Angriffen aus dem Weltall und aus den höheren Dimensionen. Ja, dieser Feind ist eine Realität, wir können ihn nicht leugnen oder totschweigen – wir müssen uns ihm öffentlich entgegenstellen und ein deutliches Zeichen setzen! Und dieser Moment ist jetzt gekommen. Wir werden nicht länger tolerieren, dass diesem oder irgendeinem anderen Gott irgendeine Art von Ehre erwiesen wird! Wir akzeptieren keinen Gott, der unserem kollektiven Irrglauben entsprossen ist, sondern wir wählen einen Gott aus unserer Mitte. Nicht unserem Irrglauben, sondern uns selbst gebührt die Ehre.«

Wieder zeigte er mit dem Finger auf den Mann auf dem Thron. Das Stimmengewirr auf dem Platz nahm zu. Die Menschen feuerten den Propheten an oder riefen sich gegenseitig irgendetwas zu. Es wurde gezogen und geschoben. Gertjan spürte einen harten Stoß im Rücken und drehte sich um. Der Mann hinter ihm sah ihn zornig an. »Du stehst im Weg, Mann, verzieh dich!« Wie eine eigenartige Windböe fuhr eine

Welle des Ärgers durch die Menge, und es erhob sich ein unkontrollierter Lärm.

»Dieser Mensch ist mehr als ein Mensch, dieser Mensch ist mehr als unser souveräner König.« Die Stimme aus den Lautsprechern schaffte es nur mit Mühe, den Tumult in der Menge zu übertönen.

»Dieser Mensch ... ist unser Gott!«

Direkt nach dieser Proklamation zuckte ein greller Blitz auf und schlug außerhalb des Tempelplatzes mit Ehrfurcht gebietendem Knall ein, unmittelbar gefolgt von einem grollenden Donner.

Niemand sah es, niemand konnte es sehen als nur er und der, der auf dem Thron saß. Mit offenem Mund erblickten sie vor ihrem geistigen Auge, was kein Mensch außer ihnen sehen konnte. In blendendem Lichtglanz öffnete sich der Himmel, und in einer mächtigen Explosion von Licht und Finsternis wurde der große Drache, die alte Schlange in all ihrem Glanz aus dem Himmel geworfen, und mit ihr all ihre Anhänger verschiedenster Art, Größe und Farbe. Es dauerte nur einen Augenblick, und der Prophet und der Mann auf dem Thron bissen sich auf die Zunge und verschlossen die Ohren vor der lauten Stimme im Himmel, die die Königsherrschaft Gottes und seines Gesalbten ankündigte.

Die letzten Worte klangen noch nach in ihren Köpfen, bevor der Himmel sich schloss: »Wehe der Erde und dem Meer! Denn der Teufel ist zu euch hinabgekommen und hat große Wut, da er weiß, dass er nur eine kurze Zeit hat.«

Oren Rasec ballte die Hände zu Fäusten und seine Knöchel färbten sich weiß.

»Und das werden wir noch sehen.«

Die Menschenmenge auf dem Tempelplatz schwieg einen Moment, und die Leute blickten verwirrt nach oben. Der

Himmel war grau geworden; die Wolken ballten sich zusammen und wurden von einer plötzlichen, eiskalten Windböe über den Himmel getrieben.

»Dieser Mensch ist unser Gott, ihm gebührt alle Macht!«, jauchzte der Prophet und erhob einladend die Hände. Die Verwirrung in der Menge war groß. Einige folgten seinem Beispiel, erhoben die Hände und jauchzten, andere blickten ängstlich in die Wolken, als erwarteten sie, dass noch einmal ein Blitz herniederfahren und sie erschlagen würde bei dieser direkten Konfrontation zwischen dem Menschen und dem Gott der Christen.

Niemand hatte den Mann kommen sehen. Er war groß und trug orthodox-jüdische Kleidung. Mit einem schnellen Sprung schwang er sich auf das Podium. Bevor jemand eingreifen konnte, rief er der Menge mit lauter Stimme auf Hebräisch zu: »Gott ist groß und er hat alle Macht. Es gibt keinen Gott außer ihm. Ihr sollt keine anderen Götter haben neben ihm.« Die Wächter auf den Mauern hielten ihre Maschinengewehre auf ihn gerichtet, aber aus unerfindlichen Gründen griff niemand ein.

Mit einer schnellen Bewegung schlug der Mann seinen Mantel zur Seite und ein Schwert blitzte auf. Mit ein paar Schritten war er bei dem Mann auf dem Thron, der ihn nur ansah. Keine Spur von Angst war in seinem Gesicht zu lesen, und er machte keine Anstalten, sich zu wehren. Der Schlag war kräftig und schnell – mit mächtigem Schwung drang das Schwert tief in den Schädel von Oren Rasec und spaltete sein Gesicht. Das Gehirn quoll als formloser Brei aus seinem Kopf. Entsetzensschreie erhoben sich, als der verstümmelte Körper des Mannes, der soeben zum Erdenkönig und Gott ausgerufen worden war, zur Seite sackte und dann vornüber vom Thron fiel. Um seinen Kopf herum bildete sich eine schnell größer werdende Blutlache. Der Mann mit dem Schwert hob den tropfenden Stahl über seinen Kopf und stieß einen rauen Jubelschrei aus: »Seht die Macht des Menschen, der dem Gott Abrahams, Isaaks und Jakobs trotzt!«

Herausfordernd blickte er in die Menge und zeigte spottend auf den leblosen Körper. »Wer könnte sich ihm widersetzen?«

Die Menge schwieg. Es war totenstill, als der Prophet einen Schritt nach vorn tat. Atemlos warteten alle ab, was geschehen würde. Die Wächter auf den Mauern hielten ihre Waffen auf den Mann mit dem Schwert gerichtet, aber es hatte immer noch niemand den Befehl erteilt zu feuern. In dieser Situation würde es auch nichts mehr nützen, den Mann niederzuschießen. Gertjan spürte, wie sein Herz schneller schlug. Bedeutete das das Ende der Macht des Propheten, oder würde nun eine neue Folge von Kriegen und Plagen entfesselt werden?

»Seht die Macht des Menschen, der dem Gott Abrahams, Isaaks und Jakobs trotzt!«, wiederholte der Prophet und hob die Hand in den grauen Himmel, in dem die Wolkenmassen brausten und tobten.

»Im Namen von Oren Rasec, dem König der Erde, unserem einzigen Gott und Befehlshaber, befehle ich Feuer vom Himmel herab«, rief er aus, und aufs Neue durchschnitt ein Blitz das Himmelsgewölbe und schlug mit haarscharfer Präzision in das erhobene Schwert ein. Der Mann schwankte und schlug zu Boden, während ihm das rotglühende Schwert aus den Händen gerissen wurde, einige Meter hochflog, sich in der Luft drehte, wieder nach unten fiel und dem Mann, der auf dem Boden lag, mitten ins Herz hineinfuhr. Sein Körper zuckte auf, krümmte sich zusammen und blieb dann leblos liegen.

Die Zuschauer auf dem Tempelplatz und zu Hause vor den Fernsehapparaten sahen bestürzt zu. Dass der Prophet übernatürliche Kräfte besaß, stand außer Zweifel, aber dass jemand auf diese Weise einen anderen tötete, hatte man bisher nur von den beiden in Sackleinen gekleideten Verrückten gehört, die im Namen des Christengottes auftraten – und auch das waren wahrscheinlich bloß Gerüchte gewesen.

Der Prophet kniete neben dem Leichnam von Oren Rasec nieder und legte ihm beide Hände auf.

»Seht die Macht des Menschen«, rief er aufs Neue, und in diesem unglaublichen Moment bewegte sich Oren Rasec. Die Blutung kam zum Stillstand und vor aller Augen erhob sich Oren Rasec. Sein Schädel fügte sich wieder zusammen, ohne auch nur die Spur einer Narbe zu hinterlassen, und er war völlig wiederhergestellt. Entsetzensschreie stiegen aus der Menge auf, und in den Wohnzimmern klammerten sich die Menschen aneinander fest.

»Wer ist ihm gleich?«, rief der Prophet aus. »Seht unseren Gott!« Er fiel auf die Knie und betete Oren Rasec, den Erdenkönig, an.

»Jauchze, o Erde!«, donnerte die Stimme Oren Rasecs, »jauchze, denn der Tag unseres Sieges ist nahe. Ich werde euch leiten, ich werde euch behüten.«

Einige begannen zögernd zu klatschen, andere fielen ein, und dann erfüllte ohrenbetäubender Applaus den Tempelplatz. Aus den Lautsprechern erschallte wieder das Lied der Erde, und eine reich mit Edelsteinen verzierte Truhe wurde aus dem Tempel getragen und vor dem Propheten niedergesetzt.

Während die Menge auf dem Platz und die Menschen in den Wohnzimmern aus voller Kehle das Lied der Erde sangen, öffnete der Prophet die Truhe und hob die schwere Krone hoch über seinen Kopf. Die Musik erstarb. Es wurde totenstill, als er mit der Krone in den Händen auf den Mann zuging, der auf dem Thron saß. Die sieben Politiker, die bei dem Angriff des Mannes mit dem Schwert das Weite gesucht hatten, kehrten zurück auf das Podium und standen ehrerbietig Spalier. Während der leblose Körper des Angreifers noch auf dem

Podium lag, krönte Efraim Ben Dan, der Prophet der Erde, Oren Rasec zum Erdenkönig und Gott. Die Welt brach in Jubel aus und die übrigen Könige und Machthaber auf der Erde sahen mit eifersüchtigen Augen zu, denn wer konnte sich ihm widersetzen, und wer war ihm gleich?

Plötzlich standen sie da, so, als wären sie aus dem Nichts erschienen. Die tobende Menschenmenge auf dem Tempelplatz wurde von einer Welle der Unruhe gepackt. Der Mann neben Gertjan sah sie stehen und stieß Gertjan an.

»Da, auf der Mauer, sie sind da, sie sind es wirklich!«

Gertjan folgte dem ausgestreckten Zeigefinger und ein eigenartiges Gefühl durchfuhr ihn. Zwei Männer, die in ärmliche Jutesäcke gekleidet waren, standen in stolzer Haltung auf der Mauer. Ihre langen, silbernen Haare und Bärte flatterten wild in dem heftigen Wind. Ihre Gesichter hatten tiefe Falten und strahlten eine übermenschliche Autorität aus. Sie standen da und sagten kein Wort, während die Wächter auf den Mauern in tödlichem Schrecken die Flucht ergriffen und sich in Sicherheit zu bringen versuchten.

»Oren Rasec!«

Die Stimme klang wie Donnergrollen, tief und bedrohlich, und die Menge schwieg und zitterte.

Ein seltsamer Gedanke fuhr Gertjan durch den Kopf: So musste Israel sich gefühlt haben, als Moses mit den Steintafeln vom Berg kam und das Volk wie toll um das Goldene Kalb herumtanzte.

Oren Rasec saß auf seinem Thron, die mächtige Krone fest auf dem völlig geheilten Kopf. Sein Gesicht zeigte immer noch keine Spur von Angst; seine Miene spiegelte nur Spott und tiefe Verachtung wider.

»Oren Rasec, du wirst dieses Volk leiten, aber nicht auf dem Weg des Lebens.«

Der Mann auf der Mauer zeigte mit dem Finger auf den neuen Erdenkönig. Auf seinem Gesicht zeichnete sich Wut ab.

»Wehe dir, Erde, wehe dir, denn der dich leitet, wird dich zum Tode leiten. Du hast keine Macht, Oren Rasec, als nur die, die dir für kurze Zeit vom Allerhöchsten verliehen wird. Das Königreich ist des Herrn und seines Gesalbten.«

»Schweig!«, brüllte der Erdenkönig und erhob sich von seinem Thron. Seine durch die Lautsprecher verstärkte Stimme übertönte die Worte des alten Mannes auf der Mauer.

»Meine Autorität wird von den Bewohnern der Erde getragen und die Macht deines Gottes geht zu Ende. Sein Andenken wird vom Erdboden verschwinden, und es wird keinen Sterblichen mehr geben, der ihn kennt. Mein ist die Macht auf Erden, und niemand macht sie mir streitig. Ich werde dieses Volk leiten, auf einen höheren und herrlicheren Weg, als ihn dein Gott je zugelassen hat.« Er wandte sich an die Menschen auf dem Tempelplatz und in den Wohnzimmern auf der ganzen Welt. »Kinder der Erde, seht, wie die Macht des Christengottes zusammenfällt und verschwindet. Seht, wie er sich hinter zwei armseligen alten Männern versteckt, denen er noch nicht einmal anständige Kleidung geben kann. Ist das der Gott, den ihr euch wünscht, und ist es das, was ihr von ihm erwartet? Ich dagegen biete euch Reichtum, Wohlergehen und Luxus in einer Welt voller Frieden und Harmonie. Ich biete euch ein Leben der Fülle.«

Einige aus der Menge applaudierten vorsichtig. Die Männer auf der Mauer schwiegen, und es kam kein Feuer aus ihrem Mund. Die Blicke der Menschen auf dem Tempelplatz wanderten hin und her zwischen den beiden alten Männern in den schäbigen Jutesäcken und der imposanten Gestalt des Erdenkönigs, der in vollem Ornat vor seinem Thron auf dem Podium stand. Der Ruf der beiden Männer auf der Mauer war Furcht einflößend, obwohl niemand wusste, was genau daran war;

Oren Rasec hatte sich in dieser Hinsicht noch keinen Ruf erworben, abgesehen von der soeben erfolgten wunderbaren Heilung. Und dann war da der Prophet, der mächtige Prophet, der soeben Oren Rasec dem Tod entrissen hatte, aber bis jetzt noch nichts gegen die beiden Irrgläubigen auf der Mauer unternommen hatte. Das musste doch bedeuten, dass die Macht dieser beiden größer war als die des Propheten?

Wieder ergriff Oren Rasec das Wort: »Die Tage eures Abfalls sind verstrichen, und ich werde nicht länger zulassen, dass ihr mit eurem Gift die Harmonie auf Erden bekämpft. Ich fordere euch heraus, ihr großsprecherischen Diener des Gottes von Abraham, Isaak und Jakob, ihr irregeleiteten Nachfolger von Jesus von Nazareth: Tötet mich, wenn ihr und euer Gott irgendwelche Macht habt!«

Er breitete die Arme aus und sah herausfordernd zu den beiden Männern hinauf. Reglos standen sie da und Oren Rasec wiederholte seine Provokation: »Tötet mich, wenn ihr und euer Gott irgendwelche Macht habt, sonst lasse ich *euch* töten!«

Noch immer geschah nichts, und die mutigsten unter den Menschen auf dem Tempelplatz begannen mit den Füßen zu scharren und den Tod der beiden Männer zu fordern. Ein verächtliches Lächeln umspielte den Mund Oren Rasecs. »Staub sind sie«, spottete er, »Staub und Dreck. Lasst sie in ihren Dreck zurückkehren. Wächter!«

Die Wächter waren inzwischen wieder hinter der Verschanzung hervorgekommen, hinter der sie in Deckung gegangen waren, und einige richteten ihre Maschinengewehre unsicher auf die beiden unbewaffneten Männer, die aufrecht stehen blieben und ihre Gesichter in den Himmel richteten.

»Sie schauen nach oben, aber nach unten sollen sie fallen«, höhnte der Erdenkönig und gab Befehl zum Feuern.

Die Gewehre knatterten los und spuckten Hunderte von Kugeln auf die Leiber der beiden wehrlosen Männer. Die

Menge auf dem Platz brach in Jubel aus, als die gehassten und gefürchteten Sprachrohre des Feindes der Harmonie von Kugeln durchsiebt von der Mauer taumelten, während der Erdenkönig aufrecht auf dem Podium stand und seine Allmacht und Autorität demonstrierte.

Gertjan betrachtete das Schauspiel mit gemischten Gefühlen.

28

»Kommen Sie hierher, schnell!«

Nagheela fasste den Mann unter dem Arm und half ihm hoch.

Er hinkte und stützte sich schwer auf sie. Schnell schaute sie sich um, aber soweit sie in der Dämmerung erkennen konnte, achtete niemand auf sie. Sie zog ihn in die Hotelhalle hinein, die im Moment leer war, wie sie wusste.

»Danke, vielen Dank«, murmelte der alte Mann, »aber Sie sollen meinetwegen nicht Ihr Leben aufs Spiel setzen.«

Sie lotste ihn durch den Gang und kramte an der Zimmertür hektisch nach ihrem Schlüssel. Wenn sie jemand hier antreffen würde, wäre sie tatsächlich ihres Lebens nicht mehr sicher. Drinnen ließ sie den Mann auf das Bett sinken und schlug vor, seine Verletzungen zu untersuchen.

»Bitte machen Sie sich doch keine Mühe, mir fehlt nichts«, protestierte der Mann schwach, aber er ließ zu, dass Nagheela ihm den Pullover auszog und vorsichtig die Knöpfe seines Oberhemdes öffnete. Abgesehen von einigen blauen Flecken und vermutlich ein paar geprellten Rippen war es anscheinend wirklich nicht so schlimm; jedenfalls war nichts gebrochen. Ihr fiel auf, dass der Oberkörper des Mannes übersät war mit verschiedenen Arten von Narben. Er war sicher häufiger und schlimmer misshandelt worden als soeben, vermutete sie. Mit einem Waschlappen tupfte sie das Blut von seiner aufgesprungenen Oberlippe und half ihm danach, sich wieder anzuziehen. Draußen vor dem Fenster donnerte wieder ein Armeefahrzeug vorbei, gefolgt von einer johlenden Gruppe von Menschen.

»Warum tun Sie das?«, fragte der Mann und schob den Waschlappen weg. »Sie wissen doch sicher, was Sie riskieren, wenn Sie mir helfen?«

Nagheela nickte langsam. Natürlich war sie sich des Risikos bewusst, und ehrlich gesagt hatte sie diese Entscheidung auch sehr spontan getroffen. Aber als sie gesehen hatte, wie der alte Mann von der aufgepeitschten Menschenmenge liegen gelassen worden war, die ihn für tot hielt und sich auf die flüchtende Familie stürzte, hatte sie nicht lange nachgedacht. Auch Jules und Natalie hatten ihr geholfen, ohne eine Gegenleistung zu erwarten, obwohl auch sie ein großes Risiko in Kauf genommen hatten, als sie ihr in ihrem geschwächten Zustand durch die Berge geholfen hatten. Und danach waren Kurt und Ilse da gewesen.

Der alte Mann streckte ihr eine Hand hin.

»Josef Weizmann«, stellte er sich vor. Nagheela ergriff die ausgestreckte Hand, die ungewöhnlich kräftig war für das Alter, auf das sie ihn schätzte. Nach den tiefen Furchen in seinem Gesicht zu urteilen, musste er schon an die achtzig sein.

»Nagheela«, stellte auch sie sich vor. »Sie haben großes Glück gehabt.« Der Mann war voller blauer Flecken, aber er war nicht ernsthaft verletzt. Josef Weizmann schüttelte den Kopf.

»Nein«, widersprach er, »kein Glück. Meine Zeit war einfach noch nicht gekommen. Ich hätte nur nicht hier bleiben dürfen.«

»Wie meinen Sie das, nicht hier bleiben dürfen?«

»Hier in Grenoble. Als die Konferenz begann, hätte ich

schon wegziehen müssen. Ich hätte eher wegziehen müssen, aber ich dachte, ich schaffe es noch.«

Nagheela runzelte die Stirn.

»Sie meinen, Sie wussten schon, was passieren würde?«

Er nickte und sah sie an. Josef Weizmann hatte einen ungewöhnlich klaren Blick. Einen Augenblick hatte Nagheela sogar das Gefühl, die Wärme zu spüren, die sie empfunden hatte, wenn Rashkalin sie mit seinen freundlichen Augen ansah. Ihr erster Impuls war, dass der alte Mann nicht mehr ganz bei Verstand war, aber die klaren Augen ließen sie diesen Gedanken sofort verwerfen.

»Was wissen Sie bereits?«, fragte er.

Nagheela überlegte blitzschnell. Es war offensichtlich, dass dieser Mann ein Feind des Propheten war, also gab es keinen Grund, vorsichtig zu sein.

»Ich habe sie im Fernsehen gesehen, die Konferenz«, begann sie. »Ich habe gesehen, wie Oren Rasec die beiden alten Männer auf der Mauer töten ließ und wie er danach verkündete, dass es keinen Gott gäbe als ihn allein, und wie er wollte, dass er im Tempel angebetet wurde und wie er die Juden in einen Topf warf mit den Irrgläubigen und wie dann alle ausgerastet sind, na ja.« Sie machte eine Gebärde, mit der sie einen Eindruck von dem Chaos auf den Straßen vermitteln wollte.

Wie es weitergegangen war, war bekannt. Es schien alles im Voraus organisiert worden zu sein. Häuser wurden geplündert, und die Menschen, die nicht rechtzeitig entkommen konnten, wurden von der rasenden Menge auf der Stelle gelyncht. Im Fernsehen hatte sie Bilder vom kompletten Auszug des Volkes Israel gesehen; alles, was fahren oder fliegen konnte, wurde eingesetzt, um die Juden so schnell wie möglich aus Israel herauszubringen. Es waren Bilder vom Tal von Achor an der Grenze zu Jordanien gezeigt worden, wo die Menge sich sammelte und in Kolonnen nach Süden in die Wüste hinein flüchtete.

Josef Weizmann nickte traurig. »Nach Petra«, ergänzte er.

»Aber wie konnten Sie das im Voraus wissen?«, wollte sie nun wissen. »Und warum sind Sie dann nicht gleich weggegangen? Und außerdem – wohin hätten Sie denn gehen sollen?«

Der alte Mann sah sie wieder auf seine durchdringende, aber freundliche Art an.

»Sie dürfen mir mein Misstrauen nicht übel nehmen«, sagte er schließlich, »aber ich muss jetzt aufpassen. Sie gehören ja schließlich zu den Tekna-Gen, nicht?«

Nagheela wurde rot. »Woher wissen Sie das?«

Der alte Mann grinste.

»Drei Gründe«, sagte er. »Sie sind außergewöhnlich schön, das fällt auf.«

Nagheela schlug die Augen nieder.

»Und Sie haben sich mit nur einem Namen vorgestellt – Nagheela.«

Sie fühlte sich ertappt. Sie war so gewöhnt an diesen einen Namen, dass sie nicht auf den Gedanken gekommen war, dass sie das automatisch als eine Tekna-Gen entlarvte. Sie war auch noch nie darauf angesprochen worden. Natalie hatte sie gefragt, wie sie hieß, und sie hatte sich zuerst als Nineke Duinhoven vorstellen wollen, aber Nagheela war der Name gewesen, den Rashkalin ihr gegeben hatte, und darum hatte sie ihn genannt, ohne lange darüber nachzudenken.

»Sie haben gesagt, drei Gründe«, bemerkte sie.

Josef Weizmann zeigte mit einem Finger nach oben und legte dann die Hand auf die Brust.

»Ich weiß auch nicht genau, wie es funktioniert«, sagte er, »aber manche Dinge weiß man einfach, auch wenn ich mich manchmal noch dagegen wehre.« Er schlug einen Moment die

Augen nieder. »Er hat mir schon längst gesagt, dass ich Ihnen vertrauen kann, aber ich wollte mich erst selbst davon überzeugen.«

»Er?«

»Gott.«

Sie schwiegen.

Nagheela hatte den Mann genau beobachtet und sah, dass er ehrlich war. Er war unsicher, aber nicht, weil er betrügerische Absichten hatte. Er war unsicher, was er ihr sagen konnte und wie, womit sie zurechtkam und was sie erschrecken würde.

Trotzdem rutschte sie etwas unruhig auf ihrem Stuhl hin und her. Nach dem gewalttätigen Ausbruch der hysterischen Menschenmenge da draußen schrak sie davor zurück, mit einem Wildfremden über diese Themen zu sprechen. Der Mann war zwar selbst ein Opfer dieser Ausschreitungen geworden, aber das war in ihren Augen noch keine Garantie dafür, dass sie ihm wirklich vertrauen konnte. Vielleicht war es ein abgekartetes Spiel – eine von den Methoden des Propheten, Irrgläubige zu entlarven. Außerdem hatte der Mann keine ernstlichen Verletzungen, was angesichts der vielen Toten, die es heute gegeben hatte, doch sehr bemerkenswert war.

Josef Weizmann versuchte, sich auf seinen Ellbogen zu stützen, aber er stöhnte leise und ließ sich wieder zurücksinken. Nagheela stopfte ihm ein Kissen in den Rücken und half ihm, sich etwas aufzurichten.

»So kann ich leichter sprechen«, erklärte er und lächelte entschuldigend. »Ich finde es immer noch sehr schwierig, seine Stimme von meinen eigenen Gedanken zu unterscheiden; seine Stimme ist nicht so deutlich wie die Stimmen der Geister, die ihr eure Schutzgeister nennt.«

»Und was für Dinge sagt er dann so?«

»In diesem Fall, Nagheela, dass ich Ihnen vertrauen kann.

Und er sagt mir, dass ich Ihnen sagen soll, dass er Sie liebt und dass er Sie zu sich ruft.«

Nagheela schüttelte den Kopf. »Das haben Jules und Natalie auch gesagt, aber ich kann nichts damit anfangen. Welchen Sinn hat das alles? Wenn ich mir Jules und Natalie und auch Sie selbst anschaue, und wenn ich an all die Irrgläubigen denke, die jetzt tot sind, weil sie sich für Ihren Gott entschieden haben – was haben sie denn davon gehabt? Und all die Menschen, die bei der Reinigung verschwunden sind – die Erde hat sie doch abgestoßen. Was habe ich dann von solch einem Gott? Was haben *Sie* davon?« Nagheela zuckte resigniert mit den Schultern. Ihr Blick glitt zum Fenster. Es war wieder ein dunkler Tag gewesen heute, mit viel Staub in der Atmosphäre, und die Menschen draußen waren sehr nervös und reizbar gewesen. Und dann war da die Fernsehsendung gewesen, in der Oren Rasec in Jerusalem zum Erdenkönig und Gott gekrönt worden war und die beiden Propheten des Christengottes getötet hatte. »Es ist doch alles bloß ein Kampf um die Macht, oder?«

»Sie haben keine Kinder, nehme ich an?«

Nagheela schüttelte den Kopf. Die Frage überraschte sie.

»Ich hatte zwei. Als sie zwei, drei Jahre alt waren, begannen sie zu probieren, wo ihre Grenzen lagen. Sie taten Dinge, die wir verboten hatten, weil sie sich selbst oder anderen damit schadeten. Trotzdem taten sie sie. So etwas ist ganz normal, und meine Frau und ich mussten sie dann korrigieren. Das war ein Machtkampf.«

Nagheela versuchte die Parallele zu finden. »Aber Sie waren eher da als Ihre Kinder, und der Gott der Christen ist nur das Produkt unserer Vorstellungen. Außerdem waren Sie für Ihre Kinder verantwortlich, und Sie liebten sie. Ihre Strafe hatte einen Sinn, aber hier kann ich keinen Sinn erkennen, überall um mich herum sehe ich nur Elend und Vernichtung.«

»Und was, wenn Gott nun doch eher da gewesen wäre als wir und uns gemacht hätte und uns liebte?«

»Dann würde er uns nicht auf solch eine Weise korrigieren.«

»Wie denn dann?«

»Und bestimmt nicht alle. Wir leiden doch alle unter diesen Zuständen! Warum knöpft er sich nicht bloß die schlechten Menschen vor?«

Josef Weizmann lachte. »Wer sind denn die schlechten Menschen?«

»Na, die, die sich nicht an die Regeln halten, nehme ich doch an.«

»Tun Sie das denn?«

Nagheela wandte den Blick ab; sie fühlte sich in die Enge getrieben.

»Ich tue niemandem etwas zuleide«, sagte sie schwach.

Der alte Mann legte seine faltige Hand auf ihre und klopfte sie leise.

»Nein, Mädchen, Sie tun jetzt auch Gutes, und ich bin Gott dankbar dafür, dass Sie da sind.«

Sie blickte auf die alte Hand, die auf ihrer lag; dann sah sie in die freundlichen Augen des Mannes, den sie eben erst kennen gelernt hatte und der ihr nun schon so vertraut vorkam. Es war wie bei Jules und Natalie; sie waren Irrgläubige, und doch hatte sie sich sicher bei ihnen gefühlt. Jules und Natalie – sie musste lächeln, als sie an die beiden dachte. Der immer gut gelaunte Jules mit seiner Stirnglatze und seinem erbärmlichen Englisch und die ständig händeringende und doch so fürsorgliche Natalie.

»Erzählen Sie mir, Nagheela, wie kommen Sie hierher, und was machen Sie hier? Sie sind keine Französin.«

Sie wunderte sich über die Offenheit, die der alte Mann ausstrahlte. Sie war nicht daran gewöhnt, aber es gefiel ihr.

»Ich war eine Tekna-Gen«, begann Nagheela, und sie erzählte Josef Weizmann die ganze Geschichte. Nur ab und zu unterbrach er sie, um eine Zwischenfrage zu stellen.

Von dem Moment an, als Gertjan sie auf der Felswand in seinen Armen gehalten hatte, bis zu dem Augenblick, als Jules und Natalie sie gefunden hatten, fehlte ein Stück in ihrer Erinnerung. Sie hatte ein vages Gefühl, dass es stockdunkel um sie herum gewesen war und dass ihr ganzer Körper unter Geröll und schweren Steinen begraben lag. Jules und Natalie hatten ihr dadurch, dass sie sie ausgegraben und mit ihr die mühsame Tour durch die Berge unternommen hatten, das Leben gerettet. Jules hatte eine provisorische Trage gebaut und sie darauf über weite Strecken transportiert, während Natalie das Gepäck trug. Zwei Tage waren sie unterwegs gewesen, bevor sie bei dem Häuschen von Kurt und Ilse angekommen waren. Nagheela kannte das Häuschen der beiden Alten bisher nur vom Hubschrauber aus. Vom Erdboden aus sah es ganz anders aus, und es lag auch nicht an dem Weg, der vom Zentrum nach Martigny führte, aber schließlich hatten sie es gefunden. Die beiden waren seltsame Menschen, die ihr ganzes Leben in der Einsamkeit der Berge verbracht hatten und von dem lebten, was das Land hervorbrachte. Damit begnügten sie sich, und darüber hinaus kümmerten sie sich um nichts und niemanden. Das Mädchen brauchte Hilfe, und die gewährten sie ihr; weiter wollten sie nichts wissen. Jules und Natalie hatten Nagheela ihre Adresse in Marseille gegeben und ihr gesagt, dass sie sie unbedingt einmal dort besuchen kommen musste. Dann waren sie weitergezogen. Ilse hatte Nagheela mit Kräutermischungen behandelt, und ihre Wunden heilten schnell und hinterließen kaum Narben. Sie war noch einige Zeit geblieben, um Kurt bei den körperlich anstrengenderen Aufgaben bei der Instandsetzung des Häuschens zu helfen, dann war sie abgereist. Unterwegs hatte sie verschiedene

Jobs angenommen und nun war sie auf dem Weg zu Jules und Natalie.

»Was zieht Sie zu ihnen?«, fragte Josef Weizmann.

Darüber hatte sie selbst auch schon länger nachgedacht. Sie hatte sich eingeredet, dass es daran lag, dass sie die einzigen Menschen waren, von denen sie wusste, dass sie sie aufnehmen würden, aber tief in ihrem Innern wusste sie, dass es mehr war. Ein innerer Drang, eine sanfte Hand, die sie zog.

Es war schon spät, als er sie verließ. Sie hatte ihm angeboten, dass er bei ihr übernachten konnte – sie war gern bereit, auf dem Boden zu schlafen. Er hatte jedoch freundlich, aber bestimmt abgelehnt.

»Ich gebe Ihnen einen Namen und eine Adresse«, hatte er gesagt, als er wegging. »Natan Tamarek. Ein guter Freund von mir in Jerusalem. Schreiben Sie es sich nicht auf – merken Sie es sich.« Sie hatte die Adresse wiederholt. Dann hatte er die Zimmertür hinter sich zugezogen und war verschwunden.

In dieser Nacht konnte Nagheela schlecht einschlafen; immer wieder ging ihr das Gespräch mit Josef Weizmann durch den Kopf. Eigentlich hatte er nicht viel erzählt, und er hatte ihr sicher nicht seine eigene Sicht aufgedrängt, aber durch seine Fragen hatte er sie gezwungen nachzudenken, anders nachzudenken, als sie das bisher getan hatte: kritischer, ehrlicher.

Für Josef Weizmann war Gott jemand, der ihn liebte, und er liebte diesen Gott. Der alte Mann strahlte etwas aus, ebenso wie Jules und Natalie und all die anderen Irrgläubigen, die sie ins Zentrum gebracht hatte, und Nagheela schlug sich mit der Frage herum, wer nun eigentlich die wirklichen Irrgläubigen waren.

Im Zentrum war sie über die schwachen und unwahrscheinlichen Punkte des christlichen Glaubens belehrt worden, und die Idee des harmonischen Zusammenwirkens aller unterschiedlichen Religionen hatte ihr so viel besser gefallen. Aber bloß einmal angenommen, dass es wahr war. Josef Weizmann hatte sie herausgefordert, und zum ersten Mal versuchte sie, sich in diese andere Sichtweise hineinzuversetzen, statt nach Argumenten zu suchen, wie sie sie widerlegen konnte.

Was ihr noch immer am meisten zu schaffen machte, war die Art, wie dieser Gott jetzt mit der Erde umging. Wie konnte ein Gott, der behauptete, die Menschen zu lieben, so etwas tun? Darüber hatte Josef Weizmann nichts gesagt.

»Wie denn dann?«, hatte er gefragt.

Im Dämmerlicht der Straßenlaternen bewegte sich die Gardine sanft im Wind, und durch das halb geöffnete Fenster des Hotelzimmers hörte Nagheela wieder hastig davonlaufende Schritte. Kinderfüße, dachte sie, und zwei Erwachsene. Die Schritte verklangen und die Nacht war wieder still. Das schwach leuchtende Zifferblatt des Weckers zeigte halb drei.

»Ich würde alle schlechten Menschen von der Erde wegholen«, dachte Nagheela und starrte an die Decke, wo schwach die Umrisse eines Lampenschirms zu erkennen waren.

»Wer sind denn die schlechten Menschen?«, hatte Josef Weizmann gefragt, und langsam begann sie zu begreifen, was er meinte. Der alte Mann hatte sie zwar ermutigt und ihr gesagt, dass sie nun Gutes tat, aber war das immer so gewesen? Wenn Gott alle schlechten Menschen von der Erde wegholen sollte, wann sollte er das dann tun? Wenn sie ein bisschen schlecht waren, oder wenn sie sehr schlecht waren? Hätte er sie selbst von der Erde wegholen sollen, als sie in der Gosse lag, oder als sie die Irrgläubigen zum Zentrum brachte? Man konnte sich doch verändern? Aber wenn man so schlecht war, dass man sich nicht mehr verändern konnte? Und ab wann war jemand dann schlecht?

Draußen fuhr ein Auto vorbei. Ein Jeep von der Armee. Ob sie die drei flüchtenden Menschen fanden? Oder ob Gott sie beschützte?

Sie drehte sich um und schüttelte ihr Kissen auf.

Sollten die Menschen in dem Jeep von der Erde weggeholt werden? Wahrscheinlich dachten die auch, dass sie richtig handelten, im Autrag des Propheten und Oren Rasecs. Sie halfen bei der Reinigung – das hatte sie selbst doch auch getan?

29

Die schweren Stiefel stampften im Takt und die steife Kleidung machte im selben Rhythmus ein scheuerndes Geräusch. Jedesmal, wenn sie an einer Straßenlaterne vorbeikamen, holten ihre Schatten an der Wand sie ein, verblassten dann wieder und wurden vom Licht der nächsten Laterne verschluckt. Ihre Uniformen waren dunkel, nur die glänzenden Helme der Ordnungshüter spiegelten das Licht der Straßenlaternen wider. Gertjan schwitzte stark. Sie marschierten in flottem Tempo und die Junisonne erhitzte die Straßen Jerusalems tagsüber so stark, dass es nachts nur wenig abkühlte. Er hatte Mühe, bei diesem Tempo im Marschtakt zu bleiben. Worauf hatte er sich da bloß eingelassen, dachte er. Es war seine eigene Idee gewesen, Johnson hatte ihn weder dazu aufgefordert noch ihn daran zu hindern versucht.

»Mach's ruhig«, hatte er gesagt, »solange eine gute Geschichte dabei herauskommt.«

Er hatte die Idee einmal Edo gegenüber fallen gelassen und der hatte zugesagt, ihm Bescheid zu geben, wenn wieder ein Einsatz stattfand. Edo McDowel war der Kommandant dieser

Gruppe von fünf Ordnungshütern. Er hatte Gertjan aus dem Bett geklingelt.

»In zehn Minuten hier sein«, hatte er gesagt. »Illegaler Handel.« Es war kein Risiko damit verbunden, die Irrgläubigen leisteten meist kaum Widerstand und waren immer unbewaffnet.

Im Büro hatte Edo ihm eine Uniform zugeworfen. »Wenn du mit uns mit willst, musst du dich anpassen.«

Das Auto hatten sie ein Stück weiter oben stehen lassen. Wenn sie mit dem Truck bis zum Ort des Geschehens fuhren, konnten sie sicher sein, dass sie dort niemanden mehr antrafen.

Edo, der voranging, hob eine Hand und die Gruppe verlangsamte das Tempo, so dass sie weniger Lärm machten. Gertjan keuchte schwer und schämte sich deswegen. Der Mann neben ihm warf ihm einen spöttischen Blick zu. Hinter der nächsten Straßenecke stand ein kleiner Lieferwagen. Die hintere Tür stand offen und ein Junge holte gerade einen Karton heraus, als er die Gruppe uniformierter Ordnungshüter um die Ecke kommen sah. Einen Augenblick hielt er inne, dann schoss er in die offen stehende Tür des Wohnhauses hinein. Edo sprintete ihm nach, aber er konnte nicht verhindern, dass die Tür mit einem Knall vor seiner Nase zuschlug.

»William.« Er wies mit einer einladenden Geste auf einen Riesenkerl, der ein breites Grinsen auf dem Gesicht hatte. »Du hast die Ehre.«

William löste sich aus der Gruppe und blieb einen Meter vor der Tür stehen. Er schnaufte so heftig, dass seine Nasenlöcher vibrierten. Gertjan unterdrückte ein Lächeln wegen dieses theatralischen Gehabes, aber er musste zugeben, dass die elastische Drehung und der gut platzierte Tritt, mit dem er das Schloss aus der schweren Tür trat, beeindruckend waren. Er nahm sich vor, mit diesem Mann niemals Streit anzufangen.

Gertjan betrat das Haus als Letzter der Gruppe. Das erste

Zimmer, das vom Flur abging, war das Wohnzimmer, ein relativ kleiner Raum, der mit den sechs Ordnungshütern und den bereits anwesenden Personen nun zum Platzen voll war. Dahinter lag noch ein Zimmer, das von dem vorderen Raum durch Flügeltüren abgetrennt war. Das Erste, was ins Auge fiel, war das Bett im Wohnzimmer. Darin lag eine alte Frau, und um das Bett herum standen ein paar Stühle. Das Licht war gedämpft. Der Junge hatte noch den Karton in den Händen und starrte die uniformierten Männer mit großen Augen an. Hinter den Flügeltüren stand ein Küchentisch, auf dem noch mehr Kartons sowie bereits ausgepackte Lebensmittel lagen. Auch in diesem Raum standen Leute. Sie waren sichtlich erschrocken; anscheinend waren sie gerade damit beschäftigt gewesen, die Kartons auszupacken und die Lebensmittel zu sortieren. Niemand sprach. Edo und seine Männer waren ebenso wie Gertjan sichtlich überrascht, dass mitten im Zimmer ein Bett mit einer kranken Frau stand, aber dies tat der ernsten Situation keinen Abbruch. Die Ordnungshüter sahen einander mit scheuen Blicken an. Krankheit bedeutete jetzt meist, dass der Körper des Patienten mit bösartigen Geschwüren übersät war, die stark schmerzten und bei Berührung äußerst ansteckend waren. Die Heiler des Reiches hatten die traditionellen Krankheiten im Griff, aber es tauchten immer wieder neue Krankheiten auf, die sich dann epidemieartig ausbreiteten. Die Geschwüre führten innerhalb eines Monats zum Tod.

»Wer ist hier der Wortführer?« Edo blickte von einem zum andern. Gertjan zählte fünfzehn Personen. Ein älterer Mann mit einem weißen Bart erhob sich. Gertjan vermutete, dass es der Ehemann der Kranken war.

»Ausweis?«

Der Mann schlurfte zu einer Kommode und zog eine Schublade auf. Er händigte Edo einen Pass aus. Edo holte den digitalen Scanner aus der Hosentasche und hielt ihn hoch.

»Das meine ich nicht«, sagte er, »und das wissen Sie auch. Wo haben Sie den Chip?«

Der Mann zuckte mit den Schultern. »Wir haben keinen Chip.« Er sah Edo in die Augen. Obwohl er einen Kopf kleiner war und ihm angesichts seines Alters sowieso nicht gewachsen war, zeigte er keine Spur von Angst. »Keiner von uns.«

Unwillkührlich strich sich Gertjan mit den Fingern seiner einen Hand über den Rücken der anderen und spürte des leichte Relief des chirurgisch implantierten Chips. Er schüttelte den Kopf über die Dummheit des alten Mannes und all der anderen hier im Raum. Es war inzwischen gut vier Monate her, seit das Reich den Chip eingeführt hatte. Er war der einzige noch gültige Ausweis im Reich der Erde, eine verbesserte Version des Chips, den die Tekna-Gen schon seit langem benutzten. Durch den Chip, den man sich nach seiner Wahl in die Stirn oder in den Handrücken implantieren lassen konnte, war man nicht nur als Weltbürger registriert, sondern auch an das zentrale Banksystem angeschlossen. Nur so konnte man kaufen oder verkaufen und Gehalt beziehen. Okay, er hatte eine Solidaritätserklärung unterzeichnen müssen, in der er Oren Rasec als seinen König und Gott annahm, aber was sollte das? Das System war verblüffend zweckmäßig. Keine Probleme mehr mit Scheckkarten, die man verlieren konnte, oder mit Geheimzahlen, die man laufend vergaß. Das System war weltweit eingeführt worden (eine der ersten Handlungen des Erdenkönigs nach seinem Amtsantritt) und wurde nun auch in den Ländern benutzt, die nicht zu dem Großeuropäischen Reich gehörten. Das hatte zur Folge, dass sie wirtschaftlich an das Reich gebunden waren, aber das waren sie ja faktisch ohnehin schon gewesen. Gertjan wusste, dass die Irrgläubigen aus prinzipiellen Gründen den Chip ablehnten. Das ärgerte ihn irgendwie. Seiner Ansicht nach war das entweder schlichtweg Dummheit, oder eine Art selbstauferlegter Qual, und beides war ihm gleich zuwider.

»Keiner von euch allen?« Edo zog die Augenbrauen hoch und blickte sich über den Kopf des Mannes hinweg im Zimmer um. Einige schauten weg, die Dummen, andere erwiderten seinen Blick beinah herausfordernd, die Masochisten. Mit einem Arm schob Edo den alten Mann zur Seite und ging auf den Jungen mit dem Karton zu. Er nahm den Karton an sich und sah hinein.

»Ich sehe Lebensmittel. Wie kommen Sie an die?«

»Wir kaufen nichts«, sagte der alte Mann, »und wir verkaufen nichts. Diese Sachen sind unser Eigentum.«

»Auch noch frech werden, was?« Edos Stimme klang gefährlich tief. Die Bemerkung des Mannes hatte ihn sichtlich gereizt, weil dieser offensichtlich gelogen hatte. Er drückte dem Jungen den Karton so heftig in die Arme, dass dieser hintenüber fiel. Der Karton kippte um und die Dosen und Päckchen rollten über den Boden. Mit ein paar großen Schritten ging Edo zu dem Tisch im Nebenzimmer. Die Anwesenden wichen ängstlich zur Seite.

»Und was machen Sie hiermit?«

»Wir verteilen es nach Bedarf.« Die Stimme des Mannes klang unsicher.

»Meine Oma ist krank«, sagte ein vielleicht siebenjähriger Junge. Seine Mutter drückte ihn an sich und legte den Finger an die Lippen. Edo sah zu der Frau hinüber, die auf dem Bett lag. Sie wandte das Gesicht ab und blickte an die Decke.

»So«, sagte Edo und machte einen Karton auf. »Und was braucht deine Oma dann?« Er hob ein Glas Bohnen hoch und ließ es durch die Finger rutschen. Es fiel auf den Boden und zerbrach.

»Ooops.«

Einer der Ordnungshüter grinste. Edo lächelte dem Kind

entschuldigend zu, nahm eine andere Dose heraus und betrachtete sie mit fragendem Blick. Dann schraubte er den Deckel auf und steckte den Finger hinein, roch daran und leckte ihn ab.

»Nein.« Er schüttelte den Kopf. »Nichts für Omas.« Achtlos warf er das Glas über die Schulter. Seine Augen glitten über den Küchentisch und leuchteten auf.

»Ach, was haben wir denn da?« Er beugte sich vor, riss einen Karton auf und holte eine Flasche Rotwein heraus. Triumphierend hob er sie hoch. »Omas lieben Wein.« Er betrachtete prüfend das Etikett. »Omas lieben guten Wein.« Er blickte um sich.

»Ach«, fragte er klagend, »wer hat ein Gläschen für mich, dass ich Omas Leiden ein bisschen lindern kann?«

Niemand reagierte und Edo marschierte in die Küche.

»Ich such schon selber was«, rief er. Aus der Küche hörte man Töpfe klappern und Glas zerbrechen. Die Ordnungshüter im Wohnzimmer sahen sich lachend an. Edo war in Fahrt heute Abend. Er kam wieder aus der Küche, hielt einen Korkenzieher und einen Trichter in der Hand und grinste von einem Ohr zum anderen.

»Das Glas hat ein Loch, da unten, aber das ist schön praktisch, wenn Oma lieber liegen bleibt.« Die Ordnungshüter lachte lauthals, während Edo an ihnen vorbei auf das Bett zulief. Die alte Frau starrte immer noch an die Decke. Gertjan machte einen Schritt zur Seite, um Edo vorbeizulassen.

»So, Oma, jetzt mach mal schön den Mund auf, das wird dir gut tun.« Edo drückte den Trichter an die zusammengepressten Lippen der Frau, bis sie den Kopf abwandte und der Trichter zur Seite glitt. Über ihre Wange lief eine dünne Blutspur. »Sie will nicht«, sagte er und blickte kurz in die Runde.

»Lassen Sie sie doch bitte in Ruhe«, sagte der alte Mann und machte einen Schritt auf Edo zu. Edo holte aus und schlug dem

Mann mit dem Handrücken gegen die Schläfe. Einen Augenblick blieb er noch stehen, dann sackte er wie ein Mehlsack auf den Boden und blieb reglos liegen. Ein junger Mann lief auf ihn zu und wurde von einem der Ordnungshüter zur Seite gestoßen. Der Junge weinte und die Mutter kniete neben ihm nieder, um ihn zu trösten. Edo wandte sich wieder der kranken Frau auf dem Bett zu und grinste sie an.

»Jetzt hilf mal ein bisschen mit, Oma!« Wieder drückte er ihr den Trichter an den Mund, diesmal noch härter. Die Frau öffnete den Mund gerade so weit, dass Edo den Trichter hineinschieben konnte. Er sah sich im Zimmer um. »Wer geht mir ein bisschen zur Hand? Ich muss die Flasche noch aufmachen.« Zwei der Ordnungshüter hoben die Hand. Edo sah an ihnen vorbei und packte Gertjan am Arm.

»He, Gertjan, das ist eine schöne Aufgabe für dich. Los, du kannst Omas Glas festhalten, dann mache ich ihr das Fläschchen auf.« Einer der Ordnungshüter, die sich angeboten hatten, schlug ihm auf die Schulter.

»Damit verdienst du dir im Himmel 'nen Extrapunkt, Gertjan.«

Gertjan nahm den Trichter und achtete darauf, dass er die Frau nicht berührte, damit er sich nicht ansteckte. Edo nahm die Flasche und entfernte die Alufolie vom Flaschenhals. Gertjans Blick traf den der kranken Frau auf dem Bett, und er wendete schnell die Augen ab. Dass Edo sich hier austobte, war seine eigene Sache, aber er wollte damit lieber nichts zu tun haben. Zwei der Männer, die im Zimmer standen, konnten das Schauspiel nicht länger mit ansehen und wollten auf das Bett zustürzen, aber die Ordnungshüter packten sie und setzten sie mit gut gezielten Schlägen außer Gefecht. Einige Frauen stießen unterdrückte Schreie aus.

»Dauert es euch zu lange?«, spottete Edo. »Es geht auch anders.« Er holte aus und zerschlug den Flaschenhals am Rand des Bettes. Unter dem wilden Gelächter der Ordnungshüter goss Edo den Wein in den Trichter. Die kranke Frau hatte die Augen zugekniffen und der Wein rann ihr aus den Mundwinkeln und auf das Kopfkissen hinunter.

»Seht ihr, sie genießt das«, spottete Edo. »Aber sie schluckt nicht so gut.«

Er goss ihr Wein in die Nase, so dass sie sich prustend aufrichtete. »Na bitte, es geht ihr schon besser!«

Gertjan merkte, wie ihm übel wurde. Die Frau hatte es sich selbst zuzuschreiben, daher empfand er kein Mitleid mit ihr. Er empfand eigentlich schon lange nichts mehr, nur noch Bitterkeit und Ärger. Er glaubte nicht mehr an Liebe oder auch nur Zuneigung. Das Leben war kein Leben mehr, nur noch ein Überleben – man musste zusehen, dass man sich irgendwie hindurchlavierte. Man stand allein mit allem da, man musste allein zurechtkommen. Diese Menschen hatten sich in ihrer Halsstarrigkeit für den schwersten Weg entschieden, sie hatten auf das falsche Pferd gesetzt und mussten nun die Folgen davon tragen. Aber das, was hier vorging, war nicht sein Stil.

Die Flasche war leer und Gertjan zog den Trichter aus dem Mund der alten Frau. Sie fiel zurück auf das durchweichte Bett. Edo ging lachend wieder zum Tisch und griff sich ein paar neue Flaschen.

»Kommt, Jungs, wir machen einen drauf!«

Die Sonne stand hoch am Himmel, als Gertjan wach wurde. Sein Schädel pochte und fühlte sich an wie aus Watte. Er versuchte sich aufzurichten, aber sein Magen rebellierte und eine Welle der Übelkeit warf ihn zurück aufs Bett. Es stank und er sah, dass er sich übergeben hatte. Wieder fühlte er die Übelkeit aufsteigen und konnte sie nur mit Mühe unterdrücken. Er bedeckte seine Augen mit den Händen und versuchte, ruhig zu atmen. Die Bilder der vergangenen Nacht kehrten zurück wie

Erinnerungsfetzen aus einer weit zurückliegenden Vergangenheit. Er wusste nicht, wie er nach Hause gekommen war, wahrscheinlich hatten die Ordnungshüter ihn aufs Bett gelegt. Er erinnerte sich an die vielen Leute hinten auf dem Truck. Ja, jetzt fiel es ihm wieder ein. Sie hatten sie alle mitgenommen. Jemand hatte den Truck geholt und sie hatten sie alle eingeladen. Sie hatten sie regelrecht reinquetschen müssen. Bloß eine war ihnen entkommen, ein Mädchen. Er hatte sie nicht gesehen, die anderen hatten es gesagt. Das war nicht so schlimm, die lief ihnen früher oder später sowieso wieder vor die Füße.

Dann stand ihm ein anderes Bild vor Augen. Gertjan drehte den Kopf zur Seite. »Von dem Zeug krieg ich einen Druck wie ein junger Stier!«, hatte Edo gerufen. Er war auf den Tisch geklettert und hatte die Hose heruntergelassen. Ein stinkender gelber Strahl Urin war über die Lebensmittel gelaufen. Sie hatten sich vor Lachen auf dem Boden gewälzt, und dann hatten sie einer nach dem anderen dasselbe getan. Gertjan wusste noch, dass er vom Tisch gefallen war. Er versuchte die Erinnerung wegzuwischen und wieder einzuschlafen, um auf diese Weise die Übelkeit und die Kopfschmerzen wieder loszuwerden, aber die Stimmen in seinem Kopf hielten ihn wach.

30

»Nineke Duinhoven.«

»Natan Tamerek.«

Sie schüttelten sich die Hände.

»Komm rein, Nineke.«

Er war ziemlich groß für einen Palästinenser. Aus dem gebräunten Gesicht lachte ihr eine Reihe ebenmäßiger, perlweißer Zähne entgegen; sein lockiges schwarzes Haar hing ihm ein bisschen ins Gesicht. Er machte einen Schritt zur Seite und sie ging an ihm vorbei in den schmalen Flur hinein.

»Gleich hier rechts«, sagte er, und sie ging vor ihm her durch die geöffnete Zimmertür. Er war viel jünger, als sie erwartet hatte, aber ihre Erwartung war eigentlich durch nichts begründet gewesen. Vielleicht hatte sie erwartet, dass der Leiter einer Gemeinde mindestens im mittleren Alter sein musste; dieser Mann war höchstens Anfang dreißig.

Er bot ihr einen Stuhl an und sie setzte sich.

»Willst du einen Kaffee? Oder lieber einen Tee?«

»Lieber Tee, danke.«

Natan verschwand in der Küche. Das Zimmer war klein, aber hell. Die Möbel waren alt und ziemlich verschlissen, aber die Einrichtung wirkte trotzdem gemütlich. Nach einigem Suchen und Fragen hatte sie das kleine Reihenhaus am westlichen Jordanufer schließlich doch gefunden.

»So, hier ist der Tee«, sagte Natan, als er mit zwei dampfenden Tassen ins Zimmer kam. Er stellte die Tassen auf den niedrigen Tisch und nahm ihr gegenüber Platz. Unwillkürlich warf sie einen Blick auf seinen Handrücken und sah dort dieselbe Narbe wie auf ihrem eigenen, an der Stelle, wo der Tekna-Gen-Chip entfernt worden war.

»Du warst auch ein Tekna-Gen?«

»Nimmst du Zucker?«

Sie schüttelte den Kopf. Er tat sich selbst zwei Löffel in die kleine Tasse; dann lehnte er sich zurück und musterte sie eingehend.

»Ja. Ein Tekna-Gen«, sagte er. »Du offenbar auch, nicht?«

Sie nickte. »Ich war in der Schweiz, bei Rashkalin. Sie haben mich Nagheela genannt.«

Natan schüttelte den Kopf.

»Ich kenne sie nicht alle«, entschuldigte er sich. »Ich bin die ganze Zeit hier gewesen. Ich bin hier aufgewachsen und, ehrlich gesagt, nicht sehr weit herumgekommen.«

Er nahm vorsichtig einen Schluck Tee und stellte die Tasse zurück.

»Du hast meinen Namen von Josef Weizmann, hast du gesagt?«

Nineke nickte.

»Wie geht es ihm denn jetzt?«

»Keine Ahnung. Es ist über drei Jahre her. Ich habe ihn seitdem auch nie wiedergesehen, und ich habe ihn auch nicht weiter gekannt.«

»Ach?« Natan lehnte sich wieder zurück. »Erzähl!«

Nineke erzählte ihm, wie sie dem alten Mann in Grenoble begegnet war, als sie gerade auf dem Weg zu dem Ehepaar war, das ihr in der Schweiz das Leben gerettet hatte. Sie hatte die letzten drei Jahre in Frankreich gelebt. Jules und Natalie hatten sie in eine Gemeinde eingeführt, die heimlich zusammenkam. Zu Anfang hatte Nineke Schwierigkeiten damit gehabt und das Meiste war ihr fremd, vor allem dieser Enthusiasmus und diese Freude. Sie hatte im Zentrum viel über die Grundlagen des christlichen Glaubens gelernt, aber diese Leute gingen so anders damit um, dass die Gegenargumente, die sie aus ihrer Tekna-Gen-Ausbildung kannte, dadurch völlig entkräftet wurden. Die Gruppe hatte eine Bibel besessen, die sie durch die Reinigungen hindurch hatte retten können, und Nineke hatte den Glauben nun aus anderer Sicht kennen gelernt. Sie hatte viel Neues erfahren und im Laufe der Zeit hatte sie immer mehr Antworten auf ihre Fragen bekommen.

Es war nun ein paar Wochen her, dass die Ordnungshüter des Reiches ihre Gemeinde überfallen hatten. Die meisten Mitglieder waren auf der Stelle getötet worden, die anderen wurden eingesperrt. Sie hatte an diesem Abend Dienst in dem Hotel gehabt, in dem sie gegen Kost und Logis arbeitete;

darum war sie entkommen. Ihr Chef nahm es nicht so genau mit den Vorschriften des Reiches und beschäftigte mehrere Irrgläubige, die er schwarz für sich arbeiten ließ. Sie waren billig und machten keine Probleme. Er hatte sie nach dem Überfall noch ein paar Tage behalten, aber als die Ordnungshüter anfingen, Fragen zu stellen, hatte er sie weggeschickt. Sie war nicht besonders traurig darüber, denn sie vermisste den Umgang mit anderen Christen sehr.

»Willkommen bei uns, Nineke«, hatte Natan gesagt. »Wir werden hier eine Bleibe für dich finden.«

An diesem Abend ging Nineke mit Natan zur Versammlung.

Die Gruppe bestand aus etwa dreihundert Personen und traf sich in einer verlassenen Lagerhalle, ein paar Kilometer von Natans Haus entfernt. »Eine ehemalige Lagerhalle der Hirbo«, hatte Natan gesagt. »Nicht gerade gemütlich, aber praktisch. Keine Fenster und so, so dass wir von draußen nicht gesehen werden können.«

Nineke blickte sich in dem großen Raum um.

»Insgesamt sind wir über fünfzehnhundert«, erklärte Natan, »und damit sind wir, soweit ich weiß, eine der größten Gemeinden im Reich. Besonders viel Kontakt mit anderen Gemeinden haben wir natürlich nicht, das ist viel zu riskant. Aber nach dem, was ich gehört habe, sind die meisten Gruppen viel kleiner. Wir treffen uns fünfmal in der Woche in jeweils anderer Zusammensetzung; außerdem haben wir in den verschiedenen Stadtvierteln Hauskreise mit zehn bis höchstens zwanzig Mitgliedern. Zellgruppen nennen wir die. Die hattet ihr ja sicher auch, oder?«

Nineke schüttelte den Kopf.

»Wir waren insgesamt höchstens fünfzig. Wir haben immer wieder Mitglieder verloren.«

»Ja.« Natan guckte bedauernd. »Das ist bei uns genauso. Es

werden ziemlich viele aufgegriffen, aber es kommen auch immer wieder neue dazu. Komm, ich will dich jemandem vorstellen, Sheilah. Sie leitet die Zellgruppe, der du dich anschließen kannst.« Er ging auf eine alte Frau zu. Sie hatte glattes weißes Haar und halbindische Gesichtszüge. Ihr Gesicht wies wegen ihres hohen Alters tiefe Furchen auf, aber ihre Augen blitzten lebhaft und freundlich. Ihre Oberlippe war vernarbt, so, als sei sie einmal aufgeplatzt gewesen und schlecht verheilt. Sie begrüßte Nineke herzlich und schlang die Arme um sie.

»Komm, Kind«, sagte sie. »Natan hat schon gesagt, dass du kommen würdest. Komm, setz dich zu uns.« Sie lotste Nineke zwischen den Leuten hindurch zu einem freien Platz. Es war ein seltsames Gefühl für Nineke, von Menschen, die ihr völlig unbekannt waren, so herzlich begrüßt zu werden. Einige sprachen sie an. Eine junge Frau, die etwa in ihrem Alter war, vielleicht auch etwas jünger, stellte sich zu ihr.

»Ich bin Tania«, stellte sie sich vor. Nineke sah sie überrascht an, es hätte ihre Schwester sein können. Sie hatte dasselbe lange, leicht gewellte dunkelbraune Haar und dieselben großen mandelförmigen Augen. Tania lächelte, sie hatte dieselbe Überraschung empfunden, als sie Sheilah mit Nineke kommen sah.

Nineke und Tania verstanden sich auf Anhieb, und nach der Versammlung war Nineke mit Sheilah und Tania nach Hause gegangen. Es war so üblich, dass die Neuankömmlinge von außerhalb mit den Zellgruppenleitern mitgingen, bis sie irgendwo eine Unterkunft und eine Arbeitsstelle fanden. Sheilah und Tania wohnten zu zweit in einer Wohnung im alten Stadtteil.

»Sheilah ist meine Tante«, erklärte Tania. »Die älteste Schwester meiner Mutter. Früher wohnte sie hier mit meinem Onkel, da fanden die Versammlungen der Zellgruppe auch hier im Haus statt. Aber bei einem Überfall der Ordnungshüter vor zwei Jahren sind alle mitgenommen worden. Ich bin entkommen, als sie sich über den Weinvorrat hergemacht haben.«

»Und deine Tante?«

»Ein alter Trick, aber man kann ihn nicht zu oft anwenden, eigentlich nur einmal in derselben Gegend.« Sie schlug den Teppich zurück und zeigte die Luke, die sich mitten im Fußboden des Wohnzimmers befand. »Hier ist der Eingang zum Keller. Da haben wir ein Bett draufgestellt, und als wir überfallen wurden, ist Tante Sheilah ins Bett gekrochen und hat getan, als ob sie krank wäre und im Sterben läge. Wir hatten Zeit genug, um das Bett über die Luke zu schieben, so dass der Lebensmittelvorrat nicht entdeckt wurde. Tante Sheilah haben sie zurückgelassen, als sie weggingen. Kranke nehmen sie nicht mit, wegen der Ansteckungsgefahr, weißt du.«

»Wie viele wart ihr, als ihr überfallen wurdet?«

»Wir waren fünfzehn. Nur Tante Sheilah und ich sind übrig geblieben.«

31

»Dienstagabend«, sagte Edo McDowel. »Es geht um eine Gruppe von etwa dreihundert Personen in diesem leer stehenden Lager der Hirbo am westlichen Jordanufer, kennst du das?«

»Ich glaube schon.« Gertjan wusste in etwa, wo es sich befand. Die Halle wurde schon längere Zeit nicht mehr als Lager genutzt. »Dreihundert Irrgläubige – wie viele Ordnungshüter brauchst du denn da?«

Edo grinste am anderen Ende der Leitung.

»Ach, das geht schon. Das Lager hat drei Ausgänge. Wir stellen an jedem Ausgang einen Mann hin, das muss im Prinzip schon reichen. Brandbombe rein und schon ist der Kuchen gegessen.«

Gertjan schwieg. Edo war hart und mitleidslos, aber dreihundert Menschen ausräuchern, ohne ihnen eine Chance zu geben?

»Das war 'n Scherz, Gertjan«, brach Edo das Schweigen. »Ich halte mich natürlich an die vorgeschriebende Prozedur.«

»Hmm.« Gertjan kannte die Prozedur, aber die brachte nicht sehr viel. Im Prinzip wurde jeder festgenommene Irrgläubige vor die Entscheidung gestellt. Sie wurden vor das Bild im Tempel geführt. Das Bild, das ein genaues Abbild Oren Rasecs war, nur um ein Vielfaches größer, war das Nonplusultra auf dem Gebiet der Computertechnik. Durch die integrierten Gehör- und Sprachmodule wirkte das Bild verblüffend echt. Über das interkontinentale Kabelnetzwerk konnte es aus sämtlichen Dateien, wo auch immer auf der Welt diese auch gespeichert waren, Informationen schöpfen. Das Bild stellte den Irrgläubigen vor die Wahl. Absolute Unterwerfung und Anbetung des Erdenkönigs – oder der Tod. Die Anbetung des Erdenkönigs und des Bildes und damit die Verleugnung des Gottes der Christen wurde belohnt mit der Implantierung des Chips in den Handrücken oder in die Stirn. Ablehnung bedeutete sofortige Enthauptung. Gertjan hatte der Prozedur einige Male beigewohnt, und größere Hinrichtungen wurden gelegentlich im Fernsehen übertragen. Bei den Fernsehsendungen war das Verhältnis fünfzig zu fünfzig, aber in der Praxis weigerte sich der weitaus größte Teil, das Bild anzubeten, und wählte den sofortigen Tod.

»Wir sind drei Ordnungstruppen«, fuhr Edo fort. »Das wird ein richtiges Spektakel. Es kommen auch Reporter von der *Jerusalem Post* und der *New Times International*. Aber mach, was du willst. Meinetwegen brauchst du nicht mit.«

»Ich sag dir Bescheid. Dienstag, hast du gesagt?«

Edo legte auf und Gertjan starrte noch einige Zeit aus dem Fenster. Es regnete wieder. Die Wassertropfen suchten ihren

Weg über die Glasscheibe und fanden sich zu glänzenden kleinen Bächen zusammen, die das Licht der Straßenlaternen in Hunderten von kleinen Punkten widerspiegelten.

Dies war schon die dritte Woche, dass es vollständig dunkel war im Reich. An sich hatte das einiges für sich, fand Gertjan. Wenigstens war die sengende Hitze, die in den vergangenen Monaten geherrscht hatte, endlich vorbei. Die Natur konnte die extremen Temperaturschwankungen jedoch nicht verkraften, und alles, was nach der Verwandlung allen Wassers in Blut wieder gewachsen war, war nun aufs Neue zerstört. Inzwischen sah Gertjan ein, warum das alles geschah; erst wenn die Irrgläubigen vollständig ausgerottet waren, war die Macht des Christengottes gebrochen. Dann würden die Plagen aufhören. Trotzdem ekelten die Reinigungen und Exekutionen ihn an. Nicht allein die damit verbundenen Gräueltaten, mehr noch die Halsstarrigkeit und der Stolz dieser Irrgläubigen, die erhobenen Hauptes dem Erdenkönig trotzten, stießen ihn ab. Er versuchte, den Gedanken zu verdrängen, aber tief im Innern erlebte er das als Anklage gegen sich selbst, gegen seine Schwäche und seine Feigheit. Tief im Innern wusste er, dass Martijn van der Meulen mehr gehabt hatte als er, dass Kees und Susan van Duin mehr gehabt hatten als er, dass Evelien mehr gehabt hatte als er.

Aber er hatte Angst.

Er griff zum Telefon und tippte die Nummer ein.

»Edo? Ich komme mit.«

Natan blickte sich um. Der Raum war voll, voller als sonst, schien es, und lauter. Auch dadurch konnte es voller scheinen; vielleicht waren genauso viele Personen da wie sonst, aber die Gespräche waren lebhafter und die Leute liefen ständig hin und her. Auch er fühlte sich unruhig, es herrschte eine seltsame Atmosphäre in der Lagerhalle, eine Spannung, die er bisher noch nie empfunden hatte. Er dachte einen Moment daran, die Versammlung abzublasen, aber war dieses unruhige Gefühl Grund genug, alle wieder nach Hause zu schicken? Es konnte natürlich auch das Wetter sein, der stürmische Abend, die wochenlange Dunkelheit, der Regen, der auf das Wellblechdach prasselte – das gab einem immer ein etwas beklemmendes Gefühl. Aber das hier war tiefer, schwärzer. Es war, als ob jemand oder etwas hier physisch anwesend wäre, das nicht hierher gehörte. Er erinnerte sich an die Angst, die er einmal verspürt hatte, kurz bevor dieser Mann gestorben war. Er war damals noch bei den Tekna-Gen gewesen und hatte versucht, den Mann zu heilen, aber die Kräfte waren stärker gewesen als er und hatten sich gegen ihn gewendet. Er war geflohen, und als er einige Stunden später vorsichtig zurückgekehrt war, war der Mann tot gewesen. In dem Zimmer hatte eine schwere, schweflige Luft gehangen, und dann war da die Angst gewesen, körperlich spürbar wie ein Lebewesen, lähmend, entsetzlich.

Einen Augenblick lang hatte er das Gefühl, wieder denselben Geruch wahrzunehmen, aber er nahm an, dass er sich das einbildete. Seine Augen glitten über die Menschen im Raum. Von seinem etwas erhöhten Platz aus konnte er alles überblicken. Er fing Sheilahs Blick auf und winkte ihr zu.

»Irgendwas ist nicht in Ordnung, ich hab so ein komisches Gefühl. Was meinst du dazu?«

Sheilah blickte sich in der Halle um und sah ihn dann wieder an.

»Nineke hat gerade auch so was gesagt. Und es ist sehr unruhig, das war mir auch schon aufgefallen, ja.«

»Wo ist Nineke?«

Sheilah sah zu der Stelle hinüber, wo sie sie zuletzt gesehen hatte.

»Da hinten steht sie, an der Wand.«

»Ich gehe mal rüber, ich muss mit ihr reden«, sagte Natan und warf einen schnellen Blick auf seine Armbanduhr. »Dann fangen wir eben ein bisschen später an.«

»Sind alle so weit?«, fragte Edo und zählte durch. Er zählte fünfzehn Ordnungshüter, einschließlich sich selbst, und fünf Reporter – zwei davon gehörten zum Kamerateam der *New Times International*.

Sicherheitshalber trugen auch die Reporter Uniformen. Es hätte ja mal passieren können, dass einer der Ordnungshüter sich irrte.

»Zum letzten Mal.« Er beugte sich mit den beiden anderen Gruppenleitern über die Karte.

»Ihr nehmt diesen Eingang hier und ihr den da; ich nehme den hier vorne.« Mit seinen dicken Fingern zeigte er auf den Plan. »Wir fahren direkt auf den Parkplatz, bei dem Wetter hören sie uns doch nicht kommen. Und wenn sie am Singen sind, sowieso nicht. Und singen tun sie ziemlich viel, wie ich gehört habe.« Er lachte spöttisch.

»Bei jedem Eingang bleibt ein Mann stehen. Welche sind denn das?«

Drei Männer hoben die Hände.

»Okay. Wenn jemand abzuhauen versucht, schlagt ihr ihn nieder. Schießen könnt ihr auch, wenn ihr denkt, dass das nötig ist. Geht nicht von der Tür weg; niemand darf entkommen, in dem Fall schießt auf jeden Fall.«

Edo grinste und warf Gertjan einen Blick zu. »Wenn möglich nicht töten, Order vom Chef. Haltet euch an die Prozedur.«

Er wandte sich an die Fahrer.

»Licht anlassen, Scheinwerfer auch, aber zieht den Zündschlüssel raus.«

»Alles klar.«

»Gut.« Er faltete die Karte zusammen und sah auf die Uhr. »Wir fahren.«

Gertjan sah den Reporter-Kollegen, der neben ihm stand, von der Seite an. Der Mann sah blass aus und wirkte nervös.

»Zum ersten Mal dabei?«

»Ja, jedenfalls bei einer Sache dieser Größenordnung.«

Natan kletterte wieder an seinen erhöhten Platz und die nervös durcheinander redenden Menschen verstummten, als sie ihn sahen. Sie waren schon zehn Minuten über die Zeit. Das war an sich nicht beunruhigend, aber ungewöhnlich war es doch. Gerade wegen der Gefahr, entdeckt zu werden, mussten immer klare Verabredungen getroffen werden, die dann auch genau eingehalten wurden. Natan selbst war immer äußerst pünktlich.

»Wir wollen diesen Abend mit einem stillen Gebet beginnen, statt wie sonst zu singen«, sagte er. Er schwieg einen Moment und sah, wie einige zustimmend nickten. »Es ist irgendetwas los und es ist ganz wichtig, dass wir uns heiligen. Der Tag seiner Ankunft ist nahe, aber das Tier weiß das und wird alles tun, um uns vor der Zeit zu vernichten. Haltet fest, was ihr habt.«

Er schloss die Augen, und alle taten es ihm nach. Man hörte nur das Prasseln der Regentropfen auf dem Wellblechdach und das Pfeifen des Windes.

In der Ferne glaubte Nineke noch ein anderes Geräusch zu hören. Sie stand nah bei der Tür und ihre Nerven waren zum Zerreißen gespannt.

»Herr Jesus«, betete sie leise. »Bitte hilf uns.«

Der vorderste Lieferwagen bremste ab und Edo nahm das Mikrofon.

»Ich biege hier rechts ab; ihr fahrt noch ein Stück weiter.«

Seine Stimme krächzte aus den Lautsprechern der beiden

anderen Wagen. Das schlechte Wetter beeinträchtigte den Empfang.

»Genau um Viertel vor neun öffnen wir die Türen. Keine Minute früher oder später. Sagt Bescheid, wenn ihr da seid.«

»Verstanden«, krächzte es zweimal aus dem Lautsprecher. Der Lieferwagen bog ab und Gertjan sah hinter den Scheibenwischern die Konturen des großen Gebäudes auftauchen.

Etwa hundert Meter vor dem Eingang hielt der Wagen und blieb mit angelassenem Motor und Abblendlicht stehen. Die heftigen, regelmäßigen Vibrationen des schweren Dieselmotors wirkten auf Gertjan geradezu bedrohlich. Der dunkle Stahl des Maschinengewehrs neben ihm glänzte matt in dem schwachen Licht.

»Wagen zwei ist am Einsatzort«, tönte es durch den Lautsprecher, und einige Augenblicke später kam dieselbe Meldung von Wagen drei. Edo hielt den Blick auf seine Armbanduhr gerichtet. In dem schwachen Schein der Armaturenbrett-Beleuchtung sah Gertjan, der schräg hinter ihm saß, die klopfende Ader auf seiner Schläfe, direkt unter dem kurz geschnittenen Haar.

»Losfahren!«, sagte Edo ins Mikrofon und setzte seinen Helm auf. Mit heulendem Motor schoss der Lieferwagen vorwärts und die voll aufgeblendeten Scheinwerfer tauchten das Gebäude in grelles Licht. Die Bremsen quietschten und die Wagentüren wurden aufgerissen. Einer nach dem anderen sprangen die fünf schwer bewaffneten Ordnungshüter aus dem Wagen; Gertjan folgte als Letzter. William stürmte auf die Tür zu und trat mit voller Wucht dagegen; splitternd flog sie auf.

Gleichzeitig wurden auch die beiden anderen Türen aufgebrochen. Die Ordnungshüter drangen in den Raum ein und begaben sich an ihre Positionen. –

Obwohl Nineke es halbwegs erwartet hatte, traf es sie doch wie ein Schock. Das Motorengeräusch hatte sie erst im letzten Moment gehört, zu spät, um noch irgendetwas zu unternehmen.

»Wir haben einen Fehler gemacht«, durchfuhr es sie. Sie hätten die Zusammenkunft doch abblasen müssen. Jetzt ging alles rasend schnell. Die Männer in den dunkelgrünen Uniformen stürmten in die Halle.

»Wenn es doch einen Überfall gibt«, hatte Natan zu ihr gesagt, »dann versuch, so viele wie möglich zu retten.«

Nineke dachte nicht mehr nach. Angriff war die beste Verteidigung, und sie musste sich jetzt das Überraschungsmoment zunutze machen. Mit einem Satz sprang sie auf den nächsten Uniformierten zu und schlug ihm mit aller Kraft von hinten ins Genick. Er machte keinen Muckser und sank augenblicklich zu Boden. Bevor der Mann an der Tür irgendetwas tun konnte, trat sie ihn voll in den Magen. Der Mann stieß einen Seufzer aus und klappte wie ein Taschenmesser zusammen; das Maschinengewehr fiel ihm aus den Händen und blieb auf dem Fußboden liegen.

»Wegrennen!«, schrie sie, und die Menschen um sie herum drängten sich zur Tür. Der Ordnungshüter an der Tür richtete sich wieder auf, stieß einen Fluch aus und griff nach seinem Gewehr. Wieder sprang Nineke auf ihn los und trat ihm das Gewehr aus den Händen; es flog im hohen Bogen gegen die Wand und blieb dann außerhalb seiner Reichweite liegen. Der Mann hatte sich jedoch inzwischen von seiner Überraschung erholt, packte Ninekes Arm und drehte ihn auf den Rücken. Nineke stieß einen Schmerzensschrei aus und versuchte nach hinten zu treten. Aus den Augenwinkeln sah sie, wie ein Strom Menschen die Tür erreicht hatte und ins Freie rannte. Dann knatterten hinter ihr die Maschinengewehre und überstimmten das Geschrei. Die Menschenmenge war jedoch nicht mehr zu bremsen und rückte auf. Plötzlich erschlaffte der Griff des

Ordnungshüters, und er ließ Ninekes Arm los. Er stieß einen rauen Schrei aus, taumelte und fiel vornüber. Mit Abscheu und Verwunderung sah Nineke den zerschossenen Rücken und wurde dann durch die in Panik geratene Masse nach draußen geschoben. Sie sah sich kurz um, aber die Körper vor der Tür begannen, sich aufeinander zu stapeln und versperrten den Ausgang. Sie wandte sich ab und rannte davon.

»Hört auf zu schießen!« Edos Stimme donnerte durch den Raum, und ein Maschinengewehr nach dem anderen verstummte. »Und Klappe zu, verstanden!«

Nun, da alle Ausgänge verschlossen waren und nicht mehr geschossen wurde, beruhigte sich die hysterische Masse. Gertjan krabbelte hoch und begriff erst allmählich, wo er war. Im Genick verspürte er einen stechenden Schmerz; er hatte keine Idee, wer oder was ihn getroffen hatte. Entsetzt sah er sich um. Die Luft war schwer vom Pulverdampf und überall um ihn herum hörte er das erstickte Schluchzen und Wimmern der Verletzten. Er schauderte beim Anblick der aufeinander gestapelten Leiber, die die Tür versperrten, durch die er soeben hereingekommen war. Einige wenige bewegten sich noch.

»Wer ist hier der Wortführer?«

Edo blickte sich um und seine Augen verengten sich zu schmalen Schlitzen, als er den Palästinenser auf dem erhöhten Podest stehen sah. Es war eine dumme Frage gewesen, begriff er, aber ihm fiel so schnell kein anderer Einführungssatz ein. Mit einer wilden Geste zeigte er auf die Körper vor dem Ausgang.

»Wessen Schuld ist das?!«, fuhr er den Mann auf dem Podest an. Die Situation gefiel ihm nicht. Das Ganze war aus dem Ruder gelaufen und hatte ihn außerdem einen Mann gekostet. Es gefiel ihm viel besser, Spannung aufzubauen und mit den Menschen zu spielen, mit ihren Ängsten, mit ihrer Angst vor ihm. Diese Sache hier hatte sich verselbständigt und er war nicht der Mittelpunkt gewesen.

Der Mann auf dem Podest sah ihn schweigend an.

»Name?«

»Natan Ismael Tamarek.«

Eine angenehme, feste Stimme. Edo ärgerte sich darüber. Langsam ging er auf den Mann zu und blieb kurz vor dem Podest stehen. Natan sah unbeweglich zu ihm hinab und das ärgerte Edo noch mehr. Mit einem Ruck packte er Natans Beine und zog sie ihm weg, so dass er mit einem lauten Aufprall von dem Podest fiel.

»Natan Ismael Tamarek, *mein Herr!*« Edo fühlte sich schon ein bisschen besser. Er hatte die Situation bald wieder im Griff. Das mit dem einen toten Ordnungshüter würde er seinen Vorgesetzten schon irgendwie erklären können.

»Nochmal – wessen Schuld ist das?«

Natan kam wieder auf die Beine und blieb aufrecht stehen. Er war etwas größer als Edo, was dessen immer noch sehr empfindliche Stimmung nicht gerade verbesserte.

»Wollen Sie darauf wirklich eine Antwort?«

Edo blickte kurz zur Seite. Das Kamerateam hatte sich wieder gefangen und hatte begonnen zu filmen. Edo sah, dass die Kamera ihn im Bild hatte, während der palästinensische Irrgläubige auf ihn herabsah. Warum hatte er all diese Presseleute zugelassen? Das war sein Abend, und dabei brauchte er niemanden, der ihm auf die Finger sah. Was ging die das eigentlich an?«

»Du bist doch der Chef hier?!«, kicherten die Stimmen in seinem Kopf. »Dann tu doch was!«

Er fuhr sich mit den Fingerspitzen über die Schläfen, unter dem glänzenden Helm hindurch. Auf einmal hatten ihn heftige Kopfschmerzen überfallen.

»Tu doch was!« –

Es war beinah stockdunkel und Nineke konnte sich nur noch tastend vorwärts bewegen. Der Regen strömte ihr übers Gesicht und der Weg war glatt und schlammig. Aber sie musste weiter. Die anderen, die ebenso wie sie entkommen waren, hatte sie schon weit hinter sich gelassen. In der Ferne sah sie erleuchtete Häuser; da musste sie hin. Sie blickte sich regelmäßig um, aber sie wurde nicht verfolgt, jedenfalls nicht von den Lieferwagen. Aber dass sie kommen würden, das war sicher. Es war immer jemand da, der nicht dichthielt und die Adresse weitergab. Die eine Bibel nahm Natan immer mit zu den Versammlungen, die andere lag bei ihm zu Hause. Sie würden kommen und sein Haus durchsuchen, alles durchwühlen, aber sie musste vor ihnen da sein. Während sie weiterlief, befühlte sie ihre Hosentasche – der Schlüssel war noch da.

»In dem großen Bücherschrank«, hatte Natan gesagt. »Das mittlere Fach hat eine doppelte Rückwand, die man nach oben wegschieben kann. Dahinter liegt sie, zusammen mit ein paar Notizheften.«

Tagsüber schien es nur so ein kurzer Weg zu sein und auch abends, wenn sie im Dunkeln zu der Lagerhalle gegangen waren, war es ihr nicht so weit vorgekommen wie jetzt. Die Dunkelheit, die bisher ein Freund gewesen war, erwies sich nun als Feind. Bald würde sie auf befestigte Straßen stoßen, dann konnte sie schneller laufen. Der Wind peitschte ihr ins Gesicht und der Regen vermischte sich mit den Tränen, die ihr über die Wangen liefen.

»Herr«, betete sie, »warum, warum?«

Sie kannte die Antwort, aber es war eine Antwort, die nur ihren Verstand befriedigte. Ihr Herz weinte und sie fühlte sich allein und verlassen. Wie oft hatten sie über diese Möglichkeit gesprochen – Natan hatte sogar gesagt, dass das eines Tages so kommen musste. Es waren die letzten Tage, und das war nicht nur so dahin gesagt – es war mehr als eine bloße Redewendung. »Jeder Tag, den wir noch erleben«, hatte er sie gelehrt, »ist ein Tag, an dem sich noch ein Mensch zu seinem Gott bekehren kann. Und jede lebendige Seele ist kostbar vor Gott.«

Ein Stein rollte unter ihrem Fuß weg und Nineke rutschte aus. Sie fühlte einen stechenden Schmerz im Hüftgelenk, aber sie kam wieder auf die Beine und lief weiter.

In Gedanken hatte sie sie noch so oft erlebt, ihre Flucht über die Bergwand. Noch immer wurde sie nachts regelmäßig wach und fuhr erschrocken hoch. Einerseits erleichtert, andererseits tieftraurig. Sie hatte es inzwischen akzeptiert: Gertjan war weg. Aber wirklich damit abfinden können hatte sie sich nie.

Die Zweige eines alten Baumes zerkratzten ihr das Gesicht. Hier musste es sein. In dem vagen Lichtschein, der aus den Fenstern kam, glänzten die Stufen der Treppe, die sie hinauf musste. Sie beschleunigte das Tempo, hier war sie auf bekanntem Terrain. Nun konnte es nur noch ein paar Minuten dauern. Sie lief weiter. Es war ihr inzwischen egal, dass sie auffallen würde, wenn jemand sie sah. Die üblichen Vorsichtsmaßnahmen zählten nicht mehr. Das Einzige, was jetzt noch zählte, war Schnelligkeit. Es gab nur noch so wenige Bibeln, und wenn die Gemeinde jetzt auch noch ihre letzte Bibel verlor, woraus sollte sie dann Trost und Erkenntnis schöpfen? Dann stand die Tür offen für die seltsamsten Theorien, und das konnte der Wahrheit den Todesstoß versetzen. Es war auch nicht möglich, Bibeln zu kopieren. Alle Fotokopiergeräte waren durch Scanner ersetzt worden, die alle an das zentrale Netzwerk des Erdenkönigs angeschlossen waren. Alles, was eingescannt wurde, ging über die zentralen Bildschirme; das Risiko war nicht zu verantworten.

Da war Natans Haus. Es stand kein Auto vor der Tür, sie war schneller gewesen. Hastig tastete sie in der Hosentasche nach dem Schlüssel, aber plötzlich sah sie, dass die Tür einen Spalt offen stand. Auf dem Rahmen waren Einbruchspuren; das

Schloss war gewaltsam geöffnet worden. Einen Augenblick blieb sie ratlos stehen – sollte sie fliehen oder sollte sie hineingehen? In diesem Moment wurde die Tür aufgerissen.

»Komm rein, Nagheela, oder muss ich Nineke sagen?«

Er grinste ihr breit zu, als er das Licht anknipste. Sie strich sich eine Haarsträhne aus dem Gesicht und blinzelte in das grelle Licht im Flur. Vor ihr stand Azarnim.

»Du machst es uns unerwartet leicht.«

Sie wurde mit festem Griff am Handgelenk gepackt und hereingezogen. Hinter ihr schloss Shurak die Tür.

»Komm, Gertjan, stell dich nicht so an!« Edo legte Gertjan einen Arm um die Schulter und stützte sich schwer auf ihn. »Nimm auch was, du bist doch sonst nicht so, Mann! So'n Fest gibt's nicht alle Tage.«

Gertjan stieß den Zinnbecher weg. Der Wein schwappte über den Rand.

»Du enttäuschst unsere Gastgeber. Sieh mal, wie bedeppert sie gucken.« Er nahm selbst wieder einen großen Schluck, wovon ihm die Hälfte wieder aus den Mundwinkeln heraus und in den Kragen hinein lief.

»Hier gibt's reichlich, die Leute hier wissen, was Gastfreundlichkeit ist.«

Gertjan schob den betrunkenen Edo von sich weg und drehte ihm den Rücken zu. Ihm war elend zumute. Wie hatte er sich bloß dazu verleiten lassen können, wieder mit Edo mitzugehen? Der Mann hatte sich einfach nicht in der Gewalt.

Das Maschinengewehr knatterte und Gertjan fuhr erschrocken zusammen. Als er sich umdrehte, sah er, dass Edo den Lauf des Maschinengewehrs gegen die Decke gerichtet hielt und schallend lachte. Edo blickte sich um, machte ein paar Schritte, packte das Mädchen, das am nächsten bei ihm stand, und schleifte sie zu Gertjan. Sie schrie und versuchte sich zu

423

wehren. Ihr Kleid war zerrissen und ihre Wangen waren rot und geschwollen.

»Willst du die vielleicht?«

Das Mädchen sah Gertjan mit angstvoll aufgerissenen Augen an. Ihm drehte sich der Magen um; er wollte nur noch weg. Aber wie? Vor den Türen standen die Ordnungshüter. Würden sie ihn einfach rauslassen, wenn er sie darum bat? Warum nicht, er war kein Irrgläubiger. Die anderen Ordnungshüter taten sich ebenso wie Edo an dem Wein gütlich, den Edo unter dem weißen Tuch gefunden hatte, oder sie gaben sich mit den Frauen ab oder misshandelten die Männer, nachdem sie ihnen sinnlose Fragen gestellt hatten. Von überallher ertönte Jammern, Weinen und Geschrei.

»Oder stehst du mehr auf Männer?«, prustete Edo. Er schleuderte das Mädchen von sich weg und hob den bewusstlosen Natan hoch.

»Edo.« Gertjan hob die Hände in einer hilflosen Gebärde.

Edos Gesicht erstarrte und Gertjan befürchtete einen Moment, dass er wieder anfangen würde zu schießen, aber dann zuckte er die Schultern, ließ Natan wieder fallen und drehte sich um, wobei er irgendetwas Unverständliches murmelte. Gertjan atmete auf. Nun musste er noch irgendwie hier herauskommen. Er sah zu dem Ordnungshüter hinüber, der den nächstliegenden Ausgang bewachte. Er hielt eine Flasche Wein in der Hand und ließ den Blick amüsiert durch die Halle schweifen. Zu seinen Füßen lagen mehrere Körper, wahrscheinlich alle tot. Er kannte den Mann nicht und wagte es nicht. An der anderen Seite stand der riesige William. William war distanziert, kühl und ziemlich auf sein Image fixiert. Dem war es wahrscheinlich egal. Der dritte Eingang, durch den er selbst hereingekommen war, wurde von den toten Körpern der Menschen blockiert, die nicht mehr hatten entkommen können.

Langsam, um nicht aufzufallen, bewegte Gertjan sich auf

Williams Tür zu. Die Irrgläubigen wichen ihm aus und sahen von ihm weg. Ihr Widerstand war völlig gebrochen. Die wenigen, die sich anfangs noch gewehrt hatten oder versucht hatten, sich für ihre Frauen, Töchter oder was auch immer einzusetzen, waren ohne Pardon niedergeschossen worden. Die anderen waren weggekrochen und hatten sich so klein wie möglich gemacht, um den Ordnungshütern nur ja nicht aufzufallen.

Dann sah er sie. Ihre Blicke kreuzten sich einen Moment, aber das Mädchen schaute sofort wieder weg, versteckte sich hinter ihren langen, dunkelbraunen Haaren und kehrte ihm den Rücken zu. Eine alte Frau mit glatten weißen Haaren schlang beschützend einen Arm um sie.

»Nagheela!« Alles kam wieder hoch. Die Emotionen, die Ängste, der Berg, die lange, frustrierende Suche, der Schmerz, die Bitterkeit. Er hatte es verdrängt und sein Herz mit einem Schutzpanzer umgeben, aber jetzt fiel der Panzer ab. Mit ein paar Schritten war er bei ihr und packte sie an der Schulter.

»Nagheela!« Das Mädchen sah auf, mit einer Mischung aus Angst und Verwirrung im Blick, und Gertjans Herz brach. Intensiver als je zuvor empfand er den Schmerz der vergangenen Jahre; er war konzentriert auf diesen einen Moment der Enttäuschung, als Gertjan es sah: Das war nicht Nagheela, sie sah ihr nur ähnlich. Das Mädchen sah wieder weg und bewegte sich nicht; sie war starr vor Angst. Gertjan hätte gewünscht, dass er weinen könnte, aber seine Augen waren schon vor Jahren eingetrocknet und die Verbitterung war nun noch tiefer.

»Nagheela ist entkommen.«

Erstaunt blickte Gertjan auf in die Augen der alten Frau. Plötzlich erkannte er sie. Obwohl es zweieinhalb Jahre her war, hatten die Augen der alten Frau doch mehr Eindruck auf ihn gemacht, als er hatte zugeben wollen. Sie sah ihn direkt an und Gertjan wusste, dass auch sie ihn erkannte und sich daran erinnerte, dass er damals bei dem Überfall dabei gewesen war.

Er schämte sich. Die schlecht verheilte Oberlippe klagte ihn an und er spürte die ganze Last der vergangenen Jahre und die grausamen Handlungen der Ordnungshüter, die Morde und die Vergewaltigungen, auf seinen Schultern. Aber die Augen verurteilten ihn nicht, sie sahen ihn nur an und legten das Innerste seiner Seele bloß, damit er und nur er selbst es beurteilen konnte. Er wollte weg, fliehen, das verleugnen, was er sah, und er wandte gewaltsam den Blick ab. Nachdem er sich ein wenig gefangen hatte, begriff er plötzlich, was sie gesagt hatte.

»Wie meinen Sie das, entkommen?«

Wieder sah er die alte Frau an, die seinen Blick forschend erwiderte. Sie schien unsicher zu sein, was sie sagen konnte. Gertjan ging in die Knie und schüttelte die Frau.

»War sie hier? Nagheela? Sieht sie so aus wie dieses Mädchen? Sagen Sie es mir!«

In seinem Herzen flammte eine wilde Hoffnung auf. Oder quälte sie ihn nur?

Er hatte ihn nicht kommen sehen, aber er spürte den großen Stiefel auf seiner Schulter und den Stoß, der ihn aus dem Gleichgewicht brachte, so dass er auf die Seite fiel. Edo stand hoch über ihm und lachte. Er bückte sich und packte das Mädchen am Arm. Mit einem Ruck riss er sie aus der Umarmung der alten Frau, die schwach zu protestieren versuchte. Edo zog den Kopf des Mädchens an den langen Haaren zurück und betrachtete sie von oben bis unten. »Sooo ...«, sagte er und schnalzte mit der Zunge. »Ein Feinschmecker, unser Gertjan. Da hast du dir ja was Hübsches ausgesucht!«

Gertjan stand auf und wusste so schnell nicht, was er sagen sollte.

»Oder ist sie für mich?« Edo fuhr ihr mit den Fingern über die Lippen.

»Nein«, sagte Gertjan. Er dachte blitzschnell nach. Die alte Frau kannte eine Nagheela, die diesem Mädchen glich. Die

Ähnlichkcit war auffallend, es musste um seine Nagheela gehen, seine Nagheela. Durch diese Leute konnte er mit ihr in Kontakt kommen. Irgendjemand von ihnen musste entkommen.
»Nein, ich will sie, Edo.«

Edo lachte dröhnend und schleuderte ihm das Mädchen in die Arme.

»Aber dann verhandelst du doch nicht mit ihr ... äh.« Er sah die alte Frau an, dann das Mädchen und dann wieder die Frau. »So'n Problem löst man ganz anders.« Das Maschinengewehr knatterte und das Mädchen schrie auf. Gertjan erstarrte und sah, wie die Frau in einer Blutlache zusammensank.

»Tante Sheilah!« Das Mädchen wollte sich losreißen und auf die Frau zustürzen, aber Gertjan hielt sie fest, bis sie aufgab.

»Siehst du?«, grinste Edo. »Schon gelöst.« Nachlässig warf er sich die Waffe wieder über die Schulter. »Tschüss, Kumpel, und viel Spaß damit.« Er drehte sich um und lief wieder weg.

Gertjans erster Impuls war, Edo an den Hals zu springen, aber er beherrschte sich. Es war niemandem damit gedient, wenn er sich jetzt gehen ließ. Er musste mit dem Mädchen sprechen, aber nicht hier, nicht unter Edos Augen.

»Edo?«

Edo drehte sich wieder um und sah Gertjan fragend an. Gertjan ging auf ihn zu und zog das Mädchen am Handgelenk hinter sich her.

»Edo ...« Er zögerte einen Moment. »Ich ... äh ...« Edo sah ihn amüsiert an. Es war ein guter Zeitpunkt, schätzte Gertjan. Er wandte den Blick ab. »Ich möchte schon, aber ich kann nicht, nicht hier mit all den Leuten dabei.«

Edo sah ihn einen Augenblick mit stummem Erstaunen an. Gertjan roch den schweren Alkoholdunst, der den Pulverdampf und den Geruch nach Schweiß, Blut und Tod überdeckte. Edos Blick glitt zur Tür, wo die Leiber derjenigen aufgestapelt lagen, die bei ihrem Fluchtversuch getötet worden waren. Er dachte nach. Dann zog wieder dieses abstoßende Grinsen über sein Gesicht und er gab Gertjan einen Schlag auf die Schulter.

»Nimm sie ruhig mit«, lachte er gröhlend, »und viel Spaß damit.«

Er bahnte sich einen Weg durch die flüchtenden und auf dem Boden herumkriechenden Menschen und ging zum Ausgang. Gertjan folgte ihm und schleifte das Mädchen mit sich. Der Ordnungshüter trat zur Seite und Edo riss die Tür auf. Ein kühler Wind strömte in die Halle; der heftige Regen war in einen leichten Nieselregen übergegangen.

»Vergiss nicht, hinterher aufzuräumen, okay?«

Die Tür schloss sich hinter ihnen und sie standen draußen. Gertjan atmete auf und betrachtete das Mädchen an seiner Hand. Sie schluchzte; ihre Schultern zuckten und sie hatte das Gesicht abgewendet. Gertjan spürte den Kloß in seinem Hals und legte ihr eine Hand auf die Schulter. Sie erschauerte und er zog seine Hand weg.

»Ich tue dir nichts.« Seine Stimme war heiser. Sie standen noch voll im Scheinwerferlicht der Lieferwagen und er führte sie zur Seite ins Dunkle.

»Wirklich«, wiederholte Gertjan, »ich tue dir nichts.« Er strich ihr das Haar aus dem Gesicht und wollte ihr Kinn hochheben. Das Mädchen schluchzte erneut und zitterte heftig.

»Ich würde dich gern loslassen«, sagte Gertjan, »aber ich habe Angst, dass du wegrennst. Hörst du, was ich sage?«

Das Mädchen reagierte nicht.

»Wie heißt du?«, fragte er noch einmal.

Nun blickte sie auf, nur ganz kurz, dann sah sie wieder zu Boden. Gertjan legte ihr wieder die Hand auf die Schulter und ließ ihr Handgelenk los. Das Mädchen war völlig verängstigt. Es hatte keinen Sinn, sie jetzt nach Nagheela zu fragen; alles, was er sagte, prallte an ihr ab. Er musste erst versuchen, Verbindung zu ihr zu bekommen.

»Ich bin Gertjan«, sagte er. »Gertjan Van der Woude. Und du?«

Ihr Zittern wurde schwächer und Gertjan wiederholte seine Frage. »Wie heißt du?«

»Tania. Tania Rumarez.« Ihre Stimme war hoch und leise.

»Okay. Tania. Bitte schau mich an, ja?«

Sie hob den Kopf und sah ihn an. Ihre Augen waren rot und sie schluchzte noch ein paarmal. Die Ähnlichkeit mit Nagheela erschütterte ihn aufs Neue und traf ihn ins Herz. Er versuchte, ihr Alter zu schätzen. Zweiundzwanzig, dreiundzwanzig? Nagheela war achtundzwanzig.

»Tania, ich lasse dich gleich gehen. Ich tue dir nichts. Ich will, dass du etwas für mich tust. Ich suche Nagheela. Sie ist dir ähnlich.« Er sah sie aufmerksam an und beobachtete ihre Reaktionen. Sie hörte zu. »Kennst du sie?«

Tania nickte. »Sie heißt jetzt Nineke.«

Einen Augenblick war Gertjan überrascht, dann begriff er. Es war der Name, den er damals im Zentrum im Computer gefunden hatte. Als Irrgläubige hatte sie ihren eigenen Namen wieder angenommen.

»Sie ist hier? Ich meine, hier in Jerusalem?«

Tania wandte den Blick ab. Er begriff, dass sie ihm nicht vertraute, wie sollte sie auch. Er trug die Uniform der Ordnungshüter, sie hatten eben ihre Versammlung überfallen und hatten vergewaltigt und gemordet. Er nahm sie bei den Schultern und wieder zuckte sie zusammen. Er ließ sie los.

»Tania, hör mir zu. Ich lasse dich jetzt gehen. Sag zu Nagheela, ich meine Nineke, dass ich sie sehen will. Morgen. Ich bin Gertjan Van der Woude, sag ihr das. Morgen, sagen wir um …« Es war ganz egal, er hatte den ganzen Tag Zeit. »Morgen Mittag um zwölf.« Er suchte in seinen Taschen nach einem Zettel, aber er fand keinen. Er nannte Tania die Adresse eines Cafés in der Altstadt. »Kannst du das wiederholen, bitte?«

Tania sah ihn an.

»Gertjan van der Woude, um zwölf Uhr im Café *The Empire*.«

Gertjan nickte. »Richtest du ihr das aus?«

»Ja.«

»Tania.« Gertjan sah ihr in die Augen. Diesmal schaute sie nicht weg. Er schluckte. »Sag ihr, dass ich sie liebe.« Er wandte den Blick ab. »Geh nur heim jetzt.«

Er sah ihr nach, bis die Dunkelheit sie verschluckte. Dann ging auch er.

Nineke war fassungslos. All ihre Hoffnung war dahin. Azarnim ging auf sie zu. Seine Augen glänzten triumphierend.

»Gelungene Überraschung, was?«

Nineke schwieg. Hinter ihren Augen brannten Tränen.

»Komm, Kind, du bist ja klitschnass. Komm rein. Wir haben uns bestimmt viel zu erzählen nach all den Jahren.«

Shurak hatte sie losgelassen und stand zwischen ihr und der Tür. Fliehen hatte keinen Sinn mehr. Sie würde ihm nie entkommen können, und wenn es zu einem Kampf kam, war er sowieso stärker. Azarnim hatte das Haus bestimmt schon durchsucht, die Bibel waren sie sicher los. Die letzte Bibel. Resigniert folgte sie Azarnim ins Wohnzimmer; Shurak blieb dicht hinter ihr. Das Wohnzimmer sah aus, als hätte eine Bombe eingeschlagen; alle Schubladen waren aufgerissen, Bücher und Hausrat lagen auf dem Boden verstreut. Nineke warf einen schnellen Seitenblick auf den Bücherschrank. Das mittlere Fach war zwar leer, aber die Rückwand war noch darin. Sie hatten die Bibel also noch nicht gefunden – es bestand noch Hoffnung. Azarnim warf ihr ein Handtuch zu, das er aus der Küche mitgenommen hatte, und ließ sich in einen der Sessel sinken. Shurak blieb an der Tür stehen.

»Trockne dich ab, Kind, sonst erkältest du dich noch.«

Mechanisch befolgte sie seine Anweisung.

»Edo McDowel macht offenbar Fehler«, stellte Azarnim fest. »Sind viele entkommen?«

»Zu wenige.«

»Hmmm.« Er sah sie prüfend an. »Du bist etwas Besonderes, Nagheela«, lächelte er dann. »Die meisten abtrünnigen Tekna-Gen bekommen keine solche Sonderbehandlung. Setz dich.«

Sie ließ sich ihm gegenüber in einen anderen Sessel fallen.

»Du hast dich überhaupt nicht verändert, Nagheela. Du bist immer noch ein offenes Buch.« Er hatte die Beine übereinander geschlagen und betrachtete sie entspannt. »Eine echte Sonderbehandlung«, fuhr er fort. »Die meisten Irrgläubigen werden heutzutage direkt vor die Wahl gestellt, aber abtrünnige Tekna-Gen bekommen diese Wahl nicht. Sie haben sie schon gehabt und haben sich falsch entschieden. Tja, und wer kann daran dann noch etwas ändern, nicht wahr?«

Nineke sah ihn unbeweglich an. Nach Azarnims Bemerkung war ihr bewusst geworden, dass sie ihn wie vom Donner gerührt angestarrt hatte, und diese Genugtuung wollte sie ihm nicht wieder bereiten. Auch Azarnim hatte sich überhaupt nicht verändert. Es war gut dreieinhalb Jahre her, seit sie Holland verlassen hatte, aber wie die meisten Tekna-Gen war auch er kaum gealtert. Er sah sympathisch aus, aber hinter seinem ansprechenden Äußeren verbarg sich eine mitleidlose Persönlichkeit.

»Der Prophet will dich sehen.«

»Oh. Soll ich mich deshalb geehrt fühlen?«

Azarnim zog die Mundwinkel herunter. »Ich würde mich geehrt fühlen«, gab er zu. Er sah sie durchdringend an, wahrscheinlich versuchte er, ihre Gedanken zu lesen. Nagheela glaubte, eine gewisse Enttäuschung in seinem Blick zu erkennen, anscheinend gelang es ihm nicht mehr so gut.

»Wir haben dich schon seit einiger Zeit verfolgt«, sagte er.

Es wäre ihm lieber gewesen, wenn sie ihn danach gefragt hätte, aber sie tat es nicht. »In Frankreich hätten wir dich auch schon aufgreifen können, aber ich hatte keine Eile. Weiter hatten wir doch nicht viel zu tun nach der Erhöhung des Meeresspiegels. Und nach Apeldoorn am Meer zog es mich nicht gerade zurück.«

»Wir?«

»Shurak und ich.« Er nickte zu Shurak hinüber, der immer noch an der Wohnzimmertür stand. »Besonderer Auftrag des Propheten.« Er beugte sich vor. »Was hast du eigentlich mit ihm gemacht, da in der Schweiz?«

Nineke dachte zurück an die Nacht an der Bergwand. Sie warf Shurak einen Seitenblick zu. Er hatte Azarnim anscheinend nichts erzählt, dieser schien jedenfalls keine Ahnung zu haben. Von ihr würde er auch nichts erfahren. Er zuckte die Schultern.

»Ach, was liegt mir schon daran? Anderes Thema. Wo ist dieses Buch von euch, die Bibel?«

Nineke sah ihn an, als ob sie nicht wüsste, wovon er spräche. »Die hat Natan Tamarek natürlich mit in die Versammlung genommen, was dachtest du denn?«

Azarnim lachte spöttisch. »So einfach kommst du nicht davon, Nagheela. Warum bist du denn sonst hierher gekommen? Meinst du, ich bin blöd?«

Nineke war zu lange still, um noch eine glaubwürdige Ausrede zu finden.

»So, das wäre dann klar. Dann schlage ich vor, dass du dir selbst und uns einen Haufen Ärger ersparst und das Ding holst, dann können wir wieder gehen.«

Nineke hob den Kopf. »Du kannst mir nichts tun. Der Prophet will mich doch sehen?«

Entspannt lehnte Azarnim sich zurück. »Er hat nicht gesagt, in welchem Zustand.« –

Die Treppe nach oben war glatt und Tania rutschte zweimal aus. Wie in einem Film liefen wieder und wieder die grässlichen Bilder dieses Abends vor ihren inneren Augen ab. Sie sah den mit Kugeln durchsiebten Körper ihrer Tante, der einzigen Angehörigen, die sie noch gehabt hatte, und das bösartige Gesicht des Mannes, der sie vor ihren Augen ermordet hatte. Sie war frei, aber sie begriff noch nicht recht, warum. Und dann war dieser andere Ordnungshüter gewesen, der sie vergewaltigen wollte, oder doch nicht? Sie wusste nicht, was sie von all dem halten sollte. Warum hatte er sie gehen lassen? Folgte er ihr? Sie blickte sich immer wieder um, aber in der völligen Dunkelheit war nichts zu erkennen. Das beängstigte sie noch mehr. Oben an der Treppe begann die Straßenbeleuchtung. Würde sie dort in Sicherheit sein? Sie kam hier nie allein hin, es war gefährlich, hatte man ihr immer gesagt. Aber wo sollte sie sonst hin? Sie musste nach Hause. Zu Hause war sie sicher. Aber was war ihr Zuhause? Tante Sheilah war tot. Aber Nineke nicht, Nineke war zu Hause, die war auch entkommen.

Als sie am oberen Ende der Treppe angekommen war und die beleuchtete Straße begann, fing sie an zu rennen, ohne sich um die vereinzelten Fußgänger zu kümmern, die ihr erstaunt nachstarrten. Das war jetzt alles egal. Auf der Höhe von Natans Haus war sie außer Atem und blieb einen Moment stehen, die Hände auf die Knie gestützt. Ob Natan auch tot war? Der Ordnungshüter hatte unablässig auf ihn eingeschlagen, auch als er bereits bewusstlos war. Er war völlig außer sich gewesen, und dann war geschossen worden, und es waren Männer zu Boden gestürzt, die auf Natan und den Ordnungshüter zugelaufen waren. Sie versuchte, die Bilder zu verdrängen. Sie richtete sich wieder auf und wollte weiterlaufen, da sah sie, dass die Eingangstür von Natans Haus nur angelehnt war; ein schmaler Lichtschein fiel durch den Spalt. Trotz ihrer Verwirrung begriff sie, dass das ungewöhnlich war. Da musste jemand sein. Unsicher lief sie zur Tür und drückte sie auf. Aus dem Wohnzimmer hörte sie Stimmen, und sie erkannte die Stimme von Nineke. Erleichtert ging sie weiter. Sie war in Sicherheit.

»Tania?«

Mit sprachlosem Erstaunen sah Nineke das tropfnasse Mädchen an, das mit leichenblassem Gesicht in der Tür stand. Azarnim stand direkt vor dem Stuhl, auf dem Nineke saß, die Hände auf dem Rücken gefesselt und die Beine an die Stuhlbeine gebunden. Aus ihrem Mundwinkel lief eine schmale Blutspur an ihrem Kinn und Hals hinunter, und ihre Wangen waren gerötet.

Azarnim wandte sich Tania zu und nickte Shurak zu, der sie ins Zimmer zog und die Tür hinter ihr schloss.

»Hallo Tania, komm rein in die gute Stube.«

Langsam ging er auf das Mädchen zu, das ihn mit angstvoll aufgerissenen Augen anstarrte. Azarnim streckte ihr seine Hand entgegen und Tania nahm sie verwirrt an. Azarnim lachte breit.

»Azarnim. Freut mich, dich kennen zu lernen, freut mich wirklich.« Er nickte zu Shurak hinüber. »Und das hier ist Shurak.«

Tania riss sich los und sah Nineke verzweifelt an.

»Tania, du kommst wie gerufen. Wie wollten hier eine Bibel abholen, und nun will Nagheela uns nicht sagen, wo Natan das Ding hingelegt hat.«

Unerwartet schnell packte er sie an den Haaren und riss ihren Kopf nach hinten. Tania schrie auf vor Schreck und Schmerz.

»Sie weiß es nicht, Azarnim, lass sie gehen«, rief Nineke von ihrem Stuhl aus und Azarnim drehte sich interessiert zu ihr um.

»He, Nagheela, werden wir jetzt ein bisschen gesprächiger?« Wieder riss er an Tanias Haaren, bis sie beinah aus dem Gleichgewicht kam. Nineke fühlte sich ohnmächtig. Ihre Augen glitten von Azarnim zu Tania, dann zu Shurak und schließlich zu dem Bücherschrank, dessen Rückwand immer noch unberührt war. Sie war ratlos. Tania war nicht stark, weder mental noch körperlich. Sie wusste wahrscheinlich wirklich nicht, wo die Bibel lag. Aber was würde es nützen, wenn sie ihnen die Bibel jetzt gab? Sie würden Tania sowieso töten, entweder jetzt oder morgen oder übermorgen vor dem Bild des Erdenkönigs. Es war nur ein Hinauszögern, mehr nicht. Hilf uns, Herr, flehte sie. Ich weiß nicht, was ich tun soll.

Es kam völlig unerwartet, und es rollte vor Ninekes Augen ab wie ein Film. Starr vor Verwunderung sah sie zu. Shurak lief mit zwei großen Schritten auf Azarnim zu und packte ihn an dem Arm, mit dem er Tanias Haar festhielt. Sein Gesicht trug einen Ausdruck höchster Verzweiflung. Nineke sah, wie seine Handknöchel weiß wurden, als er mit aller Kraft Azarnims Handgelenk zusammendrückte. Azarnim schrie vor Schmerz und Überraschung auf und ließ Tania los. Dann packte Shurak Azarnims Kopf mit beiden Händen. Nineke schauderte und wandte den Blick ab, als Shurak mit einem kurzen Ruck Azarnims Kopf drehte. Ein seltsames, krachendes Geräusch, dann ein dumpfer Aufschlag, als der Körper auf den Boden fiel. Als Nineke wieder aufblickte, sah Shurak sie an. Er stand breitbeinig über dem Körper Azarnims, der mit seltsam verdrehtem Kopf auf dem Boden lag. Shurak weinte. Große Tränen rollten ihm über die Wangen.

»Nagheela«, flehte er mit erstickter Stimme. »Hilf mir!«

Verständnislos sah sie ihn an. Shurak knöpfte sein Oberhemd auf. Sein Oberkörper war mit Geschwüren übersät.

32

Es war schon längst zwölf Uhr vorbei. Immer wieder sah Gertjan unruhig auf die Uhr und dann wieder aus dem Fenster des Cafés. Er trank schon die dritte Tasse Kaffee. Er hatte es dem Mädchen doch genau erklärt, und sie hatte es sogar noch wiederholt. Nagheela musste die Nachricht korrekt erhalten haben. Heute Nacht hatte er noch gedacht, dass es ein Fehler gewesen war, sie einfach so gehen zu lassen, aber dann war ihm klar geworden, dass das Mädchen ihn niemals zu Nagheela gebracht hätte. Er hatte sich ausgerechnet, dass er gerade dadurch, dass er sie gehen ließ, ihr Vertrauen gewinnen würde, und das war ihm sicher auch gelungen. Wieder starrte er durchs Fenster nach draußen, aber viel konnte er nicht sehen. Es war immer noch dunkel, und daran schien sich so bald auch nichts zu ändern. Die Gelehrten spekulierten zwar darüber, aber das hatte sowieso keinen Sinn. Ebenso plötzlich, wie die Dunkelheit gekommen war, konnte sie auch wieder verschwinden. Ab und zu kam ein Spaziergänger am Fenster oder unter dem Laternenlicht auf der gegenüberliegenden Straßenseite vorbei; dann flackerte seine Hoffnung jedesmal auf.

Endlos lang hatte die Nacht gedauert, und er hatte sich gefragt, warum er eigentlich zwölf Uhr mittags gesagt hatte. Warum nicht gleich? Dieser Termin war ihm als Erstes eingefallen. Ihm war klar geworden, dass er dem Mädchen nicht gesagt hatte, dass er kein Ordnungshüter war. Ob das der Grund war, warum Nagheela nicht kam? Gestern Abend hatte er noch gar nicht richtig begriffen, dass Nagheela eine Irrgläubige geworden war, erst heute Nacht, als er auf seinem Bett lag, war ihm diese Erkenntnis gekommen. Seltsamerweise hatte er sich noch nicht einmal darüber gewundert.

Halb eins. Was tat er hier eigentlich noch? –

Sie stand in einer Nische, außerhalb des Scheins der Straßenlaterne, gegenüber dem Café. Das Herz schlug ihr bis zum Hals. Es war Gertjan, es war wirklich Gertjan. Die ganze Zeit hatte sie auf diesen Augenblick gewartet, hatte ihn in ihrer Phantasie immer wieder erlebt, mit immer wieder anderen Begleitumständen, aber nie so, wie er nun war. Sie fühlte sich innerlich zerrissen durch den Kampf, der in ihr tobte. Gertjan war ein Ordnungshüter geworden, ein Vetreter des Reiches des Tieres. Was war mit ihm geschehen nach dieser Nacht auf dem Berg? Aber es war Gertjan, Gertjan, an den sie ihr Herz verloren hatte. Gertjan, der gesagt hatte, dass auch er sie liebte, auch jetzt noch, durch Tania. Ihr Bericht war verworren gewesen, aber das war nur allzu begreiflich. Sie sah ihn hinter dem Caféhausfenster sitzen, wie er nervös seinen Kaffee trank. Ihr Herz sehnte sich nach ihm. Sie wollte hineinrennen, ihm um den Hals fallen, ihn küssen, in seinen Armen Schutz suchen vor der Schlechtigkeit der Welt, aber es ging nicht. Gertjan war der Vertreter dieses Schlechten geworden, ein Ordnungshüter im Reich des Tieres. Am frühen Morgen war sie noch in sicherem Abstand an der Lagerhalle vorbeigelaufen, in der sie sich gestern Abend versammelt hatten. Die letzten Lastwagen hatten gerade die Leichen weggefahren. Im Licht der Scheinwerfer hatte sie gesehen, wie die Ordnungshüter die gewaltsam getöteten Körper der Menschen, die sie liebte, nach draußen schleppten und sie ohne mit der Wimper zu zucken auf die Ladefläche der Lastwagen warfen. Und Gertjan war einer von ihnen gewesen, auch wenn er an diesem Morgen nicht dabei war.

Er hob die Hand und winkte der Kellnerin. Im Licht der Lampe über dem Tisch sah sie, wie die Frau mit dem Scanner über seinen Handrücken fuhr, um abzurechnen, und ihr Herz weinte. –

»Schwach.«

Er saß Johnson gegenüber an dem großen Schreibtisch. Johnson blickte über den Rand seiner Hornbrille und warf den Stapel Blätter zurück. Gertjan schwieg.

»Das kann ich nicht bringen, das verstehen Sie sicher. Wenn das das Beste ist, was Sie daraus machen können, dann bleiben Sie bei dem, was Sie gelernt haben, und fangen Sie wieder an, Computer zu reparieren.«

Gertjan sah ihn resigniert an. Es hatte ihn den ganzen Nachmittag gekostet, diesen Artikel zu verfassen, aber es war eine Geschichte geworden, die hinten und vorne nicht stimmte. Der Text war nichts und einen richtigen Inhalt hatte sie auch nicht. Er hatte sich nicht darauf konzentrieren können. Eine Zeit lang hatte er daran gedacht, dass er erst Evelien und seine Kinder verloren hatte und dann auch noch Nagheela. Er hatte sich einen Panzer zugelegt, der seine Gefühle abschottete, und hatte sich nur noch auf eins konzentriert: aufs Überleben. Aber mit einem Schlag war dieser Panzer weggefegt worden, und sein Herz lag bloß. Und das war heute Nachmittag geschehen. Sie war nicht gekommen.

Er war ins Büro gegangen – wo sollte er sonst schon hingehen? – und hatte in einem Versuch, sein normales Leben wieder aufzunehmen, den Artikel über die Reinigungsaktion in der Lagerhalle zu schreiben begonnen.

Aber es gelang ihm nicht mehr, die Ereignisse von den Gefühlen zu trennen, die sie bei ihm wachriefen. Er hatte den Artikel zerrissen und hatte immer wieder von vorn angefangen. Das Ergebnis hatte weder Hand noch Fuß.

»Möchten Sie, dass ich den ganzen Artikel noch einmal neu schreibe?«

Johnson lehnte sich in seinem Stuhl zurück und sah ihn lange und durchdringend an. Dann seufzte er und schüttelte den Kopf.

»Gehen Sie nach Hause, Van der Woude, das wird nichts mehr heute Abend.«

Gertjan stand auf und verließ das Büro des Chefredakteurs. Er ließ sich auf den Stuhl hinter seinem eigenen Schreibtisch fallen. Der Monitor war noch an, die letzte Seite des Textes war noch auf dem Bildschirm zu lesen. Er starrte auf die Buchstaben. Dorthinein hatte er sich während der vergangenen Jahre geflüchtet. Von einem Abstand aus hatte er dabeigestanden und zugesehen. Es war kein Teil von ihm mehr gewesen, er hatte sich davon gelöst und es als Zuschauer beschrieben, zynisch und kritisch. Es hatte ihn aufrecht erhalten, es hatte ihn weggehalten von der Wirklichkeit, bis gestern Abend. Da war die Wirklichkeit durch den Panzer hindurchgedrungen und hatte ihn berührt. Er hatte einen Fehler gemacht und hatte das Mädchen angesprochen, statt sich von ihr abzuwenden. Aber in der Wirklichkeit gab es keinen Platz mehr für ihn. Seine Liebe für Nagheela war unmöglich geworden. Er war nicht mehr Gertjan und sie war nicht mehr Nagheela. Auf seinem Handrücken schimmerte das Symbol des Reiches des Erdenkönigs und das etwas dunkler gefärbte Relief des implantierten Chips. Die drei nebeneinander stehenden Sechsen symbolisierten die unüberbrückbare Kluft zwischen ihnen beiden. So etwas wie Neutralität gab es nicht.

Er löschte die Datei und schaltete den Computer aus. Er fühlte sich leer und ausgebrannt und starrte auf den schwarzen Bildschirm. Wie leicht war es gewesen, das Ding auszuschalten. In diesem Moment waren alle Informationen verschwunden, das Gedächtnis des Bildschirms und des Computers waren leer. Würde es auch so sein, wenn er sich selbst ausschaltete? Was würde danach geschehen? Würde alles weg sein, schwarz, so wie der Bildschirm? Die Informationen verflogen ins Nichts, sobald die Energiezufuhr stoppte und der schwarze Schirm zur Ruhe gekommen war. Es war so einfach. Ein Schalter war es gewesen, nicht mehr als das. Ein Schalter wie der Abzug einer Pistole.

Er stand auf und packte langsam seine Tasche, warf noch einen Blick auf seinen leeren Schreibtisch und knipste die Schreibtischlampe aus. Zu Hause in seiner Schreibtischschublade hatte er so eine Pistole.

»Gertjan.«

Sie stand in der Tür. Schöner als jemals, wirklicher als in seiner lebendigsten Phantasie. Das Licht spielte in ihrem langen dunkelbraunen Haar, das ihr bis über die Hüften fiel.

»Nagheela?« Seine Tasche fiel zu Boden und er lief auf sie zu, jeden Moment befürchtend, dass das Bild verschwinden und er gepeinigt und verzweifelt zurückbleiben würde wie so oft, wenn er von ihr geträumt hatte.

»Nagheela.« Er streckte die Arme nach ihr aus. Nineke blieb unbeweglich stehen. Auf ihrem Gesicht spiegelten sich widersprüchliche Empfindungen – Sehnsucht und Verwirrung, Angst und Freude. Dann streckte auch sie die Arme aus und sie fielen einander um den Hals. Gertjan spürte die Wärme ihres Körpers und roch den süßen Duft ihrer Haare und ihrer Haut. Nagheela war keine Vision, Nagheela war echt. Seine Tränen vermischten sich mit den ihren, als ihre Lippen sich fanden.

Sie war ihm gefolgt, nachdem er aus dem Café gegangen war. Ihr Verstand hatte ihr gesagt, dass sie ihn vergessen musste, aber ihr Herz hatte nach ihm geschrien. Eigentlich hatte sie zuerst nicht vorgehabt, zu ihm zu gehen. Tania hatte ihr erzählt, dass er ein Ordnungshüter war, einer von denen, die in die Lagerhalle eingedrungen waren und die Gräueltaten begangen hatten. Nineke hatte es nicht glauben können, aber sie hatte keine andere Erklärung gefunden. Sie musste ihn sehen, und wenn es nur war, um Abschied von dem Gertjan zu nehmen, der in ihrer Erinnerung lebte. Aber ihr Herz war nicht zufrieden gewesen, als Gertjan das Café verließ, und sie war ihm gefolgt. Nur um zu sehen, wo er wohnte oder arbeitete, hatte sie sich gesagt. Sie hatte ihn in die Zeitungsredaktion gehen sehen. Eine Stunde hatte sie gewartet, aber er war nicht wieder nach draußen gekommen. An der Rezeption hatte sie nach ihm gefragt. Gertjan Van der Woude, ja, der war da. Das Mädchen am Tresen konnte ihn eben anrufen, oder sie konnte auch einfach in sein Büro gehen. Aber Nagheela hatte gesagt, sie würde ein andermal wiederkommen, und war wieder weggegangen.

Danach war sie die Straße auf und ab gelaufen. Was machte es eigentlich aus, wenn Gertjan ein Ordnungshüter geworden war, hatte sie überlegt. Sie dachte an Shurak, der sich ebenso wie sie selbst damals von seiner Lebensweise abwenden wollte und sich dafür öffnete, Gott wirklich kennen zu lernen. Konnte sie dies auch von Gertjan noch erwarten? Er war immer bereit gewesen mitzudenken. War es gerecht, wenn sie ihn jetzt fallen ließ? Was wusste sie überhaupt von seinen Beweggründen? Sie hatte sich einen Ruck gegeben, und ihr Verstand war auf eine Linie gekommen mit ihren Gefühlen.

Sie saß neben ihm auf dem kleinen Zweisitzersofa bei ihm zu Hause, die Beine unter sich gezogen, den Kopf an seine Schulter gelehnt. Es war wieder so wie früher, nein, es war noch mehr. Trotz der enormen Kluft, die sie voneinander trennte, dem Zeichen des Tieres auf seiner Hand, fühlte sie sich bei ihm zu Hause, vertraut, sicher. Er streichelte ihr Haar und drückte ihr kleine Küsse darauf.

»Bleib bei mir, Nineke. Du und ich.«

Vorsichtig und widerstrebend löste Nineke sich von ihm. Sie hatte es erwartet, sie hatte es gehofft und sich gleichzeitig davor gefürchtet.

»Es geht nicht, Gertjan. Es geht nicht mehr.«

Sie war froh, dass er kein Ordnungshüter war, aber die Schwelle war zu hoch, die Kluft zu breit. Vielleicht nicht für Gertjan, aber für sie.

»Warum denn nicht? Versteh mich doch, Nineke, ich habe nichts gegen Irrgläubige, es macht mir nichts aus. Wirklich nicht.«

Sie hatte seine Hände in die ihren genommen. Sie sah sie an, und die Sechshundertsechsundsechzig auf seinem Handrücken schien noch auffälliger als sonst. Er folgte ihrem Blick und zog seine Hand zurück.

»Was macht es schon, Nineke? Was macht das alles schon? Irrgläubige, Weltbürger, wir sind doch dieselben Menschen. Bald sind wir tot, und wer sieht dann noch einen Unterschied?«

Er hörte es sich selbst sagen und erwartete, dass sie antworten würde: Gott wird den Unterschied sehen. Aber das war die Antwort einer Irrgläubigen. Der Prophet würde sagen, dass ein Irrgläubiger seine eigene Evolution und die der Erde behinderte. Wer konnte sagen, wer Recht hatte? Sie gab die Antwort nicht, es war nicht nötig.

»Mir macht es etwas aus, Gertjan. Sehr viel sogar. Ich liebe dich, aber das ist nicht genug.«

»Aber was denn dann, Nineke? Was ist genug?« Er nahm wieder ihre Hand. »Muss ich das auch wegmachen lassen?« Er hielt seine Hand hoch. Es war ein Impuls. Wenn sie ja sagen würde, wusste er noch nicht, was er tun würde. Er würde nicht dahinter stehen. Was für ein Leben würden sie haben, wenn er es wegmachen ließ? Er war kein Dummkopf, kein Masochist. Er würde sich selbst zum Tode verurteilen. Er stellte sich vor, wie er zu seinem Chef sagte: »Nein, Herr Johnson, Sie können mir mein Gehalt nicht mehr ausbezahlen. Ich habe den Chip wegmachen lassen.«

»Warum, Van der Woude?«, würde Johnson fragen.

»Ach, wissen Sie, ich liebe ein Mädchen, und die denkt darüber anders. Sie hat prinzipielle Probleme damit, Oren Rasec und Efraim Ben Dan anzuerkennen.«

»Nein, Gertjan.« Nineke sah ihm in die Augen. »Darum geht es nicht. Das ist nur äußerlich.«

Gertjan begriff es nicht. »Evelien hatte damit nie Probleme. Ich habe ihr ihre Freiheit gelassen und sie mir meine.«

»Jetzt ist eine andere Zeit, Gertjan, eine ganz andere Zeit. So funktioniert es nicht mehr. Wie, denkst du, soll ich mit deinen Freunden umgehen, und du mit meinen?«

Gertjan wollte darauf antworten, aber Nineke hob die Hand. »Lass mich ausreden. Auch das ist nicht das eigentliche Problem. Es liegt tiefer als das, viel tiefer, und das wirst du nie begreifen können, so, wie du jetzt denkst. Fass es nicht verkehrt auf, Gertjan, aber wir sind auf verschiedenen Wellenlängen. Mein Herz ist nicht mehr von dieser Welt. Ich habe mich für Gott entschieden. Ich liebe dich, Gertjan, aber meine Liebe zu Gott ist stärker als meine Liebe zu dir. Ich kann nicht euch beide haben. Das liegt nicht an dir, Gertjan, es liegt an mir. Es findet eine klare Trennung statt in dieser Welt, und ich habe mich für eine Seite entschieden.«

Gertjan blickte in die mandelförmigen Augen des Mädchens, der Frau, die er liebte. Sie war so nah bei ihm und gleichzeitig so weit weg. Er spürte, wie der Abstand zwischen ihnen größer wurde, und er wusste nicht, was er dagegen tun konnte.

Die Bilder seines Traumes kehrten zurück, das lange, fließende Haar, das durch seine Finger glitt und verschwand. Diesen Traum hatte er seit Jahren nicht mehr gehabt, aber nun kam er mit ungeahnter Heftigkeit zurück.

»Du kannst doch nicht von mir erwarten, dass ich so denke wie du – dass ich das glaube, was du glaubst? Ich kann mit dir diskutieren, so wie damals mit Martijn, mit gegenseitigem

Respekt und Interesse, aber man braucht doch nicht in allem derselben Meinung zu sein?«

»Manche Dinge, Gertjan, sind so wesentlich, dass man nichts miteinander aufbauen kann, wenn man diese gemeinsame Basis nicht hat. Ich kann nicht von dir erwarten, dass du dir meinetwegen den Chip entfernen lässt und auf die Weltbürgerschaft verzichtest, und das will ich auch nicht.«

Gertjan schüttelte den Kopf. Er kam nicht mehr mit.

»Was ist denn nun so wichtig für dich? Was zieht dich so an bei deinem Gott? Schau dich um, Nineke. Was siehst du? Es gibt zwei Lager, deinen Gott und den Erdenkönig mit dem Propheten. Es ist ein Machtkampf. Was macht es schon aus, wer gewinnt? Der eine ist nicht besser als der andere.«

»Glaubst du?«

Die Schlichtheit ihrer Gegenfrage irritierte ihn.

»Das glaube ich, ja!« Seine Antwort kam schnell, aber ohne Überzeugung. Nineke sah es.

»Du denkst, dass diese Katastrophen, die über die Erde kommen, Gottes Werk sind, nicht? Dass sie seine Rache sind, seine Strafe für die Menschen, die nicht auf seiner Seite stehen, die ihm nicht gehorchen oder was auch immer.«

»Ja, so etwas in der Art. Wie deutest du das denn?«

»Weißt du, Gertjan, ich habe dir doch von Josef Weizmann erzählt, nicht? Ich habe hinterher nachgedacht, viel nachgedacht. Ich fand Gott wirklich grausam, und ich dachte, dass ich es ganz anders machen würde als er. Aber ich konnte mir keine bessere Methode ausdenken, ohne den Menschen zu einer willenlosen Marionette zu machen. Er hat die Gemeinde, seine Kinder, deine Evelien, Roel und Wieke weggeholt, bevor er strafte. Und seine Strafe ist keine Rache. Sieh dir doch mal die Menschen an, die jetzt Irrgläubige genannt werden. Haben sie sich für ihn entschieden, weil er rachedurstig ist? Hat er sie nicht vielmehr wachgerüttelt? Meiner

Ansicht nach hält er uns einen Spiegel vor. Das kommt nicht von Gott, es ist unsere eigene Schlechtigkeit, die die Welt zu dieser Hölle gemacht hat. Hast du deine Kinder nie gestraft, damit sie einsahen, was sie falsch gemacht hatten, und damit es ihnen Leid tat? Gott tut dasselbe. Er liebt uns, wirklich.«

Gertjan schüttelte den Kopf.

»Gestern noch. Wenn Björn nicht die Geschwüre bekommen hätte, dann hätte er vielleicht nie nachgedacht. Es sind die Geschwüre, die Strafe von Gott, die ihm geholfen haben.«

»Björn?«

»Shurak. Er heißt Björn.«

»Also doch Zwang«, widersprach Gertjan. »Entweder du entscheidest dich für mich, oder du kannst was erleben.«

»So wie du deine Kinder gezwungen hast. O weh, was bist du für ein schlechter Vater gewesen.«

»Hmm.« Wenn man davon ausging, dass es einen Gott gab, der so war, wie Nineke ihn beschrieb, hatte sie wahrscheinlich ziemlich Recht. Aber was bedeutete es, sich für Gott zu entscheiden, und wohin führte es? Was brachte es ein? Die Uhr schlug neun.

»Ich muss gehen«, meinte Nineke. »Tania ist allein zu Hause mit Björn. Ich habe ihr versprochen, heute Abend zu Hause zu sein.«

Gertjan nickte langsam. Er hätte sie so gern dazu überredet, bei ihm zu bleiben, aber er schwieg, da er wusste, dass sie es nicht tun würde. Sie stand auf und auch er erhob sich.

»Ich bin froh, dass ich dich wiedergefunden habe, Gertjan.«

Er schlang die Arme um sie und drückte sie an sich. Sie schmiegte sich an ihn und sie blieben einige Minuten lang eng umschlungen stehen, ehe Nineke sich langsam von ihm löste.

33

Gertjan hielt an und stellte den Motor ab. Der Stoff seines Oberhemdes löste sich mit einem saugendem Geräusch von den Plastiksitzen des Jeeps. Die Sonne stand nahezu im Zenit und brannte mit sengenden Strahlen auf seine Haut. Nun, da der Fahrtwind ihn nicht mehr kühlte, merkte Gertjan erst, wie heiß es war. Sein breitkrempiger Hut war kein überflüssiger Luxus.

Von der Stelle aus, wo er stand, hatte er einen guten Überblick über das Tal, an dessen anderer Seite sich der Berg Megiddo erhob.

»Harmagedon«, sagte er leise vor sich hin. Das Wort hatte immer einen düsteren Klang gehabt, ebenso wie *Apokalypse* – das Weltende. Trotzdem war es für ihn nie mehr als ein Klang gewesen, ein Ausdruck aus dem Science-Fiction-Bereich. Er erinnerte sich daran, dass er vor zwei Jahren schon einmal durch dieses Tal hindurchgefahren war.

»Das ist das Tal von Megiddo«, hatte sein Führer gesagt. »Hier spielt sich die letzte große Schlacht ab.« Sein Führer hatte gegrinst und sich den glänzenden Helm tiefer in die Stirn gezogen.

Es war das erste Mal gewesen, dass er Edo McDowel begegnet war. Jetzt fragte er sich, was Edo gemeint hatte – was hatte er damals schon gewusst?

Nineke meinte, dass das in der Bibel stand. Hier würden die Armeen der Welt sich versammeln, um gegen Gott selbst zu kämpfen. Und dann würde Jesus zurückkommen auf die Erde und ihnen eine vernichtende Niederlage beibringen.

Ein krummer Baum bot ein wenig Schatten. Gertjan ließ sich auf einen Stein fallen und lehnte sich an die raue Rinde. Die Luft flimmerte und vibrierte; das trübte die Sicht, aber es passte zu der kargen, leblosen Landschaft. Es schien ihm ein guter Augenblick zu sein, um hier in der Stille und Einsamkeit die Texte durchzulesen, die davon handelten. Vielleicht hätte er sogar ein Gebet zu Gott gewagt, wenn er gewusst hätte, was er sagen sollte. Nineke hatte ihm davon erzählt und ihm ihre Aufzeichnungen gezeigt, die sie bei den heimlichen Zusammenkünften gemacht hatte. Es stand alles in der kleinen Bibel, die die Gruppe besaß. Sie hatte die Texte wortwörtlich abgeschrieben und daneben die Daten vermerkt, wann die beschriebenen Ereignisse in den vergangenen Jahren eingetroffen waren.

Das erste Mal hatte er deswegen nur den Kopf geschüttelt. Ja, zu Hause hatten sie damals auch eine Bibel gehabt, früher, in einem anderen Leben. Zumindest Evelien hatte eine Bibel gehabt, aber die hatte sich mit diesen Dingen überhaupt nicht beschäftigt. Nineke meinte aber, dass ihre Texte aus derselben Bibel stammten, die auch Evelien besessen hatte. Gertjan wusste nicht, wie viele Bibelausgaben es gab, und er hatte den Verdacht, dass die Ausgabe, die die Gemeinde besaß, erst im Nachhinein verfasst worden war – erst, nachdem die darin beschriebenen Ereignisse eingetreten waren. Nineke konnte ihm nicht das Gegenteil beweisen.

Trotz seiner Skepsis faszinierten ihn die Gespräche mit Nineke. Vieles daran erinnerte ihn an Evelien und an seine längst vergangene Jugendzeit, aber es war trotzdem mehr als Nostalgie. Nineke und die anderen Irrgläubigen schienen eine enorme Kraft aus ihrem Glauben zu schöpfen, mehr noch, sie gaben ihr Leben dafür, wenn sie vor die Entscheidung gestellt wurden. Nun, da er einige von ihnen kennen gelernt hatte, war er in seinem Urteil milder geworden. Sie waren keine Dummköpfe oder Masochisten. Es waren leidenschaftliche Menschen mit einem festen Lebensziel und der unerschütterlichen Hoffnung auf eine neue, bessere Zukunft.

Er hatte selbst auch versucht zu beten, aber er wusste nicht, wie. Er kam nicht viel weiter, als ein paar Sätze auszusprechen und ein paar Fragen zu stellen. Und was erwartete er auch? Es würde doch keine Stimme aus dem Himmel kommen, die ihm alles erklärte?

Seine Beziehung zu Nineke war schwierig. Er liebte sie. Das war vielleicht auch der Hauptgrund dafür, dass er sich so mit den Dingen beschäftigte, an die sie glaubte. Sie liebte ihn auch, aber gleichzeitig hielt sie ihn auf Abstand. Das verstand er nicht. Und es gab noch mehr, was er nicht verstand. Zum Beispiel, warum die Irrgläubigen sich weigerten, den Chip anzunehmen. Das Ding war so praktisch! Ohne den Chip waren sie darauf angewiesen, von dem zu leben, was andere, so wie er, ihnen zukommen ließen. Sie lebten in Bruchbuden und Elendsvierteln, immer auf der Flucht. Und das wegen ein paar unsinniger Texte, die in einer Bibel standen – Texte, von denen er darüber hinaus vermutete, dass sie erst im Nachhinein verfasst worden waren. Die Annahme des Erdenkönigs, der Kniefall vor dem Bild, das waren doch alles Äußerlichkeiten. Man tat doch einfach nur so. Wie viel mehr hätten sie ausrichten können, wenn sie sich anpassten! Nineke sagte es zwar nicht, aber sie schien irgendwie doch von ihm zu erwarten, dass er den Chip von seinem Handrücken entfernen ließ. Dabei hatte sie doch davon nur Vorteile, bei all dem, was er auf eigenes Risiko zusätzlich kaufte und ihr gab. Und das Risiko war durchaus vorhanden, er kaufte viel mehr, als er selbst essen konnte; wenn sie mal auf die Idee kämen, seine Ausgaben zu überprüfen ...

Er nahm einen Stein in die Hand und ließ ihn den Hügel hinunterrollen. Es sprang ein paarmal hoch, prallte von anderen Steinen ab und riss einige mit in die Tiefe. Geistesabwesend blickte er ihm nach. Am Fuß des Hügels blieb der Stein liegen, und es war wieder alles still. Hoch über ihm krächzte ein Vogel. Er zog langsame Kreise vor dem blauen Himmel. Er kannte sich nicht sehr gut mit Vögeln aus, aber er glaubte, dass es ein Geier war. Er grinste. Er war noch nicht tot und er hatte vorläufig auch nicht vor zu sterben. Dicht hinter ihm krächzte noch ein Vogel. Er erschrak. Auf den Ästen des krummen Baumes hatten sich zwei Raben niedergelassen. Er hatte sie nicht kommen hören. Mit ihren weißen Augen in den schwarzen Köpfen starrten sie zu ihm hinunter, die langen Schnäbel wegen der Hitze geöffnet. Durch die Äste des Baumes hindurch sah er noch mehr Vögel am Himmel kreisen, noch viel mehr Vögel. Sie waren ihm vorher nicht aufgefallen, aber es waren mehr, als er zählen konnte. Einer der Raben im Baum krächzte zweimal dumpf und blickte ihm direkt in die Augen; es jagte ihm einen Schauer über den Rücken. Gertjan stand auf und fuchtelte mit den Armen, um das Tier wegzujagen. Es machte ihn nervös. Das Tier flatterte auf, kam jedoch wieder zurück. Er warf einen Stein nach ihm, aber er traf nicht. Der Rabe blieb sitzen und krächzte laut und höhnisch, als Gertjan zum Auto rannte und wegfuhr.

»Wie weit sind sie?«

Oren Rasec war aufgestanden; er war mit seinem vollen Ornat bekleidet, und seine mächtige, beeindruckende Gestalt ließ den Oberbefehlshaber seiner Streitkräfte neben ihm klein und nichtig wirken.

»Die ersten Truppen sind angekommen. Auf dem Berg Megiddo haben sie ihr Zelt aufgeschlagen. Auch von Osten her nähern sich Truppen. Wir haben sie observiert und können sie im Prinzip unschädlich machen, aber dann haben wir vielleicht nicht mehr genug Schlagkraft für die Schiffe aus dem Westen. Auch in Afrika haben wir mehr Mobilität festgestellt als erwartet.«

Der General blickte sich nervös um.

»Der Euphrat wird sie nicht zurückhalten. Niemand weiß,

warum, aber der Fluss ist völlig ausgetrocknet. Das Flussbett ist so trocken, dass sie einfach hindurchmarschieren können. Die Hydrologen sprechen von einem unerklärlichen Phänomen.«

Oren Rasec sah sich um. Schräg hinter ihm stand Efraim Ben Dan, der Prophet der Erde. Dieser nickte. Oren Rasec wandte sich wieder an den General. »Was werden Sie tun?«

Der General legte eine große Karte auf den Tisch und rollte sie aus.

»Wir erwarten, dass sich diese Truppen hier in diese Richtung bewegen.« Er machte eine weit ausholende Geste. »Und vielleicht werden die Afrikaner diesen Durchgang hier benutzen.«

Geduldig lauschte Oren Rasec den Spekulationen seines Generals. Nach einiger Zeit unterbrach er ihn jedoch. »Sie werden also nichts tun, wenn ich Sie richtig verstehe.«

»Mein König«, sagte der General demütig, »bis jetzt haben wir noch jede Schlacht gewonnen. Dank Ihrer phänomenalen taktischen Fähigkeiten und Ihrer Anordnungen haben wir beinah keine Verluste zu beklagen. Ich vertraue auch diesmal Ihrer Souveränität und Ihrer göttlichen Weisheit.«

Oren Rasec nickte gnädig. »Lassen Sie uns allein«, sagte er.

Der Oberbefehlshaber schlug die Hacken zusammen, machte einen Kniefall und verließ das Zimmer.

Oren Rasec ging zum Fenster und sah zu dem wolkenlos blauen Himmel hinauf. Seine stahlblauen Augen glänzten und um seine Lippen spielte ein Lächeln.

»Der Countdown läuft«, sagte er leise.

Efraim Ben Dan war neben ihn getreten. »Sollten wir ihn nicht allmählich informieren, bevor er irgendetwas Verrücktes tut?«

»Jonthar tut nichts Verrücktes«, antwortete der Erdenkönig. »Jonthar tut nichts Verrücktes. Er tut, was ich ihm sage. Es läuft gut, lass sie nur kommen. Noch ein paar Tage, dann informiere ich sie.« –

»Und, was sagst du dazu?«

Stolz drehte Edo McDowel Gertjan seinen Oberarm zu. Das Emblem mit den drei goldenen Sechsen glänzte ihm entgegen.

»Zweihundert Mann«, sagte Edo mit einem verzückten Glanz in den Augen. »Zwei-hun-dert Mann!«

»Keine Kleinigkeit«, bestätigte Gertjan. Er mochte es nicht so, wenn Edo ihn im Büro aufsuchte. Die letzten beiden Male hatte er ihn abgewimmelt, als er ihn wieder als Reporter bei einem Einsatz dabeihaben wollte, aber Edo hatte ihm das offenbar nicht verübelt, und jetzt stand er wieder da. Gertjan fragte sich, warum er so hartnäckig war.

»Komm mal mit, ich muss dir was zeigen. Hast du Zeit?«

Gertjan sah auf die Uhr. Es war noch früh am Morgen und es lagen keine dringenden Wartungsarbeiten an. Die meisten Mitarbeiter hatten sich nach Megiddo begeben, um von den Armeen zu berichten, die dort aufmarschiert waren.

»Dauert es lange?«

Edo antwortete ausweichend. »Es lohnt sich.«

»Du weißt doch, dass ich in der letzten Zeit nichts mehr geschrieben habe?«

»Darum geht es nicht.«

Gertjan zuckte die Schultern und schaltete den Computer aus. Er folgte Edo aus dem Büro. Beim Büro von Johnson blieb Edo kurz stehen und steckte den Kopf zur Tür hinein. »Ich nehm ihn mal kurz mit.«

Aus dem Zimmer kam ein Brummen.

Edo streckte den Mittelfinger hoch und ging grinsend weiter. Gertjan blickte peinlich berührt zur anderen Seite, als er an Johnsons Bürotür vorbeilief. Draußen stand ein grellgelber Geländewagen, das neuste Modell aus der Hummer-Serie.

»Tattaaa!« Mit einer weit ausholenden Gebärde präsentierte Edo sich als frisch gebackener Eigentümer des enormen Fahrzeugs. Gertjan blieb bewundernd davor stehen. Edo lief um das

Fahrzeug herum und lobte es in den höchsten Tönen. »Permanenter Vierradantrieb, fünf Liter Turbo-Dieselmotor, kugelsichere Scheiben.« Er nahm einen Stein und schlug damit gegen die Windschutzscheibe. »Kleine Spritztour gefällig?«

Es hatte wenig Sinn, nein zu sagen, und außerdem reizte es Gertjan auch. Er hatte nicht jeden Tag die Gelegenheit, in einem Hummer zu fahren.

»Ich hab ihn zur Beförderung bekommen«, sagte Edo. »Wegen außergewöhnlicher Leistungen.« Er schlug die Beifahrertür hinter Gertjan zu und ging um den Wagen herum zur Fahrerseite. Gertjan beschloss, nicht zu fragen, worin diese außergewöhnlichen Leistungen denn bestanden hatten. Der Motor sprang röhrend an, mit viel mehr Lärm, als erforderlich war. Edo trat ein paarmal aufs Gaspedal und ließ den Wagen dann einen Satz nach vorn machen. Gertjan wurde tief in seinen Sitz gedrückt.

»Er beschleunigt wesentlich besser als die älteren Modelle!«, versuchte Edo den Lärm zu übertönen und manövrierte das Ungetüm durch die schmalen Straßen Jerusalems. Der Hummer schlingerte durch die Kurven und Gertjan hielt sich an allem fest, was greifbar war. Nach wenigen Minuten hatten sie die Stadt hinter sich gelassen, und Gertjan entspannte sich wieder. Edo sah zu ihm herüber und lachte.

»Besser als in so 'nem stickigen Büro, stimmt's?«

Gertjan nickte. Nun, da sie aus Jerusalem heraus waren, begann die Fahrt, ihm ein bisschen zu gefallen. Obwohl das gelbe Ungetüm immer noch viel Krach machte, empfand er das tiefe, monotone Brummen nicht als störend.

»Aber wo fahren wir hin – nach Megiddo?«

Edo blickte zur Seite und grinste. »Wart's ab, es lohnt sich.«

Durch die Wüste schlängelte sich eine riesige, viele Kilometer lange Karawane. Von der Hügelkette aus, auf der Gertjan und

Edo standen, war nicht der gesamte Zug zu überblicken. Ein Teil davon wurde auch durch die enorme Staubwolke verdeckt, die die vordersten Wagen aufwirbelten. Sie bewegten sich nur langsam vorwärts. Gertjan hielt sich das Fernglas vor die Augen und konnte die Menschen, die hinten auf der Ladefläche der Lastwagen saßen, gerade noch erkennen. Einige schienen sich gegenseitig zuzuwinken.

»Es sind Tausende – Zehntausende!«

Edo nickte. »Wenn das langt.«

»Was sind das für Leute, und wo gehen sie hin?«

Edos Gesicht nahm einen seltsamen Ausdruck an. Er tat, als ob er sich ein Maschinengewehr an die Hüfte hielte und es mit mähenden Bewegungen über die Karawane schwenkte.

»Juden«, sagte er. »Juden, auf dem Weg nach Jerusalem.«

Gertjan sah ihn erschrocken an.

»Und sie sind völlig verrückt geworden«, fuhr Edo fort, »denn sie singen. Sie ziehen singend in den Tod!«

Gertjan schluckte. Edos Worte machten ihm Angst.

»Wie ... warum?« Er verstand es nicht. Sie waren vor dreieinhalb Jahren, als Oren Rasec gekrönt worden war, in die Wüste geflohen und danach nicht mehr aufgetaucht. Niemand wusste, wo sie gewesen waren. Darüber wurde nicht gesprochen.

»Gestern Abend haben wir unsere Instruktionen bekommen. Es wird großartig, Gertjan. Das wird ein unvergesslicher Tag, wir machen Weltgeschichte wie noch nie zuvor!« Edos Gesicht strahlte. »Sie sind der Köder, Gertjan, der Köder für die Beute!«

Gertjan begriff überhaupt nichts mehr.

»Der Erdenkönig ist genial. Mit einem Schlag vernichtet er alle unsere Feinde und errichtet sein neues Weltreich. Weißt du, wo diese Juden die ganze Zeit gewesen sind?«

»Nein«, antwortete Gertjan ehrlich. Edo lachte.

»Er hatte sie nach Petra gejagt. Kennst du das?«

»Ja.« Es war eine riesige Wüstenstadt in Jordanien mit vielen Berghöhlen, in denen sich ein großes Volk leicht unterbringen ließ. Der Zugang war nur über eine sehr enge Felsspalte möglich.

»Er hat die Felsspalte abgeriegelt und sie die ganze Zeit dort gefangen gehalten. Aufbewahrt für den heutigen Tag! Jetzt hat er ihnen vorgegaukelt, dass ihr Messias kommt und dass sie nach Jerusalem kommen dürfen um zu feiern – zusammen mit den Irrgläubigen.« Er schüttelte den Kopf und lachte. »Diese Idioten lassen sich doch jeden Bären aufbinden!«

»Zusammen mit den Irrgläubigen?«

»Alle miteinander, in einem Handstreich, Gertjan. Schon vor Jahren hat er Bibeln drucken lassen, in denen das alles steht, von einem Christus, der auf die Erde zurückkommt und so. Die Irrgläubigen werden schon aus ihren Löchern kommen, die warten auch auf ihn. Wir lassen sie kommen, alle miteinander, zusammen mit ihrem Gott.«

»Und dann?«

»Ihr Gott ist schon ziemlich geschwächt, glaub ich. Die Irrgläubigen werden immer weniger. Er kommt, sagt der Prophet, denn wir rotten auf einen Schlag das ganze Christenvolk aus. Er muss kommen, wenn er noch eine Chance haben will weiter zu existieren. Aber es wird sein Untergang.«

»Wie hat sich der Prophet das vorgestellt?«

»Harmagedon.« Edo grinste breit. »Vor zweitausend Jahren haben sie bloß ein paar Soldaten gebraucht, um ihn ans Kreuz zu schlagen. Jetzt brauchen sie wahrscheinlich ein paar mehr. Und wenn schon. Er hat keine Chance!«

Gertjan schüttelte den Kopf. Edos Geschichte war unglaublich, auch unglaubwürdig, aber Edo schien es ernst zu meinen, und die Armeen des Weltreiches hatten sich tatsächlich im Tal von Megiddo und davor gesammelt. Es waren schon Millionen aufmarschiert! Es war heftig über die Gründe spekuliert worden, aber es war nichts nach außen gesickert. Der Erdenkönig hatte seinem Volk Mut zugesprochen und ihm versichert, dass kein Grund zur Furcht bestand. Er hatte alles unter Kontrolle und niemand zweifelte daran. Aber einen Gott herausfordern – ging das nicht zu weit?

»Warum zeigst du mir das, Edo?«

Mit Mühe wandte Edo seinen wollüstigen Blick wieder von der Karawane ab und sah Gertjan an. Er packte ihn an der Schulter und zeigte mit der anderen Hand auf das Emblem auf seinem Oberarm, das ihn als Führer über zweihundert Mann auswies.

»Darum, Gertjan, darum.«

Gertjan sah ihn verständnislos an.

»Das hab ich auch dir zu verdanken, und deiner Publicity.« Er machte eine wegwerfende Geste. »Die letzten Wochen hast du dich rar gemacht, aber ich nehm's dir nicht übel.« Mit großen Schritten ging er auf den Hummer zu und klopfte auf die glänzende Motorhaube. »Es geht darum, aufzufallen, und dank deiner Artikel *bin* ich aufgefallen.« Er trat näher auf Gertjan zu und sagte mit gedämpfter Stimme: »Wir können uns gegenseitig reich machen, Gertjan. Stinkend reich!«

Gertjan ließ den Blick über die endlose Menschenkarawane schweifen und dachte an Nineke und all die anderen Irrgläubigen.

»Die Welt gehört uns, Gertjan. Wir machen Geschichte.«

»Es ist eine Falle, Nineke, sie führen euch in die Irre, alle miteinander. Es ist euer Tod, begreif das doch endlich!« Er hätte sie am liebsten gepackt und geschüttelt. Sie blickte zu Boden und schien nachzudenken. Als sie wieder aufsah, waren ihre Augen nass.

»Du warst so nah daran, Gertjan, was geht bloß in dir vor?«

Gertjan fühlte sich ohnmächtig. Sie begriff es einfach nicht. Sie war so auf ihren eigenen Glauben fixiert, dass sie nicht mehr klar denken konnte. Irrgläubige – ja, den Namen hatten sie zu Recht. Sie waren in die Irre gegangen und hatten völlig die Orientierung verloren. Seine dumme Verliebtheit hatte ihn dazu gebracht, ein Stück mitzugehen auf diesem Weg; er hatte sich tolerant gegeben und sogar versucht, sich in sie hineinzuversetzen. Nah daran, sagte sie. Ja, er war sehr nah daran gewesen, vielleicht hatte er sogar ganz am Rand des Abgrunds gestanden. Beinah hätten sie ihn mitgerissen auf ihrem gefährlichen Irrweg, der zur Selbstzerstörung führte.

»Macht doch die Augen auf, Nineke. Seid doch nicht so kurzsichtig, du und deine Halleluja-Gruppe. Megiddo ist voll, da warten sie auf ihn. Jerusalem wird bald von Edo McDowel und seinen Leuten und was weiß ich wie vielen Einheiten noch umzingelt. Sie sind schwer bewaffnet. Ihr habt nicht den Hauch einer Chance!«

Er fühlte sich hilflos, ohnmächtig. Er konnte nicht mehr zu ihr durchdringen, das spürte er. Alles, was er sagte, prallte an ihr ab. Tania war auch im Zimmer, sie saß ein Stück entfernt und schaltete sich nicht in das Gespräch ein, aber das interessierte ihn nicht. Er war wegen Nineke gekommen, nein, wegen Nagheela, wegen seiner Nagheela. Edo McDowel hatte ihm die Augen geöffnet. Auf dem Heimweg hatte er die ganze Zeit weitergeredet. Er hatte nicht mit ihm diskutiert. Mit Edo diskutierte man nicht. Aber es war ihm immer klarer geworden. Edo war kein schlechter Mensch. Edo war leidenschaftlich, er kämpfte für ein gutes Ziel, und angesichts der Mehrheitsverhältnisse war es klar, wer diesen Kampf gewinnen würde. Und was war dagegen einzuwenden, wenn jemand auch persönlich davon profitierte? Edo war ein gemachter Mann. Mit zweiundzwanzig besaß er einen Hummer und befehligte zweihundert

Mann – das war viel mehr, als er selbst erreicht hatte. Und zu allem Überfluss hatte er sich auch noch mit Irrgläubigen eingelassen.

Er blickte sich im Keller um. Es roch schimmlig, die Lüftung war schlecht und Platz gab es auch nicht genug. Das schwache Licht, das tagsüber durch die Kellerfenster hereinfiel, war nicht der Rede wert. Sie lebten wie Ratten. Das schien ihr Gott so zu wollen. Ihr Gott war ein Gott des Leidens, der Armut und des Elends – das war alles, was er für seine Nachfolger bereithielt. Keine Freude, kein Luxus, nichts Schönes, nur Schmerzen und bittere Armut. Warum hielten sie so stur an diesem Gott fest – was hatten sie denn davon?

Nineke schwieg. Ein dummes, selbstgerechtes Schweigen. Sie weinte, was sie noch dümmer wirken ließ. Er regte sich immer mehr auf.

»Jetzt sag doch was!«

Sie schien etwas zu sagen, aber er hörte es nicht. Sie streckte die Hände nach ihm aus, aber er schlug sie weg. Er wollte nichts mehr von ihr wissen – all das süße Getue und Gerede über Liebe. Liebe war Tod, Liebe war Betrug. Nineke war Betrug. Sie war gefährlich und störte die Harmonie. Mit ihrer glatten Zunge verleitete sie die Menschen und zog sie mit in ihr eigenes Verderben. Die Stimmen in seinem Kopf bestätigten ihn in seiner Meinung. Nineke war aufgestanden und wollte wieder etwas sagen. Auch Tania war aufgestanden. Sie starrte ihn mit angstvoll aufgerissenen Augen an. Das Bild begann zu verschwimmen. Er merkte flüchtig, dass er die Lampe packte, die große Stehlampe. Er riss den Schirm herunter und hob sie wie einen Knüppel über den Kopf. Nineke duckte sich und wich dem Schlag aus. Sie war gefährlich. Jemand schrie und er wollte von neuem ausholen, als sein Handgelenk von hinten mit eisernem Griff umklammert wurde. Die Lampe fiel ihm aus der Hand und er sah sich um. Einen Augenblick lang sah er in das Gesicht von Björn. In der Ferne rief Nagheela seinen Namen. Dann wurde es dunkel.

Das Erste, was er wahrnahm, war der stechende Schmerz in seinem Kopf. Er stöhnte leise.
»Gertjan?«
Es klang leise, vertraut, beschützend. Er versuchte die Augen zu öffnen und nahm verschwommen das matte Licht wahr, das durch das Kellerfenster hereindrang. Ein Schatten huschte vorm Fenster entlang und langes, süß duftendes Haar glitt seidig über sein Gesicht. Sie nahm seine Hand und drückte sie. Langsam wurden die Bilder klarer.
»Nineke?«
Sie lachte und schluchzte zugleich. »Du bist wieder bei dir, Gott sei Dank.«
Er öffnete die Augen und wollte sich aufrichten. Der Schmerz fuhr ihm durch Kopf und Genick. Er sah, dass er auf ihrem Bett lag; sie saß neben ihm auf dem Holzstuhl. Ihm war immer noch nicht ganz klar, wie er hierher kam und was geschehen war. Hinter Nineke ragte Björns große Gestalt auf und mit einem Schock erinnerte Gertjan sich wieder daran, was passiert war. Er ließ sich auf das Bett zurückfallen und stöhnte.
»Tut mir Leid, Gertjan«, war das Erste, was Björn sagte. »Ich hatte nicht gesehen, dass du das warst.«
Gertjan öffnete die Augen wieder und sah in das besorgte Gesicht des Mannes, der ihn niedergeschlagen hatte. Auch Tania war in das kleine Kellerzimmer hereingekommen. Auch sie guckte besorgt.
Mit einer Handbewegung wischte Gertjan Björns Entschuldigung weg. »Ist schon in Ordnung, Björn. Was hättest du denn sonst machen sollen? Ich weiß nicht, was in mich gefahren war.«

Die Erinnerung versetzte ihm einen Stich und peinigte ihn mehr als die Kopfschmerzen. Er hatte sie angegriffen! Wie hatte er sich nur dazu hinreißen lassen können? Er war völlig verwirrt gewesen.

»Ich habe zu hart zugeschlagen«, fand Björn. »Ich war so erschrocken, ich dachte, dass ...«

Gertjan versuchte ein Lächeln. »Es geht schon wieder, Björn, wirklich.« Es war unglaublich. Björn hatte richtig gehandelt, und doch war er derjenige, der um Verzeihung bat; dabei war es doch an Gertjan sich zu entschuldigen.

»Nineke, kannst du mir verzeihen?«

Sie nahm sein Gesicht in ihre Hände und küsste ihn. »Ja, Gertjan, natürlich. Natürlich verzeihe ich dir.«

In ihm brach irgendetwas und seine Augen füllten sich mit Tränen. Björn und Tania drehten sich um und verließen das Zimmer. Leise schloss Björn die Tür hinter sich.

»Wie geht es dir jetzt?« Sie hatte sich neben ihn aufs Bett gesetzt und strich ihm sacht über das Haar. Ihre Besorgtheit rührte ihn; er hatte das Gefühl, sie nicht zu verdienen.

»Ich weiß nicht, was über mich gekommen ist, Nineke. Ich bin sonst überhaupt nicht jähzornig.« Nineke beugte sich vor und küsste ihn von neuem auf die Stirn.

»Ich weiß, Gertjan. Es ist nichts mehr so wie sonst. Das warst nicht du selbst, Gertjan, das waren die Kräfte.«

Gertjan richtete sich mühsam auf. Ein schmaler Streifen Sonnenlicht schien durch das Oberlicht herein, gefiltert durch die Sträucher, die vorm Kellerfenster standen. Es musste schon Morgen sein, wurde ihm plötzlich klar. Er war die ganze Nacht bewusstlos gewesen.

»Hast du überhaupt geschlafen? Ich liege ja in deinem Bett.«

Nineke drückte ihm das Kopfkissen in den Rücken. »Wir haben abwechselnd Wache gehalten.«

Ihre Besorgnis beschämte ihn. Er hatte sich danebenenommen, schrecklich danebenbenommen, und doch halfen sie ihm. Er begriff nicht, womit er das verdient hatte. Nineke meinte, dass die Kräfte ihn dazu angestiftet hätten, aber wie hatten sie Besitz von ihm ergreifen können? Er hatte gesehen, wie es mit Edo und anderen Ordnungshütern passiert war und mit noch vielen anderen Menschen während der vergangenen Jahre. Augenscheinlich ruhige und beherrschte Menschen konnten manchmal in einem Wutanfall Dinge tun, zu denen sie normalerweise nicht imstande waren. Gertjan schrieb es eher den nervlichen Belastungen und inneren Spannungszuständen zu als dem Einfluss äußerer Kräfte. Aber es beunruhigte ihn, solch ein Anfall von Jähzorn passte einfach nicht zu ihm. Sollte Ninekes Weigerung zu fliehen bewirkt haben, dass er so außer sich geriet? Es war nicht undenkbar. Sie ging einem gewissen Tod entgegen.

»Kann ich denn nichts tun, um dich davon abzubringen, dorthin zu gehen?«

Nineke schüttelte den Kopf. »Nein, Gertjan, versuch es nicht mehr.«

»Du bist tot, bevor du erfährst, ob er kommt oder nicht, und selbst wenn er kommt, hat er doch keine Chance. Die ganze Welt ist gegen ihn. Er hat überhaupt keine Macht mehr.«

Sie hatten schon so oft darüber gesprochen; diese Diskussionen führten zu keinem Ergebnis. Nineke hielt an ihrer Meinung fest, dass die Macht Gottes nicht von Menschen abhing, während Gertjan der Ansicht war, dass Gott nur dank der Menschen existierte, die an ihn glaubten. Er hatte sich noch nicht intensiver mit der Frage beschäftigt, ob die Christen irgendwelche konkrete Fakten anführten, um ihren Glauben zu untermauern, aber er hielt es für möglich. Trotzdem waren das keine wirklichen Beweise, es blieben Vermutungen und Spekulationen – wohingegen an der harten Wirklichkeit nicht zu rütteln war. Gestern am späten

Nachmittag war Edo noch durch das Tal Megiddo gefahren. Die Armeen der Erde waren dort aufmarschiert und befanden sich im Zustand höchster Alarmbereitschaft. Es herrschte eine regelrechte Feststimmung. Millionen von Soldaten waren dort versammelt, viele Millionen, und sie hatten ihre Lager in der weiteren Umgebung von Harmagedon und Megiddo aufgeschlagen, in Bozra, der Ebene von Jesreel und dem Tal von Joschafat. Sie gaben Ehrenbezeugungen ab für Oren Rasec, den Erdenkönig, und seinen Propheten, und feierten die Erlösung, die nun greifbar nahe war, die Erlösung von dem Joch und den Plagen des falschen Geistes, den endgültigen Untergang des feigen Gottes der Juden und Christen.

Nein, ihre Macht und die Macht des Erdenkönigs stand außer Frage. Das Gleiche galt für die Macht der Einheiten der Ordnungshüter, die in und um Jerusalem herum Stellung bezogen hatten und sich auf die Vernichtung der Irrgläubigen und der Juden vorbereiteten. Singend zogen diese auf Jerusalem zu, das sie als ihre heilige Stadt bezeichneten, und riefen nach ihrem Messias, ihrem Erlöser, Jesus von Nazareth, dem Christus, dem Sohn Gottes. Sie achteten nicht auf die Waffen der uniformierten Männer auf den Mauern und Hausdächern.

»Bleib doch bei mir, Nineke. Du brauchst doch nicht nach draußen zu gehen. Wenn sich herausstellt, dass dein Gott Oren Rasec widerstehen kann, dann kannst du doch immer noch gehen. Du weißt doch nicht mal, wann er kommt – wenn er überhaupt kommt.«

Sie legte ihm die Hand auf den Mund. »Versuch's nicht mehr, Gertjan. Ich liebe dich, aber meinen Gott liebe ich noch mehr. Ich will dabei sein, wenn er kommt, und ich wollte, dass du auch dabei wärst, aber das ist deine Entscheidung, so wie es auch meine Entscheidung ist.«

Sie beugte sich vor und küsste ihn leicht auf den Mund. Er fühlte, wie süß ihre Lippen schmeckten, und schlang die Arme um sie. Er hätte sich gewünscht, dass dieser Moment nie aufhörte, aber schließlich löste sie sich von ihm. Ihr langes braunes Haar glitt durch seine Finger, als sie langsam aufstand und rückwärts aus dem Zimmer ging. Er wusste, dass es das letzte Mal war, dass er sie sehen würde.

Die Zimmertür ließ sie offen.

34

Edo McDowel putzte seinen Helm, bis sich das Sonnenlicht auf der gesamten Oberfläche spiegelte. Er drückte ihn tief in die Stirn, bis hinunter auf seine reflektierende Rundum-Sonnenbrille. Nicht, dass er erwartete, den Helm zu brauchen, aber er unterstrich seine Position als Befehlshaber über die zweihundert Mann, die sowohl im wörtlichen als auch im übertragenen Sinne unter ihm arbeiteten. Vom Tempeldach aus hatte er einen guten Überblick über die Ebene, ebenso wie über die Positionierung seiner Mannschaften. Ihm war die Ehre zuteil geworden, im Zentrum der großen Säuberung Stellung beziehen zu dürfen. Heute Morgen hatte er seine Einheiten eingewiesen und ihnen die Positionen gezeigt, wo sie ihre Geschütze aufstellen sollten, damit sie jeden Winkel des Platzes unter Beschuss nehmen konnten. Jeder Quadratmeter war abgedeckt.

Zusätzlich zu seinen Mannschaften hatten noch andere Einheiten Stellung bezogen, in großen konzentrischen Kreisen außerhalb des Platzes und bei allen Straßeneinmündungen. Es war berechnet worden, dass nach der Eröffnung des Feuers die Säuberung in weniger als einer Stunde durchgeführt sein konnte. Er hätte gern selbst das Kommando zur Eröffnung des Feuers erteilt, aber das war seinen Vorgesetzten vorbehalten.

Von der Stadtmauer herab würden die Posaunenklänge ertönen.

Der Platz begann sich schon zu füllen. Juden und Irrgläubige vermischten sich und erkannten einander in ihrem gemeinsamen Glauben. Von dem Platz und den Straßen der Stadt stiegen Lieder auf, Lieder, mit denen sie ihren Gott ehrten und willkommen hießen. Unaufhörlich wuchs der Menschenstrom, der sich ihnen anschloss. Die Leute saßen am Boden und umarmten einander. Einige fingen sogar Gespräche mit seinen Einheiten an – in ihrer völligen Verblendung schienen sie überhaupt keine Notiz von ihren Maschinengewehren zu nehmen.

Edo rieb sich die Hände und genoss die Vorfreude auf das, was in Kürze bevorstand.

Auf den riesigen Bildschirmen, die auf den Hügeln rund um Harmagedon aufgestellt waren, erschien das Gesicht Oren Rasecs, des Erdenkönigs, und aus Millionen von Kehlen erhob sich ein ohrenbetäubendes Jauchzen.

»Die Zeit unserer Befreiung ist nahe!«, schallte seine Stimme und wurde durch das neuerliche Jubelgeschrei der Armeen der Erde beantwortet. Auf der ganzen Welt verfolgten die Menschen das Schauspiel an ihren Fernsehschirmen und stimmten in den Jubel ein.

»Ich bin derjenige, der war und der ist!«, rief der Erdenkönig, »der tot war und lebendig geworden ist.« Seine stahlblauen Augen glänzten, als würde ein Feuer in ihnen glühen.

»Ich werde in den Himmel hinaufsteigen, meinen Thron über den Sternen errichten und meinen Platz auf dem Berg der Begegnungen einnehmen!«

»Halleluja«, riefen die Soldaten und das Volk, »halleluja unserem König und Gott!«, und sie fielen auf die Knie und beteten an. Und die Armeen achteten nicht auf die Vögel, die in den Bäumen saßen, und nicht auf die, die hoch über ihnen am Himmel kreisten. Und sie achteten nicht auf die Wolken, die sich im Osten zusammenballten und auftürmten zu einem finsteren, bedrohlichen Berg.

Sein Schädel pochte zum Zerspringen, aber er schaffte es doch, aufzustehen. Sie waren weg. Nineke, Björn, Tania. Durch das Kellerfenster über seinem Kopf hörte er die Schritte und Gespräche der Menschen, die draußen vorbeigingen. Es wurde gesungen, gejubelt und gelacht. Gertjan schwang die Füße über die Bettkante und hörte ihnen zu. Er fühlte sich allein, so allein, wie er sich noch nie zuvor gefühlt hatte. Die kahlen Wände um ihn her, die kärgliche Einrichtung und die Gewissheit, dass Nineke nie mehr hierher zurückkehren würde, gaben ihm ein Gefühl unendlicher Einsamkeit. Bald würde sie tot sein, bald würden die Maschinengewehre knattern und ihren Körper mit Hunderten von Kugeln durchbohren, und sie würde leblos zu Boden sinken. Dann würde er allein sein, grenzenlos allein. Und der König der Erde würde alle Macht besitzen; nichts mehr würde ihn einschränken, er würde alles tun, was er wollte. Und Gertjan würde seinen Artikel schreiben und ihm würde alles gleichgültig sein, denn es gab nichts mehr, was wichtig war, es gab keine Liebe mehr. Er hatte sich nicht entscheiden wollen, er hatte sich nicht entscheiden können, aber jetzt war die Entscheidung für ihn getroffen worden. Wie hatte er glauben können, dass er neutral bleiben konnte? Wie hatte er glauben können, dass er sich nicht zu entscheiden brauchte? Sein ganzes Leben lang hatte er versucht, auf Distanz zu bleiben. Evelien hatte sich entschieden. Sie hatte ihn aufgefordert, sich ebenfalls zu entscheiden, aber er war nicht dafür und nicht dagegen gewesen. Evelien war schon gläubig gewesen, als er sie kennen gelernt hatte. Er fand das völlig in Ordnung, es machte ihm nichts aus, aber als sie später davon angefangen hatte, dass Gott auch ihn liebte und zu sich rief, war er auf Distanz gegangen.

Evelien hatte von der Wahrheit gesprochen, ebenso wie Nineke jetzt, aber was war Wahrheit, hatte er gedacht. Der Prophet hatte auch von der Wahrheit gesprochen, aber er hatte etwas anderes gemeint als Evelien und Nineke. Und doch schien es, als sei die Botschaft des Propheten in der letzten Zeit ebenfalls radikaler geworden. Ganz allmählich hatte sich der Schwerpunkt verschoben. Es ging nicht mehr um die Harmonie und die Evolution der Erde, sondern darum, die Weltherrschaft zu erringen und Oren Rasec, den Erdenkönig, offiziell als Gott einzusetzen und anzubeten. Sein wichtigstes Anliegen war geworden, den Gott der Christen zu bekämpfen und zu vernichten.

Er hatte Nineke gefragt: »Was ist Wahrheit? Wie kann ich erkennen, was die Wahrheit ist?«

Sie hatte nachgedacht und schließlich gesagt: »Hör auf dein Herz, Gertjan. Hör auf dein Herz und mach die Augen auf. Guck dir an, was um dich herum geschieht – ehrlich und unvoreingenommen. Das ist die Wahrheit.«

Hatte Evelien das nicht auch mal zu ihm gesagt? Was hatte sein Herz ihm damals gesagt? Plötzlich stand ihm ganz klar vor Augen, was damals in ihm vorgegangen war. Nein, er war sehr gut selbst dazu imstande gewesen, sein Leben zu führen – er hatte keinen Gott gebraucht. Er hatte kein Opfer von Christus gebraucht, um Zugang zu einem Gott zu bekommen, den er ebenfalls nicht brauchte. Sein Leben hatte sich um ihn selbst gedreht, er war der Mittelpunkt gewesen. Hatte er sich damals nicht schon für seinen eigenen Gott entschieden – hatte er nicht beschlossen, sein eigener Gott zu sein? Das Herz schlug ihm bis zum Hals, als er in diesem Augenblick begriff, dass er sich schon damals für seinen eigenen Oren Rasec entschieden hatte. Mit Entsetzen und Abscheu erkannte er, dass das Zeichen an seiner Hand, das Zeichen des Erdenkönigs, das Zeichen war, für das er sich schon damals entschieden hatte. Es war viel mehr als ein äußerliches Zugeständnis, das er gemacht hatte, um zu überleben. Es war das Zeichen dafür, dass er keinen anderen Gott anerkannte als sich selbst. Es war gar nicht so, dass Gott nur durch den Glauben der Irrgläubigen existierte, dass Gott die Inkarnation ihres Glaubens war – es war vielmehr so, dass Oren Rasec die Fleisch gewordene Rebellion des Menschen gegen seinen Gott war. Oren Rasec war die Inkarnation des Bösen selbst. Der Kampf, den er kämpfte, war viel mehr als ein Kampf um die Weltherrschaft – ihn beseelte der Hochmut des Menschen, der nicht anerkennen wollte, dass er das Geschöpf war und Gott der Schöpfer.

Die Erkenntnis drang tief in sein Herz hinein und zerriss ihn. Was sich nun auf der Erde abspielte, hatte sich schon vor Jahren in seinem eigenen Herzen vollzogen. Nun war ihm völlig klar, was Nineke gemeint hatte, als sie gesagt hatte, dass sie nicht bei ihm bleiben konnte. Und dass ihr Herz nicht mehr von dieser Welt war. Wie tief die Liebe zwischen zwei Menschen auch war, sie konnte niemals die Kluft überbrücken zwischen einem Herzen mit Gott und einem Herzen ohne Gott. Nun begriff er, warum sie ihn nie darum gebeten hatte, den Chip aus seiner Hand entfernen zu lassen. Diese Veränderung konnte nie von außen bewirkt werden, sie musste im Innern eines Menschen geschehen.

Er durchschaute seinen eigenen Hochmut, den Hochmut zu glauben, dass er selbst Herr seines Lebens sein und bestimmen konnte, was gut war und was schlecht, was wahr war und was nicht. Er sah, dass sein Herz im tiefsten Innern nicht anders war als das der Soldaten, die rund um Harmagedon aufmarschiert waren, nicht anders als das der Ordnungshüter in und um Jerusalem, die ihre Maschinengewehre auf die Menschen gerichtet hielten, die Gott einen Platz in ihrem Leben geben wollten. Und er sah, wo er selbst stand, Gertjan van der Woude. Im Grunde seines Herzens nicht anders als Oren Rasec, Efraim Ben Dan und Edo McDowel – ein Feind von Nineke, Evelien, Martijn, Kees und Susan und ... Gott.

Auf seinem Handrücken leuchtete das Symbol der Entscheidung, die er in seinem Herzen getroffen hatte, die drei Sechsen des Erdenkönigs, das Zeichen des Menschen, der Gott sein wollte. Und draußen vollzog sich die Scheidung.

Er ließ sich auf die Knie fallen und schrie zum Gott des Himmels und der Erde. Ob er sie tatsächlich sah oder nur vor seinem inneren Auge, wusste er nicht, aber er sah die Hand, die ihm vom Himmel her entgegengestreckt wurde; die Hand mit den Wundmalen, die die Nägel in sie gebohrt hatten. Da begriff er, dass es in Wahrheit nicht darum ging, dass man Gutes tat und nicht Schlechtes. Es ging darum, die Kluft zwischen dem Menschen und seinem Gott zu überbrücken. Und nur diese ausgestreckte, durchbohrte Hand konnte das tun. Er wollte sich ihr entgegenstrecken und sie ergreifen, aber das Zeichen des Tieres, seines Tieres, seines Menschengottes auf seinem Handrücken, machte es ihm unmöglich.

Die Wolkensäule färbte sich dunkelgrün und ein glühender Ostwind erhob sich. Auf den Hügeln und in den Tälern rund um Harmagedon hoben die ersten Soldaten die Köpfe und stießen einander an. In Jerusalem stellte Edo McDowel den Kragen hoch und blickte verärgert in den Himmel. Er wartete auf den Posaunenschall von den Stadtmauern, das vereinbarte Zeichen zum Eröffnen des Feuers. Allmählich wurde er ungeduldig. Die Menschen auf dem Tempelplatz und in den Straßen sangen und hoben die Hände zum Himmel. Ihre Gesichter strahlten. Sie fielen ihm auf die Nerven, die zum zerreißen gespannt waren, und es juckte ihn in den Fingern, seine Waffe zu entsichern und abzudrücken.

Von Osten her begann es zu donnern, und ein langer Blitz zuckte über den Himmel; das Donnergrollen übertönte das Lied der Erde, das der Erdenkönig an seinem Platz auf dem Berg angestimmt hatte. Über die großen Bildschirme sah die Welt ihren König und Gott. Die Menschen sangen und beteten ihn an, aber das Donnern machte ihnen Angst. Als die ersten riesigen Hagelkörner fielen, fluchten die Armeen der Erde und die Ordnungshüter in und um Jerusalem.

In diesem Augenblick fand Gertjan sie. Sie stand mitten in der singenden und jubelnden Schar auf dem Platz und strahlte, schöner, als er sie jemals gesehen hatte. Ihre Haare wehten im Wind und ihr Gesicht glänzte wie das Gesicht eines Engels. Sie sah ihn und einen Moment lang schien die Zeit still zu stehen. Er streckte die Arme nach ihr aus und sie sah seinen Armstumpf, der an der Stelle, wo sich seine Hand befunden hatte, mit einem Verband umwickelt war. Sein Gesicht strahlte.

Ein zweiter Blitz zuckte über den Himmel und aus dem Mund der Millionen Menschen auf den Hügeln und in der Stadt stieg ein Schrei des Entsetzens auf. Der Himmel pulsierte und öffnete sich in einem Regen von Licht und Farben.

Dann sah ich den Himmel weit geöffnet. Da stand ein weißes Pferd. Auf ihm saß einer, der heißt der Treue und Wahrhaftige. Er urteilt und kämpft gerecht. Seine Augen waren wie Flammen, und auf dem Kopf trug er viele Kronen. Ein Name stand auf ihm geschrieben, den nur er selbst kennt. Sein Mantel war voller Blut, und sein Name ist »Das Wort Gottes«. Die Heere des Himmels folgten ihm. Alle ritten auf weißen Pferden und waren in reines weißes Leinen gekleidet. Aus seinem Mund kam ein scharfes Schwert, mit dem er die Völker besiegen wird. Er wird sie mit eisernem Zepter regieren und sie zertreten, wie man die Trauben in der Weinpresse zertritt. So vollstreckt er *den heftigen Zorn Gottes, des Herrschers der ganzen Welt. Auf seinem Mantel und auf seinem Schenkel stand sein Name: »König der Könige und Herr der Herren«. Dann sah ich einen Engel, der stand in der Sonne. Er rief allen Vögeln, die hoch am Himmel flogen, mit lauter Stimme zu: »Kommt, versammelt euch für Gottes großes Festmahl! Kommt und fresst das Fleisch von Königen, Heerführern und Kriegern! Fresst das Fleisch der Pferde und ihrer Reiter, das Fleisch von allen Menschen, von Sklaven und Freien, von Hohen und Niedrigen!« Dann sah ich das Tier zusammen mit den Königen der Erde. Ihre Heere waren angetreten, um gegen den Reiter und sein Heer zu kämpfen. Das Tier wurde gefangen genommen und auch der falsche Prophet, der unter den Augen des Tieres die Wunder getan hatte. Durch diese Wunder hatte er alle verführt, die das Zeichen des Tieres angenommen und das Standbild des Tieres angebetet hatten. Das Tier und der falsche Prophet wurden bei lebendigem Leib in einen See von brennendem Schwefel geworfen. Alle Übrigen wurden durch das Schwert vernichtet, das aus dem Mund dessen kommt, der auf dem Pferd reitet. Alle Vögel wurden satt von ihrem Fleisch.**

---

* Offenbarung 19,11-21 (Gute Nachricht Bibel)

Nachwort

Es gibt innerhalb der christlichen Kirchen und Gemeinden verschiedene Bibelauslegungen, was die Endzeit betrifft. Meinem Buch liegt eine dieser Auslegungen zugrunde: die wörtliche. Die Erzählung spielt sich vor dem Hintergrund dessen ab, was in der Bibel geschildert wird. Ich habe dabei von tief schürfenden Bibelstudien verschiedener Theologen Gebrauch gemacht, die auch nicht in jedem Punkt miteinander übereinstimmen.

Prophetie, habe ich einmal gelesen, ist wie eine Gebirgslandschaft, die man aus der Ferne betrachtet. Man sieht die Gipfel und kann die Konturen unterscheiden, aber man kann oft nicht erkennen, welcher Gipfel näher liegt und welcher weiter entfernt ist. Erst wenn man nahe herangekommen ist, kann man alles deutlich sehen.

Und der Abstand war wirklich groß. Vor zweieinhalbtausend Jahren prophezeite Daniel über siebzig Jahrwochen mit jeweils sieben Jahren pro Woche, die münden sollten in die Versöhnung des Gottes Israels mit seinem Volk. Neunundsechzig dieser Jahrwochen sind bereits vergangen, während derer zahllose Prophetien in Erfüllung gegangen sind, einschließlich der, dass Jesus als Messias abgelehnt und gekreuzigt werden würde. Damals wurde die Gemeinde gewissermaßen in Gottes Plan einbezogen – Paulus bezeichnete das als Geheimnis für die alttestamentlichen Propheten. Die siebzigste Jahrwoche wartet noch auf ihre Erfüllung, eine Erfüllung, die sich nach dem Ereignis vollziehen wird, das die Theologen »Die Entrückung der Gemeinde« nennen. So könnte diese letzte Woche vielleicht sein ...

Erik de Gruijter

Chuck Chitwood

Hiobs Botschaft

Roman

448 Seiten, ABCteam-Geschenkband, Bestell-Nr. 111 820

Alles schien perfekt zu sein. Der junge und erfolgreiche Rechtsanwalt Charlie Harrigan ist auf dem Höhepunkt seiner Karriere. Er gewinnt einen spektakulären Kunstfehlerprozess und erstreitet ein Vermögen für seine Klienten.

Doch dann der jähe Absturz: Ein Unglück nach dem anderen bricht über ihn herein. Innerhalb kürzester Zeit verliert er alles, was ihm im Leben wichtig ist.

Und ausgerechnet jetzt wird er in das dramatischste Gerichtsverfahren seines Lebens verwickelt.

Wird Charlie Harrigan diese Herausforderung bestehen?

Ein atemberaubender Thriller

ONCKEN VERLAG WUPPERTAL UND KASSEL

John Fischer

Und Gott schuf Ben

Roman

352 Seiten, ABCteam-Geschenkband, Bestell-Nr. 111 804

Ben ist ein ganz besonderer Junge. Als Sohn des neuen Pastors in der Standard Christin Church gibt er sich nicht damit zufrieden, wie seine Umgebung den christlichen Glauben lebt. Ben will selbst der Sache mit Gott auf den Grund gehen und ihn selbst erfahren. Dass Ben dabei den gewohnten Trott der Sonntagsgemeinde kräftig durcheinander wirbelt, stellt nicht nur seine eigene Familie vor so manche Herausforderung. Und schließlich erlebt Ben Gott selbst und sehr persönlich – in einer unheilbaren Krankheit.

Ein fesselnder Roman über die Liebe Gottes, über Freundschaft und einen unangepassten, herzerfrischenden kleinen Jungen.

ONCKEN VERLAG WUPPERTAL UND KASSEL

Kathleen L. Jacobs

Er verlässt euch nicht
Aufbruch in die Neue Welt

320 Seiten, ABCteam-Geschenkband, Bestell-Nr. 111 691

Luise Schuhmacher ist hin und her gerissen zwischen Schmerz und Hoffnung: Zwei Jahre ist es her, dass ihr Vater den kleinen Hof in Bramwald verlassen hat, um seiner Familie im fernen Amerika eine neue Zukunft aufzubauen. Nun ist es soweit: Sie sollen ihm endlich folgen! – Und deshalb muss die Siebzehnjährige Abschied nehmen von allem, was ihr bisher lieb und teuer war. Die Schuhmachers packen ihre wenigen Habseligkeiten, sagen der Großmutter und den Verwandten ein schmerzliches Lebewohl und verlassen ihr Dorf in Richtung Bremerhaven, wo das Schiff liegt, das sie in die neue Heimat bringen soll.

Dort erwartet sie Unbekanntes und auch Schweres – doch in der Gewissheit, dass Gott sie niemals im Stich lassen wird, sieht die Familie zuversichtlich in die Zukunft in St. Louis. Und die bringt Luise die große Liebe ihres Lebens.

ONCKEN VERLAG WUPPERTAL UND KASSEL